Unicorn
独角兽书系

飓光志[卷二]

光辉真言
Words Of Radiance

[美]布兰登·桑德森——著

徐羚婷——译

WORDS OF RADIANCE
By Brandon Sanderson
Copyright © 2014 by Dragonsteel Entertainment, LLC.
published in agreement with JABberwocky Literary Agency,lnc.,
through The Grayhawk Agency LTD.
Simplified Chinese Translation Copyright © 2019 by Chongqing Publishing House Co.,Ltd.
All right reserved.

版贸核渝字（2019）第131号

图书在版编目（CIP）数据

飓光志：卷二. 光辉真言 /（美）布兰登·桑德森著；徐羚婷译.
一重庆：重庆出版社，2019.10
ISBN 978-7-229-12563-9

Ⅰ.①飓… Ⅱ.①布… ②徐… Ⅲ.①长篇小说-美国-现代
Ⅳ.① I712.45

中国版本图书馆 CIP 数据核字（2017）第 187010 号

飓光志（卷二）光辉真言
JU GUANG ZHI (JUAN ER) GUANGHUI ZHEN YAN

［美］布兰登·桑德森 著　徐羚婷 译
联合统筹：重庆史诗图书信息咨询有限公司
责任编辑：邹　禾　唐弋淄　陈　垦
装帧设计：谢颖设计工作室
封面图案设计：罗　烜
责任校对：刘小燕

重庆出版集团 出版
重庆出版社

重庆市南岸区南滨路162号1幢　邮政编码：400061　http://www.cqph.com
重庆出版社艺术设计有限公司 制版
重庆市鹏程印务有限公司 印刷
重庆出版集团图书发行有限公司 发行
E-mail:fxchu@cqph.com　邮购电话：023-61520646
全国新华书店经销

开本：890mm×1230mm　1/32　印张：43.25　字数：1105千
2019年10月第1版　2019年10月第1次印刷
ISBN：978-7-229-12563-9
定价：196.00元（全两册）

如有印装问题，请向本集团图书发行有限公司调换：023-61520678

版权所有　侵权必究

献词

献给奥利弗·桑德森
降生于笔耕中期
一俟完稿
已在学步

鸣谢

可想而知,《飓光志》一卷成书,工程浩大。从故事大纲至最后修订,写作耗时将近十八个月,插画部分各由四位艺术家挑大梁,编者人数众多,出版社的各路团队更是不必赘述,他们分管图书的出品、出版和营销,以及打造一本成功的大部头所需的方方面面。

二十多年来,撰写《飓光志》一直是我的梦想——我总希望能讲好这个故事。在下文中,您将结识几位使我梦想成真的恩人,对于他们的努力,我的感激之情无以言表。提及本作,必须首推彼得·阿尔斯特伦。他是我的现任助理,也是首席剧情总监,为本作贡献了相当长的工作时间。在书写时,我总是认为有些内容不符合故事的连贯性(其实是没有问题的),可他每次都给予包容,最后还让我相信,我出错的时候要远远多于不出错的时候。

下一位是摩西·费德——基于这位伯乐的发掘,我才成为了作家。他也参与了本书的编辑工作,表现一如既往的出色。我的经纪人乔舒亚·比尔梅斯在干好本职工作的同时,也尽心尽力地完成了编辑工作。经纪公司的其余同仁如下:埃迪·施耐德、"布辉真言"布雷迪·麦克雷诺兹、克里斯蒂娜·洛佩兹、萨姆·摩根和克里斯塔·阿特金森。我承诺过会缩短卷二的篇幅,但上交的书稿甚至比卷一还长,出版社的汤姆·多尔蒂对此尽展大度情怀。特里·麦克加里负责审稿、艾琳·加洛是封面的艺术总监,格雷格·科林斯负责内页设计、威彻斯特出版服务机构的布赖恩·利普夫斯基携团队负责排版、梅里尔·格罗斯和卡尔·戈尔德是出品方、帕蒂·加西亚和她的团队是出版方、超人一般的保罗·史蒂文斯总能响应我们的不时之需。感谢各位。

您可能已经发觉，与前作一样，卷二也配有精美的插画。我理想中的《飓光志》是一个可以在艺术美感上惊艳读者的系列，正因如此，能够再次请到我最喜欢的插画家迈克尔·惠兰为本书作画，是我的荣幸。我觉得他笔下的卡拉丁堪称完美。为了画好封面图，他坚持挤出闲暇时间三番易稿，直到满意为止，令我不胜感激。绘有沙兰的环衬页插画也超出了我的预期，眼见书中杰作荟萃，我深受感动。

在推广《飓光志》的时候，我曾说起要让"客座"画师来绘制系列中的零星插画。在本作中，我们首开尝试，人选是丹·多斯桑托斯（他是另一位我个人十分钟爱的画师，《破战者》的封面图就是出自他手）。他接受了邀约，并创作了几幅内页插画。

画师本·麦克斯威尼二度出山，大方地为我们带来了更多瑰丽的素描页，能够与他合作，简直是一大乐事。他反应很快，甚至在我自己都没谱的时候，也能看清我的想法。像本这样集艺术天赋和职业素养于一身的人才相当难得，欲找寻他的更多作品，可访问 InkThinker.net。

很久以前——距今已有近十年，我认识了一位胸怀抱负的作家，他名叫艾萨克·斯图尔特，在写作之余也从艺，才识过人，尤其擅长地图的绘制和符号的设计。我逐渐与他展开合作，头炮是《迷雾之子》，结果他介绍我认识了一位名叫埃米莉·布什曼的女子——她随后成了我的妻子。所以不用多说，我欠了艾萨克几个大人情。他经手的书越多，看着他的出色表现，我这份人情债就越累越高。今年，我们决定让他的参与变得更正式一点，于是我将他特聘为全职画师，同时协助我处理行政事务。假如您见到了他，请欢迎他加入这个团队，并告诉他要坚持写自己的书，那些作品很优秀。

艾萨克的妻子卡拉·斯图尔特也在龙钢娱乐公司工作，担任物流经理一职。其实我一开始想聘用的人就是卡拉，不料艾萨克突然提出有些活他能胜任，最后我干脆把他们双双招募进来，一举两得。您在官网订购 T 恤、海报和其他周边时会接触到卡拉，她人特好。

在定稿时，我们吸纳了几位专家顾问。马特·布什曼善于作曲、精通诗歌，埃伦·阿舍在涉及马匹的场景描写上给予了一定的指导，颇具助益，卡伦·阿尔斯特伦是另一位主攻诗歌与歌曲的顾问；米歇尔·沃克在阿勒斯卡文字的书写方面提供了指导意见。最后，埃莉斯·沃伦呈上了细致入微的笔记，具体内容与一名重要角色的心理有关。感谢各位的群策群力。

本书在二审时有着严格的时间限制，审读者众多。在此，我采用冲桥手的队礼，向各位参与者致以忠心敬意。以下是二稿审读者的名单：贾森·登策尔、米歇尔·沃克、乔希·沃克、埃里克·莱克、戴维·贝伦斯、乔尔·菲利普斯、乔里·菲利普斯、克里斯蒂娜·库格勒、琳赛·卢瑟、金·加勒特、莱恩·加勒特、布赖恩、德朗布尔、布赖恩·希尔、艾丽斯·阿尼森、鲍勃·克鲁茨和内森·古德里奇。

TOR 出版社的校对有：埃德·查普曼、布赖恩·康诺利和诺玛·霍夫曼。读者校对有：亚当·威尔逊、奥布丽·法姆和鲍·法姆、布卢·科尔、克里斯·克鲁维、埃米莉、格兰吉·加里·辛格、雅各布·雷米克、贾里德·格拉克、凯莉·诺伊曼、肯德拉·威尔逊、克里·摩根、玛伦·门科、马特·哈奇、帕特里克·莫尔、理查德·法伊夫、罗布·哈珀、史蒂夫·戈德克、史蒂夫·卡拉姆和威尔·雷宾。

我的写作团队完成了近乎半本书的校对量，鉴于本书篇幅冗长，这已经相当了得了。他们是我的无价之宝。团队成员如下：凯林·佐贝尔、凯瑟琳·多尔西·桑德森、丹尼尔·奥尔森、罗恩之孙本、E. J. 帕腾、艾伦·莱顿和卡伦·阿尔斯特伦。

最后的致谢献给我亲爱而闹腾的家人。乔尔、达林和小奥利弗总是让我当那个该挨打的"大坏蛋",有他们在,我每天都老实着呢。这一年来,巡回签售的战线越拉越长,我的妻子埃米莉有容乃大,隐忍不发,到底怎么做才能无愧于她,我还不确定。谢谢你们使我的世界充满魔力。

目　录

卷二　光辉真言	1
第一部分　华光之风	21
插曲	189
第二部分　近临风暴	249
插曲	483
第三部分　绝命风暴	499
插曲	843
第四部分　暴风临近	899
插曲	1115
第五部分　风之光华	1149
尾注	1357
秘典	1358

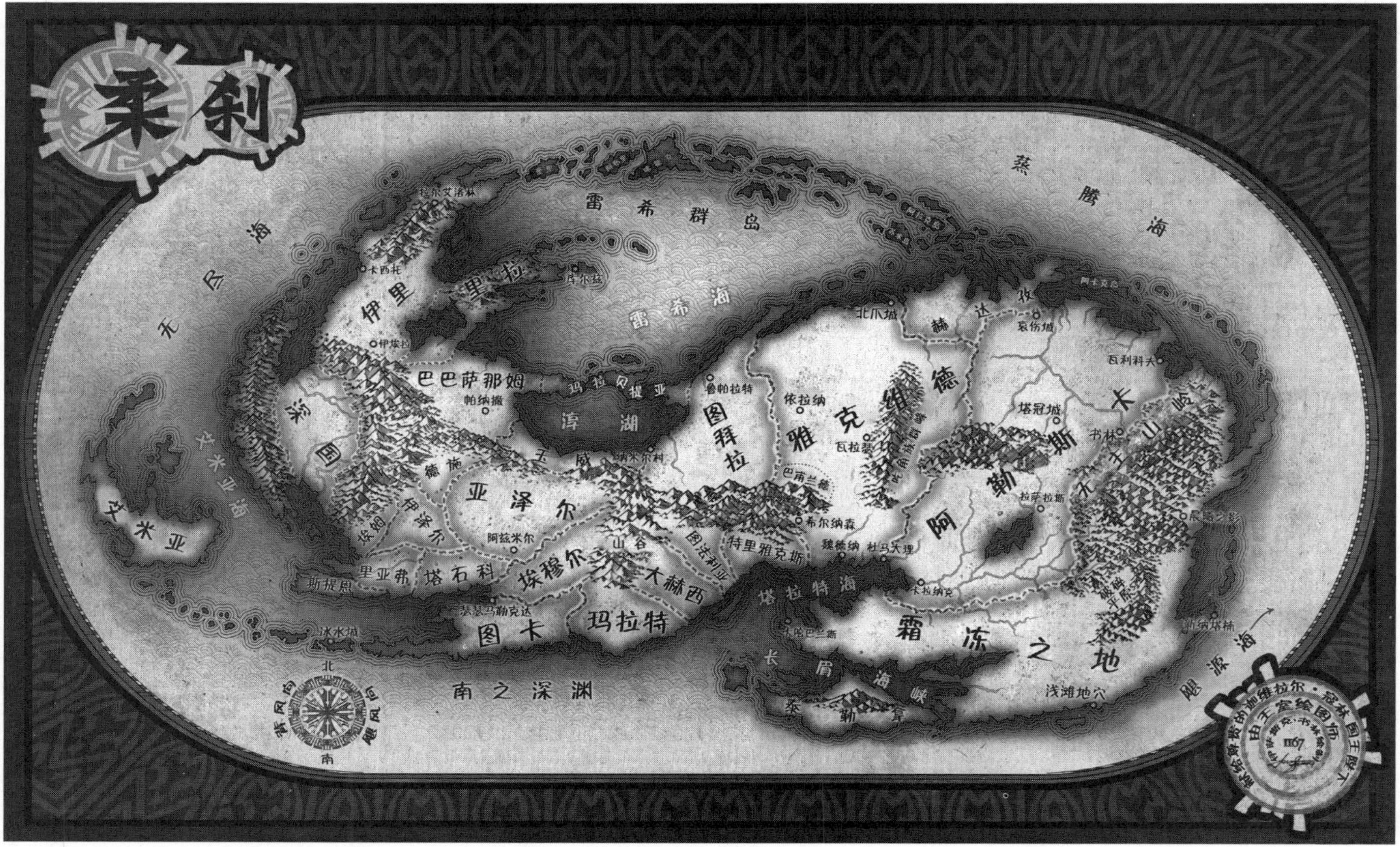

卷二
光輝真言

序幕

质疑

六年前

迦熙娜·寇林佯装享受宴会，表面不动声色，心里却想派人行刺，目标直指某位座上宾。

宴会厅内高朋满座，她漫步其间，凝神谛听。酒过几巡，宾客心神俱散，口出乱语。她的叔叔达力拿在主桌边站起，高声呼唤仆族智者请出鼓手，尽展放浪之态。迦熙娜的弟弟艾尔霍卡匆忙令其噤声，不过执礼甚恭的阿勒斯卡人早已对达力拿的咆哮充耳不闻，只有艾尔霍卡的夫人颐淑丹还用手帕捂着嘴，矜持地暗笑。

迦熙娜转离主桌，继续在房内穿行。她与一位刺客有约，很想尽快离开这间充斥着混合香水味的闷热厅堂。熊熊燃烧的炉火对面耸起一座舞台，四位女乐手在台上吹笛子，但时间长了，乐声渐趋单调。

与达力拿不同，迦熙娜引人侧目。众目始终相随，仿如苍蝇逐腐；众口窃窃私语，仿如蚊虫振翅。若有某件事，比起痛饮美酒更能引起阿勒斯卡宫廷的兴趣，那便是说闲话。所有人都料得到达力拿会在饮宴中因酒失态，然而堂堂王女，竟承认异端信仰？**那可是前所未有。**

正因如此，迦熙娜才会公开表态，宣称自己不奉全能之主为神。

她路过了仆族智者代表团，他们于主桌附近聚首，正以颇具音韵的语言交谈。虽是有幸在庆典上与迦熙娜的父亲签署协议的贵客，但他们神情紧张，看上去绝非享受，甚至面无喜色。仆族智者当然不是人类，他们的处事方式有时显得离奇古怪。

迦熙娜本想和代表团成员交流，可手头的密约不等人。她有意把会面时间置于宴会中段，那时许多座上宾均会醉倒，无法定神。迦熙娜走向大门，之后却停下脚步。

她的影子指向了反常的方位。

人来人往的大厅中，燥热而喧嚣的氛围逐渐远去。**迦熙娜的影子直指附近墙壁上的润石灯**，此刻轩亲王撒迪亚斯恰好穿过了这片阴影。他正和同伴相谈甚欢，并未注意到异常。迦熙娜盯着自己的影子，肌肤被冷汗浸湿，胃里一阵发胀，令她几欲作呕。**又来了**。她寻找着别的光源，想要问个缘由。可她找得到缘由吗？答案是否定的。

那片阴影无力地缩了回来，流淌至她脚边，紧接着往相反的方向伸展开去。她的心定了定，然而是否有人瞧见了这一幕？

她向大堂扫视了一圈，幸好没有发现任何惊骇的目光。众人的注意力都被仆族智者的鼓手所吸引，他们穿过门廊，准备架设乐器，一阵咔哒咔哒的嘈杂声随之传来。迦熙娜留意到一位身着宽松白衣的侍从，他不是仆族智者，却也在其中帮忙。她不禁蹙眉。深国人？难得一见。

迦熙娜敛神镇静。她方才的发作意味着什么？在她读过的民间迷信故事中，不听话的影子代表着诅咒。她一般会把这类描述斥为一派胡言，**可一些迷信的确是有事实基础的**。她其余的经历也证实此话不假。她需要加以进一步深究。

她的肌肤又湿又冷，汗珠正顺着颈背缓缓淌下。在这般现实面前，冷静的学术思维就好似自欺欺人的谎言，但身为学者，每时每刻地保持冷静才是关键,这种状态不能只出现于心平气和之时。她勉强穿过房门,踏上安静的走廊,将闷热的大堂甩在身后。她选择从后门离开,那里通常为侍从所用。说到底,那是最直接的路线。

身穿黑白两色制服的侍从大师穿梭于走廊间,为光明贵人和光明女士办事。迦熙娜已预见此景,却万万没料到自己的父亲就立于前方,正在和光明贵人梅里达斯·亚马兰轻声交谈。父王在这里做什么?

迦维拉尔·寇林比亚马兰矮上一截,但在国王身边,后者保持着微微欠身的姿势——这在迦维拉尔周围很常见,他讲起话来沉静而热切,旁人总想侧耳倾听,唯恐遗漏一字一句。他面容俊朗,脸上的胡须并未覆盖强健的下巴,而是勾勒出一道轮廓,与他弟弟大不相同。他平日里激情澎湃,富有人格魅力,迦熙娜觉得,迄今还没有哪位立传者能表现出这些特质。

统帅国王亲卫队的提埃里姆伫立在他们身后,身披迦维拉尔的碎瑛甲。国王近来不再穿戴盔甲,而更中意将其委托给提埃里姆——众所周知的世界级决斗手,技术顶尖。今晚,迦维拉尔改穿一袭古典式华袍,样貌尊贵。

迦熙娜回望宴会厅。父王是何时溜出来的?太草率了,她自责道,你本该在离席前注意一下他是否还在场的。

站在前方的迦维拉尔把手放到亚马兰肩头,翘起一根手指,厉声发话,但把嗓子压得很低。那些语词含混模糊,迦熙娜听不清。

"父王?"她问。

他瞥了她一眼。"唷,迦熙娜。这么早就退场了?"

"时辰不早了。"迦熙娜说道,莲步轻移。很显然,迦维拉尔和亚马兰为了营造私人交流的空间,双双溜出了庆典。"宴会中最叫人生厌的部分莫过于宾客的嗓门越来越大,说出来的东西却不见长进,此外还少不了同伴们醉成一团的窘态。"

"不少人都觉得这是种享受。"

"很不幸,不少人的脑子都进水了。"

父王笑了。"这对你来说相当难适应吧?"他柔声问,"与我们这些凡夫俗子一道生活,受累于我们的才疏学浅?这股聪明劲儿是那么特立独行,你不感到孤独吗,迦熙娜?"

她视此言为责备,不禁面露羞赧。哪怕在母亲纳瓦妮面前,她也不会有这种反应。

"也许等你找到好相处的朋友之后,"迦维拉尔说,"就会喜欢上宴会。"他的视线移向亚马兰,国王早前就觉得他和迦熙娜很登对。

这种事绝不会成真。亚马兰迎上她的目光,小声告退,随即匆匆走向走廊深处。

"您给他派了什么任务?"迦熙娜问,"您今晚有何打算,父王?"

"当然是签协议。"

签协议。他为何对签协议如此上心?旁人都建议他要么无视仆族智者的存在,要么征服他们。迦维拉尔却执意于和解。

"我该返回庆典了。"迦维拉尔向提埃里姆示意。两人沿着走廊朝迦熙娜先前离开的大门走去。

"父王?"迦熙娜说,"您还藏着哪些话没告诉我?"

他回头瞅她一眼,踌躇不前。那抹浅绿色的双眸乃高贵出身的印证。他是从何时开始变得这般洞察秋毫?风杀的……她顿觉自己已不再了解他。如此剧烈的嬗变,竟发生在短短时日之内。

从他审视她的方式来看,他似乎并不信任她。难道他已谙晓她与丽丝会面的事了?

他背过身,二话没说,就在护卫的跟随下折回宴会厅。

这座宫廷究竟怎么了?迦熙娜想道,深吸一口气。稍后她要再窥探一下实情。但愿父王并未察觉她与刺客频繁接触的举动——假如事态败露,她也会将计就计。父王对于仆族智者的兴趣日渐浓厚,在他快被这种狂热所吞噬之时，想必不会拒绝周遭的人站出来维护家族的安全。迦熙娜转身继续前行，途经一位向她鞠躬的侍从大师。

在长廊上行走片刻后，迦熙娜察觉她的影子再次指向了奇异的位置。当它转向墙壁上的三盏飓光灯时，她懊恼地叹了口气。所幸她已远离宾客会聚之地，四处也不见侍从的身影。

"好吧，"她厉声道，"我受够了。"

她没打算喊出声，却顺口一言。这时，几道匿于远处岔口的阴影突然活了过来。她屏住呼吸。那些暗影逐渐拉长，显出人形，缓缓伸展、立起、飘升，色调愈发深邃。

飓风之父啊，我准是快疯了。

其中一个影子形成男性身躯，通体如子夜般黝黑，却反射着某种光泽，仿佛是用油做的。不……它的体表更像是包裹着另一种覆有油层的液体，给予其既暗沉又千变万化的色调。

它向她大步逼近，拔剑出鞘。

理智、冷静与定力指引着迦熙娜：放声求助无法立即唤来救兵，而且那只如墨般的物体行动敏捷，铁定远超她的速度。

她毫不退让，直面那物体的瞪视，后者开始犹豫。在它身后，一小群异物从黑暗中显形，好几个月来她都感到它们在直盯着她看。

此时此刻，整座走廊变得昏暗下来，仿若被人浸入了水底，缓缓直坠无光的深渊。迦熙娜呼吸急促、心脏狂跳，她抬手倚住身边的花岗岩墙壁，试图寻找实在的慰藉。她的手指微微嵌入石体，墙壁似乎瞬间化作了泥巴。

噢，飓风在上。她必须采取行动。怎么办？**她又能做什么？**

她身前的人影瞥了一眼墙壁。距离迦熙娜最近的那盏壁灯熄灭了。之后……

宫殿分崩离析。

整座建筑碎裂为成千上万颗形如珠子的小晶球。迦熙娜惊声尖叫，仰面坠落而下，四周是一片漆黑的天空。她不再身处王宫，她已身处异地——另一个国度、另一个时代、另一个……未知领域。

她只能瞥见那道悬停于半空的黑色发光人影，它把剑插回鞘内，看起来志得意满。

迦熙娜跌入了一片由玻璃珠所形成的海洋。无数颗珠子如雨点般打在她周围，发出冰雹坠入怪海的敲击声。她从没见过这里，无法探明究竟发生了什么，也无法解释其中的意义。她在那不可思议的"海洋"中一边下沉，一边拼命挣扎。满世界的玻璃珠。从中她不能窥得一物，只得屈从于翻滚的珠海那令人窒息的威慑，在一片珠子的碰撞声中，她感到自己在逐渐滑落。

她的生命即将终结。未竟的事业撇于身后，家族的安危无人守护！

她将再也无法知悉问题的答案。

不。

迦熙娜在黑暗中绝望地挥舞四肢，晶珠滚过她的肌肤，钻入衣裙。她一旦试图游泳，这些珠子就不由分说地涌进她的鼻孔。这不管用，珠海中何谈浮力？她用手拢住嘴，想要制造出一小片呼吸的空间，总算呛进一口气。然而晶珠在她手边滚动，猛地挤进她的指缝。她还在下沉，但速度已放缓，珠海将她包围，犹如某种浓稠的液体。

她每触碰到一颗珠子，脑海中就会产生某种微弱的印象。一扇门。一张桌。一只鞋。

珠子终于钻入了她口中。它们似乎在肆意而动，让她窒息、将她摧毁。不……不对，它们更像是受到了她的吸引。一种印象向她袭来，也许不是那么明晰的思想，却也是某种感觉。晶珠想要从她身上获取某样东西。

她迅速伸手抓住一颗珠子，随即获得了一只茶杯的印象，同时她也回馈了……某样东西……给它？她身边的其他珠子开始大量集聚、相互连接，直至合为一体，仿佛石块被灰泥粘连成形。这一刻，她并非在无数珠子中下沉，而是穿透了某种大面积的晶球组合体，形如……

一只茶杯。

每一颗珠子都是一种范式，指引着其他珠子聚合变形。

她松开手中的珠子，周围的晶珠组合体也随之分离解析。她身子乱舞，两手无望地摸索着，呼吸愈发困难。她急需某种可以利用的东西，某种能够挽救她、让她活下来的办法！她不得不孤注一掷，大展双臂，尽量去触碰翻滚的晶珠。

一张银盘。

一件外衣。

一座雕像。

一盏提灯。

紧接着，某样古物。

它沉重而愚钝，**却十分坚固**，不知为何。它代表着宫殿。迦熙娜发狂般地抓住这颗晶珠，急于将她的力量注入其中。她的思维变得模糊起来，她把身上的一切全都交予手中的珠子，随后命令其飞升。

晶珠海转瞬即变。

一阵惊天巨响传来，仿如海浪拍击礁石，晶珠相互敲打，劈啪作响。迦熙娜从深渊中一跃而起，某种在她身下移动的坚实物质遵循着她的指示。密集的珠子重重落在她的头部、肩膀及手臂上，**直到她猛地冲出珠海的表面**，射向黑色的高天，被她带出的珠子四处飞溅。

她正跪在一座由环环相扣的小珠子所构成的玻璃平台上。她向一边扬起手臂，抓住那颗作为向导的珠子。其他珠子在她身边不停翻滚，渐渐形成一条走廊，墙上挂着灯盏，前方还有一道岔口。当然，它全是用珠子做的，看上去很失真，可这些珠子已经把走廊的外形模仿得相当到位了。

她的能力还不够强大，无法还原出整座宫殿。她仅仅创造出了这条长廊，顶上甚至没有天花板，不过还好有脚下的地面作支撑，她才不至于下沉。她大口呻吟，吐出的珠子掉落在地，叮当作响。她不住地咳嗽，吸进几缕腥甜的空气，汗珠滑过她的脸颊，在下巴处汇聚。

在她身前，那个黑色人影跨上平台，再度拔剑出鞘。

迦熙娜举起之前给予她雕像之思的另一颗珠子，为之注入力量。周边的珠子开始在前方聚集，效仿在宴会厅前一字排开的雕像群，组成其中之一的形态——司掌战事的令使塔拉内拉塔艾林：其人高挑强壮，手中挥舞着巨大的碎瑛刃。

这个物体并非活人，但她令它活动身躯，放低珠子制成的宝剑。她怀疑它无法战斗，因为圆润的珠子无法形成锋利的剑尖。不过雕像散发出的威慑力还是让黑色人影略作迟疑。

迦熙娜咬紧牙关，艰难地站起身，珠子从衣服上滚落。不论这东西究竟有什么来头，**她都不会在它面前卑躬屈膝**。她来到晶珠雕像身边，头一次留意到空中的古怪云层。它们直通天际，宛如一根细长而笔挺的飘带。

她与那只泛着油光的人影四目相对。它对着她端详了一会儿，伸出两根手指置于额前，同时弯腰致敬，身后斗篷翻飞，像是在表达敬意。其余生物在另一边会合，相互张望，彼此轻声交换意见。

晶珠的世界在迦熙娜眼前慢慢消退，她发现自己又回到了王宫的走廊上。这才是真正的走廊，由真正的石头制成，不过壁灯中的飓光已经全部耗尽，周围陷入一片漆黑，唯一的光亮来自从走廊深处透来的照明。

她紧靠墙壁，重重地喘着气，心想：*我得把这段经历记录下来*。

只要完成记录，就能展开分析、考虑因果。以后再说。现在，她一心只想尽快远离此地。她漫无目的地一路小跑，以求逃脱那些还在追随她的目光。

这样做于事无补。

最终，她镇定下来，取出手帕抹去脸上的汗水。**裂影界**，她想，**童话里它就叫这个名字**。裂影界是灵体的神话王国。她从未相信过这种玄乎其玄的东西。如果她之前能够好好研究一下史料，肯定会有所发现。世上所发生的一切几乎都是前人经历的重演，这便是历史带来的启迪，而且……

风操的！她还要赴约。

她暗自咒骂着，匆匆上路。先前的遭遇余波未平，依然困扰着她，可她仍需前去赴约。她下了两层楼，仆族智者敲出的咚咚鼓声渐行渐远，最后只闻得最为响亮的鼓乐节拍。

仆族智者音乐的变化多端总是令她惊诧，这一点也证明了他们并非是许多人眼中的未开化蛮族。从远处听来，那种令人不安的乐声就像那片阴暗之地的晶球相互碰撞所发出的声响。

她特意挑选了王宫中的僻静一隅作为与丽丝会谈的地点。这几间客房鲜有人至，一位迦熙娜不认识的大汉靠在房门外。她心中的石头落了地。此人是丽丝的新仆从，有他在场表明丽丝尚未因迦熙娜的迟到而离去。她稳定心神，向那名护卫——他来自雅克维德，胡须中掺杂着星星点点的红色——点头致意，接着推门入室。

这是一间狭小的客房。丽丝从桌边站起，她穿着女仆的装束——自然是低胸剪裁，看上去可能是阿勒斯卡人，也有可能是雅克维德人或巴甫兰德人，这取决于她究竟操着哪一地的口音。她体态丰腴妩媚，一头乌黑的长发随意披散下来，怎么看都是那么的迷人。

"您来晚了，光明女士。"丽丝说。

迦熙娜未作回应。在这里她才是雇主，没必要给出托辞。她把一样东西摆在丽丝身旁的桌面上。这是一封小巧的信件，被象甲蜡封得严严实实。

迦熙娜用两根纤指抵住信封，盘算着。

不可行，这样太鲁莽了。她并不清楚父王是否意识到了她的所作所为，可即使他并不知情，整座宫廷也早已发生了太多不可预见的事。在更有把握之前，她不会轻易雇佣刺客。

所幸她还有第二手准备。她从袖中的禁袋里取出第二封信放到桌上，替换了前一封。她移开手指，绕过桌子坐了下来。

丽丝把信藏进胸口，再次落座。"光明女士，"她说，"今晚可不是叛乱的好时机。"

"我雇你来，为的只是监视。"

"抱歉，光明女士，我不明白。一般人向来不会派刺客去监视别人，而且只要求干这么一票。"

"你的行动指示已在信中写明，"迦熙娜说，"首笔酬金也包含在内。盯梢是场持久战，看在你精于此道的分上，我才选中你。帮我看好她，目前这就够了。"

丽丝笑了笑，但点点头。"您想让我看着王位继承人的老婆？摊上这份苦差，来钱也要更多些才对。您当真不要取她的命吗？"

迦熙娜用纤指敲击着桌面，惊觉自己正和着从楼上传来的鼓点打出节拍。那乐声的变幻莫测出人意表，恰似仆族智者自身。

*麻烦接踵而至，*她心想，*我需要倍加小心，随机应变。*

"你的价位可以接受，"迦熙娜应答，"下周我会安排人撵走我弟媳名下的某位女仆。你得快去填补空缺，应聘时用上伪造的证件，我想你应该能搞到手。上面会雇佣你的。

"从今往后，你负责盯梢，然后向我汇报。如果需要使唤你干点别的，我会通知的。你只能在我的指示下行动，明白了吗？"

"您可是付我钱的主子呀。"丽丝说着，巴甫兰德口音若隐若现。

要是她刚才真说漏了嘴，也是事前就想好了的。在迦熙娜认识的刺客中，丽丝是最为老辣的一个。她杀人时总爱把受害者的眼珠剜出，"恸哭杀手"的诨号就此流传开去。这别称倒不是她有意自创，只是冠上一个名号会使行事更为方便，况且她还有不少无法见光的秘密。其一为，未有人知晓"恸哭杀手"实为女子。

坊间盛传"恸哭杀手"做出掘眼之举意在宣告她并不介怀受害者瞳色的深浅，可真相隐藏在丽丝的第二个秘密之后——她不愿任何人得知其杀人方式会在尸体上留下烧得只剩窟窿的双目。

"看来我们已经谈得差不多了。"丽丝起身道。

迦熙娜漫不经心地点点头，思绪仍停留在早前与那只灵体的怪奇接触上。它的皮肤油光发亮，表面就像覆了层沥青，透出五光十色……

她强行把注意力从那一刻扭转回来。她必须全力着眼于手头上的事。丽丝才是当务之急。

丽丝在出门前犹豫了片刻。"光明女士，您知道我为什么喜欢您吗？"

"我想你是看中了我那有口皆碑的殷实腰包。"

丽丝扑哧一笑。"没错呀，这还用问，但您和别的光眼种也不太一样。其他人在使唤我时总是全程摆出不屑一顾的嘴脸。他们有求于我，心急得不得了，可到头来只会在一边绞着手，尽说些风凉话，好像他们是被逼着来干这些不堪的勾当似的，还露出嫌弃的表情。"

"丽丝，行刺的确是件不堪的勾当，倒夜壶也是如此。我能理解被雇来干活的人，却不代表我会享受这些勾当。"

丽丝笑容满面，随后推开门。

"你那位站在门口的新仆从，"迦熙娜说，"没想过要给我介绍一下？"

"塔拉克？"丽丝瞥了雅克维德人一眼，"哦，您指的是另外一个。没机会了，光明女士，几周前我刚把他卖给一个奴隶贩子。"丽丝扮了个鬼脸。

"是吗？我还以为他是你用过的仆从当中最好的一个。"

"他好得过头了，一点仆从的样子都没有，"丽丝说，"别扯开话题了，那个深国佬简直比天上刮来的恶风还要诡异。"丽丝浑身发抖，悄悄出了门。

"请牢记我们的起始协定。"迦熙娜在她身后说。

"我会时刻把它装在心窝里的，光明女士。"丽丝带上了门。

迦熙娜在椅子上坐好，将交叉的十指置于身前。她们所立下的"起始协定"写道，假如有任何人胆敢雇佣丽丝谋害迦熙娜的家人，丽丝都得立刻与迦熙娜碰头，并会报上雇主的大名，迦熙娜则须付出相应的报酬。

丽丝大概会守信的，与迦熙娜来往的大批刺客均是如此。有一位老主顾总好过不停地接手一次性的活计，况且对于丽丝这类女子来说，在政府高层有人照应可谓有百利而无一害。迦熙娜的家族本是处在类似的保护伞之下，除非她自己也雇佣刺客，这无须言明。

迦熙娜重重地叹了口气，随后站起身，想要抛开那些把她压得喘不过气来的思想包袱。

且慢，刚才丽丝提到她的上一任仆从是深国人？

也许只是巧合。深国人在东部分布不广，却偶有现身。然而，丽丝口中的深国男子和迦熙娜在仆族智者鼓手中见到的那个人……也是，多长个心眼总没错，尽管这意味着她要返回宴会厅。今晚有些事情确实不太对劲，这不单单是她的影子和那只灵体的罪过。

迦熙娜离开了深宫中的小客房，大步跨入过道，转身上楼。这时，从上方传来的鼓声戛然而止，好似乐器猛然断弦。宴会这么早就结束了？达力拿没有做出冒犯宾客的举动吧？他一旦喝多了……

没事，仆族智者以前就对他的不敬举动睁一只眼闭一只眼，这次应该也不会例外。其实，父王对协议的一时起兴是迦熙娜很乐意见到的，这给了她在闲暇时展开仆族智者历史传统研究的机会。

诸多学者已在这片废墟探查多年，她心想，他们有没有可能找错了地方?

一阵说话声回荡在前方的走廊里。"我很担心阿什。"

"你对万事都放不下心。"

迦熙娜在走廊中踟蹰不前。

"她的处境每况愈下,"第一个声音道,"我们不该沦落至此。我的状态是不是在变差?我感到越来越不妙了。"

"闭嘴。"

"我不喜欢这样,我们的做法有误。那家伙手持大人的瑛刃,我们不该让他用那把剑。他——"

说话者双双经过了迦熙娜身前的走廊岔口。他们均是西域使节,其中那名亚泽尔人面生一块白色胎记,抑或是一道伤疤?两人中较矮的一位兴许是阿勒斯卡人,他一瞧见迦熙娜就打住了后话,还嘶叫一声,然后才匆匆走开。

那名一身黑银装扮的亚泽尔人却顿了顿,把她从头到脚都打量了一番。他皱起了眉头。

"宴会已经散了吗?"迦熙娜对着走廊尽头发问。这两人与其余外国显贵一道,受她弟弟之邀莅临塔冠城共襄盛事。

"是。"那名亚泽尔人说。

他的凝视让她浑身不舒服。尽管如此,她还是继续前行。*我往后应该再留意一下这两人*,她想道。她自然调查过他们的来历,却毫无斩获。他们之前在讨论碎瑛刃吗?

"快走!"矮个子折返而来,抓住高个子的胳膊。

高个子放任同伴将其拖走。迦熙娜走到楼梯的岔口,看着他们离开。

这时鼓声再度响起,伴随着突如其来的惨叫。

噢,不……

迦熙娜惶恐地猛一转身,提起衣裙没命地飞奔起来。

一连串的灾难预设在她脑海中飞驰而过。影子立了起来，亲生父亲对她起疑，在这个怪事频发的夜晚还会发生些什么？她走到楼梯口拾级而上，神经紧绷到了极点。

她耗费了太多时间。惨叫声在她上楼时清晰可闻，尔后那片混乱终于显露在眼前：一边是遍地横尸，另一边是一整面倒塌的墙壁。这是怎么回事……

破坏之景向着父王的寝宫一路延伸。

整座宫殿都在摇晃，一阵碎裂声从那个方向传来。

不，不，不！

她拔腿就跑，途经的石墙上有好几道碎瑛刃的划痕。

拜托了。

周围全是两眼焦黑的死尸，散落四地的肢体好似餐桌上的残羹弃骨。

千万别。

先是一条毁坏的门廊，再是父王的卧房。迦熙娜在过道中停下，目瞪口呆。

镇定，镇定……

她无法镇定下来。在这等关头，她做不到。她赶忙奔进父王的卧房，几近癫狂。一名碎瑛武士可以轻而易举地杀了她，但她已经顾不上太多。她应当呼唤救兵。找达力拿？他肯定醉了。那么就找撒迪亚斯。

房间里似乎刚刚刮过一阵飓风，家具碎了一地，四周凌乱不堪。通往阳台的大门被撞穿了，有个人身披父王的碎瑛甲，正在步履蹒跚地向前挪动。是护卫提埃里姆吗？

不，他的头盔碎了。此人不是提埃里姆，正是迦维拉尔。阳台上传来某个人的号叫声。

"父王！"迦熙娜大吼。

迦维拉尔回头看着她，在跨进阳台前一时不知如何是好。

阳台在他身下轰然倒塌。

迦熙娜惊得大叫，急忙快步穿过卧房，扑到断裂的阳台边，跪了下来。她眼睁睁地看着两个人影坠下楼去，风撩起几缕从她的发髻中散落的发丝。

父王和那位在宴会上现身的白衣深国人一同跌落而下。

深国人身上放射出耀眼白光。**他朝着外墙落去**，撞到墙面后依然翻滚不止，最后终于停下。他站起身，设法立于宫殿外墙之上而不倒，这奇景必定事出有因。

他转过身，悄然靠近她父亲。

迦熙娜盯着刺客沿墙走向地面，在父王身边跪下。她阵阵发冷，颓然无助。

泪珠从她的下颌滚落，遁入风中。他在楼下打什么主意？她看不出个所以然来。

刺客离开时留下了父王的尸首。迦维拉尔的身体被一大根木条刺穿，已然身亡——他的碎瑛刃在身旁显形，证实了这一点。碎瑛武士一旦阵亡，武器就会具现。

"我操碎了心……"迦熙娜嘶哑地呜咽着，周身麻木，"我为保护这个家族所做的一切……"

怎么会？丽丝。是丽丝干的！

不。迦熙娜刚才犯糊涂了。那个深国人……丽丝不可能事到如今仍为其主，她已经把他卖出去了。

"我们对您的损失深表遗憾。"

迦熙娜转过身，眨了眨被泪水模糊的双眼。三名身着奇装异服的仆族智者站在门外，克雷德也在其中。无论男女，他们均以细心缝制的布衣裹体，内穿宽松的无袖衬衫，腰间束着系带，飘荡的纺织背心色彩明艳，在身侧开衩。他们并不依靠性别来区分服饰，她曾以为他们借此划分等级,然而——

别想了,她告诫自己,好歹规避一下学术思维,哪怕只有风杀的一天也好!

"我们对他的死亡负责。"打头阵的仆族智者说。甘娜是女性,不过仆族智者的性别极难分辨。他们的服装遮掩了本就不太明显的胸部及臀部,但不长胡须的脸面还算是明晰的女性特征。所有迦熙娜见过的男性仆族智者都蓄有胡须,上面挂着许多颗宝石,而且——

别想了。

"你刚才说什么?"迦熙娜极力挺起身子,喝问道,"为何是你们的过错,甘娜?"

"因为是我们雇来了刺客。"女仆族智者用她唱歌般的浓重口音说,"尊父之死出自我们之手,迦熙娜·寇林。"

"你们……"

迦熙娜的心骤然一沉,仿若高山流水瞬时冰封。她从甘娜望向克雷德,再到瓦衲利。他们三人均为族中的长老,也是仆族智者元老会的成员。

"为什么?"迦熙娜低声问。

"因为我们别无退路。"甘娜说。

"为什么?"迦熙娜质问道,大步向前,"他为你们而战!是他牵制住了那些对你们虎视眈眈的阿勒斯卡人!父王崇尚和平,你们这群妖孽!几时不好,为何偏偏选择现在来背叛我们?"

甘娜抿紧嘴唇、移腔换调,仿佛化为了正为幼童说文解字的人母。"因为尊父欲行极其危险之事。"

"召光明贵人达力拿!"外面的走廊上有人高喊,"风操的!我的命令有未传达给艾尔霍卡?王储的人身安全必须得到全力保障!"轩亲王撒迪亚斯跌跌撞撞地闯了进来,身后是一队随行的士兵。他身披迦维拉尔的华贵官袍,圆润泛红的脸庞缀满了汗珠。"这群蛮子在此地有何贵干？风操的！快保护迦熙娜王女。那位始作俑者——他就藏匿在他们的随从之中！"

士兵们行动起来，将仆族智者团团包围。迦熙娜无意和他们再有瓜葛，便扭身回到破败的门廊。她一手扶墙，俯视着趴倒在楼下乱石之上的父王，以及躺在他身边的碎瑛刃。

"战争即将打响，"她呢喃道，"而我不会反对。"

"我们明白。"甘娜的声音从后方传来。

"那名刺客，"迦熙娜说，"他能在墙上行走。"

甘娜不置一词。

迦熙娜的世界正在不断崩塌，可她还是抓住了一条线索。今晚，她见证了一些根本不可能发生的事件。是否与那只奇异的灵体有关？她在晶珠与暗天之域的经历又该作何解？

这些问题成了令她宽心的救命稻草。撒迪亚斯要求仆族智者之首作出解释，却一无所获。他走到她身边，眼见底楼的狼藉景象，惊得立马退后。他呼喊着守卫，往楼下一路疾跑，这才抵达已经丧生的国王近旁。

几小时过后，众人发现仆族智者的大部队早已趁机逃逸——先前的行刺事件和仆族智者三巨头的降服为之投下了烟幕。他们从城市迅速撤离，达力拿事后派出的骑兵队被歼灭，百名士卒战死，百匹价值连城的好马也一同消殒。

纵使因罪孽沉重而判以绞刑，仆族智者的首领直至被吊起的一刻仍然口风紧闭，不吐一语。

迦熙娜对此甚少留意。她与幸存的守卫交谈，询问他们目击到了什么。她循着相关线索向丽丝打探消息，想要搞明白这位臭名昭著的刺客的禀性。她几乎扑了个空。丽丝雇佣他的日子很短，她摊牌说自己对他的异能一无所知。迦熙娜也没能找到先前的雇主。

接下来只好投身书海。在失去至亲和线索的痛苦之下，只有这般近乎丧失理智的举动才能把她解放出来。

那一晚,迦熙娜见证了不可能。

她一定会厘清此中的含义。

第一部分
华光之风

沙兰　卡拉丁　达力拿

I

龟壳水母

坦白而言，最近两个月所发生的事都得怪我。惨重的伤亡劳损却上心头，形同负担。我早该看清局势、早该出手阻拦。

——摘自纳瓦妮·寇林的私人日记，写于1174年第一月第一周第一天

天际上现出一个圆，沙兰捏着细炭笔，描出了几条从中放射而出的直线。那球体不尽是朝日，也不属于三轮明月，图中的云影经过炭笔的勾勒，似乎在向它涌动。而下方的海面……那片汪洋由无数微小的通透晶珠构成，没有一滴水，它的奇诡之处是绘画无法传达的。

沙兰记起了那个地方，不寒而栗。迦熙娜见识甚广，却未将所知全部告诉她的学徒。沙兰打不定主意该如何问起，她犯下了背信之过，又怎敢索求解答？距离事发当天仅过了几日，可沙兰还是吃不准她要如何与迦熙娜相处下去。

在船转向时，甲板摇荡不止，上方的巨帆随风鼓起，沙兰只得用遮好的禁手抓紧护栏，以保持平衡。托兹贝克船长有言，截至目前，长眉海峡的这一区域没有发生过太大的险情；不过，假如遇上怒浪滚

滚，觉得甲板上太晃，她或许就得下到船舱里。

等到船开稳后，沙兰呼出一口气，试图放松下来。一缕寒风吹过，引来几只风灵，它们划出复杂的轨迹，跟着无形的气流上下飞窜。每当波涛变得愈加汹涌，沙兰就会回想起那一天的遭遇，以及那片恍如生自异界的晶珠海……

她低下头，又看了看方才的画。她仅与此地有过一眼之缘，因而这张素描的表现力未到极致。它——

她皱了皱眉。画纸上莫名凸起了某种图案，形如压花。她先前如何动的笔？那个图案由一根根繁复的线条组成，几近一页宽，呈现出锋利的角度和一再重复的箭头形状。这东西是不是因为她画了那个古怪之地才蹦出来的？迦熙娜把该处称作裂影界。沙兰怯怯地将闲手放到纸上，摸了摸那几道不自然的突起。

图案动了动，移到了画纸的另一端，仿如一只藏在床单之下的斧狐犬。

沙兰惊叫一声，从座位上跳起。她的素描本摔到了甲板上，画纸撒落一地，被风吹得四散纷飞。站在附近的泰勒拿水手争先恐后地跑来帮忙，他们把白色长眉梳到耳后，一把攥住飘到半空的纸张，防止其落到船外。

"您没事吧，小姐？"正与大副交谈的托兹贝克别过头来，问道。又矮又胖的船长身穿一袭金红相间的外套，头戴配套的帽子，腰间围着宽带。他把扭紧的眉毛弯到双目上方，束成了扇形。

"我很好，船长，"沙兰说，"只是有点担惊受怕。"

幺伯向她走来，递过画纸。"女士，您的绘材。"

沙兰挑起一根眉。"绘材？"

"是啊。"青年水手咧嘴一笑，"我在锻炼自己的遣词能力，这类华丽的辞藻有助于小伙子博得姑娘的青睐。您知道的，就是那种闻上去不赖的妙龄少女，而且她的牙齿不能全掉光。"

"好极了。"沙兰取回画纸,"哦,说到底,还是要看你怎么理解'好'。"她收起连珠的妙语,疑惑地望着手中那叠素描。第一张画绘有裂影界风光,先前浮现在纸上的怪异图形消失了。

"怎么了?"幺伯问,"是不是有只飓虫从您脚下爬出来了?"他穿着开襟背心和宽松裤子,和平时一样。

"我没事。"沙兰将画纸塞进小包,轻声道。

幺伯向她行了个简短的礼——她不明白他为什么喜欢上了这么做——随后走回原位,和其他水手一起捆扎绳索。不久后,他身边的同伴爆发出一阵欢笑,感染到了沙兰。她瞥了幺伯一眼,只见一群傲灵化为细小的光珠,正绕着他的脑袋舞动。刚才开的玩笑显然成了他引以为豪的资本。

她笑了笑。托兹贝克在卡哈巴兰斯推迟了发船时间,着实是桩幸事。她喜欢这些船员,而迦熙娜选择乘这条船旅行,正中她的下怀。沙兰坐回到原来的箱子上,这是托兹贝克船长特意派人拴在护栏边的,这样她就能在船行驶时欣赏海景。她必须留个心眼,以免海水溅上来,因为这对她的画作很不利,然而只要风浪不大,这观海的大好时机又怎可错过?眼前的不便都是值得的。

攀在帆缆顶端的瞭望手吼了一声,沙兰斜着眼看了看他所指的方向,遥远的陆地已然进入视野,船只正朝着那里行驶。实际上,为了躲避过境的飓风,他们昨晚就靠过岸。在航程中,你总会想离港口近一点——冒着撞上飓风的危险驶入大海,无异于寻死。

北边的那抹黑影是霜冻之地,全境沿着柔刹的边陲铺开,几乎荒无人烟。她偶然瞅见南边耸起座座高崖,此山属于伟大的岛国泰勒拿,又形成一道水上屏障,长眉海峡就夹在两地之间。

瞭望手在船北方位的海面上有了发现,那物体初看像根摆来摆去的巨型原木,实质上却要宽大得多。沙兰站起身,眯起眼睛,只见它越漂越近,逐渐显出一块棕绿色的半圆形外壳,尺寸抵得上三艘捆在一起的划艇。当船驶过时,那头长壳的生物就跟了上来,设法与之齐头并进,从海面探出大致六到八尺。

发现龟壳水母!沙兰倚着护栏俯身观看。水手们一片欢腾,有几个人也学她的模样,伸长脖子,准备一睹生物的真容。书中写道:龟壳水母性喜隐居,由于太过罕见,可被认作灭绝生物,所有收集于当代的目击报告均不可信。

"真是托您的福,小姐!"幺伯揣着根绳索路过,笑着对她说,"我们好几年没见过龟壳水母了。"

"你只看到了背上的壳,"沙兰说,"还没见过它的全貌。"遗憾的是,龟壳水母的其余部位均没到了水下,他们仅能望见海洋深处的层叠黑影,生物的长触手也许能往下伸展。传说这类生物有时会跟随船只游上好几天,船只一旦靠岸,它们便在海中待其出港,之后再度追上。

"只要看到壳,就算见过了。"幺伯说,"诸念啊,这是个好兆头!"

沙兰夹紧小包,闭上眼,记下船边那头生物的模样,并将之定格在脑海里,方便日后进行细致的刻画。

可是该画什么好?她想,浮在水面的那块壳吗?

一个念头在她脑中成形,未经三思,便脱口而出。"把那根绳子交给我。"她转身对幺伯说。

"光明女士?"他站在原地问道。

"在一端系一个环,"她把小包匆匆放回座位,"我要见识一下龟壳水母。其实我从没试过把头浸到海里,咸水会不会影响视线?"

"海里?"幺伯苦叫一声。

"还不快打结。"

"因为我才不是脑子被风吹坏的傻瓜!要是出了什么事,船长会拧掉我的脑袋……"

"去找个帮手来。"沙兰没去管他,而是一手抓起绳索,将一端扎成了小环。"你得从船边放我下去,我想扫一眼巨壳下面长什么样。你知道吗?史上从未有人描绘过活体龟壳水母,所有被海浪冲到海滩上的同类全是高度腐烂的尸体。再说了,捕捞这种生物被水手视作厄运——"

"没错!"幺伯的嗓门越来越大,"哪会有人去杀它啊。"

沙兰打完结,急匆匆地来到船舷旁,靠着护栏撑起身子,脸颊周围的红发在风中乱舞。龟壳水母依旧与船同步,它是如何做到的?她看不见任何鱼鳍。

她回首目视幺伯,他手执绳索,笑得开怀。"啊,光明女士,这就是报应吗?我是对贝兹纳克评论过您的翘臀,那只是闹着玩的,但您愣是把我耍了一通!我……"他和沙兰对上眼,打住了话头,"风操的,您是认真的。"

"机不可失,时不再来。娜拉丹穷尽一生,只为寻觅这类生物的影踪,却从未真正瞧过它们。"

"真荒唐!"

"错,这叫做学问!我不知道自己能在水下看到什么,然而何不一试。"

幺伯叹道:"船上有面罩,是用乌龟壳做的,前面挖了几个孔,嵌有玻璃,边上连着几个防水囊。戴好后,您就能把头伸到水下观察了。我们一般用它们在码头检修船体。"

"妙极了!"

"当然喽,我得先去找船长,问问他许不许我拿……"

她抱起双臂。"你好阴险。行,去问问。"反正她是不可能避开船长的耳目采取行动了。

幺伯笑着说:"在卡哈巴兰斯,您到底怎么了?您刚上船那会儿一直怕生,好像一想到要离家远航,就会昏过去!"

沙兰支吾着，发现自己脸红了。"我这么干有些莽撞，是不是？"

"在开船时整个人悬在外面，还想把头凑到水里？"幺伯问，"嗯，确实有那么点傻气。"

"你觉得……我们能让船停下吗？"

幺伯笑了一声，却还是跑去和船长交涉了。他把她的提问看作一大信号，认为她心意已决，而她的确想把下水的计划坚持到底。

我到底是怎么了？她想不通。

答案很简单：她失去了一切。迦熙娜·寇林是世上最具权势的女子之一，沙兰在她门下行窃，不仅弄丢了长年梦寐以求的学习机会，家族和兄长的命运也因此走上了不归路。她惨遭失败，全盘皆输。

最终她渡过了难关。

但她并非毫发无损，不仅失掉迦熙娜的大部分信任，还感到自己业已抛下家族的安危。她偷得了迦熙娜的魂器，却发现它是赝品，随后以为有个男人爱上了自己，却险遭其杀害。而只要回想起这段经历……

现在，她对祸不单行这个道理有了更为深刻的见解。这就像……她一度害怕黑暗，如今却主动蹚入了浑水。她早已体会过恐惧的滋味，尽管无比骇人，但那时她至少明白。

你一直明白，她心中有个声音在低语，你是在惶恐中长大的，沙兰，你只是不愿记起。

"这是怎么回事？"托兹贝克走上甲板，身边是他那位闷声不响的矮个妻子娅什露。她身穿明黄色的衬衫和半裙，秀发全部包在头巾里，只有一对卷眉毛顺着两颊垂下。

"小姐，"托兹贝克说，"您想游泳？就不能等到船进港吗？我知道几个好地方，那儿的水没这么冰。"

"我不想游泳。"沙兰说着，羞赧之色更浓了。在众目睽睽之下，她要穿什么入海？人们真的敢那么做？"我得从近处看一看我们的旅伴。"她指了指海里的生物。

"小姐,您知道我不能放任您冒这么大的险,就算我们把船停下,万一那头巨兽把您伤着了呢?"

"据说它们不伤人。"

"它们如此难得一见,我们真的可以打包票吗?再说,这片海域里活动着其他害人的动物,赤水怪肯定会出没觅食,驶到浅水区可能就要提防沟蝻了。"托兹贝克摇了摇头,"很抱歉,我无法放行。"

沙兰咬了咬嘴唇,心脏不自觉地咚咚直跳。她想再争取争取,可是船长眼中放射出毅然的光,令她打起了退堂鼓。"好吧。"

托兹贝克笑开了花:"小姐,一到亚美拉腾港,我就带您去看看那边的贝壳,种类相当多!"

她不知道那是什么地方,不过词中出现了一连串辅音,全要挤着嗓子念,她由此推测亚美拉腾位于泰勒拿境内。极南方的城市大多都位于泰勒拿境内,虽然泰勒拿气候寒冷,接近于霜冻之地,但当地人似乎很享受生活。

当然,整个泰勒拿民族都有点叫人费解。幺伯和同伴们顾不得袭人的寒气,连上衣也不穿,她又该作何评价?

他们可不会产生一头扎进海里的想法,沙兰提醒自己。她再度往船舷外望去,看着波浪拍击龟壳水母的外壳。它们生性温顺,到底属于哪一类物种?是巨壳生物吗?破碎平原出产可怕的深渊恶魔,两者之间有没有亲缘关系?龟壳水母究竟更像水里的鱼,还是乌龟?它们数量稀少,学者极难亲眼观测,因此提出的所有假设都自相矛盾。

她叹了口气,打开小包,开始整理画纸,其中大部分是素描习作,绘有姿态各异的水手,他们直面强风,忙着张起巨帆。她父亲向来不允许她花上一天坐看一群打赤膊的暗眼种,而父亲去世没多久,她的人生就起了这么大的变化。

正当她潜心画着龟壳水母的外壳时,迦熙娜走上了甲板。

与沙兰类似，迦熙娜穿着剪裁独特的沃林式修身裙，领口直抵下颌，裙摆及地。一些泰勒拿人评论这种设计过于保守，还自以为她没听到。沙兰不予苟同，修身裙典雅华贵，谈不上保守，丝缎紧贴身躯，突显出胸部。水手并不觉得这款裙装缺少诱惑力，他们的眼神追着迦熙娜不放就是佐证。

迦熙娜不愧为尤物，体态雍容，肌肤勤亮，柳眉无瑕，唇点绛红，高盘的秀发别具匠心。尽管迦熙娜的年纪是沙兰的两倍，可她拥有一种成熟之美，引人艳羡，乃至妒忌。这名女子为何偏偏如此完美？

迦熙娜对水手的目光熟视无睹，这并非因为她有意忽略旁人。任何人和任何事都逃不过迦熙娜的双眼，说白了，她就是不关心旁人对她的看法。

不，这不是真的，沙兰想道，恰逢迦熙娜款款走来，假如她不在意他人所想，就不会花时间上妆盘发。迦熙娜是个不可思议的人物：一方面，身为学者，她似乎一心扑在研究上；而另一方面，身为王女，她端庄持重、气质非凡，有时还会咄咄逼人。

"原来你在这里。"迦熙娜来到沙兰身边，正遇一注水花飞过船舷，洒到她身上。她瞅了瞅落在丝裙上的水珠，额间一蹙，随后回过头，冲沙兰挑起一边冷眉。"你大概发觉了，我甚为破费，才在这艘船上为我们租到了两间豪华舱。"

"对，不过它们不在外头。"

"这是惯例。"

"我人生中大部分日子都足不出户。"

"如果你希望投入学术的怀抱，那就得花更多时间关在书斋内。"

沙兰咬咬嘴唇，等着迦熙娜命她下到船舱。奇怪的是，迦熙娜什么也没说，反倒挥挥手，叫来了托兹贝克船长。他一手拿帽，弓背屈膝地走了过来。

"有何吩咐，光明女士？"他问。

"请再为我搬一个……座位来。"迦熙娜打量着沙兰身下的箱子。

托兹贝克很快派了名船员往护栏处拴好了第二只箱子。在等待途中，迦熙娜招呼沙兰递上她的画作。迦熙娜品鉴完龟壳水母的素描，探头望了望舷侧。"难怪船员会大呼小叫。"

"您有福了，光明女士！"一名水手说，"这是个好兆头，意味着旅途一帆风顺，您怎么看？"

"我会接受一切送上门的好运，南赫尔·埃尔托夫。"她说，"感谢你为我打点座椅。"

水手不好意思地鞠了个躬，然后走开了。

"您认为他们不仅迷信，而且很没脑子？"沙兰目送着水手离去，悄悄说道。

"就我的观察而言，"迦熙娜说，"这些船员活得有盼头，十分容易满足。"迦熙娜翻到了下一张画，"许多人活得远远没有那么自在。托兹贝克船长掌管着一支优秀的队伍，多亏你慧眼识人，我才能认识他。"

沙兰莞尔道："您避开了我的问题。"

"你没有提问。"迦熙娜说，"沙兰，在这几张画里，你的技法相当娴熟，可你现在应该念书才是，对不对？"

"我……我的精神难以集中。"

"所以你就上了甲板，"迦熙娜说，"画起了做工时不穿上衣的男孩子。你以为这样就能集中精神了？"

沙兰的两腮泛起了红晕。迦熙娜打量着一张画纸，突然愣在了原地。沙兰一直耐心地坐着——她父亲在这方面要求甚严，直到迦熙娜把手里的画作翻过来给她看。那张素描画的果然是裂影界。

"我曾告诫你不要再次踏入这个界域，你有没有听进去？"迦熙娜问。

"有，光明女士。那张图是凭记忆画下来的，描绘的是我首度……失足的所见。"

迦熙娜放下画纸。沙兰觉得自己在她的眼神里捕捉到了什么。迦熙娜在推敲沙兰的话是否可信吗？

"我想这就是你碰到的不解之惑？"迦熙娜问。

"是，光明女士。"

"看来我得告诉你实情了。"

"当真？你愿意？"

"你没必要用上这么惊讶的口气。"

"有关那里的情况似乎意义重大。"沙兰说，"你严禁我入内……我便以为这种知识是不能外传，又或者它不是我这种年龄的人该学的。"

迦熙娜轻哼一声。"我发觉，对年轻人隐瞒内情非但不会教他们学好，**反倒更会诱使他们自寻麻烦**。鉴于你已经在先前的体验中一头栽入了这件纷繁的事——就像我当年一般——我就告诉你罢。我有过痛苦的亲身经历，了解裂影界的危险性。如果我放着你不管，万一你死在了那里，我就得负责任。"

"这样一来，要是我在旅途中提早问起此事，你会作出解释？"

"不一定。"迦熙娜坦承，"这次我必须考察一下你有多愿意听我的话。"

沙兰一时理亏，强忍着顶嘴的冲动。在她还是个乖巧用功的学徒时，迦熙娜也没有向她透露过这么多秘闻。"那么这个……地方究竟是哪里？"

"裂影界有悖于我们的常识，"迦熙娜说，"算不上某个具体的地点。目前，它就环绕于我们身边。在那里，万物皆有形，如同现世。"

沙兰皱了皱眉。"我无法——"

迦熙娜竖起一根手指示意她别打岔。"万物均由三大要素构成：

一为灵魂、二为实体、三为思想。你所见到的裂影界人称知界域，也就是思想域。"

"环顾四方，你眼中的世界是实在的，可及、可视、可听。你的肉身借此感知世界；而在裂影界，你要运用认知的角度——或称无意识的自我——来感知世界。通过潜意识状态与该界域进行接触，你在考虑问题时便能瞬间产生直觉，从而得到答案，形成意愿。出于这些附加意识的驱动，你或许才能绘画，沙兰。"

船只驶过浪涌，引得无数水花拍打在船头。沙兰抹去脸颊上的一滴海水，试图领会迦熙娜刚才的言语。"你说的话我几乎理解不了，光明女士。"

"不出意料。"迦熙娜说，"研究了六年裂影界，我依然觅不得几多门道。在你认识到它的实质——哪怕只是一点点——之前，我必须陪着你去上几回。"

语毕，迦熙娜愁眉不展。每当看到她流露出真感情，沙兰不免会讶异。感情能引发共鸣，是人之常态，而沙兰印象中的迦熙娜·寇林近乎神圣。一经琢磨，如此评价一位坚定的无神论者着实有些反常。

"听好，"迦熙娜说，"我的措辞透着无知。我告诉你裂影界不是地点，下一句话里却改了口；我说'去'那里，而它其实无处不在。我们只是欠缺合适的字眼，让我换个讲法。"

迦熙娜站起身，沙兰连忙跟上。她们沿着护栏漫步，感到脚下的甲板颠簸不止。一见迦熙娜的身影，水手们立即躬身施礼，让出了道。他们对她充满敬意，仿如觐见王者。她是如何做到的？在不加行动之时，她又如何掌控周遭的事态？

她们抵达了船头。"请你低头看海。"迦熙娜说，"你见到了什么？"

沙兰扶着护栏垂目俯瞰，只见船头破入蓝海，掀起朵朵浪花。*她看得到波涛之下的幽邃，那片水域不但宽广无垠，而且深不可测。*

"我见到了永恒。"沙兰说。

"这话颇具艺术家风范。"迦熙娜说,"船只驶过未知的深海,浪涛之下是一方激流涌动、不见天日的世界。"

迦熙娜往前一靠,用两手握住护栏,一手显露在外,一手藏于禁袖内。她凝眸远眺,没有注意下方的深海和隐现于南北两线的陆地,而是直视飓风初生的东方。

"那是一整个世界,沙兰。"迦熙娜说,"我们的头脑仅能浅尝辄止。那个世界不仅充溢着深沉之思,*还因其而生*。当你有眼目睹裂影界,便已踏入了那片深海。从某种意义而言,该处形同异界,而与此同时,我们又借助外力造就了它。"

"我们做了什么?"

"灵体为何物?"迦熙娜问。

沙兰被问了个措手不及,但她已经适应了迦熙娜的刁钻发难。她思索了一阵,斟酌着答案。

"没有人知道灵体为何物,"沙兰说,"不过许多哲人持有不同观点——"

"别跑题,"迦熙娜说,"它们究竟是什么?"

"我……"沙兰仰头望了望几只盘旋在空中的风灵,它们形似微亮的细小光带,正在围着彼此翩然起舞。"它们是思想的化身。"

迦熙娜侧过头看着她。

"怎么?"沙兰吓了一跳,"我说错了?"

"不,"迦熙娜道,"你说得对。"她眯起眼睛,"依据现成的推测,灵体是知界域的重要组成部分,*已经渗透进了物质世界*。可能由于人类的关系,它们获得了少许意识,从而成为了理念。

"以一个易怒的人为例,试想他的亲朋会如何评价他的怒气。他们可能会将之比作野兽、比作附体的魔怪,*或是某种外物*。人类喜欢把事物人格化,而我们总说天风自有意。

"灵体就是这类思想的化身,诞生于全人类共有的经历。对它们来说,裂影界既是起源之所,又是家园乐土,虽然因我们而生,却被它们打造成形。它们在那里安居下来,建起城市,施行统治。"

"城市?"

"对。"迦熙娜回望大海,神情困惑,"灵体的种类十分繁多。一些具备类人智慧,从而开城僻壤;另一些如同鱼类,只能随波逐流。"

沙兰点点头。她其实难以把握这段话的细节,但她不希望迦熙娜停下来。沙兰万分渴求这些知识,她需要了解。"这和你的发现有关系吗?是否涉及仆族和虚渡?"

"目前我还无法下定论。从灵体身上不一定随时都能取得信息,它们有时自己也说不清;而另一些时候,它们信不过我,因为我们在古时做出了背叛之举。"

沙兰拧着眉头看了看老师。"背叛?"

"这是它们的说法,"迦熙娜道,"然而它们不肯讲出其意所指。我们背弃了一项誓言,极大地冒犯了它们。我认为有些灵体已经死了,可我不明白某种理念怎么会死去。"迦熙娜转过身,一脸严肃地看着沙兰,"我知道这些内容难度很大。如果你想协助我,就得一字不差地把它们记到脑子里。你还愿不愿意?"

"我有选择吗?"

迦熙娜挤出一抹笑容。"想必没有。你在施行塑魂术时,没有依靠魂器。你和我是一类人。"

沙兰凝视着海面。她和迦熙娜是一类人。这是什么意思?为什么——

她突然眨了眨眼,僵在了原地。那时,她以为自己见到了早前的那个图形,当时它还是画纸上的凸起,眼下却出现在波面上,简直不可思议。

"光明女士……"她把手轻轻地按在迦熙娜的胳膊上,"我想我刚刚在海上瞥到了什么东西。那是一个图案，充满错综复杂的锋利线条。"

"指给我看看。"

"它漂在浪头上，船已经开过去了，不过我想我以前在画纸上见过。它的出现是否带有一定含义？"

"肯定的。我得讲清楚，沙兰，我发现我们的相遇实属惊人的巧合，基本上错不了。"

"光明女士？"

"是它们插的手。"迦熙娜说，"它们把你带到了我身边，而且似乎还在注视着你。所以你别无选择了，沙兰。曾经的世道再度回归，我觉得这不是乐观的征兆。这是灵体的自保行为，它们察觉危险迫在眉睫，才回归人世。现在，我们必须把注意力转向破碎平原和乌有斯麓的遗迹，你将有相当长的一段时间不能回家。"

沙兰默默地点点头。

"你很烦恼。"迦熙娜说。

"是的，光明女士。我的家族……"

沙兰感到自己是个叛徒，抛弃了指望着她重振财政的兄长。她给他们写了信，语焉不详地解释道：自己被迫返还得手的魂器，当前正受迦熙娜之托，在她门下担任助理。

巴拉特在回信中强装振作，说他很开心，因为兄妹中至少有一人躲过了快罩到家族头上的厄运。他觉得其他人——她的三位兄长和巴拉特的未婚妻——算是完蛋了。

他们的想法大概是对的。首先，父亲垒起的债台早已把他们压得喘不过气；再者，他那件坏掉的魂器引出了大问题，提供器物的组织欲将其索回。

但不巧的是，沙兰坚信迦熙娜的追求才是重中之重。虚渡即将回归，它们显然不是故事里那些模糊不清的隐患。几个世纪以来，它们栖息在人类之中。温驯少语的仆族是理想的奴仆，然而它们的真身却极具破坏力。

保护兄长的确是件大事，然而虚渡的归来会触发深重的灾难，相比起来，阻止惨状的发生更为关键。但一想起这点，她仍旧很难受。

迦熙娜端详着她。"沙兰，谈及你的家族，我已经采取了一些措施。"

"措施？"沙兰挽住高挑女子的手臂，"你拉了我的兄长一把？"

"勉勉强强。"迦熙娜说，"想来金钱解决不了实际问题，不过我已经安排了一件小礼物，即将送出。依你所言，你们一家人其实面临着两大困境：第一，鬼血会急欲要回他们的魂器，而你业已将其损坏；第二，你的家族没有盟友，而且深陷债务。"

迦熙娜拿出一张纸。"这份东西，"她接着说，"是今天早上我和我母亲的对芦通笔。"

沙兰扫过一行行文字，发现迦熙娜详细地讲到了破损的魂器，同时央求母亲伸手相助。

这种故障比你预想的更常见，纳瓦妮回复道，*可能与宝石护盖的校准有关。把魂器带给我看，到时再议。*

"我母亲是一位远近闻名的法器师，"迦熙娜说，"估计能让你的法器重新运作。我们可以将修好的法器寄给你兄长，以便物归原主。"

"你允许我这么做？"沙兰问。在出海的日子里，她试探着问起过这个结社，希望能理解父亲和他的动机。迦熙娜说她对此略知皮毛，只确定他们眼红她的研究，为了搞到成果不惜杀人灭口。

"这等宝物落入他们的控制，是我极不情愿见到的，"迦熙娜说，"可是我目前无法立马抽出时间来保护你的家人。看在你兄长还能坚持一段时间，这个办法就过得去。如果那帮人执意盘问到底，就跟他们讲实话：你知道我是学者，所以才上门求我修理魂器。或许这样就能暂且合了他们的心意。"

"感激不尽,光明女士。"飓风在上。假如她在拜师之后立即去向迦熙娜求助,整桩事会变得多容易?沙兰低头浏览着记录,发现两人的对话仍有下文。

关于那件事,纳瓦妮写道,我相当赞许你的提议。我想我至少能说服那孩子考虑考虑,他在周初刚刚分手,情况来得突然,和他以往的作风类似。

"第二块内容在说什么?"沙兰抬起眼,不再看通笔记录。

"仅仅满足鬼血会的人无法挽救你的家族。"迦熙娜说,"你们欠下了太多债,更何况你父亲触怒了许多人,身处孤立之境。因此,在我的牵线下,你的家族将与另一门望族联姻。"

"联姻?怎么联姻?"

迦熙娜深吸一口气,似乎不太愿意解释。"我已经开始着手为你置办人生大事,订婚对象是我堂弟,也就是我叔叔达力拿·寇林的儿子。他名叫阿多林,是个谈吐得体、彬彬有礼的英俊小伙子。"

"订婚?"沙兰道,"你告诉他我有意出嫁了?"

"相关程序已经启动。"迦熙娜一反常态,语气有些慌张,"尽管阿多林有时缺少深谋远虑,但他有一副好心肠——与他父亲一脉相承,而后者可能是我认识的人当中最正派的一位。阿多林被公认为阿勒斯卡境内条件最好的未婚青年,我母亲念叨了很久,就盼着他能安定下来。"

"订婚。"沙兰重复了一遍。

"是。你接受不了?"

"怎么会,太好了!"沙兰欢呼着,把迦熙娜的胳膊抓得更紧了,"得来全不费工夫。倘若我能嫁给这么有权势的人……风杀的!这样在雅克维德就没有人敢碰我们了,诸多问题迎刃而解。光明女士迦熙娜,您这一手是神来之笔!"

迦熙娜明显宽下了心。"嗯,很好,看来此举是个可行的出路。

不过我有点后怕,你会不会感到难堪?"

"以风的名义起誓,我怎么会感到难堪?"

"因为一旦结了婚,就意味着你的自由会受限。"迦熙娜说,"假如你不介意这方面,我事先没有征得你的同意就订下婚约,也是个过失。我一开始想看看有没有这种可能性,后来被我母亲抓着不放,因此整桩婚事进展得比我预想的要快。纳瓦妮……一心想要包办,我拗不过她。"

沙兰很难想象还有人拗得过迦熙娜。"飓风之父在上!你担心我会感到难堪?光明女士,我从前天天被关在父亲的宅子里,差点认为他会帮我招亲。"

"但你已经脱离了父亲的管教。"

"是啊,轮到自己恋爱,我真是聪明得一塌糊涂,"沙兰说,"看上的首个男人不仅是个虔诚者,还是个深藏不露的刺客。"

"那对你来说,委身他人真的没问题吗?"迦熙娜道,"尤其是靠男人过活?"

"我又不是要把自己卖掉。"沙兰笑着说。

"我想也是。"迦熙娜摇摇头,恢复了雅态,"行,我会告诉纳瓦妮你认可这桩婚事,我们当天就得在此立下因缘婚。"

因缘婚在沃林教中指代非正式订婚。女方实质上已经同意结婚,但这份婚约不具备法律约束力,需要经过虔诚者的证实和签署,才能正式生效。

"阿多林的父亲说他不会逼儿子做任何事。"迦熙娜解释道,"那孩子最近又惹恼了一位小姐,因而重新打回了单身状态。总之,达力拿希望你俩在事成之前先见个面。破碎平原上的政治纷争……风云变幻,我叔叔的军队损失惨重,所以我们必须速速赶往平原。"

"阿多林·寇林,"沙兰三心二意地听着,"岂止是决斗好手,更是威风的碎瑛武士。"

"唔，原来你在读书时关注过我父亲和我的家族。"

"我是关注过，然而在此之前我就听说过你们一家了。阿勒斯卡是大众关注的焦点！就连乡下门户的姑娘也知道阿勒斯卡的王子叫什么名字。"与王子邂逅是少女的梦想，如果她想抵赖，那就是撒谎。"可是光明女士，您确定这场婚姻讲得过去？我是说，我算不上人中骄子。"

"嗯，说得也是。某位轩亲王的千金或许更契合阿多林，不过他似乎和所有够得上身份的适龄少女都有过交往，最后一个不剩，全部得罪。可以这么说，对待感情，那孩子有点急于求成。我相信你绝对可以处理好。"

"飓风之父啊！"沙兰顿觉两腿发软，"他可是未来的公国之主！更是阿勒斯卡王室的顺位继承人！"

"他处于第三顺位，"迦熙娜说，"排在我弟弟的幼子和我叔叔达力拿之后。"

"光明女士，请问为何将我许配给阿多林？为何不考虑他的弟弟？我……我无法为阿多林或是这个家族带来好处。"

"恰恰相反，"迦熙娜说，"如果你正是我所想的那样，你就能为他带来别人提供不了的好处，这比财富要重要。"

"你把我想成什么样？"沙兰注视着年长女子，终于悄声发出了隐忍许久的疑惑。

"目前，你仅仅拥有潜力，"迦熙娜说，"就像尚未破蛹而出的蝶。你要知道人类一旦与灵体建立起纽带，女人可以飞天曼舞，男人可以一掌破石。"

"就像背叛人类的光辉变节者。"她无法消化全部信息。订婚、裂影界与灵体，还有她的神秘宿命。她都知道，可要讲出来……

她一下子瘫坐到甲板上，背靠着舷墙，不顾海水沾湿了衣裙。迦熙娜容许她平定心神，可自己竟也坐了下来，真乃奇事。她把裙裾压到腿下，侧身而坐，动作相比沙兰要优雅得多。她们双双招来了水手的目光。

"阿勒斯卡宫廷会把我折磨到体无完肤。"沙兰说，"那是人间最凶残的地方。"

迦熙娜嗤之以鼻。"此为虚张声势，而非真正的狂风暴雨。沙兰，我会教你成才。"

"我永远无法与你相提并论，光明女士。你有权、有势、有财，水手们对您言听计从，光看看就知道了。"

"那么我眼下就是在用权、用势、用财？"

"你为这趟旅行出了钱。"

"在这艘船上，你不是也付过几次旅费？"迦熙娜问，"莫非他们将你区别对待了？"

"对。他们是喜欢我，可我缺乏你的度量，迦熙娜。"

"'肚'量？你应该没在说我腰粗吧？"迦熙娜渐露笑意，"我理解你的意思，沙兰。然而，这种想法错得离谱。"

沙兰转身望着迦熙娜。她端坐于船甲板之上，抬头挺胸，气势凌人，仿如踞于王座；沙兰则将膝盖抵到胸口，两手抱腿。她们就连坐姿也大不相同，她一点也不像对方。

"孩子，你必须看透一个奥秘，"迦熙娜说，"这个奥秘甚至比裂影界与灵体之事更为吃紧。力量是观念的虚象。"

沙兰皱起了眉头。

"切莫误解。"迦熙娜继续道，"有些力量是实实在在的，例如调兵遣将之力和施展塑魂术之力，但它们不像你想的那样放之四海而皆准。就个人而言，在大多数社交场合，只有他人形成了一定的观念，这种我们称之为力量或是权威的东西才会存在。

"你说我有财，这点没错，然而你也发现我并不经常用财。你说我有权，确实，因为我是国王的姐姐，可在这艘船上，如果我生为乞丐,却让船员相信我是国王的姐姐,那么他们也会以相同的方式对待我。此时,我的权并不实在,只是幻景般的烟云罢了。我可以为他们编织出假象,你也可以。"

"我不信,光明女士。"

"我知道。你要是信了,早就会有所表现。"迦熙娜起身抹平了起皱的绸缎,"你若再度瞧见那个出现在浪尖上的图案,一定要告诉我,好吗?"

"好,光明女士。"沙兰心烦意乱地说。

"接下来你就画画图吧。我需要想想怎样教授裂影界的知识才是最好。"年长女子动身离去,经过了不少鞠躬的水手。她朝他们点点头,走下了甲板。

沙兰站起来,转身握住护栏,双手分别按在船头的斜桅两边。大海在她眼前延伸开去,海面泛起涟漪,一股清冷的气息扑面而来,单桅帆船乘风破浪,击水声隆隆作响,几成韵律。

迦熙娜的话语在她脑海中激荡着,仿如一群围着一只老鼠争抢不休的飞鳗。住在城里的灵体?裂影界就在身边,却没有人能看见?沙兰马上就要嫁给世上最有地位的单身贵族了?

她离开船头,用闲手摸着护栏,沿船舷向前走去。船员们对她持何种看法?他们喜欢她,会对她微笑招手。幺伯懒洋洋地荡在一边的绳索上,叫了她一声,对她说在下一个港口有座雕像,她非去不可。"那只大脚丫,小姐。区区一只脚丫子!那座风杀的雕像从没有完工……"

她对他笑了笑,继续前行。她是否想让他们用看待迦熙娜的方式来看待她?她是否一直惴惴不安,担心他们可能会干出坏事?那算力量吗?

当我头一次乘船出魏德纳,她想道,走向捆在护栏边上的箱子,船长把我的使命看作蠢人的儿戏,始终在催我回家。

托兹贝克之所以载着她追逐迦熙娜，无非是想给她个面子。而她该不该觉得自己雇用他和他的船员，是在强迫他们？的确，由于她父亲曾与他有过生意来往，他便把旅费的数目降了降，但雇主仍然是她啊。

　　他对待她的方式也许是泰勒拿商人的一贯风格。如果一名船长能使你有种强人所难的感觉，你就得多付点钱。她挺喜欢托兹贝克，可是他们的交往缺了点东西，显得不尽如人意。若是迦熙娜受此待遇，她绝对不会容忍。

　　龟壳水母依旧随船畅游，就像一座微型的移动岛屿，它的背部长满海藻，外壳上探出颗颗小结晶。

　　沙兰扭身行至船尾，托兹贝克船长正在那里与大副交谈，他伸出手指，在一张写满铭文的地图上比画着。她走近后，他点点头。"我就提个醒，小姐。"他说，"后面几个港口的条件会愈发简陋，我们快要驶离长眉海峡了，绕过大陆的东缘后，目的地是新纳塔楠。在这片海域与浅滩地穴之间，没有值得一提的东西，即便到了浅滩地穴，也看不到什么好风景。我不敢送我兄弟独自上岸，除非配上几个守卫，而他曾徒手干掉过十七个人，我没有吹牛。"

　　"明白了，船长。"沙兰说，"多谢。我改变了早前的想法，求你停下船，让我观察一下游在船边的动物吧。"

　　他叹了口气，扬起手摸了摸一边的尖钩状长眉——神似其余男性把玩胡须的模样。"光明女士，这样做不妥当。飓风之父在上！万一您掉到了海里……"

　　"那我身上会湿光。"沙兰说，"我以前有过一两次经历。"

　　"不行，我就是不许您下去。我说过了，我们会带您去看贝壳——"

　　"不许？"沙兰打断了他的话。她盯着他，希望脸上写满了困惑，但愿他没有看见自己垂在身侧的双手已经捏成了拳头。风杀的，她讨厌与人对峙。"船长,我认为你无权对我提出的要求说许或不许。停船。放我下水。这是命令。"她努力学习迦熙娜,将话讲得强硬有力。那名女子有种能耐,要想和她唱反调,似乎比抗击一场极盛的飓风还难。

托兹贝克无声地嚅动了几下嘴唇,仿佛想接着张口反对,但又被犹豫不决的想法给牵制住了。"这是我的船……"他终于说。

"你的船不会出事。"沙兰说,"我们得快点,船长。我不希望拖延今晚入港的时间。"

她从他身边走开,返回到箱子前,心跳不止,两手颤抖。她坐了下来,有一部分原因是想平复心情。

托兹贝克开始高声下令,口气听来大为光火。船帆降下,船速减慢。沙兰吐出一口气,感到自己傻透了。

然而,迦熙娜的教导起了作用。沙兰的言行在托兹贝克眼前创造出了某种东西。是虚象吗?也许就像灵体?形同若干人心期许的化身?

龟壳水母的游速也一并减缓。沙兰紧张地站起身,水手们握着绳子走来,不情愿地在绳子的一头系了个环,方便她一脚踩在里面,随后说明她要在下水时牢牢地抓住绳子。他们在她腰间绑上了另一根稍细的安全绳,这样便能把她拉回到甲板上。在他们看来,这是必要的措施。那时,她全身都会湿透,脸面尽失。

她脱下鞋,按指示爬上了护栏。以前风刮得有这么狠吗?她站起身,一阵眩晕,套在袜子里的脚趾紧紧抵住了狭窄的护栏边缘。她的丝裙在海风的吹拂中飘动着,一只风灵蹿了过来,变成一张云雾缭绕的脸。风杀的,这个小东西最好不要添乱。风灵这么机灵淘气,是不是人的想象力造就的?

水手们把绳子降到她脚边,她踩进绳环,动作不太稳,幺伯很快把他提到的那只面罩递给了她。

迦熙娜来到舷窗旁，不解地朝外望了望。一见沙兰站在船侧，她不禁抬起了眉毛。

沙兰耸耸肩，尔后打了个手势，招呼船员放她下水。

她缓缓地往下移动，逐渐靠近大海和那只随波荡漾的巨兽，同时收起顾虑，认为自己没有犯傻。船员在她距离海面还有一两尺之时便不再放绳，她戴上面罩，扣好系带，包括鼻子在内的大半张脸都被遮住了。

"再低一点！"她扭头对他们喊道。

船员无力地降下绳子，兴味索然，她觉得自己能体会到他们的心情。她把脚浸到水里，一阵刺骨的寒意瞬时蔓延至腿上。飓风之父啊！然而她无法叫停，于是又让他们把绳子下放一段，直到自己的整条腿都没入了冰水中。她的裙子鼓了起来，十分叫人尴尬，她只得将裙边踩在足底的绳环上，以防腰下的裙裾在她潜水时浮到海面。

她和衣物斗争了片刻，庆幸船员看不见她的满脸红霞，不过裙子沾湿后就好办多了。她总算蹲了下来，把身子探入水中，没有松开抓紧绳子的手。

待海水漫到腰部，她把头伸到了水下。

微亮的光柱穿透了水面，海中生机盎然。龟壳水母的外壳掩藏着一头伟岸的生物，小鱼来回窜游，在外壳的底面觅食。龟壳水母的真面目是一种巨兽，皮肤上生满褶皱，斑驳如古树，身下漂荡着长长的蓝色卷须，画出条条斜线，逐渐隐没在深海中。这些卷须形似普通水母的触手，只是要粗得多。

在外壳之下，巨兽通体灰蓝，体表盘根错节，靠近她的那只巨眼大概生有一圈饱经风霜的眼皮，另一只眼睛应该长在另一侧。龟壳水母体型笨重，却不乏宏伟架势，巨型鱼鳍上下摆动，宛如划桨。一群古怪的箭头状灵体在海中穿梭而过，环绕着巨兽游动。

深海之内似乎空荡荡的，但是龟壳水母所在的水域却充满生机，一如船下的空间。成群的鱼儿游来游去，许多小鱼窜到船底觅食，在龟壳水母与船只之间来回挪移，有时是一只只的，有时则是一批批的。这是不是巨兽在船边游动的原因？与那些小鱼有关吗？它们和巨兽之间存有某种关系，这点有没有影响？

她低头观望巨兽，发现它转了转跟她头一般大的瞳仁，**集中目光朝她看去**。那一刻，沙兰不再感到寒冷和窘迫。她正在探索一个新疆域，就她所知，这里还未曾有学者涉足过。

她眨眨眼，将生物的形象印入脑海，便于日后作画。

2 第四冲桥队

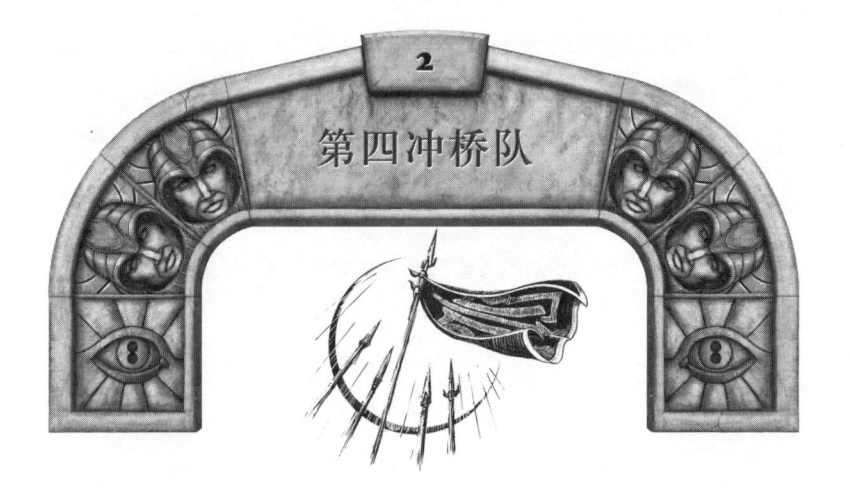

我们首先通过仆族智者一窥端倪。他们在阵型上改头换面，几周过后便不再争夺琼心石。战后，他们在高地徘徊观望，若有所期。

——摘自纳瓦妮·寇林的日记，写于 1174 年第一月第一周第一天

呼吸。

人靠呼吸而活。缓缓吐气，生息渐渐返回现世。卡拉丁合上眼做起深呼吸，一时间只能听到生命的脉动。他的胸中响起惊雷，与一进一出的气流声一拍即合。

呼吸。只属于他的小型风暴。

屋外的雨已经停了，卡拉丁仍旧坐在黑暗之中。国王和光眼种富翁死后，他们的尸体不会被人烧掉，而是经过塑魂处理，变成石像或金属像，从而永垂不朽。

暗眼种的尸体则实行火葬。他们化为烟尘，升天待命，就像焚过的祈祷符。

呼吸。比起暗眼种，光眼种的气息并无特别之处，不带额外的甜

香，也不见得更为自由。君王与奴隶呼出的气混杂在一起，随后又被人再度吸走，这样的过程循环往复。

卡拉丁站起身，睁开眼。这间黑黝黝的小屋就建在第四冲桥队的新营房旁，为躲避飓风，他一直独自待在室内。他来到门边，却没有走出去，只见一件眼熟的斗篷挂在钩子上，他不由得伸手一摸。在昏暗之中，他辨不出斗篷的深蓝色调，也看不清背面那套代表寇林家族的铭文——那些图案组成了达力拿的纹章。

他的人生每每发生转折，似乎总少不了飓风的光临。今天正是个大转折。他推开门，以自由人的身份走进了天光。

现在他并不打算披上斗篷。

他的出现引来了第四冲桥队的欢呼。飓风一吹，队员们便按惯例外出冲澡剃须。石头依次为大伙刮好了胡子，还在排队的人屈指可数。魁梧的吃角族人手持剃刀掠过德雷赫的秃顶，口中念念有词。一场雨过后，湿气四处弥漫。昨晚众人刚享用过炖菜，只留下了不远处的火堆，灰烬已经被雨水冲刷干净。

他的手下刚逃离堆木场没多久，而这一地带的诸多配备看起来与之差别不大。方正的营房还是老样子，连成长长的一片，岩石材质由塑魂术打造，并非人工产物，看上去就像庞大的石桩。不过，这些营房的边上都盖着几间给军士住的小屋，小屋有小门可直通室外。屋舍布满了标记，全是先前驻扎于此的队伍画的，卡拉丁一行人需要在图案之上再铺一层。

"莫阿什，"卡拉丁招呼道，"斯卡，泰夫特。"

三人齐齐小跑而来，踏过飓风留下的水塘，溅起点点水花。他们一律是冲桥手的打扮，腿上套着朴素的及膝短裤，皮马甲遮住了裸露的胸膛。斯卡不顾自己脚上有伤，仍旧出面到处活动，他显然想站直身子，而不是一瘸一拐的。卡拉丁眼下不再命他卧床休息，因为他的伤势不算严重，而卡拉丁正需要人手。

"我想看看情况怎么样。"卡拉丁领着他们走离营房，这里容得下五六位军士和五十名部下，两翼还建有更多同类建筑。卡拉丁分到了一整个营区，他手中握有二十座营房，可以安置由曾经的冲桥手组成的新大队。

二十座营房手到擒来。那个达力拿竟能为冲桥手拨出这样的份额，其中的惨痛真相不言而明——达力拿军为撒迪亚斯的背叛付出了巨大代价，战死者数千，余波至今未平。不少女文书正在若干营房附近工作，监督仆族从屋内抱出一垒垒衣服和随身品——这些都是逝者的私人财物。

大部分文书顶着一双红眼，显得疲惫不堪，平日的冷静不见了踪影。由于撒迪亚斯之过，达力拿军中刚刚产生了数千名寡妇，可能还有数千名孤儿。如果卡拉丁还需要一个理由来恨撒迪亚斯，那就是这件事了。现在受苦的是那些妇女，而他们死去的丈夫在打仗时曾是那么信任撒迪亚斯。

在卡拉丁眼里，于战时背弃盟友是最为不齿的罪孽。可能只有一种例外，那就是背叛自己人——当他们冒着生命危险来保护你，你却将其杀害。一想到亚马兰和他的所作所为，卡拉丁突然感到一股无名火，额前的奴隶烙印似乎再次灼痛起来。

亚马兰和撒迪亚斯。这两个人闯进了卡拉丁的生活，总有一天要为自己的所做所为付出代价。而他最好要让他们连本带利地偿还。

卡拉丁、泰夫特、莫阿什和斯卡继续前行。私人财物的清理工作正在缓慢进行中，营房里挤满了冲桥手，他们的装扮像极了第四冲桥队的队员——同款的马甲和及膝短裤随处可见。不过一检视其他方面，*他们的精神头就差得远了*。很多人留着蓬乱的头发，几个月都不刮胡子。他们驼着背，脸上没有表情，双目放空，似乎很少眨眼。

不管身边有没有同伴，每个人仿佛都自顾自地坐着。

"我记得那种感受。"斯卡轻声道。他面相机灵，五短身材很是精悍，尽管刚过三十岁，两鬓却已冒出银丝。"虽说不情愿，但我记得。"

"我们真要吸纳这些家伙来当兵？"莫阿什问。

"卡拉丁造就了第四冲桥队，没错吧？"泰夫特朝着莫阿什晃了晃指头，"他会再显神通的。"

"几十个人好调教，而碰上几百个人就不一样了。"莫阿什把一根被吹断的树枝踹向一边。他长得高大结实，下巴上横着一道疤，但是额前没有奴隶烙印。他走路时挺胸抬头，要不是生着一双深色的棕眼，或许能当上军官。

卡拉丁带着三名部下穿过一幢幢营房，做着快速统计。他手下现有近千人，他昨天就宣布他们已经重获自由，可以随意过回往日的生活，然而多数人只是干坐着，什么都不想干。虽然原先有四十支冲桥队，可大部分已经在上次总攻中遭到覆灭，剩下的队伍也早已人手不足。

"我们要把他们编成二十个小组，"卡拉丁说，"每组五十人。"茜尔化作一条光带，从空中飘落，绕着他嗖嗖飞舞。她会对他手下隐身，所以他们看不见。"面对千人大军，我们一开始无暇顾及全员。我们要先训练其中的积极分子，再让这些人回去教导自己的队伍。"

"同意。"泰夫特说着，抓了抓下巴。他是冲桥手中年纪最大的，脸上蓄着须，这种情况很少见。大部分人以刮胡子为荣，身为第四冲桥队的队员，他们借此与普通奴隶相区分。泰夫特的浅棕色胡子已经开始发灰，他出于同种缘由将其打理得干干净净，那块方正的短须俨然是虔诚者的风格。

莫阿什瞅了瞅那些冲桥手，一脸怪相。"卡拉丁，你想得美，以为会有人变成'积极分子'。在我看来，他们全是一副丧气包模样。"

"不少人仍然未失去斗志。"卡拉丁掉头折回第四冲桥队，"昨晚那些在火边与我们同坐的人就是切入点。泰夫特，我希望由你来把关人选。首先搞好小组编制,然后挑出四十人最先受训,每组出两人。你就是教官,这四十名排头兵将成为提振全军的带头人。"

"我应该可以办到。"

"很好,我会派给你几个帮手。"

"就几个?"泰夫特问,"再来几个都不嫌多……"

"你只能去适应了。"卡拉丁在半路上停下脚步,面朝西边,望着建在营墙外的国王行宫。它踞于半山腰,俯视着各大军营。"为了让达力拿·寇林好好地活着,大部分人都得上。"

莫阿什和其他人在他身边停下。卡拉丁觑了宫殿一眼。建筑的外观不够雄伟,明显不像国王的居所——所有东西的材质除了石头还是石头。

"你真心信得过达力拿?"莫阿什问。

"为了我们,他连碎瑛刃都不要了。"卡拉丁说。

"那是他欠我们的。"斯卡鄙夷地说,"他那条风操的小命还不是被我们救的。"

"他可能只是在装腔作势。"莫阿什双手抱臂道,"无非是几场政治游戏,他和撒迪亚斯都意图牵制彼此。"

茜尔落在卡拉丁肩头,化作少女形态,薄裙披散开来,显出一身蓝白。她两手紧扣,仰望着国王行宫,那里正是达力拿·寇林运筹帷幄的地方。

卡拉丁曾听他说过,他准备做的事会触怒不少人。*我要禁止他们继续玩游戏……*

"我们必须力保他的安全。"卡拉丁望向其余人道,"我不知道自己信不信得过他,但除了他之外,*平原上可再没有人对冲桥手动过些许恻隐之心*。要是他死了,谁晓得继任者过多久就会把我们重新卖给撒迪亚斯?"

斯卡略带嘲讽地哼了哼。"有一位光辉骑士领头,我倒想瞧瞧他们会怎么整我们。"

"我不是光辉骑士。"

"好吧，随你怎么讲。"斯卡说，"反正你有来头，要是他们想把我们从你身边赶走，无论如何都会吃苦。"

"你觉得我可以以一敌百，斯卡？"卡拉丁对上年长者的视线，"假如对手是一大群碎瑛武士呢？碰上千万大军又该怎么办？你觉得光凭一个人就无敌了？"

"不单是一个人，"斯卡死不改口，"只要是你肯定行。"

"我没那么神，斯卡。"卡拉丁说，"如果十支军队压下来，我是扛不住的。"他转向另外两人道，"我们决定留在破碎平原，为的是什么？"

"远走高飞有啥好处？"泰夫特耸耸肩，"就算自由了，我们还是会被征去继续当兵，或者是困在大山里活活饿死。"

莫阿什点点头。"只要人身自由还在，这里就挺好，不输给其他地方。"

"要想过实诚日子，就缺不了达力拿·寇林，他是我们最大的指望。"卡拉丁说，"我们干起了护卫，没有沦为苦力。尽管额头上的烙印是消不掉了，可我们是自由人，还有谁会给我们这种好处？如果我们希望保持自由身，就得把达力拿·寇林的命伺候好。"

"那白衣刺客呢？"斯卡小声问。

他们已经听说了此人的行径，世界各国的君主和轩亲王均遭其毒手，相关消息通过对芦纷至沓来，在军营中广为散播。亚泽尔的皇帝驾崩了，雅克维德的局势动荡不安，还有五六个国家身陷无主之境。

"他已经杀掉了我们的先王。"卡拉丁说，"老迦维拉尔是第一例，我们只能盼着他别再下狠手。无论如何，我们必须全力以赴，不让达力拿受害。"

尽管不太乐意，他们还是陆续点了点头。他并不怪罪他们，信任光眼种不是一朝一夕的事。甚至连莫阿什也不推崇光眼种了,他称赞过达力拿,如今却对他失去了好感。

卡拉丁倒是感到放心,对此他自己吃了一惊。可是风杀的,茜尔喜欢达力拿,她的意见举足轻重。

"当前我们的兵力还很弱。"卡拉丁压低嗓音道,"不过,假如我们从长计议,保护好寇林,回报一定不薄。我会把你们看作士兵和军官,并拿出相应的训练方式,这次我绝对来真的。自此之后,我们就能向他人传授技艺了。

"只有二十来个老冲桥手肯定成不了气候,然而上千名身手不俗的佣兵一旦配上军中的顶级装备,又会如何?要是战况险恶到必须弃营,我希望大伙能团结一心,成为坚不可摧、不容小视的集体。给我一年时间,我可以带好这一千名新兵。"

"这样的计划才得我心。"莫阿什说,"我能不能学剑法?"

"莫阿什,我们还是暗眼种。"

"你不是。"斯卡在另一边说,"那时,我看到你的眼睛——"

"住嘴!"卡拉丁深吸一口气,"别说了,旧事不要重提。"

斯卡陷入沉默。

"我正要命你们为军官。"卡拉丁对众人道,"你们三个,还有西格吉尔和石头,升为副尉。"

"暗眼种副尉?"斯卡道。这一军阶通常用于清一色由光眼种组成的中队,与军士处在同一级。

"达力拿提拔我为军尉。"卡拉丁说,"他说他不敢给暗眼种更高的军衔。这样的话,我就需要为一千名部下建立一套完整的指挥体系。在军士与军尉之间还需要一种衔位,因此我命你们五个为副尉。我想达力拿那一关应该过得去,如果还缺称号,就再加上军士长。"

"石头担任军需官,掌管千人的伙食,偻朋做他的副手。泰夫特,你担任教官。西格吉尔担任书记官,只有他会认铭文。莫阿什和斯卡——"

他望向一高一矮的两人,他们的走姿同出一辙,流畅的步态极富威慑力,长矛永远架在肩头。他们从不置身事外,他训练过不少第四冲桥队的队员,*一点就通的只有这两人*。他们是天生的杀手。

就跟卡拉丁一样。

"我们三人主攻达力拿的安保工作。"卡拉丁对他们说,"只要情况允许,随时都得有一人守在他身边,另外两人要经常出一人看着他的两个儿子。可是别搞错,"黑荆棘"的人身安全才是我们的重点。要不惜一切代价,他是第四冲桥队获得自由的唯一保障。"

其他人点点头。

"好样的。"卡拉丁说,"大伙去召集剩下的人手吧,是时候让世人见识你们的实力了,我都看得到。"

❋

大伙一致同意先让胡勃坐下来文身。这个嘴里缺了几颗牙的男人从一开始就信任卡拉丁,当时还没几个人敢这么做。卡拉丁还记得那天自己在出桥后筋疲力尽,只想躺倒干瞪眼;可他最终还是下定决心救起胡勃,没有弃之不顾——他也替自己换来了救赎。

第四冲桥队的其余队员站在帐篷里,一声不吭地围着胡勃观看文身过程。文身师在他额前审慎地落针,用卡拉丁提供的铭文图案盖住奴隶烙印。胡勃痛得直蹙额,却不忘在脸上挤出微笑。

卡拉丁曾听说文身的除疤效果十分出众。待墨水注入后,在抢眼的铭文图案之下,人们一般很难发现皮肤上的疤痕。

文身师完成工序后,递给胡勃一面镜子。冲桥手迟疑地摸了摸额头,被针扎过的皮肤已经发红,但是黑色的文身恰好遮住了奴隶烙印。

"那玩意儿是什么意思？"胡勃含着泪，轻声问道。

"'自由'。"西格吉尔抢在卡拉丁之前答道，"该铭文意为'自由'。"

"上面几个小字表示获救日期和解放你的人。"卡拉丁说，"就算弄丢了写明自由身的证件，也没有人会把你当做逃兵关起来。想找证据很简单。他们可以求见达力拿名下的文书，查看证件的副本。"

胡勃颔首道："这样挺好，不过少了点东西。加上'第四冲桥队'，变成'自由，第四冲桥队'。"

"说明你脱离了第四冲桥队，重获自由？"

"不，长官。我没有脱离第四冲桥队，我的自由是它的功劳，和大伙同处的时光太宝贵，我别无所求。"

这番话好似痴人乱语。编入第四冲桥队意味着死亡——无数冲桥手肩扛该死的桥，逃不过任人宰割的命运。即便在卡拉丁决意拯救同伴之后，仍然损失了大量人手。假如胡勃不抓住一线机会逃出生天，就是个十足的傻瓜。

可他一直坐着不肯起身，直到卡拉丁画出所需的铭文交给文身师。其人是一名从容不迫的暗眼种妇女，有着殷实的身材，仿佛能擎起一座桥。她坐到凳子上，开始在胡勃的额前绘线，往"自由"的正下方刺入两个铭文。在下针的过程中，她又一次解释起文身部位会如何酸上几天，以及胡勃该怎样保养。

新文身一完成，胡勃就爆发出一阵大笑，尽管傻不拉几，但其他人满意地点点头，把手紧紧搭在他的胳膊上。斯卡紧随其后，一阵风似的落座，迫不及待地要求文身师为他刺上全套铭文。

卡拉丁抱着双臂后退几步，摇了摇头。帐篷外是一片熙熙攘攘的市场，充斥着各种买卖。所谓"军营"实质上是一座城市，选址于形如火山口的巨大岩坑之中。破碎平原上的拉锯战引来了形形色色的商贾和艺人，还有携家带口的士卒亲属。

莫阿什站在近旁看着文身师，疑窦丛生。在冲桥队员中，不止他一人没有奴隶烙印，泰夫特也是。严格说来，他们在成为冲桥手之前并不是奴隶。这种情况在撒迪亚斯军中屡见不鲜，不管违反了哪条军规，都有可能被派去扛桥受罚。

"如果没有奴隶烙印就不需要文身，"卡拉丁对部下高声宣布，"你们依旧是我们的人。"

"不，"石头说，"我要文。"他执意在斯卡之后落座，无视自己没有奴隶烙印的事实，还是在额前文上了图案。最后，全体没有烙印的队员——包括贝尔德和泰夫特——纷纷坐下，换上了相同的造型。

只有莫阿什剑走偏锋，把文身挪到了上臂。他的做法异于多数同伴，但自有道理。当他出门走动之时，无须自暴奴隶身份，外人也无法一下子看出来。

莫阿什从椅子上起立，轮至下一人——他的皮肤生有红黑相间的大理石花纹，宛若岩石。第四冲桥队的队员来自五湖四海，然而申是仆族，隶属于特殊的阶层。

"我不能给他文。"文身师道，"他归你们所有。"

卡拉丁刚想张嘴反驳，却被其他冲桥手抢得先机。

"他已经自由了，和我们没差别。"泰夫特说。

"他也是队员。"胡勃说，"给他文上吧，否则我们一颗球币也不给。"他说完脸一红，瞄了瞄卡拉丁。达力拿·寇林拨给了他们不少球币，卡拉丁准备以此付清文身费用。

另外几名冲桥手跟着起哄，文身师只好唉声妥协。她拉来坐凳，动手在申的额头上开工。

"你根本看不到它的。"她抱怨道。其实西格吉尔的肤色和申差不多深，但他额前的文身挺显眼。

事毕，申照完镜子就站了起来。他望望卡拉丁，点了点头。申的话很少，卡拉丁不知该对他作何评价。他一般会保持缄默，慢悠悠地落在冲桥队的尾巴上,很容易被人遗忘。仆族通常扮演隐身人的角色。

继申之后,只剩卡拉丁一人了。他躬身坐下,闭上双眼。扎针的痛楚比他想象的要厉害得多。

没过多久,文身师手一抖,暗暗地骂了几句。

卡拉丁睁开眼,发现她正用一块碎布擦拭他的额头。"怎么了?"他问。

"墨水渗不进!"她说,"我从没碰到过这种情况。我一抹你的额头,墨水就全部流出来了!图案文不上去!"

卡拉丁发出一声叹息,感到血脉中正有几缕飓光在奔涌。虽然是下意识而为,但他似乎可以将飓光留在体内了,这种能力一直在进步。前几天他经常一边走路一边进行小剂量的摄取。吸取飓光就像给酒囊加料——如果往里倒满酒再拔掉塞子,酒就会一下子喷洒出来,而不是一股股地淌下。这道理也能嫁接到飓光的运用方式上。

他呼出飓光,希望文身师没有看见从他口中流出的那团光雾。在她换新墨水的空当,他说:"再试一次吧。"

这下成功了。卡拉丁在文身过程中老实地坐着,咬紧牙关忍住疼痛,最后抬头照了照她手中的镜子。一张陌生的脸回望着卡拉丁,这个人剃光了胡须,将头发扎到脑后以便文身,奴隶烙印已被覆盖,暂且被遗忘。

我能不能成为这个人?他想着,用手碰了碰面颊,这个人已经死了,不是吗?

茜尔降落到他肩上,和他一起照镜子。"生先死,卡拉丁。"她低语道。

他不知不觉地吸入了一点飓光,还不够充填润石的一小部分。飓光在他的血管中流动,施加着一波波压力,好似困于窄室的风。

他额前的文身化开了。由于生理上的抵抗,墨水渗了出来,一滴滴地滑过他的脸颊。文身师抓起碎布，再度骂骂咧咧起来。

卡拉丁眼前只剩下那些铭文逐渐消失的画面。自由不在，下方的可怖伤疤是他逃不出的牢笼。一个烙下的铭文将他卷入困顿之境。

危险。

文身师擦了擦他的脸。"不知怎么搞的！我刚才还以为成了，我——"

"没关系。"卡拉丁接过碎布，起身把自己的脸擦了个干净。他回头对已从冲桥手变为士兵的同伴们说："这几道疤看来还跟我过不去，改天再文吧。"

他们连连点头。他得晚些时候再向他们解释。他们了解他的能力。

"我们走。"卡拉丁对部下说道，抛了一小袋球币给文身师，随后走到帐篷外拿起矛。其余人把矛扛到肩头，跟着他一同离开。在军营中，无须时刻保持武装，然而他们现已获准携带武器，他想让他们习惯这一点。

外面的市场人头攒动，好不热闹。那些帐篷在昨晚飓风来袭期间肯定被人收起，可现在又忽地撑了起来。卡拉丁正想着申，他的眼神或许因此落在了仆族身上。他草草地扫了一眼，看到了几十名仆族，他们不是在帮忙架起最后几顶帐篷，就是拎着光眼种买来的东西，还有几个在协助摊主搬货。

卡拉丁很是疑惑：他们如何看待破碎平原上的战争？现今世上仅存一支不受奴役的仆族，而这场仗旨在击败他们，或许还会将其一举征服。

要是他能从申口中套出问题的答案就好了。这名仆族似乎一天到晚只会用耸肩来应付他。

卡拉丁带领部下穿过市场，这里洋溢着友善的氛围，远远胜过撒迪亚斯军中的设施。尽管大家直盯着他们，但没有人发出嗤笑，从附近的小摊传来的奋力杀价声也不扎耳,全场甚至不见多少流浪儿和乞丐。

很简单,你要相信这件事,卡拉丁想道,你要相信达力拿就是大家口中的那个达力拿、就是那个广为传颂的正派光眼种。可是人人都如此评价亚马兰。

在行路时,他们经过了一些士兵。达力拿的军队确有残余,只是人数稀少。在那场灾难性的总攻中,撒迪亚斯弃达力拿于不顾,大批士兵参与了此役,少数人在军营内执行任务,保住了性命。卡拉丁一行人刚巧和一支市场巡逻队擦身而过,他注意到站在前排的两名士兵将双手举到胸前,交叠在手腕处。

他们是从哪里学会第四冲桥队的旧队礼的?怎么这么迅速?这些人的动作没有做到位,只是打了个小手势,不过他们在卡拉丁和他的部下路过时一个劲地点头。在市场的安宁表面之下,卡拉丁突然嗅到了另一种气息,也许这不单单是达力拿军中的纪律和组织使然。

整座营地弥漫着无声的恐惧。撒迪亚斯的背叛导致数千人殒命,所有还活在这里的军民可能都认识死在高地上的人。此外,大概没有人不关心两大轩亲王之间的冲突会否升级。

"被人视作英雄真美,是不是?"西格吉尔走在卡拉丁身边,观望着另一队路过的士兵。

"你觉得这种好意会持续多久?"莫阿什问,"离他们嫌弃我们的日子还远吗?"

"哈!"身材伟岸的石头赫然出现,在后方拍了拍莫阿什的肩膀,"今儿可别抱怨啰!你老爱多嘴,别让我踹你。我不喜欢踹人,脚指头会痛。"

"踹我?"莫阿什付之一笑,"你连根矛都不愿举,石头。"

"你那么爱发牢骚,可不能用矛来踹,不过我这恩卡拉基人的大脚倒是为此量身定做!哈!明眼人都看得出,你说呢?"

卡拉丁引领众人离开市场，走向一幢靠近营房的四方大楼。该建筑完全由石头砌成，花了不少人力，没有借助塑魂术，因而具备更为美观的外形，石匠的悉数进驻使得这类房屋在军营中愈发常见。

塑魂术见效更快，不过代价也更高昂，缺乏灵活度。他对此所知甚少，只听说塑魂者的能力十分有限。出于此因，营房的外形一律出自同样的模子。

一行人跟随卡拉丁迈进了高楼，来到柜台边。一位膀大腰圆的灰发男子正在巡视装运成套蓝衣服的仆族，卡拉丁昨晚刚对寇林麾下的首席军需官林德下达了指示。林德是光眼种，却处在卑微的第十等，并不比暗眼种高贵多少。

"嗨！"林德扯开了嗓门，这般尖厉的声线和他的腰身不很相配，"您终于到了！我已经为您调来了全部余存，一件也不剩，军尉。"

"余存？"莫阿什问。

"都是深蓝卫士的制服！我已经派人去做新的了，这些是库里剩下的。"林德放低了音量，"您看，我没想到需求这么快就上来了。"他把莫阿什来回打量了好几遍，随后递给他一套制服，手指更衣室的方向。

莫阿什接过制服道："我们要在外面套上皮坎肩吗？"

"哈！"林德说，"那种挂了很多骨头的玩意儿？我听说过，人一穿上就活像节日里的西部髅巫。不过没必要，光明贵人达力拿叫你们配备胸甲、钢盔和新矛。如果有作战需要，我也能提供锁子甲。"

"现在有制服就行。"卡拉丁说。

"我穿上后一定很傻。"莫阿什叫苦连天地走去换衣了。林德将制服依次分发给冲桥手，他不解地看了看申，但还是把一套制服交到仆族手中，什么闲话也没说。

冲桥手们如饥似渴地挤作一团，急忙展开自己的制服，兴奋得大呼小叫。他们很久没有穿过像样的衣服了，之前不是套着出桥用的皮背心、就是顶着一副衣衫褴褛的奴隶装扮。这时，莫阿什走出了更衣室，大家都合拢了嘴。

他们拿到的制服是新款，卡拉丁当年从军时的穿着没有那么时髦。整套行头包含一条笔挺的蓝裤、一双擦得锃亮的黑靴，还有一件内搭系扣白衬衫的及腰外套。外套扣子扣好，再围上一根腰带，衣服里的衬衫只会在领口和袖口处探出来。

"看看，好一个兵！"军需官笑着说，"还觉得这样子很傻吗？"他向莫阿什挥了挥手，叫他站到壁镜前好好照照。

莫阿什正了正袖口，满脸通红。卡拉丁很少见到他这么心慌。"不，"莫阿什说，"不觉得。"

其他同伴也急不可待地前去换装。一些人走进了边上的隔间，而大部分人管不上这么多。他们做过冲桥手和奴隶，最近一阵子时常衣不蔽体，比裹着条缠腰布四处晃荡好不到哪去。

泰夫特换起衣服比任何人都快，他知道该怎么系扣。"久违了。"他嘟哝道，扣好腰带，"没想到我还有幸换上戎装。"

"泰夫特，你本来就适合这身打扮。"卡拉丁说，"不要因为当过奴隶就一蹶不振。"

泰夫特应和了几声，将战刀佩在腰带上。"你呢，孩子？准备啥时候承认自己的身份？"

"我已经承认了。"

"你只给我们露过一手，还没有面向外人。"

"求你别再提起这一茬。"

"我风操的想提就提，"泰夫特一时言重，随即弯下腰，小声道，"就等你给我一个发自内心的回答。你是飓能者，虽然目前算不上光辉骑士，可你总有一天要走上这条路，船到桥头自然直，受点鼓动没有错。你为啥就不能跑上山会那个叫达力拿的人物，在他跟前吸点飓光，好让他把你认作光眼种？"

卡拉丁瞥了一眼换衣换到手忙脚乱的部下，林德在一旁恼火地指导他们该如何系上外套的扣子。

"泰夫特，光眼种夺走了我所拥有的一切。"卡拉丁悄声道，"家庭、兄弟和朋友一去不复返，这还不是全部。你想不到的，我有什么，他们就抢走什么。"他举起手，有目的地搜寻着，这才勉强辨认出一小缕从皮肤上升腾起的光雾，"他们不会罢手。我的能力一旦被揭穿，他们肯定会把我掏空。"

"克勒克的臭嘴啊，他们凭啥这么干？"

"不知道。"卡拉丁说，"泰夫特，我真没辙，但一想到这点就禁不住发慌。我不能让他们得逞，更不能让他们夺走我的能力和你们这些弟兄。我们还是守紧口风吧，别再扯开了。"

泰夫特嘟哝了几句，恰逢其余人整装完毕，只有独臂的偻朋卷起一只空荡荡的袖子，将其塞进外套，以免垂下。他伸手点了点泰夫特制服上的肩章，问："这是啥？"

"深蓝卫士的肩章。"卡拉丁说，"那是达力拿·寇林的亲卫队。"

"他们已经死了，黑发哥。"偻朋说，"这身份和我们不相称。"

"是啊，"斯卡附和道，他取出小刀割下肩章，吓到了林德，"我们是第四冲桥队。"

"你们曾经在第四冲桥队里不得翻身。"卡拉丁反驳道。

"有什么关系，"斯卡说，"我们是第四冲桥队。"其他人表示赞同，纷纷割下肩章，把它们丢到地上。

泰夫特点点头，照做了。"我们会保护'黑荆棘'，可仅仅顶替前任是不行的，我们的队伍自成一派。"

卡拉丁揉了揉额头，然而他们的态度是他教出来的，他先前总想把大伙团结到一块，鼓励他们形成一个有凝聚力的集体。"我会拟一份对铭徽章的设计图给你，"他对林德说，"叫人做些新的。"

胖男人捡起散落在地的肩章，叹了口气。"好的。我把您的制服带来了，军尉。暗眼种也能当军尉！又有谁料得到？就我所知，您是军中的独苗，前无古人！"

他并未觉得这番话很犯冲。卡拉丁极少接触像林德那样的低等光眼种，但他们是军中的常客。在他的故乡只有身为中上等光民的城主一家，剩下的均是暗眼种。加入亚马兰军后，他才知道世上还有一大群和平民无二的光眼种，他们干着普通的工作，苦苦地挣钱。

卡拉丁走到柜台前，去取最后一包衣服。他的制服是另一种款式，包括一件蓝色的背心和一件蓝色的双排扣长大衣——上面镶着白边、缝着银纽扣。尽管长大衣的对襟各有一排扣子，但是在着装时通常会敞开。

他经常看到光眼种身穿此类制服。

"第四冲桥队。"他割去深蓝卫士的肩章，随手一扔。后者落到了柜台上，和其他肩章躺在一起。

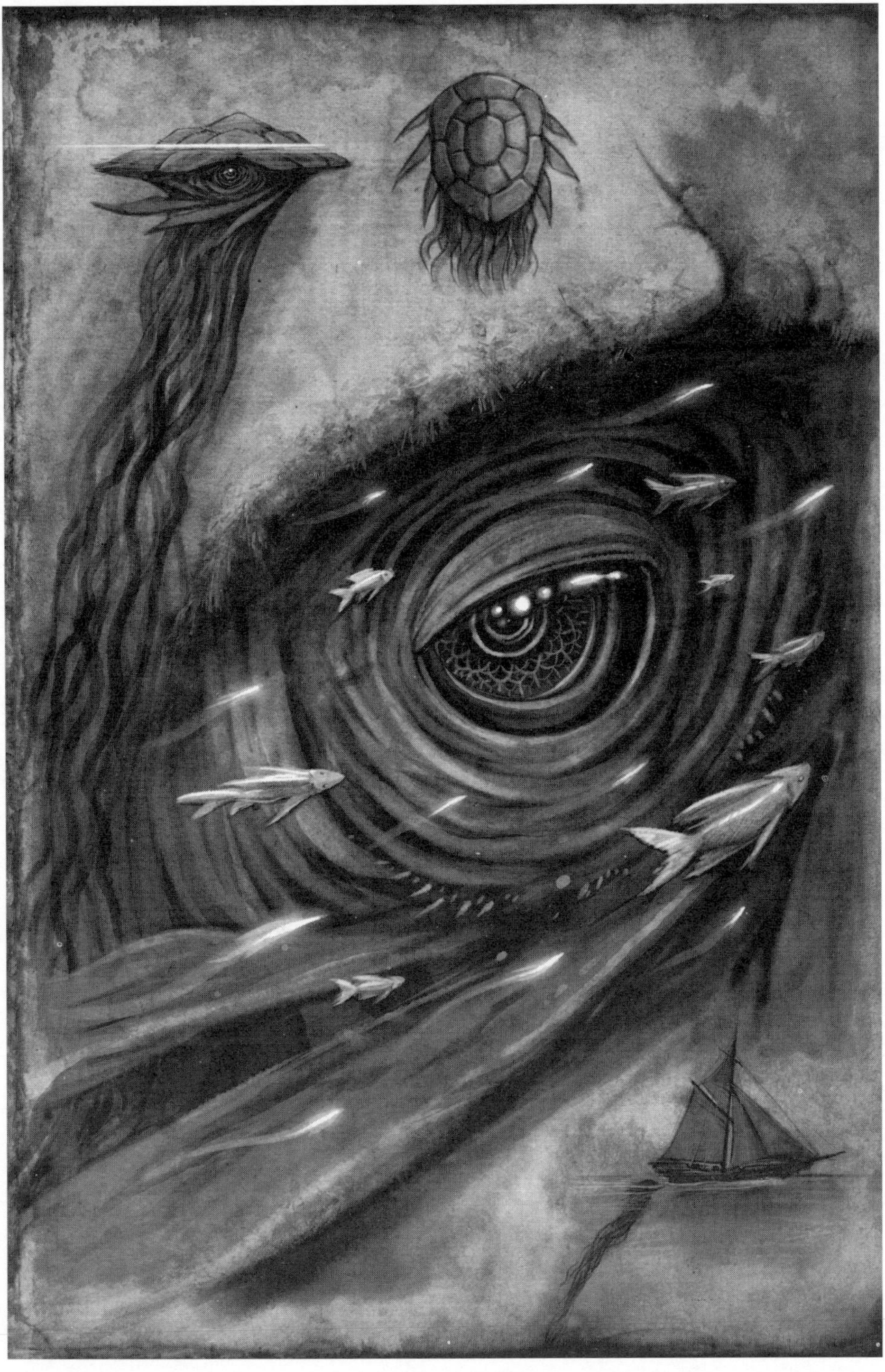

3 图案

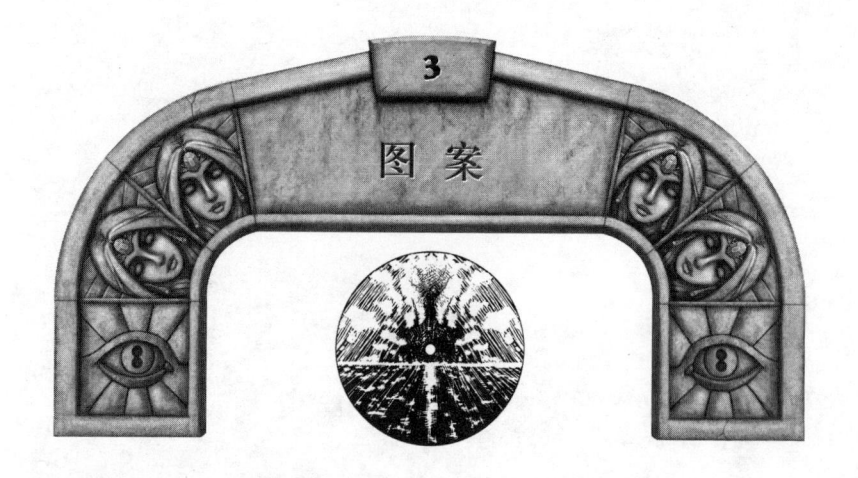

士卒通报大量仆族智者斥候于远处刺探情报,令人心悸。我们随即发现对方战略有变,改为夜间靠近军营,尔后迅速撤退。我只得在此臆测,敌军有意用计偃甲息兵。

——摘自纳瓦妮·寇林的日记,写于1174年第一月第一周第一天

神权统治前的历史研究是一项难点,学者时常碰壁,书中写道,在神权统治下,沃林教会近乎全权掌控着东部柔刹,由其捏造的言论演化为绝对真理,逐渐在大众的意识中根深蒂固。更加令人不安的是,为了避免神权统治下的宗教教义与历史发生冲突,古文献不断遭到篡改。

沙兰穿着睡衣,正在船舱里读书,身旁的高脚杯里盛有发光的润石。这间舱室面积狭小,没有装上真正的舷窗,仅在外墙的顶部安有一扇细长的窄窗。她只能听到海水轻拍船体的声响。今晚,船只无港可泊。

在这一时代,教会对光辉骑士团不予信任,书中写道,却仰赖于

令使赐予沃林教的权威。该背景催生出对立观点，光辉变节事件和骑士的背叛被过度放大。与此同时，那些曾在影时代与令使共事的古代骑士则备受称颂。

有鉴于此，涉及光辉骑士和裂影界的研究难度甚高。真相何在？教会受到错误方针的指引，企图消除过去的认识分歧，从而对相关记载进行改写，使其贴合教会所宣扬的陈述。这层变更究竟有几何？出自该时期的纸卷原稿，在转录为现代抄本时，几乎都经过了沃林教的美化。

沙兰在看书时抬眼望了望。这本书是迦熙娜升为正式学者后最早发表的作品之一，她并没要求沙兰阅读。在沙兰开口索要之时，她先是有些犹豫，随后才进到船舱。舱内摆放着大量塞满卷籍的旅行箱，迦熙娜找到一只箱子，将书抽出。

这本书的内容与沙兰所学的知识息息相关，迦熙娜为什么就这么不舍得？她不是应该立刻把它交给沙兰吗？这——

图案又现身了。

它伏在舱壁上，靠近床铺，就在沙兰的左手边。她见状连大气也不敢出，小心地将视线移回眼前的书本。她早前见过这个图案，她的素描本上出现过相同的形状。

自那时起，她一直能从眼角窥见它。它有时藏在木纹里，有时紧贴海员衫的后摆，有时匿于海面的波光。每当她用正眼瞧过去，图案就会消失。迦熙娜不肯放话，表示这东西应该不算大碍。

沙兰翻动书页，平复着呼吸。她以前有过相似的经历，那几个长着符号脑袋的奇诡生物曾不请自来，被她画进了素描。她的目光飞离书本，投向舱壁——她没有直视图案，而是看向一边，装作不加留意的样子。

没错，它就在那儿，仿如压花般凸出，构形复杂而对称，叫人过目不忘。图案上的团团细线时而扭曲、时而翻转，以独特的方式将木头的表面拱起。如果把桌布拉紧,再盖到几根涡形铁丝上,就会产生此般效果。

这个图案像极了那些生物的怪异脑袋,它们是一伙的。她回头瞅了瞅书页,却没有细读。船只晃了晃,白光熠熠的润石在高脚杯里相互碰撞,叮当作响。她深吸一口气。

然后直直地望向图案。

它瞬间黯淡下去,隆起的线条渐渐没入舱壁。在它消隐之前,她抓得清晰的一瞥,将之定格在脑海。

"又来了,"在图案没影的一刻,她喃喃自语道,"这次我可逮到你了。"她扔下书本,连忙掏出炭笔和画纸,缩着身子坐下,红发滑落在肩头。

借着润石的光,她奋力作画,*浑身洋溢着完稿的冲动*,握笔的手指不由自主地来回游移。她用不加遮掩的禁手扶住素描本,面前的高脚杯为画纸洒下了细碎的光影。

她把炭笔丢到一边。为了画出锋利的线条,她需要更为利落的工具,譬如墨水。若要替有血有肉的形象打上柔和的阴影,炭笔是一大首选,但是她正在绘制的东西无血无肉,绝非生灵,而是某种离奇之物。她从画具包里抽出硬头笔和墨水瓶,低头继续作画,图案的精细线条重又跃然纸上。

在绘图时,她不加思考,全心沉浸于画中。几十只微小的艺灵骤然闪现,将她围绕,很快铺满了床边的小桌,还在她跪着的地板附近挤作一团。这些灵体翻转腾挪,化为它们最近见过的形态,大小比不过调羹的头。她没有多加理会,可她从未一次性瞧见这么多。

她在作画时全神贯注,艺灵的外形变换得愈发频繁。那个图案似乎不可能被捕捉下来,繁复的线条永无休止地弯转屈伸,仅用硬头笔无法把它诠释到位,不过她就快做到了。她先选好一个中心点,绘出螺旋状的线条,接着又从中间重新画出每一个分支,并在上面增添了蜷曲的细线,图案的造型仿如特制的迷宫,足以将人逼疯。

画完最后一笔,她发现自己气喘吁吁,好像刚刚长跑回来。她眨眨眼,再次注意到身边的艺灵——她已然引来了数百只。它们略作流连,才逐一消失。沙兰把硬头笔放在墨水瓶的一侧,桌面上了蜡,将后者牢牢粘住,这样就能避免因船只颠簸而造成的打滑。她捡起画纸,等待最后几根墨线晾干,感到自己似乎完成了件大事——可她对此没有任何头绪。

线条一干透,那个图案就浮现在她眼前。一声如释重负的叹息从纸面传来,生生地钻入了她的耳朵。

她猛地跳起,撇下画纸,慌乱地爬到了床上。与前几次相异,压花图案没有遁形,反倒从她画中探出身子,离开纸张,来到了地板上。

她没别的办法来形容它。不知为何,图案从纸上移向地板,裹住床腿,爬到了毯子上。打个大致的比方,它不像是在毯子底下活动,这些线条太过精准,没有舒展开来,而普通物体一旦被毯子盖住,就会形成没有确切形状的凸起。

它越靠越近,尽管看上去并不危险,可她还是不由得发起抖来。这个图案没有躯体和四肢,和她画过的符号脑袋有所差别,却也具备若干共同点,就像后者的平面化版本,只是更为抽象。这好比在纸上先画一个圆,再添几根线,一张人脸便呼之欲出。

她曾为那些生物所苦,受尽惊吓,噩梦连连,时常犯愁自己是不是快疯了。因此,眼见图案渐渐逼近,她赶紧从床上蹦下,离它远远的,直到小舱室内已无路可退。之后,她推开门去找迦熙娜,心跳得厉害。

她发现迦熙娜恰好站在门外,几欲握住门把,她的左手托举在前,掌上站着一个通体墨黑的小人——形如身穿时装和长风衣的男子——他一见到沙兰便幻化成影。迦熙娜看看沙兰,接着望了望舱室的地板,那个图案正在木纹中穿行。

"加点衣服,孩子。"迦熙娜说,"我们有要事待议。"

※

"我原以为我们拥有同一类灵体。"迦熙娜走进沙兰的船舱,坐到了一把椅子上。那个图案依旧伏于地板上,夹在她和沙兰之间。沙兰趴在床上,衣着得体。她往睡衣外套了件长衫,左手还戴上了白色的薄手套。"可是那样太过显而易见。在卡哈巴兰斯,我就怀疑我们分属不同的骑士团。"

"骑士团,光明女士?"沙兰问。她拿起炭笔,怯生生地戳了戳地板上的图案。它避开了,好似一只被人触碰过的动物。沙兰对它顶起地板的方式很着迷,却不太愿意与之搭上关系;那些几何图形诡异得令人眼花缭乱,也不是她乐意面对的。

"是。"迦熙娜道。方才那只与她相伴的墨色灵体没有再次出现。"据传任一骑士团均可操控两种飓能,其中一种飓能也为另一骑士团所用。由飓能驱动的法力人称飓能术,塑魂术为其中一类,尽管我们都会来上一手,所处的骑士团却不同。"

沙兰点点头。飓能术和塑魂术均是光辉变节者的禀赋,依据所查文献的不同,这些异能——应该只是传说——或为福佑或为诅咒,至少迦熙娜在旅途中布置给她阅读的书籍是这么描述的。

"我不是光辉骑士的一分子。"沙兰说。

"当然了,"迦熙娜说,"我也不是。骑士团是一大组织,好比社会是一大建构,有待定义和解释。持矛者不尽是士兵,做面包的女性不尽是面包师。不过,作战或烘焙的技能业已成为了相应从业者的标志。"

"所以你的意思是,我们的能力……"

"曾是光辉骑士团的准入门槛。"迦熙娜说。

"可我们是女的!"

"没错。"迦熙娜轻描淡写地说,"灵体没有沾染上人类社会的偏见,这点叫人耳目一新,你说对不对?"

沙兰仰起头,不再用笔戳图案状的灵体。"光辉骑士中有女性?"

"据统计,女性的数量十分可观。"迦熙娜说,"但是别害怕,你今后是否会拿起剑还是个未知数,孩子。光辉骑士的典型形象被人夸大了,他们不单驰骋于沙场。书中讲到——只可惜文献中的记载并不可靠——每有一名骑士投身战斗,就有另外三人从事外交工作、学术研究以及其余造福社会的事务。"

"原来如此。"沙兰为什么会失望?

傻瓜。回忆不期而至。一把银剑。一个发光的图案。无法面对的真相。她赶走思绪,紧紧闭上眼。

十下心跳。

"我正在研究你提到的那种灵体,"迦熙娜说,"也就是长有符号头的生物。"

沙兰睁开眼,做了一个深呼吸。"它也是。"她用炭笔指了指图案,它已然来到她的旅行箱旁,一会儿跳上一会儿跳下,就像在沙发上乱蹦的孩童。这个小东西的本性似乎天真无邪,甚至有点顽皮,而且一点也不聪明。她竟会害怕它?

"我想错不了。"迦熙娜说,"多数灵体在人世的模样和裂影界相异。你以前画的是它们在那里的形态。"

"这一只的表现不怎么样。"

"是啊,说实话我挺失望的。我感觉我们在讨论此事时有所遗漏,沙兰,整件事叫我大伤脑筋。秘灵名声在外,是一种令人生畏的灵体,我还是首次见到像这样的同类,它似乎……"

它爬上舱壁,接着滑了下来;之后又爬回去,很快又滑了下来。

"有点愚钝？"沙兰问。

"也许它只是需要更多时间。"迦熙娜说，"当我头一次与白牙建立纽带时——"她突然住口。

"什么？"沙兰问。

"抱歉，他不喜欢我讲起他，不然他会紧张。骑士违背誓言后，灵体遭受重创，殒命者无数。这一点无从质疑。尽管白牙不愿言说，但我估计他的做法在其余灵体看来无疑是背叛之举。"

"但——"

"关于他的话题就此打住。"迦熙娜说，"不好意思。"

"没关系。你刚刚说到了秘灵？"

"对。"迦熙娜把手伸进左袖，取出一张对折的纸——那是沙兰绘制的符号脑袋。"它们自称秘灵，而我们大概会唤其为谎灵。它们不喜欢人类的叫法。总而言之，秘灵在裂影界中统治着一座大城市，可谓是知界域的光眼种。"

"那么这个小家伙，"沙兰朝图案点点头，它正在船舱的中央转着圈，"就算是……它们那一头的王子？"

"差不多。它们和荣灵纷争不断，局面错综复杂。我无从花太多时间来探究灵体政治。这只灵体将成为你的搭档，它会给予你施放塑魂术和其他法术的能力。"

"其他法术？"

"尚待日后揭晓。"迦熙娜说，"归根结底，还是要看灵体的性质。你的研究有没有出成果？"

在迦熙娜门下，学术水准的检测似乎无处不在。沙兰压下一声叹息。她放弃回家，追随迦熙娜而来，为的就是这个原因。然而，<u>她还是希望迦熙娜有时可以直接告诉她答案</u>，而不是叫她苦苦地自行解决问题。"艾蕾依表示灵体是创世力量的碎片，书中众多学者均予以认同。"

"这是一家之见。有何含义？"

沙兰努力不让自己的注意力被地板上的灵体分散。"世界的运作由十种基础飓能驱动。飓能就是基本力，涵盖重力、压力和变力等。你曾告诉我灵体是知界域的碎片，出于人类的关注，它们才获得了意识。按理说，它们先前就是一类事物，近似……一幅画在活过来之前就是一张画布。"

"活过来？"迦熙娜抬起了眉毛。

沙兰说："当然。"画作是活物，它们虽然不像人类或灵体那样活着，但是……至少在她眼中，这是不言自明的。"综上所述，灵体在觉醒之前就以某种形式存在了。它们是力量和能量。法瑟之女禅安描绘过在重物周围时有出现的微型灵体，也就是引灵——*它们是引力的碎片*，会致人下落。同理可知，任何灵体在成为灵体之前都是一种力量。事实上，灵体可分为两大类：一类回应情绪；另一类回应基本力，比如火和风压。"

"所以你认可纳玛尔的灵体分类论？"

"是的。"

"很好。"迦熙娜说，"我也执此观点。我个人认为，人类关于'神'的原始概念源自情绪灵和自然灵的区分。荣誉为人所造，出自人类对情绪灵的认识，是人情的典范，后被沃林教奉为全能之主；受西部信众崇拜的培养是女性神祇，象征自然与自然灵；各类虚灵则会激起敌意或反感，它们的主人从不见光，其名号经常有变，这要看我们在探讨何种文化。当然，飓风之父也在这个范畴之内，但属于特例，他的理论本质会随着沃林教的话语方式而发生改变，需要按照时代来……"

她收下了后话。沙兰涨红了脸，意识到自己的目光已经游走。听闻迦熙娜口出妄言，她心生抵触，打量起了毯子上的铭守符。

"抱歉，"迦熙娜说，"离题了。"

"谈及全能之主，"沙兰说，"你就这么肯定他不是真实存在的？"。

"我手头没有什么材料可以证明神的存在，泰勒拿人信奉的诸念、淳湖原住民信奉的努拉里克以及其他宗教中的神均是如此，全能之主更不例外。"

"令使呢？你也认为他们不存在？"

"我不清楚。"迦熙娜道，"世上有太多我无法理解的东西。比方说，有少量证据表明，飓风之父和全能之主均是真实存在的生物，它们不过是类似夜妖的强大灵体。"

"那么他就是真的。"

"我从没说过他不是真的。"迦熙娜道，"我仅是不把他尊为神，也没有丝毫崇拜他的意愿。不过，这又是题外话了。"迦熙娜站起身，"你不用再做其他研究。往后的几天内，你只需关注一大课题。"她指了指地板。

"那个图案？"沙兰问。

"几个世纪以来，你是唯一一个有机会与秘灵交流的人。"迦熙娜道，"把它当成研究对象，写下你的体会，做到不厌其详。这份记录很可能会成为你的首部力作，它事关我们的未来，也许会起到至关重要的作用。"

沙兰望见图案挪了过来，碰到她的脚，它屡试不腻，而她只有轻微的感觉。

"好极了。"沙兰说。

4 攫秘者

> 下一条线索现于墙上。我虽非有眼无珠，却无法将其吃透。
>
> ——摘自纳瓦妮·寇林的日记，写于1174年第一月第一周第一天

"我一路奔跑，踏浪而行。"达力拿回过神来，迈步向前冲锋。

幻境凝聚成形，将他包围，左右两侧各有持矛举锤的十多人蹚过浅水，溅起片片温热的水花，打到他腿上。他们每每踏步，便绷紧脚掌，将大腿高抬至与水面平行，如同一队在检阅中踢着正步的士兵——只是如此慌乱的检阅还是史上头一回。显然这么做有助于涉水，他试着学起旁人的古怪步伐。

"我想自己在淳湖，"他低声道，"暖水仅过膝盖，怎么都望不到岸。不过天色已晚，很难视物。

"有人和我一起，我不知道我们究竟是要跑去哪里，还是刚从哪里折返，一回头什么也看不见。这些人明显是士兵，却身穿古旧的制服。他们围着皮裙，头戴青铜盔，还配有青铜胸甲，手腿均无遮拦。"他低头看了看自己，"我也是同样的打扮。"

在阿勒斯卡和雅克维德，一些领主依然沿用此类制服，因而他无法推断出眼下的确切年份。那群因循守旧的大将有意在现代再度推广古时的戎装，希望借此鼓舞士气。不过，除了老式制服，军队还会使用先进的钢制装备——他没有发现任何类似的配置。

达力拿并未提问。他察觉，若想有所收获，与其停步索要解答，还不如顺着幻境的安排走下去。

踩水行进相当艰难，他起初还位列队伍的头阵，现在却已落了后。前方现出一座被暮色笼罩的巨型石丘，正是队员的出击目标。<u>也许这里不是淳湖，此般地貌不应——</u>

那不是石丘，<u>而是一座要塞</u>。达力拿慢下脚步，仰望着耸立在湖中的冲天堡垒。这是他前所未见的景象，岩堡通体乌黑，难道是黑曜石材质？兴许是塑魂术的产物。

"眼前竖起了一座堡垒，"他继续前进，"肯定没有留存后世——如果它屹立不倒，必会蜚声四方。从表面上看，整栋建筑由黑曜石制成，边缘生出鱼鳍状凸起，直指上方的尖顶，还有那些形同箭镞的塔楼……飓风之父在上，太壮观了。

"我们逐渐靠近另一队握矛的士兵，他们立于水中，警惕地留意着四周的风吹草动。他们大概由十几人组成，与我队的配置相当。而且……他们当中站着一位穿着发光盔甲的碎瑛武士。"

那不仅仅是碎瑛武士，更是一名身披璀璨碎瑛甲的光辉骑士。绛色光芒从甲片接合处和特定的标记处溢出，只有影时代的盔甲才能做到这一点，可见这场幻象发生于光辉变节之前。

该骑士的盔甲显得与众不同：接缝处平整光滑，裙甲为链制，向后延展的前臂护甲着实……风杀的，和阿多林的盔甲有的一拼，然而这套盔甲的收腰设计更为明显。女骑士？那个人拉下了面罩，所以达力拿不敢下定论。

"列阵！"达力拿的队伍一到位，骑士就下了命令。达力拿点点头。没错，女骑士。

达力拿和其余士兵绕着骑士围成圆阵，朝外亮出武器。不远处，另一队以骑士为主心骨的士兵浩浩荡荡地蹚水而过。

"为何召我们回来？"达力拿的战友问。

"柯布说他目睹了异状，"骑士说，"切莫掉以轻心。我们走，多留个神。"

队伍遵循来时的路线，开始朝另一个方向移动，逐渐远离要塞。达力拿扬起矛尖，两鬓挂满汗珠。在他眼中，自己和平时没什么两样；其他人则将他视为一员同伴。

他仍旧对幻象知之甚少。全能之主施展神通，送来了这些天启，可他自称已死，这项机制又是如何运作的？

"我们在找东西，"达力拿小声说，"之前有人发现了什么，骑士便连夜率军投入搜寻。"

"没事吧，新来的？"一名排在他身边的士兵问。

"没事，"达力拿说，"只是有点慌。我根本不清楚我们在找什么。"

"一只不按理出牌的诡秘灵体。"那人说，"睁大眼睛看好了，灵体只要一碰上撒南式，就会一反常态。不要放过任何蛛丝马迹。"

达力拿点点头，随即悄声展开复述，期望纳瓦妮可以听见。他和士兵继续进行搜索，而位于中央的骑士正与……空气交谈？她好像在和人对话，但是达力拿一个人影也没瞅见，也不曾听到讲话声。

他掉转注意力，打量起周边的环境。他总想亲临淳湖的湖心，可一直找不到机会，顶多是去岸边一游。时逢上次出访亚泽尔，他无从拨冗顺道进入湖区。亚泽尔人一听闻他要前往此地，纷纷表示意外，他们众口一词，说"那里什么也没有"。

达力拿穿着某种挤脚的鞋子，或许是为了防止水中暗藏的尖石割坏鞋底。湖下的地势凹凸不平，即使眼睛看不见，也能感受到起伏。

他的视线不由自主地投向了那些窜来窜去的小鱼,水面漂着几片阴影,一张脸出现在旁边。

一张脸。

达力拿往回一蹦,将矛尖向下一指,喊道:"水里有一张脸!"

"河灵?"骑士来到他身边。

"那东西像一片阴影,"达力拿说,"长着红眼。"

"那么撒南忒的探子到了。"骑士道,"柯布,去关隘报告,剩下的人不得放松警惕。少了载体,它跑不远。"她从腰带上扯下一只小口袋。

"看,在那里!"达力拿瞥到了湖面上的小红点,它游开了,好似一条鱼。他紧追其后,换上刚刚学会的步伐。但是跟着灵体跑有什么用?无论换上哪种已知的方法,你都抓不到它。

其余人在后方迅速行进。达力拿一脚踩入水中,惊得鱼儿四散而去。"我在追一只灵体。"达力拿悄声道,"它是我们的猎物,轮廓略似人脸,色暗,生有红眼,在湖中游,像条鱼。等等!另一只大号的跟上来了,形态完整,足有六尺长,好比人在划水,可就是道影子。它——"

"邪风压境!"骑士爆发出惊呼,"它还有同伴!"

大号灵体翻了个身,潜到水下,藏进了乱石丛生的湖底。达力拿收住脚步,不确定自己应该继续追赶小号灵体,还是待在原地不动。

这时,众人齐齐转身,拔腿就跑。

糟了……

湖底的石地逐渐晃动起来,达力拿匆忙后退,不小心绊了一跤,一下子倒在水中,扬起大片水花。透过明净的湖水,**他看到身下石崩地裂**,仿佛有什么巨大的物体正在下面使劲捶打。

"快起来!"一名士兵一边喊,一边抓住达力拿的胳膊,将他一手拽起。此时,湖底的开裂之势愈演愈烈,一度安若明镜的湖面瞬时波翻浪涌。

大地剧烈地震颤着，达力拿差点又失去平衡。在他身前，几名士兵跌了下去。

女骑士毅然伫立，一把巨大的碎瑛刃在她手中成形。

达力拿一扭头，正好瞥见水中生出了岩石。一条约摸十五尺长的细胳膊！它骤然抄起，又重重地压到水下，似乎想要稳当地扎在湖底；另一只肘部朝天的胳膊出现在附近，两臂很快开始一起一伏，仿佛在做俯卧撑。

一头庞然大物破石而出，犹如某个被填埋在沙中的人终于重见天日。巨兽的后背坑洼不平，长满了页岩皮木和水生菌类，一道道水流顺着凹陷淌了下来。不知为何，那只消失的大号灵体赋予了岩石生命。

兀立的巨兽逐渐转过身，达力拿辨出了那双发光的红眼，那双如同熔岩的红眼深嵌在凶恶的石脸上。巨兽的躯体瘦骨嶙峋，胸前凸起一圈岩质肋骨，连着石爪的尖利手指从骨瘦如柴的胳膊上伸出。

"雷岩兽！"士兵接连大吼，"战锤！准备战锤！"

高达三十尺的巨兽缓缓起身，洒下万道水帘。女骑士站在它的前方，一缕白光从她身上静静地溢出，使达力拿联想到润石的光芒。飓光。她举起碎瑛刃，以某种玄妙之力轻松地滑水冲锋，脚下仿佛没有阻力，大概是碎瑛甲起了效。

"光辉骑士团的建立——"一个声音从他身侧传来。

达力拿的目光移向了那位方才助他站起的士兵。他是一名脸长鼻宽的瑟莱人，有些谢顶。达力拿弯下腰，伸手搀扶他起立。

说话者以前不是这样发言的，不过达力拿认出了这个声音。那是大部分幻象中的压轴人物——雷打不动的全能之主。

"——意在守望众生。"全能之主站到达力拿身旁，观望骑士攻向恶兽，"他们是一剂良方，消弭了灭世轮回之灾。十支骑士团应运而生,为的是协助人类作战、重建家园。"

达力拿将他的话逐字重复,专心地抓准每一个细节,努力不去思考语句的含义。

全能之主转身对他说:"这些团体的诞生令我颇为惊讶。我并未教导诸位令使依照这种方式行事。光辉骑士团的成形归功于灵体,因为它们想要效仿我赐予人类的能力——我为人类创造生机,灵体希望步我后尘。你要重建这一组织。**天降大任于斯**,你要把他们团结起来,建一座强大的城堡,共抗风暴。你们要挫败仇恨的企图,使他相信自己或为输家,于是指明一人担当代理斗士。仇恨经常吃尽苦头,因而他不会冒着再度失败的风险放过这一机会。以上便是我能给出的最佳忠告。"

达力拿将以上言论逐字复述。在他面前,正儿八经的战斗开始了,一派碎石纷飞、水花四溅的景象。一众士兵执锤挺进,身上意外地散发出相当微弱的飓光。

"你对骑士们的就位备感震惊,"达力拿对全能之主说,"而那股敌对势力终究把你戕害了。你不是神。神知晓一切,绝不会被人杀死。**那么你究竟是谁?**"

全能之主没有作答。他无法为之。达力拿早就意识到这些幻象形同一出戏剧,情节的推进过程已被预设好。剧中人能够和达力拿展开交流,好比擅长即兴发挥的演员。全能之主从未参与其中。

"我会尽全力。"达力拿说,"我会重组骑士团,做好准备。你曾经向我透露了很多,然而我自行得出了一大结论:假使你可以被杀死,那么另一个和你类似的人物——你的敌人——或许也达不成永生。"

黑暗向达力拿袭来,呼喊声和击水声恍然远去。这场幻象究竟发生于灭世期间,还是灾难的间歇?**此类天启从未向他传达过足量的信息。**当黑暗散去,他发现自己身处军中的营堡,正躺在一间小石屋内。

纳瓦妮跪在他身边，对着握在胸前的写字板奋笔疾书。飓风在上，她可真美，浑身散发出成熟气质，一袭绛裙，唇红欲滴，秀发结成繁复的发辫盘于头顶，其间闪耀着红宝石。她看看他，意识到他已睁眼苏醒，随即笑了笑。

"那是——"他正欲开口。

"先别说。"她没有停笔，"最后一部分似乎很关键。"她写了一阵，最后放下笔，本子仍旧托在衣袖上，"看来我记全了。你一换语言，难度就拔高了不少。"

"我换过语言？"他问。

"你到最后才改口，之前都在说瑟莱语。形式肯定是古体，不过我们握有相关记载，希望翻译们可以读懂我的记录。我对那门语言的涉猎十分有限，你真得在讲述时放慢语速，亲爱的。"

"处于那种状况，可能有点困难。"达力拿起身道。相比幻象里的环境，这里寒气逼人，滂沱的大雨浇在闩紧的窗板上，不过依他以往的经验，幻象的终结意味着飓风就快过去了。

他走近一把靠墙的椅子就座，感到万分疲惫。屋内只有他和纳瓦妮，这是他提出的要求。雷纳林和阿多林正在附近的另一间房内等待飓风过境，处在卡拉丁军尉及其冲桥手护卫的严加看守之下。

他或许应该邀请更多学者入室研究他经历的幻象。她们均能记下他的言语，再通过讨论得出最精确的版本。可是风杀的，一旦进入这般状态，他就会胡话连篇，在地上翻来覆去，光是想到有人将之收入眼底，他就够得受了。他相信这些天启的真实性，甚至据其处事，可这并不表示过程不会窘迫。

纳瓦妮在他身边落座，紧紧搂住了他。"难熬吗？"

"这次？不，不难熬。有人在追击，随后发生了场战斗，我没有参与。在需要我上阵之前，幻境就隐去了。"

"那为什么摆出这副表情?"

"我有义务重组光辉骑士团。"

"重组……可是怎么重组?这句话究竟有何含义?"

"不知道。我对此毫无见解,手头只有零星的线索,还听到了几句含糊的威吓。有一点是肯定的,危险迫在眉睫,我必须加以干预。"

她侧过脸,靠在他的肩头。他凝视着壁炉,炉火悄然作响,为斗室罩上了柔和的光。这座炉子仍未被改造成新式的加热型法器,十分难得一见。

他更为青睐跃动的火焰,却不愿把这个想法对纳瓦妮倾诉。为了将新式法器推向大众,她花尽了心思。

"为什么是你?"纳瓦妮问,"为什么非要你扛起这份责任?"

"为什么有人生来为王,有人生来为丐?"达力拿反问,"这就是世间的法则。"

"于你而言,就如此轻而易举?"

"不,"达力拿说,"可是争论没有意义。"

"如果全能之主已逝,就更不用争了。"

他兴许不该向她抖落实情,这种见地只要宣扬出去,就会被人冠上异端的标签,他名下的虔诚者们将因此离去,撒迪亚斯便又有利器与王室作对了。

假如全能之主确实死了,达力拿又该如何安放自己的信仰?他的心灵归属在哪里?

"趁着你对幻象的记忆还鲜活,"纳瓦妮叹了口气,从他怀中挣脱,"我们应该把内容记下来。"

他点点头。理出一份与听写稿相对应的口头讲稿很有必要。他开始以缓慢的语速陈说自己的所见,以便她一字不差地写下来。他描绘了湖区的景色、士兵的着装以及远处的奇异要塞。她断言淳湖原住民的传说中提到过大型建筑物,学者一律将其划入了神话的范畴。

达力拿在描述从湖下升起的邪恶怪物时站起了身,来回踱着步。"它在湖底留下了一个坑。"达力拿解释道,"请你发挥想象,这般场景好比你在地上勾出一个人形,然后亲眼看着它把自己扯出地面。

"试想一下,这种怪物会具备何等的战术优势。灵体行动敏捷,可潜入阵线后方,尔后袭击后勤部队。巨兽的躯体是岩石质地,一定难于击碎。风操的……碎瑛刃。我不由得怀疑上天打造此剑的真正缘由是为了对抗这些怪物。"

纳瓦妮在起笔时露出了笑意。

"笑什么?"达力拿不再踱步。

"你真是个地道的军人。"

"嗯,那又怎样?"

"招人喜欢啊。"她搁笔道,"后事如何?"

"全能之主和我展开了对话。"他迈着慢步,以作休憩,尽量将记得起的内容逐一详述。我需要补点觉,他想。他不再是二十年前的那个青年,已然没有力气和迦维拉尔熬过整晚,举杯聆听兄长谋划战局,之后以饱满的精力冲锋陷阵,渴求与人一较高下。

他一完成叙述,纳瓦妮便起身收走了文具。她会带上讲稿,吩咐身边的学者们——其实是他名下的学者,只是都被她占用了——将他所言的阿勒斯卡语与她记下的听写稿相比对。不过,她自然会提前删去涉及敏感话题的文字,诸如全能之主的死。

在核准他的描述时,她还会搜寻史料加以借鉴。纳瓦妮平时做事井井有条,喜欢把任务量化。她业已为他经历过的所有幻象列出了一张时间表,试图将其串成一根线。

"你仍旧决意在本周公开那份声明?"她问。

达力拿点点头。一周前,他已在私下向各大轩亲王宣布了此消息。他本打算在同一天将其告知军中民众,然而纳瓦妮认为晚一步行动才是明智之选,他被说动了。尽管风声正在不断外泄,可是此举为轩亲王留下了做准备的余地。

"我将于几天内将之昭告天下,"他说,"众轩亲王会继续向艾尔霍卡施压,我必须赶在他们前头,以免国王撤回决议。"

纳瓦妮噘起了嘴。

"看我的吧。"达力拿说。

"你应该把他们团结起来。"

"轩亲王们是一群娇气的小屁孩,"达力拿说,"若要改变现状,必须采用极端手段。"

"若你把王国搅得四分五裂,重新统一无异于空谈。"

"我们会力保家国的稳定。"

纳瓦妮把他打量了好一阵,莞尔道:"我得坦言,这样的你更有魄力,我很欣赏。要是你能在我俩之间的事上再有点把握……"

"我向来有把握。"他将她揽入怀中。

"是吗?我日日往返于王宫和你的营堡,花去了大量时间。假如我携着家当搬到此处——也就是你屋里,想想凡事会变得多方便。"

"不行。"

"达力拿,既然你认定他们反对我俩结合,那么这层关系又该如何发展?你在顾忌伦理?全能之主的死讯可是你亲口言明的。"

"事理非黑即白,"达力拿执意不肯松口,"全能之主与此无关。"

纳瓦妮哭笑不得:"神在下旨时不考虑黑白。"

"嗯,有理。"

"注意,"纳瓦妮说,"你的口吻像极了迦熙娜。话说回来,如果神死了——"

"神没有死。如果全能之主死了,那他就不是神,没有其他可能。"

她叹了一声,仍然依偎着他,随即踮起脚尖主动献吻,不带一丝羞涩。纳瓦妮视羞涩为忸怩与轻佻的表现,因而凑近他的唇,将他的脸后压,热烈地吻住了他,始终意犹未尽。在她抽开身后,达力拿发觉自己早已喘不过气来了。

她对他一笑,扭身捡起随身物品——他刚才没有发现它们在两人亲吻时掉了下去——随后向门口走去。"你知道,我不是个耐得住性子的女人。我和那群轩亲王一样娇贵,想要什么,就一定要得到什么。"

他嗤之以鼻。上述两点均不属实。只要心情合适,她可以耐住性子。这番话的言下之意是她目前没这个意思。

她打开门,碰上了前来检查的卡拉丁军尉。这名冲桥手探头将屋内细细地看了个遍,态度确实认真。"护送她返程,士兵。"达力拿对他说。

卡拉丁敬了个礼。纳瓦妮从他身边挤过,关上了门,连一句"再见"都没说就走了,又留下达力拿一个人。

他重重地叹了口气,随后走到壁炉边的椅子前落座,想着心事。

过了一阵子,他醒了过来,发现炉火已熄。飓风在上,这大中午的,他竟然睡着了?而一到夜里,他总是辗转反侧,久久无法入眠,脑子里装满了本该与他无缘的忧愁与负担。要是他能抛下这些烦恼就好了。他曾经活得很简单,只管握剑,确信迦维拉尔会解决难题。这种日子怎么就起了变化?

达力拿站起身,伸了伸懒腰。御令公布在即,他需要查一查准备工作,然后去处理护卫新兵的事宜——

他缓了缓。屋内的墙壁上现出好几道白森森的刻痕,构成了一组凭空写就的铭文。

六十二日,铭文写道,死亡将至。

✤

不久后,达力拿挺直腰杆,站起来聆听纳瓦妮与寇林家族的学者茹舒交谈，两手一直背于身后。阿多林站在一边，观察着他们在地上找到的白石块。它显然是从窗边那排石雕上掰下来的，作案者借此写下了铭文。

即便你只想瘫坐到那把椅子上，达力拿告诉自己，也要昂首挺胸。身为领袖，就要掌控全局，不得显出颓态，在极其不愿掌控全局之时，更需如此。

这一点尤其针对当下。

"啊，"年轻的女虔诚者茹舒发话了——她长着圆润的小嘴，眼睫毛很长，"瞧瞧这歪歪扭扭的笔画！连基本的对称都谈不上。作案者想必没有练过铭文书法，还差点把'死亡'二字写错，看着就像'破碎'。语义也模糊不清，究竟是'六十二日后死亡将至'，还是'死亡后六十二日将至'？抑或是'六十二日的死亡将至'？铭文欠缺准确性。"

"茹舒，你只管把内容抄下来，"纳瓦妮说，"不要向任何人提起此事。"

"包括您在内？"茹舒在写字时问了一句，语词中透出三心二意。

纳瓦妮叹了口气，走到达力拿和阿多林身边。"她技艺精专，"纳瓦妮细声道，"可有时口不择言，毛毛躁躁。无论如何，她的兴趣点很多，长项是铭文书写，堪称一绝。"

达力拿点点头，藏起了惧意。

"怎么会有人干出这等事？"阿多林放下石块，"算是暗中威胁吗？"

"不是。"达力拿道。

纳瓦妮望了望达力拿。"茹舒，"她说，"请稍作回避。"

女虔诚者一开始没有反应，纳瓦妮又催了几次，她才匆匆退下。门一打开，第四冲桥队的队员就围上前来，由面色阴沉的卡拉丁军尉领头——他刚送走纳瓦妮，返回后遇见此事，便立刻派人找回了她。

他明显把这起事故当成了自己的疏忽，认为有人趁着达力拿睡觉的空当摸进了房间。达力拿对军尉挥挥手，示意他进来。

卡拉丁快步入室，但愿他并未瞧见阿多林咬牙切齿的表情。卡拉丁和阿多林曾在塔地之战中有过冲突，当时达力拿正在迎击仆族智者碎瑛武士，并不知情，不过他后来听说了他们的争执。委任这名暗眼种冲桥手领导深蓝卫士，他儿子听到那是相当不乐意。

"长官，"卡拉丁军尉上前道，"属下羞愧难当。刚上任一周，就辜负了您。"

"你只是在执行命令，军尉。"达力拿说。

"可我奉命保护的是您的安全，长官。"卡拉丁的语调透出怒气，"我本该在所有单间的门前依次安插护卫，可到头来只派了人把守外围。"

"以后我们要多加留意，军尉。"达力拿说，"你的前任也像你这样安排人手，当时还应付得过来。"

"现在不同了，长官。"卡拉丁环视着房间，眯起了眼睛。他盯着窗户不放，那里的开口太窄，常人无法钻过。"我依然好奇刻字的人怎么就进得来，卫兵没有听到任何动静。"

达力拿注视着这名年纪轻轻的士兵。他黑黑一张脸，皮肤上结着疤。*我凭什么这么信任他？* 达力拿想道。他说不清理由，可是多年以来，他已经学会听从自己作为军人和将领的直觉，有种冥冥中的力量劝他对卡拉丁放下戒心，而他也表示认同。

"这没什么大不了的。"达力拿道。

卡拉丁的目光忽然向他转来。

"至于那人到底是怎么溜进来往墙上刻字的，你无须太过挂念，"达力拿道，"以后加强警惕就行。你可以走了。"他向卡拉丁点点头，后者带上门，不情不愿地退下了。

阿多林走了过来。达力拿有时难于想起，这个一头乱发的青年已能和他比肩。回想当初，阿多林还是个挥着木剑、性子很急的小男孩，这段时光似乎还未过去太久。

"你说你醒来后才发现那些铭文，"纳瓦妮道，"还说你没有见到任何人刻字，也没有听到什么响动。"

达力拿点点头。

"那么，"她说，"为什么我现在就有种感觉？你是不是知道这些铭文出现在这里的缘由？"

"我吃不准是谁干的，但我明白其中的含义。"

"是什么呢？"纳瓦妮追问。

"我们的时间所剩无几了。"达力拿道，"放出那份声明，然后召集各大轩亲王，准备开会。他们必定有话要对我说。"

灭世风暴将临……

六十二日远远不够。

可他显然只有这点时间。

自由　第四冲桥队　寇林　第九月

我的朋友，为把铭文呈送给您，我只好费上几个小时盯看那帮冲桥手，然后画下他们额头上那些愚蠢的文身。我敢打包票他们的写法就是这样。——纳兹

正体
1573年

花体
1573年

撒

南

危险

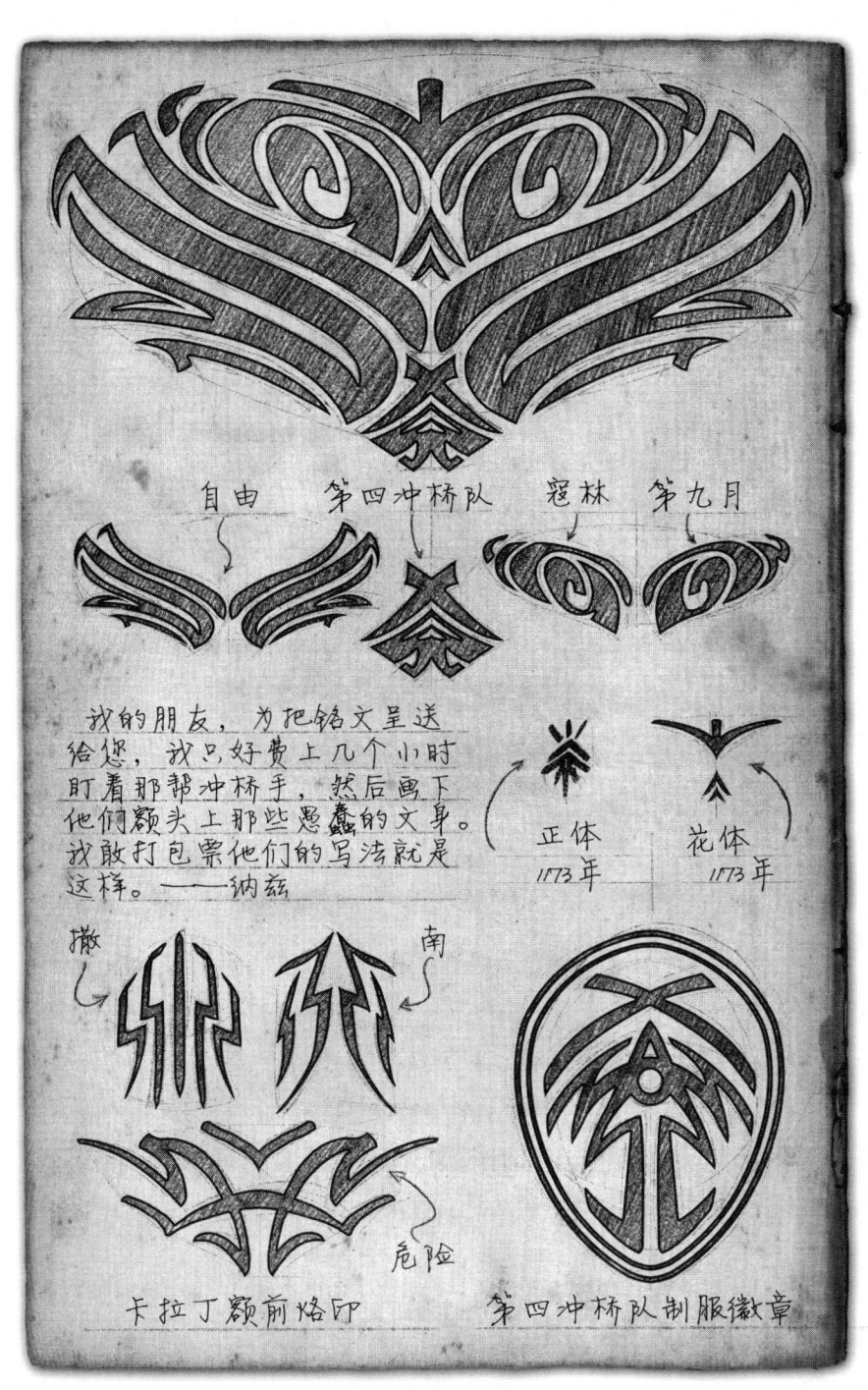

卡拉丁额前烙印

第四冲桥队制服徽章

第四冲桥队文身设计

5 信条

比起墙上的大限,这些铭文的出现才意味着更大的威胁。预卜未来乃虚渡之异能。

——摘自纳瓦妮·寇林的日记,写于 1174 年第一月第一周第一天

"……求胜,复仇终将达成。"传令员怀揣着由国王起草的诏令——已被布包的板条封起,可她显然背下了其中的内容。这不出意外,单是卡拉丁就叫她把声明重复了三遍。

"再报一次。"他坐到石头上,离第四冲桥队的篝火堆不远。许多冲桥手放下盛有早餐的饭碗,逐渐安静下来。西格吉尔在一边自顾自地复述声明中的字句,想要记进脑子里。

传令员叹了口气。她是一名年轻的光眼种女子,体态丰满,黑发中混杂着几缕红丝,表明其有雅克维德或吃角族血统。很多像她这样的女子穿梭于军营中宣读达力拿的决定,并不时辅以解释。

她再度打开诏令。在其余的大队,卡拉丁心不在焉地想,领导者的社会地位普遍较高,足以将她比下去。

"受国王之命，"她说，"轩战王达力拿·寇林特此下令：在破碎平原上，针对琼心石的收集与散发，全军要改变战法。从今往后，采集任务将依次由两位轩亲王协力进行，战利品归国王所有，国王将依据参战军队的作战效率和从命程度做出分配。

"琼心石的猎取将由各大轩亲王轮流率兵负责，相关规程已经订好，内含具体的名姓与顺序。各军组合并非恒久如一，是否调整将基于战术便利作出决断。战争法典广受珍视，在其指引下，新一轮行动必将获得全体军民的欢迎：战事的重心再归求胜，复仇终将达成。"

传令员啪的一声合上书册，抬起头，冲着卡拉丁挑起一根细长的青眉。他颇为确信她化过妆。

"多谢。"他说。她向他点点头，随后启程赶往下一支大队所在的场地。

卡拉丁起身道："看吧，我们早就盼着这场风雨了。"

众人点头称是。昨天达力拿的住所发生了不可思议的闯入事件，自此之后，第四冲桥队的队员在讲话时都收敛了不少。卡拉丁觉得自己的反应太迟钝，然而达力拿似乎对这起事故完全不关心。他知道的比他告诉卡拉丁的要多得多。如果我得不到所需的情报，又该如何执行任务？

上任不到两周，他就栽在了光眼种的政治斗争和老谋深算上。

"轩亲王们肯定会恨死这则声明。"坐在火堆旁的雷滕说。他正忙着修补贝尔德的胸甲扣带，这是从军需官那里拿的，上面的搭扣变了形。"无论干什么，他们总把抢夺琼心石视作出发点。今天的风声一定会夹带满腹的牢骚。"

"哈！"石头舀了一勺咖喱给回来要第二碗的偻朋，"牢骚？造反还差不多。他们把战争法典都搬出来了，你没听到吗？这是在侮辱那些不听法典的人。"他笑得正欢，好像觉得轩亲王的怒气——乃至骚动——会很滑稽。

"莫阿什、德雷赫、马特和亚斯,跟我来。"卡拉丁道,"我们去和斯卡他们交班。泰夫特,你那边怎么样了?"

"进展缓慢。"泰夫特说,"那帮从别的冲桥队来的小子……他们差得远了。我们还要多上点劲,卡尔,得想个法子来激励他们。"

"我会琢磨的。"卡拉丁说,"现在,我们应该试着改善伙食。石头,目前我们只有五个当官的,所以你可以把外面最后一间屋当成粮仓。寇林说我们有权向营内的军需官征用物资,你得把库里塞满啊。"

"满?"石头问道,笑得合不拢嘴,"要多满?"

"全满。"卡拉丁说,"我们已经连着嚼了好几个月的肉汤拌炖菜,还有塑魂术变出来的大米;往后一个月,第四冲桥队要吃上山珍海味。"

"可别往里放甲壳。"马特伸手指了指石头,然后备好矛,系上制服的纽扣,"就算你可以随心所欲地烧菜,我们也不至于非得吃那种破玩意儿。"

"吸多空气的低地人,"石头说,"你不想变壮?"

"我想管好这副牙口,谢了,"马特说,"吃角族神经病。"

"我会烧两种菜。"石头一手捶胸,像是在行礼,"一种给勇士,一种给傻瓜。你可以有个选择。"

"你要做大餐,石头。"卡拉丁说,"我需要你教其他营房的人烧菜。即使达力拿的常规兵力偏少,厨子的数目有余,我也想让冲桥手过上自给自足的生活。倭朋,从现在起,我指派达彼得和申做你的下手,你们一道帮石头的忙。我们得把这一千人改造成士兵,第一步就是填饱他们的肚子——和你们当初一样。"

"保证完成任务。"石头笑道,在申上前添菜时狠狠地打了一下仆族的肩膀——申最近才开始出来要求添菜,似乎不那么封闭了。"我可不会再往里面放大粪了!"

大伙都吃吃地笑起来。想当初石头往食物里下了蟹粪,结果才变成冲桥手。正当卡拉丁迈步前往国王的行宫时——今日，达力拿即将就要事与国王展开会晤，西格吉尔赶了上来。

"我能耽搁你一会儿吗，长官？"西格吉尔轻声问。

"请便。"

"你打过保证，说我可以择机评估你的……特殊本领。"

"保证？"卡拉丁问，"我不记得有这回事。"

"你说了'嗯'。"

"我……说了'嗯'？"

"当时我谈到了要做测试。你似乎认为那是个好主意，还跟斯卡讲我们可以帮你搞明白你的能力。"

"大概吧。"

"长官，我们需要了解你到底会哪些本事——涉及法力的强弱程度和飓光留于体内的时长。弄清楚自身的极限总会带来裨益，你同不同意？"

"同意。"卡拉丁勉为其难地说。

"好极了。那么……"

"再等几天，"卡拉丁说，"找个没人看得见的地方。然后……好吧，没问题，你来测试就行。"

"太好了。"西格吉尔说，"我已经在筹备测试了。"他停在半路，任由卡拉丁一行人把他甩在后头。

卡拉丁把矛架到肩头，活动了一下手掌。他动不动就把武器握得太紧，连指关节都发白了，仿佛心结仍未彻底解开。事到如今，他还是很难相信自己可以当街携带武器，也害怕别人会再次将其夺走。

茜尔按照日常惯例绕着军营飞了一圈，随后飘落在他的肩头，出神地坐了下来。

在达力拿帐下，一切都显得井井有条。士兵从不懈怠，始终有事可做，保养武器、取食、运货、巡逻，忙得不亦乐乎。营中投入了大量巡逻兵,纵使军力不济,卡拉丁还是在一行人走向营门之时经过了三支巡逻队,他在撒迪亚斯军中从未见过此景。

他又发现了那种空虚感。整片营地弥漫着哀恸之情,无须死者化为虚渡前来侵扰,光是空荡荡的营房就能带出这种气氛。他路过一个在空营房附近席地而坐的女子,她抬头望天,抱着一叠男装不放。两名幼童站在一旁的走道上,安静得出奇。那么小的孩子不该默不作声。

这一大片营房构成环形,中心地带热闹非凡,人口更为稠密——达力拿和各路领主将官的住所均建于此处。达力拿的营堡形似石丘,上方军旗飘扬,文书员怀抱一摞摞账目快步穿行于其间。不远处,几位军官已经搭起征兵帐,有意入伍者排成了长龙。他们有些是跑到破碎平原混饭吃的佣兵;另一些人则是应和了召唤,前来填补灾难之后的军力缺口,其中不乏面包师,或是从事类似职业的民众。

"你怎么不笑?"茜尔打量起征兵长龙。卡拉丁绕过队伍,走向营门。

"对不起,"他回应道,"你做了什么我没发现的趣事?"

"我是说前面,"她说,"石头和大伙笑的时候,你板着张脸。在又苦又累的那几个星期,我明白你在强颜欢笑。我以为,情况好转之后,你没准就会……"

"我现在不仅要看管整整一个大队的冲桥手,"卡拉丁目视前方道,"还要保住一位轩亲王的性命。这座军营遍地都是寡妇,我身在其中,想想也笑不出来。"

"但对于你和你的手下而言,"她说,"日子好起来了。想想你都做了什么、都成就了什么。"

高地上的血战持续一日。风、人、矛三位一体。他借此杀戮,只为保护一名光眼种。

他是个例外,卡拉丁想。

他们永远都这么说。

"我怀疑我只是在等待。"卡拉丁说。

"等待什么?"

"响雷。"卡拉丁悄声道,"闪电划过总有雷鸣,有时你得等一等,可它终会到来。"

"我……"茜尔嗖嗖地窜到他身前,立于半空,在他行路时不断后退。她没有飞——她不长翅膀——也没有上下飘动。她仅是站在虚渺的空气中,与他保持同步,似乎不把惯常的物理法则放在眼里。

她歪过脑袋看着他。"我听不懂你的话。讨厌!我以为我全想通了。飓风?闪电?"

"你心里有数。彼时,你鼓励我投身战斗拯救达力拿,而当我杀了人,你依旧很痛苦吧?"

"是的。"

"就是这种感觉。"卡拉丁柔声说着,侧头望了望,手中的矛又一次被他紧握。

茜尔两手叉腰,紧盯着他,企盼他再说几句。

"坏事即将临头,"卡拉丁说,"我的好日子长久不了。人生本不至于如此,昨天达力拿的墙上出现了铭文,像是倒计时,可能与之有关。"

她点点头。

"你以前见没见过那样的事?"

"我想起了……一些不对头的东西。"她低声说,"预见未来很危险,和荣誉不相干,是另一码事,卡拉丁。"

这下可好。

他不再言语。茜尔叹了口气,划着圈飞到空中,化作一条光带。她在风中游弋,紧跟他的步伐。

既然自称荣灵,卡拉丁想,她为何还要继续与风玩耍?

他想问问她。假设她有答案，又假设她愿意回答。

✵

托洛尔·撒迪亚斯盯着那把被他一手插在桌心的碎瑛刃，交叉的十指置于身前，手肘贴着华贵的石桌。他的脸映现在剑刃上。

该下诅咒之地的。他从几时开始变老了？如今，他已年届半百，却总把自己想象成二十出头的青年。风操的五十岁。他咬咬牙，目视瑛刃。

渡誓。它是达力拿的碎瑛刃——剑身弯曲，形似拱起的背部，剑尖处带有钩状凸起，护手附近探出一排锯齿，整把剑仿如从大洋深处涌起的波浪。

对于这把剑，他究竟渴求了多久？一旦拥有，他才发现它虚有其表。达力拿·寇林虽为悲痛所伤，几近疯癫，身心支离破碎，只剩下对战争的恐惧，但他依然活着。撒迪亚斯的老友就像他养过的某只斧狐犬，在他被迫终结爱犬的生命后，却发现它在窗口哀鸣——毒剂并未完全见效。

更糟的是，他总有种挥之不去的感觉：达力拿业已设法占据了上风。

起居室的门开了，雅莱悄悄地走了进来。他的妻子生着细长的脖颈和大嘴，向来不是众人口中的美女——况且岁月不饶人。他不在乎。在他认识的女人当中，雅莱是最危险的一个，比起只有漂亮脸蛋的花瓶，她更具魅力。

"看来你已经毁掉了我的桌子。"她看了看陷在桌心的碎瑛刃，一屁股坐到他身边的小躺椅上。她扬起手臂搭在他的后背，还把双脚翘到了桌上。

对外，她是阿勒斯卡女性的模范；对内，她却不顾姿态。"达力拿正在大肆招兵买马。"她说，"在他的后勤人员中，我已趁机安插了几名亲信。"

"都是士兵？"

"你把我想成了什么人？那样做太过暴露，新兵都会受到周密的监控。然而，就在应征者拾起长矛，响应增兵号召之时，营内后勤部队的管理不免会产生疏漏。"

撒迪亚斯点点头，目光不离瑛刃。他的妻子张罗着军中最为精绝的间谍情报网，说精绝是实至名归，因为鲜少有人知道它的存在。她挠了挠他的后背，引得他的皮肤阵阵发凉。

"他公开了声明。"雅莱道。

"我听说了，反响如何？"

"不出所料，声明引发了众怒。"

撒迪亚斯颔首道："达力拿早该归天了，虽然他仍活着，但下场无疑是自取灭亡。"撒迪亚斯眯起了眼睛，"把他铲除，为的是挽救王国的崩溃之势。现在，我倒动摇了。于我们而言，崩溃说不定是最好的结果。"

"什么？"

"我的本意并不在此，亲爱的。"撒迪亚斯小声说，"起初，我还能借着高地上的蠢人儿戏发挥发挥，可我快厌烦这种小打小闹了。雅莱，*我们要开打全面战争*。花几个小时行军，连碰上几场小型遭遇战的机会都很渺茫，这不是我想要的！"

"那些小型遭遇战是我们的财源。"

这也是他饱受困扰的原因。他起身道："我得和另外几个人会一会，叫上亚拉达和鲁特哈。针对达力拿的企图，我们要煽风点火，激起轩亲王的公愤。"

"终极目标是？"

"重振旗鼓，雅莱。"他轻轻地按住渡誓的剑柄，"重新踏上征服之路。"

这是支撑着他活下去的唯一缘由：奋力冲上战场，与人展开近身厮杀，为攫取战利品赌上一切，荣光耀世的激越感随之迸发。称霸。胜利。

只有这样，他才感到自己重回正茂风华。

现实很严酷。然而，最有力的真相往往一目了然。

他握紧渡誓的剑柄，霍地将其拔出了桌面。"目前，达力拿有意扮演政客，这不奇怪。他暗地里总想成为他的兄长。所幸达力拿并不擅长此道，其余人获悉了他的声明，便会躲得远远的。他会逼迫轩亲王降服，而他们会拿起武器加以对抗，造成王国的分裂。自此之后，我将踏着满地血光，在火与泪之中，手持达力拿的利刃开创一个全新的阿勒斯卡。"

"要是他后程发力，最终得逞，该怎么办？"

"那时候，亲爱的，你手下的刺客就有用武之地了。"他遣走碎瑛刃，令其化为雾气，消失不见，"我会重新征服这个王国，下一个目标是雅克维德。总而言之，我活了这一辈子，只为训兵秣马。我只是在执行神的旨意。"

※

从营房走向国王的行宫——国王已经开始称其为巅宫——要花上约摸一小时，卡拉丁在路途上思绪万千，却遭遇了一批为达力拿服务的手术师。他们在侍从的陪同下来到野地，收集可做消毒剂的陀灵草汁。

见到他们，卡拉丁不仅记起了自己收集草汁的经过，还记起了父亲李伦。

*如果他在现场，*卡拉丁在经过他们时想道，*肯定会问我为什么没*

有走进手术师的行列。在达力拿准我入伍的条件下,我却未曾提出加入医疗队的要求,他必然会寻根究底。

其实,卡拉丁本可以说服达力拿将第四冲桥队的所有队员征用为手术师的助手。卡拉丁有能力向他们传授医术,这就和他施展矛法差不多容易。达力拿会允诺的,军中优秀的手术师向来不算多。

这一点他连想都没想到。摆在他面前的选择更为干脆——要么成为达力拿的贴身护卫,要么离开军营。卡拉丁决定将他的手下再度送上风雨征途,为的是什么?

他们终于抵达了国王的行宫。整座宫殿建在一座高山的山腰上,岩体内部打通了隧道,国王的居所坐落于制高点,需要卡拉丁和几名部下花大力气爬上去。

他们沿着之字形的步道上山。卡拉丁仍然在埋头沉思,脑海中尽是父亲和自己的使命。

"那样不太公平,你懂的。"莫阿什在他们登顶时说。

卡拉丁瞅了瞅别人,发现他们碍于长途跋涉,都累得上气不接下气。卡拉丁早已趁着旁人不注意时吸入了飓光,因而一点也不喘。

他看在茜尔的分上笑了笑,望向巅宫内洞穴般的走廊。几名守卫站在大门外,身穿国王亲卫队的蓝金色制服。这支队伍自成体系,与达力拿的卫队分庭抗礼。

"士兵。"卡拉丁向一名低等光眼种守卫点点头。即便卡拉丁的军阶更高,他的社会地位却要低于这类士兵。他对等级制度理解得并不透彻,这不是第一次了。

守卫对他打量了一番。"听说你直面数百仆族智者,几乎靠一人之力守住了一座桥,到底是怎么办到的?"下级应当使用"长官"来称呼军尉,可他丝毫不给卡拉丁面子。

"想知道?"莫阿什在后方厉声说,"我们可以单独给你开开眼。"

"闭嘴。"卡拉丁瞪了莫阿什一眼,随即回过身凝视着士兵说:

"我命大,没别的花样。"

"感觉有道理。"士兵说。

卡拉丁等着。

"长官。"士兵终于加上一句。

卡拉丁招呼部下前进,他们很快路过了光眼种守卫。宫殿的内堂被墙上成排的润石灯点亮——蓝宝石和钻石的光芒交相辉映,投下蓝白色的辉熠。润石虽小,却足以提醒人们:世事已然历经了变动。通常,冲桥手不被允许接近这些用作日常照明的润石。

卡拉丁还是不太熟悉巅宫的位置。迄今为止,他基本上都是在军营内守护达力拿。不过,为确保万无一失,他翻阅过行宫的地图册,所以知道上山的路。

"你刚才干吗打断我?"莫阿什追上卡拉丁,想问个究竟。

"你的态度不端正。"卡拉丁说,"莫阿什,你现在是军人,要学着尽好本职,不能寻衅滋事。"

"我不会再向光眼种摧眉折腰了,卡尔。绝不。"

"我没有让你摧眉折腰,可我着实希望你能管好自己的口舌。第四冲桥队的成员不会成天把坏话和恐吓挂在嘴边。"

莫阿什往后退了几步,不过卡拉丁看得出他依旧很窝火。

"奇怪,"茜尔又落在了卡拉丁的肩头,"他好生气。"

"在我接管这帮冲桥手时,"卡拉丁悄声道,"他们就像受尽鞭打的笼中困兽般逆来顺受。我重新在他们身上唤起了野性,可他们还是摆脱不了束缚。眼下牢笼的门户大开,莫阿什等人仍需时日才能适应。"

他们会习惯的。在冲桥手时期的最后几周,他们学会了如何用精准的动作和严明的纪律来执行任务。在滥用职权的显贵行军过桥时,他们总是立正站好,从不语出嘲讽。他们训练有素,有如利器在手。

若想成为真正的士兵,他们还要多学习。不,他们早前就是真正的士兵。现在，撒迪亚斯的压迫已成过去时，少了这层动力，他们就得学着如何改换思路。

莫阿什走到他身边。"真抱歉，"他声如细丝，"你是对的。"

这回，卡拉丁露出了发自内心的笑容。

"我不会装作我不恨他们，"莫阿什说，"但是我会放客气点。我们有任务，我们必须好好干，要超过所有人的预期。我们是第四冲桥队。"

"很好。"卡拉丁说。他不知不觉就对莫阿什打开了心扉，因而在交往中，得格外注意分寸。大部分冲桥手都崇拜卡拉丁，莫阿什则不然：他是卡拉丁被贬为奴后，所认识的最真诚的朋友。

他们朝着王室会议厅走去。叫人吃惊的是，走廊里的装饰变得华丽起来，墙上甚至出现了一排刻有令使的浮雕，石面缀有发光的宝石，布局恰到好处。

越来越像座城市了，卡拉丁暗想，*不久后，这里很可能会变成有模有样的王宫。*

他碰上了斯卡和他的队伍，他们正站在王室会议厅的门外。"有何要上报的？"卡拉丁低声询问。

"早上很太平，"斯卡说，"再好不过。"

"那么你白天就空了。"卡拉丁说，"开会时我会守在这里，然后换莫阿什值下午的岗，到了晚上我会回来交班。你和你的小队去睡一会儿，夜里再回来，一直干到明天早上。"

"明白，长官。"斯卡敬了个礼，召集手下一同离开。

大门后的会议厅铺有厚毯，房间的背风面开凿出了不加遮拦的窗户。卡拉丁从未进来过。为了保护国王，行宫的构造图中只标出了最基本的走道和途经侍从住处的路线。这间屋还有另一扇门，也许通往阳台，可是除了卡拉丁刚刚穿过的那扇门，会议厅内就再没有别的出口了。

两名身着蓝金色制服的卫兵紧靠房门两侧站立。国王在屋内的会议桌旁来回踱着步。他的鼻子比画像中的描绘要大上几分。

达力拿正和轩贵女纳瓦妮交谈着，后者仪态优雅，发中渐生银丝。发生在国王的母亲和叔叔之间的风流韵事可是军中的热门话题，只是撒迪亚斯的背叛暂时盖过了这阵风头。

"莫阿什，"卡拉丁用手一指，"看看那扇门通往哪里。马特和亚斯，守住门厅，除了轩亲王，不准任何人进入，除非和我们事先通过气。"

莫阿什没有向国王鞠躬，而是行了个礼。他检查了一下门面，这扇门的确通往环绕顶室的阳台，卡拉丁在山下就发觉了。

达力拿打量着忙活不已的卡拉丁和莫阿什。卡拉丁敬完礼，遇上他的目光。他不能再像昨天那样失职。

"这些守卫我不认识，叔叔。"国王抱怨道。

"他们是新来的。"达力拿说，"外人上不到阳台，士兵。这里有百尺高。"

"很好。"卡拉丁说，"德雷赫，和莫阿什一起站到外面的阳台去，关上门，好好看着。"

德雷赫点点头，立即行动。

"我刚才讲过外人没法从外面上到阳台。"达力拿道。

"那么我就会想法子闯进来，"卡拉丁说，"前提是我动了这种念头，长官。"

达力拿被逗笑了。

国王倒是连连点头。"说得好……说得好。"

"要进这间屋，还有没有其他门路，陛下？"卡拉丁问，"比如密道之类？"

"要是真有其他门路，"国王道，"我不会告诉别人。"

"如果我们不知道该把守哪里，我的部下就保障不了室内的安全。"

假设这里有几条不为人所知的通道,便无法排除风险。如果您能松动口风,我保证只派我手下的军官站岗。"

国王对着卡拉丁端详片刻,然后转身对达力拿说:"我看他挺顺眼,你以前怎么就没把他放到卫队长的位置?"

"我没这个机会。"达力拿用深邃稳重的目光审视着卡拉丁。他走过来,伸出一只手放在卡拉丁肩上,把他拉到一边。

"慢着,"国王的声音从后方传来,"那是军尉的标志?戴在暗眼种身上?这种事是何时起的头?"

达力拿没有回答,反而将卡拉丁领到会议厅的一侧。"你该知道,"他小声说,"国王非常担心刺客。"

"人要是患上了疑心病,护卫的工作会简单很多,发作一下很合理,长官。"卡拉丁说。

"我没说这很合理。"达力拿道,"你叫我'长官',而常用的称呼是'光明贵人'。"

"要是您有令,我就那样用,长官。"卡拉丁注视着达力拿,"可是,若要称呼直属上级,就算是光眼种,'长官'也是个合适的叫法。"

"我是轩亲王。"

"我就敞开来讲了。"卡拉丁未经允许便开了口。是达力拿将他摆到了这个职位,所以卡拉丁默认自己享有某些特权,除非另有吩咐。"那些被我称作'光明贵人'的人都背叛了我,而几个被我称作'长官'的人至今还能取得我的信任。用后一个称呼更显尊敬,长官。"

"你有点不寻常,孩子。"

"寻常人全死在了深渊里,长官。"卡拉丁悄声道,"都怪撒迪亚斯。"

"好吧,叫你的部下守在阳台的另一端,离门远一点,以防他们从窗口偷听。"

"那么我会和其他人在门厅等候。"卡拉丁留意到两名国王亲卫已经走出了房门。

"我没有下此命令。"达力拿说,"把守大门,不过请站在屋内。我想让你听听我们的计划,切记不要对外人讲起。"

"遵命,长官。"

"与会者还有四人,"达力拿说,"分别是我的两个儿子、考尔将军,以及考尔之妻光明女士忒夏芙。他们方可进入,其余人士在会议期间一律不得入内。"

达力拿返身继续与王母谈话。卡拉丁命莫阿什和德雷赫找好站位,之后向马特和亚斯说明了会议的准入条件。稍后他得教教他们,当光眼种表示"其余人士一律不得入内"时,他们的言下之意并非是字面理解,而是"倘若任一其余人士得以入内,其人最好有要事相求,不然你就有麻烦了"。

随后,卡拉丁在紧闭的大门边就位,背后的墙壁上镶有雕花木板,其材质是一种他认不出的稀有木材。不就是一条木板吗,他无所事事地想道,我一辈子所挣到的钱可能还值不上这玩意儿。

轩亲王之子阿多林·寇林和雷纳林·寇林来到了会场。卡拉丁在战场上见过前者,不过一旦脱下碎瑛甲,他的样貌就变了,少了份英姿,多了份富家子弟的傲气。他也穿着和他人相似的制服,但是上面的纽扣刻满花纹,还有那双簇新的靴子……它们是昂贵的猪皮制品,皮面毫无磨损,大概是花了天价才买下来的。

然而他确实在市场上救了那个女人,卡拉丁回想起几周前与阿多林的偶遇,别把这件事忘到脑后。

卡拉丁说不上来他对雷纳林的印象有几何。这个年轻人戴着眼镜,恍如一道影子般跟在兄长身后。他或许比卡拉丁大几岁,却不显成熟,手脚细瘦,十指纤长,必定没有打过仗或是干过实在的活。

茜尔在屋内一会儿飘上一会儿飘下,把头探进各个角落,还钻进了花瓶。她飞临国王的专座,停在供女子使用的写字台上。她戳了戳置于桌面的水晶纸镇,里面嵌着一只形似螃蟹的古怪生物,它身上是不是长着翅膀?

"他不该待在外面吗?"阿多林朝卡拉丁扬起头。

"我们的动作会把我直接推进危局。"达力拿的两手交握于背后,"我想让他了解详情,这或许对他的工作很关键。"达力拿没有看向阿多林或卡拉丁。

阿多林走上前抓住达力拿的胳膊,悄声说:"我们和他不熟。"他的嗓音压得不算低,尚能入耳。

"我们得相信一些人,阿多林。"他父亲以稀松平常的语调说,"如果军中有谁绝对不会为撒迪亚斯卖命,我能担保是那名士兵。"他扭过身窥了卡拉丁一眼,又换上了令人难以捉摸的神色。

他没有看见我运用飓光,卡拉丁竭力劝服自己,他并未察觉,根本不知道。

是这样吗?

阿多林摊了摊手,走到会议厅的靠边处,向他的弟弟小声嘀咕着什么。卡拉丁站在原位,维持自如的稍息姿势。没错,这厮明显被惯坏了。

稍迟抵达的考尔将军是一名腿脚灵光的秃头男子,腰背挺得很直,瞳孔是浅黄色。他的内人忒夏芙面容消瘦,黑发中隐现出缕缕金丝。她在写字台前入座,纳瓦妮这回没有动身执笔。

两名来人进屋后,门咔的一声被关上了。"请作汇报。"达力拿在窗边说。

"以下内容想必您已经有所知晓,光明贵人。"忒夏芙说,"他们义愤填膺,诚挚地希望您能三思。命令的下达激起了诸多不满,唯有轩亲王哈萨姆公开宣布:他打算——我就引用原话了——'劝阻国王,驳回这项考虑不周的鲁莽决定'。"

国王哀叹一声,坐到椅子上。雷纳林和将军也马上落座,阿多林迫于情势,这才坐下。

达力拿站着没动,往窗外望去。

"叔叔?"国王问,"你听到他们的反应了吗?你先前考虑过要在声明中做得更绝,责令他们必须遵守战争法典,或是直面资产被收缴的命运。我们即将身处内讧的中心,还好你没有放出全部内容。"

"反对的声浪总会出现。"达力拿说,"我仍在想,当时是否应该将之一股脑地公布出去。当你中了箭,有时最好一下子就把它拔出来。"

实际情况下,当你被箭射中,在寻医问药前最好放着它别动。扎在肉里的箭会止住血,人不至于死去。不过,在轩亲王面前,不去多嘴破坏他的隐喻,或许才是至上之举。

"飓风在上,这画面该何其可怕。"国王用手帕擦了擦脸,"你有必要口出此言吗,叔叔?我们会引上杀身之祸,怕是挨不过一个星期。"

"我和你父亲熬过的险境较之更甚。"达力拿说。

"那时你们有盟友!你们获得三位轩亲王的支持,只须与六人角力,而且你们从未在同一时刻与所有对手作过斗争。"

"要是余下的轩亲王串通一气来对付我们,"考尔将军说,"我们将无力坚守阵线,只得撤下声明,没有选择的余地。王室的威严将大受影响。"

国王往椅背上一靠,用手扶住额头。"杰泽雷泽在上,事态快要演化成灾……"

卡拉丁扬起了眉毛。

"你有意见?"茜尔化作几簇翻飞的叶子,向他飘来。听见这般形体传出她的声音,他有点迷惑。当然,屋内的其他人不仅看不到她,也听不到她说话。

"没有。"卡拉丁低语道,"听上去,这则声明像是掀起了大风大浪。我就是没料到国王会……嗯,有这么多怨言。"

"我们必须确保有盟友做后盾。"阿多林说,"结盟势在必行,撒迪亚斯肯定会拉拢一派,因此我们也要和他对着干。"

"将王国一分为二?"忒夏芙摇摇头,"我看打内战于王室无益,况且我们赢不了。"

"这场仗如果打起来,阿勒斯卡的末日就到了,王国将不复存在。"将军持同一说法。

"几个世纪前,阿勒斯卡便不再是统一的王国了。"达力拿眺望窗外,喃喃道,"我们建立的国家不是阿勒斯卡,阿勒斯卡意味着正义。我们不过是继承父辈衣钵的无知小儿。"

"可是叔叔,"国王说,"王国至少还有个样子,比几个世纪前好得多!假如我们败在这个节骨眼上,放任王国分裂为十个战火纷飞的公国,我父亲孜孜以求的一切都会化为乌有!"

"孩子,你父亲孜孜以求的既不是破碎平原上的追逐玩乐,也不是令人作呕的政治闹剧。"达力拿说,"迦维拉尔的高瞻远瞩绝非如此。灭世风暴将临……"

"什么?"国王问。

达力拿总算从窗口回过身,走向众人。他把手搭在纳瓦妮的肩膀上,说:"我们要设法把命令推行下去,不然就得走上灭国之路。我不会再装模作样了。"

卡拉丁抱起双臂,用一根指头轻敲手肘。"达力拿的言行有点王者之气。"他动动嘴,用只有茜尔听得见的声音说:"所有的光眼神都是这样。"他十分烦恼,因为亚马兰也有过类似举动:即使眼前的权力不属于自己,也会一把抢过来。

纳瓦妮抬头看看达力拿,按住了他的手。从她的表情判断,不论他有什么计划,她都知其一二。

国王还蒙在鼓里。他微微叹出一口气。"你显然拿定了主意,叔叔。怎么样?一吐为快吧。这场戏太累人了。"

"说句真心话,"达力拿直言道,"我想把他们统统打蒙,面对不愿从命的新兵手软不得。"

"若想靠打的方式让轩亲王服帖,我想你会碰上重重的困难,叔叔。"国王语中带刺。出于某种原因,他神情涣散地摸了摸胸口。

"你得解除他们的武装。"卡拉丁不禁插了一句。

在场的所有人纷纷转开视线,向他看过来。光明女士忒夏芙冲着他皱起眉头,好像卡拉丁无权发话似的。也许他真不该张嘴。

达力拿却朝他点点头。"士兵,你有建议?"

"请原谅,长官。"卡拉丁说,"请原谅,陛下。恕我一言,如果哪支小队犯了事,您首先要把队员们分开,解散队伍,将人手编入更好的小队。不过我觉得您现在做不成。"

"怎样打破轩亲王的联盟还是未知数,"达力拿说,"只怕我无法阻止他们相互勾结。或许,等赢下这场仗,我可以为诸位轩亲王分配不同的职务,将他们打发掉,然后再个别教育。不过眼下我们还做不到。"

"那好,处理问题士兵的第二种方法便是解除他们的武装。"卡拉丁说,"您要是勒令他们上交长矛,就更易管制他们。没了武器是耻辱,他们会感到自己又成了新兵。照此来看……您能否夺取他们的部队?"

"恐怕不能。"达力拿说,"士兵宣誓效忠的是光眼种,和王室没有直接的联系——宣誓效忠王室的只有轩亲王。话说回来,你的思路很对头。"

他捏了捏纳瓦妮的肩膀,说:"前两周,我试着想过如何定夺这个难题。我有种直觉,要对待轩亲王和阿勒斯卡的全体光眼种,必须沿袭训导新兵的方子，用纪律说话。"

"他来找过我，我们商量了一下。"纳瓦妮道，"为了将轩亲王控于掌心，达力拿希望降低他们的等级。可是说真的，我们无能为力，最多只能造造势，叫他们好自为之，以免身上的权财被我们全数掳走。"

"他们听到这项声明，不气疯才怪。"达力拿说，"我就是想惹恼他们。那些人是得反思反思了。这场战争意义何在？他们的角色又何在？我想让他们记起迦维拉尔的遇刺事件。一开始我要施施压，敦促他们拿出军人的样子，即便他们举起武器和我作对，我也不管。接着，我才有可能把他们劝下来；在士兵这一边，我可以以理服人。无论如何，我的计划重在恫吓，要是他们将权威用在不正当的地方，我就会剥夺他们的好处。正如卡拉丁军尉所言，我们的首要手段就是解除他们的武装。"

"解除轩亲王的武装？"国王问，"这是哪一出滑稽戏？"

"这不是滑稽戏。"达力拿笑道，"我们虽然遣散不了他们的军队，却可以另寻渠道。阿多林，我打算撤销禁令，你的剑可以出鞘了。"

阿多林皱着眉思索了一阵，随即绽出了笑颜。"您的意思是，我获准再上决斗场了？当真？"

"是。"达力拿转身对国王说，"长久以来，鉴于法典严禁军官在战时为名誉而决斗，我始终都不许他参与重要的比试。然而，我愈发认识到其他人根本不觉得自己在打仗，他们玩的是游戏。现在是时候让阿多林在正规的比试中与营内的碎瑛武士决斗了。"

"这样他就能羞辱他们？"国王问。

"这和羞辱无关，夺去他们手中的碎瑛武器才是重点。"达力拿走到一排椅子之间，"如果我们握有军中所有的碎瑛刃和碎瑛甲，轩亲王们就很难再撼动我们了。阿多林，我希望你能和其余轩亲王手下的碎瑛武士一较高低，展开以名誉为先的比试，奖赏则是碎瑛武器。"

"他们不会买账，"考尔将军说，"反倒会推掉比试。"

"他们必须买账。"达力拿说，"我们要想想办法，逼不了的，就冒犯一下，总之他们得应战。我还想着，假如我们能找出知策的去向，过程可能会轻松一点。"

"要是那孩子输了该怎么办？"考尔将军问，"要下这个套，风险性似乎太大了。"

"等着瞧。"达力拿说，"这只是计划的一小步，却也是最显眼的棋子。阿多林，你的决斗技术是有口皆碑的，不仅如此，你还百般恳求我松动禁令。排除我方，军中共有三十名碎瑛武士，你能不能打败这么多人？"

"您问我能不能？"阿多林大笑道，"只要能从撒迪亚斯起手，完全是小事一桩。"

他果然是个狂妄自大的公子，卡拉丁想。

"不，"达力拿说，"撒迪亚斯不会接受以个人名义发起的挑战。但是，我们设下此局，也是为了逐渐搞垮他。起先，我们要从几名等级较低的碎瑛武士入手，再一点点地打上去，争取最后和他决斗。"

会议厅内的其他人似乎都在纳闷，包括光明女士纳瓦妮。她抿紧双唇，望了望阿多林。她兴许拥护达力拿的谋略，却不太乐意送侄儿去决斗。

她没有把想法说出口。"一如达力拿的意思，"纳瓦妮道，"这不会是计划的全部，但愿阿多林无须在决斗之道上走得太远。让他参与这些比试，大体是为了唤起他人的恐慌，同时给那些唱反调的小团体施加点压力。我们的重大要务牵涉到复杂的政治层面，一旦发现有望向我方靠拢的势力，就要毅然决然地争取过来。"

"我和纳瓦妮会尽力在轩亲王之中游说，解释真正统一的阿勒斯卡有何优越性。"达力拿颔首道，"但是我信不过自己的政治头脑，办起事来不像阿多林在决斗时那样得心应手。飓风之父才晓得我们将何去何从，可也没办法。面对众人的压力，我们要软硬兼施，由阿多林重拳出击，我则动之以利。"

"到时会有刺客，叔叔。"艾尔霍卡的语气很疲惫，"我认为考尔的观点有误，阿勒斯卡不会马上被搅得乱七八糟。都说王国要统一，轩亲王已经渐渐认同了这一观点，可是他们同样撇不下竞技、享乐和琼心石。所以，他们会静悄悄地派出刺客，起初或许不是直奔你我而来，但我们的家人就得遭罪了。撒迪亚斯等人会试图伤害我们，迫使我们作出让步。你真愿意赔上自己的儿子？母上又该如何？"

"是，你说得不假，"达力拿道，"我没有……也对。他们的思维就是这样。"在卡拉丁听来，他的话中满是愧疚。

"而你依然有心将计划执行到底？"国王问。

"我别无选择。"达力拿转身走回窗边，遥望西部大陆。

"那至少和我说说，"艾尔霍卡道，"你要打出怎样的底牌，叔叔？你最终想从中收获什么？一年后，假设我们收拾好了这个烂摊子，你又打算把我们变成什么？"

达力拿把手放到厚实的石制窗台上。他凝视着窗外，似乎能看见某些在别人目力之外的风景。"我会把我们变成从前的模样，孩子。我想打造一个真正统一的阿勒斯卡，一个能够抵御风暴的王国。在这里，光耀四方、黑暗遁形，轩亲王忠诚而正义。不光如此，我的设想更为远大。"他拍了拍窗台，"我欲重组光辉骑士团。"

卡拉丁大吃一惊，差点把矛摔在地上，幸好没有引起旁人的注意——他们纷纷起身，直盯着达力拿。

"光辉骑士？"光明女士忒夏芙质问，"您疯了吗？那些叛徒把我们出卖给了虚渡，你想重建这一团体？"

"余下的几句宣言听着不错，父亲。"阿多林上前道，"我知道您时常想起光辉骑士，但是您对他们的看法……和别人不太一样。如果您宣称要效仿他们，必然收不到什么好风评。"

国王把脸埋进手心，叫苦不迭。

"世人误解了他们。"达力拿说，"就算大众的观点是对的，原初由令使所创设的光辉骑士团也一度讲道德、重公平，甚至得到了沃林教会的承认。我们需要提醒世人：光辉骑士团象征着宏图伟业。要是他们没有这份气度，就不会像传说中那般'堕落'。"

"但这是为什么？"艾尔霍卡问，"何必呢？"

"我非办不可。"达力拿顿了顿，"至于原因，我还无法完全肯定。我只是得到了指示，为即将来临的风暴做好准备和防护工作。这场风暴的源起或许就是轩亲王和我们反目，这不是不可能。"

"父亲，"阿多林把手按在达力拿的胳膊上，"这样也好，您说不准就能改变人们对光辉骑士的看法，可是……艾沙的冤魂啊，父亲！他们的能耐非吾辈可及，单单给人赋上光辉骑士的名头唤不回传说中那些稀奇古怪的法术。"

"光辉骑士不但身怀绝技，"达力拿道，"还奉行着没落于今日的信条。虽说我们可能掌握不了他们的远古飓能术，然而要效仿光辉骑士，我们可以另寻他法。这是板上钉钉的事，不容置疑。"

其他人似乎没有被他打动。

卡拉丁眯起双眼。原来达力拿对卡拉丁的本领有所认识？又或者他事实上不谙其意？会议的议题转向了日常事务，诸如怎样劝诱碎瑛武士和阿多林交手，以及怎样在周边地区派遣巡逻队。达力拿认为，军营的安全是实现谋划的先决条件。

会议终于告一段落，多数与会者陆续离场，去执行命令了。卡拉丁还在思虑达力拿口中的光辉骑士。达力拿并未领悟真相，但他的说法很到位。光辉骑士团确实有一套行为准则，他们称其为不朽真言，内含五大信条。

身先死，卡拉丁从衣袋里掏出一颗润石，把它玩弄于指尖，*强护*

弱，行胜果。这三句真言构成了五大信条中的第一信条。他对此只有模糊的概念，可无知不妨事，他还是念出了风行骑士的第二信条：保护那些无法自卫的人。

茜尔不肯告诉他剩下的三大信条。她说时机一到他就会知道，否则无法更进一步。

他想不想更进一步？进一步又如何？变作一员光辉骑士？以前，卡拉丁没有挪用他人的信条来框定人生，他只想活下去。现在，他却义无反顾地踏上了一条已有几个世纪无人涉足的道路。以后，他可能会成为柔刹人憎恶或尊崇的对象，受到众生的关注……

"士兵？"达力拿在出门前问。

"长官。"卡拉丁又挺直身子，向达力拿致敬。找对位置、立正站好，感觉不错。他说不清是好是坏，他当年喜欢过这种生活，可斧狐犬被重新拴上皮带后，也会产生类似的反应。

"我侄儿说得对。"达力拿看着国王在走廊上渐行渐远，"别人可能会谋害我的家人，他们的想法不难猜。我需要有人随时守护纳瓦妮和我的两个儿子。请你派上最好的人手。"

"我拿得出二十来个人，长官。"卡拉丁说，"若要全天紧密看护你们四位，这样的配置是不够的。我应当在短期内训练更多人，但是持矛的冲桥手不一定是好兵，更别提好护卫了。"

达力拿点着头，揉揉下巴，神情疑惑。

"长官？"

"军中不只有你的队伍处在捉襟见肘的状态，士兵。"达力拿说，"撒迪亚斯的背叛造成我方兵力大减，损失了很多优秀人才。当前的大限表明，只要过了六十日……"

卡拉丁不由得哆嗦了一下。轩亲王把刻在墙上的潦草数目看得很重。

"军尉，"达力拿小声说，"我不会放过任何够格的壮丁，我要训练他们、重建军队,为风暴做准备。他们得上高地突击,与仆族智者正面交锋,获取作战经验。"

"这和卡拉丁有什么关系?""您保证过我的部下无须打高地战。"

"我会信守承诺。"达力拿道,"然而国王亲卫队有两百五十人,我手下可指挥作战的军官幸存无几,有部分就身处其中。我需要指任他们负责新兵事宜。"

"照看您的家人已不是我唯一的职责了,对不对?"卡拉丁问道,感觉肩头又多了一份新担子,"这话背后的含义便是,**您有意把国王的安保工作也移交给我**。"

"对。"达力拿说,"会有一段交接的过程,但你得扛下来。除此之外,同时运作两支独立的卫队似乎不太稳妥。考虑到你的部下背景特殊,他们之中绝不可能混进敌方的奸细。你该了解,前一阵子有人暗杀国王未遂,幕后黑手仍未查明,我担心某些国王亲卫或许与此有染。"

卡拉丁深吸一口气。"当时发生了什么?"

"在我和艾尔霍卡猎捕深渊恶魔的时候,"达力拿说,"到了险要关头,国王的瑛甲几近开裂脱落。我们发现,驱动瑛甲的宝石八成是被人偷换成了次品,一旦受到挤压,就会破裂。"

"我对瑛甲懂得不多,长官。"卡拉丁说,"如果没有遭到蓄意破坏,它们有无可能是自身出了故障?"

"也不是没有可能,但可能性很小。我希望你的部下能轮流守卫行宫,保证国王的人身安全。你们要和国王亲卫换个班,尽快熟悉他这个人和这座宫殿。借此契机,你们还要向老资格的护卫讨教讨教。同时,我会在他的守卫中抽调军官来训练军中士兵。"

"在接下来的几周,我们会把你的队伍和国王亲卫队合二为一,由你领头。等到你把其余队伍的冲桥手训练到一定程度,我们便重置卫队的人员组成,将前任卫兵转移进我的军队,让你的部下填补空位。"他正视着卡拉丁的双目,"你做得到吗,士兵?"

"做得到,长官。"卡拉丁虽然答应了,却挡不住心中的惧意,"交给我吧。"

"很好。"

"长官,恕我一言,您说过您准备在营外增加巡逻兵的人数,以维护破碎平原周边山岭的治安?"

"是的。此地盗匪数量庞大,叫人为难。这里已被划入阿勒斯卡的版图,得用国法来管辖。"

"我手下有一千名士兵待训,"卡拉丁说,"派他们去那里巡逻或许能帮助他们认同自己的军人身份。我可以组织大批人马,盗匪见了搞不定就会撤出这一地带。不过,我的部下不得经常动武。"

"好的。考尔将军是巡逻总长,但他现已成为我军的最高指挥官,因而有其他事情要忙。请训练好你的部下,我们终会把这一千人派去执行实打实的道路巡逻,他们的足迹将遍及本地、阿勒斯卡以及东南两向的港口。现在先做斥候,侦测盗匪的老巢位于何处,遇上遭劫的车队,必须调查清楚。你们得把盗匪的活动数据汇报给我,并说明其危险度有几何。"

"我会亲自去办的,长官。"

风操的,他该如何应对这一揽子任务?

"很好。"达力拿说完,背着双手走出会议厅,像是在冥神静思。莫阿什、亚斯和马特受卡拉丁之命迅速集结,跟在达力拿身后。卡拉丁每次都会安排两人守护达力拿,如果可行,他会再派上一人。他曾希望能追加到四至五人,可是风杀的,如今需要看护的对象大有人在,想要扩充人手根本不可能。

他究竟是什么人物? 卡拉丁目送着达力拿离去的身影,想道。在他的领导下,这片营地军纪严明。你可以通过追随者的好恶来评判一个人,这是卡拉丁的做法。

但是暴君也能培养守纪的士兵、建立高水准的营地。达力拿·寇林为统一阿勒斯卡立下了功劳——靠的是在血雨腥风中奋斗打拼。换作今日……就算和国王同处一室，他的话语依旧透出王者风范。

他想要重组光辉骑士团，卡拉丁想。这不是达力拿·寇林单凭毅力就能胜任的。

除非有人协助他。

6 重创

我们从未料到奴隶中可能混有仆族智者派来的奸细。这种情况又是一条漏网之鱼。

——摘自纳瓦妮·寇林的日记,写于1174年第一月第一周第二天

沙兰走上船甲板,又在箱子上落座,不过眼下她已加了顶帽子,长裙裹在外衣里,闲手戴着手套,禁手自然藏于左袖内。

广海上寒气袭人,如虚如幻。依船长之言,南方的远洋实为冰海。这听上去相当不可思议,她想亲眼一睹。在雅克维德,待不寻常的冬季降临,她才能偶遇冰天雪地之景。可是一整片海都结成了冰?简直神乎其神。

她已将先前那只灵体命名为"图腾"。她一边观察他,一边用戴着手套的手写字。正在此刻,他从甲板的表面升起,形成一个旋转的黑球——无数线条缠绕交错,她无法将之捕捉到纸面上。然而,她写下了很多描述性文字,还配上了相应的素描。

"食物⋯⋯"图腾在说话时略为颤动,发出嗡嗡的响声。

"没错,"沙兰说,"我们吃食物。"她从身边的碗里拣出一颗小栗麻果送到嘴里,作了番咀嚼才咽下去。

"吃,"图腾说,"你们……把食物……吞进去。"

"没错!正是如此。"

他往下一落,钻进了木制船甲板,黑球随之遁形。他化作一块凸起,再次与木料合为一体,仿如水纹。他在甲板中滑行,转移到她身边的箱子上,躲进了一只盛有小青果的碗。他在里面不停挪动,图形出现在水果上,使得果皮微微起皱。

"重!"碗内传来他的颤音。

"重?"

"重创!"

"什么?不,我们靠吃维生。所有活物都要吃东西。"

"吃是重创!"图腾的语气大为惊骇。他从碗里移到了甲板上。

图腾的思维愈发复杂了,沙兰写道,他极易掌握抽象的概念。早前他曾问我:"为什么?为什么是你?为什么而活?按我的理解,这些问题事关我存在的意义,于是我回答:"为了找寻真相。"他似乎很快就听懂了我的话。但是,他并不具备某些简单的常识,诸如人为什么要吃饭——

稿纸突然变得凹凸有致,图腾贴在纸面,身上的细线顶起了她刚写下的字母。她放下笔。

"为什么这么做?"他问。

"我要记下来。"

"记。"他依样学样。

"意思是……"飓风之父啊,她要如何解释记忆的概念?"意思是你知道以前做了什么。不是现在,而是几天前。"

"记。"他说,"我……记……不起……"

"你记起的第一件事是什么?"沙兰问,"你一开始在哪里?"

"一开始，"图腾说，"和你在一起。"

"在船上？"沙兰边说边写。

"不。绿绿的。食物。没吃的食物。"

"植物？"沙兰问。

"对，很多植物。"他的身子晃了晃，她觉得自己能听见大风穿林的飒飒声。沙兰吸进一口气。她隐约看见面前的甲板化为泥泞小路，她的坐箱变作石凳。物象恍惚，并不真实存在，可一切栩栩如生。父亲的院子灰尘满地，一幅图隐现其间……

"记起来。"图腾声若游丝。

不，沙兰惊恐地想，**不**！

幻景消失了。那画面本来就不是真的，对不对？她扬起禁手摸摸胸口，呼吸急促，喘息未定。不。

"嘿，小姐！"后方传来幺伯的声音，"快跟新手讲讲卡哈巴兰斯的新鲜事！"

沙兰回过身，心跳不止。幺伯和他所说的"新手"结伴而来，后者是个身高达六尺的壮汉，起码比幺伯大五岁。他们在上回泊靠亚美拉腾港时把他招了进来。目前船只距新纳塔楠只剩最后一程，托兹贝克想要确保他们在此行期间人手充足。

幺伯走到她的坐箱旁，蹲了下来。他不顾严寒，只套着一件袖管早已穿旧的衬衣，还用一根头巾包住了耳朵。

"光明女士？"幺伯问，"您没事吧？您看上去就像刚吞了只王八，而且是一整只。"

"我没事。"沙兰说，"你刚才……有何诉求？"

"在卡哈巴兰斯，"幺伯伸手朝背后指了指，"我们见过国王吧？"

"我们？"沙兰问，"见他的人是我。"

"我是您的随从。"

"你当时在外面。"

"没区别，"幺伯说，"在您见他时，我当过听差的，对不？"

听差的？当时他领她上山入宫，仅是在好心帮忙。"大概吧……"她说，"我记得你的鞠躬礼行得有板有眼。"

"听到没？"幺伯起身对魁梧的大汉道，"我说过我鞠了一躬，是吧？"

"新手"低声应和。

"还愣着做啥，快去刷碗。"幺伯话音刚落，"新手"的眉头便扭成了一团。"不要给我板着张脸，"幺伯说，"我跟你讲过吧，在厨房打杂这种活，船长盯得可紧了。你要是想融入集体，就得好好干，能者多劳嘛。这样船长和其他船员就会对你刮目相看。你瞧，我给你创造了多好的机会，你一定得感谢我。"

大汉像是得到了安慰。他转过身，迈着重步走向下层甲板。

"诸念啊！"幺伯说，"那家伙蠢得根本找不出闪光点，就像两颗用烂泥捏成的润石。我真为他犯愁，哪天肯定会有人打他的主意，光明女士。"

"幺伯，你又在说大话了？"沙兰道。

"如果话中有真意，就不是大话。"

"其实，要说大话，这正是必备的要素。"

"敢问，"幺伯扭身对她说，"您之前在干什么？为啥玩弄颜色？"

"颜色？"沙兰突然浑身发冷。

"对啊，甲板变绿了，是不是？"幺伯说，"我发誓我看到了。这和那只怪灵体有关系，对吗？"

"我……我想弄清楚它是哪种灵体。"沙兰保持着平稳的语调，"我在做研究呢。"

虽然她没有给出确切的答案，但幺伯仍然抛出一句"我想也是"。他朝她亲切地一挥手，随后跑开了。

让图腾暴露在众目之下是件烦心事。为了保密，她曾试图待在船舱里,不让船员发现他的存在,可她很难做到闭门不出,况且他会不了她的意,没办法避开他们的视线。因此,这四天她只得进行公开研究。

他的出现令船员不安,这情有可原,但他们没有多嘴。今天,他们正在做准备,以便船只能够整晚航行。一联想到夜间的大海,她便心生忐忑,然而这就是远离文明、出海远航的代价。两天前飓风来袭,迫不得已,他们甚至驶进了沿岸的海湾。水手们都留在船上,迦熙娜和沙兰则上了岸,撒下重金才躲进一座防风要塞。

那海湾并非真正的港口,不过至少有一堵防风墙可以为船只提供遮掩。而下一场飓风一旦刮起,就连这样的庇护也将无处可寻,他们须得自己找地方尽力渡过风暴,但是托兹贝克有意把沙兰和迦熙娜送上岸,叫她们在山洞里避风。

她回身看向图腾,他已经变换成悬空状,有如水晶枝形吊灯在墙面上投下的细碎光芒,只不过他通体发黑,造型立体,不是光的产物。所以……他可能与之不尽相同。

"谎。"图腾说,"幺伯说了谎。"

"是啊,"沙兰叹道,"有时幺伯的功力十分过人,只要是为了自己好,他什么说辞都想得出。"

图腾哼着调子,似乎相当得意。

"你喜欢谎话?"沙兰问。

"好谎话。"图腾说,"那个谎说得好。"

"什么样的谎话才算好谎话?"沙兰仔细地做着笔记,将图腾的话一字不差地写下。

"真谎话。"

"图腾,这两者是相对的。"

"嗯……有光才有暗、有真才有谎。嗯。"

迦熙娜称它们为谎灵,沙兰写道,这一评名显然不受它们的欢迎。在我首次施行塑魂术时,一个声音曾向我讨取真相。事到如今,我还是不知道这有何意义。迦熙娜的点拨极其有限,她似乎也不明白该如何界定我的经历。我认为那个声音不是图腾发出来的,可我无法下此结论,因为他好像淡忘了不少关于自己的信息。

她重新为图腾画起素描,将他的悬浮状和平面状一一描绘下来。只有绘画时,她的心灵才会得到放松。等到完稿,她依稀记得自己曾在研究中读到过几段适于引用进笔记的文字。

她走下阶梯,来到船舱,图腾紧随其后,引来船员的目光。水手们普遍抱有迷信思想,有些人将他视作恶兆。

进了卧舱后,图腾挪到她身边的舱壁上,用无形的双眼盯着她。她在翻找记忆中的那个段落,文中提及了会说话的灵体。它们不仅仅能像风灵和河灵那般学人话、出戏言——虽然后者已比普通的灵体高出了一个层次,但还有一类极为罕见的灵体能和人展开真正的交流,就如图腾。

沙兰将艾蕾依的原话做了如下抄录:夜妖显然是其中之一。且不论阿勒斯卡的乡野传说有何种版本,她是女性的观点不容置疑,相关记载数量庞大,来源可靠。舒蓓莱将其一访夜妖的经历逐字整理成文,决意向学术界公布第一手报告……

沙兰继续查阅下一处引文,很快便完全沉浸于研究中。几个小时过后,她合上书籍,把它放到床头柜上。她的润石逐渐变暗,飓光行将耗尽,亟需注光。沙兰顺心地叹了口气,仰面躺倒在床上。她的笔记引用了十来种不同的文献,稿纸全部摊在小卧舱的地板上。

她感到……心满意足。她的兄长都赞成将修好的魂器物归原主,听闻希望并未破灭,他们似乎精神大振,心想既然有计可施,就能再坚持一阵子。

沙兰的人生在渐渐好转。她有多久没有静心地坐下来读书了?无须为家族而担心,无须想法子盗取迦熙娜的魂器,更无须为之惴惴不安。父亲的死是由一连串可怕的事件导致的,在此之前,她已身陷焦虑。这就是她当年的人生。她一度认为自己不可能成为名副其实的学者。飓风之父!她一度认为自己不可能行至家族领地之外的城镇。

她起身取出素描本,翻阅着绘有龟壳水母的作品,其中就有几张是她根据脑海中的水下记忆画出来的。看罢她笑了笑,回忆起自己爬上甲板的情景:全身湿透,一脸欣喜,全体水手明显以为她病得不轻。

现在她不仅要坐船去位于天涯海角的城市,还和处尊居显的阿勒斯卡王子订了婚,就连学习的自由也唾手可得。她见到了无数新鲜事物,成天忙着作画,一到夜晚则扑进书山大肆啃读。

她一不小心就得偿所愿,过上了完美的生活。

沙兰从左袖的禁袋内摸索出几颗润石,用以替换高脚杯里那些不再明亮的润石。然而,她刚拿出的润石也已散尽华彩,不含一丝一缕的飓光。

她眉头一紧。在上一场飓风中,这些润石被船员放进系于船桅的篮子,已经注满了飓光;装在高脚杯里的那几颗错过了两场飓风,已有许久没有注光,因而正在失去光泽。置于禁袋内的润石为何暗得更快?简直难以理喻。

"嗯……"贴在墙上的图腾说,"谎。"他的声音从她脑边传来。

沙兰把润石塞回禁袋,随后推门走过狭窄的舱口,来到迦熙娜的船舱前。这里通常为托兹贝克和他的妻子所用,但是为了给迦熙娜营造更为宜居的环境,他们搬进了第三间、也是最小的一间船舱,将原先的舱室腾了出来。尽管迦熙娜没有要求,人们还是会为她送上此类待遇。

迦熙娜应该会借几颗润石给沙兰用。正处夜航的船只上下颠簸,吱嘎作响,微微摇晃的舱门开了条缝,迦熙娜正在舱内伏案而坐。沙兰探头朝里一望,突然变得迟疑不决。她究竟要不要打扰这名女子?

沙兰看得清迦熙娜的脸。迦熙娜正用手挤压太阳穴，盯着铺在面前的纸卷出神，面容憔悴，双眼写满忧虑。

此人不是沙兰司空见惯的迦熙娜。她疲态尽显，不再充满自信，往日的沉着被烦恼所替代。迦熙娜开始写稿，没写几个字便搁下笔。她闭上眼，用手按揉着太阳穴。几只宛如沙柱的疲灵升至半空，出现在迦熙娜脑边，外形令人目眩。

沙兰后退几步，猛然感到自己仿佛闯进了迦熙娜未作设防的私密时刻。沙兰准备静悄悄地回舱，却没料到地板上传来一个声音："真！"

迦熙娜一怔，随即抬起头，发现了沙兰。沙兰的脸自然是唰的一下就红了。

迦熙娜低头看了看趴在地板上的图腾，然后重整颜面，端正地坐好。"什么事，孩子？"

"我……我想求几颗润石……"沙兰说，"我口袋里的全褪了光。"

"你是不是施了塑魂术？"迦熙娜单刀直入地问。

"什么？不，光明女士。我保证没有施过法。"

"那你想必运用了第二种能力。"迦熙娜说，"快进来，把门掩好。我得和托兹贝克船长反映反映，这扇门怎么都闩不牢。"

沙兰走进船舱，把门关紧，不过插销上不了。她握紧双手走上前去，感到窘迫不已。

"你做了什么？"迦熙娜问，"难不成用了光？"

"我好像变出了植物，"沙兰说，"嗯，其实只有植物的颜色。有名船员看到甲板成了绿油油的一片，可当我不再去想那些植物时，画面就不见了。"

"看来没错……"迦熙娜将一本书翻到带插图的一页。沙兰以前见过图中所绘的图形，它与沃林教一样古老：十个圆圈由线条相连，形成平放的沙漏状；位于中央的两个圆圈极像瞳孔，乃是全能之主的双瞳眼。

"十元素。"迦熙娜低声念道，用手轻抚书页，"十飔能。十大骑士团。灵体最终决定将起誓之力返还给我们，这到底意味着什么？我还能抓住多少光阴？时不久矣……"

"光明女士？"沙兰问。

"在你投师前，我还觉得自己遗世独立。"迦熙娜说，"我一度认为飔能术没能大规模地重返人间。很快我打消了这种想法。你是受了秘灵的驱使，才来到我身边的，对此我毫不怀疑，因为它们知道你需要人指导。这一点给了我希望：至少在那些先驱者中，我也占据一席。

"我不明白。"

迦熙娜抬眼望望沙兰，两人凝神相视。由于劳累，迦熙娜的双目布满血丝。她天天都忙到多晚？每当沙兰就寝时，迦熙娜的舱门底缝总会透出光亮。

"老实说，"迦熙娜道，"我也不明白。"

"你还好吧？"沙兰问，"在我进门前，你好像……没什么精神。"

迦熙娜稍微顿了顿。"我仅是涸于钻研罢了。"她转过身，从旅行箱中掏出一只装满润石的黑布口袋。"拿去用吧。我建议你每时每刻都要随身携带润石，以便适时施行飔能术。"

"你能教我吗？"沙兰接过布袋。

"难说，"迦熙娜道，"但我会尽力。在这张示意图中，有一种叫作'光启'的飔能，专事光的操纵。现在，你最好多花点心思研习该飔能。塑魂术很危险，比起从前有过之而无不及，先放一放。"

沙兰起身点点头，却在告辞前有点不舍。"你确定你没事？"

"当然。"迦熙娜的答话脱口而出。在她泰然自若的外表下，却也挡不住显而易见的疲惫。她的面具已碎，沙兰看得出她的真性情。

她不想让我担心,沙兰忽然意识到,她把我当成被噩梦惊醒的孩子,先是摸摸我的头,再把我送上床。

"您在发愁。"沙兰注视着迦熙娜。

迦熙娜别过头,用书本盖住了桌上的某样东西——一只扭来扭去的小型紫色惧灵。虽然唯有一只,却仍可说明问题。

"不……"沙兰低语道,"你没在发愁。你吓坏了!"飓风之父啊!

"真的没关系,沙兰。"迦熙娜说,"我只需小睡一会儿。请你回舱做学问吧。"

沙兰来到迦熙娜的几案旁,在椅子上坐下。那位更为老成的女人回望着她,身上的伪装愈发撑不住台面。迦熙娜抿紧嘴唇,面露愠色,握着笔的右手攒成了拳头,紧张之情溢于言表。

"你说过我可以参与,"沙兰道,"迦熙娜,如果你在为什么事而烦恼……"

"我的烦恼从始至终。"迦熙娜靠回到椅背上,"我怕做得太迟,对即临之灾束手无策——我想迎面拦下这场飓风,却唯恐做不到。"

"虚渡。"沙兰说,"仆族。"

"从前,"迦熙娜说,"令使的回归标志着虚渡横行的灭世已起,人类必须在其协助下做好准备。他们会训练光辉骑士,骑士团的人员组成也会经历大换血。"

"可是虚渡已被俘获,"沙兰说,"我们奴役了它们。"这原是迦熙娜的假设,沙兰在一睹研究成果后也表示赞同。"你由此认为仆族即将揭竿而起,与我们反目,历史将重演。"

"是的,"迦熙娜翻阅着笔记,"指日可待。你成为飓能者,我不感快慰,这让我联想起太多往事。但在古时,依照代代相传的惯例,新加入的骑士均配有导师,而我们一无所有。"

"虚渡已成瓮中之鳖,"沙兰说着,瞅了一眼图腾。他一言不发地伏于地板，近乎隐形。"仆族几乎不具备交流之力，它们怎么能揭竿而起？"

迦熙娜找到了所需的一页纸，将其递给沙兰。这是一份有关破碎平原高地战的记录，出自一名军尉妻子的记录，由迦熙娜亲笔写下。

"在仆族智者之间，"迦熙娜说，"无论相隔多远，都能同时歌唱。他们拥有我们无从理解的交流能力，我只能认定他们的近亲仆族也能做到这一点。若要造反，他们或许无须耳听号召便可行动。"

沙兰读着报告，缓缓颔首道："迦熙娜，我们要提醒别人。"

"你以为我没有做过尝试？"迦熙娜问，"我给全世界的学者和国王写信，多数人将之贬为杯弓蛇影。你所欣然接受的证据，他人却认为站不住脚。

"虔诚者曾是我最大的希望，但是他们的双眼已被神权统治的阴影所蒙蔽。这还不算，虔诚者拘泥于我的个人信仰问题，对我的言论一概报以怀疑态度。我的母亲希望为我的研究把关，她那边好说话，而我的弟弟和叔叔没准会相信，所以我们这才赶去见他们。"她顿了顿，"前往破碎平原的另一大原因即为：找寻能够说服所有人的证据。"

"乌有斯麓？"沙兰说，"那座您苦苦追寻的城市？"

迦熙娜对她投以匆匆的一瞥。沙兰偷看过迦熙娜的笔记，她就是因此才首次得知这座古城的存在。

"你和人对阵时还是太容易害羞。"迦熙娜指出。

"不好意思。"

"而且太容易认错。"

"那我要……呃，生点气吗？"

迦熙娜捧起绘有双瞳眼的卷籍，不禁莞尔。她审读着书页道："破碎平原的某处隐藏着一个有关乌有斯麓的秘密。"

"你曾告诉我这座城市不在那里！"

"没错。不过,我们也许能找到连接乌有斯麓的通道。"她抿起双唇,"传说只有光辉骑士才能开路。"

"幸好已经有两个人够格了。"

"我再强调一遍,你我还未成为光辉骑士。再说他们的本事说明不了什么,我们既没有沿袭他们的传统,也没有继承他们的学识。"

"看来人类文明有可能会走向终结,是吗?"沙兰悄声问。

迦熙娜暂不予作答。

"关于灭世,"沙兰说,"我懂得很少,可是传说中……"

"每一次灭世终结之后,人类均会遭受重创:大都市燃为焦土,工业被彻底摧毁,人类的认知水平与社会的发展程度复归史前阶段——欲重建往昔的文明,我们得花上若干个世纪。"她顿了顿,"我总希望自己看错了。"

"乌有斯麓。"沙兰试着思考答案,而不是光提问,"你说光辉骑士团的大本营设于该市。在跟您探讨之前,我没有听说过这种讲法,估计书中少有提及。相关的情况会不会被神权统治封禁了?"

"说得好。"迦熙娜道,"我觉得真相在此之前就销声匿迹了,但教会的行为显然也是雪上加霜。"

"照你这么说,假如乌有斯麓果真在神权统治之前就存在于世、假如通向该处的道路果真在光辉骑士堕落之后就被封闭……那么有些记载可能未被当代学者研究过。这些传说会保持原汁原味,也会道出虚渡与飓能术的真谛。"沙兰浑身发颤,"这才是我们前往破碎平原的真实原因。"

尽管身心俱疲,迦熙娜还是挤出了一丝笑容。"好极了。虽说在帕拉奈图书馆所花的时间没有白费,但我仍感失望。我证实了有关仆族的猜测,却发现不少馆藏文献也经过了篡改,其中留有些许痕迹,和我在别处读到的书卷有异曲同工之处。这种所谓的'历史大清洗'剔除了明文涉及乌有斯麓或光辉骑士团的段落,只因其有损于沃林教的颜面,着实令人发指。事已至此,人们还敢问我为何要仇视教会!第一手资料不可或缺。在某些故事中——我斗胆相信——乌有斯麓被誉为圣地,不会受到虚渡的侵害。这也许只是一厢情愿,但即使身为学问家,心怀这样的希望也并不过分。"

"那仆族呢?"

"我们会设法规劝阿勒斯卡人莫要再使唤他们。"

"这可不简单。"

"近乎是一项不可能完成的任务。"迦熙娜起身收起书籍,将它们摆入防水的旅行箱,准备就寝,"仆族既温驯又恭顺,是理想的奴隶。我们的社会早已对其产生了强烈的依赖。若想在我们之中作乱——这份'乱'在所难免——仆族无需动粗,只消离开各自的岗位,经济危机将因此而生。"

她取走一本书,合上旅行箱,转身对沙兰说:"如果手头没有更多证据,我们是无法说服别人的。即使我弟弟能听进我的话,他也无权迫使轩亲王遣散仆族。老实说,驱逐仆族可能会导致王国的崩溃,我弟弟恐怕不太敢冒险。"

"可是只要他们反叛,王国迟早要崩溃。"

"有理,"迦熙娜说,"你我都能领悟。我母亲大概也会相信。然而我们不能犯错,我们顶着极大的风险……反正一定要寻得有力的证据,让别人无法辩驳。总而言之,无论付出多少代价,我们都得找到那座城市。"

沙兰点点头。

"孩子,我不想把这份重担强加在你的肩头。"迦熙娜重又落座,"不过我得承认,能够和人谈论此事着实是一种慰藉,你不像某些人,不会处处和我针锋相对。"

"我们会办到的,迦熙娜。"沙兰说,"我们会去破碎平原找到乌有斯麓。我们会觅得让所有人心悦诚服的证据。"

"啊，年轻人就是乐观，"迦熙娜说，"偶尔听你们来上几句还是挺振奋人心的。"她把书递给沙兰，"在光辉骑士团中，有一个名为'织光骑士团'的分支。我对此所知甚少，但在我已阅的书籍中，这一本囊括了最为丰富的信息。"

沙兰连忙接过书册，其名曰《光辉真言》。

"请回吧，"迦熙娜说，"好好读。"

沙兰望了她一眼。

"我要就寝了。"迦熙娜一锤定音，嘴角扬起笑容，"别想哄我，就算对方是纳瓦妮，我也不准她这样。"

沙兰点点头，叹着气离开了迦熙娜的卧舱，方才全程保持安静的图腾紧随其后。她一走进船舱便发觉自己的心情比先前离开时沉重了几分。迦熙娜眼中的惊恐之色给她留下了难以磨灭的印象。迦熙娜·寇林应该无所畏惧，难道不是吗？

沙兰爬上小床，怀抱着迦熙娜指定的书籍以及那袋润石。她的一部分自我急于展卷阅读，可她着实累坏了，眼皮沉沉。天色真的不早了，要是她现在开始读书……

或许还是好好地睡上一晚为妙，起床后才有精力投入新一天的研究。她把书放到小床头柜上，蜷缩起身子，伴着船只的颠簸渐渐入眠。

她一觉醒来，发现舱内黑烟弥漫，惨叫声和呼喊声不绝于耳。

7 明火

> 告别至亲的悲苦宛如降自青天的不测风雨,我被打了个措手不及。多年前迦维拉尔的逝去令人万般痛心,然而碰到这等事……我几近肝肠寸断。
>
> ——摘自纳瓦妮·寇林的日记,写于 1174 年第一月第一周第三天

沙兰睡眼惺忪地爬下小床,心中恐慌不已,一不留神撞到了润石杯。虽然她用了蜡来作固定,但高脚杯还是被冲力掀翻,就快无光的润石撒了一地。

舱内烟味很浓,她快步来到门边,披头散发,心跳不止,先前还好是和衣而睡。她甩开门。

外面的过道上站着三个人,他们背对着她挤作一团,手中高举

火把。

火灵在火把四周舞动,迸出簇簇火星。是谁把明火带上了船?沙兰心生疑惑,呆立在原地。

甲板上传来阵阵呼喊,船似乎没有着火,可这些人是谁?他们挎着斧子,直冲迦熙娜的船舱而去,那里的舱门大开着。

几个人影在其中晃动。在这仿佛凝固的惊恐一刻,一个人把什么东西扔到另外几个人跟前,他们纷纷向外退开,留出空间。

那是一具身着薄纱睡衣的躯体,其人双目圆睁,神采全无,胸口血流如注。受害者是迦熙娜。

"下手精准点。"某人说。

另一人跪下来,猛地将一把细长的匕首扎进迦熙娜的胸脯。沙兰亲耳听着匕首刺穿人体,当啷一声碰到底下的木板。

沙兰放声大叫。

一个人朝她转过身。"喂!"说话者正是幺伯口中的"新手",他个子很高,相貌呆板。她不认识其他人。

沙兰被恐惧和狐疑包围,做了一番心理斗争后,她奋力关上自己的舱门,用颤颤巍巍的双手插好门闩。

飓风之父!飓风之父!她从门边逃开,这时门外响起一声重击。那些人根本不需要挥斧子,只要拿肩膀用力地撞几下,就能破门而入。

沙兰跌跌撞撞地摸向小床,掉落在地的润石随着船只的颠簸来回滚动,她一脚踏上去,差点滑倒。透过靠近舱顶的窄窗——这扇窗子实在太小,人无法爬出去——她只能看见一方暗色的夜空。上方的呼声持续不断,有人从木制甲板上走过,脚下噔噔作响。

沙兰浑身发颤,仍旧没有缓过神来。迦熙娜……

"剑。"那是图腾的声音,他正伏在她身边的舱壁上,"嗯……那把剑……"

"不!"沙兰一声尖叫,双手抱头,指尖埋进了头发。飓风之父!她在瑟瑟发抖。

噩梦。这是一场噩梦!不可能——

"嗯……战斗……"

"不!"沙兰不由得加快了呼吸。外面的人还在用肩膀撞门。对于这种情况,她毫无准备,也难以面对。

"嗯……"图腾的口气不太高兴,"谎。"

"我不知道该怎样利用谎话!"沙兰说,"我没有练过。"

"是的。是的……记起……曾经……"

舱门吱嘎作响。她敢不敢记起?她能不能记起?一个把玩闪光图案的孩童……

"我该怎么做?"她问。

"你需要飓光。"图腾说。

埋藏在深处的记忆已然苏醒。她不敢触碰的尖刺崭露锋芒。她需要飓光来驱动飓能术。

沙兰在小床边跪下,尽管不明所以,却还是使劲一吸气。飓光从她身边的润石中流出,注入她体内,变作在血管中肆虐咆哮的暴风。船舱骤然变暗,漆黑如幽深地洞。

随后她的皮肤上漫出飓光,仿如从沸水中升腾而起的蒸汽,为船舱投下迷离的光影。

"现在怎么办?"她追问。

"塑谎。"

什么意思?舱门反复作响,突然哗啦一声,门中央裂开了一条大缝。

沙兰吓得呼出一口气,飓光化作云雾,从她身上逸出。她感到自己几乎能触摸到这缕光芒。她能察觉到它的潜在力量。

"方法呢?"她一问到底。

"示真。"

"这讲不通！"

就在这个关头，舱门被人撞穿，沙兰手脚大乱。几道金红火光漏进舱内，来者心怀不轨。

光雾从沙兰身上涌出，越来越多，相互融合，幻化为一个发光体，此物呈现站姿，显得模糊不清。它穿过门口，照亮了来人，挥了挥像是手臂的部位。沙兰本人则跪在床边，匿于阴影之中。

入侵者的视线被发光体所吸引，他们随后转身追了上去，实乃万幸。

沙兰发着抖，紧贴舱壁缩成一团。船舱黑得不见五指，上头传来船员的号叫声。

"沙兰……"图腾在暗处颤动不已。

"去甲板上看看，"她说，"然后告诉我发生了什么。"

他在挪动身子时悄无声息，她不知道他会否领命。连做几次深呼吸后，沙兰立起身，两腿直哆嗦，可她愣是站着没动。

她稍微定了定神。现在的状况糟糕至极，然而在父亲命绝的那一晚，她被迫采取的行动才是万恶之首，**没有哪件事能与之相比**。既然她熬过了那一关，这一关也能攻克。

这些人的来头必定和卡波萨相同，迦熙娜所担心的刺客就是他们。这伙人最终还是得手了。

噢，迦熙娜……

迦熙娜死了。

日后再伤悲。沙兰要拿那些夺船的武装分子怎么办？她该如何逃出去？

她摸索着来到过道上。这里光线晦暗，只有从甲板上漏下的火光。她耳中的叫声愈发凄厉。

"杀。"一个声音冷不丁地传来。

她吓了一跳，不过那自然是图腾在说话，不会有别人。

"什么？"沙兰哑声问。

"有几个黑乎乎的人在杀人。"图腾说，"水手们被五花大绑，有一个死了，鲜血直流。我……我理解不了……"

噢，飓风之父啊……上方的吼叫逐步升级，靴底刮擦甲板的声音却消停了，武器的撞击声也不再响起。若干船员被抓，起码有一人已遭杀害。

沙兰在暗中窥到了惧灵，它们从木料里冒出，在她周围不住地蠕动。

"那些人怎么样了？他们刚刚还追着我的分身跑呢。"她问。

"在看海。"图腾说。

想必他们相信她已经跳了海。沙兰摸着黑来到迦熙娜的船舱，心中直打鼓，以为自己随时会绊到她的尸体。但迦熙娜不见了。那些人难不成把她拖到了甲板上？

沙兰走进迦熙娜的船舱，关上门。由于插销上不牢，她只好推来一只箱子挡住舱门。

她得想个办法。她东摸西碰，把手伸进迦熙娜的旅行箱。那伙人已经打开了箱子，里面的衣物被他们翻得乱七八糟。沙兰寻至箱底，拉开密袋，光线忽然溢满了船舱。润石耀光四射，沙兰一时睁不开眼，只得别过头。

图腾靠着她，在地上不停震颤，显得很焦虑。沙兰扫了一眼小船舱，舱内一片狼藉，遍地都是衣物，卷纸散落四处。迦熙娜的储书箱不见了踪影。床上的血泊是刚留下的，还未渗进床单。沙兰很快移开了视线。

甲板上陡然划过一声高喊，紧接着是一阵闷响。船员的哀号愈加凄楚，她听见托兹贝克在对那伙人嘶吼，恳求他们放过他的妻子。

全能之主在上……刺客正在挨个地处死船员。沙兰必须有所行动，不计一切。

沙兰又低头看了看内衬黑布的夹层，润石全部藏于其中。"图腾，"她说，"我们要给船底施一次塑魂术，好让整艘船沉下去。"

"什么！"他提亮声音，嗡嗡地响成一片，"人类……人类……吃水？"

"我们喝水，"沙兰说，"但我们不能用鼻子吸水。"

"嗯……不懂……"图腾说。

"那个团伙把船长一行人都抓住了，正要处死他们。我可以搅乱局面，为他们制造良机。"沙兰把手放到润石上，深吸一口飓光。**她感到体内燃起一团烈火，全身仿佛爆裂在即，活生生的飓光来回冲撞，想要钻出她的毛孔。**

"告诉我该怎么做！"她喊道，音量拔高了好几度，远超她的本意。刚才吸进的飓光催促她拿出行动。"我以前施过塑魂术。我必须再试一次！"她一说话，团团飓光便从口中冒出，犹如人在冷天呼出的热气。

"嗯……"图腾紧张地说，"我会充当中介。看。"

"看什么？"

"*看！*"

裂影界。上一回，她差点死在了那个地方，只不过该处不能以"地方"相称，又或者它其实算得上？这要紧吗？

她搜索着近期的回忆，想起前一次施行塑魂术时，自己一不小心就把高脚杯变成了鲜血。"我得讲真话。"

"你已经讲得够多了。"图腾说，"马上看。"

船消失了。

一切……都爆裂开来，舱壁和舱内的陈设稀里哗啦地碎成一片，化为细小的黑色晶珠。沙兰料想自己会跌进那片晶珠海，但她反而落到了坚实的地面。

沙兰所站之处被暗天笼罩，远方挂着一轮微小的白日。她脚下的地面反着光——黑曜石？她转身四顾，大地呈墨色，材质如一。不远处，许多珠子——形似能够储存飓光的普通润石，只不过又小又暗——在地上弹来弹去，最终静止下来。

大地之上，树木鳞次栉比，宛如繁盛的水晶，光秃的枝杈尖利而透亮。不远处，空中飘着星星点点的光芒，好似孤零零的烛火。那是人，她恍然大悟，人的思想投射在知界域中，从而形成了这些光。几十团更为微弱的火光汇聚在她脚边，可她几乎分辨不出，因为它们实在过于渺小。难道是鱼的思想？

她回过身，迎面撞上了一个长着符号脑袋的生物。她一惊，连蹦带跳地往后退去，喉咙里发出一声尖叫。这些怪物……它们的形象总是挥之不去……它们……

那是图腾。他站得笔直，身材瘦削，却略显朦胧，周身通透。他的头部被一个复杂的图案所代替，其中布满了锋利的线条和不可名状的几何图形，似乎找不到眼睛。他背着双手而立，身上的袍子僵挺无比，不像是用布做的。

"去，"他说，"把它挑出来。"

"挑什么？"她一张口，飓光就从唇边溢出。

"你的船。"

虽然他不长眼睛，但她觉得自己可以捕捉到他所视的方位。她望向光滑的地面，发现了一颗小珠子，脑中突然生发出一种印象。那是一艘船。

"风之愉悦"号。这艘船归托兹贝克和他父亲所有，已经有些年头，却不朽败，仍然靠得住。全船经过精心的管理，受人爱戴。年复一年，它载着船客乘风破浪，出海经历十分傲人。在此处，船只以晶珠的形态出现。

实际上，它能思考。这艘船具备思维能力，或者说……它反映的是船员的心理——这些人在上面干活,对船很了解,时常会想到它。

沙兰把珠子捧于掌心,对它轻声道:"我要你作出改变。"这颗珠子小归小,却沉得出奇,仿佛整艘船的重量都压在了上面。

"不。"珠子作出了回答,不过传话者是图腾,"不,我不能改变。我必须效忠。我安于现状。"

沙兰看看图腾。

"我会充当中介。"他重复道,"……作翻译。你还没准备好。"

沙兰回望手中的晶珠。"我身上有很多飓光,我会把它给你。"

"不!"珠子愤怒地答道,"我效忠。"

它确实想维持船的原状。经过长年累月的效忠,它相当自豪,对此她感同身受。

"他们快死了。"她喃喃道。

"不!"

"你能感觉到。他们快死了,你的甲板上血流成河,你效忠的人将会一个接一个地被放倒。"

她深有感触,眼前现出船上的惨状。刺客正在处决船员。附近,一朵飘浮的烛火熄灭了。被抓的八人中已有三人丧命,但她不知道受害者是谁。

"要救他们,只有一线机会,"沙兰说,"那便是改变。"

"改变。"图腾低声转述船的话。

"如果你作出改变,他们或许就能逃离夺命恶人的折磨。"沙兰低声说,"这么做虽不保险,却能给他们机会游出生天。'风之愉悦'号,尽份力吧,你可以帮他们最后一个忙。请你为他们而改变。"

一片沉寂。

"我……"

又一团光熄灭。

"我会改变。"

转瞬之间，沙兰体内的飓光全数散尽。她吸进大量飓光，附近的宝石纷纷破碎，一阵遥远的断裂声从实界域传来。

裂影界消隐无踪。

她回到了迦熙娜的船舱。

地板、舱壁和舱顶渐渐没入水中。

沙兰一头扎进冰冷刺骨的黑暗深海。她在水中万般扑腾，由于衣裙裹身，活动难免受限。她周围的一切都在下沉，人们的日常用品均被海水吞噬。

她发狂似的寻找海面。她原本有个模糊的想法，准备游过去帮助被绑的船员解开绳子，而现在她发现自己根本招架不了，甚至难以上浮。

黑水似乎活了过来，一种未知之力扼住了她。

她越坠越深。

8 背刺与走卒

我不想为自己的悲戚找借口,可是这的确事出有因。遭遇飞来横祸,人总会有点反常举动。迦熙娜离家已有一阵,可她的死讯让我始料未及。我和许多人一样,认为她的性命本该无虞。

——摘自纳瓦妮·寇林的日记,写于 1174 年第一月第一周第三天

木桥就位,刮擦声耳熟能详。士兵齐步过崖,脚下噔噔有声。他们踏过岩地,带出闷响,随后走上木桥,靴底下踩,铿锵有力。斥候于远处扯嗓呼喊,报告前方没有状况,可供通行。

高地上一片喧嚣,达力拿对此再熟悉不过。想当初,他也渴望听到这番喧嚣,在征战间歇难掩迫切之情,渴求抓住机会,用瑛刃砍倒仆族智者,赢得财富与认可。

曾经的达力拿企图以此遮羞——就在兄长与刺客相拼的关口,他却喝得烂醉、伏桌不起。

高地上的风景千篇一律:秃石交错,大片岩地呈现出单一的晦暗色调,仅有几株闭合的石壳木偶入眼帘,打破了这份沉闷——正如其

名，就连这类植物也会被人误认成石头。遥望天际，处处皆相同。比起广袤无垠、开裂崎岖的平原和危机四伏的深渊，所有出自人世的物品都显得渺小不已。

多年以来，打高地战已成既定程序，铁甲军队越过一个又一个深渊，在白日之下浩荡而行。这场战争的参与价值日渐降低，却被人当作义务抱着不放。他们的确想替迦维拉尔报仇、想追求荣光，然而一旦在此地与敌人相遇，便意味着开战。

高地之上，岩石灼烫，飓砂干硬，风行千里，全境透出茫茫的寂寥之气。

最近，达力拿已经心生厌烦。上高地突击玩忽人命是一种愚行，其目标不是履行复仇誓约，而是满足个人贪欲。邻近的高地上存有大量唾手可得的琼心石，阿勒斯卡人却并不知足，不惜花费高昂的代价到较远的高地上发动袭击。

轩亲王亚拉达的军队正在前方的高地上战斗，他们来得比达力拿的军队要早。人类与仆族智者的交锋是老生常谈，双方列成迂回的阵型，都想止住对手的势头。论出兵数，人类可以远超仆族智者；但论速度，仆族智者更占上风，他们可以率先抵达，守住高地。

集结高地上到处都是冲桥手的尸体，一直堆到了深渊里，向防守牢固的敌人发起冲锋的危险性可见一斑。眼见自己的护卫在打量死者时面色沉郁，达力拿十分在意。亚拉达和多数轩亲王都沿袭了撒迪亚斯的那一套理念，采用见效迅速、手段残忍的出桥方式，将冲桥手看作死不足惜的人肉挡箭牌。但要解决问题，不单单只有这种门路。在过去，负责扛桥的均是全副武装的士兵，可撒迪亚斯的尝试一经成功，便引来众人的效仿。

整座军营始终需要大批的廉价苦力来维持战争机器的运转，由此催生出盛行于无主山岭的人头买卖，奴隶贩子和匪盗时有出没，渐成一大痼疾。达力拿心想：*我还得改变这一局面。*

亚拉达没有出战,而是在毗邻的高地搭起了指挥中心。达力拿指了指那面飘荡的旗帜,本军的机械轮桥随即架设完毕。这些桥由红甲蟹牵拉,内部满是齿轮、拉杆和凸轮,负责操作的士兵能够得到保护,但他们的行动也非常缓慢。严于律己的达力拿耐心地候在一旁,工兵放下机械桥,将其横置于深渊之上,对面就是亚拉达所在的高地,属于他的旗帜正迎风招展。

等到战桥铺好并固定后,一名护卫——其人受卡拉丁军尉手下的暗眼种军官领导——挎着矛快步上桥。达力拿曾向卡拉丁做过保证,不会让他的部下打仗,除非达力拿自己需人保护。过桥后,达力拿一踢马腹,冲进亚拉达坐镇指挥的高地。由于未穿碎瑛甲,达力拿在马背上感到轻飘飘的。他获得这套盔甲已有多年,却从未在不加披挂的情况下上过战场。

不过,他今天策马而来其实不是为了作战——至少不完全是。在他身后,属于阿多林的旗帜簌簌生风,达力拿军的大部队在他的带领下向亚拉达军所在的高地发起进攻。关于此役该如何进行,达力拿未作指示,他儿子功底扎实,随时准备总揽战地指挥的大权——考尔将军自会护驾在旁出谋划策。

从今往后,阿多林将统领战局。

而达力拿将改变世界。

他御马骑向亚拉达的指挥帐。自从要求各军协力的声明发表以来,本战可谓是首秀。亚拉达领命而至,而罗伊翁选择留守——尽管目的地离他的军营最近——这本身就是成功,鼓励虽小,但达力拿会抓住任何所得。

这片高地上兀立着一座俯瞰战场的坚实岩坡,轩亲王亚拉达正从一顶小型营帐边往外眺望。这里是设立指挥所的绝佳位置。亚拉达是一名碎瑛武士,不过他更偏爱于后方行兵布阵,每逢开战,他一般会把甲刃借给麾下的军官。经验丰富的碎瑛武士能够以意念控制碎瑛刃，即使脱手，剑也不会化为雾气；但在危急时刻，亚拉达可以将其召唤回来，只消一眨眼的工夫，瑛刃就会从军官手中消失，十下心跳过后，又会出现在亚拉达自己手中。外借瑛刃需要双方的极度信任。

达力拿翻身下马，马夫前来接应，却被加兰特狠狠地瞪了一眼。达力拿轻拍战马的脖颈，对马夫说："他会照顾好自己的，伙计。"说到底，大部分普通的马夫不知道该如何伺候雷沙迪乌马。

达力拿在冲桥手护卫的陪同下来到亚拉达身边，后者正站在崖边俯视位于前方和正下方的战场。亚拉达是个精瘦的男子，头顶全秃，肤色比多数阿勒斯卡人都黑。他秉持站姿，双手靠背，身着得体的传统制服，腰下是似裙的武士袍，但他又穿上了时兴的外套，式样与武士袍相配。

这般着装风格是达力拿前所未见的。此外，亚拉达留有稀疏的八字须，嘴唇下还养着一撮胡子，再一次不走寻常路。亚拉达权高望重，足以开创属于自己的时尚，经常引领潮流。

"达力拿，"亚拉达向他颔首，"我原以为你不会再打高地战。"

"此话不假。"达力拿朝阿多林的旗帜点头。士兵如潮水般涌过桥梁，投入了战斗。由于高地面积狭小，亚拉达军只得撤出不少兵力，以腾出作战空间，退下的士兵显然求之不得。

"今天你差点吃了败仗，"达力拿一语中的，"还好援军赶到了。"达力拿军在下方重整旗鼓，向仆族智者全力推进。

"也许吧。"亚拉达说，"可是我以前每打三次仗就能拿下一场胜利。确实，有了支援，赢面大了，但我挣得的份额会减半，这还要看国王愿不愿意搞分配。这不是长远之计，我无法从中获益。"

"然而这样损兵折将的概率小，"达力拿说，"全军的进账会大大提升。荣誉——"

"别跟我谈荣誉，达力拿。我下面的士兵不能靠它吃饭，其余轩亲王要是反咬我一口，我也无法用荣誉说话。你的策略重在扶持弱者、压制强者。"

"行,"达力拿不客气地说,"荣誉对你一钱不值。**但你不能由着性子来**,亚拉达,因为这是国王的要求。你只须照此行动,做到言听计从。"

"要不然呢?"亚拉达问。

"瞧瞧叶宁夫的下场。"

亚拉达一脸愕然,仿若被人抽了一记耳光。十年前,轩亲王叶宁夫拒绝承认阿勒斯卡的统一,撒迪亚斯奉迦维拉尔之命与其决斗,取了他的性命。

"这算威胁?"亚拉达问。

"没错。"达力拿转身直视矮个男子的双眼,"我受够了,亚拉达,好心相劝就此为止,我不会再到处求人。如果你违抗艾尔霍卡,就是藐视我兄长和他的遗志。**王国必须统一**。"

"真逗。"亚拉达说,"你倒好,扯到了迦维拉尔。他的做法并不正派,不是往人背上插刀,就是出兵动武,不从者统统杀头。你要我们干脆复兴旧制?这种解决之道似乎衬不上你那本宝书里的豪言壮语。"

达力拿扭身观望战场,气得咬牙切齿。他的第一反应是告诉亚拉达:他是受达力拿指挥的军官,出言不逊要受惩罚。达力拿须得把他当作有错须改的新兵来对待。

话说回来,万一亚拉达就是不领情呢?**能否强迫他?**达力拿军的实力不足以逼他认命。

他胸中不禁燃起怒火——更多的是针对他自己,而不是亚拉达,更针对他自己。他上到高地的目标不是争斗,而是交涉与开导。纳瓦妮言之凿凿,若想救国,达力拿得亮出更多本事,不能只会疾言厉色地下达军令。他需要的不是恐惧,而是忠心。

可是要怎么做?他真该被飓风洗洗脑。过了大半辈子,要论开导,他靠的是手中的利剑和揍人的拳头;而迦维拉尔总能在对的场合说对的话,旁人都愿意洗耳恭听。

达力拿不是摆弄权术的料。

隐约间,体内有个声音念道:那些参战的小子两个中就有一个不知道自己为什么会来当兵。你没理由在这方面低人一等。莫抱怨,去改变。

"仆族智者压得太紧,"亚拉达对他麾下的几位将军说,"妄图把我军赶下高地。通知士兵稍微后撤,待仆族智者阵型不稳时,再将他们包围。"

将军们纷纷点头,一人开口下令。

达力拿眯起眼评判战局。"使不得。"他悄声道。

将军不再传令。亚拉达瞅了瞅达力拿。

"仆族智者正准备撤军。"达力拿道。

"依照目前的情况,他们肯定不会撤。"

"他们得喘口气。"达力拿分析着崖下的混战,"琼心石夺取在望,他们会步步紧逼,之后却会迅速退至石蛹附近,这么做拖延了时间,利于收割得手。对此你们要加以遏止。"

仆族智者向前猛烈展开攻势。

"这场仗由我主导。"亚拉达说,"按你的那一套,我有权自行决定战术。"

"我今天只是来观战的,"达力拿说,"连本军的指挥官都算不上。你可以选择适合你方的战略,我不会插手。"

亚拉达思索片刻,接着暗骂几句。"达力拿言之有理,姑且听他的。仆族智者即将后撤,叫士兵做好准备。石蛹大概快被捅开了,派遣一支突击小队护住琼心石。"

将军们说明了最新详情,传令兵闻得战术指令后便疾跑而去。亚拉达和达力拿并肩而立,注视着仆族智者向前推进,他们的歌声响彻战场。

没过多久,他们动身后退,恭敬地跨过死者的遗体,动作如往常般小心。早有准备的人类军队追赶在后,阿多林身穿锃亮的瑛甲,带领一支生力军展开突击,大破仆族智者的阵线,抵达石蛹所在之地。其余的人类士兵涌入他们打开的缺口,将仆族智者逼至侧翼,对手的撤退演化为了战术上的灾难。

不过才几分钟,仆族智者就放弃攻打高地,跳过深渊落荒而逃。

"诅咒之地啊,你怎么那么善于掌控战局。"亚拉达小声说,"我就恨你这一点。"

达力拿眯起眼,发现一些仆族智者逃兵在另一座高地上驻足,与战场相隔不远。尽管大部队仍在后撤,他们却久久不肯离去。

达力拿挥挥手,接过亚拉达的侍从递来的望远镜。他将其举起,对准那群仆族智者。有一个身着璀璨盔甲的人影伫立于那座高地的边缘。

那是在塔地之战中现身的仆族智者碎瑛武士,他想,当时他差点把我杀了。

关于那次交手,达力拿所记不多。他受尽打击,几近昏迷。这位碎瑛武士为何没有加入今天的战斗?否则他们没准早就能捅开石蛹了。

达力拿的心头闪过一丝不安。无疑,那个眼观六路的碎瑛武士完全改变了他对这场仗的理解。他以为自己能摸清战场上的形势,现在却突然觉得敌人的兵法比他想象的更为玄奥。

"有些仆族智者还留在那儿?"亚拉达问,"在看我们?"

达力拿放下望远镜,点了点头。

"往日的战役中,他们有过这样的举动吗?"

达力拿摇摇头。

亚拉达略作沉思,随后命令高地上的士兵保持戒备,同时派出斥候监视敌情,以防仆族智者突然反扑。"

"多谢。"亚拉达勉为其难地点点头,回头对达力拿说,"你的建议用场很大。"

"既然你听得进我的谋略,"达力拿侧身对他说,"何不在国事上相信我一回?我可是在为王国考虑。"

亚拉达端详着他。后方,阿多林从石蛹中扯出琼心石,全军爆发出胜利的欢呼。另一些士兵四下散开,留意是否有敌军反攻的迹象,不过仆族智者没有回头。

"我有这个心思,达力拿。"亚拉达终于说,"然而我担心的不是你,其他轩亲王才是障碍。我或许信得过你,但他们向来不值得交心。你叫我冒险,我这边的不确定性太大了,撒迪亚斯在塔地上对付过你,其他人会把他的伎俩套用到我身上。"

"如果我能说服别人呢?如果我能向你证明他们是可靠的呢?如果我能改变王国的命运和这场战争的走向呢?你会不会追随我?"

"没门。"亚拉达说,"抱歉。"他转身备马。

达力拿悻悻归营。他们获胜了,可亚拉达态度没变。达力拿做了这么多理直气壮的正事,怎么就劝不了像亚拉达那样的人?仆族智者更换了战术,没有请上他们的碎瑛武士,这到底意味着什么?他们就如此害怕损失这套神兵?

慰问过士兵、向国王报告后,达力拿终于回到了军中的营堡。一封未拆的信件被他收入眼底。

他遣人去找纳瓦妮读信,自己则站在私人书房内等候,两眼直盯着墙壁,上面原本刻着些古怪的铭文,虽说字迹已经被人磨光,划痕也一并消去,可是发白的石墙依旧提醒着他:

六十二日。

六十二日内,他要觅得答案。算至今天只有六十日了。他要救国、要做好最坏的打算,时间十分紧迫。虔诚者会把预言斥为胡闹,这还算宽容，更有甚者会将其划进渎神的范畴。预卜未来是虚渡的异术，一直被教会严加禁止，就连玩票性质的猜测也难免招来非议，因为此举会鼓动世人去探查未来的奥秘。

他怀疑这些文字是他亲手刻上去的，所以他无论如何都选择相信。

纳瓦妮到场后浏览了一遍信件的内容，大声朗读起来。这封信寄自一位老友，此人即将光临破碎平原，也许能为达力拿提供问题的解决之道。

9 行于坟茔

若非为悲痛所伤,我还希望自己能早点察觉到危机的逼近。不过老实说,无论我们做出什么,可能都无力回天。

——摘自纳瓦妮·寇林的日记,写于1174年第一月第一周第三天

· 卡拉丁带头下至深渊。

他们用的是绳梯。在撒迪亚斯军中干活时,他们也借助相同的工具,那些梯子破烂不堪,毛糙的绳子上长满了苔藓,经过飓风的百般捶打,踏板已遭磨损。卡拉丁的手下从未被那些风操的梯子夺走过性命,可他总是提心吊胆的。

他知道眼前这条梯子是全新的。对于卡拉丁的要求,军需官林德有些摸不着头脑,最后只好按指示订做了一款上好的牢固绳梯,品质能与达力拿军的相比。

卡拉丁爬到崖底,最后一跃而下。他举起一颗润石,打量着深渊,茜尔趁机飘落在他的肩头。单单一颗蓝宝石布罗姆的价值就要超过他在冲桥手时期所挣到的全部薪水。

撒迪亚斯军中的冲桥手经常会被打发到沟底。卡拉丁还是不了解其中的目的究竟是要把破碎平原的可用物资搜刮个遍，还是真要给冲桥手在出桥间隙找点可以摧毁其意志的杂活。

不过沟底自是浑然天成，未经清理，地上满是飓风留下的狼藉，苔藓丛生的崖壁上没有刻痕，无人留下字句或路标。这片深渊与其余深渊相似，形如花瓶，上方的裂口偏窄，由于飓风期间会发大水，所以崖底更宽。此处的地面较为平坦，飓砂沉积硬化后填平了坑洼。

沟下垃圾遍地，卡拉丁只得一边向前走，一边小心地落脚。四周散落着碎裂的石壳木外壳，无数干枯的藤蔓相互交错扭结，就像一股股废弃的纱线。飓风吹倒了平原上的树木，将残枝断木裹挟进崖底。

除此之外，当然缺不了尸体。

许多人的生命终结于深渊中，沦为一具具冰冷的尸体。每当高地失守，被迫撤退的军队只好抛下亡者。风操的！就算打了胜仗，撒迪亚斯也时常会把死人留于身后不予过问；就算冲桥手仍有获救的可能，他也不会料理他们的伤情，只会任他们自生自灭。

飓风平息后，逝者将长眠于沟下。由于飓风向西吹拂，直指军营，所以这些尸体也会被水冲过去。崖底落满了好几层与骸骨相缠绕的树叶，卡拉丁发觉自己一个不注意就会踩上去。

他毕恭毕敬地迈开步子，尽可能地选择安全的路线。这时，石头第二个来到谷底，悄声道了一句母语，卡拉丁听不出那是诅咒还是祈祷。茜尔飞离卡拉丁的肩膀，在半空中画出一道弧线，接着降至地面，化为素裙翩翩的少女，裙摆在膝下遁入雾气——他认为这是她的真正形态。她来到树枝上，紧盯着一根从苔藓中探出头来的股骨。

她不喜欢暴力。直到现在他还吃不准她能否理解死亡，一讲起这个概念，她就像个孩童想要搞懂某个捉摸不透的道理。

"脏死了，"下至崖底的泰夫特说，"谁受得了！这地方根本没人管。"

"就是座坟，"石头说，"我们走在里面。"

"沟下全是坟。"泰夫特的嗓音在湿冷而密闭的深渊中回荡，"这里只不过脏一点。"

"死人很少有不脏的，泰夫特。"卡拉丁说。

泰夫特鄙夷地一哼，然后开始招呼下沟的新兵。莫阿什和斯卡正在看护出席光眼种宴会的达力拿和他的两个儿子，卡拉丁欣然回避，转而与泰夫特共赴崖底。

共有四十名冲桥手与他们会合——每一支整顿一新的队伍中各取两人——泰夫特希望这些人能成为各队的优秀士官，因而才带着他们训练。

"小家伙们，看好了，"泰夫特对他们说，"这儿才是我们的地盘，有的人叫我们'骨之队'也不是盖的。我们不会让你们重走我们的老路，开心点！本来，我们随时都有可能被飓风刮跑，现在有达力拿·寇林的读风者引路，基本上没多大危险，可我们还是得离上崖的口子近一些，以防万一……"

卡拉丁抄起双臂，看着石头在泰夫特上课时向新兵分发练习用矛。只有泰夫特没有握矛。虽然他比围在身边的冲桥手都要矮上一截，可那些穿着简朴军装的新兵似乎完全被他震住了。

你还在奢望什么？卡拉丁想，他们是冲桥手，一阵狂风就能吹得他们魂不守舍。

然而，泰夫特还是把新兵牢牢控制于手心，显得驾轻就熟。他做得对，举手投足就是如此……得法。

一群形似金色球体的小光珠在卡拉丁脑边现身。他一愣，看着四处飞窜的傲灵。风操的，他惊觉自己仿佛已有多年未见过此景了。

茜尔冲到空中，与傲灵一起曼舞。她在卡拉丁脑边打转，笑得正欢，还问："感到自豪吧？"

"泰夫特，"卡拉丁道，"他是个领导。"

"这还用说,你都给他军衔了,是不是?"

"不,"卡拉丁说,"那是他应得的,不是我给的。我们走吧。"

她点点头,从空中降下,躬身落座,交叠两腿,仪态优雅,就像坐在一把隐形的椅子上。她仍旧悬停在原处,与他亦步亦趋。

"你又打破了自然法则,连样子也不装了。"他说。

"*自然法则?*"茜尔觉得这个说法很滑稽,"法则是人编出来的,卡拉丁,不是自然的产物!"

"如果我把东西往上一扔,它会掉下来。"

"除非它掉不下来。"

"这是法则。"

"不,"茜尔仰头道,"这更像……更像朋友间的约定。"

他看着她,眉宇上挑。

"重力的事必须看起来始终如一,"她狡黠地凑近身子,"否则人们会绞尽脑汁的。"

他哼了一声,绕过一堆腐烂的骨头和被矛刺穿的枝条,上面污迹斑斑,形似一座纪念碑。

"哦,拜托,"茜尔抚弄着秀发,"我都那么说了,*你至少该笑笑*。"

卡拉丁的脚步没有停下。

"*鼻孔里出气才不是笑呢*。"茜尔说,"我这么机智,口齿这么伶俐,你该趁现在恭维一下!"

"达力拿·寇林想要重组光辉骑士团。"

"没错,"茜尔悬浮在他的眼角余光可及之处,高傲地说,"是个绝妙的主意。我希望我也能想到。"她得意地一笑,然后皱了皱眉。

"什么?"他转过身去。

"灵体不能吸引灵体,"她说,"你不觉得这很不公平?*我刚才真该被几只傲灵环绕着*。"

"我得保护达力拿。"卡拉丁没有理会她的怨言,"尽管我没能阻止别人溜进他的住处,但我还是得干。不仅是他,他的家人也在内,或许还要加上国王。"他还是想不通外人怎么就进得了屋,除非作案者不是人类。"墙上的铭文有没有可能是灵体的杰作?"茜尔曾经携带过叶片,她具有一定的实体,只是不够完全。

"不知道。"她扭头侧望,"我曾看到……"

"什么?"

"长得像红色闪电的灵体。"茜尔低声说,"那些灵体好危险,我从没见过。我远远地瞄到过它们几次。是不是飓灵?危险不远了,在这方面,墙上的铭文没什么错。"

他对这席话作了番细品,最后打住思路,把目光投向她。"茜尔,有没有人和我一样?"

她一脸严肃地说:"哦。"

"哦?"

"哦,你在问那个啊。"

"看来你一直在等我发问?"

"算是吧。"

"那么你一定花了不少时间来思考。"卡拉丁抱起双臂,靠在岩壁上某个略为干燥的地方,"我倒好奇了,你想出了什么好答案?你是准备给我一个妥帖的解释,还是准备扯个大谎?"

"谎?"茜尔大为惊骇,"卡拉丁!你以为我是什么?秘灵吗?"

"秘灵是什么?"

茜尔仍坐在无形的椅子上,她挺直身子,歪过头说:"其实……呃,我也不太清楚。

"茜尔……"

"我没骗你,卡拉丁!我真不知道。我不记得了。"她用双手抓住半透明的白发,分别往两边猛拉。

他皱皱眉,抬手一指。"这……"

"我在市场里看到有个女人做了一回。"茜尔又拉了一次头发,"这表明我很沮丧,我觉得应该会痛。所以……哎哟喂?不管怎样,我不是不想告诉你我知道些什么。我只是……*不知道我知道些什么*。"

"你这话说得不明不白的。"

"看吧,想想那有多沮丧!"

卡拉丁叹了口气,继续沿着深渊行走,经过了一摊摊满是污秽的死水。一侧岩壁上长着零星几株幼小的石壳木,它们在此顽强地扎根,肯定吸收不到太多光线。

他深吸一口气,鼻腔中充溢着繁盛的生命气息。崖底覆有苔藓和霉斑,多数尸体仅剩骨骸,不过他还是绕过了一块地方,那上面爬满了点点殷红的腐灵。旁边,一簇褶花展开纤柔的扇形花叶,在半空中随风摇摆,和宛如绿色光点的生灵共同舞动。在深渊中,生与死相互交融。

他探明了几条岔路。从前,比起撒迪亚斯的军营,他更为熟悉距离营地最近的深渊,现在他也要了解这片区域。他越往前走,深渊就变得越幽邃,地势也逐渐开阔起来。他在石壁上留下了几个标记。

在一条岔路上,他发现了一处呈圆形、鲜少有杂物的空旷地带。他将该处的位置记在心里,之后返回,在石壁上作好标记,接着去往下一个口子。最终,他们来到了另一片深渊,这里的悬崖向两边退开,辟出了宽敞的空间。

"来这里好危险。"茜尔说。

"下沟?"卡拉丁问,"这里离军营这么近,不会有深渊恶魔。"

"不,我指的是我自己进入这个界域的时候,在遇到你之前。好危险。"

"那你之前身在何处?"

"另一个地方,和很多灵体一起。我记不清了……空中有光,活生生的光。"

"就像生灵。"

"对,不过也说不上。来这里得冒着生命危险,没有你,就没有来自这个界域的思想可以依附,我也就无法思考,只能成为一只孤单的风灵。"

"可你不是风灵。"卡拉丁在一个大水塘旁边跪下,"你是荣灵。"

"对。"茜尔说。

卡拉丁把润石握在手心,空荡荡的深渊缓缓被黑暗笼罩。现在正处白昼,头顶上的一线天却遥不可及。

染血的废物垒成小山,没于阴影之中,仿佛就要重获肉身。成堆的骨头形似软弱无力的胳膊,接在层层叠叠的尸体上。卡拉丁立刻回想起了那一幕:他一声怒吼,冲向严阵以待的仆族智者弓箭手;高地贫瘠荒芜,他的同伴在血泊中苦苦挣扎,行将死去。

马蹄蹬踏石地,响声如雷;诡谲的吟唱仿如天外之音;光眼种与暗眼种齐齐呼喊。这个世界对冲桥手漠不关心。他们是废物、是牺牲品,终会被人丢进深渊,被抹煞一切的大水冲走。

这里地裂为渊,最为低洼。这里属于他们,是他们真正的家园。他的双眼适应了昏暗,有关死亡的追忆渐渐淡去,但他绝不可能忘怀。他将永世背负着记忆的创伤,就像皮肉上的道道疤痕,以及他额前的烙印。

他身前有一方泛着深紫色光芒的水塘。他早有留意,可是在润石的光照之下很难看清。眼下深渊中暗幕沉沉,水塘焕发出瘆人的亮泽。

茜尔降落在水塘边缘,好似立于海岸的少女。卡拉丁蹙着眉俯下身,以便更仔细地观察她。她显得……不一样了,是脸型改变了吗?

"的确有人和你一样,"茜尔低语,"我不认识他们,但我知道其他灵体正在试着以自己的方式挽回损失。"

她看着他，脸型恢复了原状。这改变稍纵即逝、甚为细微，卡拉丁怀疑自己是不是萌生了臆想。

"在前来的灵体中，我是唯一的荣灵。"茜尔说，"我……"她似乎在竭力回想，"本来我有禁令在身，但为了找到你，我还是来了。"

"你那时就知道我是谁了？"

"不，但我知道我会找到你。"她莞尔一笑，"我和我的同类共度了一段时光，到处寻人。"

"风灵？"

"如果没有纽带的羁绊，我算得上是它们的一员。"她说，"不过它们不具备我们的能力。我们要做的事很重要，所以我违抗了飓风之父的命令，不顾一切地前来。在飓风之中，你看到他了。"

卡拉丁的手臂上汗毛直立。他确实在飓风里看到过一张浩瀚如苍穹的脸。不论那到底是灵体、令使还是神，在他被倒挂着受刑的那日，飓风并未因此而减弱。

"大家需要我们，卡拉丁。"茜尔柔声道。她向他招招手，他见状放低手掌，横在紫色水塘的岸边——这汪小海在深渊中发出微光。她走到他手上，他便站起身，将她举起。

她走向他的指尖，他竟能感受到一点实在的重量，这很不寻常。他转了转手，这时她步步上行，最后坐在了一根指头上。她把双手背在身后，直视着他。他将手指抬至眼前。

"你呢，"茜尔说，"你要成为达力拿·寇林在物色的那类人，别让他白忙一场。"

"茜尔，他们不仅会把我的能力夺走，"卡拉丁喃喃道，"还会把你从我身边夺走。"

"说什么傻话，你明知道这很傻。"

"不，我可不这么觉得。他们总想打垮我，茜尔。我不是你心目中的那个人。我不是光辉骑士。"

"这不是我的所见。"茜尔说,"在撒迪亚斯背叛达力拿后,战场上到处是遭到围困、被人遗弃的士兵。那天我见到了一个英雄。"

他凝望着她。茜尔眼中生有瞳孔,不过它们仅是蓝白相间的雾影,与她身上的其余部位一样。她周身散发着柔和的光芒,不比近乎褪光的润石更明灿,却足以照亮他的手指。她展露笑颜,似乎对他信心满满。

他们之中,起码有一人怀有这份决心。

"我会试试看。"卡拉丁小声地应诺。

"卡拉丁?"那是石头在说话,吃角族口音很浓。他在读"卡拉丁"这个名字时往往会把"丁"字拖得老长,而一般人会重读"卡"字。

茜尔从卡拉丁的指间跃起,化为一条光绶,向石头飞去。他以吃角族的方式向她致敬,先用一只手依次拍拍双肩,再举手点点额头。她咯咯直笑,洋溢着少女般的喜悦,原先的严肃瞬时瓦解。茜尔或许只是风灵的近亲,可她生性顽皮,显然与它们有些相通。

"嗨。"卡拉丁对石头点点头,伸手在池塘里摸索了一通。他从水中掏出一颗紫晶布罗姆,并将其举起。这是一名光眼种死后衣兜中留着的财物。"假如我们还是冲桥手,这可是一大笔钱啊。"

"我们还是冲桥手,"石头上前夺下了卡拉丁指间的润石,"这还是一大笔钱。哈!上面拨给我们的调料太图马阿尔奇了!我保证过不给大伙的饭菜下蟹粪,可是这很难,因为士兵的伙食没有好到哪里去。"他举起润石,"*我会用他买点好的,你批不批准?*"

"当然批准。"卡拉丁说。茜尔变作少女,落在石头肩上,尔后坐了下来。

石头看了看她,试图向自己的肩膀鞠躬。

"别耍他,茜尔。"卡拉丁说。

"多好玩啊!"

"赞美您，玛法利琪，感谢您助我们一臂之力。"石头对她说，"无论您有什么企求，我都会接受。现在我自由了，可以造出一座配得上您的神殿。"

"*神殿？*"茜尔瞪大了双眼，"哇哦。"

"茜尔！"卡拉丁说，"别闹了。石头，我发现了一处适合训练的好地方，要穿过几条岔路，我在崖壁上作了标记。"

"我们看见了，"石头说，"泰夫特已经领人过去了。奇怪，这里谁都不来，还这么吓人，可那些新兵……"

"他们渐渐地放开了。"卡拉丁猜道。

"是啊。你怎么知道会变成这样？"

"他们之前也在撒迪亚斯的军营，"卡拉丁说，"当时我们被分配到沟底干额外的活儿，他们看到了我们的作为，更听说了我们在那儿训练。把他们带到此地，就像在请他们入队。"

泰夫特遇到过障碍，那些曾经的冲桥手对他的训练不感兴趣，弄得这位老兵总是恼羞成怒，不停地冲着他们大肆唾骂。既然那些人没有远走高飞，而是执意跟着卡拉丁，为什么就不肯学点东西？

他们需要别人推一把，只有劝说是不够的。

"对了，说个事，"石头道，"是西格吉尔派我来的，他想知道你是否做好了锻炼本事的准备。"

卡拉丁深吸一口气，瞥了瞥茜尔，随后颔首道："好的，带他过来，我们可以在这里弄。"

"哈！就等你这句话了。我去叫他来。"

10 血染白毯

六年前

由于沙兰之过,世界终结了。

"你就装作没出事。"父亲耳语道,用手抚过她那湿漉漉的脸蛋,他的拇指被染红了,"有我护着你呢。"

房间在摇晃吗?不,那是沙兰在瑟瑟发抖。她感到无地自容。在以前的她看来,十一岁已经算是年长了。可她只是个孩子,终究只是个半大不小的孩子。

她抬头望望父亲,打了一个激灵。她无法眨眼,只好惊恐地瞪大双目。

父亲的眼中噙着泪花,他挤了挤眼,开始低声哼唱:"深渊深,伴你睡,黑夜黑,把你围……"

一首耳熟能详的摇篮曲娓娓传来,他以前经常唱这支歌给她听。在他身后,僵直发黑的尸体散布在房间的四处,鲜血染红了白毯。

"石头床,恐惧藏,不要管,不要慌。快快安睡,我亲爱的宝贝。"

父亲把她搂进怀中,她的皮肤一阵发麻。不可以。此刻不该动情。杀人作恶的怪物不该得到疼爱。**不可以。**

她动弹不得。

"风暴来,送温暖,风儿吹,摇篮转……"

父亲怀抱沙兰,跨过一具身着蓝金两色衣裙的女尸。女尸身上几乎没有血迹,趴在旁边的男子却血流不止。母亲面部朝下,沙兰看不到那双恐怖的眼睛。

这首摇篮曲会为噩梦画上句点,沙兰差一点就信以为真了。每当她在夜晚猛地惊醒、大声呼唤之时,父亲总会哼着歌哄她入睡……

"水晶矿,放光芒,美又亮,多辉煌。快快安睡,我亲爱的宝贝。"

他们经过了父亲的保险柜,它嵌于墙中,柜门紧锁,耀眼的光芒透过边缘的缝隙放射出来。一头怪物踞于其内。

"一起来,跟我唱,曲很短,并不长。快快安睡,我亲爱的宝贝。"

父亲一手搂着沙兰,一手关上了门。他走出房间,留下了那些尸体。

阿勒斯卡

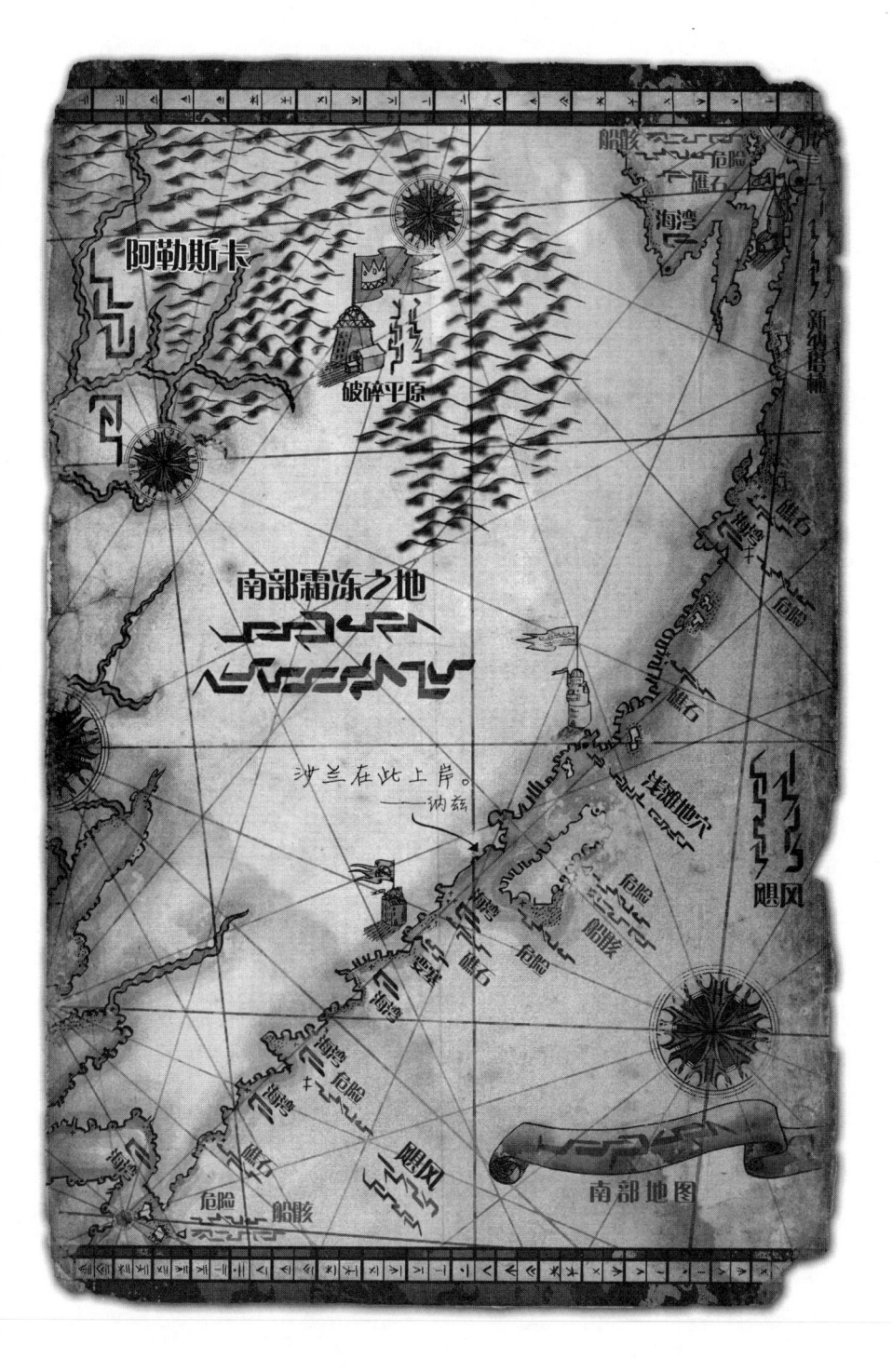

破碎平原

南部霜冻之地

沙兰在此上岸。
——纳兹

船骸
危险
礁石
海湾

新编腊雅

礁石
危险
礁石
浅滩地穴

飓风

海湾
礁石
危险
船骸

海湾
危险
礁石
飓风
危险 船骸

南部地图

11 观念的虚象

但我们盯上撒迪亚斯也是无可厚非的。他的背叛仍是最近的事，每当我经过空荡的营房和悲苦伶仃的寡妇，总能见到一幕幕惨象。我们明白撒迪亚斯倨傲无度，不只会依靠杀戮来达到目标，他还会使出更多花招。

——摘自纳瓦妮·寇林的日记，写于1174年第一月第一周第三天

沙兰苏醒过来，身子已经干得差不多了。她躺在一块探出海面的嶙峋礁石上，浪涛拍击着她的脚趾，可碍于肢体麻木，她几乎感觉不到。她叫唤了一声，抬起脸，不再紧贴湿漉漉的花岗岩表面。她旁边就是陆地，海浪捶岸，发出低沉的轰鸣，往外眺望，无垠的蓝海向各方延展开去。

她浑身发冷，脑袋突突作痛，仿佛在墙上连撞了多次，但好歹她设法活了下来。她扬起手，抹去额前那些令人发痒的干盐粒，猛地咳嗽起来。她的头发沾在双颊，衣裙被水浸湿，粘着礁石上的海草。

她是如何脱险的？

海中，一块巨大的棕色外壳进入她的视线。那头生物正游向天际，就快看不到了。龟壳水母。

她摇摇晃晃地站起，扶住礁石的尖头，感到头晕眼花。她目送着巨兽，直到它消失不见。

她身边传来嗡嗡声，图腾变作惯常的形态，漂浮在波浪翻涌的海面上，他周身剔透，宛若一朵小浪花。

"有……"她一阵干咳，清了清嗓子，然后坐到礁石上，口中冒出一声苦叹，"有人挺过来了吗？"

"挺？"图腾问。

"其他人，那些船员，他们有没有脱身？"

"不确定。"图腾低哼道，"船……沉了，掀起好大的浪，什么也看不见。"

"是龟壳水母救了我。"它怎么就知道该如何行动？这类生物具备智慧吗？她有没有可能在不经意间和它展开了交流？她是不是错失了机会——

她察觉自己的思路又转到了老方向，差点笑出声来。她距离溺亡只有一步之遥，迦熙娜已经不在人世，"风之愉悦"号上的船员或许不是被杀，就是被怒海所吞没！不替他们致哀、不为自己的劫后余生而惊异，沙兰反倒动起了学术脑筋，开始揣度了？

这是你的处理方式，一个深埋在她心底的声音非难道，你不愿去想闹心的事，总会转移自己的注意力。

然而她就是这么活下来的。

沙兰坐在礁石上眺望远海，两臂抱胸，以此留住暖意。她必须面对事实。迦熙娜死了。

迦熙娜死了。

沙兰几欲落泪。一位惊为天人的女杰就这么……走了。迦熙娜试图保护全世界、拯救全人类，那些人却为此将她杀害。沙兰对这起突如其来的事故大感惊愕，于是她就那么坐着，两目远眺海面，整个人瑟瑟发抖，思维停滞，木然如她的脚掌。

掩护。她需要一个能遮风避雨的地方，水手的安危和迦熙娜的研究都不是当务之急。沙兰被困在几乎荒无人烟的岸边，一直坐着没动，而这里一到夜晚气温就会降至冰点。她真的不会游泳，好在潮水逐渐退去，她与海岸的间距没有刚开始那么宽了。

她舒展了一下手脚，仿如在搬动落地的树干。尽管如此，她还是拼命活动，咬着牙蹚入冰冷刺骨的海水。她依旧能感受到凉意，看来她的知觉并未完全麻痹。

"沙兰？"图腾问。

"我们不能永远干坐在这里。"沙兰紧抓礁石，一步一步地滑入海中。待脚底蹭到水下的岩石后，她才放大胆子松开手，一边胡乱扑腾一边上岸，所过之处水花飞溅。

她在寒波中使劲挣扎，仿如把岸边的大半海水都呛进了嘴里，斗争多时，总算扎稳了步子。她咳了几声，跌跌撞撞地爬上沙滩，一下子跪了下来，湿透的头发和衣裙滴水不止。沙滩上散布着十几种形态各异的海草，它们在她足下扭动，触感黏滑。飓虫和大壳蟹横行四处，有几只还向她咔咔有声地舞动螯钳，仿佛想要吓退她。

在离开礁石前，沙兰根本没想到水下还活跃着十几种迥异的巨型甲壳动物，她隐约觉得自己果真是累了。她曾在书中读到：这些食肉海兽总爱扯下人腿大嚼大啖。忽然间，形如蛞蝓的紫色惧灵纷纷钻出沙地。

荒唐。*她都游上了岸，现在倒害怕了？*惧灵很快消失了。

沙兰回头看了看那块礁石。海边的水很浅，龟壳水母大概无法把她驮到这么靠岸的地方。飓风之父啊，她活下来算是命大。

尽管忧虑丛生，沙兰还是跪了下来，在沙中画出一道铭守符。眼下她无法焚烧此符，只好假定她的祈祷会得到全能之主的接纳。十下心跳间，她垂头端坐，态度虔敬。

随后她抱着一线希望站起身，开始搜寻其余的生还者，暂且没有去找避风之所。她沿着绵长的海岸漫步许久，这里分布着许多海滩和延伸入洋的水湾，海滩上铺满沙粒，质感比她所想的更为粗糙，只要一踩下去，她的脚趾就十分不适。她读过不少充满诗情画意的故事，此处的地貌当然与其中的描述不符。在她身边，图腾穿沙而行，与她并驾齐驱，心急地哼出杂音，沙滩上隆起一个活动的图形。

沙兰走过一根又一根树枝，地上甚至还有一些木片，**没准是从船上剥落的**。她没见到任何人，也没发现任何足印。天色渐晚，她坐到一块斑驳的石头上，就此放弃。她的头发完全成了一团乱麻；不仅如此，在石地上行走多时，她的双脚早已伤痕累累、红肿不堪，她先前并未察觉。她的禁袋里装着几颗润石，但是无一注过光，在她觅到文明的踪迹之前，它们毫无用处。

木柴，她想。她要拾柴生火。入夜后，这堆火可以向其他生还者报信。

但要是报信的对象出了错，便可能会引来海盗和匪徒；那些劫船的刺客万一没死，也会按图索骥。

沙兰愁眉不展。接下来她要怎么办？

先生一团小火来取暖，她下定决心，守好它，然后趁着夜色看看有没有别的篝火。如果撞见了，一定试着从远处观察，不要凑得太近。

若非她生在泱泱大宅，向来都是仆人替她点火，这绝对是一招妙计。她从未引燃过炉火，更别说在野外取火了。

恶风啊……假如她没有在岸上冻死或饿死，那就算走运了。要是飓风来袭，她要怎么躲？下一场飓风什么时候刮起？明晚？还是再过一天？

"来！"图腾说。

他在沙中颤动,沙粒随着他的话音左摇右晃、蹦来跳去,同时在他四周又起又落。我认出来了,沙兰冲着他皱起眉,心想,盘上的白沙、卡波萨……

"来!"图腾愈发急切地重复道。

沙兰起身问:"什么?"风杀的,她累得不行,身体不听使唤,"你发现人了?"

"对!"

一听此言,她立马集中了精神。图腾在岸上兴奋地前行,她没有一再追问,而是跟在他后面。来人是敌是友?他懂得其中的区别吗?她一时苦寒交迫,管不了那么多。

他停在海边,某物浮出水面,有一半浸于水下,被海草缠绕。沙兰不禁蹙起眉。

那是一只箱子——不是人,而是一只大木箱。沙兰屏息跪下,先打开搭扣,再掀开箱盖。

箱内置有迦熙娜的书籍和笔记,均被细心地包在防水护套内,未受损害,好似一大堆闪闪发光的宝藏。

迦熙娜或许没能幸存,可她毕生的心血没有付之东流。

✳

已近夜晚,沙兰放好几块石头,往上面铺了层从小树丛里捡来的干柴,垒出一座临时火堆,并在一旁跪下。

暮色低垂,严寒逼近。霜冻之地通常环境恶劣,一如家乡的凛冬。四周湿气弥漫,虽经长时走动,她的衣装仍未干透,她感到如坠冰窟。

她不知道该如何生火,可要达到目的,或许能借助他法。她强忍倦意——风操的,她身心俱疲——取出一颗明亮的润石,她刚在迦熙娜的旅行箱中大有收获。

"好吧，"她喃喃道，"让我们大干一场。"去裂影界。

图腾发声："嗯……"她正在学着理解他的嗡嗡低鸣，这回他好像挺焦躁。他又说："危险。"

"为什么？"

"此处是岸，彼处是海。"

沙兰乏力地点点头。*别急，多想想。*

虽然理解难度增大了，但她硬逼自己再次揣摩图腾的话语。在海上，她去过裂影界，发现脚下是一片黑曜石大地；而在卡哈巴兰斯，她却掉进了晶珠海。

"那我们用什么法子？"沙兰问。

"慢慢进入。"

沙兰深吸一口寒气，点了点头。她试图像以往那样缓缓地、审慎地进入裂影界，如同在清晨张开双眼。

她察觉到异界渐生渐起，**附近的树木宛如气泡一般炸裂**，形成一颗颗晶珠，落向下方的涌动海洋。沙兰感到自己在下坠。

她大口呼吸，眨着眼赶走那份意识，随后象征性地闭上双目。异界隐去。刹那间，她回到了树丛中。

图腾焦急地直哼哼。

沙兰咬咬牙，准备再战。这次她放慢动作，悄然进入那个天色奇诡、伪日当空的地域。片刻之间，她在两个世界之间盘旋，裂影界与实界域相交叠，将她团团包围，宛如朦胧的残像。要做到同时身在两界十分艰难。

*运用飓光，*图腾说，*引它们来。*

沙兰迟疑地吸入飓光。在她下方，海中的晶珠相互撞击，如鱼群般向她涌来，叮当声此起彼伏。碍于疲劳，沙兰几乎无法继续横跨两个界域。她朝下看去，头晕目眩。

她设法悬浮在了半空。

图腾化为身着僵挺衣袍的形象，头部充满不可思议的线条。他背着双手站到她身边，好似临空而立。在此处，他高大魁梧、威仪非凡，她无意中发现他的影子朝向反常，迎着远方的清冷白日。

"很好。"他的嗓音比平时更为低沉，"很好。"他侧过头，转了转身子，像是在打量四周，但他不长眼睛，"我从此而来，却记不住太多……"

沙兰有种预感，此地不可久留。她跪下身，伸手抚弄火堆上的干柴。她能触到它们——可当她直视异界时，她又摸到了一颗从下方涌来的晶珠。

她一碰晶珠，就感到头顶上掠过一阵风。她吓得直往后缩，同时往上一看，发现在裂影界中，正有几只似鸟的大型生物绕着她飞行。它们呈深灰色，通体模糊不清，好像没有固定的外形。

"这是什么……"

"是你引来的灵体，"图腾说，"因为你……累了？"

"疲灵？"见到这般庞然大物，她惊呆了。

"是的。"

她发着抖，低头望向手心下面的晶珠，整个人险些完全坠入裂影界。她几乎无法看清实界域的景象，眼前只有这些晶珠。她感到自己随时都会跌入珠海。

"拜托了，"沙兰对晶珠说，"我想让你变成火。"

图腾嘟嘟低语，用上另一种声线，将晶珠的话转译为："我是根柴。"他的口气甚是得意。

"你可以变成火。"沙兰说。

"我是根柴。"

这根柴不怎么能说会道，她觉得自己不该感到惊讶。

"你为何不变成火？"

"我是根柴。"

"要让它改变，我该怎么做？"沙兰问图腾。

"嗯……我不知道。你必须说服它。我想你要对它说真话？"他语带不安，"此处对你、对我们都很危险。动作快点。"

她回头瞅了瞅那根柴。

"你应当纵情燃烧。"

"我是根柴。"

"想想这会多有趣！"

"我是根柴。"

"飓光！"沙兰说，"它是你的了！我有多少，就给你多少。"

图腾顿了顿。许久后，他终于说："我是根柴。"

"干柴缺不了飓光，因为……"沙兰眨眨眼，挤去疲惫的泪水。

"我是——"

"——根柴。"沙兰抓住晶珠，体验着与实界域中的干柴相融合的双重触感，极力在脑海中搜索下一条理由。她一时感觉不到那么累，可疲劳还是渐渐袭来，再次压在了她身上。为什么……

她吸入的飓光散得飞快，刹那间便从她体内流失殆尽。

她呼出一口气，进入了裂影界。伴随着一声叹息，她顿觉无能为力、身心俱疲。

她落入了暗无天日的晶珠海，无数晶珠汇成汹涌波涛，将她吞没。

她猛地抽离出裂影界。

晶珠向外迸出，组合成干柴、石头和树木，她熟悉的世界重新现形。她趴倒在小树丛中，心脏咚咚直跳。

远日消弭，珠海褪去，环绕她的一切都归于常态，徒有酷寒、夜空与林间的朔风做伴。散尽光彩的润石从她指间滑落，叮的一声掉在石地上。她背靠迦熙娜的旅行箱躺下，这只搁浅在沙滩上的箱子已经被她拖到了树丛中,她的两臂仍旧为此而抽痛。

她蜷起身子,担惊受怕。"你会生火吗?"她打着寒战问图腾。飓风之父,尽管她感觉不到冷,可她的牙齿还在打架,口中呼出的热气在星光中清晰可见。

不知不觉间,困乏爬上心头。她或许应该就地睡上一觉,等到明早再想办法。

"改变?"图腾问,"让它们改变。"

"我试过了。"

"我知道。"他发出几声鸣响,情绪低落。

沙兰呆呆地盯着那堆干柴,深感无计可施。迦熙娜是怎么说的?掌控力是力量的源泉?权威与强势形成于人的观念?嗯,此言完全不适用于当下。沙兰可以把自己想象为伟人、可以如女王般举手投足,然而流落于荒郊野外的她无法借此改变现状。

好吧,沙兰心想,即便天寒地冻,我也不能坐着等死,至少得试着求救。

·但她没有挪动手脚。这样做太费力气,起码缩在箱子边上,她不会被风吹。就这么横躺着直至清晨……

她蜷缩成一团。

不行,这样下去可不得了。她咳了一声,挣扎着站起,从禁袋里掏出一颗润石。她蹒跚地走离火堆,迈步而行。

图腾在她脚边穿行。她的脚愈发红肿、开裂,在石地上划出一道血痕。她感觉不到足下的伤口。

她走啊走。

走个不停。

前方……

有光。

她体力不支,根本走不快,但她没有停下跟跄的脚步,而是径直摸向夜幕下的微光。她的一部分意识已然麻木，生怕那道光实为中月诺梦的辉泽，她向着柔刹的天涯屠屠而行，终会坠下地渊。

因此，当她遇上一团篝火，不免吃了一惊。她闯入围坐在火边的一小群人，眨了眨眼，依次打量生人的脸庞，没有搭理他们的惊呼，因为她心神疲乏，权当话语为耳旁风。她走向篝火，一缩身躺下就睡着了。

✦

"光明女士？"

沙兰咕哝几句，翻了个身，她的面颊隐隐作痛。不，**她的脚才痛得厉害**，前者根本无法与后者相比。

如果她再小睡一会儿，疼痛或许就会消散，至少……

"光……光明女士？"来人又问，"您还好吧？"

此人说话带有泰勒拿口音。沙兰的内心深处涌起希望之光。她想起来了：船。泰勒拿人。是水手吗？

沙兰强行睁开双眼。篝火尚未燃尽，空气中飘荡着一丝烟味。深紫色的苍穹透出鱼肚白，太阳缓缓从地平线上升起。她在硬邦邦的石地上睡了一宿，醒来后腰酸背痛。

说话者是个发福的泰勒拿男子，其标志性的长眉已被梳到耳后。他一脸白胡，头戴绒帽，身穿老旧的外套和背心，上面打着几处不显眼的补丁。沙兰不认识他，此人不是水手，而是商贩。

她坐起身，按捺住想要呻吟的冲动，心头闪过一丝恐惧。她看了看禁手，发现一根指头探出了衣袖，便连忙收回手。泰勒拿人的眼神游移，可他未吐一语。

"您还好吧？"那人用阿勒斯卡语问，"您看，我们正准备打点好行装就上路，没想到……您于昨晚突然光临。我们不希望打搅您，却思量着您也许会在我们出发前醒来。"

沙兰用闲手理了理头发,她的红色卷发早已缠结成一团,还粘着不少树枝。另外两人收起了毯子和铺盖,他们长得又高又壮,均来自沃林教国家。为了弄到过夜的寝具,她简直想杀人。她犹记得自己睡得很不安稳,一直在辗转反侧。

解过手后,她一转身,惊见三辆由红甲蟹牵拉的大笼车,车内挤满了一大群邋遢不堪,还光着膀子的男人。她一下子恍然大悟。

奴隶贩子。

她压下起先那阵突如其来的恐慌。在大多数情况下,奴隶贩卖是妥妥的合法营生,只是霜冻之地不受任何组织或国家的管制,是游离在外的灰色地带,于此处做买卖,谁能说得清到底合不合法?

冷静点,她极力劝服自己,要是他们真打算这么干,就不会好声好气地叫醒你。

贩卖来自沃林教国家的贵族女子——她的显赫地位体现在长裙上——对奴隶主来说不啻是一步险棋。在文明开化的国度,大部分雇主会要求奴隶主呈上写有奴隶生世的证明,而除了虔诚者,光眼种成为下奴的例子真可谓少之又少,身处高位者一般会直接遭到处决。奴隶制只兴盛于下层社会。

"光明女士?"奴隶主紧张兮兮地问。

为了分神,她又在用学者的方式思考了。以后她需要克服这一点。

"你叫什么?"沙兰用生硬的口气问。其实她不想这么问,但她现在头脑一片混乱,还未从方才的震惊中回过神来。

奴隶主听罢连连后退。"我叫图拉科夫,是个小生意人。"

"做奴隶买卖的。"沙兰站起身,拨开散落在脸上的头发。

"小的是做正经生意的,刚才不是说了嘛。"

他的两名护卫将寝具装上停在最前面的笼车,紧盯着她的一举一动。他们腰佩显眼的短棍,她无法视而不见。昨晚她是不是边走边握着一颗润石?

一回想起当时的经历,她的脚又腾起火烧火燎般的痛楚。她紧咬牙关,痛灵从附近的地面爬出,形似由肌腱构成的橙色小手。她得清理伤口,但她的脚掌布满血痕和淤青,无法随意走动。笼车里安有座位……

他们八成扒走了那颗润石,她想。她在禁袋里摸索了一通,余下的润石犹在,不过袖口没有扣死。她难道解开了系扣?他们有没有偷窥?一想到这点,她不禁红了脸。

两名护卫饥渴地望着她,图拉科夫故作谦恭,可他那不怀好意的眼神实则充满迫切。只消一个疏忽,这些人就会抢走她的财物。

可她要是与他们分开,很可能会孤零零地暴尸荒野。飓风之父!她能做什么?她想坐下来嘤嘤啜泣。发生了这么多事,她现在竟落到了这步田地?

掌控力是力量的源泉。

迦熙娜会如何应对这种场合?

答案一目了然。她要成为迦熙娜。

"我容你为我打下手。"尽管心中交织着焦虑与恐惧,沙兰还是设法保持着语调的波澜不惊。

"光明女士?"图拉科夫问。

"你也瞧见了,"沙兰说,"碰上海难,仆人无一生还,我不就成了受害者。你和你的手下正巧能顶上。我有只旅行箱,我们得把它拖过来。"

她感到十蠢附体。她的伪装不堪一击,对方绝对能看穿。无论迦熙娜有何说法,假扮的权威和真正的权威不是一码事。

"要帮您……当然是我们的荣幸。"图拉科夫说,"光明女士,请问您贵姓?"

"达瓦。"沙兰特意把语调放得和气了一些。迦熙娜不会降尊纡贵。像沙兰父亲那样的光眼种总爱自命不凡地在外招摇,而迦熙娜仅是希望别人能依她的意愿行事。他们的确臣服于她。

她可以掌控眼前的局势。她非成功不可。

"图拉科夫商人,"沙兰说,"我得赶往破碎平原。你认路吗?"

"破碎平原?"图拉科夫瞥了一眼走上前的护卫,"我们几个月前就在那儿,现在倒要赶驳船回泰勒拿。我们在此地的买卖已经完成,没必要再往北走了。"

"哦,但你们确实有必要再北上一次,"沙兰走向一辆笼车,步步疼痛,"目的是把我载过去。"她扫视四周,庆幸图腾正伏在某辆笼车的侧面观察情况。她来到那辆笼车前面,朝另一名站在附近的护卫伸出手。

他挠了挠头,默默无言地看着她的手,又望了望笼车。接着,他爬了上去,俯下身扶她上车。

图拉科夫向她走来。"没弄到什么货就回去,那真得破费了!我手头只有这些从浅滩地穴买进的奴隶,把他们卖出去后,换来的钱还付不起回程的跑路钱。"

"破费?"沙兰躬身坐下,努力换上嘲弄的神情,"图拉科夫商人,我向你保证,途中的盘缠对我来说不过是毛毛细雨,事后我会好好地补偿你。我们马上就走,破碎平原上有贵人在等我。"

"可是光明女士,"图拉科夫说,"您最近显然遇到了很多烦心事,过得一定相当不易,我看得出。让我带您去浅滩地穴吧,那儿可近多了。您不仅能歇歇脚,还能传信给那些候着您的人。"

"我叫你带我去浅滩地穴了吗?"

"但……"遇上她的凝视,他渐渐没了声音。

她的表情缓和下来。"我想做什么,自己心里清楚。感谢你的提议,我们现在就启程吧。"

三个男人面面相觑，奴隶主脱下绒帽，用手拧来拧去。不远处，两个长着大理石般皮肤的仆族拖着重步走进营地，差点把沙兰吓了一跳。他们抱着刚捡来的石壳木干壳，显然要用它们生火。图拉科夫对他们毫不理会。

仆族。虚渡。她的肌肤一阵阵发麻，可她目前无力去操心它们。她回望奴隶主，以为他不会把她的话当真，但他点了点头。之后，他和他的手下只是按吩咐行动，把红甲蟹套上车，听从沙兰的指示把箱子安置好，没有人出声反对。

他们的服从可能只是暂时的，沙兰告诉自己，因为他们想搞明白我的箱子里装着什么，能抢到什么。不过，他们一碰到旅行箱，就将它搬到了车上。待旅行箱捆绑到位后，他们掉转车头，向北部进发。

直朝破碎平原。

12 英雄

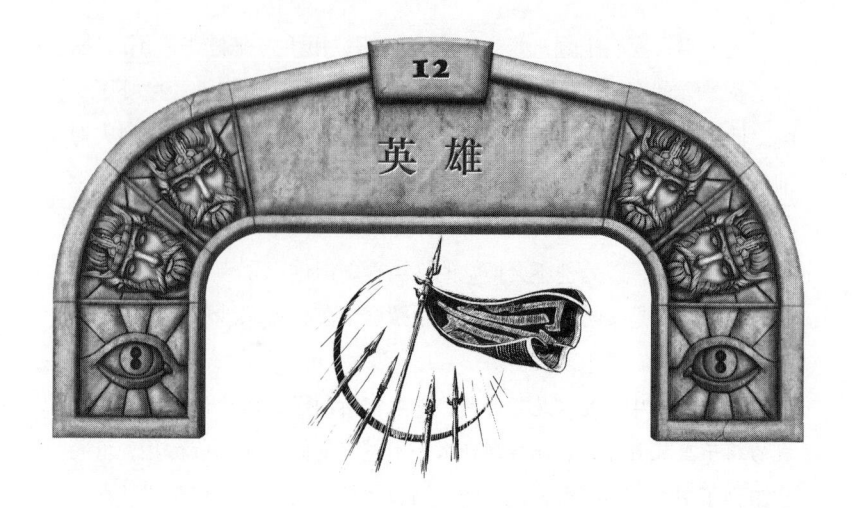

甚为不幸,由于我们过分关注撒迪亚斯的密谋,从而忽视了敌方阵型的改变。他们谋杀了我丈夫,是真正的威胁。我想知道到底是哪里吹来的风导致了他们身上令人费解的突变。

——摘自纳瓦妮·寇林的日记,写于1174年第一月第一周第三天

卡拉丁将石块牢牢地按到崖壁上,使它粘在原处。"好了。"他后退几步。

石头一个鱼跃,抓住了石块,整个人悬在崖壁前。他缩起两腿,大笑起来,低沉的笑声回荡在深渊里。"这回他拉住我了!"

西格吉尔在账上记了一笔。"很好。石头,坚持住,别放手。"

"要多久?"石头问。

"直到你掉下来。"

"直到我……"吃角族大汉皱了皱眉,用双手抓着石块,身体悬空,"我再也喜欢不起这种实验了。"

"哦,别咋呼了。"卡拉丁抄着手靠在临近石头的崖壁上。润石

照亮了谷底,处处是藤蔓、弃物和欣欣向荣的花草。"你又不会从高处坠落。"

"这跟高不高没关系,"石头抱怨道,"我的胳膊才成问题。你瞧,我块头大。"

"长着粗胳膊多好,支撑得住。"

"我看这样行不通。"石头哼了哼,"抓手不牢,我——"

石块砰的一声滑落,石头掉了下去。卡拉丁抓住他的手臂,扶他站稳。

"二十秒。"西格吉尔说,"不算长。"

"我提醒过你,"卡拉丁捡起掉落在地的石块,"如果用上更多飓光,它定在崖边的时间会更长。"

"我想我们需要一个基准。"西格吉尔在衣兜里摸索了几番,掏出一颗发光的钻石齐普——球币中最小的面值,"把里面的飓光吸干净,将其注入石块,再让石头赤手挂上去,看看过多久他才会摔下来。"

石头叫苦道:"我可怜的胳膊……"

"喂,老兄,"站在远处的倭朋喊道,"至少你长着两条胳膊,是不?"赫达孜人负责放哨,确保新兵不会有意无意地晃过来看到卡拉丁的作为。这种情况本不该出现——他们正在几道深渊之外训练——但卡拉丁希望能有人把把风。

反正他们总有一天会知道,卡拉丁想着,从西格吉尔手中接过齐普,这不就是你对茜尔许下的诺言吗?说你要成为光辉骑士?

卡拉丁猛地吸入齐普内的飓光,然后将之注入石块。他的实力日渐增长。他把流至手掌的飓光涂满石块的底面,好似为其上了一层亮漆。等飓光渗进去后,他把石块压到崖壁上,让它稳稳地定在原处。

缕缕清透的光雾从石中升起。"我们大概没必要让石头悬在半空。"卡拉丁说,"你若是需要一个基准,为什么不直接对着那石块数秒?"

"嗯,那样没多大意思,"西格吉尔说,"不过也行。"他又在账上记下了一连串数据。捣鼓笔墨少了份男子气概,甚至会被视作傲慢不虔诚,多数冲桥手对此颇感不安,虽然西格吉尔所写的其实只是铭文而已。

幸好,卡拉丁今天的同伴是西格吉尔、石头和偻朋——他们都是外国人,有各自的风俗习惯。虽然赫达孜在名义上是沃林教国家,可是该国人拥有一套独特的思维方式,偻朋似乎不介意男人也能写字。

"那么,"石头趁着大家等待的空当说,"被飓风眷顾的头儿,你说你还有别的本事,是不是?"

"飞起来!"站在远处的偻朋说。

"我不会飞。"卡拉丁没好气地说。

"上崖走走!"

"我试过,"卡拉丁说,"差点没摔得脑袋开花。"

"唉,黑发哥,"偻朋说,"飞也不成走也不成?我要给女人留点好印象,只会往墙上粘石头想想都够呛。"

"我倒觉得大家会很佩服,"西格吉尔说,"这么做超越了自然法则。"

"你没和几个赫达孜女人打过交道吧?"偻朋叹着气问,"说真的,我看我们应该再试试飞天术,这样再好不过。"

"我还会一些别的,"卡拉丁说,"不是飞天术,但起码有点用处。我不太确定自己能否再现出来,以前都不是刻意为之。"

"那面盾。"石头站在崖边,抬起头看着那颗石块,"在战场上,仆族智者向我们射箭,结果箭矢全部穿进了你的盾。"

"是的。"卡拉丁说。

"值得一试。"西格吉尔说,"我们需要一把弓。"

"有灵体。"石头伸手一指,"它们一拉,石块就贴在崖边了。"

"什么?"西格吉尔赶忙上前,觑着眼打量卡拉丁摁在崖壁上的石块,"我没看见。"

"哦,"石头说,"那就是它们不愿意被人看见。"他朝它们低下头,"请原谅,玛法利琪。"

西格吉尔皱着眉凑近了点,举起润石照亮那块区域。卡拉丁走过去,和他们一起观察。如果上前细看,便能分辨出这些微小的紫色灵体。"它们就在那儿,西格。"卡拉丁说。

"那我凭什么看不见?"

"这和我的本领有关系。"卡拉丁瞟了一眼茜尔,她坐在附近一条石缝上,一条腿搭在一边,不停晃动着。

"可是石头——"

"我是阿来以库。"石头拍拍胸脯。

"什么意思?"西格吉尔不耐烦地问。

"就是说我看得见这些灵体,而你不行。"石头把一只手放到矮个子的肩上,"没关系,伙计,我又没怪你,说你眼瞎,大部分低地人都这样。看呐,空气太多,搞得你们的脑子都无法正常运作了。"

西格吉尔蹙起眉,却还是做了点笔记。他心不在焉地掰着手指,是不是想借此计时?不久后,石块总算从崖上蹦落,在落地之时,最后几缕飓光飘散而出。"足有一分多钟。"西格吉尔说,"我数了八十七秒。"他看看另外几人。

"我们也要数秒吗?"卡拉丁回望石头,后者耸了耸肩。

西格吉尔叹了口气。

"九十一秒。"偻朋喊道,"不谢。"

西格吉尔坐到一块岩石上,几根人的指骨从附近的苔藓中探出,他未加留意,而是在账本上添了几条记录。写着写着,他绷起了脸。

"哈!"石头在他身边蹲下,"你看上去像刚吞了只臭鸡蛋。怎么了?"

"石头,我弄不懂自己在干什么。"西格吉尔说,"老师教过我,要先不耻下问,再去找标准答案。但是,我怎能做到精确?我需要秒表来计时,然而买一只太贵了。即使工具到手,我也不知道该如何测量飓光!"

"用齐普就行。"卡拉丁说,"宝石在嵌进玻璃之前都会称重,很准的。"

"那它们均能储存等量的飓光吗?"西格吉尔问,"大伙都明白,论存量,未经切割的宝石比经过切割的宝石要少。这么说来,是不是经过精心切割的润石可以留住更多飓光?此外,过一阵子飓光就会从润石中跑走,那么在注光之后要经过几天才会发生这一现象?这一过程中究竟流失了多少飓光?所有润石的飓光流失率是否相同?我们所知甚少,我想我大概在浪费你的时间,长官。"

"哪里浪费了。"偻朋来到他们之中。独臂赫达孜人伸了个懒腰,一屁股坐在被西格吉尔占据的岩石上,他直往西格吉尔身边靠,后者只好挪了挪身子。"我们干脆测点别的,好不好?"

"比如?"卡拉丁说。

"比如,黑发哥,"偻朋说,"你能把我粘到崖上吗?"

"我……我不知道。"卡拉丁说。

"看来知道一下不是坏事,嗯?"偻朋起身道,"要不我们试试?"

卡拉丁向西格吉尔瞥了一眼,后者耸耸肩。

卡拉丁吸入更多飓光,呼啸的风暴充盈在他体内,肆虐无度地顶撞着他的皮肤,宛如一头急寻出路的困兽。他把飓光引至掌心,一手摁在崖壁上,为岩石铺上一层荧光。

他深吸一口气,抱起精瘦的偻朋,把他压到崖上。此举容易得出奇,尤其卡拉丁的血脉中仍存有一定的飓光。

卡拉丁半信半疑地往后退去,赫达孜人依旧定在原位,粘在石面上的制服在腋下皱成了一团。

偻朋咧嘴笑道:"成了!"

"有用,"石头捋了捋式样奇特的吃角族胡须,"我们就是要这样测。卡拉丁,你是个兵,能不能在战斗中用上这本事?"

卡拉丁缓缓颔首,一念之间,十几种构想油然而生。如果敌人正好蹚过他在地上布下的一大片飓光呢?他能拦下行进中的马车吗?他可不可以把矛粘在敌人的盾上,然后一使劲把盾抽离敌手?

"偻朋,感觉如何?"石头问,"痛不痛?"

"痛倒是不痛,"偻朋扭着身子说,"怕就怕外套破掉、扣子绷开。啊哈,问你个问题!独臂赫达孜人被人粘到崖上后,他要怎么对付那个人?"

卡拉丁皱着眉说:"我……我不知道。"

"他对付不了。"偻朋说,"赫达孜人少了条胳膊,没法武装自己。"这个瘦子爆发出一阵大笑。

西格吉尔唉了一声,石头却笑个不停。茜尔一溜烟似的飞到卡拉丁身边,歪过头低问:"他在讲笑话?"

"对,"卡拉丁说,"水平明显烂透了。"

"咳,别这么讲嘛!"偻朋还在偷笑,"这是我听过的最极品的笑话!你可别不信,要讲独臂赫达孜人的笑话,我可是行家!'偻朋,'我娘老是说,'你得抢在别人前头学会这些笑话,大笑一场,然后你就能把他们的笑声全偷过来,一劳永逸。'这女人聪明绝顶啊,有一次我还给她带了只红甲蟹头。"

卡拉丁眨眨眼。"你……啥?"

"红甲蟹头。"偻朋说,"很好吃的。"

"偻朋,你是个奇人。"卡拉丁说。

"还别说,"石头说,"这个确实好吃,蟹头可是最上等的部位。"

"我就相信你们俩一回,"卡拉丁说,"姑且。"他举起手抓住偻朋的胳膊,飓光逐步散去,缚力渐弱。石头搂住偻朋的腰,和卡拉丁一起帮他下到崖底。

"行了,"卡拉丁下意识地望了望天色,想知道现在是什么时辰,不过他无法通过头顶上的窄缝看到太阳,"我们来试试看吧。"

✸

卡拉丁在谷底飞驰,体内的风暴激荡不已,一丛褶花受了惊,慌忙闭起花瓣,就像人合上手掌,缠绕在崖壁上的藤条抖了抖,往上爬去。

卡拉丁跳过成堆的碎石残迹,踏过积水,脚下溅起朵朵水花,身后是一道光迹。横冲直撞的飓光在血管中恣意流淌,盈满他的躯体,运用起来更为顺手。他将飓光导入矛中。

偻朋、石头和西格吉尔手执练习用矛,在前方等着他。虽然偻朋不擅用矛——那条断臂非常碍事——但是石头补了上来。大个头吃角族人既不愿杀生、也不愿与仆族智者战斗,可他同意以"做实验"的名义参与今天的对练。

他的功夫很是了得,西格吉尔的矛法也还过得去。到了战场上,这三位冲桥手本来足以让卡拉丁头疼。

但如今时过境迁了。

卡拉丁把自己的矛抛向一侧的石头,吃角族人一怔,举矛格挡。卡拉丁的矛借由飓光之力粘在了石头的矛上,形成一个十字。石头骂骂咧咧地掉转矛头,准备攻击,却被卡拉丁的矛划到了侧肋。

偻朋持矛突刺,卡拉丁将飓光注入指尖,随随便便就用单手按了下去。偻朋的矛击中垃圾山,贴在了木片和骸骨上。

西格吉尔上前试探,卡拉丁侧移躲闪,对手的矛大失准头,并未刺中他的前胸。卡拉丁用手心碰了碰矛,注好光后将之甩向偻朋的矛。偻朋刚刚才从垃圾山中把它拔出来,上面还挂着苔藓和骨头,这下两根矛粘在了一起。

卡拉丁踏着滑步,横在石头和西格吉尔之间,三名对手手忙脚乱,失去了平衡,但又力图取回他们的武器。卡拉丁笑着跑向深渊的另一端,捡起一根矛,再转过身,双脚连蹦带跳。飓光促人舞动,摄入量如此之大,要想保持站姿几乎是不可能的。

快来,快来,他想。飓光渐散,另外三人总算掰开了粘在一起的矛,他们排列成阵,再度与他正面相遇。

卡拉丁冲向前去。深渊昏仄,他或飞跃或转体,身上腾起明亮的光雾,在崖壁上投下了影子。他赤脚踩过一个个水塘,足底一片冰凉。因为喜欢体验脚下的石地,他早已脱掉了靴子。

这次,三名冲桥手用矛尾抵着地面,像是要与他迎头相抗。卡拉丁笑了笑,抓住自己的矛——与其他人的矛相同,这根矛没有真正的矛头,只能用于练习——为之注入飓光。

他把矛啪的一声贴在石头的矛上,想要把后者抽离吃角族人的双手。石头早有准备,用力把自己的矛往后一扯,卡拉丁被这份劲道惊到,差点松手。

倭朋和西格吉尔很快从两面包夹过来。**漂亮**,卡拉丁自豪地想道。他曾教过他们这样的阵型,也指导过他们如何在战场上合力出击。

对手越靠越近,卡拉丁松开握矛的手,伸出腿在地上一划,飓光像流出掌心那样迅速涌出赤足,汇成一道大光弧。西格吉尔踩了上去,绊住了脚,在光弧上不得动弹。他身子一歪,在摔倒前扬矛突刺,却使不出力道。

卡拉丁压上全部体重,猛地撞向倭朋,使对方偏了手。他把倭朋顶向岩壁,两人胶着不下,卡拉丁在一下心跳间就为石面注好了光,接着他放开赫达孜人,把对方粘了上去。

"啊,又来了。"倭朋惨叫了一声。

西格吉尔迎面跌入了水塘。卡拉丁还没来得及发笑，就看到石头擎起一根树干，晃悠悠地砸向他的脑袋。

那是一整根树干。石头是怎么抬起那玩意儿的？卡拉丁急忙扑到一边，在地上来回翻滚，擦破了手，树干哐的一声砸到渊底。

卡拉丁低吼一声，飓光渗出牙缝，在他眼前升起。吃角族人想要再次搬动树干，卡拉丁顺势跳了上去。

他重重地把树干踩到地上，然后朝石头一跃而去，心中有些不解：和体重是自己两倍的人徒手交锋，他究竟在想什么？他扎进吃角族人的怀抱，两人翻倒在地，在苔藓丛中滚来滚去。石头蜷起身子，想要扣住卡拉丁的双臂，吃角族人明显接受过摔跤训练。

卡拉丁将飓光注入地面。他早就发现，这对他自己没有影响，也构不成障碍。于是乎，当两人翻过身来时，石头先是胳膊贴地，随后他的侧体也一并中招。

吃角族人没有放弃抵抗，急欲擒住卡拉丁，且几近得手。卡拉丁双脚一蹬，两人一个翻身，石头的另一边手肘也触地粘牢了。

卡拉丁喘着气抽开身，干咳了几声，失掉了大量残存的飓光。他倚靠着石壁，抹去脸上的汗水。

"哈！"定在地上的石头推开双臂，"我差点就赢了。你啊，滑得像个第五子！"

"风操的，石头，"卡拉丁说，"只要能把你赶到战场上，做什么我都愿意，当个厨子实在是浪费人才。"

"你不喜欢我烧的菜？"石头笑着问，"下次我得做点油水更多的东西，正好和你搭上调！你就像只涂满黄油的活湖鱼，想要抓到都难！哈！"

卡拉丁走到他身边，蹲下来对他说："石头，你有战士的风范。除了泰夫特，我也在你身上瞧出了眉目，不管你自己怎么说。"

"我不是当兵的料。"石头执意道，"这是图阿纳里奇纳的任务，针对第四子或排行在后的儿子。第三子不能耗在战争中。"

"你还不是捡起树干就往我脑袋上扔。"

"那是棵小树,"石头说,"而你有铁头功。"

卡拉丁扑哧一笑,俯身摸了摸石头身下的石地。这里注有飓光,他从未试过将其回收。他能不能办到?他闭上眼,呼进一口气,努力尝试……有了。

体内的风暴重又刮起。不久后,他睁开眼,发现石头已经解除了束缚。卡拉丁没能把飓光全数吸回,却摄取了一部分,余下的飓光消散在空中。

他牵住石头的手,拉着大个子站起。石头掸了掸身上的灰尘。

卡拉丁走向西格吉尔,帮他脱了身。"太难为情了,"西格吉尔说,"好像我们还没长大似的。见到如此丢脸的事,大帝也得开眼。"

"这是一场不平等的对抗,我占了点便宜。"卡拉丁搀扶西格吉尔起立,"我接受过多年的军事训练,长得也比你壮,还会从指尖发射飓光。"他拍了拍西格吉尔的肩膀,"你的表现很不错,区区小测试,如你所愿。"

这种小测试很有用,卡拉丁想。

"当然了。"偻朋的声音从后方传来,"你继续,把赫达孜人留在崖上就行,从这里看风景可美了。哦,我脸上是不是淌下了一道泥水?偻无双没法擦,只好旧貌换新颜,因为——我讲过吗?——他的手粘在崖上了。"

卡拉丁走了过去,笑道:"偻朋,一开始是你叫我把你粘上去的。"

"我的另一只手呢?"偻朋说,"它老早就断了,是被一头恶兽给吃了吧?那只手正冲着你比画下流动作,那是侮辱,你可要做好心理准备。"他的口气很轻松,这似乎是他一贯的处事态度,他在刚加入冲桥队时,就有种疯疯癫癫的热切。

卡拉丁把他放了下来。

"效果很好。"石头说。

"对啊。"卡拉丁应道。不过说句真心话，他也许只须用上矛和飓光赋予的超人速度便可轻易地置这三人于死地。他还不清楚自己没有那么做的原因是不是出于对新能力的生疏，但他的确认为做事太过勉强会把自己推入难堪的境地。

熟能生巧。他想，我不但要通晓矛术，更要对这些本事熟稔在心。

这就意味着要多练、要多下苦功。不幸的是，要想训练得法，他最好得找一个在技巧、体格和能力上都与他相当，或是比他更强的人。考虑到他现在的本领，那不过是奢求。

另外三人走向堆放背囊的地方，从包里掏出水袋。几步开外，有个人站在黑暗的深渊中。卡拉丁一瞧见便站起身，保持着警觉，直到泰夫特走进润石的光亮。

"我以为你要去望风。"泰夫特对偻朋粗声道。

"叫人把我粘到崖上还来不及呢。"偻朋举起水袋，"我想你要训练一帮新兵？"

"德雷赫正看着他们。"泰夫特小心地绕过几堆弃物，来到崖边，和卡拉丁站到一起，"卡拉丁，我不晓得那些小伙子有没有跟你说过，但是自打你带头下沟以来，他们不知不觉地就放开胆了。"

卡拉丁点点头。

"你怎么这么会读人心？"泰夫特问。

"大抵要靠剖析。"卡拉丁低头看了看。在与石头纠缠时，他擦到了手，由于飓光发挥功效，伤口已经愈合。

泰夫特哼了一声，回头瞥了一眼石头和另外两人，他们已经取出了口粮。"你该让石头接管新兵。"

"他不想和人斗。"

"他刚才还和你对打，"泰夫特说，"对象若是换成他们，他搞不定会愿意。比起我，大家更喜欢他，我尽会坏事。"

"泰夫特，你扛得下这份差。我们现在有了底子，不用再省吃俭用、囤着球币不花。你能带好这群小伙子，绝对没问题的。"

泰夫特叹了口气，却没有多嘴。

"我有什么能耐，你也看到了。"

"是的。"泰夫特说，"在和你过招时，要想做到势均力敌，我们得把一整个二十人的小队给领下来。"

"不然就再找一个不输于我的人。"卡拉丁说，"这样我就能和他对战了。"

"好的。"泰夫特点着头，又应和了一句，好像没有想到这一点。

"骑士团共有十支，对不对？"卡拉丁问，"你了解其他骑士团的情况吗？"卡拉丁的本事是泰夫特最先发现的，他在卡拉丁自省之前就已察觉。

"不太了解。"泰夫特蹙额道，"尽管官方有官方的说法，但我知道他们之间并不总是那么合得来，我们得看看能不能找到比我懂得更多的人。我……我一直窝在后头，那几个知道的人我是认识，可他们都不在了。"

泰夫特低下头，盯着地面。如果他先前的心情就很低落，那么说完这番话他肯定更不好受。他很少谈起自己的过去，但卡拉丁愈发确信，出于泰夫特的所作所为，这些人不论是谁，全都丢掉了性命。

"假如有人想要重组光辉骑士团，你听到后会作何感想？"卡拉丁对泰夫特耳语道。

泰夫特猛地一抬头。"你——"

"我指的不是我自己。"卡拉丁斟酌着字词。达力拿·寇林允许他旁听会议，虽然卡拉丁信得过泰夫特，但是身为军官，还是得守规则，有些事不能外传。

达力拿是光眼种,他的一部分意识私语道,你要是把秘密告诉他,不知哪天他就会说漏嘴,这种人不会三思。

"说的真不是我。"卡拉丁重申,"假如某国的国王决定召集群英,将这些人赐名为光辉骑士呢?"

"我会骂他傻瓜。"泰夫特说,"光辉骑士已经不是众口相传的光辉骑士了。他们原先明明不是叛徒,可现在人人都一口咬定他们出卖了我们,你无法在短期内改变大伙的想法,除非施个飓能术让他们闭嘴。"泰夫特细细地打量着卡拉丁,"孩子,你有这份魄力吗?"

"他们会恨我,对吗?"卡拉丁不由得发现茜尔正在空中漫步,她越走越近,对着他好生端详,"就因为远古的光辉骑士犯下了罪过。"他抬起一只手,示意泰夫特不要反驳,"人们总是那么认为。"

"是啊。"泰夫特说。

茜尔抱起双臂,对卡拉丁使了个眼色:你保证过的。

"那么我们就得看着办了,小心驶得万年船。"卡拉丁说,"去吧,叫新兵集合,他们在下面练了一天,足够了。"

泰夫特点点头,领命而去。卡拉丁握好矛,收起用作照明的润石,向另外三人招了招手。他们拿好各自的东西,准备返回。

"看来你有这个意愿。"茜尔飘落在他的肩头。

"我想先多练练。"卡拉丁说。以后再习惯。

"没事的,卡拉丁。"

"不,前路会很艰难。人们不会待见我,即便事不至此,我和他们也分属两个世界,难免会有隔阂。可是我认命了,我会处理好的。"就算在第四冲桥队,也只有莫阿什——或许还有石头——不会把卡拉丁神化,其他人都把他当作救世主般的令使。

他一度担心其余冲桥手会怕他,然而他们并未表现出这份惧意。他们或许对他心存敬慕,却没有疏远他,这就够了。

他们赶在泰夫特和新兵之前来到了绳梯旁,不过没有理由久留。

卡拉丁爬上军营以东的高地，离开了湿热难耐的深渊。他握着矛，身上也不缺钱，这感觉相当陌生。在达力拿军的营门外，卫兵们也没有找他的茬，而是挺直腰杆向他敬礼。这礼是行给将军的，动作相当短促干脆。

"他们好像以你为豪，"茜尔说，"虽然和你素不相识，却为你而骄傲。"

"他们是暗眼种，"卡拉丁向卫兵回礼，"没准在塔地上打过仗，受过撒迪亚斯的背叛。"

"'飓风恩护者'，"有人喊道，"你听到风声了吗？"

到底是哪个该死的家伙把这个绰号传出去的，卡拉丁想道。这时，石头和另两人赶上了他。

"没有，"卡拉丁喊道，"哪来的风声？"

"大英雄已来到破碎平原！"士兵回喊，"他将与光明贵人寇林会面，可能会给他撑腰！这是吉兆，有他帮忙，这边的骚动或许就能平息了。"

"什么？"石头大声应道，"谁来了？"

士兵口出一个人名。

卡拉丁心如冰封。

他的手指变得麻木，矛杆差点从中滑落。之后，他撒腿飞奔，既没有搭理在身后大叫的石头，也没有放缓脚步，别人一律追不上他。他跑至军营的心脏地带，直冲达力拿的指挥营堡而去。

他看到了一面高悬在半空的旗帜，下方是一队士兵，营外也许还有规模更大的部队。他不愿相信自己的眼睛，于是冲过队列，引来旁人的呼喊和瞪视，士兵问他是不是哪里出了岔子。

在通往达力拿的石堡的短台阶旁，他终于跌跌撞撞地收住脚步。黑荆棘正站在前面，和一位高个子握手。

那人脸形方正，仪表堂堂，身穿崭新的制服。他笑了笑，拥达力拿入怀。"老朋友,"他说,"好久不见了。"

"实乃久别。"达力拿赞同道,"多年后你终于光临此地,不负前言,真叫人欢欣。我听说你甚至搞到了一把碎瑛刃!"

"此话不假。"那人抽开身,朝身侧扬起手,"此剑夺自某位刺客,那人跑到战地,试图杀我,胆子可真不小。"

瑛刃显形,经过蚀刻的剑身形似流转的火焰。卡拉丁死盯着那把银剑,眼前一片血红。一个个名字划过他的脑海:戴立特、科瑞布、里希……卡拉丁曾对这支小队爱护有加,那段时光恍若隔世。

他昂起头,硬逼自己正视来客的脸庞。卡拉丁一度奉该人为典范,现在却对其恨之入骨,无人可比。

亚马兰轩领主。此人不仅盗走了属于卡拉丁的碎瑛刃,还给他的额头打上烙印,将他贬为奴隶。

(第一部分·完)

插曲

伊舒娜 叶姆 莱丝

I-1

纳拉克

伊舒娜来到位于破碎平原中部的高地，毅韵在她脑海中持续回响。

中心高地。纳拉克。放逐。

家园。

她摘下碎瑛甲的头盔，深深吸进一口凉爽的空气。尽管瑛甲的透气性能上佳，穿久了还是会觉得闷热。其余士兵在她身旁落地——她率领了约摸一千五百员的军队征战此役。所幸这次他们比人类更早就位，无须多加争斗便夺下了琼心石。德威将其揣在怀中——他最先从远处侦测到石蛹，因而享有这份荣耀。

她很是希望这场仗不要赢得这么易如反掌。

"黑荆棘"，你在哪里？她想着，望向西方，为何不再来和我一较高下？

大概一周前，他的儿子率军将他们赶出了高地，她本想着他会现身。伊舒娜并未亲临战场，她的伤腿作痛不已，就算身着碎瑛甲，在高地间跳跃也会加重伤势。或许她一开始就不该上阵。

万一她的突击部队遭到围攻，急需碎瑛武士救场——哪怕是一名伤号——她也会挺身而出，为他们杀出生路。她的腿伤还未痊愈，但瑛甲缓冲了大量痛楚。她很快便能回归战事，也许她的到场会吸引"黑荆棘"出山。

她必须与他谈话。她备感焦虑，这种情绪甚至弥漫到了风中。

她麾下的士兵一一挥手告别，之后分道而行。许多人轻声哼唱着悼韵，最近激韵乏人问津，就连毅韵也鲜少响起。飓风攻势连连，步步逼近的绝望吞噬了她的族人——他们自称"听者"，"仆族智者"是人类的叫法。

伊舒娜大步走向遍布纳拉克高地的残垣断壁。这里的建筑所剩无几，称之为废墟上的废墟也不为过。无论是人类还是听者，他们的工事都无法在飓风的威力下延续太久。

前方的石峰兴许是座塔楼，经过几个世纪的风雨洗礼，上面已经积聚了一层厚厚的飓砂。柔软的飓砂渗入石隙，爬满窗户，随后缓慢凝固。如今，这座高塔形似巨型石笋，浑圆的塔顶直指苍天，塔身分布着隆起的岩石，看起来仿佛遭人熔化过。

这座石峰的地基一定十分牢固，不然无法熬过常年的风吹雨打。其余古代建筑的现状则不容乐观。伊舒娜路过一座座小坡和石丘，倒塌的屋舍业已渐渐被破碎平原所侵蚀。飓风来去无常。有时会有一些大石块从峰崖上脱落，留下窟窿和犬牙交错的石壁；但也有的石峰会维持数万年屹立不倒，经受着风雨的洗刷与恩泽。

伊舒娜曾在探险中发现过相似的废墟，她的族人和人类初次相遇时所在的地域就是一例。一晃仅有七年，却已是永恒。她怀念探索迢迢大千世界的日子，而如今……

如今她的一生都要在这片高地上度过，不得解脱。荒野呼唤着她，对她唱着牧歌，说她应该收拾行囊、外出闯荡。可惜她的命运已然转向。

她走进一片阴影，头上是一大块石头，她总是将其想象为城门。

多年来他们从间谍口中获取了少量情报，她明白阿勒斯卡人理解不了这里。他们在凹凸不平的高地上浩荡而行，只把天然岩石放在眼里，浑然不知脚下穿过的竟是一座死城的骸骨。

伊舒娜打了一个激灵，将话音调至亡韵。这种韵律节拍舒缓，却不乏力度，音调凄厉，时有间断。她没有流连太久。铭记逝者固然重要，不过奋力保护生者才是当务之急。

她踏入纳拉克高地，再度唱响毅韵。连年征战的听者尽了最大努力营造家园，把凸崖改造成营房，墙壁和屋檐则出自巨壳生物的甲壳。那些曾是屋舍的石丘也有了用武之地，他们在背风面种上石壳木，以供食用。破碎平原的大部分地区一度有人居住，但是最大的城市位于中心，如今已被她的族人占据，他们在一座死城的遗址之上扎稳了脚跟。

他们称之为"纳拉克"——意为"放逐"——因为这里正是他们与诸神诀别的地方。

她路过了一些未进入交配态的听者，他们见状纷纷举起双手，无论男女①。活下来的族人太少了，人类复仇的野心极度膨胀。

她并不责怪他们。

她转身前往附近的画廊。她已经好几天没有去过那儿了。画廊内，士兵正在作画，他们的水平贻笑大方。

伊舒娜阔步来到他们中间，手举头盔，没有换下碎瑛甲。这座长廊是露天的——光照充足，适宜创作——墙壁由固化已久的飓砂砌成。长廊中央有一个台子，上面摆着几朵石壳木花，士兵们手持粗头毛笔，想要画下这一景，态度极为认真。伊舒娜绕过忙于画图的人员，查看起他们的作品。在白纸金贵、画布稀缺的情况下，他们只好

---

① 仆族智者的性别分为四种：进入交配态区分男女，其余情况下均为中性，名义上也分"男女"，但是他们不具备性欲和生育能力，仅在体貌特征上有所区别。

在甲壳上作画。

这些画糟糕透顶：扎眼的色块，对不齐的花瓣……伊舒娜在瓦拉尼斯身边留步，后者是她麾下的副官之一。他是个大块头，正手握毛笔坐在画架前，覆甲的手指相当灵活。他的手臂、肩膀、胸部及头部生出一片片甲壳质盔甲，就和她瑛甲之下的身形相同。

"你画得越来越好了。"伊舒娜以赞韵对他说。

他看看她，低声哼出疑韵。

伊舒娜暗自发笑，扬起一只手摆在他肩上。"看上去的确是几朵花，瓦拉尼斯，真心的。"

"这玩意儿像极了棕色高地上的泥浆水，"他说，"里面没准还漂着几片棕色的落叶。为什么颜色一混起来就会变棕？三种好看的颜色调到一块，*得到的却是最丑的颜色*。这没道理，将军。"

将军。有时，处在这个位置让她有些尴尬，就像她的手下在费力地画图那样。她处在战斗态，因为打仗少不了壳甲，然而她比较偏爱更灵活、更结实的劳动态。她并非无心领导这些士兵，只是日复一日地重复相同的程序——操练、高地战——渐渐磨钝了她的思维。她想见识新生事物、行至新领域。不过，眼见族人接连死去，她还是选择了和他们共度漫长的守灵夜。

不。我们会找到出路。

她希望艺术可以出力。在她的命令下，男女听者依次在指定时间前往画廊作画。他们屡屡尝试，*埋头苦干*，但迄今鲜有成功的事例，这种可能性就和跳过一片一望无际的深渊一样小。"没见到灵体？"她问。

"一只都没有。"他换上悼韵。近期，这种韵律出现得太频繁了。

"继续努力。"她说，"别泄劲，我们不能就这么输掉这场战争。"

"可是将军，"瓦拉尼斯道，"*这样做有何意义*？在人类的屠刀面前，画家救不了我们。"

近旁的士兵转过身，期待着她的回答。

"画家帮不上忙。"她换上和韵，"但我姐姐确信她快发现新形态了。如果我们得以获悉培养画家的方式，她就有可能从中学到变形的过程——这对她的研究或许有所裨益，还能帮助她发现比战斗态更强的形态。画家解决不了问题，但是某些形态说不定可以。"

瓦拉尼斯点点头。他是一名优秀的士兵，他者则不一定——战斗态本质上不会催人遵守军纪，反而会束缚艺术才能。

伊舒娜尝试过绘画。她的脑子不好使，无法产生从事艺术创作所需的抽象思维。化身战斗态益处良多，不会像交配态那样妨碍心智。劳动态与战斗态类似，论谁都将保留本性。但是每一种形态都有各自的不足。劳动态听者难以施暴——他们的大脑缺少这样的回路，她对此很有好感，这类形态会强迫她换位思考问题的解决之道。

无论处于战斗态还是劳动态，他们都搞不了艺术；即使能画图，也是水准平平。交配态相较之下技高一筹，可是随之而来的还有其他问题。要让这些同胞专注创作，几乎是天方夜谭。听者还拥有两种形态，不过第一种——愚钝态——极少用到。它是过去的遗存，那时他们仍未找回更好的形态。

最后只剩下普通的机敏态了，拥有这种形态的听者体态轻盈、做事小心。他们经常借此养育幼童，也会干上一些马虎不得的细活。虽然该形态具备更为发达的艺术细胞，可是化身此态的听者数量很少。

古老的歌谣介绍过成百上千种形态，眼下他们只知道五种，如果加上奴隶态，就是六种。这种形态缺乏与灵体的羁绊，没有灵魂，不会歌唱，人类对此早已习惯，他们称之为仆族。然而，奴隶态根本算不上形态，而是形态的匮乏。

伊舒娜抱着头盔离开画廊，腿部隐隐作痛。她走过汲水区，那里的大水池由飓砂盖成，出自机敏态听者之手。在飓风来袭期间，养分充足的雨水汇于池中，方便劳动态听者提桶取水。这类听者体格健壮,几乎可以与战斗态听者一拼,不过壳甲并未覆盖他们纤细的手指。其中好几位族人朝她点头,但是身为战将,她无法对他们发号施令。她是本族最后一位碎瑛武士。

三名交配态听者——一男两女——结伴在池中玩耍,他们互相戏弄,衣不蔽体,身上滴下的都是饮用水。

"你们三个,"伊舒娜对他们厉声指摘,"就不该干点正经事吗?"

交配态听者体型丰润,缺乏生气,他们对着伊舒娜一个劲地傻笑。"来吧!"一人喊道,"很好玩的!"

"出来。"伊舒娜扬手一指。

三名听者哼起懑韵,怨气冲天地爬出水池。旁边的若干劳动态听者对着他们连连摇头,其中一位唱起了赞韵,表扬伊舒娜的行为。劳动态听者不喜欢当面交锋。

这是借口。要是干了傻事,交配态听者同样会借形态之由来辩解。当伊舒娜处于劳动态时,她不停地锻炼自己,做到关键时刻能出面干预。她甚至换过交配态,以亲身经历证明这类听者也能干出成绩,只是精神不容易集中。

除此之外,她在交配期的经历无疑是灾难性的。

此刻她向交配态听者道出责韵,用词激烈,招来了怒灵。它们被她的情绪吸引,急速射出——就像闪电划过远方的岩石直奔她而来。闪电汇聚在她的脚边,将石头映成了红色。

交配态听者见状,以为诸神下凡,他们惊恐万状,纷纷跑向画廊通报情况。但愿他们不会半路躲到一间壁穴里交配。她转念一想,胃中就阵阵不舒服。有些听者迟迟不肯褪下交配态,她对此十分不解。大部分夫妇进入此态是为了产子,他们将抽出一年时间避开大众的视线,等到孩子出生,就会立即结束交配。说白了,谁愿意以那种姿态外出转悠?

人类就做得到。她早年曾学过他们的语言,也与他们做过生意,那时她就对此深感迷惑。人类不仅不会变形，而且动不动就交配，总是被性欲冲昏头脑。

如果能换上人类的单色皮肤，哪怕只有一年，她也可以混入人群，走上公路，看看大城市，并无遭人识破之忧。可是，为了阻止诸神回归，她和其他听者只得孤注一掷，下令谋杀阿勒斯卡的国王。

行动卓有成效——阿勒斯卡的国王没能践行大计。然而，此举所换来的结果却是听者种族的缓慢消亡。

她终于回到了所谓的家：一幢塌陷的穹形小石屋。她总会想起破碎平原边上的巨型驻地——人类称之为军营。她的族人以前也住在那里，随后却撤走了，以免破碎平原的安宁受到威胁，而高地之间深渊密布，人类无法跳过。

她的家则小得多，温丽在她们刚搬来的时候就拿巨壳生物的甲片造出了屋顶，还砌了墙壁，分出不同的房间。铺满墙面的飓砂是她糊上去的，已然变硬，这个家总算变得有模有样了，不再是危房一幢。

伊舒娜走进室内，把头盔放在桌子上，但没有卸下盔甲。碎瑛甲让她很自在，也向她表明这世上还能找到依靠，她喜欢这种浑身充满力量的感觉。托碎瑛甲的福，她都快忘记自己腿上有伤了。

她弯腰穿过几间房，向屋内的听者点头致意。温丽的同伴都是学者，不过何为真正的治学态仍是个谜，他们只能暂时维持机敏态，以求得相似的功效。伊舒娜来到最偏的一间房，在窗边找到了姐姐。温丽曾经的配偶戴米德就坐在她身边。三年前，机敏态首次进入大众的视线，自那时起温丽就换上了此态，可伊舒娜依旧把她看成两臂粗壮、身板殷实的劳动态听者。

那都是过去时了。如今的温丽是一名苗条的女子，苍白的瘦脸上生着细密蜷曲的红色大理石花纹。机敏态听者生着一缕缕长发辫，头上没有甲壳头盔。温丽把她的绛红色头发束成三股，披到腰际。她身穿收腰长袍，胸前的曲线不太明显。她没有进入交配态，因此胸部较小。

温丽和她的配偶一直走得很近,虽然两者在交配期间并未诞下子嗣,但如果走上战场,他们一定会两两行动。实际上,他们当前的身份类似于一对学者,做着极不寻常的事,而这才是重点。伊舒娜的族人无法回到过去,那些在高地上独自徜徉的日子——相互高歌、鲜少作战——已经一去不复返。

"战况如何?"温丽语带好奇地问道。

"我们赢了。"伊舒娜倚靠着墙壁,两臂交叉,碎瑛甲锵锵作响,"琼心石到手,温饱无忧。"

"不错。"温丽说,"你的人类对手呢?"

"达力拿·寇林没有参战。"

"他不会再度出面与你过招。"温丽说,"上次你差点就结果了他。"她起身道出乐韵,挑出一张纸递给她的配偶——他们把收集来的石壳木晾干,便造出了纸。他看完资料之后点点头,开始在自己的纸上作笔记。

造纸工序既费时又费原料,不过温丽坚称回报抵得上投入。她最好不要出错。

温丽端详着伊舒娜。温丽生着听者共有的乌黑剔透的明眸,目光洞察秋毫,似乎总是深藏着秘密。在适当的光照之下,她的瞳孔还会泛出紫光。

"妹妹,如果你和这位寇林真能对彼此网开一面,然后展开对话,"温丽问,"你会怎么做?"

"我倾向握手言和。"

"我们雇凶杀害了他兄长。"温丽说,"迦维拉尔王邀我们进宫做客,却命丧我们之手。阿勒斯卡人不会轻易忘记这等事,更别提宽宥了。"

伊舒娜放开交叉的两臂,动了动覆着护甲的手。那晚,她与其余五者制定了一项铤而走险的计划。她凭借对人类的了解,以较小的辈分破格参与其中。全体听者经过投票,态度一致。

杀死此人,不计较得失。那晚,他向他们挑明了一些事,如果他能活到实践理想的那一天,一切就完了。那几位与她同做决定的听者早已逝去。

"我已经发现了飓风态的奥秘。"温丽说。

"什么?"伊舒娜挺直腰板道,"你应当去研究对战事有利的形态!比如外交态或治学态!"

"这些形态成不了救星。"温丽以乐韵道,"假如我们想要对抗人类,远古的力量必不可少。"

"温丽,"伊舒娜抓住了姐姐的手臂,"诸神在上!"

温丽没有退缩。"人类拥有飓能者。"

"不一定,或许是荣刃给予了他们能力。"

"你和他打过。你的腿受伤了,走路一瘸一拐的,是不是被荣刃刺中了?"

"我……"她的腿抽痛起来。

"我们不知道哪支歌谣才是对的。"温丽语出毅韵,可她的口气十分乏力,引来了疲灵。它们宛如一道道喷薄而出的半透明雾气,携着穿堂风声而来,绕着她的头部不停打转,形体愈加明晰显眼。

我可怜的姐姐。她拼命的程度堪比士兵。

"如果飓能者重新现身,"温丽继续道,"我们就得追求些有意义的东西,不然得不到自由。我们需要更强的形态,伊舒娜——"她瞥了一眼伊舒娜紧紧不放的手,"至少坐下来听听吧,不要再像座大山一样横在那儿了。"

伊舒娜撒开手,但没有落座。她的碎瑛甲会把椅子压垮。她换了个动作,向前俯下身去,查看起铺满桌面的资料。

纸上的文字由温丽亲自发明。他们效仿了人类的做法——靠脑子记下歌谣行之有效，但并不保险。即使谱上旋律，也做不到万无一失。要做研究，记录在案的信息显然更为实用。

伊舒娜自学过这种书写体，可她依旧把阅读看作难事。她没有太多时间来练习。

"那么……说说飓风态？"伊舒娜问。

"只要化为此态的听者数量足够，"温丽说，"我们就能控制飓风，甚至对其实行召唤。"

"我记得有支歌里出现过这种形态。"伊舒娜说，"它是诸神的力量。"

"多数形态或多或少都与他们有关。"温丽说，"这些歌谣年代久远，我们真的可以相信歌词的准确性吗？当它们得以记诵之时，我们的族人基本上处于愚钝态。"

这种形态以低等的智力和行动力著称，如今被用于针对人类的间谍活动。愚钝态和交配态曾经是她的族人所知的全部形态。

戴米德整理着手稿，移开了一叠纸。"温丽说得对，伊舒娜。我们必须冒这个险。"

"我们可以与阿勒斯卡人谈判。"伊舒娜道。

"有什么好谈的？"温丽再次切回疑韵，四周的疲灵转着圈，开始寻找新鲜的情绪源，身影逐渐淡去。"伊舒娜，你老是在念叨谈判的打算。我觉得那是由于你迷上人类了。你以为他们会放任你在人群中随意活动？你想变身为他们眼中的反叛奴隶吗？"

"数个世纪前，"戴米德说，"我们逃避诸神，淡出了人类的视野。先祖为了保障自由，抛弃了文明、术法和权力。我不会就此罢手，伊舒娜。变为飓风态之后，我们就能打倒阿勒斯卡大军。"

"等到他们穷途末路之时，"温丽说，"你可以重返探险生涯，无须执掌大权。你既能旅行，又能制图，还能前往未知之地一探究竟。"

"只要灭族的危机依然存在，"伊舒娜道出责韵，"一己所需便毫无意义。"她扫了一眼布满斑驳手迹的稿纸，上面全是潦草的歌词——化为文字、没有旋律的歌谣，它们的灵魂已被剥离。

听者一族的救赎难道果真源自如此可怕的抉择？温丽和她手下的团队历时五年才把所有歌谣记录在册，他们通过长者之口获悉其中的微妙所在，并将之一一付诸笔端。他们协同研究，经过百般思虑，终于发现了机敏态。

"别无他法。"温丽说起和韵，"我们将向五元老提出这项动议，伊舒娜。我希望你能站在我们这一边。"

"我……我会考虑的。"

I-2 叶姆

叶姆小心地刮去小鞋模上的木屑，把它举到工作台旁边的润石灯前，捏住眼镜框，把眼镜推到眼前。

眼镜真是件讨人喜欢的发明。人活着，就是要成为三界宙自我体验的一部分。假如他无法视物，又该如何拥有完好的体验？最早发明眼镜的亚泽尔人业已离世，叶姆上交过一份提案，建议将此人封为先贤。

叶姆放下木头继续凿刻，仔细地将前端削成弧形。他的某些同行会从木匠那里购买楦子——鞋匠修鞋时使用的木模，不过叶姆已经学会独立制作楦子。他遵照的是世代相传的古法。他觉得，要是某种方法沿用了这么久，也许自有个中缘由。

他身后立着好几排能在鞋铺里见到的隔板架，上面蒙着阴影，许多鞋子的鞋头凸了出来，就像居于洞中的鳗鱼探出鼻子。这些都是试用鞋，专门用来量尺寸、选材及定型，以便制作出完美契合脚板与个人脾性的鞋子。如果够用心，就得花上一阵子来试鞋。

昏暗之下，有什么东西在他右边移动。叶姆往那个方向瞅了瞅，但是没有改换姿势。那只灵体最近出现得愈发频繁，像是一块悬于一道阳光之下的水晶所发出的点点光芒。他以前从未见过这样的灵体，因而不知道它的种类。

它滑过工作台的表面，悄悄靠近。当它停下，身上会涌起光芒，仿佛小型植物从地洞中萌芽生长，或是摸爬而出。当它再度活动，这些光便缩了回去。

叶姆又开始埋头制模。"这是用来做鞋的。"

夜里的鞋铺很是安静，只有他的凿刀在木料上刮擦作响。

"鞋……鞋？"一个轻柔的嗓音问道，语气很像少女，听来有种银铃般的悦耳。

"是的，我的朋友。"他说，"给儿童穿的鞋。最近，我发现它们的需求量日益走高。"

"鞋，"灵体说，"给儿……儿童的。小孩子。"

叶姆擦去台面上的木屑，以便过后扫除，接着将楦子放在灵体身边。它怯生生地避开了，就像镜中的倒影，透亮得宛如一道微光。

他移开手，等待着。灵体有点迟疑地缓缓探身向前，好似一只飓虫在飓风后爬出石隙。它停了下来，光线从体内升起，形如细小的枝芽。这场景太离奇了。

那个光斑挪到了楦子上。"你是一次有趣的体验，我的朋友。"叶姆说，"我很荣幸参与其中。"

"我……"灵体说，"我……"它的外形骤然变化，光斑排列得更为紧密，就像找对了准头。"他来了。"

叶姆站起身，突然心焦不已。有人在外面的街道上走动。是那个一身戎装的看守吗？

然而事实并非如此，来人只是个孩子，正透过敞开的店门向里偷瞄。叶姆面露笑容，打开装有润石的抽屉，让更多的光线照进屋子。孩子躲躲闪闪地往后退去，反应正好和灵体相同。

那只灵体已经躲到了某处。一旦有人靠近，它就会消失。

"别害怕,"叶姆坐回到椅子上,"进来吧,让我瞧瞧你。"

那个脏兮兮的流浪儿又往回瞄了瞄。他没有穿衬衣,只套着一条破破烂烂的裤子。然而这在伊里不是怪事,因为早晚的天气通常很热。

那个可怜的孩子生着一双肮脏的脚,上面满是擦伤。

"哎唷,"叶姆说,"这可不行。过来,孩子,快坐下。让我看看该给你穿什么样的鞋子。"他拖出一只小板凳。

"他们说你不收钱。"男孩无动于衷地说。

"他们大错特错啦。"叶姆说,"但是我想你会觉得我的要价很合理。"

"我没带球币。"

"你不需要付球币。你得讲个故事,谈谈你的体验,我想听听。"

"他们说你怪怪的。"男孩终于步入了店铺。

"话是没错。"叶姆拍拍板凳。

流浪儿胆怯地向板凳走去,试图掩饰自己的一瘸一拐。他是伊里人,不过原本金灿灿的皮肤与头发沾满了污垢,已经暗淡下来。伊里人的皮肤还不算十分金黄——需要借着光才能看清楚——但是头发的色泽异常亮眼。这是他们一族的标志。

叶姆挥挥手,示意孩子抬起没受伤的脚。他随后取出一条毛巾,将其浸湿,再擦去脏物。他不希望在如此不干净的双脚上试鞋。男孩明显往后缩了缩瘸腿,似乎想要藏住缠在上面的破布。

"那么,"叶姆说,"你有什么故事呢?"

"你年纪好大,"男孩说,"比我认识的人都老,都可以当爷爷了。你肯定什么事都知道,为啥要听我的?"

"那是我的怪癖之一。"叶姆说,"快开始吧,说来听听。"

男孩有点抗拒,可还是开了口。他三言两语就说完了,这并不奇怪。他想把故事留给自己。叶姆耐心地试探着,渐渐打开了男孩的话匣子:他是妓女的儿子,在刚学会自理的时候就被赶了出去。他说这件事发生在三年前,现在他大概满八岁了。

叶姆一边听故事,一边擦洗男孩的一只脚,并为他修剪了脚指甲。完事后,他招呼男孩伸出另一只脚。

男孩好不容易才抬起脚。叶姆拆去破布,发现那只脚的脚底有一处严重的割伤,已经感染,周围爬满了细小的红色腐灵。

叶姆愣了一会儿。

"得搞双鞋子,"流浪儿扭头看向一边,"不然不行。"

男孩皮肤上的伤口参差不齐。或许是爬栅栏时擦到的?叶姆暗想。

男孩看着他,装出一副毫不在意的样子。这样的伤势对流浪儿很不好,跑到街上可能就是找死,叶姆对此感触颇深。

他抬头望向男孩,留意到这汪小眼睛中暗藏的忧虑。感染业已扩散至腿上。

"我的朋友,"叶姆低声呼唤,"我需要你助我一臂之力。"

"啥?"流浪儿说。

"没什么。"叶姆回答着,把手伸进台子的抽屉,从中溢出的光芒来自五枚钻石齐普,每个来找过他的流浪儿都见过这些。迄今为止,叶姆只被偷过两次。

他再往里摸了摸,打开抽屉里的暗格,拿出一枚更加贵重的润石。他急忙用手遮住这颗布罗姆,并腾出另一只手寻找消毒剂。

然而只靠这点药是不够的,因为他没办法走路。难道要叫他花上几周卧床静养,还得不停地花大价钱上药?流浪儿每天都要奋力吃饱饭,他们不可能做到。

叶姆抽回双手,一手将润石握在掌心。可怜的孩子,他肯定疼得厉害,没准还发着烧,理应好好地躺在床上。可是每一个流浪儿都明白,要想不犯困,只要嚼嚼脊皮木即可。

近旁，那只发光的灵体从一堆方皮革下面露出身子。叶姆把涂好的药置于一边，抬起男孩的脚，口中低吟不已。

光芒从叶姆的另一只手中散去了。

腐灵从伤口周围大肆撤退。

叶姆移开手，发现创口结了痂，成色也恢复到常态，表明感染已经消退。算到今天，叶姆只试水过几次，并且总是将其谎称为药物的功效。这法术不像他听说过的任何一种，他只能大概掌握——作为体验三界宙的方式。

"嘿，"男孩说，"感觉好多了。"

"太好了。"叶姆收回润石和药品，把它们摆回抽屉，"让我看看是不是有适合你的鞋子。"

他开始试鞋。在这道工序结束后，他通常会送走顾客，然后为他们打造最好的鞋履。可惜的是，他不得不使用成鞋来招待这孩子。他见过太多从未回来取鞋的流浪儿，害得他既纳闷又操心。他们有没有出事？仅仅是忘了吗？又或是他们天生的疑心让他们改变了主意？

幸好他有几双结实的好鞋可以给男孩穿。*我还需要更多经过加工的猪皮*，他边想边作笔记。小孩不会保养鞋子，他得用上耐久的皮革，以防他们疏于打理。

"你当真打算给我一双鞋，"流浪儿说，"还不要钱？"

"除了你的故事，其他的我一概不要。"叶姆说着，为男孩套上另一双试用鞋。他早就不再劝流浪儿穿袜子了。

"为什么？"

"因为，"叶姆说，"你和我是一体。"

"一啥？"

"一个整体。"叶姆将前面的鞋子放在一边，又取出了第二双，"很久以前，世上只有一体。一体知晓一切，却并未体验一切。因此，一体化为许多个体——也就是我们芸芸众生——不分男女，借此体验世间万象。"

"一体。你指的是神?"

"可以那么说,随你的便。"叶姆道,"然而这并不完全正确。我不信神,你也不该信神。我们是行走于长线之上的伊里族,这里是第四座大陆。"

"你的口气好像神父。"

"我也信不过神父。"叶姆说,"他们从外地跑来向我们传教,而伊里人只须体验,听不得布道。正因每一段体验各不相同,它们才会带来完整。总有一天,一切都会归于原位。抵达第七座大陆后,我们又将融为一体。"

"那么你和我……"流浪儿说,"是同一个人?"

"没错。我们体验着不同的人生,是一个整体的两种思想。"

"好傻。"

"我们只是在用不同的角度看待事物。"叶姆给男孩的双脚抹上粉末,又为他换上一双试用鞋,"请你穿着走走看。"

男孩用费解的眼神瞪着他,但照办了。他摸索着走上几步,腿脚已经不再蹒跚。

"说到看待事物的角度,"叶姆举起手,来回扭动手指,"假如我们靠近观察,手上的指头初看也许只是独立的个体,拇指可能会觉得它和小指几乎没什么共同之处。不过当我们摆正角度,便会明白这些手指属于一个更庞大的系统。没错,它们就是一体。"

流浪儿皱皱眉头,话里的某些内容他可能没听懂。*我要说得再简单些,并且——*

"你凭什么是戴金戒指的拇指?"男孩朝着另一个方向迈步,"而我就要成为那个连指甲都破掉的小指?"

叶姆乐了。"我知道这听上去不公平,但归根结底,我们之间并无差别,*所以不存在公不公平*。再说,我并非一直都是这家店铺的老板。"

"是吗?"

"是的。你要是知道我的来历,准保会大吃一惊。快坐回去。"

男孩安分地落座。"你的药效果不赖嘛。真的,好得不得了。"

叶姆替他脱去鞋子,上面的粉末已被磨掉,他借此来判断鞋型是否合脚。他拎出一双成鞋,用手将其掰弯,又加工了一阵子。他需要为伤脚再加一层鞋垫,可是一旦伤愈,材质又会在几周后就磨损掉……

"你讲的东西,"男孩道,"对我来说好蠢。如果我们是同一个人,那岂不是人人都已经知道这个道理了?"

"作为一体,我们洞悉真相。"叶姆说,"而作为个体,无知不可或缺。为了体验各种思想,我们的生存方式丰富多彩,有些人注定知晓事理,而另一些人注定被蒙在鼓里——就如同一些人注定富有,而另一些人注定贫穷。"他又修了一会儿鞋,"过去,很多人确实明白这一点;而现在,它遭到了不该有的冷落。来,让我们瞧瞧鞋子是否合脚。"

他把鞋子递给男孩,男孩穿上鞋,系好鞋带。

"你的生活也许不如意——"叶姆开口道。

"不如意?"

"好吧,也许你的生活差劲透顶,不过一切都会好起来的,孩子。我保证。"

"我还以为,"男孩把没受伤的脚踩进试用鞋,"你要跟我说生活虽然差劲,但是到头来没啥关系,因为我们都要去同一个地方。"

"这没错。"叶姆道,"但现在说这番话,也安慰不了你,对不对?"

"嗯。"

叶姆回过身,面向自己的工作台。"如果你能忍住,尽量不要用伤脚走路。"

突然间，流浪儿一个箭步冲向店门，好像急着要离开，唯恐叶姆改变主意收走鞋子。可他还是留在了门口。

"假如我们都是过着不同生活的同一个人，"男孩说，"你就没必要送人鞋子，因为这根本不要紧。"

"你不会自己打自己的脸，对不对？如果我让你的生活更加美好，我自己的生活也会更加美好。"

"胡说八道。"男孩说，"*我就觉着你是个好人。*"他说完便溜走了。

叶姆笑着摇摇头，返身继续在楦子上制鞋。先前的灵体又探出头来。

"谢谢你的协助。"叶姆说。他不知道自己为何能做成刚才的事，但他明白这只灵体必然参与其中。

"*他还在这里。*"灵体呢喃道。

叶姆抬眼望向门外，打量着夜晚的街道。那孩子还没走？

叶姆的身后传来阵阵窸窣声。

他吓了一跳，连忙转过身。作坊里到处是阴暗的角落和摆着鞋子的隔板架。他刚才是不是碰上了老鼠？

里屋的门怎么开了？那里是叶姆的卧房，他通常会关好门。

一个影子正在黑乎乎的房间里活动。

"你要是为球币而来，"叶姆浑身颤抖地说，"我手头只有五颗齐普。"

窸窣声愈加响亮，那道黑影遁出暗处，显出人形。他长着马卡巴克人的黑肤，唯有脸颊上的半月形胎记是浅白色。他身上的制服呈黑银两色，但叶姆认不出他来自哪一支军队。他戴着厚厚的手套，末端连着僵挺的翻边。

"为了检举你的不法行为，"那人说，"我可费了好大的劲。"

"我……"叶姆慌得口齿不清,"只有……五颗齐普……"

"你年轻时胡吃海喝,往后的日子倒过得挺清白。"那人平静地说,"一个有钱人,平时喜好饮酒作乐,最后把父母的财产挥霍一空,那样做并不违法,然而谋杀就不可相提并论了。"

叶姆瘫坐到椅子上。"我什么都不晓得。没想到那件事会害了她。"

"你投过毒,"那人走进屋,"当时拿的是一瓶酒。"

"他们告诉我那瓶老酒就是暗号!"叶姆说,"她瞧见后,就会知道信儿是谁送的,并且会付款!想当年我为了吃饭,缺钱缺得紧,道上的人可不好对付……"

"你是杀人凶手的共犯。"那人将两边手套依次拉紧,说话时面无表情,仿佛在谈论天气。

"我真不知道……"叶姆放声求饶。

"可你仍旧有罪。"那人向一边扬起手,一件武器从雾中显形,随即落进掌心。

碎瑛刃?他是哪门子的执法者? 叶姆直勾勾地看着那把叫人叹为观止的银刃。

然后他便开跑。

早年在街头养成的本能似乎还能派得上用场,他使劲朝那人扔出一叠皮革,而后赶忙闪避挥向他的碎瑛刃,连滚带爬地来到昏暗的街道上,边逃边喊。或许会有人听见。或许会有人搭救。

无人听见。

无人搭救。

叶姆已迈入暮年,刚逃到第一个街口就得大口喘息。他躲在一家破旧的理发店附近,里面一片漆黑,大门紧闭。小小的灵体跟着他飘动,形成一道向外打着圈的微光,美极了。

"看样子,"叶姆气喘吁吁地说,"我的大限……将至。但愿一体……能喜欢……这段回忆。"

沉重的脚步声响彻后方的街道，来人越逼越近。

"不，"灵体小声道，"光！"

叶姆把手伸进口袋，取出一枚润石。他能否想点法子来利用它——

警官用肩膀猛撞叶姆，将他压在理发店的外墙上。叶姆连连呻吟，润石从手中滑落。

银衣男子把他的身体扭转过来。在夜色中，他形似一道阴影，在黑天之下显出影影绰绰的轮廓。

"这都是四十年前的旧账了。"叶姆嘶哑地说。

"正义永不失效。"

那人挥起碎瑛刃，刺穿了叶姆的胸口。

体验终结。

I-3 莱丝

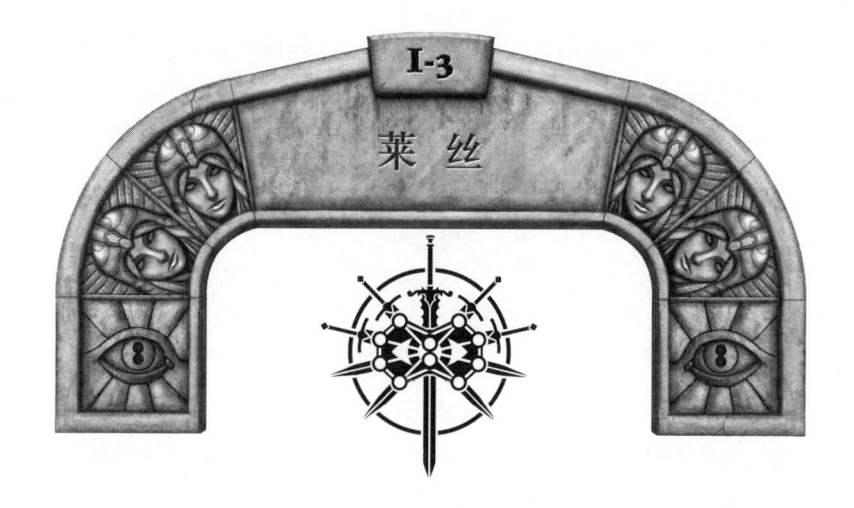

　　莱丝违心地承认她那罐取自深国的青草其实不傻，只是太耽于冥思了。她靠着筏子的头部端坐，手捧小罐置于腿上。身后的向导划着桨，平静的雷希海面泛起了涟漪。四周的空气温暖而潮湿，在莱丝的额头及脖颈上催出颗颗汗珠。

　　天上大概又要下雨了。海上的雨水既不像暴风雨那么强劲，又不像平时的阵雨那么绵延，是最难受的情况。这里一旦变天，降下的朦胧水汽形成一片氤氲，胜似于雾，却比霢霂更弱，足以毁掉发型、妆容和衣裳——诚然，于做生意的姑娘而言，所有维持颜面的努力都是徒劳。

　　莱丝稍微动了动腿上的小罐。她将里面的青草唤作提甫纳克，取郁郁寡欢之意。她的巴布斯对这名字嗤笑不已，他都明白。上一年他在深国做成的生意可谓收益颇丰，借着给草命名，她承认自己当时出了错，而他是对的。

　　尽管此事毫无疑义，莱丝硬是没摆出郁郁寡欢的样子。她选择让植物来表现心情。

　　他们已在海上航行两日，之前在某个港口休整了几周，直到飓风消停下来，才驶向邻近的内海。今天，水面平静得摄人心魄。这安分的程度快赶上淳湖了。

在层次错落的船队里，乌斯提姆所坐的船与莱丝所坐的船有两船之隔。新来的仆族负责划桨，十六只狭长的筏子满载着上一趟生意换来的货品。乌斯提姆仍旧躺在船尾休息，神似一捆布袋，在成堆的货品中很不起眼。

他会好起来的，人孰能无病。虽然病了，但他会恢复健康的。

可他手帕上的血迹呢？

她压下思虑，倏地转身变换坐姿，把提甫纳克埋进了左手的臂弯。这罐子被她打理得干净极了。虽说青草靠土壤存活，可那玩意儿比飓砂还讨厌，很容易就弄脏了衣服。

船队的向导叫顾，他与她同船，就站在她身后。他颇像淳湖人，手长脚长，皮肤如皮革般粗糙，头发乌黑。她见过的淳湖人没有一个不对他们的神顶礼膜拜的，但她怀疑顾有没有把什么事放在心上过。

这包括能不能把他们按时领到目的地。

"你讲过我们快到了。"她对他说。

"哦，没错。"他边说边扬起船桨，把它浸入水中，"快了，快了。"船队是看在他泰勒拿语说得不错的分上才雇佣他的，显然没考虑他是否守时。

"定义'快了'这个词。"莱丝道。

"定义……"

"'快了'有多快？"

"快了。也许今儿就能到。"

也许。喜闻乐见的答案。

顾继续划桨，他只管着船的一侧，却能防止它打转。莱丝的船上，卫队长凯尔姆站在尾端，正在摆弄她的阳伞，一张一合不亦乐乎。他似乎奉其为伟大的发明，尽管它们已经在泰勒拿时兴好一阵子了。

看来乌斯提姆手下的人员罕有回归文明世界的时候。这点也让人玩味。她拜乌斯提姆为师，就是出于对行至异域的渴望，而此处确实是异域。她以为异域的概念与那些著名地点联系在一起，要是她能有半点聪明劲——近日，她并不确定自己机敏与否——就该意识到真正成功的生意人不会前往大家都想去的地方。

"难哟，"顾发言，还在了无生气地划船，"这几天路线不太对啊，神仙都不走原来的道了。我们会找到她的。一定会的。"

莱丝掩住一声叹息，面向前方。乌斯提姆再度病倒后，她就得负责起整个船队。她一心想搞清楚他们在往哪个方向行驶——更别提如何才能抵达目的地了。

那些会动的岛屿才是问题所在。

船队经过一片滩涂，海面上伸出大簇树枝。风儿扬起的微波轻拍着僵硬的枝条，它们高出水面的部分形似溺水者挣扎的手指。这片海比浅得惊人的淳湖要深一点。长在水里的树木起码有几十尺高，外皮如岩石一般。顾把它们称作异木，意思是邪门。它们会划过船体，造成损伤。

某些树枝隐藏在如镜般的水面下，几乎目不能睹。他们有时会驶过这些植物，她不知道顾是怎么回避的。一到这种情况，他们就只能指望他了，其他时候也常是如此。在这宁静的海上，假如他把他们引入别人设下的埋伏，又该如何是好？忽然间，她深感乌斯提姆的做法是正确的，他会吩咐护卫架起法器，探测是否有人靠近。这——

陆地。

莱丝在筏子上一跃而起，船身摇摇欲倾。前方的确显出了什么东西，一根黑线浮现在遥远的海平面上。

"啊，"顾说，"看到没？快了。"

细密的雨丝飘了下来，莱丝站着不动，招呼人为她递上阳伞。尽管在表面糊了层蜡以便晴雨两用,可它还是挡不了多少雨。不过她几乎没有多加在意,也没有去理头上逐渐打结的发丝。她精神一振。**终于到了。**

岛屿比她预期的要大得多。她总把它的形状想象成一艘大船,而非眼前这块从水中兀自突起的巨石。它太像野地里的石头,和她见过的其他岛屿大不相同。高高耸起的岛上没有沙滩的影子,地势崎岖不平。时间难道就没有在这座石峰的侧缘和顶部留下任何痕迹?

"岛上有好多树啊。"莱丝说。他们的船越驶越近。

"泰拿是个长树的好地方,"顾说,"也是个过日子的好地方,打仗的时候除外。"

"也就是两座岛靠得太近的时候。"莱丝道。她事先读过相关文章,不过鲜有学者会费神为雷希文化著书立说,他们的兴趣点不在这里。几十乃至数百座岛屿在海中漂移浮动,上面的岛民过着简单的生活,将岛屿的活动理解为天意。

"不总是这样。"顾咯咯直笑,"离泰拿太近,有时是好事,有时是坏事。"

"谁来决定?"莱丝发问。

"还用问,泰拿自己呗。"

"让岛屿作决定。"莱丝脱口而出,迁就着他。不愧是蛮夷。**她的巴布斯究竟想在这儿做什么买卖?**"怎么能让一座岛——"

眼前的岛屿开始活动。

接下来的场景出乎她的意料。岛屿并未漂移,而是外形大变,表面扭曲起伏,一大块岩石渐渐升起,显出宏伟的架势。

莱丝猛地落座,瞠目结舌。**那座岛屿长出了一条石头做的腿**,它把腿缓缓抄起,成股的海水如雨般淌下。岛屿蹒跚而前,很快又轰地一声沉入水中,力道大得惊人。

泰拿贵为雷希群岛的神,竟是巨壳生物。

这是她见过的最庞大的野兽，她以前甚至闻所未闻。它的体型能把神话里才有的怪物给比下去，与它相比，来自遥远的纳塔纳坦的深渊恶魔不过是一把小石子而已！

"怎么没人对我提起？"她诘问道，回望船上另两位乘客。凯尔姆至少应该说上几句。

"眼见为实才好呢。"顾以他一贯的慵懒姿势划桨。她不太喜欢他脸上的窃笑。

"你难道不想亲力亲为？"凯尔姆问，"我还记得自己头一回见到岛屿会动时的光景。破坏这份惊喜太不值。每逢新护卫报到，我们绝不会向他们透露一个字。"

莱丝收起愠怒，望向那座"岛"。书里记载的东西太不准确，几乎都是道听途说来的，欠缺实地考察。居然从未有人写下实情，她感到难以置信。看来，她只是没找对材料。

天上降下的迷蒙雨雾笼罩着巨兽，透出神秘气息。这只庞然大物吃什么为生？它是否注意到背上有人居住？它在乎这点吗？克勒克在上……这些怪物怎么交配？

它一定很古老。船只驶进巨兽打下的阴影，它的外壳生满嶙峋怪石，青葱草木遍布其间。页岩皮木长势旺盛，形成一大片亮色区域。苔藓覆盖了巨兽的身躯。不少小树在甲壳的罅隙中生根发芽，树干被藤蔓和石壳木缠绕。

顾指引船队绕过巨兽的后肢，沿着它的身侧前行，并与其保持较远距离，这让她大松一口气。这一边，生物的外壳直入水中，形成一座平台。她听见有人在附近吵吵嚷嚷，大笑声和水花飞溅声交相辉映。可她愣是没见着人影。雨停了，莱丝收起阳伞，在海面上抖了抖。她终于发现了那些人，一群年轻的男男女女正在攀爬巨壳上突起的岩架，然后从那里跳入海中。

这并不那么奇怪。与淳湖类似，雷希海的水温相当宜人。在故乡的岸边,她曾有一次勇敢地跳进了一片海。海水刺骨般冰冷,用正常的思维想一想,论谁也不会一头扎进去。通常情况下,只有那些被酒精扰乱心智或是忙于逗英雄的人才会涉险一试。

她以为在这里游泳是司空见惯的事,只是,她从没想到那些人身上竟一丝不挂。

一队人在巨兽如码头般突出的外壳上跑过,身子像刚出世的婴儿一般光溜溜的。这帮年轻男女一律对旁人的目光毫不在意。莱丝的脸唰地一下就红了。她并不是死脑筋的阿勒斯卡人,但是……克勒克啊!*他们就不能穿点什么吗?*

她的反应引得愧灵在四周现身,它们形似在风中飞舞的红白花瓣。顾在她身后暗自发笑。

凯尔姆也跟着笑起来:"这是另一件我们对新人守口如瓶的事。"

这群蛮夷,莱丝心想。她不该这么害臊。她已经成年了。不对,还差一点。

船队继续驶向巨壳上一处形似码头的区域——一片低悬的石板,距水面只差毫厘。船队停在原地,她不清楚他们在等待什么。

片刻后,石板突然一斜——海水从上面淌下来——巨兽又缓缓跨出一步,掀起的波浪拍打着船身。等周边都安稳下来,顾引着船开向码头。"上去吧。"他说。

"我们需要把船拴上吗?"莱丝问。

"不需要。这岛动来动去的不安全,我们先撤。"

"大晚上的?你怎么找地方泊那些船?"

"睡觉时,我们把船划走,拴在一起,就在那里睡。明儿一大早再去找岛。"

"哦。"莱丝做了个深呼吸,让自己平静下来。她检查了一下那罐青草,确保它还乖乖躺在筏子底部。

她站起来,这地方不好走路,而她那双鞋还是挺贵的。她预感雷希人不会挑三拣四。她搞不定可以光着脚去见他们的国王。诸念啊！从她的所见来推测，**她甚至可以光着胸脯去见他。**

她小心翼翼地往上攀爬，巨壳仍有一两寸泡在水里，但一点都不滑，正合她意。凯尔姆跟上来，她把收好的阳伞递过去，后退一步，等着顾遣走他的船。另一位桨手则把自己的船稳住，它比一般的筏子要长，撑船的活儿需要仆族来帮把手。

她的巴布斯蜷在船内，不顾炎热裹着毯子。他的脸贴在船尾，皮肤如蜡般惨白。

"巴布斯……"莱丝心痛地唤道，"我们应该回去。"

"瞎说。"他虚弱地吐出话语，努力挤出笑容，"我遭过比这更坏的灾。这生意做定了。我们的投入可不小呢。"

"我会前去拜见岛上的国王和商人，"莱丝说，"请求他们来码头和您谈生意。"

巴布斯用手捂住嘴巴咳个不停。"不行，这里的人不像深族。我的病会坏事儿的。勇敢点，你一定要大胆地和雷希人交涉。"

"大胆？"莱丝望向船上无所事事的向导，他正把手指泡在水里，"巴布斯……雷希人这么无忧无虑，我想他们不会太在意什么事情。"

"那你会大吃一惊的。"乌斯提姆说。他循着她的目光打量起附近的泳客，他们在跳水时哄笑成一团。"这儿的生活就是这么简单。人们对这儿趋之若鹜，就像战争吸引痛灵。"

吸引……一个女人连蹦带跳地在莱丝眼前经过，**她震惊地发现此人竟长着泰勒拿长眉。**她的皮肤已被晒黑，因而光靠肤色无法立即判断人种差异。莱丝还在这群泳客中辨出了不少外国人。其中两个大概来自赫达孜，甚至还有……**一个阿勒斯卡人？**不可能。

"人们专程光临此地，"乌斯提姆说，"他们喜欢雷希人的生活。在这里，他们只消随岛而动。当岛与岛之间打起仗来，他们也跟着干；剩下的时候，他们则悠闲地休憩。任何国家都不缺这样的人，社会嘛,总是由个体组成的。你要明白这点。别让你对某个国家的成见成为你评判国民的绊脚石,不然你就会失败。"

她点点头。他身体虽弱,但语气坚定。她努力不去顾忌那些泳客。她的同胞显然也混迹其中,而且不止一个,这使她备感尴尬。

"假如您无法和他们谈生意……"莱丝说。

"那必须由你出面。"

尽管天气很热,莱丝还是浑身发冷。然而这不就是她师从乌斯提姆的目标吗?她到底幻想过多少次他能让她打头阵?为什么现在却战战兢兢的?

她瞥向自己的船,那艘船载着她那罐青草渐渐驶远。她回望巴布斯道:"请老师不吝赐教。"

"他们对外人了解甚多,"乌斯提姆说,"远胜过我们对他们的了解,这是由于外来混居者人数太可观了。许多雷希人像你说的那样没有烦恼,不过也有不少人偏离此道,他们喜欢打仗,对他们而言……商场即战场。"

"对我来说也是如此。"莱丝评论道。

"我了解这些人。"乌斯提姆说,"我们得怀着塔里克不在这儿的信念。他是他们之中最能干的,经常跑到别的岛上做生意。无论你碰到哪位商人,不管男女,对方都会把你视为敌人。在他们心中,虚张声势就是兵法。"

"有一次我倒了大霉,正巧在打仗时登上了一座岛。"他顿了顿,不住地咳嗽,但谢绝了凯尔姆递来的汤药,"两座岛正在气头上,岛民也纷纷爬进船只,自吹自擂、互相侮辱。双方的首发阵容均是最没出息的人物,只会夸夸其谈、叫唤个不停。接着局势不断升级,双方唇枪舌剑,人人都亮出看家本领。再后来,弓箭和枪矛全用上了,他们或在船上扭打成一团,或在水里推来搡去。所幸他们嘴上功夫虽厉害,倒也不会轻易伤人。"

莱丝咽下口水，点了点头。

"你还没准备好，孩子。"乌斯提姆道。

"我知道。"

"很好，你终于开窍了。快去吧。在这座岛上，如果我们不同意跟他们过一辈子，他们也不会让我们逗留太久。"

"我要怎么做？"莱丝询问。

"嗯，第一，在他们的国王面前，你要倾你所有。"

"好极了，"莱丝起身道，"我真想看看他们穿上我的鞋会成什么样。"她深吸一口气，"您还是没告诉我这是一桩什么样的买卖。"

"他们知道，"她的巴布斯说着，又是一阵咳嗽，"你不需要和他们谈，条件几年前就定好了。"

她向他转过身，眉头紧锁。"什么？"

"此行无关所得，"乌斯提姆说，"事关他们能否认可你。你要说服他们。"他略微顿了顿，"愿诸念指引你，孩子。好好干。"

这一席话带有恳求的意味。要是船队被挡在门外……生意的开销并不在木材、布料和便宜简陋的补给品上，而是在船队的维护上。船队远航至今，破费请来向导，等待飓风歇息，为了找寻登陆地点更是花去大把的时间。万一她失手遭拒，他们依旧能卖掉手上的货品，却无法借此权衡旅途的高昂代价，不可挽回的损失业已造成。

她告别乌斯提姆，沿着巨壳一侧码头状的凸岩行走，护卫凯尔姆和纳伦特紧随其后。既然他们已经靠得这么近了，也就很难再把这座岛单看成生物。她脚下青苔遍布，将甲壳和岩石一举遮蔽，叫人难以分辨。周边树木林立，盘根错节直扎水中，擎天的枝杈围成密林。

她犹豫不决地踏上唯一一条从水中通上来的小路。这里的"地面"辟有台阶，形状过于方正，并不天然。

"他们在巨壳上开工？"莱丝边爬边说。

凯尔姆低声一哼。"红甲蟹感受不到它们的壳。这头巨怪大概也差不多。"

跋涉途中,他一手不离葛泰剑。这是一种传统的泰勒拿式武器,巨大的刀刃呈倒三角形,底边处连着把手,需要一拳握住,让手腕靠在上面,长长的剑身则从指节下延伸而出。现在,他把入鞘的剑配于身侧,背上还挂了一把弓。

他为什么这么紧张兮兮的?雷希族不属于危险物种。可作为拿薪水的护卫,兴许还是把一切外人都视作威胁为妙。

迂回向上的小路直通密林,林中苍木成荫,枝垂叶荡,随岛而动。巨兽迈开步,万物簌簌摇晃。

摇动的藤蔓从树枝上垂下,在路面郁结缠绕。她一走近,它们便收缩退却,随后迅猛地归于原位。渐渐地,大海从视线中消失,她甚至再也嗅不到海风捎来的咸味。密林一手遮天,包容万物。一簇簇粉黄相间的页岩皮木点缀着葱郁的树丛,已然繁衍生息了好几个世代。

她早前就忍受不了海上闷热的环境,殊不知林中的情况愈演愈烈。她感到自己仿如在湿气中游泳,身上轻薄的亚麻裙、衬衫和背心也显得笨重不已,堪比泰勒拿高地的老式冬袄。

在一番没完没了的攀爬之后,她听到了声音。右边的树林开出一个口子,露出大海的一隅。莱丝屏住了呼吸。无垠的湛蓝海水之上,云朵洒下片片雨雾,显得无比清晰。而远方……

"那是另一座岛?"她问道,手指海平面上的一处阴影。

"对,"凯尔姆说,"但愿它会往别的方向去。要是它们决定开战,我可不想在这里待着。"他握紧了剑把。

喧嚣从上方远远地传来,莱丝只好将就着又爬了一阵,腿部由于吃力而酸痛不已。

尽管位于左侧的树丛依旧密不可探,右侧的林木倒是相当稀疏,巨壳生物凹凸不平的侧体清晰可见,形如陡峭的山脊,蔚为壮观。她瞥见一些人围着帐篷或坐或躺,面对大海极目远眺。他们只对她和两名护卫投来一两眼目光。她越往上爬,就能见到越多雷希人。

这些人正在跳水。

他们不分男女——一个比一个穿得少——轮流从巨壳的石面上一跃而下。他们在半空高声欢呼,接着一头栽入海中。光看着他们跳水就害得莱丝直犯恶心。他们到底站在多高的地方?

"他们在吓唬你呢。外人一来,他们就老爱耍弄高台跳水。"

莱丝点头示意,突然一怔,意识到这不是某个护卫在说话。她扭过身,发现左侧的林木已经退到了后头,中间露出一块宛如石丘的巨大岩壳。

一名男子倒挂在岩壳边,双脚被绑在顶端。他体形纤长,仅裹着一条缠腰布,苍白的皮肤微微发蓝,爬满了成百上千种细密繁复的文身。

莱丝向他走近一步,但凯尔姆抓住她的肩膀,一手将她拉了回来。"艾米亚人。"他咬牙切齿道,"离他远点。"

他蓝色的指甲和深蓝色的眼眸验证了这一身份。莱丝不禁后退,但她没看到他的影子,那种跟虚渡相同的朝向迥异的影子。

"你们确实得离我远点。"那人说,"明智之举,永不出错。"他的泰勒拿语还挺溜,只是口音不像她听过的任何一种。他面露欣喜的笑容,全然不顾自己的处境,上下颠倒的世界仿佛与他毫无关系。

"你……没事吧?"莱丝问他。

"嗯?"他说,"哦,不犯晕的时候就没事,我好着呢。我想我的脚脖子都快发麻了,这下就不痛了,真爽。"

莱丝把手埋在胸前,不敢再靠近。艾米亚人。运气背到家了。她并不十分迷信,有时甚至会质疑诸念是否存在,但是……见鬼,他可是个艾米亚人啊。

"你给当地人带来了什么可鄙的诅咒,异种?"凯尔姆诘问。

"我开了些不合时宜的玩笑,"那人慢吞吞地说,"而且这里吃的东西又不消化,放出来的屁很臭。那么,你们打算去见国王?"

"我……"莱丝说。在她身后,另一个雷希人大喊着从岩架上跳下。"是的。"

"听着,"那人发言,"不要问他们有关神明灵魂的事情。他们不愿谈起,就是这样。真了不得,这种灵体居然能让巨兽长到那么大,比寄居在普通巨壳生物体内的灵体强多了。嗯……"出于某种理由,他似乎相当怡然自得。

"别对他心软,商主,"凯尔姆低语,把她从倒挂的囚犯身前拖走,"只要有这个心,他随时都能逃脱。"

另一名护卫纳伦特颔首致意。"他们能掰下四肢,也能蜕皮,而且没有实体,就是个长着人形的邪恶化身。"这个矮墩墩的护卫在手腕上佩戴了一圈祈求勇气的护身符,他把它取下,紧紧攥在手心里。这道符自然生不出什么效力,却能让人联想起胆念:要心怀希望,接受现实,方可觅得人之所需。

但她现在需要的是巴布斯的陪伴,遇上艾米亚人让她心神不宁。她继续往上走,只见越来越多的人飞身而过,从她右边的岩架上跳下。一群疯子。

商主,她回想,**凯尔姆居然叫我"商主"**。她目前还算不上。她只是乌斯提姆的私人财产,直到现在仍是一名不时被拉去干苦力的小学徒。

她承不起这个名号,然而听到有人这么称呼,她心头还是一振。她步步向上,砌在巨兽外壳上的道路愈发崎岖。他们经过一道形如深渊的裂口,底下现出巨壳生物的皮肤。她无法越过这道屏障,要是她在一侧起身一跳,准会掉进去。

道上的雷希人对她的疑问无动于衷,幸亏凯尔姆知道路线,在小路分岔时,指出了往右的方向。有时坡道会放缓,并持续一大段距离,之后迎上他们的总是更多台阶。

她的腿走得火烧火燎般疼痛，汗水浸透了衣衫。他们终于爬完这段路，发现台阶已到尽头。他们把丛林甩在了脚下，不过生命力顽强的石壳木依然扎根于开阔的岩地，山顶上一片空荡荡的苍天。

我们一路攀爬，莱丝想，*结果登上了巨兽的头部。*

全副武装的士兵沿着小路一字排开，手持系有五彩流苏的长矛。他们的胸甲和护手均由甲壳制成，刻于其上的尖刺透出一股邪气。他们全身只裹着一块布料，却也像阿勒斯卡士兵那般挺起胸膛，目光凌厉。她的巴布斯所言不虚，并非所有雷希人都是"偷个懒、游个泳"的类型。

勇敢点，她想道，记起了巴布斯的提点。她绝不能在这些人跟前面露怯意。道路已到尽头，瘦小的国王在护卫和石壳木的众星捧月之下伫立于岩架边缘，面朝红日。

莱丝大步向前，穿过两排矛兵。她本以为国王也会身披相似的服饰，然而他以一袭宽大的长袍蔽体，绿黄两色很是亮眼。这袍子穿起来一定热得令人发指。

莱丝步步靠近，这才发觉自己已经爬到了这么高的地方。下方的海面波光粼粼，莱丝要是把一块石头掷下去，这距离准保她听不到任何落水声。光是越过崖壁往下瞅一眼就令她两腿直哆嗦，胃里一阵抽动。

想要来到国王身边，就得跨上他那片岩架。她一个趔趄，就有可能从几百尺的高空坠落。

稳住，莱丝告诫自己。**她决心向巴布斯展示她的真正实力。**她不再是那个对深族抱有偏见的无知少女，也不再是那个冒犯伊里族的鲁莽商人。她已经吸取了教训。

不过，她或许应该问问纳伦特，能否借勇气符一用。

她登上了岩架。从背影判断，国王相当年轻。他的身材颇具青年风范，抑或……

国王转过身，莱丝惊得一激灵。不，她暗想。国王是一名上了年纪的女子，发中掺杂着银丝，却不显老，岁月的洗礼没有将她压垮。

有个人也踏上了岩架，来到莱丝身后。他比国王年轻，身披缀有流苏的布料，与他人无二。他的头发绞成两股发辫，披在赤裸黝黑的肩膀上。他开口发言，讲话时不带一丝口音。"国王想知道，他的老交易伙伴乌斯提姆为何没有亲自前来，反倒差遣了一个小儿来代理。"

"请问您是国王吗？"莱丝问那位陌生的来人。

那人笑道："你就站在他身边，还来问我？"

莱丝望向那位长袍加身的人影，此人层层束起的袍子前方是敞开的，隐现出这位"国王"隆起的胸部。

"我们受国王统治，"来人说，"其性别无关紧要。"

在莱丝眼中，"国王"一词已经包含了性别特征，不过这不值得多加争辩。"我老师体有微恙，"她告诉那个人——也就是岛上的商主，"他授予我代理行商的权力。"

来人嗤之以鼻，他坐到岩架边上，向外晃荡着两腿。莱丝感到胃里翻江倒海。"他不至于这么没常识吧？这生意没法做了。"

"我想你就是塔里克？"莱丝抱起双臂。那人故作清高的嘴脸，不再和她面对面。

"是。"

"老师叫我对你小心点。"

"那他还不算个彻头彻尾的傻瓜，"塔里克说，"但是差得不远。"

他的发音太标准了。她不禁在他的脸上寻找泰勒拿人才有的眉毛，可他确实是个如假包换的雷希人。

莱丝恼得直咬牙，强迫自己往悬崖边上坐，挨着塔里克。她想表现得满不在乎，可就是做不到。于是她只好躬身坐倒，和时髦的裙子折腾了一番，迅速挪到他身边。

噢，诸念啊！我会从这里摔下去一命呜呼的。别往下看！千万别往下看!

她不禁向下眺望，顿觉头晕眼花。她发现巨壳生物的头部就在脚下，巨大的下颌浮现出来。在莱丝右边，巨兽的眼睛上生出一道山崖，许多人站在上面，把一包包水果从山侧往下推。人们以藤蔓作绳，扎牢大袋水果，将其送至巨兽的嘴边。

巨兽吞下水果，用两颗缓慢咀嚼，引得绳索晃动不止。雷希人拉回藤蔓补充更多水果，一切行动均在国王的检视之下。她正在监督喂食工作，其人立于巨兽的鼻尖上，就在莱丝左侧。

"神的盛宴。"塔里克见她目不转睛地盯着巨兽的头部，解释道，"这些都是祭品。当然了，区区几包水果满足不了我们的神。"

"什么东西才行？"

他笑起来："你怎么还站在这儿，小家伙？我刚才不是打发你走了吗？"

"生意还没成呢。"莱丝说，"老师告诉我条件都已经定好，我们带来的全是你要的货。"虽然我还不知道我们到底要换什么。"赶我走又有什么用？"

她留意到国王靠近一步，竖起了耳朵。

"都一样，人生命中的一切，"塔里克说，"都是为了讨雷鲁拿的欢心。"

这应该就是他们那只神明般的巨壳生物的名字。"你们的神岛会同意吗？一路盛邀商人前来，却放他们空手而归？太浪费了。"

"雷鲁拿赞赏胆识，"塔里克说，"还有尊重，这更为重要。如果不尊重做生意的对象，那还不如撒手不干。"

多可笑的逻辑。商人不需要彬彬有礼。除非……在她投至乌斯提姆门下的这几个月，她发现他经常和那些愿意和他做买卖的人交流，他尊重他们。这类人干出欺诈之事的概率显然更小。

也许这逻辑并不坏……只是太过片面。

要学会换位思考，为其他商人着想。她回忆起乌斯提姆的教导——这与她在故乡听到的说法截然不同。他们有什么需求？需求又是如何产生的？作为供货商，你有哪些凌驾他人的优势？

"傍水而居一定挺艰辛的。"莱丝说，"你们的神令人过目不忘，可你们总不能永远过着自给自足的生活。"

"我们的老祖宗就是这么过来的。"

"他们缺医少药，"莱丝说，"不能治病救人。他们也弄不到只产自内陆的布料。你们祖先是被形势所迫，而你们不是。"

对面的商主气势汹汹地逼近莱丝。

别过来！你会掉下去的！

"我们又不是呆子。"塔里克道。

莱丝蹙眉。为什么——

"我实在懒得跟你多费口舌。"塔里克继续说，"我们安于质朴的生活，可我们也没变笨。这么多年，外人一闯进来就想压榨我们，以为我们天真无知。我们快受够了，姑娘。你的话句句是真。不，与其说你讲的是真话，不如说是显而易见的表象。你的口气搞得我们好像永远不会往那方面想似的：'噢！药啊！我们当然需要！感谢你的悉心指点，否则我就得在原地等死了。'"

莱丝双颊发烫。"我没有——"

"不，你就是有。"塔里克说，"你嘴上有股瞧不起人的劲，小姐。我们再也受不了被人钻空子了。有些外国佬带着一堆垃圾过来还想换到好货，真是烦透了。我们对内陆的市场行情一无所知，因此是看不出自己有没有受骗上当的。总而言之，我们只会和我们了解并信任的人打交道，就是这样。"

*内陆的市场行情？*莱丝想。"你在泰勒拿当过学徒。"她猜测。

"那当然了。"塔里克说，"想要拿下那些觊觎你的货品的人，首先得搞清楚他们的底细。"他后退一步，使她自在了些，"我打小就被父母送走，投至你们某个巴布斯门下。在返乡之前，我已经成为了一名独当一面的商主。"

"你父母是国王和王后吗？"莱丝又猜了一次。

他看了看她。"他们是国王和国王的配偶。"

"你可以直接叫她女王。"

"这生意吹了。"塔里克起身道，"去转告你的老师，我们对他的病深感遗憾，希望他能早日康复。要是他又变得活蹦乱跳的，可以趁明年的交易旺季再返回，我们会和他见面的。"

"言下之意就是你尊重他。"莱丝匆忙站起，离开悬崖，"那就和他谈生意啊！"

"他生病了，"塔里克没有看她，"这对他不公平，我们会占尽便宜。"

占尽便宜……诸念啊，*这些人太奇怪了*。更奇怪的是，这番话竟然出自一位精通泰勒拿语的人之口。

"假如你尊重我，"莱丝说，"觉得我值得托付，你就会和我交易。"

"取得我的信任要花上好几年，"塔里克边说边移向岩架的前端，和他母亲站到一起，"快走吧，顺便——"

国王用雷希方言向他耳语了几句，他撤下了后话，抿紧嘴唇。

"怎么了？"莱丝发问，向前走去。

塔里克向她转身。"你在辩论时那么咄咄逼人，显然给国王留下了好印象。尽管斥我们为蛮夷，你倒也不像某些人那么差劲。"他龇牙咧嘴了好一会儿，"你对这场交易所发表的高论，国王想必是听进去了。"

莱丝眨眨眼，目光扫过眼前的两人。她刚才的辩白难道被国王听到了？

女人用她的黑眼睛端详着莱丝，神色平静。*初战告捷*，莱丝想道，一如沙场上的勇士。我奋力战斗，终获认可与至高权威迎面对峙。

国王发话，塔里克连忙翻译起来："国王说你很有天赋，不过这场交易无法再继续了，没有回旋的余地。等到你的巴布斯决心再战之时，你可以和他一起来。过个十几年，没准我们就会同意和你们做买卖。"

莱丝搜索枯肠，回礼道："乌斯提姆难道就是这样赢得信任的吗，陛下？"她不能败下阵来。她不能输！"许多年后跟着他的巴布斯回来再战？"

"对啊。"塔里克说。

"你没有翻译那句话。"莱丝说。

"我……"塔里克一叹，只好翻译她的问题。

国王听罢喜上眉梢，咧嘴一笑。她用土语讲了几句话，塔里克不由得转身面对他的母亲，一脸震惊。"我……哇。"

"什么？"莱丝追问。

"你的巴布斯曾联合我们的几个猎手干掉了一只克拉壳兽。"塔里克说，"就凭他？一个外国佬？我从没听说过这种事。"

乌斯提姆和猎手一起宰杀过动物？不可能。

现在的他无非是个成天埋于账本的干瘪小老头，可过去的他显然不是如此。她常把他想象为同一个形象，只是年纪更轻些。

国王再度发话。

"我相信你不会动手杀生，孩子，"塔里克翻译道，"走吧。你的巴布斯会缓过来的，他有大智慧。"

不，他命不久矣，莱丝心想。她自然而然地得出这般结论，残酷的事实令她战栗。此时她顾不得山有多高，也顾不得她所知的一切。乌斯提姆快死了，这可能是他最后一次行商。

可她却搞砸了。

"我的巴布斯信得过我,"莱丝说,沿着巨壳生物的鼻梁向国王更进一步,"而您刚说您信得过他。看在他的面子上,您是否也能承认我值得托付?"

"人哪,耳听为虚,眼见为实。"塔里克翻译道。

巨兽开始活动筋骨,大地随之震颤。莱丝咬牙切齿,以为他们全会跌下去。然而这里至高的地势减缓了巨兽迈步的力度,周围的一切只是在轻轻摇曳。树叶飒飒作响,她感到有些反胃,不过这种感觉就和站在一艘乘风破浪的船上差不多,并不危险。

莱丝向国王靠近,站到巨兽的鼻子旁。"身为一国之主,您明白信任下级的重要性。您的足迹无法遍及天涯海角,您也做不到通晓世事。有时,面对您了解的人做出的评判,您必须听从。我的巴布斯就是这样的人。"

"说得在理。"塔里克的口吻听来十分惊讶,"不过你有所不知,你的巴布斯早已挣得了我的信任。这就是我同意与你交谈的缘由。换做其他人,门都没有。"

"可是——"

"请回吧。"国王借塔里克之口说道,语气愈发强硬。她似乎认为此事已经没有商量的余地了。"转告你的巴布斯,你已经走到和我本人会谈的这一步,此番壮举绝对超出了他的预期。请你离开这座岛,待他病愈后再返回。"

"我……"莱丝支吾得发不出声,感到自己的喉咙仿佛被人砸了一拳。现在她还不能屈服。

"请传达我最诚挚的敬意,祝愿他早日康复。"国王背过身去。

塔里克幸灾乐祸地撇嘴一笑。莱丝向她的护卫匆匆一视,两人面色严峻。

莱丝向外退去,身子僵硬得难以活动。她吃了趟闭门羹,就像个讨要糖果却没人搭理的孩子。她经过那些装填水果的男女,强烈的愧意吞没了她。

莱丝停下脚步向左眺望，远处是一片无尽的蓝色海水。她回过身，向国王走去。"我认为，"她拔高了音量，"我需要与地位更高的权威者谈话。"

塔里克向她转过身。"你已经和国王谈过话了。这里不存在地位更高的人。"

"很抱歉，"莱丝说，"但我笃信还有人的地位更高。"

一根绳索不停地晃动，上面的祭品被巨兽吃下了肚。**这么干太蠢了，蠢到家了，实在是——**

别想太多。

莱丝猛地朝绳索的方向一跃而上，惹得她的护卫惊叫起来。她紧紧抓住藤蔓，使自己翻到崖壁上，**并沿着巨壳神明的头部往下爬。**

诸念啊！穿着裙子行动太不便了。她的手臂被勒得死死的，当身下的巨兽咬碎系于藤蔓底端的水果时，绳索还会跟着反复颤动。

塔里克的头从上方探了出来。"克勒克在上，你到底在干什么，傻姑娘？"他大吼。在泰勒拿求学的经历让他不知不觉地染上了当地人的诅咒习惯，她不由得想笑。

莱丝攥着绳索不放，心脏狂跳。她到底在干什么？"雷鲁拿，"她回敬塔里克，"赞赏胆识！"

"胆识和愚蠢是有差别的！"

莱丝继续往下爬，她几乎是顺着绳索滑下去的。噢，诸念啊！心诚则灵……

"把她拉上来！"塔里克遣道，"那边的士兵，快帮忙。"他用雷希话继续下令。

几个工人对着莱丝的绳索连拖带拉，她向上望去，只见另一张新面孔出现在崖顶。国王。她正朝下俯视，扬起一只手掌，示意旁人停手。她细细打量着莱丝。

莱丝再接再厉。她并没有降下太多距离，约摸五十尺，甚至没有爬到生物的眼部。她尽力稳住身子，手指传来灼痛。"呵，伟大的雷鲁拿，"莱丝高声说，"您的子民拒绝与我交易，我遂前来恳求您的恩典。您的子民需要我带来的货品，而我却比任何人都更需要这场交易。我无法承受掉头而返所带来的损失。"

生物自然未作回应。莱丝悬于半空，身旁是巨兽那缀满青苔及小石壳木的外壳。

"拜托了，"莱丝说，"求求您。"

我到底在期待什么？莱丝甚为不解。她并未指望巨兽能有任何反应。不过此举也许能向山上的人展现她的胆识，好让他们相信她值得托付。说到底这不会造成任何伤害。

绳索在她手中微颤，她的视线不禁下移，而这是个大错误。

实际上，她的所作所为非常危险，很可能会造成严重的伤害。

"国王，"塔里克居高临下地说，"命令你折返。"

"我们还能再谈谈吗？"莱丝边说边抬头仰望。国王脸上显出关切之色。

"这没意义，"塔里克说，"逐客令已经下达。"

莱丝咬紧牙关贴住绳索，直视眼前成片的甲壳。"您意下如何？"她悄声问。

巨兽在下方继续进食，绳索瞬间一紧，将莱丝甩向生物硕大无朋的头部。山上的工人吼成一片，国王立即向他们喊话，嗓音尖锐有力。

噢，不……

绳索越绷越紧。

接着猛然断裂。

恐惧向莱丝袭来，蒙蔽了她的感官，上空愈发狂乱的喊叫和她渐行渐远。她在呼啸的疾风中直坠而下，胃里一阵抽动，裙裾翻飞，鞋履灌风,毫无优雅之态。她到底干了什么?她——

她看到了神的眼睛。下坠过程中,她仅窥得一瞥。这只又黑又亮的眸子和一幢屋子一般大,映出她跌落的身影。

她似乎在它面前悬停了几秒,她的喉咙再也喊不出声。

世界刹那间消失了。她在呜咽的风声中尖声惊叫,随后一头扎进如岩石般坚硬的海面。

一片黑暗。

✷

莱丝清醒过来,意识到自己正漂浮在海上。她没有睁眼,但她能感觉到。她慢慢地漂浮着,随着翻涌的波浪一起一伏……

"她是个笨蛋。"她辨得出那声音,说话者是和她做生意的商人塔里克。

"那她和我同病相怜。"乌斯提姆咳嗽道,"老伙计,我要提个意见,你应该好好教她,而不是把她扔下悬崖。"

漂流……起伏……

等一下。

莱丝使劲睁开眼,她正躺在一座小屋里。天很热,她浑身轻飘飘的,视线一片模糊……因为她的头脑已成一团乱麻。他们给她喂了什么?她试着坐起,腿上却毫无知觉。她的腿动不了了。

她倒抽一口冷气,呼吸变得急促起来。

乌斯提姆的脸浮现在她眼前,其后是一位头绑发带的雷希女人,脸上带着关切的神色。不是王后……国王……管他呢。这个女人正用雷希话叽里呱啦地说着什么,语速飞快。

"别慌。"乌斯提姆在莱丝身边跪下,对她言道,"好好躺着……他们会给你喝药,孩子。"

"我还活着。"莱丝哑声说。

"你差一点就没命了。"乌斯提姆欣慰地说,"拜那只灵体所赐,你才没摔死。从那么高的地方掉下来……孩子,做出沿着峭壁乱爬这种事,你到底在想些什么?"

"我要拿出实际行动,"莱丝说,"来证明自己的勇气。我想着……人要大胆才行……"

"唉,孩子。错出在我身上。"

"你是他的巴布斯,"莱丝说,"你教过他们的商人塔里克。你和他计划在先,这样我就能有一次出师的机会。你们精心设局,排除千难万险,你也没生那么重的病。"她一口气说出这番话,一字一句掷地有声,犹如上百个人想要同时挤出一扇门。

"你何时看出来的?"乌斯提姆问道,咳了一声。

"我……"她不知道,种种疑惑纷至沓来,"刚刚发现的。"

"唉,你看,我觉得自己真的太蠢了,"乌斯提姆说,"我以为这是一个训练你的良机,一桩真刀实枪的生意。结果……结果你竟然从岛怪的头上跌了下来!"

雷希女人端来一杯汤药,莱丝迅速闭上眼。"我还能走路吗?"她轻声问。

"药来了,喝吧。"乌斯提姆说。

"我还能不能走路?"她双眼紧闭,没有接过杯子。

"不知道,"乌斯提姆回答,"但是你的生意会源源不断。诸念啊!除了你,论谁敢逾越国王的权威,最后还被岛屿的灵魂救起?"他强迫自己笑出声,"其他岛上的人会吵着和我们做买卖的。"

"看来我这一摔还算有所建树。"她说着,顿觉自己愚不可及。

"哦,你的确争取到了一样东西。"乌斯提姆言道。

她感到手臂传来刺痛,不禁猛一睁眼,发现有只虫子爬到了她身上。它和她的手掌一般大——长得很像飓虫,不过背上伸出叠起的翅膀。

"这是什么?"莱丝询问。

"我们来此地做生意的目的所在,"乌斯提姆说,"一种异兽。它们仍活在世上,只是鲜为人知。这类飞虫据传已和艾米亚一道灭绝了。塔里克来信,表示他们可以卖给我一只死的,于是我就携着大包小包赶了过来。世上的国王为了买到这玩意,不惜一掷千金。"

他俯身道:"我以前从没见过活的,但我如愿拿到了那只死的。这一只是给你的。"

"雷希人给的?"莱丝问道,还是理不出一点头绪。她不知道到底发生了什么。

"雷希人无法使唤飓甲蜂,"乌斯提姆起身道,"它是神岛赠予你的礼物。快把药喝下,睡上一觉。你摔断了两条腿,我们会在岛上停留好一阵子,以便你养伤。我是个无药可救的大傻瓜,在这些日子里也想求你原谅。"

她接过汤药灌进嘴里。那只小生灵飞向屋顶,停在了椽子上。它朝下看着她,纯银的眼珠闪着光。

I-4 终极军团

"那么它到底属于哪一种灵体？"图德缓缓哼出奇韵，举起宝石，端详着里面那只翻腾的轻烟状生灵。

"我姐说是飓灵。"伊舒娜答道，抄着手靠在墙边。

图德将胡须扎成多股，上面挂着几颗未经打磨的宝石。他摸了摸下巴，闪着光的宝石左摇右摆。他把经过切割的大块宝石送到碧拉眼前，她顺手接过，用手指叩了叩石面。

他们是伊舒娜麾下的一对战士，前胸和手脚上都长有角质甲片，外面裹着剪裁贴身的朴素衣装。图德还披着一件长衫，虽然他不会以这样的打扮参战。

相比之下，伊舒娜则身着制服——红色紧身布衣覆盖了天生的壳甲——还往颅甲上扣了顶军帽。这件制服已成她的禁锢，仿如镣铐般将她紧锁，她从未抱怨过。

"飓灵。"碧拉翻转着手上的宝石，道出疑韵，"它是否有助于消灭人类？要不然我便没道理操这个心。"

"世界将因此而改变，碧拉。"伊舒娜说，"如果温丽是对的、如果她能与这只灵体建立纽带，且没有化为愚钝态，而是以另一种形态归来……那么我们至少会有一种全新的选择。假如进展顺利,我们将有能力操控飓风,并从中摄取力量。"

"那么她会亲自尝试?"图德以风韵问。他们一般用这种韵律来判断飓风临近的时间。

"前提是获得五元老的一致通过。"他们将于今日聚首,先商讨,再作决定。

"好极了。"碧拉说,"不过,这样能不能帮我消灭人类?"

伊舒娜切换至悼韵:"碧拉,假如飓风态果真是远古之力,那么它就能帮你消灭大批人类。"

"达到这一点就已足够。"碧拉道,"你为何如此困扰?"

"传说这些远古之力源自我们的诸神。"

"谁在乎?要是天意助我剿灭平原上的人类大军,我就会立马对神宣誓。"

"别说得那么绝,碧拉。"伊舒娜斥责道,"不准再说这种话。"

碧拉把宝石抛到桌上,不再发言。她轻轻地哼出疑韵,流露违抗之意。伊舒娜抬眼注视碧拉,不由自主地吟起毅韵。

图德看了看碧拉,又看了看伊舒娜。"要不要吃点东西?"他问。

"一碰到不同意见,你就会如此敷衍?"伊舒娜问道,不再歌唱。

"嘴巴里塞满食物后,要再争辩就很难了。"图德说。

"你就爱那么做,我见过。"碧拉说,"不是一次两次了。"

"争到最后也是皆大欢喜,"图德说,"因为大家都吃撑了。那么……我们去吧?"

"行。"碧拉说着,瞥了一眼伊舒娜。

两位听者双双退下。伊舒娜坐到桌边,感到精疲力竭。她是从何时开始担心她的战友不愿从命的?都是这身鬼制服的错。

她捧起宝石,望向内部。这块宝石有她拳头的三分之一那么大,但是要将灵体困住,不一定非得取用大型宝石。

她不喜欢限制灵体的活动。若要吸引合适的灵体，正确的方法该是以得当的态度走进飓风，唱出相应的歌谣，在呼啸的怒风中创造出羁绊，再以崭新的体态重生于世。在飓风首度刮起之时，她的族人就遵循着此道。

听者从人类身上获悉，捕捉灵体不是不可能的事。之后，他们靠自己揣摩出了具体的做法。因为宝石中的灵体使得变形过程更为可靠。曾经，变形的结果总是随机出现，抱着化作战斗态的想法迈入飓风，出来后却有可能化作交配态。

这叫循序渐进，伊舒娜想道，盯着宝石中那只如烟雾般的小灵体，**也就是学着掌控你的天地**：筑起高墙抵御风暴、自行选择何时交配。征服自然，将之封存。

伊舒娜把宝石装进口袋，对了对时。她与另外四位元老的会晤定于和韵的第三唱段之后进行，她还能支配足足半个唱段的时间。

是时候与母亲说说话了。

伊舒娜出了门，走上纳拉克高地，沿途的听者纷纷行礼，她向他们点点头。她路过的基本是士兵，近来多数听者均化身成了战斗态。伊舒娜的族人数量稀少，过去曾有几十万人口散居于平原之上，现今只剩残余。

从前，听者之间很团结。尽管时有分裂与斗争，甚至不乏派别混战，可他们仍是统一的民族——共同违逆诸神、默默地追寻自由。

如今，碧拉业已不再介意自己的出身。有些听者持有相同的看法，他们忽视了诸神播下的危险，一心只关注与人类的战斗。

伊舒娜走过一幢幢破败的民宅——房屋位于背风面，呈甲壳架构，上铺硬化的飓砂，扎堆于乱石投下的阴影中。多数房屋现已无人居住，常年的战争掳走了千万生者。

我们确实得做点什么，她思量着，脑海中响起和韵。舒缓的节拍平静而柔和，听来十分协调，音符轻抚身心，她在其中寻找着慰藉。

随后，她见到了几名愚钝态听者。

他们神似人类口中的"仆族"，却长得略高，且智力远没有那么低下。然而，愚钝态仍有诸多限制，没有那些新发现的形态所具备的能力和优势。这里不该出现任何愚钝态听者，他们是不是误与别的灵体架起了纽带？此情形时有发生。

伊舒娜走向三位不具备性征的听者。这结伴而来的两女一男手拖从邻近高地采下的石壳木，她的族人早就提倡使用注满飓光的宝石来催熟这些植物了。

"这是怎么回事？"伊舒娜问，"你们是不是挑错了形态？如果不是，那你们是不是新来的间谍？"

他们看着她，眼神呆滞。伊舒娜唱起忧韵。本着体验族人的间谍会经受何苦的愿望，她曾试着变过愚钝态。那时，要想在脑海中强行灌输事理，不亚于在迷梦中厘清思路。

"是不是有谁叫你们变形？"伊舒娜放慢语速，将意思表达得更为明晰。

"没有。"男子一韵不发，声线死气沉沉，"我们是自愿的。"

"为什么？"伊舒娜问，"为什么要这么做？"

"因为人类过来时不会杀我们。"男子拎起石壳木，继续往前走，其余两者一言不发地和他同行。

伊舒娜惊得目瞪口呆，脑中激起忧韵的强音。不远处，几只形似紫色蠕虫的纤长惧灵穿石而出，围拢在她身前，直至爬满四周的地面。

形态不可掌控，大众都有选择的自由。听者可被说服、可听从要求，但变形不可强求。诸神曾经不允许，而听者一族无论付出什么代价，**都要求得这份自由**。这些听者可以如愿选择愚钝态，伊舒娜对此无能为力，无法进行直接的干预。

她加快了脚步，腿上的旧伤仍在作痛，但愈合得很快。这是战斗态的一大优势,她差不多都能置之不理了。

城内空楼遍地,伊舒娜的母亲把陋屋建在城市的边角,几乎受尽了风吹雨淋。母亲正在室外修剪成排的页岩皮木,口中哼唱着和韵。她处在自己偏爱的劳动态,就算族人发现了机敏态,母亲还是没有变形。她曾说她不建议大家将某种形态看得更重,这般区别对待可能会毁了他们。

真是金玉良言。伊舒娜已有多年没有听过母亲讲这种话了。

母亲看到伊舒娜越走越近,于是招呼道:"孩子!"尽管年事已高,母亲的体格依然健壮,她长着一张匀整的圆脸,头发编成一根辫子,上面扎着缎带。这条缎带还是伊舒娜多年前买给她的,当时她正好在和阿勒斯卡人会面。"孩子,有没有看到你妹妹?今天是她头一回变形!我们要帮她做好准备。"

"已经在办了,妈。"伊舒娜在母亲身边跪下,以和韵道,"页岩皮木修得怎么样了?"

"应该快好了。"母亲说,"我得在主人回家前离开。"

"这是你家,妈。"

"不,不,这是别人家。那两位昨晚在屋里,叫我快走。等弄好这棵页岩皮木,我就告辞。"她取出锉刀,磨平叶片的一边,又在原处抹上树汁,促使它往那个方向生长。

伊舒娜往后靠了靠,哼出悼韵,不再唱和韵。她或许该选择亡韵,可她脑中的旋律改变了。

她极力收回亡韵。不,不能这么吟。母亲还没死。

但母亲也没有完全地活着。

"给,拿着这个。"母亲道出和韵,递给伊舒娜一把锉刀。起码今天母亲认出了她。"修一修那棵石壳木,我可不想让它再往下长了。我们得让它冲着阳光往上长。"

"在城市的这一片,飓风太烈了。"

"飓风？什么话，这里怎么会有飓风。"母亲顿了顿，"我纳闷你妹妹会被带到哪里去。要变形，她得有飓风相佐。"

"妈，别担心。"伊舒娜勉强以和韵道，"我会料理好的。"

"温丽真乖，"母亲说，"总是在家帮着做事，不会乱跑，不像你妹妹。那丫头……她总是到处乱跑。"

"现在她改了。"伊舒娜轻声道，"她正努力着呢。"

母亲低声自语，继续埋头劳动。她曾是城里记性最好的听者之一，现在多多少少还是如此。

"妈，"伊舒娜说，"我需要帮助。我总觉得坏事将近，心里打不定主意。至于这件事会不会比目前的状况更糟，我决定不了。"

母亲刮完一片石壳木，吹走了粉渣。

"我们的同胞正在丧失斗志，"伊舒娜说，"棱角都快给磨没了。我们搬到了纳拉克高地，选择打拉锯战，六年以来，损失不断。大家就快放弃了。"

"听起来不妙。"母亲说。

"可是真要采用别的途径吗？沾手不该沾手的东西，可能会引来灭者的恶眼。"

"你干吗闲在这里，"母亲抬手一指，"别学你妹妹。"

伊舒娜把两手放在腿上。她的做法没有起作用，看到母亲变成这样……

"妈，"伊舒娜以祈韵道，"我们为什么离开了黑暗家园？"

"啊，伊舒娜，那是首悲伤的老歌，"母亲说，"不适合唱给你这样的小朋友听。为什么问起这个？今天又不是你头一次变形的日子。"

"妈，我已经长大了。求你了，唱一唱吧？"

母亲往页岩皮木上吹着气。难道她终于忘却了最后一份自我？伊舒娜的心一沉。

"岁月悠悠，黑暗家园早在我心。"母亲娓娓低唱，忆韵缭绕，

"曾经有支终极军团,士兵出战,行至极辽之原。此地本是泱泱一国,现已化为满目疮痍。对多数听者而言,死亡才是解脱。我们被迫换上未知的形态,这形态的确是力量,却也迫使我们屈服。古往今来,诸神下旨,我们遵守,永远如此。"

"除了那一日。"伊舒娜与母亲合吟了一句。

"那一日,风暴起,终极军团奔逃回避。"母亲接着唱,"择后路,着实难。被诸神眷顾的战士寻觅愚思,化为带来自由的孱弱之态,是我们的唯一之选。"

母亲的歌声与风共舞,她的嗓音透亮而安详。尽管她看上去就像平时那样弱不禁风,但当她唱起老歌时,似乎又找回了自己。母亲有时会和伊舒娜产生争执,可伊舒娜一直敬仰着自己的长辈。

"为了换取自由,"母亲唱道,"终极军团冒着忘却一切的风险,斗胆抛弃了思想和力量。因此,他们谱写歌曲、讲述一百个故事,只为铭记。这些故事代代相传,我讲给你听,你再讲给你的孩子听,直到所有形态重现于天下。"

自此往后,母亲热切地唱起另一支往日的歌谣,歌词讲述了族人是如何在一个王国的废墟中安家的,还描述了他们是如何单纯以部落和难民的形式流散于四方。他们打算继续匿迹潜踪,否则至少不能引起广泛注意。

歌谣中遗漏了太多东西。终极军团只能化为愚钝态和交配态,至少没有诸神相助,他们并不知晓该如何化为其他形态。他们怎么知道还有其他形态?当事实被载入歌谣后,经年累月,语词常有更改,这些歌谣不是失传了吗?

伊舒娜静静聆听,尽管母亲的歌声确实帮助她调回了和韵,她还是禁不住困扰起来。她来这里是为了寻找答案,以前往往行得通。

然而那个时期已经一去不回。

伊舒娜站起来,正要和婉婉歌唱的母亲作别。

"今天打扫时，"母亲说道，停下歌唱，"我发现了你的一些东西。它们堆在家里，你该拿走，我很快就要搬出去了。"

伊舒娜暗自哼起悼韵，却还是走过去看了看母亲"发现"的东西。又是一堆被她错看成玩具的石头？还是几条被她误认成衣服的破布？

伊舒娜解开在房门前找到的小口袋，见到了一叠纸。

这些色彩多样的粗糙纸张由生长在本地的植物制成，遵循听者的古法，不是人类的产品，纸面富有纹理，并不白净，墨迹逐渐褪色，但伊舒娜认出了那些图画。

我画的地图，她想，*都是陈年旧物了。*

她在无意之中调谐至忆韵，回想起那些在野外跋涉的日子。她来到被人类称为纳塔纳坦的地方，穿越森林和丛林，亲手画出地图，开拓着世界。她独自启程，可她的发现令一整个种族都欢欣鼓舞。不久后，纵使年纪轻轻，她还是带领着装备齐整的探险队出发，寻找新河流、新遗址、新灵体和新植物。

他们还找到了人类。这多少全是她的错。

母亲再度放声歌唱。

伊舒娜翻看着旧地图，心中不禁产生了强烈的渴望。她眼中的世界曾是那么新鲜、那么引她振奋，就像在飓风之后恢复葱郁生机的树林。如今，她的族人正在缓缓消亡，她的情况也不例外。

她收起地图，离开母亲的屋舍，朝城中心走去。母亲的歌声依旧美曼，在她身后不断回响。伊舒娜调谐至和韵，发现自己快要赶不上与其余四位元老的会议了。

她让自己和着和韵前进，没有加快脚步。这种韵律有着稳定的节拍，极具穿透力。听者的身体会自然而然地选择契合心情的韵律，除非听者自行调谐。因此，聆听与自身感受不符的韵律，往往是听者有意作出的决定。她目前就在这种状态下聆听着和韵。

听者一族在几百年前作了一个决定，就此退化到原始阶段。他们选择谋杀迦维拉尔·寇林，是为了贯彻祖先的决定。那时候伊舒娜还不是族人的领袖，但他们会听取她的提议，也赋予了她以投票权。

这个抉择看似可怕，实则非常大胆。他们认为阿勒斯卡人会厌倦连年的战争。

包括伊舒娜在内的族人低估了阿勒斯卡人的贪婪。琼心石改变了一切。

在城中心的水池附近，一座高塔傲然伫立，经过几百年的风吹雨淋，仍然挺拔不倒。塔内原有楼梯，但飓砂透过窗户漏了进去，与岩石一道填满了整座建筑，所以劳动态听者从外面开凿出了环绕塔身的台阶。

伊舒娜拾级而上，紧抓保险链。登塔过程漫长，但她对此很熟悉。尽管伤腿作痛不已，化为战斗态还是有优势的，她的忍耐力变得异常强大。不过为了保持体格的健壮，她需要比处在其余形态的听者多吃东西。她轻松地登上了塔顶。

她发现五元老中的另外四位正在等她，每一位都处在不同的已知形态。伊舒娜是战斗态的代表、达维姆是劳动态的代表、阿布罗奈是交配态的代表、齐薇是机敏态的代表、凤恩是愚钝态的代表。温丽也在场等候，陪在她身边的是她当年的伴侣，但他刚刚花了大力气登顶，面颊通红。机敏态听者即便善于做精细活，耐力却不佳。

伊舒娜走上这座旧日高塔的平顶，东风吹了过来。这里没有摆椅子，五元老干脆就坐在光秃秃的岩石上。

达维姆哼起恼韵。不忘韵律的听者连偶尔迟到都很困难。他们有充分的理由怀疑伊舒娜拖延了时间。

她坐到岩石上，从衣袋里取出包含着灵体的宝石，放到跟前的地上。这块紫色的宝石闪耀着飓光。

"我很担心这次试验。"伊舒娜说，"我认为我们不应批准试验的进行。"

"什么?"温丽以躁韵道,"妹,别说傻话。这符合族人之需。"

达维姆探身向前,胳膊搭在膝盖上。他长着一张方脸,劳动态特有的皮肤上生满细小的红色大理石涡纹,其余部分基本呈黑色。"试验一旦成功,就是惊人的飞跃。我们即将重新发现第一批具备远古之力的形态。"

"那些形态与诸神关系密切。"伊舒娜说,"我们选择了这种形态,万一招致诸神的回归,该怎么办?"

温丽哼起懑韵。"在古代,一切形态都源自诸神。研究发现,机敏态不会伤害我们,飓风态又何为反例?"

"两者不能一概而论。"伊舒娜说,"歌云:'它为诸神带来黑夜',你哼哼看。远古之力很危险。"

"人类就拥有这种力量。"阿布罗奈说。他维持着交配态,体型丰润,但他一直克制着该形态带来的欲望。伊舒娜从未羡慕过他所处的位置。阿布罗奈曾在私下里谈过,说他宁愿变成别的形态。不巧的是,其余处在交配态的听者要么过一阵子就会换下该形态,要么举止不端,没有成为元老的资质。

"伊舒娜,你向我们报信,"阿布罗奈续上前言,"说你在阿勒斯卡军中看到了一名使用远古之力的战士,许多听者也向我们证实了这一点。飓能术已经重返人间,灵体再次背叛了我们。"

"不管怎样,"达维姆以思韵道,"飓能术再现于世,或许表明诸神也要回归了。我们最好做出应对的准备。强力的形态会有所助益。"

"它们会否回归还是未知数。"伊舒娜以毅韵道,"我们对此没有任何认识。谁搞得明白?人类就算会飓能术,也有可能是某一把荣刃的功效。那天晚上,我们在阿勒斯卡留下了一把。"

齐薇哼出疑韵。她是机敏态的代表,脸部纤长,头发束成长马尾。"我们这一族正在走向消亡。我今天在路上碰到了一些听者,他们都是愚钝态，不想记起过去，因为他们害怕，万一自己换上别的形态，人类就会杀过来！他们都准备好成为奴隶了！"

"我也看见了。"达维姆以毅韵道，"我们必须进行干预，伊舒娜。你麾下的士兵正在落败。"

"我们等下一场飓风吧。"温丽以恳韵道，"我可以在那时候做试验。"

伊舒娜闭上眼。恳韵不常响起。姐姐的请求难以违抗。

"在这个决定上，我们必须统一意见。"达维姆说，"不然恕我不赞成。伊舒娜，你是否坚持反对意见？为了作出决定，我们难道要在这里耗上几个小时？"

她深吸一口气，下了一个在她脑海中激荡多时的决心，这个决心属于探索者。她瞥了一眼身旁那袋放在地上的地图。

"我同意进行试验。"伊舒娜说。

温丽在不远处哼起赏韵。

"然而，"伊舒娜持续以毅韵道，"必须由我首先尝试新形态。"

在场者一律停止哼唱，其余四位元老愣着眼睛盯住她。

"什么？"温丽说，"妹妹，不行！这是我的权利。"

"你是宝贵的英才，损失不起。"伊舒娜说，"你对形态了解甚多，而且你的大部分研究成果都装在你的脑袋里，其他人并不知道。我不过是士兵，要是出了岔子，也没什么关系。"

"你是碎瑛武士。"达维姆说，"你是我们最后的尖兵。"

"图德受过训练，会使用我的甲刃。"伊舒娜说，"我会把武器委托给他，以防不测。"

其余四位元老纷纷哼起思韵。

"提得好。"阿布罗奈说，"论实力和经验，伊舒娜都不缺。"

"那是我发现的！"温丽道出恼韵。

"我们都很感激你。"达维姆道，"可伊舒娜说得对，你和你带领的学者组起着关键作用,事关我族的未来。"

"不只如此,"阿布罗奈补充道,"温丽,你研究得很深入,这能从你说话的方式看出来。如果伊舒娜走进飓风,发现这种形态出了问题,她可以终止试验,再返回。"

"这是不错的折中方案。"齐薇颔首道,"诸位是否持同一意见?"

"我想是的。"阿布罗奈扭身看着凤恩。

愚钝态的代表很少发言。她穿着仆族的宽袍,表明她认为自己有义务代表他们——那个无法歌唱的族群——以及任何混入他们之中的愚钝态听者。

凤恩化为愚钝态是一种高贵的牺牲,就和阿布罗奈化为交配态一样。相较之下,凤恩的牺牲更大。愚钝态是一种很难维持的形态,以该形态生存的听者很少有熬过一个飓风间歇期的。

"我同意。"凤恩说。

其余听者哼出赏韵,只有温丽没有参与合唱。如果飓风态真的存在,他们会不会新增一个元老席位?五元老一开始都处于愚钝态,随后转变为劳动态。在发现机敏态后,他们才决定在化为不同形态的听者中各选一位作为代表。

这个问题稍后再议。其余四位元老起身走下环绕塔身的长阶梯,东风拂过,伊舒娜转身面朝东方,向破碎平原望去,直视飓源。

在即临的飓风中,她会走进狂风的怀抱,化为崭新的强力形态,永远改变听者一族的命运,或许还有人类的命运。

"我差点就有理由来恨你了,妹妹。"温丽以责韵道,她在伊舒娜的坐席旁闲着。

"我不反对进行试验。"伊舒娜说。

"然而你夺走了这份荣耀。"

"如果这份荣耀当真存在,"伊舒娜以责韵道,"那也属于你,因为是你发现了飓风态。你不该考虑那个方面,我们的未来才要紧。"

温丽唱起恼韵:"他们说你不光聪明,经验还丰富,我倒觉得奇怪,他们是不是忘了你的真面目?你曾经不顾一切地跑到蛮荒之地,*放着族人不管*,与此同时,我却留在家中记诵歌谣。大家是从什么时候开始认为凡事都由你负责的?"

都是这身破制服的错,伊舒娜想着,起身说:"那你为何不向我们透露你的研究内容?你让我相信你的研究目标是发现博艺态和调和态,可你其实在寻找拥有远古之力的形态。"

"这有关系吗?"

"有关系。温丽,我爱你,但你的野心让我害怕。"

"你信不过我。"温丽以叛韵道。

叛韵很少被唱起,这种韵律甚为不敬,伊舒娜不禁一阵战栗。

"我们到时再看此态有何功用。"伊舒娜拾起地图和包含着灵体的宝石,"小心起见,以后再详谈吧。"

"你就想单干,就想抢先。"温丽以憓韵道,"算了,这事定都定了。跟我来,我得教教你如何做好思想准备,这样有助于换上新态。接下来,我们要挑选一场飓风,让你变形。"

伊舒娜点点头。她会经受温丽的训练,与此同时,她也会好好考虑。也许有别的方法。假如她能让阿勒斯卡人听取她的意见,并找到达力拿·寇林,与他握手言和⋯⋯

现在的举动或许就没有必要了。

第二部分
近临风暴

沙兰　卡拉丁　阿多林　撒迪亚斯

13 昔日杰作

战斗态专事出兵与掌权，
诸神之需，杀戮之赐。
心不知，眼不见，唯致胜之关键。
胸若怀志，方可得此。
——选自《听者形态歌》第十五节

颠簸的笼车吱嘎吱嘎地驶过石路，沙兰坐在车头的硬座上，紧挨着布鲁斯——他长着一张门板似的大脸，是图拉科夫雇来的佣兵。他赶着拉车的红甲蟹，沉默少语，然而每当他认为她移开视线后，便会用那双晶莹透亮的黑眼睛打量她。

气候凛冽彻骨。这片大地以寒冷著称，一般不会换季。沙兰盼望变天、盼望春来几许，甚至不会计较夏日炎炎。她从迦熙娜的旅行箱中取出一匹里布，改成毯子铺在膝盖上，遮住了双腿，这样既能御寒，又能挡一挡褴褛的裙裾。

她观察起周边的环境，试着转换心情。于她而言，南部霜冻之地的草木是完全陌生的。这里的草丛顺着岩石的背风面生长，随风摇曳的深草无处可寻，低矮的针叶倒是时有可见。石壳木似乎被冻麻了，藤条活动起来慢吞吞的。它们长不到一个拳头那么大，一路上无一展开外壳，就算她挑了一株浇了点水，它也无动于衷。山坡上，小型多刺灌木扎根于石缝间，松脆的枝条掠过车侧，雨滴状的细小绿叶纷纷闭合，缩回了茎秆。

灌木长势旺盛，只要条件合适，处处均可落地生根。笼车驶过一片高大的灌木丛，沙兰伸手折下一根中空的管状枝条，其质感粗糙如沙。

"这种植物生命力太弱了。"沙兰举起枝条，"一旦刮起飓风，它该如何存活？"

布鲁斯一声闷哼。

"布鲁斯，"沙兰说，"人在旅途，总要和伙伴聊点有趣的话题，这没什么不正常的。"

"下诅咒之地吧！"他凶巴巴地说，"如果我能搞懂半句你讲的话，我就跟你聊。"

沙兰吓了一跳，压根没想到他会回答。"那么我们扯平了。"她说，"你也用了一堆我搞不懂的词。诚然，大部分想必都是粗话……"

她只是随口说说，结果他的脸色却愈发阴沉了。"你觉得我跟那根树枝一样蠢。"

别侮辱我的树枝，她转念一想，话到嘴边，差点脱口而出。鉴于她的身世背景，她本该管好自己的口舌，不过一旦获得自由——不用再担心父亲会伫立于每一扇紧闭的大门之后——她的自制力就大幅度地下降了。

这一回，她咽下了不敬之词，改言："要论一个人蠢不蠢，得看环境。"

"你的意思是，我是因为家教差才显得蠢？"

"不对。我的意思是，在某些情况下，人人都会变蠢。船沉了之后，我发现自己漂到了岸上，却不会生火取暖。你说我蠢不蠢？"

他瞟了她一眼，但没有吱声。对暗眼种来说，这问题似乎是个套。

"好吧，我承认我蠢，"沙兰说，"在很多方面都是如此。但也许谈到高雅的遣词造句，蠢的就是你。为什么做学问的和赶车的一个都不能少？原因就在这里，布鲁斯护卫。我们可以弥补彼此的蠢。"

"我明白为什么得有人懂得打火，"布鲁斯说，"可我不明白世上怎么容得下爱磨嘴皮子的人。"

"嘘，"沙兰说，"别说得那么大声。如果被光眼种听到，他们可能会省下赋新词的时间，转而去打搅老实人。"

他又看了看她，粗眉下的双眼甚至没有闪现出一丝笑意。沙兰叹了口气，还是把注意力拉回到植物上。它们是如何熬过飓风的？她真应拿出素描本——

不。

她赶走思绪，让大脑放空。不久后，已是午休时刻，图拉科夫叫停车队，沙兰乘坐的笼车越驶越慢，另一辆笼车也在附近停下。

这辆车的车夫是塔格，两名仆族坐在后面的笼子里，一言不发地用一大早捡来的芦秆编着草帽。人们经常会把杂活交给仆族，以此确保他们每时每刻都在为主人赚钱。到达目的地后，图拉科夫会把草帽卖出去，赚几个小齐普。

笼车作停，他们仍在干活。仆族做事不但需要受人指使，还需要为每一门工种接受专门的培训。不过，一旦完成了培训，他们便能毫无怨言地进行生产劳动。

可沙兰还是很难不把他们不出声的服从看作是威胁，她摇摇头，对布鲁斯挥了挥手。他未经催促便搀着她下了车。踏上地面后，她扶住车侧，紧咬着牙猛吸一口气。飓风之父在上，她的脚到底怎么了？扭动的痛灵从身旁的车中钻出，它们呈橘色，布满了肌腱，如同扒去皮肤的小手。

"光明女士?"图拉科夫摇摇摆摆地朝她走来,"我们是穷商人,买不起好吃的,恐怕无法为您端上像样的饭菜。"

"你们有什么,我就吃什么,不强求。"沙兰试图掩盖脸上的痛苦之情,但身边的灵体已经出卖了她,"请找个人帮我卸下旅行箱。"

图拉科夫毫无怨言地照做了,不过当布鲁斯把箱子搬到地上时,他还是目露贪欲。如果让他看到里面的行李,似乎格外不明智。他知道得越少,她就越安全。

"这几辆笼车的顶上安着锁扣,"沙兰望了望车尾,"那些木挡板好像能固定在围栏外面。"

"是的,光明女士。"图拉科夫说,"喏,为了防风。"

"这边有三辆车,你手上的奴隶只能塞满一辆。"沙兰说,"仆族在另一辆车里,而这辆恰恰没人坐,这么好的旅行条件我怎能错过?把挡板拉上吧。"

"光明女士?"他惊道,"您想进笼子?"

"不可以吗?"沙兰盯着他,"图拉科夫商人,有你做监护,我肯定没危险。"

"呃……好吧……"

"你们一行人肯定已经习惯了旅途的劳顿,"沙兰沉住气道,"但我另当别论。大晴天的坐在硬座上,时不时地被太阳炙烤,我可承受不了。但是,一旦有了辆好马车,情况就大大改观了,本次山野之旅也不会有多难挨。"

"马车?"图拉科夫说,"这是装奴隶的笼车!"

"我刚才只是换了种提法,图拉科夫商人。"沙兰说,"帮帮忙好吗?"

他轻叹一声,但吩咐了下去,他的手下从车底拖出挡板,将之覆在围栏外,并钩上了锁扣。他们没有安装车尾板,那里开着笼门。虽然改装的效果不尽如人意,却仍能营造出些许私密空间。眼见布鲁斯乖乖地把沙兰抱上笼车,图拉科夫很不高兴。紧接着,她爬进笼子,关上门,从围栏的缝隙里伸出手,向图拉科夫示意。

"光明女士?"

"给我钥匙。"她说。

"哦。"他从口袋里取出钥匙,对着它端详了片刻——不止是片刻——然后才递给她。

"谢谢。"她应道,"到了饭点,你可以叫布鲁斯为我送餐。现在我想马上要一桶清水来。你最通融了,还肯这么效劳,我不会忘记。"

"呃……谢了。"听这口气像是在提问,他直到走开后还在疑惑,很好。

她等着布鲁斯送水,在密闭的笼子里爬了爬,不让脚掌落地。车内弥漫着灰尘味和汗臭,一想到曾有奴隶关在这里,她就直犯恶心。下次得叫布鲁斯派几名仆族来洗一洗。

她来到迦熙娜的旅行箱前,用膝盖点地,小心翼翼地掀开箱盖。注过光的润石放射出辉泽,图腾也待在箱内——她命他不要被人发现——一本书的封皮上现出他那隆起的身姿。

截至目前,沙兰还活得好好的。她的人身安全肯定得不到保证,可她至少不会立马受冻或挨饿。这样一来,她总算得面对更为重大的难题了。她把手放到书上,一时间忘却了抽痛不已的双脚。"我必须把这些材料送到破碎平原。"

图腾发出一声困惑的鸣响,想要探个究竟,语调中透出好奇。

"得有人接手迦熙娜的研究。"沙兰说,"我非找到乌有斯麓不可,还要说服阿勒斯卡人,告诉他们虚渡的回归是件火烧眉毛的事。"一想起长着大理石般皮肤的仆族就在另一辆笼车里干活,她就浑身发颤。

"你……嗯……接手?"图腾问。

"对。"当她执意要求图拉科夫带她去破碎平原时,决心就定下了。"在沉船的前一晚，我见到了迦熙娜毫无设防的一面……我清楚自己必走的路。"

图腾嗡嗡低语，又流露出不解。

"这事关人性，"沙兰说，"难以解释。"

"好极了。"图腾赶忙说。

她朝他抬抬眉毛。他转变得很快，已经不再是那只会在屋子中央转圈，或是在墙上爬上爬下的灵体了。

沙兰取出几颗润石做照明，移走了迦熙娜的包书布。这块布干净无瑕，沙兰把它浸到水桶里，开始洗脚。

"那一晚，迦熙娜不顾疲惫和我交谈，"她解释道，"我看到了她的神情，还隐约感到她心里堵得慌。在此之前，我掉进了学者的认知陷阱。迦熙娜头一次讲起虚渡时，我尽管很害怕，却将之一概视为烧脑子的谜题。迦熙娜的性格不外露，我还以为她也是这么想的。"

沙兰从脚底的伤口中拔出一粒石子，她疼得龇牙咧嘴，越来越多的痛灵爬出笼底，来回摆动着。她一时半会儿是无法走远路了，不过还好没见着一只腐灵。她最好找点消毒剂来。

"我们所面临的危机不只停留在理论阶段，图腾。前情堪忧，毋需置疑。"

"是的。"图腾用沉重的声调说。

她抬起头，发现他挪到了箱盖里，色彩各异的润石将他照亮。"关于仆族和虚渡，你对这场危机是否了解？"兴许她的语气太过敏感了，他不是人类，语调的抑扬时常不合规律。

"所以……"图腾说，"我才回来了。"

"什么？你为什么不早说！"

"说……讲……想……都太难了。现在好多了。"

"你来到我身边的缘故是虚渡？"沙兰往箱子边上靠了靠，忘了手上还捏着那块沾满血迹的碎布。

"是的。图腾们……我们……很担心。我们派了一个来。就是我。"

"为什么选择我?"

"因为谎。"

她摇摇头。"我不懂。"

他不悦地鸣叫道:"你。你的家族。"

"那么早以前你就在关注我和我的家族了?"

"沙兰,记起来……"

回忆重又涌现。这次不是花园里的石凳,而是一间了无生气的白屋。父亲唱起摇篮曲,地上洒满血迹。

不。

她回过身,再度清理起脚伤。

"我……不怎么懂人类。"图腾说,"他们全崩溃了。你没有崩溃,只是有伤。"

她仍在洗脚。

"说了谎,你才得救。"图腾说,"我是被谎吸引过来的。"

她把布浸到水里。"你有没有名字?虽然我叫你图腾,不过这更像对外表的描述。"

"名字是数目。"图腾说,"许多数目。难讲。图腾……图腾就挺好。"

"只要你别反过来叫我'傻兰'就行。"沙兰说。

"嗯……嗯……"

"这反应是怎么意思?"她问。

"我在想。"图腾说,"我在思考那个谎。"

"我刚刚开的玩笑?"

"对。"

"拜托了,别钻进去想。"沙兰说,"那玩笑开得没什么水平。假如你想琢磨一个货真价实的笑话，就想想这个：我没准就是全人类的指望，肩负阻止虚渡回归的重任。"

"嗯……嗯……"

她竭尽全力，把双脚擦了个干净，然后从箱子里抽出几块布，把它们裹在了脚上。她既没有凉鞋，也没有便鞋，或许可以从某位奴隶主那里买双靴子来？光是想到这点，她的胃就翻江倒海的，可她别无选择。

接着，她开始整理箱内的行李。迦熙娜带了很多箱子，这仅是其中之一，但沙兰认出来它就是她放在卧舱里的那只，后来被一位刺客掳走了。迦熙娜在此箱中置放了一叠又一叠簿册，里面写满了笔记，此外还有一些无关紧要的一手资料，迦熙娜早已把有关的段落细心地誊写了下来。

沙兰把最后一本书放到一边，察觉到箱底躺着什么东西。一页散出来的稿纸？她好奇地抓起纸张，而后吃了一惊，差点松开手。

那是一张由沙兰亲手绘制的肖像，画中人为迦熙娜。当时，迦熙娜同意收她为徒，沙兰便把大作送给了她。她料想那名女子已经把它丢掉了——她并不欣赏视觉艺术，认为那是奇技淫巧。

相反地，她却把这幅画和她最为贵重的物品放在一起。不。沙兰不愿回想、不愿面对。

"嗯……"图腾说，"你不能保留所有谎，只能守着最重要的。"

沙兰抬手揉了揉眼睛，发现眼眶里噙着泪。她为迦熙娜而哭。她一直在逃避伤感，为此还压制着自己的心意，并束之高阁。

等凄怆的劲头过去后，沙兰感到另一份苦楚袭了上来。比起迦熙娜之死，这一轮情感的意义显得微不足道，却足以给予沙兰同样的打击，甚至会把她伤得更深。

"我的素描本……"她低语，"全没了。"

"是的。"图腾难过地说。

"我珍藏的每一幅图,我的兄长、父亲、母亲……"这些作品一概沉入了海中。她潜心创作的点点滴滴:动物素描、物种亲缘关系的揣测、关于生物学和大自然的念想,统统荡然无存。

这个世界并不指望沙兰为飞鳗画上几张可笑的素描。无论如何,她感到世间万物都已决堤。

"你能再画。"图腾低吟。

"我不想画。"沙兰眨眨眼,挤去了愈发汹涌的泪花。

"我还会动。风还会吹。你还会画。"

沙兰用指尖抚过迦熙娜的肖像。画中的女子生有一双炯炯有神的明眸,几近成活——这是沙兰为迦熙娜画的第一张图,完成于她们相遇的那一天。"坏掉的魂器装在我的行李里,现已沉到海底,再也收不回了。我没法修它,也没法寄给兄长们。"

图腾嗡嗡地响成一片,在她耳中传达着闷闷不乐的心情。

"他们到底是谁?"沙兰问,"那些人闹事,先是把她杀死,还夺走了我的画。他们为什么会干出这么可怕的勾当?"

"我不知道。"

"可你坚信迦熙娜是对的吧?"沙兰道,"虚渡不是要回归了吗?"

"没错。灵体……他的灵体。它们来了。"

"那些人,"沙兰说,"他们杀了迦熙娜,可能和卡波萨是一伙的,而且……而且我父亲也参与其中。他们为何要杀害最接近真相的人?迦熙娜了解虚渡回归的方式和原因。"

"我……"他支支吾吾地说。

"我真不该问起,"沙兰说,"我已经知道答案了。那些人本性毕露,企图掌控相关的知识,这样他们就能从中获益、靠着世界末日发家,我们不能让他们得逞。"

她放下迦熙娜的画像,把它夹进书中好好保存。

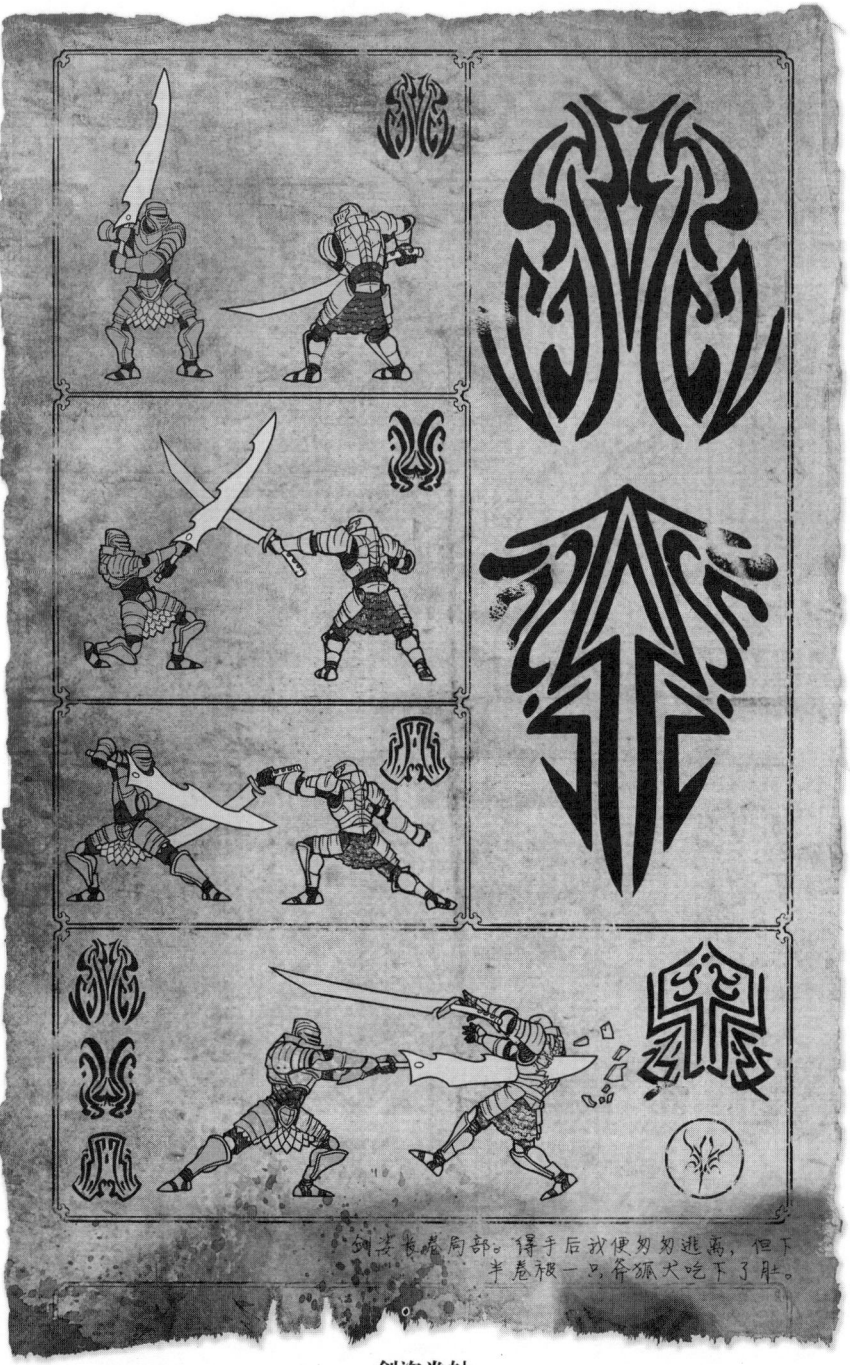

剑法长矛局部。得手后我便匆匆逃离，但下
半卷被一只饴猫犬吃下了肚。

剑姿卷轴

14

铁姿

> 交配态恭顺，爱意齐分担。
> 赋予众生命，带来欢欣颜。
> 欲寻此态来，须得送关怀。
> 诚挚催共鸣，奉行必为先。
> ——选自《听者形态歌》第五节

"已经有一阵子了。"阿多林跪下来，把碎瑛刃握在胸前，几寸剑尖没入石地。他形单影只，侧身依傍决斗场的新准备室，唯有刀剑做伴。

"我还记得赢到你的那一刻。"阿多林望着自己在剑刃上留下的倒影，悄声说，"当时根本没人把我当回事，他们瞧不起那个衣着亮丽的花花公子。提纳拉尔想让我父亲颜面扫地，于是提出和我决斗，殊不知是我夺得了他的瑛刃。"假如落败，他就得把自己那套继承自母亲家族的瑛甲让给提拉纳尔。

阿多林一直没有命名他的碎瑛刃。命名与否，持剑者各有看法。他总觉得这样不合适——倒不是因为他的瑛刃不配拥有一个名号，只是他并不知晓正确的叫法。这等武器曾经属于某位远古的光辉骑士,那人想必已经为剑冠上了名头。如果使用其他字眼来称呼它,似乎太欠考虑。阿多林一直是这么想的,后来他才像他父亲那样,对光辉骑士团产生了积极的看法。

这把瑛刃在阿多林死后也将继续流传下去,他并非其主,只是借来用上一时。

它的表面极其光滑,长长的剑身弯如鳗鱼,背面的脊状突起好似探出的水晶。此刃形如加大版的普通长剑,也略像吃角族人使用的双手大剑。

"为了赢下实打实的赌注,"阿多林对着瑛刃呢喃道,"一场实打实的决斗无可避免。我终于走到了这一步,再也不必谨小慎微,再也不必克制自己。"

哪怕碎瑛刃给不出回应,阿多林依旧把它当作听众。此类武器犹如灵魂的延伸,有时操持起来不免会觉得手擒活物。

"我之所以对所有人立下豪言壮语,"阿多林说,"是因为我知道他们寄望于我。可是今日一旦战败,便前功尽弃。我无法再次走上决斗场,父亲的大计也将受阻。"

室外传来鼎沸的喧嚣,人们迈着重步四处走动,鞋底刮擦着石地。他们专程赶来见证阿多林的胜利,抑或是等着他出丑。

"这也许是你我最后一次联合出战。"阿多林轻声说,"我很感谢你为我做出的一切。我明白你会替任何持剑者奉献全力,但这份心意我还是领了。我……我希望你能知道:我相信父亲,他是对的,他的所见都是真实的。世界需要一个统一的阿勒斯卡。为了达到这一目标,我的方式就是像这般战斗。"

阿多林和他父亲与权术纷争无缘,他们是战士——达力拿自愿从军,阿多林则受环境左右。他们不可能倚靠嘴皮子一统王国,他们靠的是不停战斗。

阿多林站起身，拍了拍衣兜，随即遣走瑛刃，令其化为雾气。他穿过小房间，拐进一条窄廊。两边的石墙上蚀刻着浮雕，描绘出十种基础剑姿。这些雕像事先在别处完成，待准备室造完才安上去——决斗手以前总是在帐篷里做准备，这些房屋最近刚刚竣工。

风姿、石姿、焰姿……浮雕上的剑姿各自对应十元素中的一种，阿多林边走边数。这条小通道位于竞技场内，直接在石中凿刻成形，尽头是一间傍石而造的小屋。他与对手仅有门户之隔，决斗场上的炽烈日光刺穿了门缝。

军中的决斗场越来越有阿勒斯卡的风范了，不仅配有适于静思的准备室，随后又加盖了这间休息室，专门用来披挂、或是度过中场时。决斗条件的改善着实叫人欣慰。

阿多林跨进休息室，他的弟弟和伯母正在屋内等着。飓风之父在上，他的手心直冒汗。就算是打仗时生命受到了真正的威胁，他也不会觉得这么紧张。

纳瓦妮伯母刚巧画完了一道铭守符。她从桌边走开，搁下毛笔，举起白布，让他们看上面的红符。

"'胜利'？"他猜道。

纳瓦妮放下铭守符，对他抬了抬眉毛。

"怎么了？"阿多林一发话，携带碎瑛甲部件的持甲侍卫便进了屋。

"此为'安宁与荣耀'之意。"纳瓦妮说，"学几个铭文又不会要了你的命，阿多林。"

他耸耸肩。"似乎没有那么要紧。"

"好吧，好吧。"纳瓦妮毕恭毕敬地折起祈祷符，将其送进火盆，"希望哪天你太太会代你做这件事，认字画符两不误。"

焚符期间，阿多林低下头，做法很是正派。佩莱阿作证，此刻不得冒犯全能之主。事毕，他向纳瓦妮投去一瞥。"有没有那条船的消息？"

待迦熙娜抵达浅滩地穴，他们会与之通信；然而事与愿违，她音讯全无。纳瓦妮曾联系过那个偏远城市的港务部门，相关人员表示"风之愉悦"号还未靠岸，已经逾期一周。

纳瓦妮敷衍其事地摆摆手。"迦熙娜在上面。"

"我知道，伯母。"阿多林说着，不安地来回踱步。出了什么事？船只难道遇上了飓风？要是迦熙娜随性处事，那位可能会和阿多林结婚的女子又会陷入何种境遇？

"如果船只遭到延误，那么准是迦熙娜在捣鼓些什么。"纳瓦妮说，"等着瞧，她将于几周内和我们联络，并在信中提出种种要求、或是质询些情报。我会从中刺探她失踪的原因。巴忒阿保佑，愿那姑娘醒醒脑，听从智慧的指引。"

阿多林没有刨根问底。纳瓦妮对迦熙娜的了解胜过任何人。只是……他的确担心迦熙娜的安危，心中也陡生忧虑，生怕自己无法按照原计划与那位名为沙兰的女孩见面。毫无疑问，这种包办婚姻不太可能开花结果——不过他还是抱有一丝期待。让旁人替他作出选择有违常理，却散发出不同寻常的吸引力，更何况丹岚甩给他的尖声谩骂犹然在耳，最后他亲手终结了那段关系。

丹岚仍是父亲手下的文书，因此他不时还会和她见面，她眼中更多的是怒气。然而这次错不在他。风操的，要不是她对友人唠嗑了些有的没的……

一名持甲侍卫放下铠靴，阿多林把脚伸进去，感到铠靴自动缩紧到位。其他侍卫迅速固定好胫甲，再依次往上替他穿戴极轻的金属板甲，很快便只剩护手和头盔了。他屈膝跪下，将手放进一侧的护手内，让十指就位。碎瑛甲的一大特殊机制在于护手会自行收紧，直到服帖地环绕在他的手腕上，就像飞鳗蜷身缠住老鼠。

他回过身，最后一名侍卫递来头盔，他顺手接过。对方正是雷纳林。

"你吃过鸡肉了?"雷纳林问。

"当早餐吃的。"

"你和剑说过话了?"

"聊了好久。"

"母亲的链子在不在口袋里?"

"已经查过三次了。"

纳瓦妮双手环抱道:"你们还热衷于此等愚昧的迷信?"

两兄弟的目光直刷刷地向她扫去。

"这不算迷信。"阿多林和雷纳林异口同声地说,"只是为了求个好运,伯母。"

她翻了个白眼。

"我很久没有参加过正式决斗了,"阿多林戴上头盔,打开面甲,"得保证万无一失。"

"愚昧。"纳瓦妮重申,"你们应该皈依全能之主和令使,**不能老想着决斗前有没有吃过合适的饭菜。飓风在上,依我看,你们接下来要改信诸念了。**"

阿多林和雷纳林互相望了望。他总会在比试前走一遍程序,尽管不一定能够借此得胜,但做一做有何不可?每一位决斗手都会有些怪癖,他的做法还从未令他失望过。

"我们的护卫怪不开心的。"雷纳林柔声道,"他们老是在说,如果有人用碎瑛刃袭击你,想保护你就难了。"

阿多林啪的一声合上面甲,两侧化为雾气,将面甲紧锁到位,他眼前是一派半透明的室内全景。阿多林张嘴一笑,确信雷纳林看不见他的表情。"他们老是照顾我,只可惜我不会再给他们机会了。"

"你为什么喜欢作弄他们?"

"我不习惯被人照顾。"

"你以前也有护卫陪着。"

"那是在战场上。"阿多林道。这和去哪儿都有人尾随的情况大不相同。

"肯定有蹊跷。别对我撒谎,哥哥。我太了解你了。"

阿多林端详着他的弟弟,那双无比诚恳的眼睛隐藏在镜片之后。这小子总是过于一本正经。

"我看不惯他们的领头。"阿多林承认道。

"为什么?他救了父亲的命。"

"我就是受不了他。"阿多林双肩一耸,"雷纳林,他身上有问题,怎能叫人不起疑。"

"我觉得你是不喜欢他在战场上对你横加使唤。"

"我都不记得了。"阿多林随意抛出一句话,向门口走去。

"哦,那好吧,随你怎么想。哥哥?"

"什么事?"

"尽全力,不要输。"

阿多林推开门,踏上了沙地。虽然《阿勒斯卡战争法典》明文禁止军官之间的决斗,但他需要多加操练武艺,避免退步。他以此为借口,曾经上过几次场。

为了让父亲高兴,阿多林没有参加重要的比试,放弃了冠军赛和碎瑛武器争夺战。他不敢以自己的甲刃为赌注。现在局面改观了。

冬季犹在,空气中透出凛冽,当空的烈日却耀眼无比。他的呼吸撞击着面甲,两脚在沙地上喀拉作响。他将视线扫向观众席,想知道父亲是否前来观战。没错,他和国王都在。

撒迪亚斯没有露面,实乃万幸,不然他可能会回忆起往事,从而削弱注意力。从前撒迪亚斯和达力拿处得还不错,他们会同坐于石阶之上观看阿多林的决斗。撒迪亚斯会对阿多林的父亲笑脸相迎,聊天时亲若老友,难道那时他就在盘算背叛之举了?

别分心。他今天的敌手不是撒迪亚斯,然而总有一天……总有一天他会将其拖进竞技场。他背水一战,为的就是这个目标。

现在,他要对付的是萨纳达尔手下的碎瑛武士萨利诺尔。此人只拥有瑛刃,不过为了挑战甲刃俱全的碎瑛武士,他已经向国王借了一套瑛甲。

萨利诺尔站在决斗场的另一头,身穿朴实无华的岩灰色盔甲,等待裁判——光明贵女伊斯托——宣布比试开始。从某种意义而言,这场比拼是对阿多林的不敬。为了说服萨利诺尔出面决斗,**阿多林被迫押上全套碎瑛武器**,而萨利诺尔只须以瑛刃为赌注,搞得好像阿多林不够格似的,必须拿出更多的好处来满足萨利诺尔,以消解他的不悦。

不出意外,场内涌进了大批光眼种。哪怕军中疯传阿多林早已失却了先前的锋芒,可是以碎瑛武器为赌注的比试极为罕见,当下的赛事是一年多来的首战。

"召唤瑛刃!"伊斯托一声令下。

阿多林横出一只手。十下心跳过后,瑛刃落入了他的掌心,比对手略早。阿多林的心跳速率快过萨利纳尔,这或许意味着对方并不害怕,也不把他放在眼里。

阿多林架起风姿剑势,沉肘屈臂,转向一侧,将剑尖指向身后。他的对手摆出焰姿,一手持剑,另一手触刃,端正双足,巍然而立。这些剑姿不仅仅是一系列预设动作,更是一套哲学。风姿剑要求行云流水的华丽挥砍;焰姿剑要求千变万化的快手出击,较适合偏短的碎瑛刃。

风姿剑是阿多林熟悉的招式,屡试不爽。

然而今天的情况不一般。

战争已经打响,阿多林想着,萨利诺尔缓步向前,流露试探之意,而军中的光眼种全是初出茅庐的新兵。

现在不能炫技。

必须重创对手。

萨利诺尔渐渐逼近,小心地挥出一击,阿多林趁着对方找感觉的当口扭身换上铁姿,双手举剑,置于头侧。他猛力挡下萨利诺尔的第一剑,而后上前将瑛刃扎进男子的头盔,连刺三番。萨利诺尔几欲躲闪,但他明显为阿多林的先发制人所震慑,中招两次。

萨利诺尔的头盔裂痕密布。当他准备持剑回击时,一阵掺杂着咒骂的嘘声钻进阿多林的耳朵。决斗不该这么来,开场的试攻哪儿去了?这又何称艺术、何称舞蹈?

阿多林低吼一声,感受着昔日的战时激越感。萨利诺尔上前发难,击中阿多林的肋部,但阿多林全然不顾,反而把对手推到一边。之后他双手运剑,砍向对手的胸甲,势如破竹。萨利诺尔叫唤了一声,阿多林抬起脚,将其踹翻在地。

萨利诺尔手一松——此为单手持焰姿剑的一大弱点——瑛刃归于雾气。阿多林跨过对手,让自己的瑛刃消失,继而扬起靴跟,朝着萨利诺尔的头盔就是一串猛踩。后者的面甲炸裂开来,化作熔融的碎屑,露出一张失魂落魄、惊惧万分的脸。

阿多林没有罢休,他的脚跟移向胸甲,连踢带踹。尽管萨利诺尔试图抓住他的脚,可阿多林不肯罢休,直至把胸甲也破坏殆尽。

"停!停!"

阿多林缓下动作,在萨利诺尔的头侧放低脚,举目望向裁判。那女子立于裁判室内,面红耳赤,语带怒气。

"阿多林·寇林!"她高喊,"此乃决斗,而非摔跤赛!"

"我违规了吗?"他回吼。

场上弥漫着寂静。他一阵发蒙,耳中的喧闹已然远去,人群安静下来,呼吸声清晰可闻。

"我违规了吗?"阿多林再度质问。

"决斗规则不是如此——"

"那么我赢了。"阿多林说。

裁判气急败坏道:"击碎对手瑛甲的三处部位才算获胜,你只击碎了两处。"

阿多林俯视着不省人事的萨利诺尔。片刻后,他躬身扯掉男子的护肩甲,两手握拳,将其捏得粉碎。"好了。"

众人皆惊,场上沉寂不散。

阿多林在对手身旁跪地道:"交出你的瑛刃。"

萨利诺尔想要站起,但是没了胸甲非常碍事。鉴于盔甲破绽百出,他只得将重心压到体侧,翻身挣扎,力图站起。此举虽然管用,不过他显然没有进行过实战操练,阿多林一踩对手的肩膀,将他顶回了沙地。

"你输了。"阿多林咆哮道。

"你作弊!"萨利诺尔语无伦次。

"证据呢?"

"不知道!只是——这不该……"

阿多林伸出覆有护甲的手,卡住了萨利诺尔的脖子。对手止住话头,瞪大了双眼。"你下不了手。"

惧灵从沙地里冒出,围着萨利诺尔打转。

"交出我的战利品。"阿多林说着,瞬间备感疲乏,体内的激越感正在消退。风操的,他之前从未在决斗中有过这种感受。

萨利诺尔的瑛刃在手中成形。

"现在宣布决斗结果。"裁判勉为其难地说,"阿多林·寇林获胜,萨利诺尔·艾维德丧失瑛刃的持有权。"

萨利诺尔的瑛刃从指间滑落,阿多林顺手接过,并在对手身旁跪下。他面朝男子扬起剑柄,道:"解除契约。"

萨利诺尔一时不知所措,随后才摸了摸镶在剑柄上的红宝石。宝石闪出一道光,契约就此解除。

阿多林起身扯掉红宝石,用手将其捏碎。这么做富有象征意义,其实没有必要。人群中终于爆发出震天的喧哗,观众前来观赏的是大场面的决斗,绝非残酷手段。看好了,这就是战争的特色。他认为叫人们开开眼界没什么坏处,可是一回休息室,他就动摇了。他的打法太过鲁莽。半路遣走瑛刃?将自己推到险境,还不怕对手逮着他的脚?

阿多林走进休息室,雷纳林瞠目结舌地看着他。"简直不可思议,"他弟弟说,"有史以来历时最短的碎瑛比试!阿多林,你太强了!"

"我……谢谢。"他把萨利诺尔的碎瑛刃递给雷纳林,"送你的。"

"阿多林,你当真?我是说,即使穿上这身碎瑛甲,我也不是最优秀的战士。"

"还是拥有一整套装备为好。"阿多林说,"收下。"

雷纳林看起来有点扭捏。

"收下。"阿多林重复了一句。

雷纳林无可奈何地照做了,露出一脸苦相。阿多林晃晃头,坐到一条专为碎瑛武士设计的加固长凳上。纳瓦妮进了房间,她刚从上方的看台下来。

"你那套招数,"她指出,"如果使到更有经验的对手身上,是根本行不通的。"

"我明白。"阿多林说。

"那你还算个聪明人。"纳瓦妮说,"你掩盖了自己的真正实力。人们会说这场胜利是靠作弊和蛮打得来的,无法与正大光明的决斗相称,他们也许会继续低估你。这样一来,我便可以帮你争取到更多的上场机会。"

阿多林点点头,违心地承认他的初衷就是如此。

15 失手

> 劳动态专事发力与关怀。
> 灵体呢喃在你耳边念白。
> 先觅此态,将秘密解开。
> 找寻自由,让恐惧不在。
> ——选自《听者形态歌》第十九节

"图拉科夫商人,"沙兰说,"我想你今天穿的鞋和你刚上路时穿的鞋不一样。"

图拉科夫停下脚步,不再走向过夜的篝火,但他顺顺当当地回应了她的质疑,转过身对她一笑,摇了摇头。"您恐怕看错了,光明女士!就在启程后,我有只装衣服的箱子被风刮走了,眼下只剩这双鞋了。"

这是一个不折不扣的谎言。不过,经过六天的同行,她已经发现图拉科夫并不太在意自己的假话被人拆穿。

天色暗沉,沙兰坐在笼车的前座上,朝下看着图拉科夫,她的脚上缠着布。她花了大半天时间来挤陀灵草汁,随后将其抹到脚面驱走腐灵。认出这种植物,她很有成就感——这表明尽管她的实用性知识相当匮乏,她的某些研究却能在野外受用。

她该不该指出他撒了谎?可这又有什么用?发生这种事,他好像并不惭愧。夜幕下,他那双圆溜溜的深眸正凝视着她。

"好吧,"沙兰对他说,"真不走运。如果我们在半路上碰到其他商队,我说不定能换双好鞋。"

"一有机会,我一定会留意,光明女士。"图拉科夫向她鞠了一躬,假模假样地一笑,然后迈开步子走向入夜后生起来的炊火。火苗时断时续,干柴告急。趁着夜色,仆族已经去捡新的了。

"谎。"图腾悄声道。他贴在她身边的座椅上,近乎隐形。

"他心里清楚,如果我走不了路,就会更赖着他。"

图拉科夫在烧得不旺的火边坐下。不远处,红甲蟹脱离了笼车,正在四周笨拙地爬行,用巨足踩碎小石壳木。它们从来不会去太远的地方。

图拉科夫和佣兵塔格说起了悄悄话。他脸上一直带着笑意,可她并不信任那双被火光照亮的黑眼睛。

"去瞧瞧他在说什么。"沙兰对图腾说。

"瞧?"

"去听听他在讲什么话,回来后再报给我听,别太靠近火光。"

图腾贴着车侧向下挪动。沙兰倚在硬座的靠背上,从禁袋里取出一面小镜子和一颗蓝宝石润石。那面镜子是她在迦熙娜的旅行箱内发现的,而那颗用来照明的润石只值一马克,不太耀眼,效果也不尽如人意。下一场飓风预计何时刮起?明天?

新年将至,泣雨季不远了,但还须等上几周。今年是出光年[①],

[①]在泣雨季的中期会有一天放晴,该日恰逢柔刹的新年,人称"出光日"。在这一天,飓风每隔一年光临一次,出光日无风的年度叫作"出光年"。

对不对？没事，她可以在这里避风。她已经受过一次苦了，当时风雨交加，她只好把自己关进笼子。

在镜中，她看得出自己形容失色：双目红肿，眼袋浮现，暗淡的头发蓬乱不堪，破烂的衣裙肮脏不已。她看起来就像个在垃圾堆里捡到花裙的叫花子。

她对此不太上心。在一帮奴隶贩子面前，她顾虑过自己的形象吗？很少。反过来，尽管迦熙娜并不在意旁人对她的看法，但她总是装扮得完美无瑕。迦熙娜向来不会卖弄风骚；事实上，她明白无误地视此如敝屣。她曾曰：女子利用韶颜引诱男子效劳，男子利用权威逼迫女子就范，这两者性质相同、做法卑鄙，随着年华的逝去，终会丧失功效。

不，迦熙娜不赞成将魅惑当作工具。但是，对于那些对自身掌控有加的人，大众的反应各不相同。

可我能做什么？沙兰想，我无法上妆，甚至连双能穿的鞋都没有。

"……她可能是个人物。"附近兀然传来图拉科夫的声音。沙兰一怔，转头一看，发现图腾正伏在旁边的座位上。刚才的话音就是他发出来的。

"她是个累赘。"塔格的声音响起。图腾嗡嗡震动，模仿得惟妙惟肖。"我还是觉得我们应该扔下她走人。"

"幸亏决定权不在你手上。"说话的是图拉科夫，"你关心的是做饭，而我关心的是我们的光眼种小旅伴。她是某些人垂涎的对象，他们财力甚笃。塔格，如果能把她卖过去，辛苦了这么久，我们的出头之日没准就要到了。"

图腾学起了柴火迸出的噼啪声，片刻后归于沉寂。

图拉科夫等人的对话得到了精准的再现，神乎其神。这能派上大用场，沙兰想。

不巧的是，她要先对付图拉科夫。他别有打算，想把她卖给垂涎她的团伙，她不能让他得意——他的行为几近于将她视作奴隶，这让她浑身不舒服。如果她放任不管，听之任之，那她一路上都得忧心忡忡地提防他和手下的暴徒。

在这种场合，迦熙娜会作何表现？

沙兰紧咬着牙关滑下车，小心翼翼地踮着伤脚，勉强能走几步路。一等痛灵退散，她便忍住痛苦，走到弱不禁风的营火前坐下。"塔格，你不用留在这里。"

他看了看图拉科夫，后者点点头。塔格回去看了看仆族的状况。布鲁斯已经外出把风了，他时常会在夜里探查是否有人路过营地。

"是时候谈谈你的报酬了。"沙兰说。

"能为您这样的显贵效力，本身就是报酬，这毫无疑问。"

"当然了。"她与他四目相对。*别让步，你可以做到。*"但是做生意的总要讨个生计。我的眼睛是雪亮的，图拉科夫。你打定主意要帮我，你的人可没好气，他们认为那是浪费。"

图拉科夫瞅了瞅塔格，神色慌张。但愿他在纳闷她还猜出了什么。

"抵达破碎平原后，"沙兰说，"我会得到一笔巨款。现在这些钱还未到手。"

"真是……不幸。"

"哪里，"沙兰说，"这是机遇，图拉科夫商人。这笔款子是彩礼，假如我安然到访，那些将我救出海盗的魔爪、为了将我送至新居而作出巨大牺牲的恩人们必定重重有赏。"

"我只是个下仆，"图拉科夫假模假样地咧嘴一笑，"不求奖赏。"

*他以为那笔款子是我编出来的。*沙兰咬了咬牙，备感挫败，胸中燃起怒火。卡波萨就是这样！那人将她视作玩物，不把她当人看，只

为达到目的才踩在她头上。

她朝图拉科夫凑近了一点,身上映出火光。"别想糊弄我,奴隶贩子。"

"小的不敢——"

"你根本不知道自己卷入了何种风波。"沙兰注视着他,愤恨地低语,"你根本不知道我的驾临会牵动多大的利益关系。收起你的小人算盘,把它埋到地缝里去。照我说的做,我会想办法清掉你的债,让你重回自由身。"

"什么?怎么……您怎么会——"

沙兰站起身,打断了他的话。她感到比以前更强硬、更决绝,虽然不自信,虽然心里扑通扑通直跳,可她毫不在乎。

图拉科夫不知道她胆子小,也不知道她从小就在偏远的乡村长大。在他看来,她是宫廷贵妇,能言善道,习惯被人服从。

在火焰的映照下,她与他迎面对峙,凌驾于对方之上,他的卑劣伎俩相形见绌。她感到容光焕发,还想通了一个道理:期望不单单是别人赋予你的。

你也要对自己有所认识。

图拉科夫倾身避开了她,仿佛面前燃起了烈火。他瞪着眼扬起一只手臂,和她离得远远的。借着润石的亮泽,沙兰意识到自己正在微微发光,雍容气度尽显,她的裙裾不再褴褛,上面的污秽也已不在。

出于本能,她熄灭了漫出皮肤的光线,希望图拉科夫能以为那是火光带来的错觉。她扭身走回笼车,徒留他一人在火边瑟瑟发抖。夜色正浓,初月即升。她的脚在走路时没有原先那么疼了,陀灵草汁有这么灵?

她走到笼车前,准备爬上座位。可就在这时,布鲁斯冲进了营地。

"把火灭了!"他大叫。

图拉科夫呆望着他。

布鲁斯跑过沙兰,径直来到火边,抓起大锅,一个翻转就往火上倒,里面的热汤哗啦啦地浇灭了火舌,只听得嗞的一声,蒸汽上涌,灰烬四溅,引得火灵飘散而去。

图拉科夫惊得跳起,低头看着脏兮兮的热汤淌过脚边,混于其中的余烬隐隐闪光。沙兰下了车,咬牙忍着痛,向火堆走去。塔格从另一个方向奔了过来。

"……似乎有好几十人,"布鲁斯低声道,"装备精良,却没有马或红甲蟹,看来没什么钱。"

"怎么回事?"沙兰追问。

"有土匪,"布鲁斯说,"要么是佣兵,反正随你怎么叫。"

"光明女士,要知道,这地方没人管,真的是荒山野岭。"图拉科夫瞥了她一眼,很快别过头,显然还在发颤,"破碎平原上驻扎着阿勒斯卡人,所以来来回回的外人特别多,到处都是像我们这样的商队、找活儿干的手艺人和身家卑微又想参军的光眼种佣兵。这里无法无天,但过路的扎堆,某些地痞流氓就是瞅准了这两点。"

"这类人很危险,"塔格表示同意,"他们想怎么抢就怎么抢,不留一个活口。"

"他们瞧见我们的火了吗?"图拉科夫把手中的绒帽绞成了一团。

"不知道。"布鲁斯回头望了一眼,沙兰很难在黑暗中看清他的表情,"我不想太过靠近,只是在远处数了数人,很快就跑回来了。"

"你怎么能咬定他们是土匪?"沙兰问,"图拉科夫说过,这些人可能只是赶往破碎平原的士兵。"

"他们既没挂旗,又没张符,"布鲁斯说,"装备却是一流,看守得也紧。他们肯定是逃兵,我敢赌上红甲蟹。"

"得了吧。"图拉科夫说,"布鲁斯,你会失手握着三个对子,然后输光我的红甲蟹。可是光明女士,尽管这个傻瓜蛋赌运很差,但我觉得他说得对。我们必须套好红甲蟹，立马上路。晚上这么黑，正好打掩护，我们得利用到底。"

她点点头。车队里的人动作很迅速，就连胖乎乎的图拉科夫也拆掉了帐篷，并为红甲蟹套上了挽具。奴隶们抱怨没吃上晚饭，沙兰在他们的笼子旁止步，感到十分愧怍。她的家族也拥有奴隶，其中不仅包括仆族和虔诚者，还包括普通奴隶。在多数情况下，这些奴隶的处境并不比无法享受旅行的暗眼种糟糕。

相比之下，眼前这些可怜人却病怏怏的，总是饿一顿饱一顿。

沙兰啊沙兰，你差一点就变成圈中困兽了，沙兰一想，浑身颤抖，恰逢低声谩骂笼中奴隶的图拉科夫路过，不，他不会冒险把你关进去，反倒会直接杀了你。

布鲁斯非要二度提醒才肯伸手扶她上车。塔格把仆族领进笼子，叱责他们动作太慢，骂完后才爬上车尾的座位。

初月渐渐升起，周围变亮了，这不是沙兰乐意见到的。在她听来，吱嘎吱嘎向前缓行的红甲蟹每迈出一步，就会传出风雨惊雷般的声响。它们摩挲着被她命名为"硬棘"的植物，这种灌木生有管状枝条，质感如砂岩，笼车经过，它们簌簌摇晃，纷纷折枝。

车队走得不快——红甲蟹的速度根本快不起来。在行进过程中，她望向一座近在眼前的山坡，辨出了几点火光，从这里走过去不要十分钟。风向变了，捎来远方的金属铿锵声，可能有人在对打。

图拉科夫把笼车赶往了东边，沙兰在夜色中蹙起了眉。"为什么走这条道？"

"我们见过一道山沟，还记得不？"布鲁斯低声说，"我们把它当作屏障，防止他们过来偷听或偷看。"

沙兰点点头。"要是他们逮着我们，该怎么办？"

"免不了要坏事。"

"我们就不能送点买路钱？"

"逃兵可不像普通的土匪。"布鲁斯说,"这些人什么都不要了,丢了誓言,没了家庭。逃出军队,你就毁了。你会不择手段,因为你已经不计较得失了。"

"哇。"沙兰回头看了看。

"我……嗯,当你做了那般决定,就是一辈子的事了。你希望自己身上还有荣誉感,心里却明白这东西已经不见。"

他不再作声,沙兰紧张得不敢接着细问。她仍在眺望山上的光点,谢天谢地,笼车辘辘而行,愈发没入夜色,总算扎进了黑暗的怀抱。

16 剑师

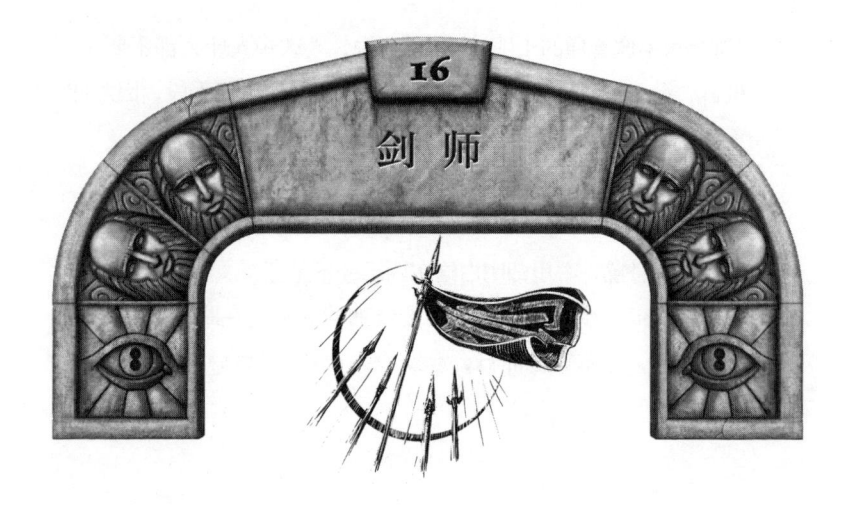

> 机敏态精妙绝伦。
> 诸神授之于众，
> 却遭违抗，万生毁于诸神。
> 化身此态，精益求精。
> ——选自《听者形态歌》第二十七节

"你懂的，"莫阿什在卡拉丁身边说，"我总觉得这里会……"

"大一点？"德雷赫操着淡淡的口音说。

"好一点。"莫阿什环视了一遍训练场，"看着就像暗眼种士兵操练的地方。"

这片比武场专供达力拿麾下的光眼种使用。露天场地的中央铺满大片厚实的沙子，四周耸起木质走道，沿着沙地铺开，另一侧则建有窄屋，每一间均是一室户。狭长的楼宇将场地的三面围拢，只有前方辟出一堵墙壁，其上安有拱门，方便来人入内。屋舍的宽房檐向外探出，为木质走道遮阴避光。光眼种军官或是站在阴凉处闲谈，或是观看士兵在洒满日光的场地上对战。虔诚者四处走动，替人递送武器或饮品。

训练场的布局通常如此。卡拉丁曾经进过几幢类似的房子，多数经历都得回溯到他在亚马兰军服役的时期，当年他才刚开始接受训练。

卡拉丁咬咬牙，手按在通往训练场的拱门上。自亚马兰入营已有七日，他花了足足七日来面对亚马兰与达力拿有过交情的事实。

他已经作好了决定。亚马兰的光顾是件风操的乐事，毕竟卡拉丁总算能有机会起矛突刺，把那个家伙送来偿命。

不，他一边想一边走入训练场，不能用矛，得换匕首。我要接近他，和他面对面，这样我就能亲眼看着他惊慌失措地死去。我要享受匕首没进皮肉的快感。

卡拉丁对部下招招手，随后穿过拱门，督促自己专心观察周围的场地，忍住对亚马兰的憎意。这扇拱门由上好的石料打造而成，建材运自附近的采石场，面朝东方的部位一律依惯例进行了加固。墙面上淤积的飓砂不算多，可见这几堵墙是新造的。此例又表明达力拿已把军营视作永久工事——他下令拆除寒酸的临时屋，在原地砌出固楼。

"我弄不明白你有什么期待的，"德雷赫打量着场地，对莫阿什说，"你要怎么整治光眼种的比武场？要搞区分，难道得撤走沙子，铺上金刚砂？"

"唷嗬。"卡拉丁说。

"我不知道，"莫阿什说，"只是他们这么看重训练，还围出'专用'比武场禁止暗眼种出入。我觉得他们身上没什么特殊之处。"

"那是因为你跟不上光眼种的思维。"卡拉丁说，"此地搞特殊的原因再简单不过。"

"怎么说？"莫阿什问。

"因为我们进不来。"卡拉丁率先迈入场地，"至少在一般情况下，他们会把暗眼种阻拦在外。"

他带来了德雷赫、莫阿什和其余五人,他们之中既有第四冲桥队的队员,又有几位幸存的前深蓝卫士。达力拿将这批逃过一死的护卫分配给卡拉丁指挥,令卡拉丁喜出望外的是,他们毫无怨言地将他认作了领导,无一例外。他被前深蓝卫士深深打动,这些人没有辜负他们的好名声。

其中的几个暗眼种已经开始和第四冲桥队一同用餐,他们向卡拉丁索要第四队的肩章,他为他们取来一些,却命令他们将深蓝卫士的标志佩戴于另一侧肩膀,以表豪气。

卡拉丁提着矛,将队伍领向一群来回奔忙的虔诚者。他们身着沃林式教袍——宽松长裤和短衣,腰间系着陋绳。这是穷人家的服饰,虽说虔诚者受人役使,却不是奴隶。卡拉丁从未认真地考虑过他们的处境,他的母亲或许会慨叹卡拉丁对宗教礼仪实在不上心。卡拉丁倒是抱有一己之见,既然全能之主对他少有顾及,那又何必以虔心回敬?

"本训练场只许光眼种进入。"虔诚者教长厉声道。她是一名身材苗条的女子,不过虔诚者的男女区分不应为人关注。和所有虔诚者一样,她也削发剃度,与其共事的兄弟则留着方正的胡须,上唇光洁。

"我是来自第四冲桥队的卡拉丁军尉。"卡拉丁把矛扛到肩头,扫视着训练场。在官兵两两对打之时极易发生不测,他不可看走眼。"此行的目的是看护寇林兄弟,确保今日的操练万无一失。"

"军尉?"一名虔诚者不以为然道,"你——"

另一名虔诚者动动嘴,劝其收住后话。卡拉丁的事迹早已在军中飞速传播,然而虔诚者群体时有孤陋寡闻的可能。

"德雷赫,"卡拉丁伸手一指,"看到墙头上的石壳木了没?"

"看着了。"

"它们是人种的,说明有路可以上去。"

"当然了,"虔诚者教长说,"楼梯就在西北角,我有钥匙。"

"行,你可以放他一关。"卡拉丁说,"德雷赫,在上面好好盯着。"

"遵命。"德雷赫朝着楼梯的方向疾走而去。

"你认为这里会有哪些危险?"虔诚者抄起双臂。

"我见到了不少兵器,"卡拉丁说,"而且进出的人员相当多,此外……我没看错吧?那些东西是碎瑛刃?你说会有什么危险?"他刻意送出一个犀利的眼神。女虔诚者叹了口气,把钥匙交给副手,后者急忙追上德雷赫。

卡拉丁指点着别处,告诉其余人该把守哪些位置。他们四散而去,徒留卡拉丁和莫阿什。清瘦的莫阿什一听到"碎瑛刃"三个字,立即转过身察看,如饥似渴。两名光眼种手持瑛刃,来到沙地的中心。其中一把瑛刃又细又长,配有宽大的护手,另一把则是宽刃巨剑,剑身底部生出的尖刺突起沿着两侧展开,直至剑身的三分之一处,外形略似火焰,邪气四溢。这两把剑的开刃处均安有防护条,有如上了一部分鞘。

"咦,"莫阿什说,"这些人我全不认识。我还以为自己知道军中所有的碎瑛武士。"

"他们非碎瑛武士,"虔诚者说,"他们握持的是御用瑛刃。"

"艾尔霍卡允许别人使用他的碎瑛刃?"卡拉丁问。

"这是一项伟大的传统。"虔诚者面露愠色,只得作一解释,"诸位轩亲王曾在各自的公国内实行该制度,那时王国仍未统一;现今,此乃君王的义务与光荣。每逢操练,官兵穿戴御用瑛甲、手挥御用瑛刃。军中的光眼种必须借之受训,以惠全局。碎瑛武器难于掌握,假如碎瑛武士战死,势必需要他人上阵顶替。"

卡拉丁觉得这话说得通,可他仍然无法想象会有光眼种准许他人触碰自己的瑛刃。"国王有两把碎瑛刃?"

"一把属于其父,依照碎瑛武士的培养传统,此剑得以沿用。"虔诚者瞥了一眼激斗正酣的士兵,"阿勒斯卡的碎瑛武士傲立天下,该传统功不可没。国王曾表示,改日他或将先父的瑛刃授予实至名归的战士。"

卡拉丁点点头,以示赞许。"不错。"他说,"我敢打赌,肯定会有一拨拨的士兵用这两把剑操练,人人都想证明自己才是武技最高超、最值得托付的那一位。这方法真不赖,艾尔霍卡可以借此哄骗一大帮人来训练。"

虔诚者受了刺激,愤愤离去。卡拉丁注视着闪耀于半空的碎瑛刃。那些持剑者对自身的动作基本上没有多少意识。他见过真正的碎瑛武士,也与之交过手,他们才不会左摇右晃地挥舞大得离谱的剑,搞得像是在耍弄长棍似的。就算阿多林在几天前参加了决斗——

"千风万刷的,卡拉丁,"莫阿什目送着虔诚者火冒三丈地走开,"你叫我要有礼貌,而你自己呢?"

"嗯?"

"你打头直呼国王其名,不用敬称,"莫阿什说,"之后又暗中指责来操练的光眼种都是懒鬼,不下点料还请不到他们。我想我们不该老是和光眼种作对,你怎么看?"

卡拉丁不再观望碎瑛武士。他心不在焉,讲话未经大脑思考。"此话有理,"他说,"感谢提点。"

莫阿什点点头。

"你给我守在门口。"卡拉丁用手作出指示。一队仆族抱着箱子走了进来,里面装的可能是食品。他们构不成威胁,可是会不会出意外?"密切留意侍从和剑僮的一举一动。在接近轩亲王达力拿之子的人员中,不要放过任何慈眉善目者。让这种人拔刀捅别人的腰,不失为行刺的妙计。"

"好的。可是卡尔,我问你,那个叫亚马兰的是谁啊?"

卡拉丁噌的一声转向莫阿什。

"你怎么看他，我清楚得很。"莫阿什道，"其他冲桥手一谈起他，你就变色。他对你干了什么？"

"我以前是他麾下的士兵。"卡拉丁说，"那时我还能战斗，之后就没机会了……"

莫阿什指了指卡拉丁的额头。"这是他弄的？"

"错不了。"

"看来他并不是众口相传的英雄。"莫阿什好像很乐意听到真相。

"他的心眼坏到骨子里，无人可比。"

莫阿什拉住卡拉丁的胳膊。"我们要想法子报复他们，给那些折磨我们的人好看，首当其冲就是撒迪亚斯和亚马兰。你说呢？"怒灵涌出沙地，将他包围，仿如一摊摊鲜血。

卡拉丁与莫阿什四目相对，随后点点头。

"要真能出口气，我就满足了。"莫阿什把矛甩到肩头，跑向卡拉丁指定的位置。灵体消失了。

"不仅仅是你，他也得学着多笑笑。"茜尔小声说。她刚才还在附近飞来飞去，现在却已坐到了卡拉丁的肩头，他之前根本没有发现她。

卡拉丁转身绕训练场一周，检查每一个入口。他也许小心得有点过头，可他喜欢把工作做到位。除了拯救第四冲桥队，他很久都没有干过像样的活了。

然而，他似乎不可能把工作干得有声有色。上周刮过一次飓风，**又有不速之客溜进达力拿的住处**，在墙上刻下了第二个数字，倒计时指向一个多月后的同一天。

轩亲王似乎并不忧虑，也不希望整桩事闹出动静。风操的……那些铭文会不会是他亲手写上去的？万一他发作了呢？又或者，有没有可能是灵体捣的鬼？这回，卡拉丁保证没有放过任何闯入者。

"你在烦恼什么？想聊聊吗？"茜尔坐着问道。

"达力拿在起飓风时的遭遇让我担心不已。"卡拉丁说，"那几个数字……一定是哪里出了问题。你还能看见那些灵体吗？"

"红色的闪电？"她问，"我想是的。它们的身影很难觅到。你没看见它们？"

卡拉丁摇摇头，举矛踏上环绕着沙地的走道。他往一间储藏室里望了望，只见墙边堆满了士兵在对打时穿的皮衣，用于练习的木剑排成一字，其中几把剑的尺寸与碎瑛刃相当。

"你就在烦恼这个？"茜尔问。

"还能有什么？"

"亚马兰和达力拿。"

"他们算不上绊脚石。在世上最恶劣的杀人犯当中，我遇到过一个，他正是达力拿·寇林的老相识。看吧？达力拿是光眼种，他很可能与一伙杀人犯为伍。"

"卡拉丁……"茜尔说。

"你要明白，亚马兰比撒迪亚斯更歹毒。"卡拉丁围着储藏室走了走，检查各个门闩，"尽管撒迪亚斯被众人视为奸诈鼠辈，但他是个直肠子。'既然你负责扛桥，'他如是说，'我就把你榨干算数。'可是亚马兰呢……他誓要超越同僚，争做传奇般的光明贵人；他承诺会保护提安。他的正经脸是做给别人看的，撒迪亚斯再怎么狡猾都达不到他的程度。"

"达力拿哪里像亚马兰了，"茜尔说，"你知道的啊。"

"人们谈起他，就像谈起亚马兰。他们对亚马兰的看法始终如一。"卡拉丁后退几步，来到阳光下，继续巡视场地。他路过几名正在决斗的光眼种，他们以木剑相拼，全身大汗淋漓，口中嗬嗬有声，脚下扬尘滚滚，场上荡起一片噼啪声。

每一组对练者均由五六名暗眼种侍从陪同，他们取来了毛巾和水壶。许多人还使唤若干仆族搬来椅子，以便自己能在休息期间落座。飓风之父，就算碰上这类日常操练，光眼种还是得受照顾。

茜尔在卡拉丁身前上下翻飞，降落的身姿宛如飓风——这么形容毫不夸张。她在他面前悬停不动，脚踩一朵电闪雷鸣的翻滚黑云。"难道达力拿·寇林的高尚品格全是表面工夫？"她质问，"你说得出口吗？跟我讲实话。"

"我——"

"别拿谎话来应付我，卡拉丁。"她大步向前，扬手一指。尽管生着小小的身体，可在那一刻，她的形象高大得堪比飓风。"不准有下次。"

他深吸一口气。"不，"他终于发话，"不对。为了我们，达力拿将瑛刃拱手相让。他是个好人，我服。亚马兰不仅蒙了他，还把我耍得团团转，所以我想我不能对寇林说三道四。"

茜尔略一点头，足下的云朵消散而去。卡拉丁继续在场内巡查房屋的状况。"你应该告诉他亚马兰的事。"她在空中漫步，靠近他的侧脸，虽然迈着碎步，却没有落后。

"我能吐什么苦水？"卡拉丁问，"向他控诉三等光民谋杀部下？说此人偷了我的碎瑛刃？我要能开口，不是犯蠢就是发神经。"

"可——"

"他听不进的，茜尔。"卡拉丁说，"达力拿·寇林也许是个好人，但他不会容我唱衰有权有势的光眼种。世道就是如此，容不得半点改变。"

他再度查看起周边的设施，想弄清楚可供观战的房间有何内部构造。他发觉其中不但有储藏室，还有浴室和休息室，好几扇门都上了锁。经过一天的双人对练，嗜好沐浴的光眼种正在屋内舒缓身心。

整栋楼房最靠里的部分是虔诚者的居所，位置正对场地的大门。无数长袍加身、头顶光洁的人影在忙活奔走，卡拉丁从未见此景。在赫斯通，城主只配有几位干瘦苍老的虔诚者，那些人不仅是他儿子的督学，也会定期来镇上访问，焚烧祈祷符、提升暗眼种的感召。

驻守此地的虔诚者似乎无法划入前者的派别。他们拥有壮如武士的身板，一旦光眼种欲求与人对打，他们通常会上前迎战。某些虔诚者生有暗眼，但他们仍可用剑——在大众心目中，他们的身份与瞳色的光暗无关，他们只是一介虔诚者。

要是他们之中有人决意谋害两大公子，我该怎么办？风杀千刀的，担当护卫总有些难处，对此他实在讨厌。如果事事平安，那么你根本无法确定究竟是真没出乱子，还是行刺企图已遭挫败。

阿多林和他弟弟终于到场，两人都穿着全套碎瑛甲，头盔夹在腋下。他们由斯卡和一队前深蓝卫士护送而来，卫兵们一见卡拉丁上前，便纷纷敬礼。卡拉丁指示他们可以解散，交班已经正式完成。斯卡卸下担子，准备与泰夫特一行人一起守护达力拿和纳瓦妮。

"这片区域非常安全，光明贵人。在不扰乱训练的前提下，我已竭尽所能，排除了险患发生的可能。"卡拉丁向阿多林走去，"在你与人对练期间，我和我的部下会盯紧的。不过万一有什么危情，还请你勿忘知会。"

阿多林嗤之以鼻，没有劳神与卡拉丁交流，转而检视起场地。他身材高挑，一头黄灿灿的金丝混有少许阿勒斯卡式黑发。他父亲的发色并非如此，或许阿多林的母亲是里拉人？

卡拉丁扭身前往场地的北边，那里可以看到莫阿什看不到的情况。

"冲桥手，"阿多林叫道，"你主意已定？开始使用得体的方式称呼他人了？你之前不是唤我父亲为'长官'吗？"

"他是我的上级。"卡拉丁背过身去。直白的答案最易过关。

"我不是吗？"阿多林拧着眉头问。

"不是。"

"如果我给你下令呢？"

"只要事出有因，我怎会不从？光明贵人。不过，假如你希望在操练间隙解解渴，还是另寻他人来端茶吧。这里想必有一大群等着溜须拍马的家伙。"

阿多林向他步步逼近。穿上深蓝色的碎瑛甲后，他只比原先拔高了几寸，可气势十分凌人。兴许那句"溜须拍马"言之过重了。

然而，阿多林还是表现出了光眼种的优越感。他不是亚马兰或撒迪亚斯的再版，不会激起卡拉丁的仇视。面对阿多林式的人物，他只觉厌烦。他们的存在提醒着他：原来世上还有这般群体，衣着光鲜、花天酒地，几乎仅凭心血来潮便会把人贬为下奴。

"要不是欠你条命，"阿多林嘶哑地挤出这番话，仿佛被伤得不轻，"我早就把你丢到窗外了。"他抬起一根覆有护甲的手指，直戳卡拉丁的胸脯，"可我对你的耐心是有限的，不像我父亲，扛桥的小鬼头。你身上有些不对劲的地方，我无法插手。我不会对你掉以轻心，记牢你该办什么事。"

说得倒好。"我会保住你的命，光明贵人。"卡拉丁把阿多林的手指推开，"这就是我该办的事。"

"我的命归我自己管，"阿多林转身踏上沙地，瑛甲铮铮作响，"看好我弟弟，这才是你该办的事。"

卡拉丁巴不得他快走。"蜜罐里泡大的小破孩。"他喃喃自语。卡拉丁推测阿多林要比他年长几岁。直到最近，卡拉丁才意识到自己已在冲桥手时期度过了二十岁生日。阿多林正处二十出头的风华，但是幼稚和年龄没什么大关系。

雷纳林仍然不知所措地站在前门附近。他身穿原属达力拿的碎瑛甲，手中握着刚赢下没多久的碎瑛刃。昨天，阿多林在决斗中迅猛出击，引得军中议论纷纷。若想与瑛刃达成磨合，雷纳林还须花上五日，在此之前，他不能将其遣走。

年轻人的碎瑛甲呈乌钢之色，未上油彩，这种风格正是达力拿的喜好。借馈赠瑛甲之机，达力拿向众人透露了自己的意愿，那就是他须得靠从政——而非征战——来赢取下一场胜利。这套动作值得褒奖。仅以暴力震慑部下，并不能收获他们的追随；就算你是军中最优秀的士兵，也并非一呼百应。要成为真正的领袖，所需的远不止这些。

但是卡拉丁着实希望达力拿可以留住那套瑛甲。只要他能活着，无论用上何种方式，第四冲桥队都会获益。

卡拉丁抱起双臂，用肘部夹住矛，靠到一根立柱上。他看准场地寻找可疑情况，同时细细地审视每一位与王子们太过亲近的人士。阿多林走了过来，一手捏住弟弟的肩膀，将他连拖带拉地领过训练场。正在场上对打的各色官兵眼见两位大公子经过，立即停下手中的动作，没穿制服的弯腰示礼，穿戴整齐的则挥拳致敬。一群着灰衣的虔诚者早已在场地的后方集合，先前出现过的女子上前几步，与兄弟俩交谈起来。阿多林和雷纳林双双向她俯首欠身，态度庄重。

雷纳林获得瑛甲已有三周，阿多林为什么过了这么久才带他来训练？他是否在等待决斗的来临，以便为那个小伙再夺下一把瑛刃？

茜尔落到卡拉丁的肩头。"阿多林和雷纳林都在向她鞠躬。"

"对啊。"卡拉丁说。

"可虔诚者不是他们父亲名下的奴隶吗？"

卡拉丁点点头。

"真搞不懂人类。"

"倘若你到现在才明白这一点，"卡拉丁说，"那你之前肯定没怎么留心。"

茜尔一甩秀发，发丝飘动飞扬，像是真的一样。这动作颇具人性，或许她还是留过心的。"不管是阿多林还是雷纳林，"她随口道，"我一个都不喜欢。"

"凡是拥有碎瑛刃的人，你一概不喜欢。"

"确实。"

"你以前称碎瑛刃为大逆不道，"卡拉丁说，"但是光辉骑士携有此剑，这有错吗？"

"当然没错，"听她的口气，好像他说了句大傻话似的，"那时候碎瑛武器还不算大逆不道。"

"发生了什么变故？"

"是骑士，"茜尔的嗓音渐弱，"他们变了。"

"那么碎瑛武器本身并非大逆不道，"卡拉丁说，"究其根源，还是使用者的失当。"

"这世上哪还有合适的人，"茜尔喃喃道，"可能从来都没有过……"

"那碎瑛刃和碎瑛甲究竟从何而来？"卡拉丁问，"其制作工艺无比精良，就连现代法器也无法比拟。古人是从哪里得到此等神兵的？"

茜尔默不作声。每当他提出太过具体的问题，她总会闪烁其词，坏了他的兴致。

"如何？"他追问。

"我真想告诉你。"

"那就说啊。"

"我恨不得那样，可我说不出来。"

卡拉丁叹了口气，把注意力掉转回来。他望向阿多林和雷纳林的站位，虔诚者教长已将他们领至场地的后方。另一群人正坐在地上，他们也是虔诚者，不过分工不同，是老师吗？

在阿多林与他们谈话之时，卡拉丁又速速地扫视了一遍场地，随后皱起了眉。

"卡拉丁？"茜尔问。

"那块阴凉地有个人。"卡拉丁用矛尖指了指屋檐下，某人抄着手站在那里,背靠一排及腰高的木栅。"他的眼神没有离开过两位公子哥。"

"嗯,大家都这样。"

"他不太靠谱,"卡拉丁说,"跟我来。"

卡拉丁若无其事地溜达过去,佯装低调。那个人说不定只是侍从。他身穿系绳的宽松褐衣,留着长发,满脸邋遢的黑胡楂。他的模样和这片比武场格格不入,由此可见他不是刺客。在这行混,高手向来深藏不露。

但是此人体格壮硕,脸上有道疤,说明受过战斗的洗礼。最好还是核查一下他的身份。男子聚精会神地看着雷纳林和阿多林,卡拉丁无法从自己的角度分辨他的瞳色是深是浅。

卡拉丁逐渐走近,脚底蹭到了沙子。那人闻得声响,立即转过身,卡拉丁不由自主地扬起矛。现在,他看清了男子的双眼,却难辨其岁数。这双眸子呈棕色,似乎饱经风霜,但此人的皮肤少有沟壑,看上去不如眼神那般苍老。他可能上了三十五,也可能上了七十。

年纪太轻了,卡拉丁蹦出一则想法,可他说不上理由。

卡拉丁放低矛头。"不好意思,有点紧张,刚上任没几个星期。"他试图显得平易近人些。

这般做法没有起效。那人把他打量了个透,仍在考虑是否出击,威势十足,一如善于控局的武者。最后,他终于把视线转向阿多林和雷纳林,不再直视卡拉丁。

"你叫什么?"卡拉丁问道,走到他身边,"我是新兵,正想记住大伙的名字。"

"你是那个救了轩亲王的冲桥手。"

"对。"卡拉丁说。

"不要问东问西。"那人说,"我没想害你那位该下诅咒之地的王子。"他的嗓音低沉沙哑,腔调也怪。

"他不是我的王子，"卡拉丁说，"把他保护好，我就尽了责。"他端详着男子，发觉他身上的系绳单衣与某些虔诚者所穿的服装很相似，那头长发误导了卡拉丁。

"你是军人。"卡拉丁猜道，"我是说，你以前当过兵。"

"正确。"那人说，"他们叫我扎赫尔。"

卡拉丁点点头，茅塞顿开。有时，某些无所归依的退伍士兵会遁入虔诚会。卡拉丁本以为他至少得把头发剃光。

我怀疑哈夫是不是也在哪座虔诚院里服务，卡拉丁转念一想，他会怎样看待如今的我？哈夫总是把护卫视作最可敬的军职，没准会为卡拉丁自豪。

卡拉丁朝雷纳林和阿多林点点头，问扎赫尔："他们在干什么？"这两人虽然身着沉重的碎瑛甲，却在虔诚者长辈前席地而坐。

扎赫尔哼了哼。"嫩点的寇林要拜师习武。"

"他们就不能随便挑人？"

"那样咋行。雷纳林王子没怎么碰过剑，处境挺尴尬。"扎赫尔顿了顿，"刚满十岁的光眼种小家伙只要身份够格，基本上全得拜师。"

卡拉丁皱了皱眉。"他为什么不去学？"

"也许是体质差。"

"他们真不打算收轩亲王的儿子？"卡拉丁问。

"他们有权，但是没胆，不太会送出闭门羹。"那人眯了眯眼，正逢阿多林起身挥手，"诅咒之地的，我就知道这事有诈，他等啊等，直到我回来才行动。"

"扎赫尔剑师！"阿多林招呼道，"怎么不见您和大家同坐！"

扎赫尔叹了一声，无奈地瞟了卡拉丁一眼。"我恐怕也不敢教，只能尽量别把他伤得太厉害。"他绕过木栅小跑而去。阿多林热切地握住扎赫尔的手，指了指雷纳林。其余虔诚者一律剃光头、着净衣，胡须打理得整洁有加,相比之下,不修边幅的扎赫尔明显不太合群。

"啧,"卡拉丁说,"你觉得他怪不怪?"

"你们个个是怪人。"茜尔随口说,"石头除外,他是个大绅士。"

"他以为你是神,你不该让他乱讲。"

"凭什么?*我就是神。*"

她坐在他的肩头,他扭头看看她,难以招架。"茜尔……"

"怎么了?*我就是!*"她开口一笑,举起十指,似乎在抓取某些微小的物体。"我是神的一小部分,小得不能再小了。现在,我准许你向我鞠一躬。"

"你还坐在我肩膀上呢,有点难办到。"他咕哝着,发现偻朋和申来到了大门外,像是从泰夫特那里取来了当日的情况汇总。"来吧,让我们瞧瞧泰夫特是否有求于我,然后我们再查一圈,关照关照德雷赫和莫阿什。"

图腾几乎一直在变形。

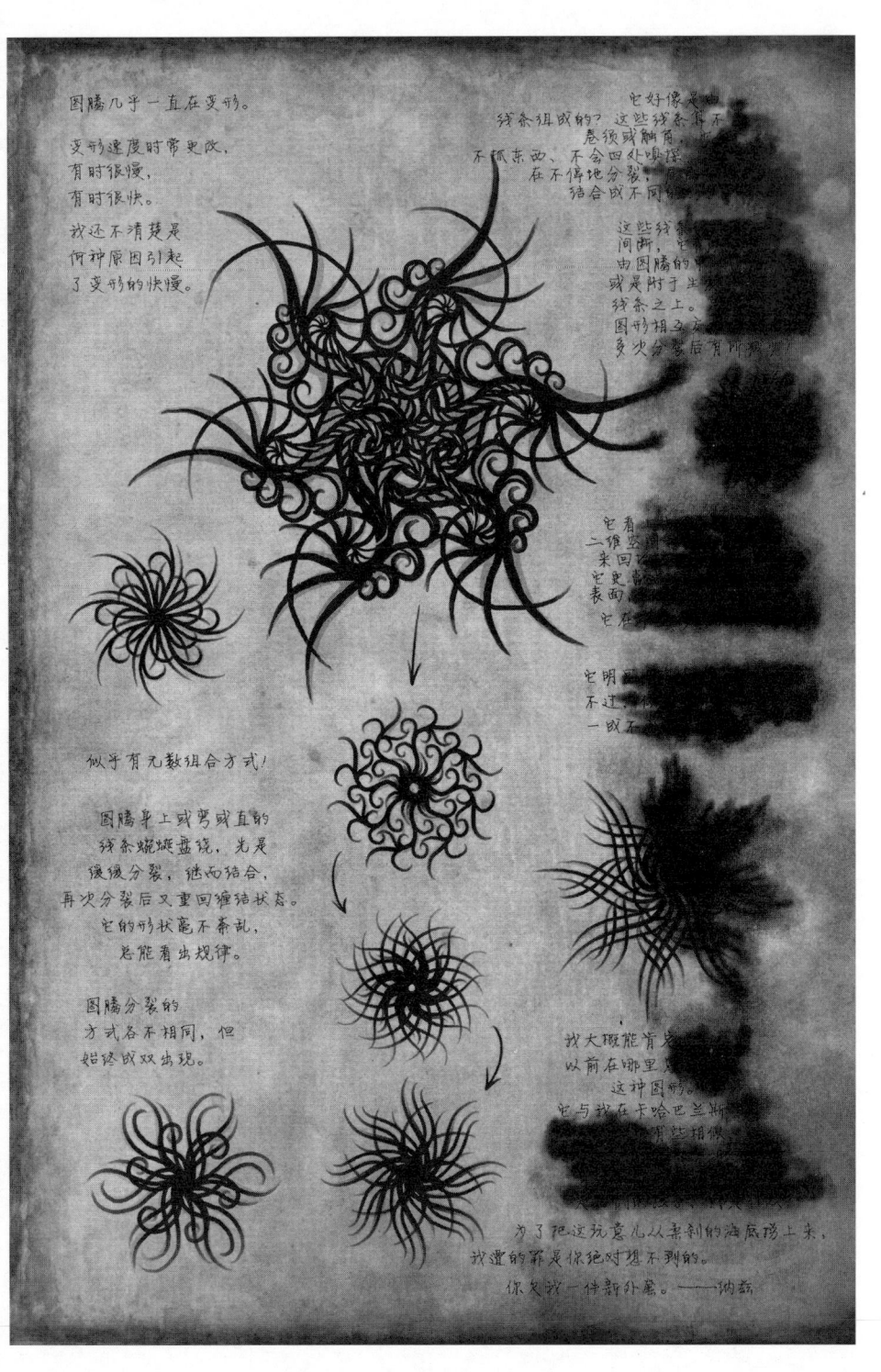

变形速度时常更改，
有时很慢，
有时很快。

我还不清楚是
何种原因引起
了变形的快慢。

它好像是
残丝组成的。这些残丝并不
卷须或触角，
不抓东西、不会四处摸探，
在不停地分裂，
结合成不同

这些残丝
间断
由图腾的
或是附于生
残丝之上。
图形相互交
多次分裂后有所

它有
二维空
来回
它更高
表面
它居

它明
不过
一成不

似乎有无数组合方式！

图腾身上或弯或直的
残丝蜿蜒盘绕，先是
缓缓分裂，继而结合，
再次分裂后又重回缠结状态。
它的形状毫不紊乱，
总能看出规律。

图腾分裂的
方式各不相同，但
始终成双出现。

我大概能有
以前在哪里
这种图形。
它与我在卡哈巴兰斯
曾经相伴

为了把这玩意儿从亲剖的海底捞上来，
我置的罪是你绝对想不到的。
你欠我一件新外套。——纳兹

17
规　律

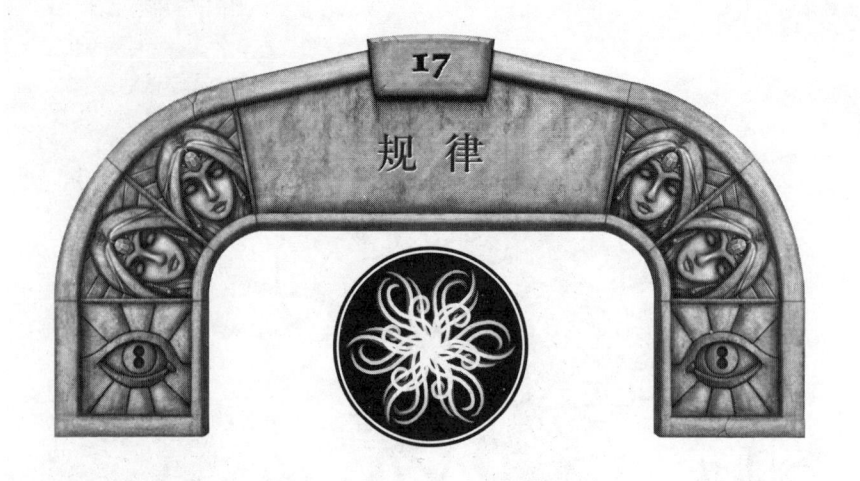

愚钝态胆怯，思维几尽失。
最为低一等，失却大智慧。
欲寻此态来，代价须摈弃。
它会找上门，催你渐颓萎。
　　——选自《听者形态歌》末节

　　沙兰坐在笼车上，假借学术的名义来掩饰自己的焦虑。她没办法明辨后方的逃兵是否已经察觉到了沿路上那些被车队碾碎的石壳木。他们或许一直跟着，或许没有。

　　想太多不顶用，她告诫自己，于是找了个消遣。"这些叶子可以落地生根。"她用指尖夹起一片小圆叶，把它转向日光。

　　她身边坐着壮如大山的布鲁斯。今天，他戴着一顶脏兮兮的白帽，帽檐在两边翻起，式样时髦得过了头。他有时会挥动赶车的芦秆——长度至少和沙兰的身高相当——敲敲红甲蟹的外壳，催促其前进。

　　沙兰在一本书的封底上粗粗列下了他的敲击方式。布鲁斯敲了两下,略作停顿,之后又敲了一次,红甲蟹服从指令,减慢了脚步。跑在他们前面的笼车——由图拉科夫驾驶——开上了一座长满小石壳木的山坡。

"看到没?"沙兰把叶子递给他看,"为什么此类植物的枝杈会如此生脆?答案就在这里。飓风一来,枝条会被刮断,掉落的叶片会被风吹走,接着长出新芽、生出硬壳。在这块贫瘠的大地上,它们长势喜人,速度快得超乎意料。"

布鲁斯敷衍地一哼。

沙兰叹了口气,垂下手,把小叶片放回到杯子里,她早前就开始种它了。她回头望了望。

不见追兵。她确实应该甩掉烦恼。

她转过身,开始在新的素描本上作画。这本本子还是她从迦熙娜的笔记本中挑出来的,里面有较多空白页。她为那片小叶子画起速写,手边的画材很简陋,只有一支炭笔、几支细头硬笔和少量墨水。但是图腾所言不虚,她不能终止创作。

她搜寻着那次海上的记忆,描绘出龟壳水母的外形,希望能再现它的神韵。这张图比不上她在上船后画的素描,可是无论如何,能再画一次,她的心伤就渐渐痊愈了。

涂完树叶后,她翻过一页,落下笔,将布鲁斯收入画中。她不太愿意将他作为新收藏的第一个对象,可她没几个选择。不巧的是,那顶帽子实在有煞风景,戴在他的大头上显得过于小了。纸上的布鲁斯像只大螃蟹,往前缩着身子,头顶白帽背对蓝天……好吧,这样的构图起码很有意思。

"你这帽子哪来的?"她边画边问。

"买的。"布鲁斯口齿不清地应了一句,没有看她。

"贵吗?"

他双肩一耸。沙兰的几顶女帽全都丢在了海里,可她说服了图拉科夫,从他手里得到了一顶由仆族编织的草帽,虽说不怎么好看,却能抵挡扎眼的阳光。

尽管笼车颠簸起伏,沙兰还是完成了绘有布鲁斯的素描。她品鉴了一番,觉得不满意。在新收藏伊始,*她画得相当差劲*,还感觉自己的笔锋多多少少有些夸张,这点尤为严重。她噘起嘴。如果布鲁斯没有老是虎视眈眈地看着她,会是哪种长相?如果他能穿上干净点的衣服、撤走那根旧木棍、带上像样的武器,又会如何?

她翻到下一页,又画了起来。这次她换了一种构图方式——或许略为理想化,但算不上脱离实际。只要打扮得体面、穿上制服、手持长矛置于一侧、两眼直视天际,他也能显得气宇轩昂。大作完成后,她的心情好多了。她对着成稿笑了笑,把它交给布鲁斯欣赏。这时,图拉科夫叫停车队,开始午休。

布鲁斯匆匆瞥了一眼素描,却未作评论。他扬起芦秆,往红甲蟹身上使劲地抽了几下,示意其停在图拉科夫的笼车边,和那边的红甲蟹并排休息。塔格的笼车也驶过来了——这回奴隶由他负责。

"陀灵草!"沙兰放下素描本,指向一丛长在附近岩石背面的细芦苇。

布鲁斯哀叫一声。"还要?"

"要啊。行行好,帮我采一点吧?"

"就不能叫仆族?我该去喂红甲蟹了……"

"布鲁斯护卫,面对红甲蟹和光眼种女士,你更想怠慢哪一位?"

布鲁斯挠了挠帽檐下的脑袋,拉长着脸爬下车,朝芦苇丛走去。不远处,图拉科夫正站在他的笼车上远眺南方的地平线。

在那个方向,一小缕黑烟升腾而起。

沙兰瞬时浑身一激灵。她慌里慌张地下了车,赶紧跑向图拉科夫。"飓风在上!"沙兰说,"那烟是逃兵放的?*他们一直跟着我们?*"

"没错,这大中午的,看来他们已经扎营做饭了。"站在车顶的图拉科夫说,"他们不会在意我们看到了炊火。"他强颜一笑,"这是个好兆头,他们可能知道我们只有三辆车,不太值得穷追猛打。只要我们跑得勤快、半路上不怎么停车,他们就不会再追了。嗯,我很确定。"

他跳下车,急忙给奴隶舀水喝,他不想麻烦仆族,这份活一直由他自己承担。这般举动最能表现他的紧张之情,他想尽快再度起程。

图拉科夫的笼车里关着仆族,他们只能继续窝在笼子里编草帽。沙兰着急地站起,四处张望。那些逃兵已经发现了一路上被车碾碎的石壳木。

她身上不知不觉地冒了好多汗,可她能怎么办?她没法敦促车队加快速度,只能希望他们可以按图拉科夫的说法保持在前的优势。

这似乎不太可能。红甲蟹拉的车不会快过浩荡行进的军人。

分分心,沙兰想着,惧意上涌,*找点事做,不要再顾虑追兵*。

要不要画一下图拉科夫手下的仆族?沙兰看了他们一眼。挑两名关在笼子里的仆族或许不错?

行不通。她静不下心,无法画图,不过前去探探情况应该可以。她走向仆族,双脚直抱怨,可她忍得住。其实前几天她还遮遮掩掩的,现在却要极力演出龇牙咧嘴的表情。最好让图拉科夫以为她的状况还未好转。

她走到囚笼的围栏边。笼子的背面没有上锁——仆族从不逃跑。为了买下这两名仆族,图拉科夫一定费了大价钱。仆族不便宜,许多君王和有权势的光眼种都会储备一些。

一名仆族瞥了一眼沙兰,又扭过身忙活起来。如果不是赤身裸体,仆族的性别很难区分。这两人头顶全秃,体形敦实,可能有五尺高,皮肤上均生有红白相间的大理石花纹。

要把这两个勤勤恳恳的苦力视作威胁十分不易。"你们叫什么名字?"沙兰问。

一人抬起头，另一人则无动于衷。

"你叫什么？"沙兰试着问道。

"我叫甲，"仆族说着，指了指同伴，"他叫乙。"说罢他继续埋头劳动。

"你们过得开心吗？"沙兰问，"如果有机会，想不想获得自由？"

仆族抬起头，对她一皱眉，嘀咕几句后开始摇头。他听不懂。

"自由？"沙兰提示道。

他弓着身子干起活，没有回答。

他的神情的确很不自在，沙兰想，因为理解有障碍，所以羞赧不已。他似乎想借着身势语说明："求你别再问我了。"沙兰把素描本夹到腋下，将两名仆族干活的景象印入脑海。

他们是邪魔，她努力说服自己，这些传说中的恶兽一心想要摧毁身边的人和物，他们的转变近在咫尺。她站在原地，看向笼中的仆族，发觉自己难于相信，尽管她已经接受了迦熙娜给出的证据。

风杀的，迦熙娜的看法正确无误。劝服光眼种驱逐仆族近乎不可能，她需要异常充分、无懈可击的证据。她走向笼车，爬回到座位上，没有忘记做怪脸，心中满是苦思。布鲁斯业已为她采来了一袋陀灵草，眼下正在照顾红甲蟹。图拉科夫倒腾出一些食物，准备匆匆解决午饭，他们八成要边走边吃了。

她平复了心情，硬逼自己照着近旁的植物画了几幅素描。没过多久，她又画起了天际线和不远处的石堆。和奴隶贩子同行的最初几天，天气还很冷，现在感觉好点了，不过一到清晨，她呼出的热气还是在面前凝结成了白雾。

图拉科夫走了过来，对她使了一个尴尬的眼色。自从昨晚两人在火边对峙后，他对待她的态度改变了。

沙兰仍在绘图。这里的地形肯定比家乡要平坦得多，而且植被更少，但长势更盛。此外……

……前方是否腾起了另一道烟柱?她站起身,抬手遮眼远望。没错,又来了。她朝南边看了看,那里是追兵前进的方向。

不远处,塔格停下动作,也发现了不对劲。他快步迈向图拉科夫,两人开始小声争论。

"图拉科夫商人,"——正式出师的商人应唤作"商主",但沙兰不愿以此相称——"我想听听你们在讨论什么。"

"当然可以,光明女士,这还用说。"他绞着双手,大摇大摆地走过来,"您也看到前头的烟了。要知道,我们已经开进了一条长长的窄路,前有破碎平原,后有浅滩地穴和与之大同小异的村子,所以碰上别人是常有的事。"

"前面那些人呢?"

"假如运道好,无非是另一支车队。"

*假如运道不好……*她不必多问,那意味着另一帮逃兵或土匪。

"我们可以避开他们。"图拉科夫说,"只有大批人马才敢生火做中饭,他们不是想吓吓别人,就是想引起注意。像我们这种小车队没这个胆。"

"如果前面是大车队,"塔格用粗手指揉了揉眉毛,"护卫肯定少不了,他们会守得牢牢的。"他望向东边。

"是的。"图拉科夫说,"但我们也有可能夹在两队人马之中,腹背受敌。"

"后面的人准保会追上我们,图拉科夫。"沙兰说。

"我——"

"猎手若是打不到苔獐,就会带一只貂回来。"她说,"为了生存,那些逃兵只得杀人。你不是说过今晚也许会刮飓风吗?"

"对。"图拉科夫不情愿地说,"如果我带来的预告报得准,太阳落山后再过两个时辰就会起风。"

"我不清楚土匪平时怎么遮风避雨,"沙兰说,"可他们显然横下一条心要追到我们。我敢打赌，他们打算先杀了我们，再用笼车挡风。他们不会放我们走的。"

"大概吧，"图拉科夫说，"是有这个可能。不过光明女士，倘若我们看到了另一股烟，那些逃兵搞不定也看得到……"

"嗯。"塔格点点头，好像刚刚醒悟，"我们快往东撤。后面的没准在追杀前面的。"

"我们要让他们转而袭击别人？"沙兰抄起双臂。

"不然您还想让我们怎么样，光明女士？"图拉科夫怒了，"您瞧，大伙都是弱小的飓虫，碰到大块头的野兽，只能退避三舍，希望它们自相残杀。"

沙兰眯起眼，审视着前方那股烟。烟是不是变浓了？她有没有看错？她回头一望，发现两股烟一样浓。

他们不会追捕与其同一级别的猎物，沙兰想，他们擅离军队，一走了之，一群懦夫。

她看见站在附近的布鲁斯也回过头，正用一种难解的表情观望着黑烟。是嫌恶？还是渴望？抑或是恐惧？他并未引来灵体，所以她得不出结论。

假如他们不是懦夫，她又想道，会不会只是理想破灭的浪人？就像从山上滚下来的石头，速度一快起来就不知道如何停下来？

这不要紧。要紧的是如果万事不巧，这些石头会砸死沙兰一行人。抄往东边不管用，要是那些逃兵想动手，他们不会追杀正前方那个看似棘手的目标，而是会选捷径，图拉科夫的笼车行动迟缓，正符合条件。

"我们到前面去找冒烟的地方。"沙兰坐了下来。

图拉科夫朝她看去。"您无法——"两人对上了眼，他于是打住了话头。

"您……"图拉科夫舔了舔嘴唇，"您该明白，光明女士，如果我们和大车队扯上关系,您不会及时抵达破碎平原,情况可能会恶化。"

"假如出了问题,我会处理的,图拉科夫。"

"前面的人会继续赶路。"图拉科夫提醒道,"到了营地,我们也许会发现他们已经先行一步了。"

"这样的话,"沙兰说,"他们要么在往破碎平原走,要么在沿着这条路去往港口城市。不论选择哪个方向,我们终会和他们相遇。"

图拉科夫叹了口气,随后点点头,叫塔格加快速度。

沙兰坐下来,感到一阵兴奋。布鲁斯回身落座,硬塞给她几块干瘪的根薯,显然是午饭。不久后,车队向北进发,这次沙兰所坐的笼车落在了第三位。

沙兰在车座上坐稳,继续着旅途。他们已经甩开了后面的人马,那些人就算追得上,也得花掉几个小时。为了赶走烦恼,她画完了风景素描,转而开始漫无目的地涂鸦,任由炭笔勾勒出随性的线条。

她画起了飘舞的飞鳗和卡哈巴兰斯港,还为幺伯绘制了一张肖像,但是画中人的脸部特征描摹得不够传神,她也没能捕捉到他眼中的灵光。联想到他可能的遭遇,她难过极了,也许正因如此,她才会画得不到位。

她翻到新的一页,挥起即兴之笔,纸上浮现出一名衣着华美的典雅女子,她的长服紧收胸腹,在腰下披散开来,却显得丝滑光洁;两袖又长又宽,一只盖住禁手,一只垂荡而下,在肘部开口,露出小臂。

这名女子安然自若、勇敢无畏。沙兰浑然不知地把自己带入画中,她的脸出现在了端庄女子的头上。

她顿了顿,迟迟没有在纸上落笔。这不是她,对吗?她有这种可能吗?

笼车驶过岩石草木,车上正颠得慌,她盯着那张图出神,随后翻过一页,提笔作图:一名女子置身宫廷,高挑强势、礼服加身,身边簇拥着假想的阿勒斯卡上流人士。她属于这个大环境。

沙兰为画中人换上了自己的脸。

她一再翻页、一再描绘。

画到最后一张,图中的她站在假想的破碎平原边上,向东方极目远眺,望向迦熙娜所追寻的秘密。

沙兰翻至新一页,再次创作。画里的迦熙娜身处船舱,伏案而坐,卷纸丛书摆放无序,将她围绕。场景不是重点,那张忧惧交加的脸才是画作的灵魂。身心俱疲的迦熙娜已经到了极限。

沙兰把画意精准地传达了出来。在海难过后,这是第一幅堪称绝笔的作品。迦熙娜的心理包袱被她收入眼底,这次终得俱现。

"停车。"沙兰头也没抬就说。

布鲁斯瞟了她一眼,她按捺住了再说一遍的冲动,可惜他没有立马听从。

"为什么?"他发问。

沙兰仰头一看。那股烟离得依然很远,可是她没有看错,烟气变得越来越浓了。前方的人马已经在路边扎营,生了一大团火来煮中饭。从烟柱的规模判断,他们的人比后面的追兵更多。

"我要去车尾。"沙兰说,"我得查点东西。等我进去坐好后,你可以继续赶车,不过一等我们靠近前面的人,烦请停下告诉我一声。"

他叹了口气,却用芦秆猛抽红甲蟹的外壳,命令它停步。沙兰爬下车,带上陀灵草和笔记本走向车尾。待她进笼后,布鲁斯立刻上路,对口出疑问的图拉科夫回吼了几句,告诉他停车的缘由。

沙兰的笼子上了挡板,光线昏暗、甚是私密,更何况这辆笼车在为车队殿后,因而没有人能够通过车尾的笼门看到她。只可惜坐在车尾不如坐在车头那么舒服,车轮碾过小石壳木,整辆车都跟着七摇八晃的。

迦熙娜的旅行箱捆在靠近车头挡板的地方，她掀开箱盖——里面的润石放射出昏暝的光线——坐回到用迦熙娜的包书布叠成的垫子上。由于图拉科夫无法提供过夜的毯子，她只好撕下旅行箱内的丝绒里衬救急。

她靠在围栏上，解开裹脚布，准备再抹一次陀灵草汁。伤口已经结了痂，状况比昨天大为改观。"图腾？"

不远处传来几声呜响。为了不惊动图拉科夫和护卫，她早前就叫他好好地待在车尾。

"我的脚伤一直在恢复，"她说，"是不是你的功劳？"

"嗯……说到人为什么会崩溃，我几乎一无所知。至于他们为什么……不会崩溃，我懂得更少。"

"像你们这样的灵体不会受伤吗？"她拔掉陀灵草的茎秆，往左脚上挤了几滴草汁。

"我们会崩溃。我们的活法……和人类不同。没有帮助，我们会崩溃。我不知道你为什么没有崩溃。为什么？"

"因为人体具备自行调节的功能。"她说，"活物天生就会自愈。"她举起一颗润石细看，寻觅小型红色腐灵的踪迹。她在伤口周围找到了几只，于是马上涂上草汁将其驱走。

"我想弄懂事物运作的原理。"图腾说。

"这是许多人想弄懂的。"沙兰说着，弯下了腰。笼车磕上了一块巨石，她被颠得直蹙额。"昨晚，我在火边让自己发了光，旁边就站着图拉科夫。"

"对。"

"这是为什么？你知道吗？"

"谎。"

"昨晚，我的裙子变了样。"沙兰说，"我发誓上面的磨损和裂口全不见了，但是现在又打回了原形。"

"嗯,是的。"

"我得学会操控我们的本事。迦熙娜称之为织光术,她说这比塑魂术安全多了。"

"那本书呢?"

沙兰皱起眉,靠回到笼车的围栏上。跟前的木板有好几道细长的划痕,看似是被指甲抠出来的,仿佛哪个奴隶一时动起了疯念头,想要力求解脱。

迦熙娜交给她的《光辉真言》已被怒涛吞没,着实是一大损失;相比之下,另一本一并入海的《无尽之书》就没有那么重要了。她至今还无法完全理解这本无字奇书的存在意义。

"我始终没能抓到机会钻进去读那本书。"沙兰说,"到了破碎平原,我们得看看能不能找到另外一册。"不过他们的目的地是一座军营,她怀疑那里可能没有什么书卖。

沙兰把一颗需要注光的黯淡润石举到眼前。要是飓风来袭,而他们还没赶上前一批人马,会发生什么?那些逃兵会顶风追击吗?万一他们最终杀到,车队的安全又该如何保障?

风杀的,事情乱套了。她要获得主动。"光辉骑士与灵体之间架起了一根纽带。"沙兰与其说是在对图腾讲话,不如说是在自言自语,"这是一种共生关系,如同页岩皮木里住着小飓虫。飓虫觅食、清理苔藓,却也把页岩皮木打扫得干干净净。"

图腾不解地哼道:"我是……页岩皮木还是飓虫?"

"两者皆可。"沙兰用指尖把玩着钻石润石——小粒宝石镶嵌于玻璃珠内,散发出引人警觉的光芒,"飓能是推动世界运作的基本力,更易受灵体摆布。或者说……嗯……灵体善于影响彼此的原因可能在于它们是这些飓能的碎片。你我之间的纽带给予了我操纵一种飓能的本事,也就是光,或称光启之力。"

"谎,"图腾低语,"与真。"

沙兰将润石握于手心，宝石的光芒穿透肌肤，她的手因此而发红。"那么，我要怎样使用这颗润石？"

"吃下去大概能行？"图腾爬上挡板，来到她的脑边。

"吃？"沙兰疑惑地问，"我无需把它吃下去也能获取飓光。"

"但也许有用。试试？"

"我觉得自己吞不下一整颗润石。"沙兰说，"就算想吃也吃不进去，更何况我根本不想。"

"嗯。"图腾反复震颤，木板随之晃动，"那么，这……不是人类爱吃的？"

"飓风在上，哪有人爱吃。你就没留心过？"

"我留心过。"他嘶嘶而鸣，显得气恼不已，"可是很难分辨！你们吃下东西，再把它们转变成别的东西……你们藏着奇怪的东西。它们有价值吗？可你们不要了。为什么？"

"我们就此打住吧。"沙兰摊开手，再次举起润石。**可是她承认他说的话有几分是对的。**她从未吃过润石，但她设法……吸收了飓光，像是喝下去的。

她是吸进去的，对吗？她对着润石打量片刻，然后猛地一吸气。

成功了。飓光在一下心跳间就溢出润石，化为一缕明亮的光雾，涌进她的胸口，随后弥漫开来，充盈在她体内。一种特殊的感觉流过，她头脑清醒、心生迫切，深感准备万全，急于……成事。她的肌肉突然一紧。

"行了。"她一边说，一边呼出团团微亮的飓光。她的皮肤上也腾起了光芒，在其散尽前，她必须多加练习。织光术……她需要进行创造。她决定先重复上一次的做法，改善长裙的外表。

这次尝试依旧毫无反应。她不知道该如何施法，也不知道该调动哪一块肌肉，更不知道肌肉究竟要不要紧。她泄了气，干坐在原处，试图找到操控飓光的方法。飓光逐渐逸出她的皮肤，她感到万分无能。

几分钟后,飓光耗尽。"好吧,我的表现明显差强人意。"她又取来几根陀灵草,"算了,练习塑魂术或许才是我该做的事。"

图腾鸣道:"危险。"

"迦熙娜也是这么告诉我的。"沙兰道,"可她无法再教我了,而且就我所知,她是唯一够格的人。这种法术如果不靠自己练,就永远也学不会。"她将陀灵草汁滴到手指上,本想按揉脚上的一处割伤,还没上药,她就收住了动作。伤口显然比刚才变小了。

"飓光在治我的伤。"沙兰说。

"你不崩溃了?"

"是的。飓风之父啊!我几乎是偶然为之。"

"什么事是'几乎'偶然的?"图腾的问话透出发自内心的好奇,"我不懂这句话的意思。"

"我……嗯,我刚才算是在打比方。"没等他提问,她就接话道,"我们以这种方式来传达思想或感觉,说出来的却不是完全的事实。"

图腾嗡嗡直叫。

"这到底是什么意思?"沙兰没有想太多,还是把草汁抹到了伤口上,"在发出这样的声音时,你有什么感受?"

"嗯……我很兴奋。是的,过了这么久,还没有人了解你和你这类人。"

沙兰往脚趾上挤了一点草汁。"你来这里是为了了解我们?慢着……你居然是学者?"

"当然。嗯。不然我为什么要来?我会了解很多,然后——"

他忽然不说了。

"图腾?"她问,"然后什么?"

"打比方。"他无动于衷地应和着,语调尽失。他讲起话来越来越有人情味了,有时听上去俨然像个真人,可是换到当下,他的话音平淡如水，毫无抑扬顿挫。

"你在骗人。"她非难了一句，望向贴在挡板上的图腾。他已经缩成一只拳头的大小，是平时身形的一半。

"是的。"他心有不甘地说。

"你太不会说谎了。"沙兰一时领悟，还为此吃了一惊。

"是的。"

"可你喜欢谎话！"

"真有趣。"他说，"你们个个都太有趣了。"

"把你刚才说到一半的话告诉我。"沙兰命令道，"如果你说了假话，我一听就知道。"

"嗯。你的口气和她很像。越来越像了。"

"告诉我。"

他心情走低，迅速震出高亢的声响。"我会尽可能地去了解你，然后你会杀了我。"

"你认为……你认为我会杀了你？"

"其他灵体出过事。"图腾的声音变轻了，"我也会。这是……规律。"

"光辉骑士团肯定与之有关。"沙兰抬起手伸进头发，开始编辫子。这样总归好过披头散发——不过少了头梳，光是要把发丝扭成几股都很考验人。欠风吹的，她想，我得洗个澡，用肥皂好好擦身，还有一大堆别的要求。

"是的。"图腾说，"骑士杀了他们的灵体。"

"怎么会？理由何在？"

"他们背弃了誓言。"图腾说，"我只知道这个。我和一些没有羁绊的同类退了回来，多数灵体还保留着心智。就算如此，离开了同类，思考依旧艰难，除非……"

"除非？"

"除非我们找到一个人类。"

"这就是你成活的条件。"沙兰用手把头发理顺,"你我互相依存,我行飓能术,你收获思想。"

"智慧。"图腾说,"思想。生命。这些属于人类。我们是理念。我们希望成为活生生的理念。"

沙兰仍在打理头发。"我不会杀你。"她坚决地说,"**绝不会**。"

"我觉得其他人的本意也并非如此。"他说,"可是无所谓。"

"**大有所谓**。"沙兰说,"我绝不会杀你。我还不是光辉骑士,迦熙娜讲得明明白白。会用剑的人不一定是士兵,即便身怀绝技,我也不能因此而归入骑士的行列。"

"你宣过誓了。"

沙兰浑身一凛。

生先死……三字真言遁出往日的阴影,向她压来。那是一段不堪回首的过去。

"你撒谎成性。"图腾说,"谎话带给你力量。可是真相……你若不说出真相,就永远也长不大,沙兰。我或多或少知道这一点。"

她梳完头发,又把脚包了起来。图腾在吱嘎作响的笼子里活动,挪移到另一块挡板上,周围光线很暗,沙兰只能看出他的轮廓。她手上还有一把注过光的润石,考虑到刚才那颗润石很快就褪了光,目前的飓光储量不算充足。她该不该以此进一步治疗脚伤?她能否有意为之?又或者,对于这项本领和织光术,她是不是根本寻不到门道?

她把润石塞入禁袋藏好,以防万一。现在,这些润石和其中的飓光可能是她手边唯一的武器。

她扎好裹脚布,在作响不已的笼子里站起,发觉脚部的痛楚几乎全消了。她差不多能像平时那样走路了,但她还是不想光着脚远行。她兴冲冲地叩了叩距离布鲁斯最近的挡板,喊道:"停车!"

这一回,她没必要重复了。她绕过笼车,在布鲁斯身旁就座,突然注意到前方的烟柱。剧烈翻滚的烟幕越拉越大、越变越黑。

"那不是炊火。"沙兰说。

"对。"布鲁斯沉着脸道,"着火的是大家伙,说不定是货车。"他看了她一眼,"不管前面的人有什么来头,他们似乎不太好过。"

18

淤青

化身治学态，耐心多巧思。
抱负随之起，谨记要留意。
钻研不懈怠，苦尽甘自来。
宿命却难移，无邪或将失。
——选自《听者形态歌》第六十九节

"新兵蛋子愈发有样了，黑发哥。"偻朋咬了口用纸包着的食物，"他们套上军装，讲话有腔有调。真有劲，没几天就成了，我们当时搞了好几个星期。"

"其他人才是，你例外。"卡拉丁伸手挡住刺眼的日光，倚矛而立。他仍在光眼种的训练场上看护阿多林与雷纳林——后者正在上扎赫尔剑师的第一堂课。"偻朋，我们头一天相见，你的心态就很好。"

"这个嘛，人生美得很，你懂不懂？"

"美得很？你当时刚被发配到冲桥队扛战桥，说不定哪天就死在高地上了。"

"话是没错。"偻朋吃了口东西。这玩意儿看上去像块厚烧饼，里面包着些油腻腻的馅。他舔了舔嘴,将食物递给卡拉丁,自己则腾出一只手在衣兜里摸索了几下。"人生时好时坏,渐渐地就没差别了。"

"你这人太怪,偻朋。"卡拉丁观察起偻朋吃的"食物","这是什么?"

"荞鞡卷。"

"吃它卷?"

"荞——鞡——卷,是赫达孜特色小吃,哥。这东西的滋味可鲜了,想尝的话可以咬一口。"

卷饼里一堆大肉不知是用什么做的,上面浇着某种黑乎乎的酱汁,全被裹在厚得不得了的大饼里。"恶心死了。"卡拉丁将食物送了回去。偻朋从口袋里掏出一枚在两面都写有铭文的贝壳,把它交给卡拉丁。

"不识货的家伙。"偻朋又咬了一口。

"你不该这样边走边吃,"卡拉丁特意指出,"不文明。"

"啥,这样省事。看,卷儿包得牢牢的。无论是走路还是干活,都能吃……"

"没教养。"卡拉丁打量起贝壳,西格吉尔在上面算了几笔账,其中包括他们的兵力现状、石头要为大伙打点的食材数量以及泰夫特预估的适合接受训练的前冲桥手人数。

最后一个数字相当之高。冲桥手如果挨过了扛桥生涯,体能必然过硬。卡拉丁以亲身经历证实,拥有这般素质,又能被说动,就当得了好兵。

在贝壳的反面,西格吉尔为卡拉丁拟出了一条营外的巡逻路线。他马上就可以派上足量的新兵在外围区域展开巡逻,实现对达力拿的承诺。泰夫特觉得卡拉丁最好还是亲自领队,这样他便能和军中的新鲜血液相互熟悉。

"今晚刮飓风。"偻朋突然提起,"西格说天黑后过两个时辰就起风,他觉得你要加强点措施。"

卡拉丁点点头。那些神秘数字可能又会出现——前两次它们均在起飓风的时候爬上墙壁。他要格外确认达力拿一家时刻有人看护。

"感谢汇报。"卡拉丁把贝壳揣进衣兜,"请回吧,告诉西格吉尔他想的路线离营地太远,叫他重画一张图。另外,和泰夫特说我需要再加几个人手,莫阿什和德雷赫该休息了,这两人最近站岗站得昏天黑地。今晚我会亲自守护达力拿,并向轩亲王提议,最好让他一家共度飓风来袭的时光。"

"这要看天意了,哥。"偻朋咽下最后一口荞鞑卷。他吹了吹口哨,看了一眼训练场。"真有他的,对不?"

卡拉丁把视线投往偻朋注视的方向。阿多林已经把弟弟交给扎赫尔管教,自己则挥起了碎瑛刃,使出一系列训练招式。他在沙地上自在地飞身翻腾,举剑大开大合,姿势如行云流水。

瑛甲一旦被训练有素的碎瑛武士披上身,就不会显得笨重。它契合穿戴者的体型,能把武士衬托得英姿飒爽、光彩照人。阿多林舞剑又劈又扫,接连变换架势,他的盔甲宛若镜面,反射出日光。卡拉丁知道他只是在做热身,动作更中看,却不实用。在打仗时绝对不能拿出这样的剑姿,不过其中很多招数和挥砍都吸取了实战的精华。

卡拉丁得消一消敬佩之情。穿着瑛甲的碎瑛武士在战斗时挥洒着非人之力,更具令使的风范,少了点凡胎的气息。

他瞄到茜尔正坐在屋檐上观望近旁的阿多林。卡拉丁与她相距甚远,因而分辨不出她的表情。

阿多林以单膝跪地,完成了热身。他将碎瑛刃猛地插入地心,沙子没去了半面剑刃。他一松手,瑛刃就消失了。

"我以前见过他召唤那把剑。"卡拉丁说。

"是啊,黑发哥。我们在战场上救了他的小命,没让撒迪亚斯弄死他。"

"不,事情还在前头。"卡拉丁想起了撒迪亚斯军中的娼妓,"眼见有人受到欺凌,他伸出了援手。"

"这样啊,"偻朋说,"那他性子不会太坏,知道不?"

"应该吧,反正你爱怎么说都行。请务必派一个小队来轮岗。"

偻朋敬了个礼,叫上申。申正在场边翻动排成一字的练习剑,他们一经会合,便小跑起来,去执行任务了。

卡拉丁于四处巡视,检查莫阿什等人的状况。之后,他走向席地而坐的雷纳林——他没有换下盔甲,身前是他的新老师。

虔诚者扎赫尔正襟危坐,眼中放射出耄耋老者的光芒,整个人的姿态和他胡子拉碴的造型很不相配。"你得再学学如何在穿瑛甲的状态下战斗。你的步伐,还有招式,全会变。"

"我……"雷纳林低下头。身穿华丽的盔甲还戴眼镜,真乃奇景。"我不需要回炉,老师。我压根没学过。"

扎赫尔嗯了一声。"那好,看来我不需要纠正你老早的坏习惯了。"

"请赐教,老师。"

"我们先从简单的入手。"扎赫尔说,"那边的墙角有楼梯,你给我爬到屋顶上,然后跳下来。"

雷纳林猛地一抬头。"跳?"

"我老了,孩子。"扎赫尔说,"三番五次地讲同一句话,这滋味好比吃错了花。"

卡拉丁皱起眉头,雷纳林歪过脑袋疑惑地看着他。卡拉丁无奈地耸耸肩。

"吃……什么?"雷纳林问。

"意思是我生气了。"扎赫尔气势汹汹地说,"你们这帮人无论讲什么话都没个准头。跳!"

雷纳林赶紧跃身跑开，足下扬起片片尘土。

"头盔，孩子！"扎赫尔大叫。

雷纳林停下脚步，匆忙回身一把捡起地上的头盔，差点滑了一跤。他一转身子，失去了平衡，只好跌跌撞撞地朝楼梯奔去，险些半路撞上一根立柱。

卡拉丁悄悄地哼着鼻子。

"哦？"扎赫尔说，"你以为自己头一回穿碎瑛甲就会更老到，卫兵？"

"我可不会忘记戴头盔。"卡拉丁把矛扛到肩头，伸了个懒腰，"如果达力拿·寇林想要硬逼其他轩亲王驻守同一战线，我想他需要比这更优秀的碎瑛武士。他应当把那副瑛甲传给别人。"

"比如你？"

"吃风去，怎么可能。"卡拉丁断然否认，说得也许有点过头，"扎赫尔，我是当兵的，不想沾手碎瑛武器。那小子挺讨人喜欢，但我不放心把部下托付给他指挥——更别提送他盔甲了。更称职的士兵本可以借此在战场上活命。症结就出在这里。"

"他会叫你另眼相看的。"扎赫尔回应道，"我成天唬他：'我是你恩师，照我说的来'，他还真信了。"

"每一名士兵在入伍时都会被灌输同样的东西。"卡拉丁说，"他们有时很顺从，那小子的反应没什么值得夸奖的。"

"你知道有多少光眼种淘气包来过这儿吗？他们刚满十岁，都被宠坏了。"扎赫尔说，"我以为他那类十九岁的小孩会叫人头疼。不要一口一个'小子'，小子。他可能和你差不多年纪，而且战地上的最大权威是他老爸——"

他突然打住了后话。屋顶上传来一阵铠靴刮擦石瓦的声响，雷纳林·寇林冲刺向前，跃入空中。他在场地上方滑行了足有十到十二尺——相比之下，受过训练的碎瑛武士可以更胜一筹——之后才像只半死不活的飞鳗那般挣扎着跌落在沙地上。

扎赫尔冲卡拉丁抬抬眉毛。

"干什么?"卡拉丁问。

"这孩子既积极,又听话,还不怕出丑。"扎赫尔说,"我能教他怎么战斗,不过其他得靠个人自觉。就凭这个小年轻,一定没问题。"

"希望他不要摔到别人头上。"卡拉丁说。

雷纳林站起身,低头一看,显得吃惊不已。他没有破坏任何东西。

"上去!再来一遍!"扎赫尔对雷纳林喊道,"这次头朝下!"

雷纳林点点头,接着转身小跑至楼梯口。

"你希望他能相信瑛甲有防护功效。"卡拉丁说。

"运用瑛甲的一大要点便是熟知其局限。"扎赫尔扭身对卡拉丁道,"此外,我只想叫他在里面多活动。反正他愿意听,那样就有保障。教他可轻松了,而你的情况恰恰相反。"

卡拉丁扬起手。"多谢,我还是算了。"

"你要放弃机会?不想跟着正宗的师傅习武吗?"扎赫尔问,"没几个暗眼种收获过此项殊荣,我掰着五指都能点出来。"

"可我已经受够'新兵程序'了。天天被士官吼,干活干到手软,还要马不停蹄地行军,不走上几个小时不得歇息。真的,我现在过得很滋润。"

"完全是两码事。"扎赫尔摆摆手,截下一名路过的虔诚者。此人携有一把碎瑛刃,锋利的剑刃上覆有金属护套,是国王提供的训练剑。

扎赫尔从虔诚者手中接过碎瑛刃,将其举起。

卡拉丁朝剑撇撇嘴。"瑛刃上套着什么?"

"谁晓得。"扎赫尔舞着瑛刃道,"把这东西安在开刃处,使其贴合剑身,这样剑锋就会变钝,玩起来安全。外面的防护经不起瑛刃的打击,出奇地易坏,一旦投入战斗便毫无用场,不过相当适合训练。"

卡拉丁应诺了几声。反正就是老早以前造出来的玩意儿,专供训练?扎赫尔对碎瑛刃作了一番细查,片刻后用剑直指卡拉丁。

尽管剑刃不再锋利——尽管明知此人不会真的搞突袭——卡拉丁还是尝到了一丝恐惧。这毕竟是把碎瑛刃,外形修长雅致,配有一面宽大的护手。剑身共一掌宽,约摸六尺长,平坦的侧边蚀刻着十个基础铭文。扎赫尔单手持剑,竟显得泰然自若。

"尼特。"扎赫尔说。

"什么?"卡拉丁眉头一紧。

"他是深蓝卫士长,你的前任。"扎赫尔说,"尼特人好,又亲切,至死都保护着寇林家族。现在轮到你接下这门好比打入诅咒之地的工作,要想干得有他一半好,不大费周章可不行。"

"那你干吗朝我乱晃碎瑛刃,两者看似没什么关联。"

"威胁达力拿和他儿子的刺客一定是有背景的人派出的。"扎赫尔说,"他们和碎瑛武士相勾结,是横在你面前的难关,孩子。身为矛兵,只有作战经历是远远不够的,还要多加训练。你打过手持碎瑛刃的人吗?"

"有过一两次。"卡拉丁倚在附近的立柱上。

"别扯了。"

"我没扯。"卡拉丁遇上扎赫尔的目光,"你去问问阿多林几周前我是怎样把他老爸救出来的。"

扎赫尔放低剑尖。在他身后,雷纳林从屋顶俯身一跳,脸面朝下摔到地上。他翻来滚去,在头盔里不住地呻吟,飓光从中泄出,但他并未受伤。

"好样的,雷纳林王子。"扎赫尔看也不看就喊道,"再跳几次,试试能不能双脚先着地。"

雷纳林爬起来,匆匆跑开,盔甲锵锵有声。

"这样行不,"扎赫尔说着,高举碎瑛刃大肆挥动,"让我瞧瞧你的看家本领,小子。你若斗得过我,我就不管闲事。"

卡拉丁没吭一声,反而抓起矛,进入戒备状态。他一脚在前、一脚在后,将矛尾置于身前,矛头指向背后。阿多林正在近旁与另一位剑师对战,后者身穿瑛甲,手握第二把御用瑛刃。

这样怎么打?如果扎赫尔击中卡拉丁的矛,他们难道要假装瑛刃劈穿了它?

虔诚者用双手扬起瑛刃,速速靠近。熟悉的感觉回来了,卡拉丁全身上下都充溢着战时的冷静与定力。他没有吸入飓光,想要借此确认自己没有形成较强的依赖。

时刻注意那把碎瑛刃,卡拉丁一边想一边往前迈步,试图进入武器的攻击范围。与碎瑛武士为战,瑛刃就是一切。瑛刃无可匹敌,不仅摧残肉体,还会毁灭灵魂本身。瑛刃——

扎赫尔丢下了瑛刃。

瑛刃刚落地,扎赫尔便窜到卡拉丁身边。卡拉丁刚才光顾着提防,不等他将矛就位出击,扎赫尔就转身一拳揍向卡拉丁的腹部。他很快又甩了一巴掌,卡拉丁倒在训练场上,脸部正好被砸中。

卡拉丁猛地打起滚来,没去搭理从沙中钻出的痛灵。他缓缓站稳脚跟,两眼直冒金星。他张嘴一笑,说:"这招够狠。"

扎赫尔捡起瑛刃,回身看着卡拉丁。卡拉丁依然将矛前举,在沙地上快步后退,避之不及。扎赫尔通晓操持瑛刃的技艺,他喜欢把剑高举过头施以大肆砍杀,速度快、力度猛,很少挥剑横劈,不像阿多林的打法。他已经把卡拉丁逼到了训练场的边缘。

对方不会一直这样耗着,卡拉丁的直觉告诉他,**别让对方停下**。

绕场几近一周后,扎赫尔减缓攻势,忽然来到卡拉丁身边,找寻破绽。"要是我有瑛甲,你就遭殃了。"扎赫尔说,"我不会累,而且出手更快。"

"你又没瑛甲。"

"假如哪个人穿着它来杀国王呢?"

"我另有招数。"

扎赫尔低声哼了哼,这时雷纳林在不远处着地。王子勉强站稳,却在沙地上滑了一下,一个趔趄就倒向一边。

"好吧,假如真要行刺,"扎赫尔说,"我也另有招数。"

他连忙向雷纳林冲去。

卡拉丁暗骂几句,拔腿跟上扎赫尔。

扎赫尔骤然变阵,回身一个滑步,停在了沙地上,继而双手挥剑,转身给了卡拉丁一个重击。卡拉丁以矛相拼,两人的对抗送出一片刺耳的断裂声,回荡在训练场上。如果瑛刃未作防护,卡拉丁的矛肯定会折成两半,而他的胸脯也会受擦伤。

某位观战的虔诚者扔给卡拉丁一根断矛,他们希望尽可能地模拟实战,因而就等着他的矛被人"砍穿"。莫阿什已经到场,他站在附近,神情关切,不过几名虔诚者将他拦下,作着解释。

卡拉丁扭头望望扎赫尔。

"在实战中,"扎赫尔说,"我没准已经逮到了王子。"

"在实战中,"卡拉丁说,"我没准已经让你吃了一记断矛,趁着你还相信我被缴了械。"

"我不会疏忽成那样。"

"前提是我不会疏忽到令你有机会接近雷纳林。"

扎赫尔粲然冷笑,表情煞是骇人。他跨步上前,卡拉丁顿悟其意。这次他别无选择,既不能退缩,也不能引开扎赫尔。如果卡拉丁要保护达力拿的家属,他就得装装样子,尽全力杀死眼前这个人。

那意味着主动发难。

长久的近身作战对扎赫尔有利,因为卡拉丁无法格挡碎瑛刃的攻击。卡拉丁的赢面在于迅速出手,以求短时见效。他一个箭步挺到前方,霍地躬下身,双膝点地,在沙地上滑行了一段,扎赫尔的挥击越过了他的头顶。此刻两人距离很近,而且——

扎赫尔抬脚踹向卡拉丁的脸。

卡拉丁将假矛扎入扎赫尔的腿,感到天旋地转。扎赫尔的碎瑛刃在刹那间降下,直抵卡拉丁的肩颈。

"你死了,小子。"扎赫尔说。

"你的腿被矛刺中,"卡拉丁喘息道,"这样追不上雷纳林。我胜出了。"

"你还是死人一个。"扎赫尔不屑地低吼一声。

"我该做的是防止你对雷纳林动刀。由于我刚才极力一搏,他脱险了。护卫的生死不是关键。"

"万一刺客有同伙呢?"后方传来另一人的声音。

卡拉丁一个翻腾,发现了身披全套瑛甲的阿多林。他把碎瑛刃朝下插入身前的沙地,一手抱着摘下的头盔,另一手则放在瑛刃的护手上。

"要是他俩结伴行动呢,扛桥的小子?"阿多林得意地笑笑,"你能一口气挡下两名碎瑛武士?如果我要杀父亲或国王,绝不会只派一人。"

卡拉丁站起来,揉了揉肩膀的臼部,毫不避讳阿多林的凝视。他是个狂傲的混蛋,十足的居高临下、十足的刚愎自用。

"行了,"扎赫尔说,"他肯定有所领会,阿多林。别——"

卡拉丁向那大公子猛冲而去,隐约听见阿多林在戴头盔时连连发笑。

卡拉丁体内瞬时沸腾,无数情绪喷薄而出。

一名碎瑛武士将他的一众战友依次斩杀。

身穿红甲的撒迪亚斯巍然而坐。

亚马兰的手中剑沾满血污。

阿多林亮出训练时的一式，谨慎地扫来未加防护的碎瑛刃，卡拉丁大吼一声，扎稳脚步，举起断矛，惊险地躲过了瑛刃的劈砍。他很快将矛重重地压在碎瑛刃的背面，阿多林的剑姿遭到破坏，他的手被拍到一边，无法连续出招。

卡拉丁飞身向前，扭肩撞向王子，仿如碰上了一堵墙。卡拉丁的肩膀火辣辣地作痛，然而阿多林愣是没想到自己会生生地挨上一击，冲力使他摇摇欲坠。卡拉丁拼命将他们二人推向后方，碎瑛武士砰的一声翻倒在地，发出阵阵惊诧的闷哼。

与此同时，雷纳林也在附近落地，传出震响。卡拉丁托起断矛，将其视作匕首，蓦地就往阿多林的面甲送。可惜大少爷已经在倒地时遣走了瑛刃，在卡拉丁身下举起一只覆有护甲的手。

卡拉丁立即把矛头下移，用力一刺。

阿多林猛然抬手一抽。

卡拉丁没有扎中目标，碎瑛武士的力量经过瑛甲的增强，反倒把他甩到了半空。他挣扎不已，最后摔在了八尺开外的地方。沙砾刮擦着他的侧肋，顶撞阿多林的肩膀再次传来火烧火燎般的痛楚。卡拉丁不由得倒抽一口气。

"蠢货！"扎赫尔吼道。

卡拉丁连连打滚，呻吟不止，眼前一片模糊。

"你差点杀了那小子！"他正在远处训阿多林。

"他先动的手！"阿多林的说话声闷在头盔里，听来含混不清。

"谁叫你挑拨，傻孩子。"扎赫尔的话音愈发洪亮。

"那是他自找的。"阿多林说。

卡拉丁浑身都疼。有人靠到了他身边，是扎赫尔吗？

"你穿着瑛甲，阿多林，"卡拉丁的视线仍未清晰，不过跪在他身前的人正是扎赫尔，"怎么能把身无寸甲的对手当成一捆柴往外扔。你老爸可没这么教过！"

卡拉丁使劲睁开眼，忽地一吸气，飓光从腰带上系着的口袋中流出，充盈在他体内。控制剂量，别让他们发现，别让他们剥夺你的能力！

疼痛烟消云散，肩关节复了位，之前的症状不知道到底是骨折还是脱臼。卡拉丁突然跳起，回头追赶阿多林，扎赫尔一惊，连声叫唤。

王子步履蹒跚地往后退去，把手伸向一侧，明显在召唤瑛刃。卡拉丁一脚踢起断矛，激起纷飞的沙尘，他随后上前一挥手，抓住了它。

此时此刻，他的力量业已耗尽。体内的风暴在不知不觉中消散，肩膀上又传来刺痛，他踉跄几步，大口喘着气。

阿多林用一只覆有护甲的手擒住他的胳膊。王子的碎瑛刃在另一只手中成形，而就在这一瞬，第二把瑛刃落在了卡拉丁的脖颈。

"你死了。"扎赫尔来到卡拉丁背后，用瑛刃贴住他的皮肤，"好戏重演。"

卡拉丁扔下断矛，瘫倒在训练场中央，浑身使不上一点劲。这是怎么搞的？

"你老弟在练跳姿，去给他搭把手。"扎赫尔给了阿多林一个任务。他为何有权对王子们发号施令？

待阿多林走开后，扎赫尔才在卡拉丁身边跪下。"别人耍着瑛刃砍你，你连躲都不躲。你曾经和碎瑛武士较量过，对不对？"

"嗯。"

"那你活下来算是走运。"扎赫尔探探卡拉丁的肩，"你有股倔劲，虽然傻乎乎的，但斗志满满。你状态不错，交手时小脑筋转得快，可一旦碰到碎瑛武士，就不太清楚自己在做什么了。"

"我……"他该怎么还口？扎赫尔的话不假，再怎么反驳都是逞强。光是两场打斗——如果记上今天的遭遇就是三场——成就不了高手。扎赫尔一戳他的伤筋,他就疼得龇牙咧嘴。地上的痛灵越生越多,他今天太有号召力了。

"这里没断。"扎赫尔哼了哼,"你的肋骨咋样?"

"没大碍。"卡拉丁仰面躺在沙地上,两眼望天。

"好吧,我不会逼你学。"扎赫尔起身道,"我实在逼不了你。"

卡拉丁使劲闭上眼。他觉得很丢脸,可是为什么?他输掉过对打,这是家常便饭。

"你让我想起了阿多林,你们俩很像。"扎赫尔说,"他一开始也死活不让我教。"

卡拉丁张开眼。"我和他才不是一路货。"

扎赫尔听罢哄然大笑。他站起身,边走边偷着乐,像是听到了世上最带劲的笑话。卡拉丁仍旧躺在沙地上直瞪着苍天,耳中全是场上的对打声。终于,茜尔飞了过来,降落在他的胸口。

"刚才是怎么回事?"卡拉丁问,"飓光从我身体里溜走了,*我有感觉。*"

"你当时在保护谁?"茜尔问。

"我……我在练武,就和在深渊里一样,跟斯卡和石头他们。"

"*你当时真的在干这个?*"茜尔发问。

他不知道,只得躺在原地望天。最后,他呻吟一声,硬撑着站起来,呼吸逐步平缓。他把身上的沙尘拍干净,前去查看莫阿什和其余护卫的情况。途中,他吸入少量飓光,后者起效很快,他的肩伤慢慢恢复,淤青也渐趋缓和。

最起码,他的生理创伤得到了治愈。

19 无害

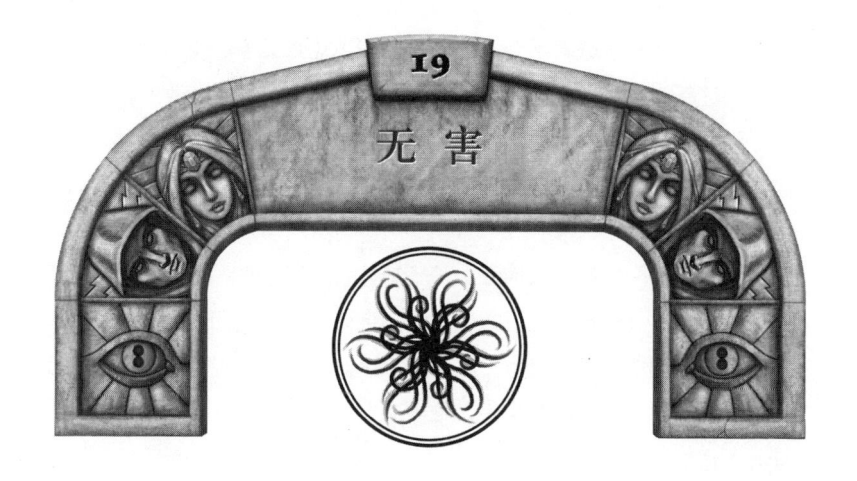

五年半前

沙兰的新丝裙质感柔滑,胜过她以前穿过的万千服饰。它轻触肌肤,宛如徐徐清风拂过。裙装的左袖用夹子夹好,盖住了手掌;她已经到了需要遮掩禁手的年纪。她曾经畅想过身披女性霓裳的美景。她和她母亲……

她母亲……

沙兰的思维化作一潭死水,如烛火瞬熄。她停下思考,靠着椅背盘膝而坐,双手搭在腿上。阴沉的石餐厅人声鼎沸,达瓦府正准备迎宾。沙兰不知客人的来头,只知父亲力求大堂的完美无瑕。

但她什么忙都帮不上。

两个女仆匆匆而过。"她瞧见了。"其中一人对另一个新来的妇女咬耳朵,"事发时那个小可怜就在屋里,后来连着五个月没说过话。老爷杀掉了自己的老婆和她的情人,只是别把这话……"

她们喋喋不休,可沙兰没去理睬。

她的双手还是放在原位。房间里唯一称得上色彩的只有她裙子上的那抹亮蓝。她坐在主桌旁的台子上。五六个褐衣女仆正在擦地、打理家具,禁手一律戴着手套。仆族又拖来了几张桌子。一个女仆敞开窗户,让新鲜空气通入室内,上一场飓风带来的湿气还没散去。

沙兰又听到了自己的名字。那些女仆显然以为她既然不讲话,便也不会竖起耳朵。有时,她怀疑别人看不到自己。兴许她并非真人,那样也不坏……

大堂的房门猛地被人撞开,长子赫拉兰踏了进来。她的长兄极富男子气概,高大健壮,脸形方正,而其余弟妹……他们还是孩子,就连已经成年的次子巴拉特也无法与其相比。赫拉兰环视餐厅,也许在找寻父亲。之后他向沙兰走去,腋下夹着一只小包裹。女仆们殷勤地让开了道。

"近来可好,沙兰?"赫拉兰挨着她的椅子蹲下,"来这儿监督别人啦?"

沙兰乐意待在这里。父亲不喜欢她离开他的视线、脱离管教,不然他会担心。

"我给你捎了点东西,"赫拉兰边说边解开包裹,"专门在北爪城订做的,货主刚刚路过。"他取出一只小皮包。

沙兰怯怯地接过。赫拉兰大笑起来,红光满面;在这种场合,想皱眉头也难。只要他在身边,她几乎就可以假装……几乎……

她脑中一片空白。

他碰碰她,问:"沙兰?"

她打开小包,里面装着一大捆厚厚的高档画纸,还有一套炭笔。她扬起藏好的禁手捂住嘴巴。

"我想念你的画,"赫拉兰说,"我觉得你会成为大师的,沙兰。你该多练练。"

她伸出右手抚摸纸面,接着握起炭笔。她开始作画,恍如隔世。

"我希望你能恢复常态,沙兰。"赫拉兰柔声道。

她俯身下笔,炭笔在纸面上沙沙作响。

"沙兰？"

她不予作答，只是潜心画图。

"未来几年我会经常离家。"赫拉兰说，"我需要你帮我照顾其他人。我很担心巴拉特，我送了他一只新的小狐斧犬，结果他……没能好好养它。沙兰，为了他们，你要变得坚强起来。"

赫拉兰的来访令女仆们管住了口舌。窗外，成片的藤蔓无精打采地爬满了墙壁。沙兰还在不停落笔，纸上渗出血一般的炭色，仿佛不是她画的，而是从纸里冒出来的。

赫拉兰起身一叹，瞥见了她的画作：尸首伏地，七横八竖——

他抢过画纸，把它揉作一团。沙兰一怔，身子往后一仰，握笔的手指颤抖不已。

"你该画些花草，"赫拉兰道，"还有动物。画些无害的东西，沙兰。不要被往事所困。"

泪水滑过她的两颊。

"报仇的时刻还未到来。"赫拉兰轻声说，"巴拉特无法当家，而我必须抽身。不过，总有一天我们会把这笔账算干净的。"

这时，大门洞开，现出父亲的身影。他是一位彪形大汉，脸上的胡须毫不避讳地藐视着时尚审美，雅克维德式的衣着一反现代设计的常态。他身裹一袭名为士绅袍的丝质服装，类似半裙，还在贴身衬衫之外套了一件礼袍。虽然他并未披上祖辈常穿的貂皮大氅，可当前的款式已是相当之传统。

他异常魁梧，比赫拉兰和领地里的各色人等都要高。若干仆族跟着他进屋，抱着一包包食材。他们的皮肤犹如大理石，三人中两者黑中带红，一者白中带红。父亲很中意仆族，他们不会回嘴。

"听说你擅自找到车夫，命他备上我的车，赫拉兰！"父亲吼道，"我不会再放任你游手好闲了！"

"这世上的要务多了去了，"赫拉兰道，"比你和你的罪孽更打紧。"

"不准用这种口气和我说话，"父亲阔步向前，指尖直冲赫拉兰，"我是你老子。"女仆们仓皇地退至墙边，不加掺和。沙兰把小包紧紧抱在胸前，拼命往椅子里躲。

"你是杀人犯。"赫拉兰心平气和地说。

父亲呆立在原地，络腮胡下的脸庞涨成了猪肝色。"*放肆！你估摸着我不会把你关起来？别以为你是我的传人，我就——*"

某样东西正在赫拉兰的手中成形，一道雾气化为银光闪闪的瑛刃，厚重的钢制剑身长约六尺，不很锋利，剑刃高低起伏、蜿蜒曲折，形如烈焰、又似波浪，剑柄处镶有宝石，金属刀面闪过寒光，凹凸有致的剑缘似乎动了起来。

赫拉兰是碎瑛武士。飓风之父啊！怎么会？什么时候的事？

父亲的话戛然而止。赫拉兰从低矮的台子上一跃而下，抬起碎瑛刃直指父亲，剑尖触到了他的胸脯。

父亲高举双臂，掌心向前。

"你是一个无耻的家族败类。"赫拉兰说，"我真该挥剑刺穿你的胸口，而这还算仁慈之举。"

"赫拉兰……"父亲大惊失色，脸面煞白，不见了锋芒，"你并未看透那些你自认为了解的真相。你母亲——"

"*我不想听你胡说八道。*"赫拉兰晃晃手腕，碎瑛刃一阵扭动，剑尖仍然抵着父亲的前胸。"要杀你，简直易如反掌。"

"别。"沙兰低语。

赫拉兰把头一侧，继而扭过身子，没有挪动剑刃。

"别。"沙兰说，"求求你。"

"你现在倒是吭声了？"赫拉兰说，"替他求情？"他纵声狂笑，迅速地将剑尖从父亲身前撤走。

父亲在餐椅上落座，惨白的脸色仍未退去。"怎么回事？这可是一把碎瑛刃。你是从哪弄来的？"他的视线突然上移，"不对，这是另一码事。瑛刃是你的新朋友送的？他们把这等宝物委托给你了？"

"我们有大业待办。"赫拉兰转身走向沙兰，慈爱地把手放在她肩上，措辞愈加温和："改天我会告诉你的，小妹。离家前能听到你再开金口，无疑是个好兆头。"

"别走。"她悄声呼唤，二字如鲠在喉。她已经接连数月没有发过声了。

"我必须走。在这段时间多为我画些图吧，画点好看的、明快的东西，行不行？"

她点点头。

"再会，父亲。"赫拉兰回首道，大步走出房间，"我将在外漂泊，请您尽量别把家里搞得太天翻地覆，我必定会定期回来检查的。"他的嗓音飘荡在走廊里。

光明贵人达瓦起身大肆咆哮。仅剩的几名女仆从边门逃开，躲进了花园。沙兰拼命往后蜷缩，万分惊恐。父亲擎起自己的座椅，往墙壁大力砸去；他狂踹小餐桌，还扛起别的椅子，把它们接二连三地摔向地板，蛮横的重击声声入耳。

他喘着粗气，转头看她。

那双眼睛泯灭了人性。在父亲的盛怒下，沙兰不住地呜咽。他注视着她，眼神再次浮现出生气。父亲背对着她，扔下一把断腿的椅子，似乎愧怍难当。之后，他悻悻地退出了房间。

20 凛然彻悟

> 博艺态以美为贵，融贯丹青，
> 谱写撩人向往之曲。
> 从艺者多有误读，此为实情，
> 灵体之命溯于根源。
> ——选自《听者形态歌》第九十节

地平线上，夕阳已沉，余晖犹存，沙兰所在的小车队逐渐驶近浓烟的源头。前方的烟势已经减小，三道烟柱目前依稀可辨，烟气袅袅腾起，直至融为一体。

车队开上最后一座山坡，她在晃荡的笼车上站起。不久后，车队在山腰上停下，再往上走几尺就能看到冒烟处的状况。当然，如果土匪正在山下恭候，那么登顶就不算明智了。

布鲁斯爬下车，向前跑去。他的身手虽然不太敏捷，但论及刺探险情，车队中无人比得上他。他蹲下身，脱掉时髦得过头的帽子，接着攀上山坡，探头张望。片刻后，他站直了身子，不再鬼鬼祟祟。

沙兰从车座上跳下，急匆匆地赶了过去，虬曲的硬棘枝条遍布四处，钩到了她的裙子。刚等她爬到山顶，图拉科夫就上来了。

山下，三辆货车余烬未息，静静地冒着青烟，鏖战过后，周围一片狼藉，箭矢遍地，尸体层叠。一看到死者中还混有生还者，沙兰的心咚咚直跳。这些人或是三三两两地在碎石中进行搜寻，或是将遗体运至别处。他们的打扮不像土匪，倒像勤勤恳恳的车队工人。还有五辆货车挨着彼此停靠在营地的另一边，有几辆已被熏黑，却满载着货物，仍能行路。

不少携带着兵器的男女正在清理伤口，无疑是护卫。一群惊魂未定的仆族正在照顾拉车的红甲蟹。这些人虽然遭袭，却死里逃生。"克勒克的臭嘴……"图拉科夫转过身，把布鲁斯和沙兰直往后推，"下去点，别让他们看见。"

"为什么？"话是这么说，但布鲁斯遵从了，"可那是另一支车队，不出意料。"

"的确，不过他们没必要知道我们在这儿。他们说不定想来交涉，可能会拖累到我们。瞧！"他向后一指。

在昏暗的暮光中，沙兰回望不远处的山坡，勉强能看到山顶上的黑影。逃兵集团正穷追不舍。她抬手招呼图拉科夫递上望远镜，后者不甘愿地照做了。尽管镜片上有几道裂痕，但沙兰还是看清了那伙人。与布鲁斯的通报一致，逃兵的数量有三十好几，他们既未扬起旗帜，也未结阵推进，更未统一制服，身上的装备倒是十分精良。

"我们得下山向那支商队求助。"沙兰说。

"不行！"图拉科夫一把抢回望远镜，"我们得逃！这帮人底子更实，却也容易得手，那些土匪一见这等便宜就不会找上我们了！"

"我们留下的痕迹太过显眼，你以为他们干完一票就不会再追我们了？"沙兰说，"你以为他们不会没日没夜地跟着我们跑？"

"今晚要刮飓风，"图拉科夫说，"碾碎的草壳会被吹走，那些痕迹没准就不见了。"

"我看未必。"沙兰说,"要是我们和山下的商队站成一线,就可以尽一份绵薄之力。我们守得住,那——"

布鲁斯突然回过头,举起一只手。"有动静。"他一个翻身,顺势摸向短棍。

近处的阴影之中站着一个人,山下的商队显然派来了探子。"就是你们把他们引过来的,对不对?"一个女声道,"他们打哪儿蹦出来的?又一帮山贼?"

图拉科夫举起润石,只见商队的探子是一名身高平平的精壮光眼种女子,她讲得一口字正腔圆的阿勒斯卡语,禁手上戴着褐色手套,腿裹长裤,披在外头的长风衣款式似裙,并用一根腰带扣牢。

"我……"图拉科夫说,"我只是个小生意人,而——"

"追我们的人必然是土匪。"沙兰插话道,"他们赶了一整天的路。"

女探子骂骂咧咧地把自己的望远镜举到面前。"装备不错,"她自言自语道,"想来是逃兵。简直祸不单行。伊克斯!"

另一人站到了旁边,身上的褐衣色如岩石。沙兰猛地一惊。她怎么就没察觉?他离得这么近!此人腰间佩着剑,难道是光眼种?不对,根据那头金发判断,他应该是外国人。她向来不清楚瞳色在他们的社会地位中有何含义。马卡巴克地区的住民无一拥有光眼,但其境内诸国仍有国王在位统治;而另一方面,伊里人几乎个个都生着浅黄色的眼珠。

那人小跑过来,一手握着剑柄,看待布鲁斯和塔格的目光满是公然的敌意。女探子向他吩咐了几句沙兰听不懂的话,听罢他点点头,快步去往山下的商队营地,那个女人也紧随其后。

"等等。"沙兰对她喊道。

"我没闲时间和你扯。"女探子恶语相向,"我们有两窝山贼要斗。"

"两窝山贼?"沙兰道,"你们不是击退了先前那伙人吗?"

"我们是把他们打下去了,可他们要不了多久就会反攻。"女探子在半山腰上顿了顿,"想来那场大火是场意外。他们当时正拿着火把吓我们,却不小心点着了什么东西。由于不想丢掉到手的货,火势一起他们就撤了回去,撇下我们和火魔搏斗。"

看来前后有两伙匪徒夹击。夕阳业已西沉,沙兰顶着寒风,发现自己出了一身冷汗。

女探子朝北眺望,那一定是匪徒暂时回撤的方向。"嗯,他们会杀回来的。"她说,"他们想趁着晚上的飓风没刮起来的时候就把我们端掉。"

"我会为你们提供庇护。"沙兰脱口而出。

"就凭你?还庇护?"女探子回身面向沙兰,口气生疑。

"你可以同意我和我的人入营。"沙兰说,"我会保证你们今晚的安全。此后,我还得赶往破碎平原,到时需要你们的帮助。"

女探子笑了。"我才不管你是什么人,可你的胆子真不小。要进营地无妨,不过我们会同归于尽!"

营地里传来声声号叫,没一会儿,一拨从北边射出的箭矢就划破夜空,倾泻在货车上,命中车队工人。

哀号此起彼伏。

一众匪徒闪出黑暗,就势压上。他们的装备不如逃兵齐全,然而这没有必要。商队不过剩下十几名护卫,女探子骂了一句,拔腿跑下山。

山下突发血战,沙兰浑身战栗,双目圆睁。她转身走向图拉科夫的笼车,感到一股突如其来的寒意。她猛然彻悟,明白了自己必须做点什么。她不知道这会不会起作用,但她想到了解决方式——就像画中的线条只有经过了有机结合,才能使信手涂鸦化为完稿。

"图拉科夫,"她说,"领塔格下山,尽量支援那些人抗击土匪。"

"什么!"他说,"我不干。这怎么行,我不会听了你一句傻话就把自己的性命搭上。"

她在近乎不见五指的黑暗中与他四目相对。他不再反抗。她明白自己在微微发光,也能感受到体内的风暴。"快去。"她走向她的笼车,把他搁在一边,"布鲁斯,把这辆车掉个头。"

布鲁斯举着润石站在笼车旁边,正在低头看着手上的某样东西。一张纸?奇怪,照理来说布鲁斯绝对读不懂铭文。

"布鲁斯!"沙兰爬上车,风风火火地说,"我们得行动起来!赶紧的!"

他摇摇头,回过神来,把纸塞好后才慌乱地坐到她身边。他挥起芦秆,往红甲蟹身上用力一抽,命令其掉头。"怎么走?"他问。

"去南边。"

"找土匪?"

"对。"

这一次,他毫无怨言地照办了,还猛抽芦秆敦促红甲蟹加快脚步,仿佛急于了事。笼车下了一座山,又爬上了另一座,一路上摇摇晃晃,吱嘎声不绝于耳。

他们开到山顶,朝下一望,只见攀山的逃兵集团手持火把和润石提灯,正在向他们逼近。这些人亮出武器,面色阴沉、不苟言笑,身上的胸甲和皮坎肩也许绘有特定的标志,以示其效忠于哪一位领主将官,可她发现那些东西不是被割掉就是被刮掉了。

那群逃兵一见到她,明显大惊失色。他们没想到猎物会自动送上门,她的出现把他们一时震蒙了。这一刻甚为关键,得抓住。

他们之中肯定少不了军官,沙兰想着,从座位上站起,这些人好歹当过兵,会有一套指挥体系。

她深吸了一口气。布鲁斯哼着鼻子,举起润石看向她,似乎很惊讶。

"飓风之父保佑！原来你们还在！"沙兰对逃兵高喊，"我万分需要你们的援助。"

逃兵集团只是直愣愣地盯着她。

"有土匪！"沙兰说，"他们正在两座山头开外的地方打劫我们的商队友人，杀得实在惨不忍睹！我跟人说我曾在这一带见过一队赶往破碎平原的士兵，但没有人相信。拜托了，你们可得搭救啊。"

他们仍旧傻瞪着她。*有点像一群溜进白脊穴讨食吃的貂……*她想。良久后，逃兵们总算不自在地挪了挪步子，转身面向站在中央的盗首。他是个满脸胡须的高个子，两条胳膊长得不合比例。

"你是说，有土匪？"那人应了一句，语气空洞。

沙兰跃下笼车，向那人走近，大块头布鲁斯默默无语地独坐，没有跟上。逃兵集团见状纷纷退开，他们穿着肮脏的破衣烂衫，蓬头垢面，已有许久没有擦脸或剃须了。不过，在火把的映照下，他们的武器锃亮无锈，身上的胸甲打磨得寒光可鉴，映出她的人影。

她定睛一瞧，胸甲上映出的那个人长得高挑大气，与沙兰自身的形象十分不符。此女的飘扬红发丝毫不乱，褴褛的衣衫被一袭镶金长服所取代，开裂的指甲经过了精心修剪，脖子上更是多出了一串项链。她扬起手，朝那伙人的头领走去。

"光明女士，"那人说，"我们不是你想的那种人。"

"不，"沙兰应道，"你们不是自己想的那种人。"

在火光之中，那些逃兵将她团团包围，正用饥渴难耐的目光注视着她，她打了一个激灵，浑身寒毛直立。她的确入了兽穴，可体内的狂风鞭策她行动、鼓励她壮胆。

逃兵集团的头领翕动嘴唇，像是要下令。沙兰当机立断，插话道："你叫什么？"

"我叫瓦沙尔。"那人扭头看了看同伙。"瓦沙尔"之名适用于沃林教国家，就和"沙兰"二字类似。"至于怎么处置你，还待稍后定夺。盖兹,拿下这个——"

"为了抹去过去的劣迹,"沙兰高声道,"你会怎么做,瓦沙尔?"

他回头望了她一眼,半张脸被火把照亮。

"假如有选择,你肯不肯放弃杀生,转而保护他人?"沙兰问,"假如能重头来过,你肯不肯金盆洗手,转而拯救他人?在我们谈话的当口,无辜的人们死到临头了,而你可以阻止那些匪徒。"

他的暗眼看似毫无生气。"我们不能改变过去。"

"我能改变你们的未来。"

"我们是通缉犯。"

"没错,我就是为此而来的。*我想招募一些人手*,这下你们就有机会重回军戎生涯了。跟我走吧,我会还你们一个全新的人生,第一步就是不杀生、多救人。"

瓦沙尔轻蔑地哼了一声,夜色把他的脸庞衬得很不真切,宛如一张速写。"从前,光明贵人们辜负过我们。"

"听啊,"沙兰说,"听听那些叫声。"

凄惨的呼救声从她背后传来,久久萦绕在人们的心头。命悬一线的商队工人不分男女,一律扯嗓尖叫,尽管沙兰已经对逃兵说明了,可山谷中余音不绝,她着实有些意外。

"你们要给自己一个机会。"沙兰小声说,"如果你们和我一道回去,我会尽力洗白你们的罪名。在此,我以个人信誉和全能之主的名义起誓,我会保障你们的前途,*你们可以翻身重来、成为英雄。*"

瓦沙尔直勾勾地凝视着她。此人就如顽石般执迷不悟、毫不动摇。她可以想见这样的结果,于是心一沉,肆虐于经络间的风暴也渐吹渐弱,她的恐惧陡然升级。*她究竟在做什么?简直是疯了!*

瓦沙尔再度移开目光,她清楚自己没能感化他。他厉声命令同伙将她生擒活捉。

可是无人行动。沙兰的话只是冲着他说的,并没有顾及另外二十多个人，但他们早已高举着火把凑了过来，一脸的坦诚，早前的邪念所剩无几。他们听到远方的喊声，突然摇身一变，瞪大了双眼，渴望有所作为。一些逃兵拨弄起制服，抚摸着军徽所在之处，还有些人低头看了看短矛和斧头，他们也许没出逃几日，还带上了这些兵器。

"你们这帮傻帽真想按她说的办？"瓦沙尔道。

一个满脸伤疤、戴着眼罩的矮个男子点了点头。"我不介意翻身重来。"他喃喃道，"风操的，这样真好。"

"我救过一个女人的命，"一个约摸四十出头的高个谢顶男子说，"之后的好几个星期我都飘飘然的，觉得自己是个人物，在酒馆里大伙都向我敬酒，那里还暖和。诅咒之地的！在这种鬼地方不是等死还能怎样？"

"我们就是为了摆脱他们的压迫才逃出来的！"瓦沙尔怒吼。

"获得自由之后，我们都干了哪些破事，瓦沙尔？"一个站得靠后的人问。

那人说完，全场一片寂静，沙兰只能听见刺耳的呼救声。

"你们全去吃风吧，反正我想过去。"戴着眼罩的矮个男子快步上了坡。其余人也迅速停下手上的动作，跟在他后头。沙兰转过身，将紧扣的双手置于身前。逃兵集团几乎倾巢而动，立马冲了出去，一路上火光摇曳，照亮了布鲁斯。他一脸讶异地在笼车上站起，**动起真格地呼喝一声**，然后跳下车去，高举着短棍加入到应战的逃兵行列。

现在只留下沙兰、瓦沙尔和另外两个被眼前的状况所惊呆的人。瓦沙尔抱起双臂，重重地叹了一声。"一群没脑子的，个个傻得要死。"

"他们有脑子，想要改过自新的人并不傻。"沙兰说。

他嗤之以鼻，细细地审视着她，一阵惶恐突然袭过她的心头。就在刚才，此人准备抢她的钱，或许还有更坏的打算；现在，多数火把已经不见，他的神情变得更加暴戾，尽管如此，他却没有动她一根毫毛。

"你到底是谁?"他问。

"沙兰·达瓦。"

"那么,光明女士沙兰,"他说,"我希望你能信守诺言,这是为了你好。走了,伙计们,我们试试看吧,别让那些蠢货丢了性命。"他和滞留的二人动身翻山,去往事发地。

沙兰独自站在夜幕下,轻轻地吐出一口气,其中不带一缕飓光,她已将其用尽了。虽然她的脚不再疼痛难忍,但她感到极度劳累,浑身乏力得就像一口戳破的水囊。她走向笼车,重重地往上一靠,最后才坐到地上。她朝后一仰,抬头望着天。几只有如滚滚扬尘的微小疲灵盘旋在半空,正绕着她打转。

初升的紫色圆月萨拉斯被莹白色的繁星簇拥着,远处的哀号怒喝在山中反复回荡。逃兵挡得下来吗?人数够不够?她不确定匪帮的规模。

她紧闭双眼,心想自己跟着去了也是做无用功,只会添乱。随后,她爬到车座上,取出了素描本。从营地里飘来的厮杀声和将死者的悲鸣冲击着她的耳膜,她勾出了一道寄托希望的祈祷符。

"他们听从了。"图腾在她身边嗡嗡道,"你改变了他们。"

"真是不敢相信。"沙兰说。

"啊……你很会说谎。"

"不,其实那是打比方。他们都是铁石心肠的罪人,要让他们听我的话,似乎是不可能的。"

"你是谎与真的结合体。"图腾柔声道,"他们转变了。"

"这话是什么意思?"光凭萨拉斯的月光画符难度很大,她使出了浑身解数。

"你先前讲起了一种飓能。"图腾说,"织光术操控光之力,但你还具备转变之力。"

"塑魂术?"沙兰说,"我没有给任何人施法。"

"嗯。可你转变了他们。就是这样。嗯。"

沙兰举起画完的祈祷符,发现笔记本的前一页被人撕掉了。是谁干的好事?

目前她无法焚符,但她认为全能之主不会介怀。她把符纸紧紧按于胸前,闭上了双眼。经过漫长的等待,山下的骚动终于平息。

21

灰烬

> 古云调和态崇尚和平,
> 言传身教、安民济物。
> 但若为诸神所用,则:
> 撒诈捣虚、满目荒芜。
> ——选自《听者形态歌》第三十三节

沙兰合上布鲁斯的眼皮,别过头去,不忍直视开膛破肚的淌血寒尸。车队工人在她周围来回走动,从营地里抢救可用的物资。在一片呻吟声中,瓦沙尔将擒获的土匪逐一处决,有几个人见状闭上了嘴。

沙兰没有拦着他。他一脸严肃地尽了职,在路过她时没有投来目光。他觉得自己和同伙本来也有可能落得这样的下场,沙兰想着,低头回望布鲁斯,火光照亮了他那张毫无血色的面庞,英雄与恶人的一线之隔在何处?上半夜的那场好声相劝起效了?

在袭击中战死的不只有布鲁斯,瓦沙尔也损失了七员士兵,他们解决了两倍多的土匪。沙兰硬撑着疲累的身子站起来,却看到什么东西钻出了布鲁斯的外套。她顿了顿,弯腰敞开衣服的前襟。

布鲁斯的衣兜里塞着她给他画的素描,上面的形象虽不是真实写照,却是她假想中的英雄造型:他或许曾是军中的士兵,制服笔挺,双眼平视前方,而不是永远看地。

他什么时候从她的素描本里撕走了这张图?她抽出画纸抹平折痕,随后将其叠好。

"我错了。"她喃喃道,"布鲁斯,把你作为收藏的第一人,着实不赖。安息吧,勇者。长眠于此,为全能之主而战,你是好样的。"

她站起身环顾营地。商队里的几名仆族把尸体拖到火边,以便焚烧。沙兰的赶到救了生意人的命,但商队的损失相当惨重。她还未清算过,可伤亡率看似很高。死者不在少数,大部分护卫都已殒命,早些时候现过身的金发伊里人也不例外。

沙兰累得不行,想要爬进笼车蜷身入睡,可她赶走了困意,转而找起商队的负责人来。

先前的那位女探子站在一张旅行桌边,面容憔悴,浑身是血,正在和一名头戴毡帽、留着一把胡子的蓝眼长者交谈。他一边捋胡须,一边细读女探子递来的清单。

沙兰一走近,两人都抬起了头。女探子一手握住了剑柄,长者还在抚摸胡须。不远处,商队工人靠在一辆侧翻在地的货车旁,整理着一包包倾洒而出的布匹。

"这不是我们的大功臣吗?"长者说,"光明女士,就连风儿也道不尽您的伟大,您的出现真是一场奇迹。"

沙兰毫无伟大之感,她遍体作痛,使不出力气,无法再行织光术,身上又沾满污垢,破烂的长裙堪比乞丐的装束,被裙底盖住的光脚丫又开始疼了,扎起的头发也彻底散成了乱麻。

"你就是商队的主人?"沙兰问。

"我叫马寇伯。"他说。她实在辨别不出这口音,此人讲话的腔调既不像泰勒拿人,又不像阿勒斯卡人。"想必您已经见过我的同伴了,"他朝女探子点点头,"她叫缇恩,是商队卫兵的头子。由于今晚的遭遇,她失去了几个手下,我的货物也蒙受了损失。"

缇恩两臂抱胸,没有换下那件褐色大衣。马寇伯手中的润石打出了一圈光,沙兰发现缇恩穿的是上好的皮革。她该如何评判一位一身戎装、腰间佩剑的女子?

"我已经把你的好意告知了马寇伯。"缇恩说,"就是你之前在山上的许诺。"

马寇伯忍俊不禁,在这样的环境下还能笑得出声,着实突兀。"说什么好意,我的同伴还以为那是赤裸裸的威胁!这些佣兵明摆着是为你卖命,我们还在想你对这支商队到底打的什么主意。"

"那些佣兵原先不为我卖命,"沙兰说,"不过他们目前是我的人了。我事前稍微做了点口头工作。"

缇恩冷眉一挑。"这可不是一般的口头工作,你肯定说尽了好话。光明女士,可问芳名?"

"沙兰·达瓦。马寇伯,一如缇恩听到的说法,请你搭我去破碎平原,别的我都不求。"

"这种事自然可以吩咐士兵去做,"马寇伯道,"没必要找我们作陪。"

我希望你们的存在能提醒那些"士兵"他们都干了些什么,沙兰想。她的直觉告诉她,逃兵集团受到的文明熏陶越多,她的前路就会越顺畅。

"他们是军人,"沙兰说,"怎么会知道如何护送光眼种女子?要把我伺候得舒舒服服可不简单。不过,你们有几辆好车,货物也不少,如果你还没有从我这身行头上看出究竟,我就直说吧。我实在太需要来点享受了,谁想像个叫花子似的抵达破碎平原?"

"我们大可利用她的佣兵。"缇恩说,"我手下的队伍所剩无几。"她又打量起了沙兰,这次满怀着好奇,一改先前的敌对情绪。

"那么我们要定个协议。"靠在桌前的马寇伯笑得合不拢嘴,朝沙兰伸出一只手,"您的救命之恩我得好好报答,在同路期间,我会打理好您的生活,为您提供新衣和美食。相应地,您和您的手下须得在余下的旅程中保障我们的安全。之后,我们将各走各的道,谁也不欠谁的。"

"我没意见。"沙兰握住了他的手,"我准许你入伙,你要把商队并到我的车队里。"

他一时无语。"您的车队?"

"是的。"

"那么我们还得臣服于您?"

"不然你想怎么着?"

他叹了口气,但没有反对。"不,我不是这个意思,真心的。"两人达成协议后,他松开手,指了指倚在车边的两个人——图拉科夫和塔格。"他们呢?"

"他们是我的人。"沙兰说,"我会跟他们讲明白的。"

"如果可行,尽量让他们驶在车队的尾巴上。"马寇伯皱了皱鼻子,"这运的都是什么肮脏货,我可不想让我们的车子染上那种臭味。不管怎么样,您最好快点把人头召集起来,马上要起飓风了。我们损失了几辆车子,找不到别的遮挡了。"

沙兰没有再说,顺着山路走了回去,努力不去在意混杂在一起的血腥味和焦味。突然间,一个人影窜出黑暗,来到她身边。瓦沙尔面露凶相,即使到了明处,他的威慑力依旧丝毫未减。

"如何?"沙兰问他。

"有几个弟兄死了。"他的声线空洞乏味。

"他们为大事业献出了生命,"沙兰道,"生还者的家里人会感谢他们的。"

沙兰话音刚落,瓦沙尔便抓住她的胳膊,拖住了她。他的力道很生猛,她甚至被掐痛了。"你像变了个人似的。"他说。她早先没意识到他竟是如此魁梧,在气势上完全压过了她。"我是不是瞎了眼?山上黑咕隆咚的,站在我眼前的明明是个女王,现在怎么成了个小毛孩?"

"也许是你的眼光顺应了良心。"沙兰拽了拽胳膊,但无济于事,她不由得涨红了脸。

瓦沙尔凑了过来,他呼出的气可不太好闻。"我的人干过更龌龊的营生。"他低声道,朝火中的尸体挥了挥手,"在山间地头,我们烧杀抢夺,无恶不作。你以为一个晚上的说教就能免除我们的罪孽?你以为一个晚上的工夫就能终结噩梦?"

沙兰感到心中空落落的。

"如果我们跟你上了破碎平原,哪儿还能活命?"瓦沙尔说,"前脚刚踏进去,就得上绞刑架。"

"我有言在先——"

"有言个屁!你的话没分量,臭女人!"他吼了一句,手上掐得更紧了。

"放开她。"潜伏在他身后的图腾波澜不惊地说。

瓦沙尔回身四顾,可附近没有什么实在的人。沙兰在他背后发现了图腾,他正贴在制服上。

"谁在讲话?"瓦沙尔质问。

"我什么也没听到。"沙兰极力保持镇定。

"放开她。"图腾再度发话。

瓦沙尔又转头望了望,接着看了回来,沙兰迎上他的逼视,甚至挤出了一个笑容。

他松了手,在裤子上揩了揩,一去不回。图腾从他的背上一路滑到小腿,然后掠过地面,朝沙兰而来。

"那家伙会成为麻烦。"沙兰摩挲着被瓦沙尔抓过的地方。

"这是在打比方?"图腾问。

"不,我在直截了当地说话。"

"有意思。"图腾看着瓦沙尔不断远去的身影,"我觉得他已经是麻烦了。"

"没错。"她继续前行,走向坐在车座上的图拉科夫。他把紧扣的双手摆在身前,一见沙兰还笑了笑,不过他今天的表情似乎特别淡漠。

"那么,"他引出话题,"看来您一开始就掺和进去了?"

"掺和什么?"沙兰问着,赶走了塔格,以便和图拉科夫私聊。

"布鲁斯的计划。"

"愿闻其详。"

"明眼人看得出,"图拉科夫说,"他和逃兵团伙是通同一气的。最早那天晚上,他把好风后跑回营地,其实已经和他们碰过面,还下了保证,说着要是抢来的钱可以瓜分,他就会把我们供出去。所以,当你们俩和他们对谈时,他们才没有立刻动刀。"

"哦?"沙兰问,"假如真是这样,那布鲁斯为什么还要回来提醒我们?他干吗不直接叫他的'小伙伴'把我们杀个精光,而是和我们一起避风头?"

"他没准只见了几个人。"图拉科夫说,"是的,一入夜,他们就在山上点起火,好虚张声势,然后他的小伙伴搞来了更多人手……然后……"他渐渐地没了声音,"风操的,这讲不通。什么情况?凭什么?我们早该死了。"

"全靠全能之主显灵。"沙兰说。

"你们的全能之主就是个大笑话。"

"你真该如此期盼着,"塔格的笼车就停在不远处,沙兰走到了车尾,"要不然就等着下诅咒之地吧,那里专门为你这种人留了位。"她端详着囚笼,五个穿得邋里邋遢的奴隶挤作一团,尽管靠得这么近,但他们都各管各的。

"这些人是我的了。"沙兰对图拉科夫说。

"什么!"他腾地从座位上站起,"你——"

"死老滑头,你的命可是我救的。"沙兰说,"作为报偿,你要把这些奴隶转手给我。我带来的士兵保住了你那条一钱不值的小命,这份辛苦费你可得出。"

"你这是强盗行为。"

"我这是仗义行为。你要是觉得不爽,等我们到了破碎平原,去找国王诉苦不就好了?"

"谁要去破碎平原。"图拉科夫啐道,"**光明女士**,请你另寻他人,我要按原计划往南走。"

"那你得留下这些奴隶,"沙兰用图拉科夫给她的钥匙打开了笼门,"再把他们的奴隶契约交予我。万一哪里出了纰漏,就等着飓风之父来搭救吧,图拉科夫。我眼睛可尖了,识破造假不在话下。"

她从未见过奴隶的契约,更不清楚辨别真伪的方法,可她不在乎。她疲累交加,总想着要尽快熬过这个夜晚。

五个胡须蓬乱、光着膀子的奴隶缩手缩脚地从笼中鱼贯而出。虽然她和图拉科夫同行的经历并不愉快,但和这些人的悲惨遭遇比起来,也算是奢侈了。奴隶们朝附近的黑暗瞥了瞥,似乎迫不及待。

"你们可以随意逃走,"沙兰的语气变得温和下来,"我不会追杀你们。但我需要仆人,也会支付可观的报酬。如果你们同意用五颗火马克抵赎身债,我会给六颗球币;反之就只给一颗。"

其中一人歪了歪脑袋说:"照这么看……不论如何我们拿到的都是相同的数目吧?这有什么意义?"

"意义大了去了。"沙兰扭身面向图拉科夫,他正坐在车座边上自顾自烦恼着,"你有三辆车,但车夫只有两个。你愿不愿意把第三辆车卖给我?"她不需要红甲蟹——马寇伯的几辆货车被火烧了,因此她有了可用的储备。

"卖？少来！为什么不直接偷去？"

"耍什么小孩脾气，图拉科夫。我都给钱了，你要还是不要？"

"五颗蓝宝石布罗姆。"他恶声恶气地说，"算是跳楼甩卖了，别给我讨价还价。"

她不知道那辆笼车是否抵得上这么多钱，但她付得起，她有的是球币，哪怕大多数都已无光。

"您不能带走我下面的仆族。"图拉科夫气吼吼地说。

"你可以留着他们。"沙兰说。稍后她要找雇主谈谈，为她的仆人讨一点衣服和鞋子。

她想问问马寇伯，自己是否能牵走一头红甲蟹，走到半路时碰到了一群站在火边的商队工人。逃兵们把最后一具尸体——死者是他们的同伴——抛进了火焰，之后退开几步，用手擦了擦额头。

一名暗眼种女工走上前来，把一张纸递给了一名曾经的逃兵，后者一手接过，抓了抓胡须。这人就是之前在山上发过言的矮个独眼汉。他把纸举给别人看，纸上的铭文似曾相识，却不是沙兰预想中的悼符，那名女工其实想表达谢意。

弃暗投明的逃兵集团聚集在火边，注视着那张符纸，随即扭头观望，像是头一次看清不远处的围观民众。在夜色的笼罩下，二十多个人默然而立，或是面带泪光，或是牵着孩子的手。沙兰早前没有注意到这些儿童，却不讶于见到他们。商队工人过着浪游四方的生活，携家带口并不意外。

沙兰只是走到他们背后，尽量把自己隐藏在暗处。工人和家属泪流满面，纷纷表达着感激之情，面对大家的好意，逃兵们似乎不知所措。终于，他们焚起符纸，低下了头，沙兰和多数围观者也照做了。

逃兵们的形象瞬间高大起来，她转身离去，凝望着烧成灰烬的符纸飞向高空，将众人的谢意传达给全能之主。

里亚弗时装杂志中的一页。本志主要流通于阿勒斯卡及堆克维德书市，因而图中模特为阿勒斯卡人。

22 风暴之光

传飓风态能唤起
狂风骤雨,
谨防其力,谨防其力。
它为诸神带来黑夜,
却为血色灵体营造良机。
谨防终结,谨防终结。
——选自《听者之歌·风吟》第四节

卡拉丁凝视着窗板。一时间,动静骤起。

起先是一片沉寂。远远地,一丝怒号飘临入耳,风过石窟,呜呜而鸣,附近却无声无息。

一阵颤动。木质窗框剧烈摇晃,吱嘎有声,雨水渗进窗缝。飓风一至,暗无天日,穿行于混沌的邪物猛砸窗户,意图侵入。

闪光划过,照亮雨幕,紧接着又是一道电光。

那道光稳稳地止于半空,如发光的润石般微微泛红。出于一些无法解释的原因,卡拉丁觉得那是一双眼睛。

他惊呆了,于是抬手解开插销,准备一查究竟。

"真得找人修修那条松松垮垮的窗板了。"艾尔霍卡王恼火地说。

吱嘎声消停了,那道光也逐渐暗去。卡拉丁眨眨眼,垂下手。

"待会儿提醒我一下,让纳卡尔来弄。"艾尔霍卡在躺椅后来回踱步,"窗板不能串风漏雨。这是本王的行宫,不是什么乡下酒铺!"

"我们会办妥的,保证能修好。"说话的阿多林坐在一把靠近炉火的椅子上,正在翻阅一本画册。他弟弟与他相邻而坐,交扣的双手摆在腿上。经过一天的训练,雷纳林的身体或许还酸痛不已,可他没有表现出来,反而从衣袋中拿出一只小方盒,不停地打开盒盖,还把它放在手心里转来转去,先摸摸一侧,再咔的一声关牢。他一直重复着这些小动作。

在摆弄盒子时,他双目放空,这似乎是常有的事。

艾尔霍卡仍在踱步。掌管国王亲卫队的伊德林站在他身旁,腰杆挺得笔直,绿眼平视前方。他留着一脸络腮胡,肤色比一般的阿勒斯卡人要黑,可能混有亚泽许血统。

第四冲桥队已经按照达力拿的指示与国王亲卫队轮流执勤了。迄今为止,伊德林和他带领的队伍给卡拉丁留下了深刻的印象。不过,每当号角吹响,预示着有高地战时,伊德林总会回过身,表情如饥似渴。他想上平原打仗。撒迪亚斯的背叛事件发生后,达力拿军的士卒们都和伊德林一样迫切,仿佛想要寻求机会证明本军的强大。

窗外的飓风越刮越烈,隆隆声不绝于耳。奇了,在此期间室内并无寒意——营房里总是阴阴的——这间屋子做足了保暖措施,不过壁炉里没有生火,而是安放着一颗有卡拉丁一个拳头那么大的红宝石。在家乡,他可以用它换来全镇人几个星期的粮食。

卡拉丁离开窗户,假借观察宝石晃到壁炉边。他实在想瞄一瞄阿多林在读什么。许多男人对书本瞧都不会瞧上一眼,认为读书是女人的事情。阿多林似乎对此心无芥蒂,真稀奇。

卡拉丁向壁炉走去，途经一扇边门，达力拿和纳瓦妮在飓风来临之时便进屋休息了。卡拉丁本想在房内安排一名护卫，却被他们一口拒绝。

这扇门是房间的唯一入口，他想，里面甚至没安窗户。这次，如果墙上再出现字句，他便能确认无人偷溜进去。

卡拉丁弯下腰，检视起壁炉中的红宝石。它嵌在绕有金属丝的装置中，热度逼人，他的脸颊烫得作痛。风操的，那颗宝石的尺寸可真大，注入的飓光本该亮瞎他的双眼，可他反倒能定睛注目，也看得到内部的涌动光芒。

人们认为宝石释放出的是平和而稳定的光亮，然而这只是相较于摇曳的烛光而言。如果细细观察，便能目睹如呼啸飓风般的翻滚飓光，它们组成的图案千变万化。以飓风的名义，宝石中绝不安宁。

"我想你以前没见过加热型法器吧？"雷纳林问。

卡拉丁瞥了瞥四眼王子。他和阿多林一样，穿着阿勒斯卡式的贵族制服。事实上，卡拉丁从未瞧见他们换过任何造型——披挂碎瑛甲当然除外。

"没见过。"卡拉丁说。

"新技术。"雷纳林还在把玩他的小金属盒，"那件法器出自我伯母的巧手。每当我转个身，世界似乎就会发生些许转变。"

卡拉丁应诺了一声。我知道那是何种感受。他略为渴望吸入那块宝石里的飓光，然而这么做很鲁莽，足以让他散发出如同烈火的光辉。他放下双手，大步走过阿多林的椅子。

阿多林的书里画满了衣着讲究的男子。这些素描颇具水准，人脸和服饰都描绘得十分细致。

"时装？"卡拉丁本不想张口，却还是问了出来，"在刮飓风的时候，你倒挑起了新衣？"

阿多林啪的一声合上书。

"可是你只穿制服。"卡拉丁疑惑不解。

"你有必要待在这儿吗，扛桥的小子？"阿多林气鼓鼓地问，"再怎么说也不会有人顶着飓风找上我们。"

"你都预想到这一点了，"卡拉丁说，"我就有必要待在这儿。想行刺，不求此时，更求何时？风声会掩盖呼喊，所有人都跑到屋里躲避，援兵会来得很慢。依我看，在这种关头，陛下最需要人守卫。"

国王停下脚步，伸手一指。"有道理，为什么不曾有人对我详说？"他看了看伊德林，后者忍让不言。

阿多林叹着气，对卡拉丁耳语："你至少可以放过我和雷纳林。"

"光明贵人，当众人齐聚时，安保工作才更易进行。"卡拉丁走开了，"而且你们还能护着彼此。"

不管怎么说，达力拿仍打算与纳瓦妮共度飓风。风雨渐息，卡拉丁又走到窗边聆听。在他迎风受刑时，眼前现出了一张如苍穹般浩瀚的脸庞。这是真的吗？他有没有看见飓风之父？

我是神，茜尔说过，*至少是神的一小部分*。

飓风总算止息了。卡拉丁打开窗，眼前是一抹黑天，几朵朦胧的薄云映照出诺梦的辉泽。这场夜间飓风持续了好几个小时，期间无人能寐。风雨来得这么迟实在讨人厌，第二天他经常提不起劲。

边门一开，达力拿走了出来，身后跟着纳瓦妮。这名标致的女子抱着一本大开的笔记本。卡拉丁自然听说过轩亲王在飓风期间的病症。他的部下对此各持意见。有人认为达力拿害怕飓风，所以才会吓得直抽搐；还有人私下表示，随着年龄的增长，"黑荆棘"的头脑越来越不清醒了。

卡拉丁急欲了解个中的缘由。他和大伙的命运走向都和达力拿的身体状况息息相关。

"长官，墙上是否有数字？"卡拉丁探头望了望房内的墙壁。

"没有。"达力拿说。

"它有时会在飓风平息后出现。"卡拉丁说,"我在外面的走廊上派了几个人,大家最好在此地多停留一阵子。"

达力拿点点头。"请便,士兵。"

卡拉丁走到大门边,来自第四冲桥队和国王亲卫队的若干队员共同驻守在门口。卡拉丁对雷滕点点头,随后扬起手指示他们去阳台上站岗,以防险情。**卡拉丁绝对要抓住那个刻下数字的神秘人**,假如那个人真的存在的话。

在他身后,雷纳林和阿多林来到他们父亲的身边。"有没有新发现?"雷纳林柔声问。

"没有。"达力拿说,"这次的幻象是老花样,发生的顺序却和上次不同,有些我没见过,所以我们没准能获取一些未知的信息……"一见到卡拉丁,他就咽下词句,转换了话题。"好吧,只要我们还在这里候着,倒不如听听新情报。阿多林,你何时才能再来上几场决斗?"

"我在找路子呢。"阿多林苦着脸说,"我以为萨利诺尔的落败会鼓动别人放马过来,可他们反倒躲躲闪闪的。"

"这下难了。"纳瓦妮道,"你不是总说人人都想和你决斗吗?"

"以前是这样啊!"阿多林说,"起码他们瞅准了我没法上场的时段。而现在,只要我一提出决斗邀约,他们就蹬蹬脚,看也不看我。"

"你有未找过撒迪亚斯帐下的人?"国王忙不迭地问起。

"还没有。"阿多林说,"不过除了他自己,他仅有一名碎瑛武士可用,那就是亚马兰。"

卡拉丁打了个激灵。

"你可不能和他决斗。"达力拿笑呵呵地说。他坐到长沙发上,光明女士纳瓦妮也靠着他一并落座,一手深情地摆在他的膝盖上。"我们或许能把他争取过来。我之前就在和亚马兰轩领主交流……"

"你以为只要有你兜着,他就好改换阵营?"国王问。

"这可能吗?"卡拉丁诧异地问。

光眼种齐齐向他转身。纳瓦妮眨眨眼,像是头一次注意到他。

"有可能。"达力拿说,"虽然亚马兰管辖的多数领地仍属撒迪亚斯,不过他可以将自己的封邑并入我的公国——碎瑛武器也将一同易主。一般情况下,领主想加盟哪个公国,就得和与之相邻的公国做一次土地交易。"

"这种事十多年难遇啊。"阿多林摇摇头。

"我在做他的思想工作。"达力拿说,"但是亚马兰的意思……恰恰相反,他想把我和撒迪亚斯凑到一块,以为我们能重修旧好。"

阿多林嗤之以鼻。"自撒迪亚斯背叛我们的那天起,这种可能性就吹了。"

"或许早在那天之前就没希望了,当时我还真没预见到。"达力拿说,"还有谁值得一战,阿多林?"

"我打算先探探塔拉诺尔,"阿多林说,"紧接着是卡利述尔。"

"两人均不是甲刃俱全的碎瑛武士。"纳瓦妮皱着眉说,"前者只拥有瑛刃,后者只拥有瑛甲。"

"所有披甲持刃的碎瑛武士全都拒不配合。"阿多林说,"这两位缺乏耐性,渴求出名。其他人不给面子,他们中的一人可能会接受。"

卡拉丁抄起双手靠在墙上。"如果你击退了他们,不就会吓得别人不敢应战了吗?"

"只要我打败了他们,"阿多林瞟了一眼卡拉丁的赋闲之态,拧起眉头,"父亲就会使出手腕,别人想不接受都不行。"

"然而总该有个结点,对不对?"卡拉丁问,"其余轩亲王终究会挖出真相,他们不会再听你们的,内情说不定已经被人拆穿了。因此,他们不会同意出战。"

"总会有人上钩。"阿多林起身道,"我若是连连获胜,其他人就会看重我,从而动起一试身手的念头。"

卡拉丁觉得他想得有点美。

"卡拉丁军尉说得对。"达力拿道。

阿多林朝他父亲转过身。

"你无须打遍军中的碎瑛武士。"达力拿轻声说,"我们要缩小范围,有选择性地与人决斗,以求达到终极目标。"

"目标何在?"阿多林问。

"灭撒迪亚斯的威风。"达力拿的口气几乎带有憾意,"要是迫不得已,就借着决斗的机会杀死他。在这场角力中,军民大众很清楚各方的立场。假如我们对所有人都施以同样的惩罚,成效是出不来的。我们要给那些秉持中立意见、对追随哪一方举棋不定的人展示彼此信任的好处。推行高地联合战,提倡各路碎瑛武士互帮互助,我们要营造氛围,说明身在一个真正的王国究竟是何种光景。"

旁人安静下来。国王背过身,晃了晃头。他对达力拿期望达成的目标不予全信。

卡拉丁发现自己快快不乐。他为何要怄气?达力拿已经认可了他的意见。他一阵恼怒,片刻后才意识到他的火气或许缘起旁人口中的亚马兰。

光是听到他的名字就会害得他浑身不舒服。他总认为,既然让这种刽子手入了营,军中就该出点事、就该起点变化,但是一切仍然照旧。他觉得沮丧不已,想找个地方发泄发泄。

他得想想对策。

"这会开得够久了吧?"阿多林对他父亲说,"我可否告辞?"

达力拿叹着气,点了点头。阿多林拉开门,阔步而去,雷纳林缓步在后,提着仍处在磨合期的碎瑛刃,上面包着护套。他们路过一队被卡拉丁安排在外的守卫,斯卡和另外三人见状立即跟到了他们身边。

卡拉丁走到门口,迅速点了点人数,总共还剩四人。他发现莫阿什打了个哈欠,于是说:"莫阿什,你今天站了多久的岗?"

莫阿什耸耸肩。"先是陪护光明女士纳瓦妮,再是和国王亲卫队一同执勤。"

我把他们逼得太紧了,卡拉丁想,飓风之父啊,就算加上达力拿派给我的前深蓝卫士,人手还是不够。"回去睡睡吧。"卡拉丁说,"比西格,你也是,我在早晨看到你值岗了。"

"那你呢?"莫阿什问卡拉丁。

"我没事。"体内的飓光让他保持着活力。确实,如此运用飓光可能会带来危险——他会更冲动、办事的胆子也会更大。在战争之外,他不确定自己是否喜欢这样的功效。

莫阿什扬起了眉毛。"卡尔,你累死累活的,说到底,一定不比我轻松。"

"我待会儿就走。"卡拉丁说,"莫阿什,你得找时间歇一歇,要不然会失掉精气神。"

"我起码要值两班。"莫阿什耸肩道,"在例行事务之外,你还让我掺和国王亲卫队的训练。"

卡拉丁抿起嘴。这着实很有必要,想让莫阿什养成护卫的思维,没有比在一支组建已久的队伍里任职更好的方法了。

"我和国王亲卫队的任务快完成了。"莫阿什特意说,"稍后我就回去。"

"很好,"卡拉丁说,"把雷滕也叫上。纳塔姆,光明女士纳瓦妮的安全由你和马特负责,我会陪达力拿回营,在他的门前安插卫兵。"

"完工后你会睡上一觉吧?"莫阿什问。别人也心急地朝卡拉丁看了看。

"好吧,我会休息的。"卡拉丁转身进屋,达力拿正在搀扶纳瓦妮起身。很快他便会送她回房,这是多数夜晚的惯例。

卡拉丁做了一番心理斗争,随后走上前,对轩亲王说:"长官,有些事我必须和您谈谈。"

"能不能等我处理完私事?"达力拿说。

"行,长官。"卡拉丁说,"我会在行宫的大门前等候,之后护送您回营。"

在两名冲桥手护卫的陪同下,达力拿领走了纳瓦妮。卡拉丁独自来到走廊深处,思绪连篇。路过的侍从业已打开了窗户,化作缭绕雾气的茜尔飞了进来。她咯咯直笑,绕着他转了几圈,而后飞出了另一扇窗。在起飓风之时,她总会变得更像普通的灵体。

风雨之后,空气潮湿而清新,整个世界经过大自然的冲刷,显得洁净了不少。

他来到行宫的前方,两名国王亲卫正把守着此处。卡拉丁向他们点点头,对方施以简短的回礼。接着,他从岗亭上取下一盏提灯,把自己的润石装了进去,直到填满为止。

从殿前遥望而去,卡拉丁可以将十座军营尽收眼底。飓风过后,充满飓光的润石闪耀于四处,过往的风暴散为丝丝缕缕,流入宝石,使其熠熠生辉。

卡拉丁站在原地,复习着他要对达力拿说的话。轩亲王终于出现在行宫的大门前,虽说卡拉丁已经默默排演了好几次,却仍未准备好。纳塔姆在他们身后敬了个礼,将达力拿移交给卡拉丁看护,然后才跑回去和马特一起站到光明女士纳瓦妮的门前。

轩亲王走上一条由巅宫通往山下马厩的之字形步道,卡拉丁赶忙跟到他身边。达力拿似乎有心事,神情很是不宁。

他从未公布过他在飓风期间会发病的消息,卡拉丁想,他该不该松一松口风?

他们早前议论过那些幻象。达力拿究竟看到了什么?或者自以为看到了什么?

"那么,士兵,"达力拿边走边说,"你想谈什么?"

卡拉丁深吸一口气,说:"一年前,我曾在亚马兰军服役。"

"原来你是在那里成长起来的。"达力拿说,"我本该想到。亚马兰是撒迪亚斯公国境内唯一一名真正具备领导才能的将士。"

"长官,"卡拉丁在山路上停步,"他背叛了我和我的部下。"

达力拿定在原地,转身看着他。"想必是出于战术需要才迫不得已的吧?士兵,人无完人,如果他把你的部下推入困境,我想他不是有意的。"

尽管大胆地说出来,卡拉丁告诫自己,发现茜尔正坐在右面的一棵页岩皮木上。她向他点头致意。*一定得让他知道。只是……*

他从未把这件事和盘托出,甚至没有对石头、泰夫特和别人讲起过。

"实情并非如此,长官。"在润石的光照下,卡拉丁注视着达力拿,"我知道亚马兰是从哪里搞到碎瑛刃的。当时我就在现场,而且刚刚杀掉了上一任碎瑛武士。"

"这不可能。"达力拿徐徐道,"假如此话当真,甲刃肯定都在你手上。"

"亚马兰将之挪为己用,然后杀光了知情者。"卡拉丁说,"出于愧意,亚马兰只留下了一个活口,他给那名士兵打上烙印,把他贬为了奴隶。"

达力拿默然伫立。从这个角度向外望去,他身后的山崖一片黝黑,仅有星光铺洒其上。几颗润石在达力拿的口袋中发亮,光芒穿透了制服的衣料。

"在我认识的杰出人士中,亚马兰占据一席。"达力拿说,"他的名誉无可挑剔,我甚至从未耳闻他会在决斗中过分利用对手的弱势,哪怕情况允许。"

卡拉丁未作回应,曾经他也毫不怀疑。

"你拿得出证据吗?"达力拿问,"你该明白,碰上这种性质的事件，我无法轻信人言。"

"也就是说，您不把暗眼种的话当回事。"卡拉丁咬牙切齿道。

"这和你的瞳色无关，"达力拿说，"但是你已经提出了一项严重的指控，这才成问题。士兵，你刚才的言辞很危险，到底有没有证据作支撑？"

"在他夺下碎瑛武器时，还有别人目击。他的贴身护卫奉命执行屠杀令，当时还有一位读风者在场，那是个尖脸中年人，留着虔诚者的胡须。"他喘了口气，"他们事先都串通好了，可是说不准……"

达力拿在夜色中轻叹一声。"你有没有向别人指出过？"

"没有。"卡拉丁说。

"管牢你的口舌，不要和人说起，我会和亚马兰谈。感谢你的告知。"

"长官，"卡拉丁向达力拿走近一步，"倘若您真的笃信正义的力量，您——"

"孩子，话已至此，足够了。"达力拿打断了他，嗓音平静却冷漠，"该说的你已经都说了，除非你能向我提供更多的证据。"

卡拉丁勉强压下猝然上涌的火气。

"先前我们在讨论我儿子的决斗事宜，你能进言，我很感激。"达力拿说，"与会时，你的补充切中要害，我想这应该是第二次了。"

"谢谢，长官。"

"话说回来，士兵，"达力拿道，"在对待我和我的部下之时，你时而出力时而越界，立场实在是游移不定。你心中积怨甚深，我没有多虑，因为我知道你受了什么苦，也看得出你的军人本色。我当然会给这样的人委派职务。"

卡拉丁咬咬牙，颔首道："明白，长官。"

"很好，请回吧。"

"可是长官，我必须护送——"

"我想我得回宫。"达力拿说,"今晚估计睡不了好觉,所以我可能要和贵夫人小聚,烦请她听我谈心。我可以由她的守卫看护,回营时,我会带上一人。"

卡拉丁长吁一口气,向达力拿敬礼。*好吧*,他一边想,一边踏上阴湿的步道。待他下山后,达力拿仍站在山上,眼下只剩一个人影。轩亲王似乎陷入了沉思。

卡拉丁扭过身,走回达力拿的军营。茜尔飞升而上,降落在他的肩头。"瞧,"她说,"他听进去了。"

"他没有,茜尔。"

"什么?他回答了啊,还说——"

"我讲的话不是他愿意听的。"卡拉丁说,"就算他佯装应和,事后也会大找理由来驳回我对亚马兰的控诉。弄到最后,不就成了诽谤?飓风之父在上!我原先就不该开口。"

"那就算了?"

"风杀千刀的,怎么会。"卡拉丁说,"我要诉诸正义。"

"哦……"茜尔坐到他肩上。

他们漫步许久,终于走近了军营。

"卡拉丁,你不是破天骑士,"茜尔终于说,"你的风格不该是这样。"

"破什么?"他跨过了一些在暗中爬来爬去的飓虫。它们常在飓风过境后结群出没,那时,植物均会绽开外壳汲取雨露。"那是光辉骑士团的一个分支,对不对?"其实他对此略有了解,人人都能从传说中获悉一二。

"对。"茜尔柔声说,"我好担心你,卡拉丁。我以为只要你能从扛桥生涯中解脱,情况就会好转。"

"情况是在好转。"他说,"重获自由身后,我的手下无一人被杀。"

"可你……"她好像憋不出后话了,"我以为你大概会变成从前的样子。我还记得,在沙场上……有个斗士……"

"那个人已经死了,茜尔。"卡拉丁迈入军营,朝卫兵挥了挥手,"在冲桥手时期,我只须操心自己的手下;现在局面不同了,我必须扮演另一个角色,只是怎么扮演,我还不知道。"

他回到了第四冲桥队的营房,石头正在分发晚上的炖菜。今天的开饭时间比往常要迟,但是有些队员会在特殊时段值岗。如今,众人的伙食选择不再只有炖菜,可他们仍旧坚持每晚吃一次。卡拉丁感激地接过一碗,向比西格点点头,后者正和几个人聚在一起歇息聊天,诚心地说起他们对扛桥时光的怀念。在卡拉丁的影响下,他们已经对桥务产生了敬意,一如士兵珍视自己的矛。

炖菜。战桥。他们的口气无比深情,可这些东西曾是他们不得自由的印证。卡拉丁吃了一口菜,随后顿了顿,注意到一个陌生脸孔,那人正靠在火边的石块上。

"我们认不认识?"他指了指那个肌肉发达的光头大汉。此人生着阿勒斯卡式的褐肤,可脸型不符该族的特征。赫达孜人?

"哦,别在意普尼奥。"偻朋在附近喊道,"他是我亲戚。"

"你在冲桥队里还有亲戚?"卡拉丁问。

"哪里,"偻朋道,"我老娘说我们需要更多人手,他一听到就赶来帮忙了。我找了件制服,给他安顿好了。"

新来的普尼奥笑着举起调羹,用浓重的赫达孜口音说:"第四冲桥队。"

"你当过兵?"卡拉丁问他。

"对,"他说,"咱以前是光明贵人罗伊翁的人。别慌,咱现在转投寇林了,因为这边有亲戚。"他亲切地笑了笑。

"普尼奥,你不能擅离部队,"卡拉丁揉了揉额头,"这可是叛逃之罪。"

"没差。"偻朋喊道,"我们是赫达孜人,反正别人分不出。"

"是啊,"普尼奥说,"咱年年都返乡探亲,一跑回来,根本没人记得咱。"他耸耸肩,"这趟咱不就过来了嘛。"

卡拉丁叹了口气,不过此人好像能使矛,而卡拉丁的确太需要增加人手了。"行,你就装作自己从头到尾都是冲桥手,好不好?"

"第四冲桥队!"那人兴高采烈地说。

卡拉丁走过他,在火堆旁找到了自己的专座。然而没等他有空歇脚和整理心绪,就有个人走上前来,蹲在了他身边。此人身穿第四冲桥队的制服,皮肤上爬满了大理石花纹。

"申?什么事?"卡拉丁问。

"长官。"

申紧盯着他不放。

"你有何相求?"卡拉丁问。

"我真的在第四冲桥队?"申问。

"这还用说。"

"我的矛呢?"

卡拉丁望着申的双眼。"你有什么想法?"

"我觉得我不在第四冲桥队。"申说着,字字都要经过一番思考,"我是里面的奴隶。"

申说罢,卡拉丁感觉肚皮上仿佛被人揍了一拳。在他们相处的这些日子里,他愣是没听到这名仆族讲过几句话,现在他倒口出此言了?

不论如何,他的话里都透着痛苦。别人可以随意告别旧日、融入社会,而他不一样。达力拿解放了第四队的其余人,但是身为仆族……无论他去往何方、有何作为,都只能当个奴隶。

卡拉丁能说什么好?风操的。

"在崖底回收物资时,你帮了不少忙,真是感谢。我知道你有时很难面对我们在那里干的事。"

申还是蹲着,洗耳恭听。他端详着卡拉丁,仆族特有的双眼深邃无比,黑得没有一丝杂色。

"申,我真不能带头给仆族配备武器,"卡拉丁说,"目前光眼种还不怎么接纳我们。如果我给了你一根矛,想想那会闹出多少风雨。"

申点点头,脸上没有露出丝毫表情。他立正站好,说:"那么我还是奴隶。"

他转身离去。

卡拉丁把头一仰,碰了碰脑后的岩石,两眼望着天。欠风操的,对于仆族来说,像申这样过得算是好的了,享受的自由也绝对比他的同类要多。

如果换作你,你就满意了?他的心声质问道,你究竟是高兴当一个养尊处优的奴隶,还是会设法逃出牢笼,为自由而斗争?

真是一团糟。他用勺子搅了搅炖菜,反复沉思着,刚吃了两口,行宫卫兵纳塔姆就手忙脚乱地跑进了营地,两颊通红,大汗淋漓,神态极为慌乱。

"国王出事了!"纳塔姆气喘吁吁地说,"有刺客!"

23 刺客

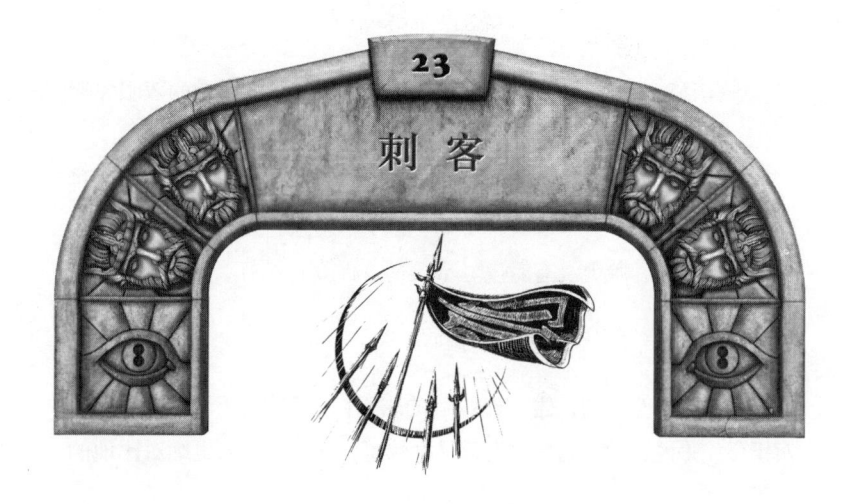

> 夜影态知未来,
> 影之态,卜之思。
> 诸神已去,夜影态低语,
> 新飓风将至,不日侵袭。
> 创新世,
> 谱新迹,夜影态聆听。
> ——选自《听者之歌·隐颂》第十七节

国王安然无恙。

卡拉丁一手扶着门框大口喘气,仍未从回宫的飞跑中缓过来。屋内,艾尔霍卡、达力拿、纳瓦妮和达力拿的两个儿子正凑在一起交谈。无人丧生。无人丧生。

飓风之父啊,他一边想,一边走进房间,在那一瞬,我感到自己仿佛回到了高地,眼看着大伙冲向仆族智者。他和这些人并不熟络,可保护他们是他的职责。他没想过这也能挪用到光眼种身上。

"嗯,他起码奔过来了。"国王说着,打发走一名试图为他包扎前额伤口的女子,"伊德林,你看,这才是护卫该有的样子。我敢打赌他不会任由这种事发生。"

国王亲卫队的队长站在门边,涨红了脸。他移开视线,恼怒地冲进走廊。卡拉丁一手扶额,茫然不知所措。国王的这般评价绝不会利于他的部下融入达力拿军队。

屋内人员众多,卫兵、侍从和第四冲桥队的队员站在周围,表情或困惑或羞愧。曾与国王亲卫队一同执勤的雷滕身在其中,莫阿什也在。

"莫阿什,"卡拉丁喊道,"你该回营休息。"

"你也该歇歇。"莫阿什说。

卡拉丁嗤之以鼻,快步上前,放低嗓音道:"出事时你在这儿吗?"

"那时我和国王亲卫队交接完,"莫阿什说,"刚走没多久。我听到了叫声,就尽快赶回来了。"他朝着敞开的阳台门点点头,"我们过去看看吧。"

他们走出房间,来到圆形的阳台上。这里是凿石而建,环绕宫殿的高层,俯瞰军营和平原,视角一流。一些国王亲卫正站在此处查看阳台的扶栏,手里都提着润石灯。一大片压弯的铁栏杆荡在外沿,摇摇欲坠。

"我们发现,"莫阿什伸手指了指,"国王喜欢来这里整理思绪。"

卡拉丁点点头,和莫阿什一道前行。暴雨刚停,脚下的石板依旧湿漉漉的。他们来到栏杆的断裂处,几名守卫让开了道。卡拉丁垂眼俯视,此处距离山下的岩地足有上百尺。茜尔在空中飘落,缓缓地划出一道道光圈。

"该下诅咒之地的,卡拉丁!"莫阿什拉住他的手臂,"你是要吓死我啊?"

*我挺好奇,假如失足滑落,我会不会活下来……*在体内充盈着飓

光时,他曾经从这一半的高度下坠过,并且顺顺利利地落了地。他看在莫阿什的面子上往后退了几步。不过,早在学会特殊本领之前,他就着迷于登高了。站在高处的感觉是如此自由,天地间只剩人与风息。

他跪下来,看了看石地上的凹洞,铁栏杆本应和着灰泥砌在里面。"栏杆从底座里松开了?"他把手指伸进一个凹洞,随后抽回手,发现指面上沾了一些灰泥粉。

"是啊。"莫阿什说。几名国王亲卫也点头表示同意。

"搞不定只是设计上的缺陷。"卡拉丁说。

"军尉,"一名守卫说,"事发时我正在阳台上看护陛下。栏杆冷不丁地就断了,都没什么动静。之前我还立在原地,边眺望平原边想心事,当我反应过来后,陛下就已经挂在那儿了。他死死地抓着那根杆子,像个车队打工仔那样骂人。"守卫面露羞赧,补充道,"长官。"

卡拉丁起身检查了一下金属扶栏。看来国王早先是靠在这一面,有几根栏杆已经弯了——底部的基座没有承受住。它们差不多全松了,但幸好有一根坚守在原处,国王就是紧抓着它才在多时后得救的。

这本不可能发生。栏杆看似先由木料与绳子搭成,随后才由塑魂术转化为铁质。他摇了摇另一面栏杆,发现相当牢固。就算几个基座没有扎稳,整座扶栏也不该掉下去——金属结构会先散架。

他挪到右边,仔细地查了查一些破裂的栏杆。有两根在接口处被人割断了,切面整洁而光滑。

通往国王卧房的门口现出一道黑影,达力拿·寇林迈上了阳台。"都进屋,"他对莫阿什和其余守卫说,"关上门。我想和卡拉丁军尉单独谈谈。"

他们服从了命令,不过莫阿什回避得有点勉强。达力拿向卡拉丁走去，守卫关上窗户，为他们营造出私人空间。尽管年纪不小了，可是轩亲王的姿态依旧威风，他生着宽厚的肩膀，身板如砖墙般坚不可摧。

"长官，"卡拉丁说，"我本该——"

"错不在你。"达力拿说，"国王不是你守护的对象，就算是，我也不会怪到你头上——我连伊德林都没有责备。说到房屋结构的安全性，我原先没有想到让护卫来检查。"

"明白，长官。"卡拉丁说。

达力拿跪下身，打量起栏杆的基座。"你喜欢把责任都揽到自己身上，对不对？作为军官，这种品质是难能可贵的。"达力拿起身看了看栏杆的裂口，"你有何高见？"

"绝对有人削掉了灰泥，"卡拉丁说，"然后弄坏了栏杆。"

达力拿颔首道："我赞成。这是一桩未遂的蓄意谋杀。"

"可是……长官……"

"什么？"

"犯事的人真是傻得可以。"

在灯光下，达力拿看着他，挑起了眉毛。

"他们怎么知道国王会靠在哪儿？"卡拉丁道，"他想不想那么靠还说不定呢。别的人很容易中这个招，那些动了念头的黑手没有如愿，反倒暴露了自身。确切而言，*事情就是如此*。国王性命无忧，而我们已经察觉到了他们的存在。"

"我们早就料到会有刺客了，"达力拿说，"不仅仅是由于国王的盔甲出了问题。对于暗杀这种事，军中大半的权贵可能都想到过，所以针对艾尔霍卡的阴谋说明不了什么，不像你所想的那样。至于他们是如何将他逮个正着的，那是因为他偏爱站在同一个位置倚栏遥望破碎平原。只要熟知他的习惯，人人都能找对地方搞破坏。"

"但是，长官，"卡拉丁说，"*这种伎俩实在太烦琐了*。如果他们潜得进国王的私人居室,那为什么不藏个刺客在里头?或者下毒?"

"要对付国王,下毒行不通。"达力拿朝着栏杆挥了挥手,"御膳和饮品均有人试毒。刺客若是悄悄进了宫,或许会撞上守卫。"他站起身,"不过,我也认为你说的方法没准更有可能见效。他们心无此意,表明其中有文章可做。假如国王盔甲里的宝石也是这些人调的包,可见他们别的不敢,宁肯采用拐弯抹角的方式。他们并不傻,他们……"

"他们是懦夫。"卡拉丁悟道,"他们想把暗杀行动伪装成突发事故。这群胆小鬼埋伏已久,就等没人怀疑时下手。"

"是的。"达力拿起身道,神情困扰。

"然而这一回他们犯了个大错。"

"错在哪里?"

卡拉丁走到先前检视过的断口前,跪下来摸了摸光滑的表面。"铁栏杆上的切口很齐整,什么东西可以做到这一点?"

达力拿俯身观察,取出一颗润石来照明。他暗自嘀咕了几句,说:"通常应是接口处发生脱落。"

"现在是这样吗?"卡拉丁问。

"不是,口子是被碎瑛刃划的。"

"这下怀疑范围缩小了一点。"

达力拿点点头。"别告诉任何人,我们得把这个发现先瞒着,也许能借此掌握一点主动权。想把此事佯作意外已经来不及了,但是我们也没必要透露分毫内情。"

"遵命,长官。"

"国王吵着要我把你委任为亲卫队长。"达力拿说,"我们可能得动一动值岗安排。"

"我还没准备好。"卡拉丁说,"光是应付现有的任务,我的人都忙不过来了。"

"我知道。"达力拿小声说,似乎有点疑虑,"你要明白,这个娄子是内鬼捅出来的。"

卡拉丁浑身发冷。

"事发地位于国王的寝宫,这意味着什么?作案者不是侍从就是守卫。亲卫队里的士兵或许也能染指他的盔甲。"达力拿看着卡拉丁,脸庞被手中的润石照亮。他的鼻梁曾经断过,却不掩面容的硬朗和从中流露的坦率与真诚。"最近,我都不知道该相信谁了。我能否对你放心,'飓风恩护者'卡拉丁?"

"您尽管放心。属下对天发誓。"

达力拿颔首道:"我准备把伊德林调到军中任指挥官,以满足国王的心意。然而我会做好工作,让伊德林知悉这不是处罚。不管怎么说,他估计会在新岗位上找到更多乐趣。"

"明白,长官。"

"我会叫他选出骨干,"达力拿说,"他们将暂时受你指挥,还请尽量少做使唤。发展到最后,我希望只由冲桥手来保护国王的安全。务必慧眼识珠,挑选那些你信任的、没有插手过军权斗争的人才。我不想看到撤走了真人不露面的叛徒,又换上了极易买通的蟊贼。"

"遵命,长官。"卡拉丁感到肩上又多了一份重担。

达力拿起身说:"我不知道还能采取什么措施。做人总要信得过自己的护卫。"这番话的语气透着深深的担忧。他回过身,走向通往室内的大门。

"长官?"卡拉丁问,"您事先并未想到这起暗杀事件,对不对?"

"对。"达力拿一手握着门把,"我认同你的推测。这起事故的作案者并不专业,订的计划也不周密,结果行动差点成功,着实叫我吃了一惊。"他正眼凝视着卡拉丁,"倘若撒迪亚斯决定出手——或者遇上更坏的状况,那个夺去我兄长性命的刺客再度现身——我们的前景不会太光明,暴风骤雨早晚会来临。"

他拉开大门,国王怨言满腹,原先闷在室内的牢骚清晰可闻。艾尔霍卡扯着嗓子,抱怨无人重视他的安全、无人听从他的命令,还说他们应该去找他在镜中见到的怪物,那些怪物就在他身后。这番话真是匪夷所思,国王喋喋不休的劲头听上去就像任性的小孩在发脾气。

卡拉丁看了看扭曲的栏杆,在脑中勾勒着国王悬在下面的样子。艾尔霍卡有足够的理由失神落魄,可是作为国君,他难道就不该表现得更镇定一些?他的感召不是要求他能临危不乱吗?无论情况如何,卡拉丁很难想象达力拿会像他那么闹腾。

你的职责不是作出评判,他告诉自己,向茜尔招了招手,然后离开了阳台,你的职责是保护这些人。

他要设法做到。

24 缇恩

腐朽态源自诸神之力，
摧毁梦之魂，似乎应回避。
莫自寻其扰、莫为叫声所诱，拒绝此态。
上山坡，留意脚下。
越嶙峋河床，谨慎落足。
莫小视满心恐惧，违抗此态。
——选自《听者之歌·隐颂》第二十七节

"好吧，是这样的。"盖兹边说边打磨沙兰的木制笼车，沙兰坐在一旁干自己的事，同时不忘聆听。"要知道，我们之中的大多数人上破碎平原打仗是为了报仇。那些长着大理石花纹的怪物杀了国王，阿勒斯卡人不甘遭受背叛，于是复仇之战爆发了。这是件多么冠冕堂皇的事。"

"是啊。"阿红表示同意。这个一脸胡须的瘦高个士兵从车上扯下一根围栏，这下每一角就只剩三根支撑着顶棚的木杆了。他心满意足地扔下围栏，拍了拍做工用的手套。此举有助于将摇摇晃晃的笼车改造成更吻合光眼种女士身份的运载工具。

"我还记得那时候的事。"阿红坐在车板上,晃荡着两腿,接着说,"轩亲王瓦马尔亲自下达了臭烘烘的征兵令,整座远岸城被搅得天翻地覆,每两个成年男子中就有一个要从军。如果你不去当兵,而是去酒馆里买醉,别人都会把你看成废物。我是和五个兄弟一起去的,他们现在全没了,个个烂在了风杀的沟底。"

"那么你们只是……没心情再打仗了?"沙兰问。她现在有了一张写字台——应该说是一张极易拆卸的便携小桌。他们已经将其搬出了笼车,她正在伏案回顾若干迦熙娜的笔记。

天色渐暗,商队正忙着扎营。他们顺利地走了一天,可鉴于之前出的事,沙兰并未使劲催促。上路四天后,他们就快行至另一段区域了,该处不太可能会有匪徒作恶。他们离破碎平原越来越近,旅行的安全系数得到了保障。

"没心情?"盖兹窃笑一声,取来铰链,开始钉钉子。他有时会斜眼视物,脸部像是抽搐了一下。"该下诅咒之地的,不是这样。不能怪我们,要怪就怪风杀的光眼种!无意冒犯,光明女士。可他们就是欠风操,让风劈了他们全家才好!"

"他们不再为了取胜而战,"阿红轻声接了一句,"反倒赚球币去了。"

"每天都一样。"盖兹说,"风操的,每天我们都要早起打高地战,根本得不到提升。可又有谁在乎?轩亲王要的是琼心石,吃苦头的就是我们这些宣誓效忠军队的人,大伙受到的简直是奴隶待遇。自打入伍后,我们无权像安分守己的公民那样旅行,总是在流血、受难、牺牲,他们就靠折磨我们发财!就因为这样我们才逃出来了。我们这伙人曾为不同的轩亲王效力,却经常聚在一起喝酒。我们告别了他们,把战争丢到了脑后。"

"喂,盖兹,"阿红说,"你还没讲完吧?快,对小姐说实话。你不是还欠着放贷商一点钱吗？又跟我们说什么差点就沦为冲桥手——"

"别提了，"盖兹说，"那是旧账，跟现在有屁关系。"他用锤头敲完了钉子，"况且，光明女士沙兰说她会清掉我们的债。"

"所有旧账一笔勾销。"沙兰说。

"听到没？"

"除了你的口臭。"她插了一句。

盖兹抬起头，伤痕累累的脸上泛起了红晕，但阿红笑出了声。片刻后，盖兹也忍俊不禁。这些士兵实在是太亲切了，他们抓住了重新过日子的机会，决心坚持到底。在沙兰与他们同处的几天里，没有出现任何纪律问题。他们很快就决定为她效劳，甚至有点迫不及待。

这一点就体现在盖兹身上。他把笼车的一边折起，打开车闩，开出一扇透光的小窗。他笑着指了指新窗口："这样可能满足不了光眼种女士的需要，不过您现在起码能看到外面了。"

"不赖啊，"阿红缓缓鼓掌，"你当过木匠学徒？为什么不告诉我们？"

"没人教过我木工。"盖兹的表情变得出奇严肃，"我在堆木场里干过一阵子，就是这样。是人总得学点东西。"

"真不错，盖兹。"沙兰说，"感激不尽。"

"这不算什么。您应该在另一头再开一扇窗，我会试着向商人再讨一个铰链。"

"这么快就和新主人套近乎了，盖兹？"瓦沙尔走了过来，沙兰刚才没有注意到他的身影。

曾经的逃兵集团首领从锅里盛出一碗热气腾腾的咖喱，把它捧在手心。沙兰能闻到那股刺鼻的胡椒味。她和奴隶贩子同行时吃的是炖菜，来碗咖喱可以换换口味，不过商队也供应体面的女性食品，按传统，她必须恪守男女分食制。或者，她也许可以在没人的时候偷尝一口咖喱。

"你从来没有自告奋勇地为我操办这种事,盖兹。"瓦沙尔蘸了蘸面包,咬下一大片,边嚼边说,"你好像很乐意做回光眼种的下仆,奇了,你在主人脚边又是爬又是蹭,衬衣却没刮破,真令人称奇。"

盖兹又脸红了。

"瓦沙尔,就我所知,你一辆笼车也没有。"沙兰说,"那你想叫盖兹在哪里开窗户?难不成要给你做个开颅手术?我们准保安排好。"

瓦沙尔边吃边笑,却不是真心开怀。"他跟你讲过他欠了钱吗?"

"等时机一到,我们自会处理这个问题。"

"这帮人比你所想的更难驯服,光眼种小不点。"瓦沙尔摇摇头,"他们会故态复萌。"

"这一回他们会英雄救美。"

他嗤之以鼻。"**这帮人永远成不了英雄**。他们无可称道,纯粹就是飓砂,光明女士。"

站在附近的盖兹低下头,阿红则转过身去,可两人均未表达异议。

"你怎么能那么孜孜不倦地打压他们的积极性,瓦沙尔?"沙兰起身道,"**你就如此害怕出错**?估计这会儿你已经习惯了。"

他哼了一声。"别太嚣张,小姑娘。你想一不小心惹毛大男人吗?"

"谁想惹毛你啊,瓦沙尔。"沙兰说,"但别以为我有这个胆,却没这个能力!"

他看着她,涨红了脸,片刻后才想起酝酿应答。

沙兰在他开口前就接上了话头:"瞧,没话讲了吧?不奇怪,我敢保证你也习惯了。只要别人问出刁钻的问题——比如你穿的衬衣是什么颜色——你肯定次次答不出来。"

"你倒是挺会讲。"他说,"可嘴皮子改变不了这些人,他们所处的麻烦不会得到改善。"

"正相反,"沙兰迎上他的目光,"在我的人生经历中,先要动动嘴皮子,多数改变才会发生。既然我已承诺要为他们带来第二春,就**绝对不会反悔**。"

瓦沙尔鄙夷地哼了几下,却一言不发地走开了。沙兰叹了口气,坐下来继续看材料。"那家伙老是这样,像是他老妈被深渊恶魔给吃了,"她苦笑一声,"不然他老妈八成就是深渊恶魔。"

阿红乐个不停。"光明女士,请别介意,我想说您真是毒舌!"

"我的舌头可没毒,"沙兰头也不抬地翻过一页,"想来那会很不舒服。"

"其实不坏。"盖兹说。

他们双双向他看去。

他耸耸肩。"说说而已。不坏……"

阿红大笑起来,打了一下盖兹的肩膀。"我要去弄点吃的,过一会儿再帮你讨铰链。"

盖兹点点头,又斜眼看了看——他的脸部再度抽搐——没有和高头大马的阿红一同走向锅边,反而定下心来,开始刮磨笼车里那些开裂的木地板。

她把面前的笔记本推到一边,刚才她还在本子里拟定援助兄长的方法。其中设想无数,既包括向阿勒斯卡的国王购买御用魂器,又包括追踪鬼血会的下落,并以非常途径转移他们的注意力。不过,在抵达破碎平原之前,她什么都做不成——即使到了,为了实现计划,她也得拥有强大的盟友。

沙兰要顺利地与阿多林·寇林成婚,这不仅是为她的家族着想,更是为全世界着想。这门亲事会换来沙兰所需的盟友和各类可调动的资源。然而,万一婚约无法维持,她又没能拉拢光明女士纳瓦妮,会发生什么?她也许得独自走上寻觅乌有斯麓的道路,为虚渡的回归做准备。这种设想使她心悸，但她有所设防。

她抽出一本与众不同的书——里面没有涉及虚渡和传奇般的乌有斯麓的描述，这在迦熙娜的随行卷籍中非常少见。此书将阿勒斯卡的现任轩亲王一一历数，探讨了他们的政治谋略与奋斗目标。

沙兰必须做足功课，了解阿勒斯卡宫廷的政治氛围是不可或缺的一步。她不能一无所知。她要明白这些人中有谁能成为未来的盟友，以防走投无路。

这个撒迪亚斯如何？她一边想一边翻开笔记本。书中将其判为危险的狡诈之辈，却一并指出撒氏夫妇机敏过人。撒迪亚斯想必很聪明，或许能听懂沙兰的论调。

亚拉达是另一位迦熙娜尊崇的轩亲王。此人势力强大，以卓越的政治手腕闻名四方，同时喜爱投机。如果沙兰放大远征乌有斯麓的潜在收益，他兴许会冒险一试。

哈萨姆被视作小心为政者，办事精打细算，是另一位有待接触的盟友人选。迦熙娜对萨纳达尔、贝特哈夫和塞巴里尔评价不高，在她心目中，萨纳达尔善于逢迎、贝特哈夫愚笨无趣、塞巴里尔极端粗鲁。

她研究了一阵子轩亲王的个人情况和他们的从政动因。忙活了很久的盖兹终于站起身，掸去了裤子上的木屑，还向她点头致意，随即迈开步子，准备去盛吃的。

"稍等，盖兹师傅。"她说。

"别叫我师傅。"他向她走来，"我只是六等暗民，光明女士，从来就买不起什么好东西来犒劳自己。"

"你到底欠了多少债？"她从禁袋里掏出几颗润石，把它们装进台子上的高脚杯。

"嗯，一个债主被处决了。"盖兹摸摸下巴，"但是还有几个人。"他顿了顿，"八十颗红宝石布罗姆，光明女士。不过他们没准不收钱了,最近他们可能想要我的脑袋。"

"对你这类人来说,真是够呛。看来你经常赌博?"

"没差。"他说,"算是吧。"

"别撒谎。"沙兰侧了侧头,"盖兹,我想听你说实话。"

"您就尽管把我交给他们吧。"他转身走向汤锅,"不打紧。反正我宁愿自入魔窟也不要成天担心什么时候会被他们抓到。"

沙兰目送他离去,摇摇头,又研究了起来。迦熙娜说乌有斯麓不在破碎平原上,沙兰翻过几页,想道,可是她怎么就能确定?那座平原深渊遍布,因而从未有人将其走遍。谁知道那上面有什么?

还好迦熙娜的笔记非常完备。多数旧时的记载似乎总言乌有斯麓位于山中,而破碎平原的高地之下是一片盆地。

诺哈东可以走到此处,沙兰翻到了《王者之路》的引文。迦熙娜对原话的可信性提出了质疑,不过她凡事都要问个问题。研习了一小时后,太阳缓缓落山,沙兰不由自主地按揉着太阳穴。

"你还好吧?"图腾柔声问。他喜欢在天黑的时候出来,对此她不反对。她四下张望,发现他贴着一张桌子,木头上凸起了一个复杂的图案。

"历史学者都是坑人的骗子。"沙兰说。

"嗯。"图腾的口气很高兴。

"我不是在表扬她们。"

"哦。"

沙兰啪的一声合上书。"这些女性可是学者!她们没有好好地记录史实,反倒偷梁换柱,挪用个人见解充当真相。她们似乎煞费苦心地提出了不少自相矛盾的观点,还在重大论题上绕圈子,就像围着火堆蹦跳的火灵——从不发光发热,只是在作秀。"

图腾鸣道:"真相因人而异。"

"什么?不对,真相是……*真相既是真理,又是现实。*"

"真相是你看到的东西。"图腾的口气很疑惑,"不然还能是什么?这就是你告诉我的真相,力量源自于此。"

她看着他,润石的光亮照到隆起的线条上,投下数片阴影。昨晚飓风来袭,她把自己关在密闭的笼车中,顺便为润石充了光。在飓风期的中段,图腾开始呜呜而鸣,愤怒的声线不同以往;之后,他陷入胡言乱语的状态,她一个字也听不懂。被她叫来避风的盖兹和其他士兵受尽惊吓,幸好他们想当然地认为那是飓风捎来的邪音,后来没有人再提起。

傻瓜,她自责道,把笔记本翻到空白页,**拿出学者的样子来,否则迦熙娜会失望**。她记下了图腾刚才说的话。

"图腾,"她用炭笔轻敲着纸面——纸笔由商人供应,"这张桌子有四条腿。如果以别的视角出发,你还会觉得这是真的吗?"

图腾没有把握地说:"到底什么是腿?定义全是你给的。如果你不用自己的眼光看待事物,就没有腿或桌子一说,它们原本只是木头。"

"你跟我说过桌子就是这样认识自己的。"

"那是因为自古以来人类始终将其视为桌子。"图腾说,"这种想法诞生后,人类将之接受为真相,于桌子而言,也就成了既定的事实。"

有意思,沙兰在笔记本上匆匆写下几笔。她目前的兴趣点不是真相的本质,而是图腾的诠释方法。原因是否在于他来自知界域?书中立论,纯粹的真理出现在灵界域,而知界域具备一定的不确定性。

"谈及灵体,"沙兰说,"假如没有人类,它们还会产生思想吗?"

"在这里不会。"图腾说,"我不清楚另一个界域的情况。"

"你好像不太关心。"沙兰说,"你的存在可能完全仰赖于人类。"

"是这样没错。"图腾又用上了毫不在乎的语气,"但孩子和父母相依为命。"他顿了顿,"再说,不只有人类会思考。"

"虚渡。"沙兰浑身发冷。

"对。如果我的同胞来到一个只有虚渡的世界,我觉得他们活不下去。虚渡有自己的灵体。"

沙兰突然坐直,问:"他们居然有灵体?"

图腾缩进桌面,越变越小,突出的线条挤到一起,愈加不明显。

"怎么说?"沙兰问。

"我们一般不讲起这个。"

"不妨讲一讲,"沙兰说,"这很重要。"

图腾响起一串杂音。她以为他在固执己见,不想片刻后,他却以极低的声音道:"灵体是……力量……支离破碎的力量。这种力量生发自人类的感知,具备思维,是一个整体分裂后的一部分。荣誉、培养,还有……还有一个。"

"还有一个?"沙兰追问。

图腾发出一声凄厉高亢的哀鸣,她几乎听不见。"仇恨。"他勉强挤出一个词。

沙兰奋笔疾书。仇恨。憎恶。一种灵体?或许是某类独特的大型灵体,就像伊里的库斯切什或夜妖。憎灵。她从未听说过这个称呼。

在她作笔记时,一名奴隶借着渐沉的夜色走了过来。这个腼腆的男子穿着朴素的束腰上衣和裤子,商队为沙兰提供了大批物资,其中就包括服装。这份赠礼解了燃眉之急,沙兰所剩的润石全摆在她面前的高脚杯里,还不够在卡哈巴兰斯的某些高档餐馆里消费。

"光明女士?"奴隶问。

"什么事,苏拿?"

"我……嗯……"他扬手一指,"那位女士吩咐我告诉您……"

他指向了缇恩的帐篷,这名高挑的女子领导着劫后余生的商队护卫。

"她希望我去见她?"沙兰问。

"是的。"苏拿低下头,"大概要和您一起吃饭吧?"

"谢谢,苏拿。"沙兰示意他退下。苏拿走回火边,和其余奴隶一起做饭,仆族则在拾柴。

沙兰买下的奴隶很少说话。他们的额前刺有文身,没有被人盖下烙印。这是较为宽容的做法,表明此人是自愿为奴,并非由于施暴或犯重罪而被强制处罚。这类人要么有债难还,要么就是奴隶的孩子,需要偿清父辈搭起的债台。

这些奴隶习惯了做辛苦活,一听说她要付工资,个个都吓坏了。尽管她能出的钱只是杯水车薪,却能让多数人在两年内获得自由。他们显然对此感到不安。

沙兰摇摇头,收拾好东西,准备前往缇恩的帐篷。她在火边停了停,叫阿红把她的桌子搬回到笼车上,并看好它。

她是很担心自己的行李,然而一想到自己无须再把润石放在箱子,她索性把箱盖打开了,这样阿红和盖兹便只能窥到书本,但愿不会有人心血来潮去翻阅。

你也在绕圈子,她走离火堆,心想,你批评那些历史学者回避真相,可你自己和她们没什么两样。她假装这些士兵是英雄,却从未想过他们会在不当的场合迅速翻脸。

缇恩的大帐篷采光效果极佳。此人不像寻常的流浪卫兵,从很多方面来看,她都是商队里最耐人寻味的成员。除了生意人外,她是仅有的几名光眼种之一,作为女子,腰上却佩着剑。

沙兰透过打开的门帘向内观望,发现几名仆族正在把食物端上低矮的旅行桌——这种桌子专供席地而坐的人进餐。上完菜后,仆族急忙走了出去,沙兰满腹狐疑地盯着他们。

缇恩站在帐篷的窗前。她还穿着那件在腰间扣紧的褐色长风衣,整个身子几乎被包住。这件风衣款式似裙,却比沙兰穿过的任何长裙都要挺括,缇恩还在下面搭配了一条笔直的长裤。

"我问过你的人了,"缇恩背对着她道,"他们说你还没吃饭,我便使唤仆族上了两人份的菜。"

"谢谢。"沙兰进了帐篷,试图驱走话中的迟疑。理论而言,在这些人眼中,她应当是强势的贵妇,而非羞怯的少女。

"我已经叫人清场了。"缇恩说,"我们可以畅所欲言。"

"太好了。"沙兰说。

"这样一来,"缇恩转过身,"你就能告诉我你的真实身份了。"

飓风之父在上!她的言下之意究竟是什么?"我说过我是沙兰·达瓦。"

"没错。"缇恩走了过来,在桌边坐下,"请坐。"她打了个手势。

沙兰谨小慎微地落座,将紧并的两腿弯向一侧,保持淑女坐姿。

缇恩将风衣扔到身后,盘腿而坐,随即开吃。她把咖喱蘸到面饼上,这碗酱料颜色很深、气味辛辣,不可能是女性食品。

"这是给男人吃的吧?"沙兰问。

"我一直很讨厌这套。"缇恩说,"我在图拜拉长大,父母亲都是做口译的。当我头一次回他们的老家,才知道吃东西要搞男女区分。我至今还觉得那是一项傻瓜规定。想吃什么是我的自由,这份好意我先谢过。"

沙兰的餐点偏甜,且口味清淡,更适合女性。饭菜下肚,她才发现自己有多饿。

"我有一支对芦。"缇恩说。

沙兰抬起头,刚把面饼的一角伸进蘸料里。

"配对的那支在塔石科。"缇恩接着说,"那里有座情报站,你可以雇佣情报员,叫他们为你效力。这些人查得清、包打听,提供的业务甚至涵盖对芦通信,范围遍及世界上所有的大城市,可谓神通广大。"

"听上去很实用。"沙兰慎言道。

"确实。你什么都能弄明白。比方说,我找人搜集过达瓦家族的资料。那显然是一个负债累累的乡下小家族,怪里怪气的主子是死是活都不知道。他有一个名叫沙兰的女儿,似乎没人见过她的芳容。"

"我就是他的女儿。"沙兰说,"所以那个'没人'是多余的。"

"那么你有何动机?"缇恩说,"你的家族在雅克维德名不见经传,作为无人知晓的小千金,凭什么要和一帮奴隶贩子穿越霜冻之地?你号称破碎平原上有权贵在等你,仗着他们你就能付清一整个佣兵团的薪水,还说获救的消息会引来交口称赞,这又是怎么回事?"

"真相有时比谎言更慑人。"

缇恩一笑而过,凑上前道:"没关系,你不必对我装样子,其实你做得很好。我以前挺烦你,不过现在我抛弃成见了。在这方面,你虽然嫩,却很有天赋,叫我刮目相看。"

"这方面?"沙兰问。

"当然是行骗了。"缇恩说,"干这一行乐趣无穷啊,你要假扮成别人,得手后就开溜。我很欣赏你糊弄那些逃兵的手法,尽管是一步险棋,收效还是颇丰。

"可你眼下陷入了两难境地。你把自己的身阶抬高了几级,还担保回报大大的优厚。我以前玩过这一手,最后关头是最考验人的。如果把持不当,那些你招进来的'英雄'会没良心地吊死你。我察觉,一说起去破碎平原,你总是拖拖拉拉的,是不是心里没个定数,到头来焦头烂额了?"

"肯定的。"沙兰小声说。

"好吧。"缇恩吃了一口食物,"我来帮你。"

"你有什么条件?"这个女人绝对是话匣子,沙兰想让她就这么讲下去。

"无论你在盘算什么,我都要插一脚。"缇恩把面饼猛地戳进咖喱,就像把剑捅进巨兽的外壳,"你一路赶到霜冻之地,**必然有什**

目的。你设下的局可能不小,我想当然地认为你没有成事的经验。"

沙兰用指尖轻点着桌面。面对这个女人,她要扮演何种角色?她需要成为哪一个人?

她似乎是行当里的老手,沙兰想着,满身是汗,这种人我骗不起。

除非她无意间化拙为巧。

"你是怎么走到这一步的?"沙兰问,"在商队里当卫队长也算一种骗术?"

缇恩笑道:"骗术?不,这不值得耗费心机。在和领队交谈时,我可能把自己的身世吹了一通,但我需要去破碎平原,只是没底子独自行动。那样做不安全。"

"可是,像你这样的女人怎么会没底子?"沙兰皱着眉问,"我以为你衣食无忧。"

"我的生活没那么悠哉,"缇恩抬手示意,"这是一目了然的。你要是想入行,就得习惯重头再来。钱是身外之物,有得就有失。我在南下时身无润石,只好找路去更开化的地方。"

"也就是破碎平原。"沙兰说,"你是不是在那儿也有活?你想……捞一票吧?"

缇恩乐了。"别谈我,孩子,谈你自己。我能为你做点事,我认识部队里的人。那十座军营是阿勒斯卡的新王都,该国的趣闻都发生在那里,资金流动得像风暴过后的河水那么快。然而,大家都认为此地位处边界,因而执法很松弛。做女人的若是结交得当,就能收获先机。"

缇恩向前探了探身子,脸色阴沉下来。"反之,她就会速速树敌。相信我,我的熟人绝对是你的菜,你会想和他们共事的。没有他们的同意,破碎平原上就出不了大事。总之我再问一遍,你希望在那边实现什么目标?"

"我……有一点达力拿·寇林的消息。"

"那个老气横秋的'黑荆棘'？"缇恩一惊，"近来他过得枯燥无味，当着高人一等的大领导，还把自己弄成传奇英雄的模样。"

"好吧，嗯，我手上的消息对他非常重要，不可小觑。"

"哦？都是什么秘密？"

沙兰未作答。

"还不愿意抖落实情？"缇恩说，"也行，这无可厚非。敲诈是门狡猾的手艺，你会庆幸拉我入伙。*你已经这么干了，是不是？*"

"是的。"沙兰说，"我相信自己能从你身上学到东西。"

25 怪物

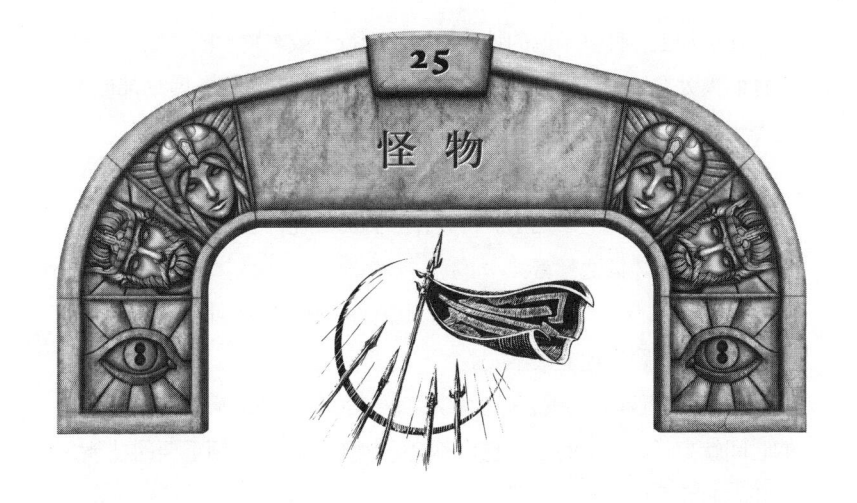

> 烟幕态适于匿影潜行,
> 强如人之飓能。
> 再度唤醒此态,
> 虽为诸神所造,
> 却出自灭者之手。
> 其力亦可为善、亦可作恶。
> ——选自《听者之歌·史韵》第一百二十七节

卡拉丁发觉自己很难适应前所未见的情形。他参过军、当过奴隶和手术师,还在光眼种的餐厅里帮过厨。二十年来,他见多识广,有时感到自己经受的太多。回顾往昔,他宁愿不少事都没发生过。

今天的考验对他而言甚为生疏,激起了他的窘迫,这是他无论如何都没有料到的。"长官?"他后退一步,问道,"您希望我做什么?"

"上马。"达力拿·寇林指向一头在近旁吃草的牲口。它会耐心地站着不动,一等草爬出坑,便会腾跃而起,立刻咬上一口,使得草缩回洞里。它每次能咽下一大口,常常将草连根拔起。

在场地上，许多类似的牲口或悠然而行、或奔腾欢跃。像达力拿那样的人太有钱了，卡拉丁从未打消过自己的惊愕。每一匹马都值得上一大捧球币，而达力拿竟然要他爬上马背。

"士兵，"达力拿说，"学会骑马很有必要。战场常有不测风云，到时你得保护我的两个儿子。再者，回到那一晚，当你听闻国王遇险后，花了多久才抵达行宫？"

"将近三刻钟。"卡拉丁坦言。距离那一晚已过四日，自此之后卡拉丁经常自顾自地陷入不安。

"营房附近建有马厩，"达力拿说，"如果你会骑马，花在路途上的时间就少了。你出的任务也许不会多，不过这是一项重要的技能，你和你的部下得熟悉起来。"

卡拉丁回头望了望第四冲桥队的队员，大家耸耸肩——有几个人流露出怯意——只有莫阿什迫切地点点头。"应该可以。"卡拉丁回望达力拿，"长官，如果您觉得这很要紧，我们便会一试。"

"很好。"达力拿说，"我会派驯马长叶奈特过来。"

"热诚相盼，长官。"卡拉丁试图表明他的心。

卡拉丁的两名部下护送达力拿行至马厩，那里有几幢高大而坚固的石楼。卡拉丁发现，外出活动的马匹准许在军营以西的开阔地带自如漫步，虽然四周围着低矮的石墙，但它们肯定可以随意跳过去。

事实上，它们没有。这些牲畜四处转悠，不是追寻草丛就是趴倒下来，鼻中喷着粗气，口中咳儿咳儿地直叫。卡拉丁嗅了嗅，整片场地弥漫着古怪的气息，没有马粪味，只有……马味。卡拉丁看着一匹就站在墙边吃食的马，自感信不过它。**马身上有股机灵过头的特质，像红甲蟹那般平常的驮物牲畜则受过驯化，行动缓慢。他愿意骑红甲蟹，可是换成马……谁知道它在想什么？**

莫阿什走到他身边，目送达力拿离开。"你是不是喜欢他？"他悄声问。

"他是个优秀的指挥官。"卡拉丁说着,下意识地找寻阿多林和雷纳林的身影,他们正在附近骑行。这些牲口显然需要定期出来遛一遛,这样才能让它们听话,真够刁钻的。

"别跟他走得太近,卡尔。"莫阿什还在看着达力拿,"也别太相信他。记住,他是光眼种。"

"我怎么可能忘记。"卡拉丁语中带刺,"再说,当他放手让我们驾驭这群怪物时,你看着好像都快乐晕了。"

"你到底有没有和骑着马的光眼种正面相遇过?"莫阿什问,"我是说在战场上?"

卡拉丁记起了隆隆的马蹄声、身披银甲的生人和死去的伙伴。"有过。"

"那么你想必知道这有什么优势。"莫阿什说,"既然达力拿提供机会,我就欣然接受。"

驯马长的真身是一名年轻漂亮的光眼种女子,她向他们走来,身后跟着两位马夫。卡拉丁扬起了眉毛。该女子穿着传统的沃林式长裙,材质并非丝绸,而是更为粗硬的面料,裙身前后开衩,从大腿延伸至脚踝,里面搭配女式长裤。

她把黑发绑成马尾,没有戴头饰,面庞紧绷,他没想到光眼种女性也能拥有这般长相。"由于轩亲王有令在先,你们这帮无赖才能碰我的马。"叶奈特抄起双臂,"我不太乐意。"

"还好,"卡拉丁道,"我们也不太乐意。"

她把他好好地打量了一番。"你就是那个众口相传的大人物,对不对?"

"差不多。"

她轻蔑地一哼。"你得理理发。行了,听着,小兵们!我们要按秩序来。你们不准伤害我的马,知道吗?全都给我竖起耳朵好好听讲。"

接下来卡拉丁上了一堂堪称史上最枯燥、最冗长的课。那女子口若悬河,先是强调动作——挺直腰背,不过别太僵,再是说起怎样使马迈步——用脚跟轻夹马腹,勿用尖物,后来又讲了如何御马而行、如何尊重动物、如何正确握持缰绳以及如何保持平衡。在指导未了之前,他们连一头牲口都不准摸。

终于有个人驾马而来,打破了这份沉闷。甚为不幸,这厮是阿多林·寇林,胯下的坐骑正是他那头凶恶的白驹。这匹马长着宽蹄,皮毛亮白,双眼深邃叵测。它比叶奈特牵来的牲口要高出几掌,几乎属于截然不同的品种。

阿多林看了看冲桥手,幸灾乐祸地一笑。他望向驯马长的双眸,收敛了一点高傲。"叶奈特,"他说,"今天的你依旧光彩照人,该不会是换上了新骑装?"

那女子头也不抬地弯下腰——她正在指导如何牵马——从地上捡起一颗石子,转身就朝阿多林身上扔。

大公子举臂护脸,连忙躲闪,不过叶奈特没有丢中。

"喂,别冲动,"阿多林说,"你不会还在生我的气——"

又一颗石子打中了他的胳膊。

"那好吧。"阿多林轻踢马腹,催促马儿前行,同时弯下腰,以减少石子袭身的概率。

在演示完如何安放马鞍和缰绳后,叶奈特总算上完了课,并且许可他们触碰一些马匹。成群结队的马夫——其中有男有女——匆匆来到场地,为六名冲桥手挑选了合适的坐骑。

"你招了挺多女人。"卡拉丁向叶奈特提起。

"《威仪巧技》中并未论及骑术。"她应道,"当时马匹还鲜为人知。光辉骑士驭雷沙迪乌,然而就连君主也极少有机会骑上普通的马。"她把禁手藏在衣袖内,不像多数暗眼种女马夫总是戴着手套。

"这很关键,因为……嗯?"卡拉丁说。

她皱着眉看了看他,显得很为难。"《威仪巧技》……"她提示道,"探讨两性技艺的奠基之作……当然了,我总盯着你肩上的军尉绳结看,但——"

"但我只是个没文化的暗眼种?"

"对,如果你想这么理解的话。无所谓了。你看,我无意给你介绍这些技艺——跟你们这帮人对话,我已经受够了。就这么说吧,只要有心,人人都能当马夫,懂了吗?"

她身上欠缺一种光眼种女性特有的文雅气质,正因心存定势,卡拉丁才会觉得耳目一新。**公然展示倨傲态度总好过掩藏不露。**马夫把马匹牵出围栏、领至环形马场,一群两眼低垂的仆族送来马鞍、鞍垫和马辔——在叶奈特的指导之下,卡拉丁才能说出这些马具的名称。

卡拉丁选了一头看上去不太邪恶的牲口,它是一匹长着蓬乱鬃毛的矮小棕马。在马夫的协助下,他为其套上了马鞍。不远处,已经完成程序的莫阿什翻身上马,一等马夫松开手,莫阿什的马就不由分说地走开了。

"喂!"莫阿什说,"吁,停下!我怎么才能让它扎住步子?"

"你放掉了缰绳。"叶奈特在后面喊道,"风杀的笨蛋!你究竟听进去没有?"

"缰绳?"莫阿什匆匆将其握住,"我就不能像赶红甲蟹那样拿根芦秆抽抽它的脑袋?"

叶奈特揉了揉额头。

卡拉丁和他亲手挑选的牲口对了对眼。"瞧,"他小声说,"你不情愿,我也不情愿,我们干脆痛快点,尽早完事。"

马儿哼哧哼哧地喷着鼻息。卡拉丁深吸一口气,然后按指示摁住马鞍,抬起一只脚踏上马镫。他晃了几下,接着跃上马背,死死地抓紧马鞍,随时准备被前冲的牲口摔出去。

他的马低下头,舔起了石头。

"喂，"卡拉丁举起缰绳，"别舔了，动一动。"

马儿对他不理不睬。

卡拉丁听从提示，试着踢了踢它的侧腹。马儿连动都没动。

"你应该是辆长了四条腿的车。"卡拉丁对它说，"你可比一个村子还值钱，快证明给我看。动起来！前进！前进！"

那匹马还在舔石头。

它在干什么？卡拉丁往一旁凑了凑，惊见草儿从石洞里探出了头，马的涎水让这些草误以为天上下起了雨。在飓风过后，为了充分汲水，植物通常会打开外壳、伸展藤条，就算引来昆虫的噬咬，也在所不惜。这畜生真聪明，虽然懒，但会动脑筋。

"你要向她表明你是骑手。"缓步而过的叶奈特说，"拉紧缰绳，坐直，把她的脑袋正过来，别让她吃草。如果你不够坚定，她不会睬你。"

卡拉丁设法按她说的来，终于拉起了马头，不让她再吃草。马身上确实有股怪味，但闻起来不算臭。他催她起步，事成之后，驾驭起来也不是那么难。在控制走向时，骑手还需要考虑别的因素，这让他感到不可理喻。他是握着缰绳，然而这匹马随时都有可能在不经意间就跑出去，他却毫无招架之力。叶奈特花了半堂训练课的时间来讲解避免使马受惊的方法——如果一匹马扬蹄飞奔，要保持镇定，而且千万不要从后面惊吓马儿。

马背与地面的距离比他所想的要高，摔下去可不得了。他策马在场地上转了转，不久后有意勒马，靠到纳塔姆身旁。这个长着一张马脸的冲桥手紧握缰绳，仿佛手抓珍宝，既不敢轻易拉动又不敢驱马前行。

"不敢相信竟会有人风操的专门去骑这玩意儿。"纳塔姆说话时操着阿勒斯卡的乡下口音，吐字短促有力，仿佛在语毕之前就把话咽了下去。"我是说，我们这样根本不比走路快多少，对不？"

卡拉丁又回想起了多年前那名驭马冲锋的碎瑛武士。卡拉丁看得出马匹频见于战场的缘由。坐镇高位易于强力出击,而巨马占有体型和势头的上风,步兵见此皆惧,以致溃不成军。

"我觉得大部分马跑得都比这些牲口快。"卡拉丁说,"见我们来训练,他们肯定牵来了老马。"

"嗯,我想是的。"纳塔姆说,"它摸上去挺暖的,这我没想到。我以前骑过红甲蟹。这马不该如此……温热,很难觉得它值这么多钱,像是骑在一山的绿宝石布罗姆上面。"他顿了顿,向后望了一眼,"只是绿宝石的屁股远没有这么多事……"

"纳塔姆,"卡拉丁问,"你还记得弑君事件当天的大致经过吗?"

"哦,当然了。"纳塔姆说,"我和几个人一起跑到那儿,发现他在风中荡来荡去,像极了飓风之父的耳朵。"

卡拉丁笑了。此人曾经连两句连贯的话都说不清,总是心事重重地低头看地,扛桥的经历耗光了他的元气。这几周对纳塔姆和大伙来说是很有裨益的。

"在那夜的飓风刮起之前,"卡拉丁说,"是否有人站在阳台上?你有没有见过面生的侍从和不在国王亲卫队服役的士兵?"

"我记得没有可疑的侍从。"纳塔姆眯起了眼睛,农民出身的他一脸阴沉,"长官,我一整天都和亲卫队在一起守着国王,没瞧出什么不对劲。我——吁!"他的马忽然提速,超过了卡拉丁的马。

"仔细想想!"卡拉丁对他喊,"看看你能记起多少!"

纳塔姆点点头,仍旧如护着玻璃那般手握缰绳,不肯将其拉紧或驾驭马匹。卡拉丁摇了摇头。

半空中现出一匹发光的小马,茜尔在他身边飞驰而过,笑嘻嘻地改换外形,化为一条旋转的光缎,最后坐到马脖子上直面卡拉丁。

她笑着往后一躺,随后看到他的表情,不由得皱起了眉。"你好不开心。"茜尔说。

"你讲话越来越像我妈了。"

"妩媚?"茜尔说,"惊艳?诙谐?有味?"

"是唠叨!"

"妩媚?"茜尔又说,"惊艳?诙谐?有味?"

"真好笑。"

"不爱笑的人还这么说。"她抱起双臂,应道,"好吧,你今天碰到了什么坏心事?"

"'坏心事'?"卡拉丁蹙眉道,"这是个词吗?"

"你没听说过?"

他摇摇头。

"这是个词。"茜尔正色道,"绝对是。"

"我刚才和纳塔姆聊了几句,"他说,"有些异常情况。"他使劲拉了拉缰绳,阻止顽固不化的马儿再次低头吃草。

"你们聊了什么?"

"那起未遂的暗杀。"卡拉丁眯着眼睛说,"之前……"他顿了顿,"假如他在起飓风之前看到了什么人……"

他低下头,与茜尔对视。

"光是来场飓风就会吹翻栏杆。"卡拉丁说。

"掰弯了!"茜尔起身笑道,"噢……"

"栏杆上的切口很平整,底下的灰泥被削掉了。"卡拉丁接着说,"我敢打赌,飓风的威力肯定和国王的体重相当。"

"所以栏杆肯定是在飓风平息后才遭到了破坏。"茜尔说。

这样一来,作案时间就往后推了一些。卡拉丁勒转马头,骑向纳塔姆所在之处,可惜要赶上他并不容易。纳塔姆的马正一路小跑,而卡拉丁无法催促自己的坐骑加快步伐,这使他更为光火。

"有困难,扛桥的小子?"阿多林驾马而来。

卡拉丁瞥了一眼大公子。飓风之父在上,骑在阿多林胯下那匹高头大马旁边,不感到渺小都难。卡拉丁一踢马腹,催马儿快跑。她始终没有加速,而是嘚嘚有声地踏着马蹄,不停地沿着某种跑马道绕圈。

"当追风还是头小驹子时,没准跑得挺快,"阿多林对卡拉丁的坐骑点点头,"可那是十五年前了。如今她仍健在,说实话我很惊讶,不过若要训练孩童和冲桥手,她是不二之选。"

卡拉丁直视前方,没有理他,仍在想方设法地让他的马快步赶上纳塔姆。

"假如你想挑战更有精神头的,"阿多林横出手指了指,"那边的飚梦可能更顺你的意。"

他所指的马长得更大更瘦,套着马鞍,身处围栏,被牢牢地拴在砌进地表的柱子上。拴马的绳子很长,因此马儿能跑上几阵,不过只能在一个圆圈内活动。它甩甩头,喷着鼻息。

阿多林夹紧马腹,骑过了纳塔姆。

是叫飚梦吧? 卡拉丁边想边打量这头牲口。看样貌,它肯定比追风更有精神头,要是谁敢靠近,它准会想咬他一口。

卡拉丁调转追风的马头,往那个方向骑去。靠近后,他让追风放慢速度——*这让她相当快活*——然后下了马。这个过程比他所想的更为艰辛,可他愣是稳住了身子,没有迎面摔下去。

下马后,他两手叉腰,观察起那匹在围栏内奔跑的马。

"你刚刚不是在抱怨吗?"茜尔行至追风的马首,"说你宁可走路也不愿让一匹马载着你跑?"

"话是这样讲。"卡拉丁说着,没有意识到自己体内一直存有少量飚光。近乎无形的飚光在他张口发言时逸散而出,如果细看,就能发现空中升起了一缕交织扭结的稀薄光雾。

"那你凭什么想去骑那头?"

"这匹马,"他朝追风点点头,"只能走走路,我用自己的双脚就能办到。而另一匹呢，那是战马。"莫阿什说得对，纵马作战是一种优势，因此卡拉丁至少该熟悉它们。

在劝我学习应对碎瑛刃的打法时，扎赫尔抛出了同样的理由，卡拉丁心存内疚，而我拒绝了人家的邀请。

"你知道你在做什么吗？"叶奈特向他骑来。

"我正要骑那头。"卡拉丁指了指飓梦。

叶奈特不以为然道："她会在一下心跳间就把你甩出去。冲桥手，你的脑袋会开花的，她不喜欢给骑手好看。"

"她身上套着马鞍呢。"

"她只是戴习惯了。"

那匹马跑完几圈，放慢了速度。

"我不喜欢你的眼神。"叶奈特调转马头骑向一边。马儿不耐烦地跺着蹄子，仿佛急于奔驰。

"我想试试。"卡拉丁向前走去。

"你根本连跨都跨不上去。"叶奈特审视着他，像在好奇他的下一步行动。不过在他看来，比起他的安全，她也许更关心自己的坐骑。

走着走着，茜尔飞落在卡拉丁的肩头。

"我在光眼种训练场上的惨状要重演了，是不是？"卡拉丁问，"最后摔个仰面朝天，觉得自己像个傻瓜？"

"也许吧。"茜尔随口道，"那你为什么要这样？是阿多林搞的？"

"不是。"卡拉丁说，"公子哥先滚一边去。"

"那为什么？"

"因为我怕这些畜生。"

茜尔瞅瞅他，表情困惑，不过卡拉丁认为这很好理解。面前的飓梦刚刚跑完一程，喘着粗气迎上他的目光。

"风操的！"阿多林在他身后叫道，"扛桥仔，别来真的！你疯了吗?"

卡拉丁向那匹马走去。她往后腾跃几步,却让他摸了摸马鞍。他于是再吸进几缕飓光,翻上马背。

"诅咒之地的!你在干什么——"阿多林吼道。

卡拉丁只听到了上半句。藉由飓光之力,他奋力一跃,达到常人恐怕难及的高度,却没有正确地上马。他抓住前鞍,一腿横跨,但马儿开始挣扎。

这头牲口的体格异常健壮,与追风形成了鲜明对比。马儿尥了个蹶子,害得卡拉丁差点摔下马背。

卡拉丁出掌猛击,将飓光注入马鞍,使自己定在原处。借此他仅能防止自己像块布那样被甩出去,却无法阻挡自己像块布那样前后狂颠。他设法抓住马颈上的鬃毛,紧咬牙关,使出吃奶的力气才没有被晃晕。

他头昏目眩,眼前的马场一片混沌,耳中只能闻得心跳声和如雷的马蹄声。这头堪比虚渡的恶兽势如飓风,然而卡拉丁仿如被钉在了鞍上一般,死死地与之不分不离。在无休无止的起伏后,马儿重重地喷出带沫的鼻息,终于停歇下来。

原本模糊的视线变得清晰,卡拉丁望见一群躲到远处的冲桥手正向他欢呼。骑在马上的阿多林和叶奈特直盯着他,似乎很是敬畏。卡拉丁张嘴笑了。

之后,飓梦使出最后的狠招,陡然弓起后背极力腾跃,将他抛到了半空。

他并未注意到马鞍中的飓光已然散尽,先前的预想恰好应验,卡拉丁仰面望天,一阵恍惚,难以回想起前几秒所发生的事。大量形如橙色小手的痛灵钻出地面,在他身边左右乱抓。

长着一双幽邃黑眼的飓梦低下头,冲着卡拉丁打起响鼻,喷出泛着草味的湿气。

"你这个害人精，"卡拉丁说，"等我放松警惕，才把我掀翻。"

马儿又喷了一声鼻息，卡拉丁不禁开怀大笑。风操的，这感觉可真爽！他说不上为什么，但是狠命伏在这头乱踢乱舞的牲口背上着实是刺激。

卡拉丁站起身，掸走了制服上的灰尘。达力拿挤过人群，眉头紧蹙。卡拉丁未曾察觉到轩亲王仍在附近。他从飕梦望向卡拉丁，随后挑起了一根眉。

"不能驾着一匹温顺的坐骑追击刺客，长官。"卡拉丁敬了个礼。

"虽说如此，"达力拿道，"可是依照惯例，训练伊始论谁也不会用上锋利的武器，士兵。你还好吗？"

"我没事，长官。"卡拉丁说。

"好的，看来你的部下也快习惯了。"达力拿说，"我将松一松条例，准你们骑马。在今后的几周，你和其余五名人选每天都要过来训练。"

"遵命，长官。"他会想办法挤出时间。

"很好。"达力拿说，"你之前提出要在营外进行首轮巡逻，我听闻后觉得不错，何不在两周内开始？你们可以牵上几匹马，进行实地操练。"

叶奈特的一口气卡在了喉咙里。"要出城，光明贵人？可是……山里有强盗……"

"叶奈特，这里的马匹都是军用的。"达力拿说，"军尉，切记遣出足够的兵力来保护马匹，明白了吗？"

"明白，长官。"卡拉丁说。

"很好。不过，请务必撇下那一匹。"达力拿朝飕梦挥了挥手。

"呃，遵命，长官。"

达力拿点头离开，朝某个卡拉丁看不见的人扬起了手。卡拉丁揉了揉被碰疼的手肘，留于体内的飕光最先医好了他的头部，在流向胳膊之前就耗尽了。

第四冲桥队的队员走向各自的马匹,叶奈特大声指挥他们再次上马,开始第二轮训练。卡拉丁不知不觉地站到了还没有下马的阿多林身边。

"谢谢。"阿多林好不容易才说出这句话。

"谢什么?"卡拉丁从他身旁路过,走向追风,那匹马儿还在旁若无事地吃草。

"没告诉我父亲这点子是我想的。"

"阿多林,我不是呆瓜。"卡拉丁摇摇晃晃地跨上马背,"我很清楚这样会招来麻烦。"他费力地拨转马头,不让她进食,一名马夫见状又给出了几条指导意见。

终于,卡拉丁又能策马跑向纳塔姆了。马儿的步伐有点抖,可他就快掌握起落的要领了——他们称之为打浪——以防被震得太厉害。

纳塔姆看着他一起一坐,说:"不公平啊,长官。"

"因为我和飓梦?"

"不是,你就那么骑着,看上去很自然。"

卡拉丁不这么觉得。"我还想和你聊聊那一晚的事。"

"长官?"马脸男问,"我啥都没想起来,刚才有点分神。"

"我还有个疑惑。"卡拉丁靠近纳塔姆,让他们的马并行,"我问过你在白天执勤时的状况,不过我走之后发生了什么?除了国王,是否还有人上过阳台?"

"只有守卫,长官。"纳塔姆说。

"告诉我都是谁。"卡拉丁说,"他们也许见到了什么。"

纳塔姆耸肩道:"我主要负责看门。国王在起居室里待了一阵子。我估计莫阿什出去过。"

"莫阿什?"卡拉丁皱起眉头,"他的活不是快干完了吗?"

"是这样啊。"纳塔姆说,"他多留了一会儿,说他想确保国王能安生下来。在等待过程中，莫阿什跑出去守住了阳台。你一般都会派个人去外面站岗。"

"谢了。"卡拉丁说，"我会问问他。"

卡拉丁发现莫阿什正在用心地聆听叶奈特的讲解。在骑术上，莫阿什似乎很快就上手了——他似乎学什么都很快。毫无疑问，论及战斗技巧，他是冲桥手之中成绩最为出色的学生。

卡拉丁锁紧眉头关注着他，突然灵光一闪。*你在胡思乱想些什么？莫阿什那家伙会卷进暗杀行动？别傻了。*那样荒唐透顶，况且他没有碎瑛刃。

卡拉丁调转马头骑向别处。与此同时，他却看清了达力拿前去相会的人——正是光明贵人亚马兰。他们俩与卡拉丁相距甚远，他听不到谈话声，但能望见达力拿脸上的笑意。阿多林和雷纳林驱马而来，眼见亚马兰朝他们招手，两人都乐不可支。

卡拉丁胸中蓦地燃起熊熊怒火，他咬牙切齿，一时喘不过气，两手紧握成拳。他为此而震惊。他本以为自己的憎意埋藏得更深。

他故意让马儿往反方向前进，突然很想与新兵共同巡逻。

他还是远离军营为好。

26 动之以利

> 彼地陷落，
> 族人遭责。
> 往日之城，
> 延至东岸。
> 入部族之典，力量尽显。
> 诸神并未碾碎此原。
> ——选自《听者之歌·战歌》第五十五节

阿多林冲进仆族智者的阵线，不顾兵器成排，扭肩撞向站在前首的敌人。中招的仆族智者发出呻吟，歌声消弱，阿多林一个侧转，扫出碎瑛刃，剑身一扯，刺穿了对方的皮肉。

阿多林回过身，飚光渗出肩甲的裂缝，他置之不理。四周尸横遍地，眼窝焦黑。阿多林大口喘息，呼出的暖热潮气溢满了头盔。

上，他想，扬起瑛刃快步冲锋，围拢而来的不是那些救过他一回的冲桥手，而是货真价实的士兵。他不想被一队无心攻打仆族智者的人簇拥，因而才把冲桥手留在了突击高地上。

阿多林携军破入仆族智者的势力，与一支慌乱的部队会合，士兵着镶金绿装，由绿甲碎瑛武士领头。由于没有瑛刃，该人手挥巨型战锤。

阿多林挤过人潮，向他奔去。"雅卡马夫？"他问，"你还好吧？"

"还好？"雅卡马夫的声音闷在头盔里，他啪的一声打开面罩，欢颜尽展，"我好得不得了。"他笑意盎然，浑身涌动着战时激越感，浅绿色的眼眸闪闪发光。阿多林也能感同身受。

"你差点就被包围了！"阿多林转身迎击一群结对攻来的仆族智者。面对碎瑛武士，他们没有逃跑，而是径直而上，博得了阿多林的敬意。此举几乎意味着受死，然而一旦得胜，便可扭转战局。

雅卡马夫乐个不停，仿如在享受酒馆驻唱的表演，他的笑声颇具感染力，阿多林也情不自禁地咧开了嘴，将面前的仆族智者一一横扫。相比纯粹出战，他向来更喜爱来上一场精彩的决斗。战争虽然愚不可及，不过就在此时，他从中寻得了挑战与愉悦。

不久后，他绕开脚边的尸体转身四顾，寻找下一个目标。这片高地的形状很奇特，在平原开裂之前，它本是一座高坡，后来却分成了相邻的两半。他想象不出怎样的力量才能将山坡从中间劈断，而不是从山脚起手。

反正此山与众不同，所以该地的形成可能和两分的结构有关。它的形状更像开阔的平顶金字塔，共分三层，第二层高地也许宽达百尺，位于顶峰的第三层高地占地偏小，处在正中央，整体造型像极了被巨刀从中间切开的三层蛋糕。

阿多林和雅卡马夫在第二层高地作战。按规定，阿多林无须加入本次行动，参战方还未轮到他的军队。然而，达力拿的另一项规划已开始执行。阿多林仅率领了一支小规模的突击队而来，却不失为妙计。雅卡马夫曾在第二层高地遭到围攻，普通的军队无法冲破封锁。

眼下，仆族智者已经退至崖边，仍坚守着顶层高地，上方正是化蛹之处,将他们置于了劣势。他们的确坐镇高位,却也得护住三层斜坡,以保后路。他们显然希望能在人类抵达之前就将琼心石收入囊中。

阿多林将一名仆族智者踹向悬崖,任其滚至三十尺开外的底层高地,陷入下方的混战。他往右看去,登顶的斜坡就在那儿,却被仆族智者堵死,他想攀上去……

他看了看通向上层的峭壁。"雅卡马夫。"他喊道,伸手一指。

雅卡马夫循着阿多林的手势抬眼一望,退出了战斗。

"太疯狂了!"雅卡马夫对小跑而来的阿多林说。

"没错。"

"那我们上去吧!"他把战锤递给阿多林,阿多林将其塞进了友人背上的护套。之后,两人跑向石崖,开始攀登。

阿多林用戴着护甲的手摁住山崖,蹭地引身而上。下方的士兵正为他们加油鼓劲。峭壁上有大量抓手,他向来不会在身无片甲之时尝试此举,瑛甲既能助力攀爬,又能在跌落之时施以防护。

可这么做仍旧太欠考虑,他们终会遭到围歼。不过,碎瑛武士两两合作可以发挥奇效,而且一旦处于下风,只要瑛甲运作正常,便能随时跳崖而逃,又不至于摔死。

这种举动有点冒险,若是父亲在场,阿多林绝不敢跨越底线。

爬至半路,他顿了顿,仆族智者汇聚在崖边,做着迎击准备。

"你有办法在上面站稳脚跟吗?"雅卡马夫攀住石崖,紧挨着阿多林。

阿多林颔首道:"你准备好就行,到时帮我一把。"

"好。"雅卡马夫端详着山顶,脸面隐藏在头盔里,"顺便一问,你为何而来?"

"我想没有哪支军队会拒绝若干有意增援的碎瑛武士们。"

"碎瑛武士们?还有别人?"

"雷纳林在下面。"

"但愿他没有参战。"

"一大队士兵听从了详细的指示,围成一圈坚决不让他上战场,但是父亲希望他能见见世面。"

"我清楚达力拿的做法。"雅卡马夫说,"他想要展现合作精神、阻止轩亲王互相作对,即便自己不出高地战,也会派上旗下的碎瑛武士来支援。"

"你有怨言?"

"没有。你先上去开路,我得取战锤,需要费上片刻。"

阿多林在头盔里一笑,接着往上爬。雅卡马夫是轩亲王罗伊翁帐下的领主兼碎瑛武士,也是跟他关系特别铁的朋友。为了建设一个更繁盛的阿勒斯卡,达力拿和阿多林不懈努力着,像雅卡马夫那样的光眼种有必要见证这一幕。今天的经历若能再现,盟友互信的意义兴许就能得到展示。撒迪亚斯喜欢在背后伤人,结盟立场也不坚定,这些劣行不该提倡。

阿多林越爬越快,距离坡顶只有一尺之遥,雅卡马夫紧随其后。仆族智者扎堆候迎,手握战锤和钉头锤——这类武器专供打击身穿碎瑛甲的人类。弓手向下射出几波箭矢,被瑛甲弹开,毫无效果。

是时候了,阿多林想着,一手贴住石壁,一手伸向一侧,唤出瑛刃。他将其直接扎入石壁,刃面朝上,然后攀至剑身所在处。

他一脚踩了上去。

碎瑛刃没有折断——它们几乎掰不弯——将他稳稳托住,他忽然占据了绝好的立足点,于是蜷身一跃,瑛甲赐予冲力,把他甩了上去。他飞过顶崖,就在仆族智者的脚下抓住岩块,随后用力一拉,闪身窜至严阵以待的敌人之中。

他们停下歌唱,他以磐石之力闯入敌阵,扎稳脚步的同时又在心中默默召唤瑛刃,然后用肩膀顶撞一群仆族智者。他开始四面出击,用拳猛搋,先是一人的胸膛、再是另一人的脑袋,仆族智者士兵的壳甲纷纷碎裂,送出恐怖的怪音,他们被搋得节节败退,有几人跌下了悬崖。

阿多林的前臂挨了几击,瑛刃终于在他手中重现。他翻身挥剑,光顾着守住站位,没有注意到着绿甲的雅卡马夫已然跃上山顶,将战锤砸向仆族智者。

"感谢你把一队仆族智者撂到我头上,"雅卡马夫边挥锤边喊,"真是意外之喜。"

阿多林大笑着用手一指,说:"石蛹。"

顶层高地的兵力不算足,可是如潮水般的仆族智者正在涌上斜坡。他和雅卡马夫径直瞄准石蛹,那是一个长椭圆形的庞然大物,构成外壳的物质将其与岩地粘连,表面呈棕色和浅绿色。

阿多林跳过一名瘸着腿、肢体抽搐的仆族智者,向石蛹狂奔而去,雅卡马夫在后小跑,瑛甲铮铮作响。获取琼心石非常不易——石蛹的外壳硬如岩面——但是用上碎瑛刃就方便了。他们只须杀死魔蛹、割出小口,便能扯出琼心——

石蛹已经被捅开了。

"不!"阿多林跌跌撞撞地追了过去,抓住切口的边沿,向内窥视。石蛹内沾满紫色黏液,大块的甲壳漂浮其中,一个惹眼的缺口出现在琼心石的位置,后者通常与血管和肌腱相连。

阿多林扭过身,将顶层高地扫视了一圈。雅卡马夫上前骂开了。"他们怎么这么快就取出来了?"

仆族智者士兵在不远处作鸟兽散,用富有韵律的语言高呼,实在叫人费解。一名身着银亮碎瑛甲的高个子站在他们身后,红斗篷随风飘扬,盔甲的接合处探出尖刺,犹如蟹壳上的凸起。此人多半有七尺高,也许是因为仆族智者身上会长出壳甲,所以在外部穿上盔甲之后,他的身姿才更显挺拔。

"是他!"阿多林向前奔去。这就是父亲在塔地上的对手,也是他们几个星期,乃至几个月以来见过的唯一一名仆族智者碎瑛武士。

他可能是该族仅存的硕果。

碎瑛武士朝阿多林转过身,手抓一颗未经切割的巨大琼心石,上面淌下脓水和血浆。

"来打啊!"阿多林说。

一队仆族智者士兵冲过碎瑛武士,跑向后方的高崖,那里正是山坡的截断之处。碎瑛武士将琼心石递给其中一人,之后转身看着他们越过山隙。

他们腾空而起,落在山坡的另一端,也就是那座相邻的高地。阿多林依然讶于这些仆族智者能够跳过人类不可逾越的深渊,他意识到这些高崖对他们来说不是障碍,一座被劈成两半的山坡就是变相的深渊,他们只须一蹦。

仆族智者接连飞身一跃,远离下方的人类,直至安全地带。阿多林倒是见到了一个跳得不稳,那个可怜虫惨叫一声,陡直落入深渊。这对他们来说还是很危险,但显然没有与人类作战那么危险。

那位碎瑛武士站着没动。阿多林无视逃跑的仆族智者、无视叫他撤回的雅卡马夫,全力挥舞瑛刃,直奔碎瑛武士而去。仆族智者扬起瑛刃,挡回了阿多林的一击。

"你是儿子,阿多林·寇林。"仆族智者说,"你爹呢?在哪里?"

阿多林愣在了原地。仆族智者在用阿勒斯卡语说话,口音虽重,他却听得懂。

碎瑛武士打开面罩,露出一张没长胡子的脸,使得阿多林大为震惊。这样不就是女的?他难以分辨仆族智者的性别,其嗓音沙哑低沉,但可能是女性。

"我必须和达力拿谈。"她上前道,"很久以前,我见过他一次。"

"你把我们派出的传令兵统统挡在门外,"阿多林退却几步,亮出剑锋,"现在倒想与我们对话了?"

"那是旧事,时代变了。"

飓风之父在上。阿多林心潮澎湃,急欲持剑挥砍,打倒敌对的碎瑛武士赢下几套碎瑛武器。开战!他为此而来!

父亲的声音在他意识深处响起,把他拦了下来。这次机会或许能改变整场战争的进程,达力拿不会任其溜走。

"他会与你沟通。"阿多林深吸一口气,强压下战时激越感,"通过何种方式?"

"我们会派传令兵。"碎瑛武士说,"来了后别杀。"她朝他扬起碎瑛刃以示敬意,旋即松开手使其消失,之后转身冲向深渊,飞跃而去。

※

阿多林摘下头盔,大步穿过高地。手术师正在医治伤者,而精力相对充沛的士兵则三两而坐,边喝水边抱怨他们的失利。

今天,一种少有的氛围笼罩在罗伊翁军和鲁特哈军头上。高地失守的原因一般是阿勒斯卡军在仆族智者的强攻下仓皇过桥撤退,而阿方在获得战地控制权之后却无琼心石可取的情况甚为少见。

他脱下一只护手,施以意念,让扣带自行解开。他把护手挂在腰上,后用汗津津的手把更为汗湿的头发往后一捋。雷纳林去了何方?

他就坐在集结高地的石块上,被一群护卫围绕着。阿多林踏着重步过了桥,朝雅卡马夫举起一只手,后者正在附近脱卸瑛甲,他想舒舒服服地骑马回营。

阿多林快步行至弟弟身前,雷纳林坐在一大块岩石上低头看地,已经摘下了头盔。

"嗨,"阿多林说,"准备回程?"

雷纳林点点头。

"怎么了?"阿多林问。

雷纳林仍旧盯着地面。一名身材矮壮、满头银丝的冲桥手护卫朝一旁点点头,阿多林便和他走到几步开外的地方。

"一群头上长壳的怪物意图夺桥,光明贵人。"冲桥手小声说,"光明贵人雷纳林执意要帮忙。长官,我们光是劝他就费了好大的力气。他走近后召唤出了瑛刃,接着仅是……站在原地。我们把他弄走了,长官,可他后来便一直坐在那块石头上。"

雷纳林又犯病了。"感谢汇报,士兵。"阿多林走了回去,把未覆甲的那只手放到了雷纳林的肩头,"没关系的,雷纳林,这不是没发生过。"

雷纳林又耸了耸肩。要是他心情不好,除非让他一个人静一静,否则使不出别的办法。这个小伙子只有在乐意的时候才会说出心里话。

阿多林重整两百士卒,向两位轩亲王致敬,但他们似乎都不怎么感激。鲁特哈仿佛把罪责推到了阿多林和雅卡马夫身上,坚信他们的鲁莽行动促使仆族智者在夺走琼心石后就开溜,弄得好像他们不会立马撤退似的,真没脑子。

阿多林和气地笑了笑,不想多管。但愿父亲的方针是正确的,为团体作战而扩充的人手也能帮上忙。就个人角度而言,阿多林只想和他们在决斗场上逐一较量,在那里他才能教他们放尊重一点。

在回营的路上,他找到了雅卡马夫,其人坐在一顶小帐篷之下,手举酒杯,观望着自己的军队疲惫地过桥返回。大量士兵沉着肩,拉长了脸。

雅卡马夫招呼管家为阿多林斟上一杯冒泡的黄酒,阿多林用脱去护甲的手顺势接过,却没有喝一口。

"我们差一点点就能干下这场仗了。"雅卡马夫眺望着作战高地。

从低处看去，三层塔山着实显得巍峨无比。

"太像人造的，阿多林漫不经心地评价起那座高地的形状。"确实略有遗憾。"阿多林表示同意，"想象一下，倘若我们一次性派出二三十名碎瑛武士上阵突击，会是何种光景？仆族智者还有什么机会？"

雅卡马夫嗤之以鼻。"尊父和国王是真心想一竿子打到底了，对吗？"

"我也是这么想的。"

"我明白你们父子俩在鼓弄什么，阿多林。不过，假如你没完没了地和人决斗，就会输掉碎瑛武器。你强归强，却也不是常胜将军，总有一天会战败，那时你就一无所有了。"

"我是可能会输。"阿多林接应道，"那时我肯定已经赢下了王国境内的大半碎瑛武器，应该能找人代打。"

雅卡马夫啜了口酒，笑道："我得承认，你是个臭屁的家伙。"

阿多林笑了笑，挨着雅卡马夫的椅子蹲下身——他无法穿着碎瑛甲落座——这样他便能直视友人的双眼。"事实上，雅卡马夫，真正让我操心的不是丢掉碎瑛武器，而是一打头就找不到对手。我好像劝不了任何碎瑛武士应战，更别说押上装备了。"

"他们受到了某种……蛊惑。"雅卡马夫坦言，"如果推掉比试，这些碎瑛武士就能得到好处。"

"撒迪亚斯搞的鬼。"

雅卡马夫品鉴着美酒。"试试艾拉尼夫，他总是吹嘘自己的实力要高过排名。他这人很好猜，别人拒不参与的，他倒会视为大显神通的良机。不过，他的身手确实挺好。"

"我也不差。"阿多林说，"谢了，雅克，我欠你个人情。"

"听说你订婚了？这是哪儿吹来的风？"

"风操的，这桩事的风声怎么就走漏出去了？"因缘婚而已，"阿多林说，"也许走不到那么远。那姑娘坐的船好像延误了许久。"

那艘船已有两周毫无音讯，就连纳瓦妮伯母也担心起来了。迦熙娜本应捎信过来。

"我压根没想到你情愿被包办婚姻捆住手脚，阿多林。"雅卡马夫说，"天涯何处无清风，你知道吗？"

"我刚才不是说了，"阿多林回应，"那还远远没到修成正果的地步。"

他还是不知道该对此作何感想。他有意回绝，仅是不愿屈从于迦熙娜的干涉，可是他近来的交往纪录根本不值一提，和丹岚分手后……这真不是他的错，对吗？就因为他是个烂好人？为什么所有女人的嫉妒心都那么厉害？

如果有人能帮他把这种事打理好，他不会不动心，这一点他可从未公开承认过。

"我可以向你细细道来。"阿多林说，"今晚酒馆见如何？把英姬玛也带上吧？你可以畅言一番，讲讲我到底有多蠢，顺便给我指点一下方向。"

雅卡马夫盯着酒杯出神。

"怎么了？"阿多林问。

"阿多林，最近和你结交不太稳妥，若是被人撞见，可有损名声。"雅卡马夫说，"尊父和国王有点失势。"

"风雨终会平息。"

"这我有信心。"雅卡马夫说，"那么……何不等到那一刻的到来？"

阿多林眨眨眼，雅卡马夫之言对他的打击要胜过任何战时的猛攻。"行。"阿多林强迫自己说。

"好样的。"雅卡马夫竟有胆对他微笑，还举起了酒杯。

阿多林把自己的酒推到一边，扬长而去。

他来到士兵中间，血伯兰已经备好，正在等他。阿多林翻身上马,愁思不停飞转,但那匹雪白的雷沙迪乌用头顶了顶他。阿多林叹了口气,挠了挠马耳朵。"抱歉,"他说,"前阵子没怎么关心你,是不是?"

他又挠了挠,心境比刚上马时要好多了。阿多林拍拍马颈,血伯兰腾跃而起,向前奔去。在阿多林感到恼火时,他经常会这么做,像是在试着提振主人的心情。

四名当班的护卫跟在他身后,主动带上了曾在撒迪亚斯军中使用过的旧桥,以便为阿多林的部队铺路。眼见阿多林和士兵轮流扛桥,他们似乎觉得很滑稽。

欠风操的雅卡马夫。风波已经掀起来了,阿多林暗自坦承,你越是替父亲说话,他们就越是退避不及。这些人和一群小屁孩没什么两样,父亲的看法果然有理。

阿多林到底有没有真朋友?是否会有人诚心陪伴他渡过难关?军中的要人他几乎全认识,他的大名也是无人不知。

又有多少人真心在乎?

"我没有发作。"雷纳林悄声说。

阿多林赶走了忧思。他们并排骑行,不过阿多林的坐骑要高出几掌。有驾驭雷沙迪乌马的阿多林在旁,雷纳林就像伏在小马驹上的幼童,哪怕身披瑛甲,对比依然明显。

翻云过日,遮蔽了些许强光,而近来天气转冷,似乎刚刚入冬。一座座空旷的高地向远方延伸开去,地表开裂,满目荒芜。

"我就干站着,"雷纳林说,"不是因为我犯了⋯⋯毛病,我本来就是个胆小鬼。"

"你并不懦弱。"阿多林说,"我见过你的英姿,你绝不比别人差。还记得那回狩猎深渊恶魔的事吗?"

雷纳林双肩一耸。

"雷纳林,你不知道该如何战斗,"阿多林说,"被吓呆不是坏事。你才刚入门,不能立即出征。"

"这十分不该,你六岁时就开始训练了。"

"两者不能混为一谈。"

"就是说你我不能混为一谈?"雷纳林说着,双目直视前方,鼻梁上的镜片不见了踪影。为什么要摘掉眼镜?他不是缺不了它吗?

他想表现成那样,阿多林想。雷纳林渴望成为有用武之地的战士。旁人认为进虔诚院做学问更适合他,提议声也从来没断过,对此他一概婉拒。

"你只是欠点火候。"阿多林说,"扎赫尔会把你教好的,慢慢来就行,等着瞧吧。"

"我得做好准备。"雷纳林说,"马上要出事了。"

一听他的口气,阿多林浑身一颤。"你指的是墙上的数字。"

雷纳林点点头。在上一场飓风过后,父亲的卧房外出现了一组新刻的铭文。*四十九日,新飓风将至。*

守卫表示期间无人进出——这次换了一拨人,以保证内部不出问题。风杀的,当时阿多林就在一屋之隔酣睡,刻字者究竟是何人,或是何方异客?

"风暴即临,"雷纳林说, "不可无准备。我们没多少时间了……"

27

排忧之景

五年前

沙兰渴望待在户外。花园是安宁的代名词，人们不会在这里互相叫嚷。

只可惜这份安宁并不真实——园中栽培着页岩皮木，茂密的藤蔓四处攀生，营造出一派平和之景，专门用来排忧解闷。她愈发企盼逃离现实、去往别处。那里的植物没有经过悉心的修剪和塑形，人们也不会轻手轻脚地行动、生怕双脚一踩就会造成山崩。那里听不见争吵声。

凉爽的山风拂过峰峦，吹进花园，引得藤蔓畏缩后退。她坐下来，和花圃保持一定距离，以免嗅到惹人直打喷嚏的花粉。她观察着一株挺拔的页岩皮木，为一只飓虫画下素描。小生灵在风中翻了个身，巨大的触角扭个不停，接着翻了回来，对着页岩皮木就是一阵撕咬。*飓虫种类繁多，有没有人试过将它们一一尽数？*

幸好她父亲藏有一本由忠于油彩的丹多斯所编的图册，她一直拿来当教材用。她把书摊开，置于身侧。

不远处的家宅里传出一声怒吼，沙兰的手一紧，在纸上画出一条错线。她做起深呼吸，试图再度起稿，然而愤怒的喊声纷至沓来，令她紧张万分。她放下了炭笔。

上次大哥送给她的那叠画纸快用完了。他有时会出其不意地回来一趟，可从不久留。在此期间父子俩总是避免碰面。

宅子里没有人知道他的去向。

她不顾分秒流逝，盯着画纸神游天外。这种情况时而有之。当她抬起头时，天色已暗。父亲的宴会蓄势待发，他现在经常会设宴。

沙兰把东西收拾进小包，摘下遮阳帽，朝府邸走去。这幢高耸的豪宅是雅克维德式建筑的典范，既宏伟又坚实，由方砖砌成，外墙小窗遍布，周围伏满斑驳的暗苔。有些著述将其称作雅克维德之魂——地处荒郊僻壤，由光明贵人一手掌管。她总觉得这些作家寄情田园，怀有过于浪漫的想象。他们真的来过这些大宅吗？他们真的亲身经历过如此单调乏味的乡野生活吗？又或者这些来自大城市的居民贪图安逸，只会异想天开？

回到家，沙兰转身上楼，前往卧房。父亲要求她在入席前精心打扮。她会穿上新裙子，安静地坐在一边，不打断大人的交谈。父亲从未明说，但沙兰认为，自己重新开口讲话的事实让他觉得很可惜。

或许他并不希望女儿借此抖出她见证过的事件。沙兰在走廊里止步，头脑放空。

"沙兰？"

她缓过神来发现四哥尤术正站在她身后的台阶上。她到底在走廊上对着墙壁出神了多久？宴会马上就要开始了！

尤术喝了酒，面颊泛出红光，头发凌乱不堪，没有扣起的外套歪歪扭扭地垂下。他的袖扣和腰带全不见了，这些配饰品质上乘，统统镶有晶石宝钻。他肯定豪赌一气，把它们输得精光。

"父亲早前吼了些什么？"沙兰问，"你刚才在家吗？"

"不在，"尤术捋了捋头发，"但我听到了。巴拉特又放火了，差点烧掉仆人住的破房子。"尤术连推带搡地挤过她，继而绊了一跤，只得靠住扶手才不至于摔倒。

糗态百出的尤术前来赴宴绝不会令父亲满意，他的咆哮只会升级。

"欠风操的笨蛋。"尤术趁着沙兰帮他直起身子的当口说，"巴拉特简直快成神经病了，我才是这个家里唯一一个头脑清醒的人。你又在面壁发呆了，对不对？"

她未作回应。

"他会给你买新裙子，"尤术边说边在她的搀扶下走向卧室，"而我一无所得，只有唾骂。畜生老子。他是疼赫拉兰，可我们不是赫拉兰，所以我们根本不被他放在眼里。赫拉兰从来就没陪过我们！他和父亲作对，差点要了父亲的命，但他还是父亲的心腹，一人独占他的视线……"

他们路过父亲的卧房，正逢一名女仆在屋里打扫，沉重的墩木门打开了一道缝，沙兰看得到对面的墙壁。

以及那个发光的保险柜。

它被一幅描绘海上风暴的画作挡住，冉冉白光的耀眼程度却丝毫未减。保险柜的轮廓透过画布若隐若现，仿如一团明火烈焰。她收住了踉跄的脚步。

"你在乱瞅什么？"尤术贴着扶手追问。

"光。"

"哪来的光？"

"图画后面。"

他斜眼一看，跌跌撞撞地向前走去。"小妹，以宁静园起誓，你在胡说些什么？亲眼看着他杀了母亲，你脑子坏了吧？"尤术推开她，暗自咒骂道，"家里只有我还没疯。风操的，只剩下我一人……"

沙兰直视着那团光，一只怪物藏匿其中。

那是母亲的灵魂。

28 靴子

事已至此，皆因灵体之背叛。
人类先得飓能，
明理者却一无所获，
摒弃不足为奇。
日夜心向诸神，化为可造之材，
诸神将吾等改变。
——选自《听者之歌·隐颂》第四十节

"客官，这信儿要价十二颗布罗姆。"沙兰说，"记得付红宝石，我会一一查过。"

缇恩仰头大笑，油亮的黑发披散在肩上。她坐在车夫的座位上，顶替了布鲁斯。

"这也叫巴甫兰德腔？"缇恩发问。

"我只听过三四次。"

"你嘴里像是含了好几块大石头！"

"巴甫兰德腔就是这样啊！"

"不是，那些人讲话的感觉更像是嘴里含了一把小石子，不过他们会把语速放得很慢，还会拖长音和重读，像这样：'我呀，看过您给我的那几张画了。它们忒好了，确实好哇，我还从没用过这么舒服的厕纸。'"

"你也太夸张了吧！"尽管这么说，沙兰还是忍不住笑了出来。

"是有点。"缇恩往椅背上一靠，挥舞着长芦秆，像是在用碎瑛刃赶红甲蟹。

"我不晓得会巴甫兰德腔能做什么用。"沙兰说，"那个小国又不重要。"

"孩子，*就因为如此*，它才重要。"

"它很重要，因为它不重要。"沙兰说，"好吧，我知道自己的逻辑思维有时很差劲，但你的讲法似乎有点靠不住。"

缇恩笑了。她是如此自在、如此……无拘无束。沙兰和她首次相遇时没有料到这么多。

不过那时她在扮演卫队长的角色，现在和沙兰聊天的女子像是她的真实一面。

"听着，"缇恩说，"如果你想愚弄他人，就得学会如何转换身份，或上或下，缺一不可。你要克服'光眼种贵人'那一套，我估计你有过几个好榜样。"

"可以这么说吧。"沙兰想起了迦熙娜。

"问题在于，在很多场合，做光眼种贵人不顶用。"

"不重要的才重要，成了贵人又不顶用，了解了。"

缇恩嚼着肉干，看了看她。她的剑带挂在车座一侧的钩子上，正随着红甲蟹的步调晃来晃去。"孩子，要知道，一旦放下防备，你的话还真多啊。"

沙兰羞红了脸。

"我很喜欢。我比较欣赏能够笑对人生的人。"

"我能看出你想教我什么。"沙兰说,"你的意思是这样的:如果有人操着一口巴甫兰德腔,且外表低贱平庸,他便能去往光眼种不可企及的地方。"

"他还能听到光眼种听不到的情报、做到光眼种做不成的事情。口音至关重要,当你挥洒着慷慨陈词时,一旦来上点与众不同的腔调,即使身上没几个钱,也时常不要紧。只要你用胳膊擦擦鼻子,并像巴甫兰德人那样说话,有时人家根本连看都不看一眼,他们不会在意你有没有带剑。"

"可我的眼睛是淡蓝色的。"沙兰说,"不管我学什么口音,都不会有人把我视作贱民!"

缇恩在裤袋里摸索了一番。她已经把风衣挂到了另一个钩子上,所以只穿着系扣衬衫、浅褐色的紧身裤和高筒靴。那件衬衫差不多是工装款,但面料更为上乘。

"给。"缇恩抛给了她什么东西。

沙兰堪堪接过,不禁为自己的笨手笨脚而害臊。她举起那一小瓶深色液体,把它对准阳光的方向。

"是眼药水。"缇恩说,"用完后你的瞳色会变暗,效果能维持几小时。"

"真的?"

"这东西不难搞到,只要找对人就行,很好用。"

沙兰放下药水瓶,突然感到一阵恶寒。"有没有——"

"作用相反的药水?"缇恩打断她,"想让暗眼种变成光眼种?我没听说过,除非你相信那些关于碎瑛刃的传言。"

"也是。"沙兰松了一口气,"你可以把玻璃涂黑,可若要将其漂白,在不把它全化掉的前提下想必是做不到的。"

"简言之,"缇恩说,"你得备好一两种落后地区的口音,像赫达孜腔或巴甫兰德腔之类的。"

"我可能有雅克维德的乡下口音。"沙兰坦言。

"不行,你在这边混不过去。雅克维德是一个文明国度,你们与生俱来的口音太过相像,外国人分不出。你的老乡能听出乡下口音,阿勒斯卡人未必能听出。他们只会觉得那是异国腔。"

"你是不是去过好多地方?"沙兰问。

"风儿吹到哪儿,我就去哪儿。只要你不留恋外物,就能活得逍遥自如。"

"外物?"沙兰问,"可你是——不好意思——你是贼啊,做贼就得敛财抢夺!"

"我会弄到能弄到手的东西,可这仅仅证明了外物易逝。你带走一片云彩,没过几天就会失去它。说得像我南下时干的那份活,我的同伙一去不回,我都怀疑他们开溜时把该给的报酬也吞掉了。"她耸耸肩,"人生不如意十有八九,没必要为这种事坏了心情。"

"你干的是什么活?"沙兰有意眨了眨眼,把缇恩的悠闲模样印入脑海。她像指挥家那样挥舞着芦秆,毫无世事烦扰。几周前她们死里逃生,可缇恩的心态很好。

"是大家伙。"缇恩说,"这活颇有意义,主子都是那种想一改现状的人。我还没收到上面的回音,我的同伙也许没跑,他们说不定只是搞砸了。我也不太确定。"这时,沙兰才从缇恩的表情中捕捉到不安。她的目光透出迷离,眼睛周围的皮肤忽然紧绷。她担心那些主子可能会处理她。这些情绪不一会儿就消散了。"快看。"缇恩朝前方点点头。

沙兰循着缇恩所指的方向看去,发现一些人影正在几座山头之外移动。商队离平原越来越近,沿途的风光缓缓改变。山坡变得愈加陡峭,但气温升高了点,植被也更为常见。不少山谷中树木丛生,飓风过后,充沛的水分会从山上流下。这些树又矮又粗,雅克维德的常见品种则挺拔轻逸,两者很是不同。不过,在满眼的灌木丛之外还能见到此般景致，确实很惬意。

　　这里的草长势甚旺，它们会在车轮还未碾过之时就迅速缩回洞里。沿路的石壳木个头都很大，一片片页岩皮木的周围时常会涌现跳跃的生灵，它们呈绿色，形似微尘。这几天来，破碎平原周边的交通更为繁忙，他们驶过了许多别的车队，所以瞧见前方有人，沙兰不感惊愕。可是那些人竟然骑着马。谁负担得起那种牲口？他们怎么没个护驾？骑手好像只有四人。

　　坐在第一辆车上的马寇伯一声令下，整个车队停在了原地。沙兰通过惨痛的经历才明白在半路硬碰硬有多么危险。车主从不会轻慢任何事。虽然她才是老大，但她允许这些更有经验的行家里手来择路和叫停。

　　"来吧。"缇恩猛抽了一下芦秆，催促红甲蟹止步。她跳下车，从钩子上抓起风衣和剑。

　　沙兰慌里慌张地下了车，换上了迦熙娜式的脸面。她愿意和缇恩坦诚相待，但在面对他人时，她仍须以负责人的身份行事。这时，她老成持重、言笑不苟，可她希望自己能给众人信心。为此她很满意由马寇伯提供的蓝裙。这条上等的镶银丝裙比她那条破破烂烂的旧裙要好上太多。

　　他们路过了走在领头货车之后的瓦沙尔一行人。逃兵集团的头目狠狠地瞪了缇恩一眼。尽管缇恩时有犯罪倾向，可瓦沙尔对其的厌恶让沙兰的敬意更上了一层楼。

　　"那些人由我和光明女士达瓦挡着。"缇恩在路过时对马寇伯说。

　　"光明女士？"马寇伯起身望向沙兰，"假如他们是土匪，该如何是好？"

　　"他们只有四人，马寇伯师傅。"沙兰轻描淡写地说，"倘若我拼不过四个土匪，就是活该被抢。"

　　她们走过货车，缇恩系上了剑带。

到了没人听得见的地方，沙兰压着嗓子问："万一他们真是土匪呢？"

"我记得你说过你可以拿下四个人。"

"我当时只是在配合你！"

"那样很危险，孩子。"缇恩苦笑一声，"要知道，匪徒不会待在明处，也肯定不会待在原地不动。"

那四个人在山顶候着。走近后，沙兰看到他们一律穿着挺括的蓝制服，装扮得很像回事。在山间的谷底，沙兰无意中踢到了一株石壳木，不由得皱起了眉——马寇伯给了她一双光眼种穿的鞋子，以搭配她的裙子。这双鞋是名贵货，可能值得上一笔钱，却不比凉鞋舒适多少。

"我们就在这儿等。"沙兰说，"他们可以过来。"

"我是没意见。"缇恩说。正如沙兰所言，山上的四人瞅见她和缇恩在等他们，便下了山。这些骑手身后还跟着两个步行的人，他们穿的是工装，而非制服。马夫？

"你想扮成谁？"缇恩小声问。

"……自己？"沙兰答道。

"这有什么意思？"缇恩说，"你吃角族腔说得如何？"

"吃角族！我——"

"太迟喽。"缇恩说。就在此刻，那四个人骑了过来。

沙兰觉得马很吓人。这种粗蛮的庞然大物不像红甲蟹那么温顺，总是喷着响鼻、四蹄踏得哼哼作响。

领头的骑手勒住马，显然有些恼火。他似乎无法完全掌控马匹的行动。"您好，光明女士。"他望见她的双眼，点了点头。令人惊讶的是，他竟然是暗眼种。此人身材高挑，一头阿勒斯卡式黑发留到肩头。他检视缇恩，注意到了佩剑和军装，却不露声色，一定很难对付。

"乌努鲁库阿克姬娜阿乌图阿泰王女殿下驾到!"缇恩指了指沙兰,大声道,"站在你面前的可是皇族,暗眼种!"

"穿沃林裙的吃角族?"那人俯身打量起沙兰的红发,"石头会笑掉大牙的。"

缇恩看看沙兰,挑起了眉。

大姐,我要掐死你,沙兰想道,深吸一口气。"这个,"她拍拍身上的裙子,"是王女穿的吧?很合身。要尊敬!"幸亏她的脸蛋很红,正符合热情好客的吃角族人的特征。

缇恩向她点头,面露赞赏之色。

"方才出言不逊,十分抱歉。"那人虽是这么说,却显得不怎么惭愧。暗眼种驾驭此等宝马做什么?他的同伴中有一人在用望远镜检视车队,他同是暗眼种,但骑姿更自在。

"卡尔,有七辆车,"他说,"都守得很紧。"

那个叫卡尔的人点点头。"我奉命前来寻觅盗匪的踪迹,"他对缇恩说,"一路下来,贵车队是否顺风?"

"我们三个星期前碰上过山贼。"缇恩往背后指了指,"你干吗要费心?"

"我们由国王委派而来,"那人说,"身兼达力拿·寇林的贴身护卫之职。"

噢,风吹雨打的,这下麻烦了。

"光明贵人寇林正在调研破碎平原周边地区的情况,以视可否加大管理力度。"卡尔续上前言,"如果你们确实遭袭,我想获知详情。"

"如果?"沙兰问,"你信不过我们的话?"

"不是——"

"我生气了!"沙兰抱起双臂,大声埋怨。

"你们最好放检点些,"缇恩对那四个人说,"殿下不喜欢被人得罪。"

"这我没想到。"卡尔说,"袭击是在哪里发生的?你们是否击退了盗匪?他们有多少人?"

缇恩细细道来,沙兰借机想了想。假如因缘婚得以圆满,达力拿·寇林将成为她的公公,但愿她不会再撞上这队士兵。

缇恩,我绝对要掐死你……

四人的领头淡然聆听着袭击的详情,似乎性格不好接近。

"得悉贵车队蒙受重大损失,我深感遗憾。"卡尔说,"但是你们目前距离破碎平原只有一天半的行程了,在后半段路上应该不会碰到险阻。"

"我挺好奇,"沙兰说,"这些牲口是马?可你是暗眼种。这个……寇林很信任你嘛。"

"我在执勤。"卡尔端详着她,"你的同胞呢?这个车队一看就是沃林教徒组建的。再说,你的身子骨比一般的吃角族人要单薄。"

"你刚才是在取笑王女的体重?"缇恩目瞪口呆地问。

飓风在上!她太能演了,光凭一句话就招来了怒灵。

好吧,只能硬着头皮装下去了。

"我生气了!"沙兰一声尖叫。

"你又激怒了殿下!"

"气死了!"

"你最好请个罪。"

"请什么罪!"沙兰扯嗓大喊,"上靴子!"

卡尔往后一靠,来回望着她们俩,想要弄明白话中的真意。"靴子?"他问。

"对。"沙兰说,"我喜欢你的靴子。你用这个请罪。"

"你……要我的靴子?"

"你没听到殿下的旨意吗?"缇恩抄着双臂问,"这个达力拿·寇林带出来的士兵就这么没分寸？"

"我不是没分寸，"卡尔说，"可我不会把靴子给她。"

"无礼！"沙兰上前吼道，用手指着他。飓风之父啊，这些马大得离谱！"在场的！给我听好了！到地方后，我会说：'寇林偷了靴子、夺走了女人的贞操！'"

卡尔咂舌道："贞操！"

"是的。"沙兰瞥向缇恩，"贞操？不，错了，珍藏……不对……正装。正装！他夺走了女人的正装！就是这样。"

那个士兵望了望他的同伴，神情困惑。可恶，沙兰想，和腹中无墨的人玩不起高级的文字游戏。

"没关系。"沙兰凌厉地举起手，"所有人都会知道你们对我干了天理不容的事。你们在野外剥光了我的衣服！我的部族受到了莫大侮辱。所有人都会知道寇林——"

"拜托，别再唧唧喳喳了。"坐在马背上的卡尔弯下身，狠狠地脱下脚上的靴子。他的袜子在脚后跟处破了个洞。"这女人真是欠风操。"他满口微词，把一只靴子丢给她，然后脱下了另一只。

"殿下原谅你了。"缇恩说道，接下靴子。

"该下诅咒之地的，最好如此。"卡尔说，"我会向上级传达你们的遭遇，这块风杀的地方没准能列入巡逻范围。伙计们，走吧。"他勒转马头，一语不发地骑开了，估计不想再听吃角族人长篇大论。

等到他们走远后，沙兰瞅瞅靴子，情不自禁地大笑起来。形如叶片的蓝色欢灵从她脚边旋升而起，将她包围，随后如一阵风般向外散开，飘到她的头顶。这种灵体很少出现，沙兰笑容满面地看着它们。

"哇，"缇恩笑着说，"刚才那会儿太好玩了，你想抵赖也没用。"

"我还是想掐死你。"沙兰说，"他清楚我们在耍他。世上肯定没有哪个女的把吃角族人装成这样过，我创造了最差纪录。"

"其实你做得很不错。"缇恩说，"虽然用词有点过，但是腔调模仿得相当地道。不过,这不是重点。"她把靴子递给沙兰。

"什么才是重点?"沙兰趁着她们走回商队停靠处的当口问,"看我出丑?"

"这算一方面。"缇恩说。

"你在嘲笑我。"

"如果你想学好这门手艺,"缇恩说,"就非得习惯那种场合。在假扮别人时,你不能觉得难为情。演得越是夸张,就越要严肃对待。提高水平的途径唯有多练,而且要在那些很容易抓现行的人面前练。"

"我想也是。"沙兰说。

"这双靴子太大了,不适合你。"缇恩指出,"不过我爱死那人的表情了,你向他讨东西时还说:'请什么罪!上靴子!'"

"我实在需要一双靴子。"沙兰说,"无论是光着脚还是穿凉鞋,在石头上走路就是硌得慌,我受够了。这双靴子的话,往里面加层鞋垫就可以。"她捧起靴子——它们确实有点大,"呃,或许吧。"她回头一望,"但愿他没事。万一他在回程时要打击土匪,该怎么办?"

缇恩翻了个白眼。"我们得找时间谈谈你的温柔小心肝了,孩子。"

"做个好人不是坏事。"

"你正在学习诈骗的技巧。"缇恩说,"我们暂且回车上去罢。我想向你细细传授吃角族腔的重点和难点。你生着一头红发,这种口音是最有可能用到的。"

29 铁血

> 博艺态舞弄玄妙丽色,
> 宏韵悠悠,神往之歌。
> 吸引艺灵,必行之策。
> 学成之前,几曲即可。
> ——选自《听者之歌·新奏》第二百七十九节

托洛尔·撒迪亚斯闭上眼,把渡誓扛到肩头,吸进一口由仆族智者的血迹所散发出的腥甜气息。战时激越感在他体内翻滚,神赐之力,美妙绝伦。

血气涌上他的耳根,鼓膜咚咚作响,他几乎听不到从战场上传来的呼喊和呻吟。一时间,激越感炽烈怡人,他深深陶醉,心无旁骛。花上一小时陷入飘飘然的兴奋,只有一件事能为他带来正经八百的欢愉:为生命而战、打倒低人一等的敌手。

豪迈之情逐渐退去。激越感总是在战后转瞬飞逝。也许是因为他深知竞争毫无意义,所以在突击仆族智者时,这份快意才会一日更比一日弱。他无法全力以赴、无法向终极目标迈进。他力图踏上征服之路。在这片被令使所遗弃的大地上，屠杀飓砂裹身的蛮子确实已经丧失了原有的滋味。

他叹着气放下瑛刃，睁开双眼。亚马兰跨过人类和仆族智者的尸首，从战场走来。他的碎瑛甲沾着紫色血污，肘部之下一片模糊。他用戴着护甲的手托着微微泛光的琼心石，踢开一名仆族智者的尸体，来到撒迪亚斯身旁。他的亲卫队向外散开，并入了轩亲王的队伍。这些士兵散得齐整有序，撒迪亚斯感到片刻的恼怒。与自己的部下相比，他们显得尤其高效。

亚马兰摘下头盔，手掂琼心石，将其抛起，后又接住。"你知道吗？这步棋下错了。"

"下错了？"撒迪亚斯抬起面罩。不远处，仍有五十名仆族智者未能与大部队共同撤出高地，他的士兵将其斩杀殆尽。"我觉得下得很对。"

亚马兰扬手一指。西面的高地朝向军营，那里出现了几个黑点，高扬的旗帜属于哈萨姆和罗伊翁，**两位按规定出高地战的轩亲王已经联袂抵达**——一如达力拿，他们所用的战桥造型笨重、行动缓慢，很容易落后。撒迪亚斯更喜欢用人力，此举具备一大优势，那就是冲桥手几乎不需要训练便能上阵。达力拿用渡誓换取了一队撒迪亚斯的冲桥手，如果他以为自己的愚行起了牵制作用，那他就是个傻瓜。

"在别的军队就位前，我们必须离开此地，"亚马兰说，"夺下琼心石就返回。事后你可以声称你并未意识到自己无须出战。另外两支军队一到，你根本找不出推诿的借口。"

"你误会了。"撒迪亚斯说，"别以为我还有闲心推诿。"伴随着一声愤怒的号叫，最后一名仆族智者倒下了。撒迪亚斯深感自豪。人言仆族智者从不在战时投降，然而远在开战的那年，他曾见过他们放下武器试图屈服。当时他披甲执锤，亲手把他们宰了个干净，他们的同胞撤至附近的高地，眼睁睁地目睹了一切。

自此之后就再也没有仆族智者剥夺过他和部下以正道息战的权利。撒迪亚斯挥了挥手,命令先头部队在集合后护送他回营,留下其余士兵疗伤养息。亚马兰走过战桥,与他会合,途经不少躺地而睡的冲桥手。雄兵好汉纷纷战死,这些人却还活着。

"与您协同作战是微臣义不容辞的责任,殿下。"亚马兰边走边说,"可我希望您能知晓,我不赞成我们来此干预战局。面对国王和达力拿,我们应该设法弥合差异,挑拨的企图不可有。"

撒迪亚斯嗤之以鼻。"别假惺惺地给我来这一套。别人是能被骗过去,但我知道你的底细,你体内住着一头冷血动物。"

亚马兰咬了咬牙,目视前方。当他们走近战马时,他伸手按住了撒迪亚斯的胳膊。"托洛尔,"他低声说,"世界很大,你的勾心斗角算不了什么。你对我的评价当然无误,这点我承认,我可以优先对你说实话。看在未来的分上,阿勒斯卡得强盛起来。"

撒迪亚斯踏上由马夫搬来的垫脚。假如做法有误,着碎瑛甲上马可能会对牲口造成伤害。有一次他还踩断了马镫,没等跃上马背就摔了个仰面八叉。

"阿勒斯卡是得强盛起来,"撒迪亚斯伸出一只覆有护甲的手,"要使梦想成真,我会重拳出击,施以铁血政策。"

亚马兰不甘不愿地将琼心石递过去,撒迪亚斯用一手抓住,另一手紧握缰绳。

"您发过愁吗?"亚马兰问,"想到您的所作所为和我们的要务,您就从不担心?"他向一队抬着伤员过桥的手术师点头致意。

"担心?"撒迪亚斯道,"为什么要担心?有这样的机会,那群栽在战场上的废物才能死有所值。"

"我发现您最近越来越爱用这种口气讲话了,"亚马兰说,"不像您以往的风格。"

"我已经学会了接受这个世界的真面目,亚马兰。"撒迪亚斯勒转马头,"没多少人是心甘情愿的。他们徘徊、希冀、做梦、掩饰,欠风操的人生一成不变。你非得看透人世间的残酷丑态、非得承认其中的腐化堕落。你要适应起来,只有这样才能干出有意义的事业。"

撒迪亚斯夹紧马腹,催促战马前进,暂时把亚马兰抛在了后头。

亚马兰会保持忠心的。撒迪亚斯和他达成了共识。就算亚马兰是碎瑛武士,也不会带来变数。

撒迪亚斯和他的先头部队抵达了哈萨姆军的所在地。放眼邻近的高地,他发现了一群瞪眼张望的仆族智者,这些斥候越来越大胆了。他派出一队弓箭手将其逐出,然后骑向站在哈萨姆军前列的身影。那人正是轩亲王本尊,他穿着华丽的碎瑛甲,胯下是一匹雷沙迪乌马。该下诅咒之地的,这等神兽比普通的马种要上好几个档次,怎样才能搞到一头?

"撒迪亚斯?"哈萨姆对他嚷道,"你来这里搅什么局?"

撒迪亚斯思索片刻,迅速做了决定。他向后挥起手臂,把琼心石抛到了分隔两人的高地上。那块石头撞向哈萨姆身侧的岩地,一弹一弹地滚了几下,表面泛出微光。

"我玩腻了。"撒迪亚斯回吼,"想来你倒省了点麻烦。"

话音刚落,哈萨姆接连发问,撒迪亚斯却置若罔闻,又踏上了回程。今天是阿多林·寇林的决斗日,他已经打定了观战的主意,万一那个小家伙再出洋相,他可不想错过。

※

几小时后,撒迪亚斯在决斗场内落座,理了理领巾。这种劳什子虽然时髦,围在脖子上却极其难受。他暗地里总希望自己能像达力拿那样一身制服走四方,可他从未把这个想法告诉过任何人,就连雅莱也不知道。

他当然不能透露心声。道理有二：首先，他不会在众目之下向法典和君权低头；次之，**戎装其实早就不合时宜了**。眼下这场战争即便打着阿勒斯卡的旗号，却不见刀光剑影。

达力拿并不明白他在玩什么游戏，穿上军服他就输了。你扮演何种角色，就该打扮成何种模样，这很重要。

撒迪亚斯往后一靠，等候决斗开场。竞技场内喧嚣渐起，就像沸水炸开了锅。今日看客甚多。在上一场决斗中，阿多林的蛮斗吸引了不少眼球，宫廷人士对一切新鲜事物都备感兴趣。撒迪亚斯的坐席空出了一片区域，他能活动开身子，隐私也有保证，但是说白了，这只是一块加盖在看台上的板凳，造得很简陋，整座竞技场无非就是一个岩坑。

脱去碎瑛甲后，他体感不适，心中又很烦恼，可更让他愤恨的是他的样貌。从前，他能在路上博得很高的回头率；身处一室，他也能掌控一切。他是大众的指望，一见到他，**许多人的目光中闪烁着渴求**。他们渴望拥有他的权力、渴望成为他的再世。

他的魅力正在流失。尽管他依然有权有势——比起往昔也许更甚，可是他们的眼神改变了。青葱年华一去不返，不论是顺从还是抗拒，在别人眼中，他都是在使性子。

他已日薄西山。生老病死是人之常态，**但他感受得到死神的步步紧逼**。但愿大限还在几十年后，可这份噩耗已经投下了漫长的阴霾。若想求得永生，只能通过征服天地。

裙裾摩挲，雅莱在他身边悄然入座。撒迪亚斯心不在焉地搂住她的后腰，挠着那块她喜爱的部位。雅莱的名字是对称的①，她父母为之赋予了些许渎神的意味——有些人敢于为自己的孩子取上圣名。撒迪亚斯就迷恋这一款。没错，他一开始就是被她的芳名所吸引。

"嗯。"他妻子叹道，"很好，看来决斗还未开始。"

---

①雅莱的原名为 Ialai。

"我想没一会儿就要开始了吧。"

"好的,我可经不起苦等。听说你把今天夺下的琼心石拱手让人了?"

"我把它丢到了哈萨姆的脚边,然后策马返回,显出一副满不在乎的样子。"

"妙极了,我本该想到这一计。达力拿声称我们是因为太贪才不予配合,见到你的举动,他的话就没什么说服力了。"

在看台下方,着蓝甲的阿多林终于踏上沙地,一些光眼种客气地鼓起掌来。艾拉尼夫走出正对面的准备室,其瑛甲磨得锃亮,透出本色,只有胸甲上了玄青色。

撒迪亚斯眯起了眼睛,仍在抓挠雅莱的后背。"这场决斗就不该开打。"他说,"面对阿多林的挑衅,众人本应恐之蔑之,后拒之。"

"一群傻子。"雅莱小声说,"托洛尔,他们清楚该摆出何种姿态——我把牌摊得很明确,还许诺给他们好处。可是呢,那些人背地里都想把阿多林给打败。决斗手们不怎么靠得住,他们不可一世、性子太急,总想着炫技求名。"

"他老子的谋划不可成器。"撒迪亚斯道。

"不会的。"

撒迪亚斯望了望达力拿的坐席。撒迪亚斯的位置离该处不算太远,要是喊一声,对方可以听到。达力拿没有往他这边看。

"这个王国是我一手建起来的。"撒迪亚斯低语,"我知道它有多脆弱,雅莱。若要将之摧毁,应该不太难。"这是唯一恰当的重建方式,原理和铸造武器类似:熔化旧遗,打造新品。

下方的决斗开始了,阿多林穿过沙地,大步逼近艾拉尼夫,后者手持原属老迦维拉尔的瑛刃,剑身的设计颇具杀气。阿多林的动作太快了,那小子就这么等不及?

在拥挤的看台上,光眼种默不吭声,暗眼种则张嘴呐喊,急于观看上次决斗的翻版。不过,这场比拼没有发展为徒手搏击。两人交替试探,阿多林步步后退,肩上中了一招。

马马虎虎,撒迪亚斯想。

"两周前,国王的寝宫闹出了点动静,现在我总算查清了其中的原委。"雅莱挑起了新话题。

撒迪亚斯笑了笑,仍在观看比试。"这种事自然逃不过你的慧眼。"

"是一起未遂的暗杀。"她说,"有人蓄意破坏国王的阳台,好让他落向百尺之下的石地。行动组织得不太缜密,据说还差点成功了。"

"如果他都差点没命了,那就算缜密。"

"什么话,托洛尔。暗杀可疏忽不得,**差之毫厘,失之千里**。"

确实。

听闻艾尔霍卡几近身亡,撒迪亚斯搜索枯肠,想要为之动情,却仅仅体味到了一丝怜悯。他挺喜欢那个小家伙,可是若要重建阿勒斯卡,旧制度的残余须得抹去。艾尔霍卡免不了一死,最好能在干掉达力拿之后就把他悄无声息地送上绝路。撒迪亚斯打算亲手割破那孩子的喉咙,以示对老迦维拉尔的敬意。

"你觉得刺客是谁派出的?"撒迪亚斯小声问。他的护卫已经在座位周围布下了屏障,只要声音压得够低,他便无须担心被人偷听。

"难说。"雅莱闪身转向一边,让他抓挠背上的另一块地方,"不会是鲁特哈和亚拉达。"

这两人都处在撒迪亚斯的严密掌控之下:亚拉达略为勉强,鲁特哈则相当乐意。还有谁干得出来?罗伊翁太没胆识,其余人又太过审慎。

"萨纳达尔?"撒迪亚斯推测。

"他的可能性最大,不过我会再调查一番,看看能发现什么。"

"国王的盔甲出了故障,或许也是同一伙人弄的。"撒迪亚斯道,

"倘若我行使职权，我们没准就可以挖出更多线索。"

撒迪亚斯现任轩督王一职，该称号由来已久。从前，王国的事务曾由十位轩亲王分头治理，这项制度延续了数百年。严格而言，撒迪亚斯有权开展调查、执行监管。

"也许吧。"雅莱的语气有些犹豫。

"可是？"

她摇摇头，看着下面的决斗者进行新一组较量。一轮下来，阿多林的一侧护手甲漏出飒光，一些暗眼种齐声喝起倒彩。这帮人怎么就进得来？艾尔霍卡为下等人预留了位子，搞得部分光眼种无法前来观摩。

"针对我们用计把你推上轩督王的位置，达力拿有了动作。"雅莱说，"他将此举视为荣升轩战王的踏板，因而算至今日，你为了攫取轩督王一职所踏出的每一步，**都是在巩固他的掌控力**。"

撒迪亚斯颔首道："那么你有应对方法了？"

"还没有。"雅莱说，"但我正在想点子。他开始派人在营外巡逻了，你有否留意？外围市场也少不了他的人。那不该是你负责的吗？"

"不，那是轩贾王的职务，国王还未做出任命。不过，**我应当有权督管十座军营治安**，同时指派法员和判官。在国王的生命受到威胁时，他应该立即邀我加入调查，可他没有。"撒迪亚斯考虑再三，把手从雅莱的背上移开，好让她坐直。

"达力拿有个把柄，我们可以抓住。"撒迪亚斯说，"他总是放不下手上的权势，**也无法诚心信任别人的工作能力**。他没有在适当的场合向我求助，那些祈愿王国上下协同合作的豪言也就站不稳脚跟。他的武装有道破绽，你能否一刀刺中要害？"

雅莱点点头。她会撒开情报网，在宫廷中散布疑问：如果达力拿试图开创一个更繁荣的阿勒斯卡，那么他为何不愿移交任何权力？为何不让撒迪亚斯参与国王的安保工作？为何把撒迪亚斯名下的法员拒之门外？

如果撒迪亚斯获得的任命只是纸上谈兵，那么王室还有多少威严可叙？

"你应当放弃轩督王一职，以表抗议。"雅莱说。

"不行，时候未到。待流言冲垮老达力拿之后，他便会觉得有必要让我履行职责。接下来，我会在他有意邀我共事时宣布辞退。"

这么做将扩大颓势，同时削弱达力拿和整个王国的活力。

阿多林的决斗仍在进行，他的心思显然没有花在上面。他总是不加遮拦，甘愿挨打。这还是不是那位时常吹嘘自己技术高超的小青年？他当然有能耐，*却没有达到应有的高度*。就撒迪亚斯的亲眼所见，他的表现还不如在战场上……

他是装的。

撒迪亚斯不由得笑开了。"这一手近乎高明。"他悄声道。

"什么？"雅莱问。

"阿多林在压着打，"撒迪亚斯解释道，这时那个年轻人好不容易才击中艾拉尼夫的头盔，"他不愿展现自己的真正实力，唯恐吓跑对手。*要是他佯装勉强赢下此役，别人可能就会下定决心一哄而上。*"

雅莱在观战时眯起了双眼。"你确定吗？难道他就不能不在状态？"

"这我确定。"撒迪亚斯说。他有了观察的目标，于是分析阿多林的特定套路就变容易了。他先是诱使艾拉尼夫上前攻击，随后起手格挡，险些遭袭。阿多林·寇林比撒迪亚斯所想的更为聪明。

他在决斗上的悟性也更为敏锐。赢下决斗需要技巧，然而既要装作始终处在劣势，又要最终取胜，*则需要相当扎实的功底*。战斗没有停歇，观众愈发激昂，阿多林与对手相持不下。撒迪亚斯怀疑很多人看不出他的把戏。

一时间，阿多林的动作变得疲软无力，他的瑛甲泄出飔光，上面有十几处分布在不同部位的裂缝,安排得别有用心,这样任一部位都不会破碎,他也不会真的暴露在危险之下。就在此刻,他"侥幸"挥出一击,将艾拉尼夫打翻在地。观众大声叫好,就连光眼种也提起了兴致。

艾拉尼夫愤然离场,尖声抱怨阿多林走了狗屎运,可撒迪亚斯不禁心生佩服。这孩子说不定有前途,他想,起码会比他的老父亲有前途。

阿多林举起一只手,走出了场地。"他又有进账了。"雅莱语带不悦,"我会加倍努力,确保这种情况不再出现。"

撒迪亚斯用指尖轻点着座位的边缘。"说到决斗手,你是怎么评价的来着?不可一世、性子太急?"

"对啊,这又如何?"

"阿多林的个性囊括了以上两点,"撒迪亚斯一边思忖,一边说,"此外,他还容易受刺激,不时会陷入旁人的摆布,一碰就炸。他继承了他老子的古道热肠,但自控力不行。"

我能不能先把他逼到悬崖边,撒迪亚斯想,再把他推下去?

"别再劝人避着他了。"撒迪亚斯道,"怂恿的话同样说不得。我们退到后台去,我想坐看事态的发展。"

"这主意听起来很危险。"雅莱说,"那小子是人形兵器,托洛尔。"

"话是没错,"撒迪亚斯起身道,"不过,当你手握剑柄,很少有被刺到的。"他搀扶妻子站起,"我还想让你和鲁特哈他老婆通通气,等我以后决定亲自出兵夺取琼心石时,叫他和我同行。鲁特哈总是急不可耐,我们可以利用他。"

她点点头,走向出口。撒迪亚斯跟在后面,却顿了顿,朝达力拿望了一眼。假如此人没有陷于过往而不可自拔,又会如何?假如他愿意开眼看世界,而不是凭空妄想呢?

你可能还是会杀了他,撒迪亚斯暗自认命,别想装作你可怜他。

说到底,一个人最好要对自己诚实。

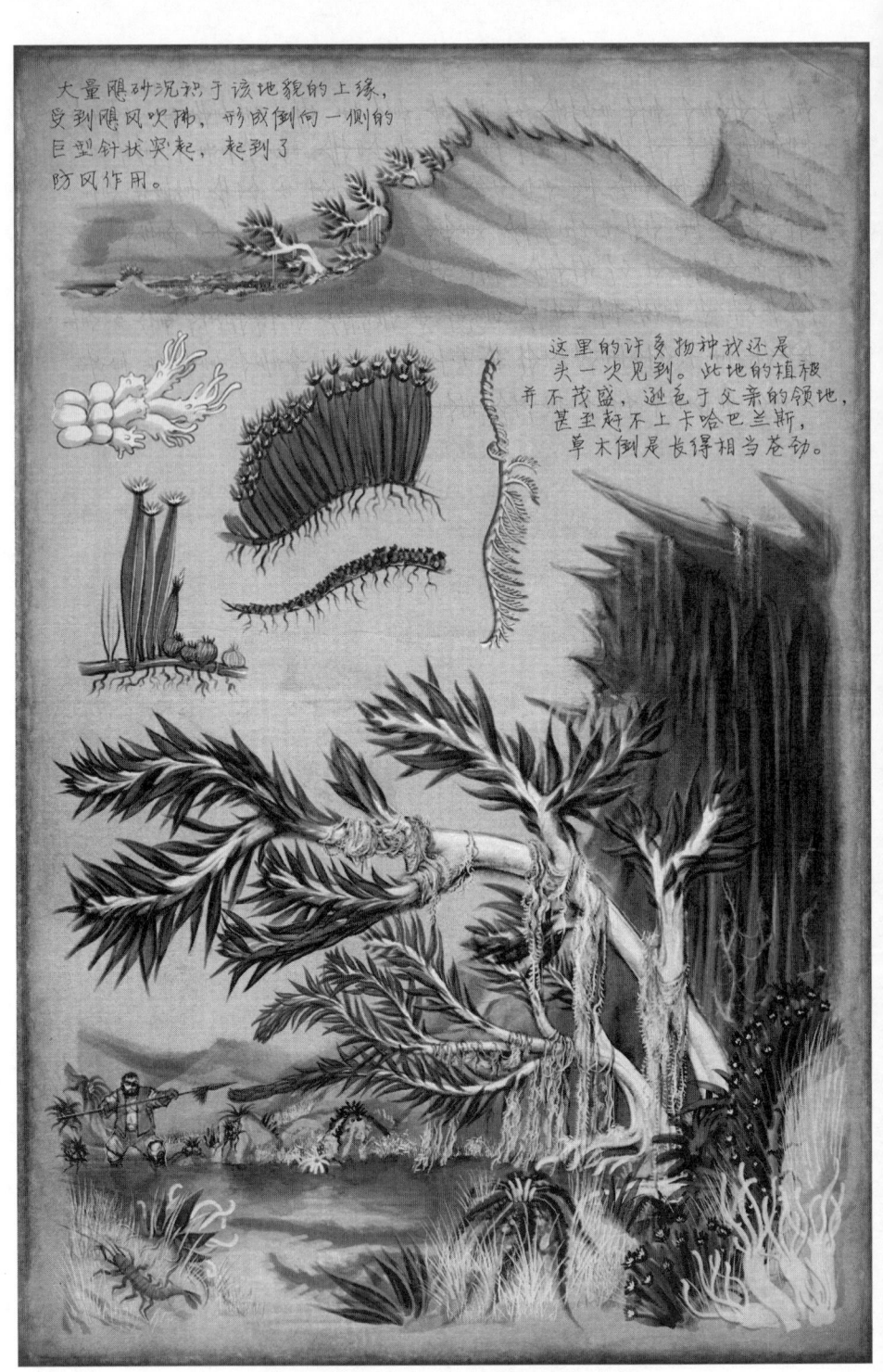

大量隰砂沉积于该地貌的上缘，
受到隰风吹拂，形成倒向一侧的
巨型针状突起，起到了
防风作用。

这里的许多物种我还是
头一次见到。此地的植被
并不茂盛，逊色于父亲的领地，
甚至赶不上卡哈巴兰斯，
草木倒是长得相当苍劲。

沙兰的素描·无主山岭防风地植被

30 羞颜天成

远乡和煦，
虚渡入谣。
供其容身之处，
不日为其所有。
韶光荏苒，世事渐易。
经年累月，宿命未变。
——选自《听者之歌·史韵》第十二节

沙兰的眼前突然绽出一片妍艳，她惊喜得猛吸一口气。

斑斓之色宛如一道晴天霹雳，打破了沿途风光的沉闷。沙兰放下球币——她正在缇恩的指导下练习如何调包——在笼车上站起，用闲手扶住椅背。错不了，棕绿相间的大地上冒出了明丽的红黄二色。

"缇恩！"沙兰说，"那是什么？"

坐在一旁的女子懒洋洋地把一只脚荡在外面，头上的宽边白帽耷拉下来，挡住了眼睛。尽管如此，她仍在驾驶。沙兰戴着布鲁斯的帽子遮阳，这是她从此人的遗物中找出来的。

缇恩抬起帽檐，侧头看了看。"哪里？"

"就在那里！"沙兰说，"五颜六色的。"

缇恩眯起眼。"我什么也没看到。"

相较遍布绵延山峦的石壳木、芦苇和草丛，她怎么能无视如此绚烂的色彩？沙兰把缇恩的望远镜举到眼前，想要看个清楚。"那里有不少植物，"沙兰说，"地上还探出一大块对着东面的石头，挡住了风。"

"哦，就这样？"缇恩闭起眼，往后一靠，"我还以为是帐篷之类的。"

"缇恩，它们都是花花草草啊。"

"那又如何？"

"在单一的生态系统中居然分布着多样的植物群落！"沙兰惊呼，"这机会千载难逢，不可错过！我要跟马寇伯说说，让他带车队往那边去。"

说罢她大声嚷嚷着示意车队停车，缇恩见状评价道："孩子，你有点怪怪的。"

虽然马寇伯不情愿绕远路，却没有违抗她的权威，着实是万幸。车队只要再走上一天就到破碎平原了，大家都不着急。沙兰奋力压下激动之情，霜冻之地上处处是单调乏味的风景，现在有了作画的新素材，自然大快人心，无法用常言形容。

车队驶近山崖，一片高耸的尖石倾向一边，正好形成绝佳的风障，如果规模再大一些，便可称作正宗的避风地，从而催生出繁荣的山城。该处虽说面积偏小，却还是欣欣向荣。一片枝干灰白、叶片火红的林子扎根于此，地上遍布着石壳木，这类品种就算在放晴时也会打开外壳、绽出绵密的花朵，长舌般的卷须探了出来，汲取着水分，扭动的姿态好似一只只蠕虫。

一汪小小的水潭映出蓝天，滋养着石壳木和树林，绿荫处则爬满了苍翠的青苔。放眼望去,整片避风地宛若枯石上的道道翡翠与殷红,美不胜收。

沙兰一等笼车停稳就往下一跳,灌木丛中的生物受了惊,几只半点大的野生斧狐犬连忙窜至了别处。它们移动得太快了,她根本辨不出品种。说实话,她甚至无法确定这些动物就是斧狐犬。

没关系,她走进微型避风地,想道,**这样一来,任何大块头的野兽大概都轮不到我担心**。像白脊那样的食肉动物肯定会吓跑处在食物链下层的小动物。

沙兰笑着前行。这里像极了花园,不过那些纯天然的植物明显没有经过栽培和修剪。她一路过,草木纷纷收起花朵、触须和叶片,为她开出一条道。她忍住打喷嚏的冲动,拨开身前的屏障,发现了一汪翠潭。

她就地歇息,把毯子铺在大石头上,坐好后才开始画图。车队的其余成员去四处望风了,足迹踏遍避风地和风障的顶缘。

草木舒展,叶片绽开,石壳木花再度盛放,馥郁的湿气扑鼻而来,四周荡漾着缤纷亮色,仿佛天成的羞颜。飓风之父啊!她实在是想念各色争奇斗艳的植物,却从未觉察到这一点。她翻开素描本,草草勾出一个符文,向司掌美的令使莎拉什祈祷,沙兰之名的词源就在于此。

突然间,万千枝须突然向两边退开,有个人穿了过来。是盖兹,他刚被一丛石壳木绊住了脚,嘴里骂骂咧咧的,试图避开缠结的藤条。他走到沙兰的眼前,迟疑地低下头俯视水潭。"风操的!"他说,"这里有鱼?"

"是鳗鱼。"沙兰推测,"看上去是橙色的。我父亲的园林里就养着一些差不多的鱼。"在她说话的当口,绿波泛起了阵阵涟漪。

盖兹俯下身,想要看个究竟。一条鳗鱼扬起鱼尾跃出水面,把他溅得一身湿。独眼汉抿起嘴凝视碧渊,擦了擦额头。沙兰喜不自禁,赶忙把这一景收入脑海。

"有事吗,盖兹?"

"呃,那个,"他慌张得来回跺脚,"我在想……"他瞥了一眼素描本。

沙兰翻到新一页,说:"当然可以。你想求一张素描,是不是?就像我给葛罗夫画的那样?"

盖兹用手捂住嘴,干咳了几声。"对,那张画很漂亮。"

沙兰莞尔一笑,开始绘图。

"我要不要拗个造型?"盖兹问。

"能拗最好。"沙兰这么说主要是为了不让他闲着。她在纸上起笔,把盖兹的军容刻画得更为整洁,不仅减小了腰身,还随性地处理了下巴。不过,最大的不同尚在表情上:图中的盖兹抬头挺胸,目视远方;摆正神态后,那张脸庞睿智机敏,那副眼罩高贵英挺,一袭制服显出豪迈之气。她添上浅色的背景细节,再现出盖兹一行人拯救商队之后,众人围在火边表达感激之情的场面。

她从素描本中撕下画纸,将其递给盖兹。他虔敬地接过,用手揉了揉头发。"风打雷劈的,"他喃喃道,"我真的长这样?"

"是啊。"沙兰隐约感到图腾正在附近轻微震动。她说了谎……却也道出了真相。画中的盖兹必然是获救者眼中的形象。

"谢谢,光明女士。"盖兹说,"我……太感谢了。"阿什的瞎眼!她没有看错,他似乎感动得快哭了。

"把图保管好,"沙兰说,"天黑前别折起来。我会上一层封胶,免得弄糊。"

他点点头,离开时又吓到了植物。他是第六个来讨画的人了,对他们她大加鼓励。他们应当明白自己能做什么以及该做什么,任何可以提醒到这一点的事物都是喜闻乐见的。

那你呢,沙兰?她想,人人都有努力的目标,比如迦熙娜、缇恩、父亲……你的目标在哪里？

她翻阅着素描本，找到了三五个自画像。这几页上的形象均是她在不同场合下的变体：学者、宫廷贵妇和艺术家。她到底想成为哪一位女性？

她能否将三者融合为一？

听闻图腾哼了几声，沙兰侧头一望，注意到瓦沙尔正躲在附近的树丛中。这个高大的佣兵头子未对素描作出任何评价，但他脸上的嘲讽之意很明显。

"别吓着这里的花草，瓦沙尔。"沙兰说。

"马寇伯说我们要就地过夜。"瓦沙尔应了一句便走开了。

"麻烦……"图腾鸣道，"真麻烦。"

"我知道。"待枝叶全归位后，沙兰才重新作画。可惜的是，虽然炭笔和封胶可从商人处获得，但她手边没有彩笔，否则就能挥洒大作了。不过，像现在这样也能做出好一系列研究，这些新发现为素描本里的旧作带来了颇多变化。

她刻意不去想那些失落之物。

她尽情地落笔，享受着单纯的宁静，全身心都被小树丛包围。形如绿色微尘的生灵在她身边舞动，飘浮在花叶之中。图腾挪出水面，静静地数起旁边那棵树上的叶子，相当逗趣。沙兰又画了五六张描绘水潭和树木的素描，但愿她过后能从书里查到相关的信息。她还近距离观察了树上的叶子，确保自己把细节都临摹了下来。随后，她转而即兴作图。

在这里画图十分稳当，无须承受颠簸的笼车，四周的环境恰恰是最理想的——充足的光线适于作画，林子里平静安详、生机勃勃……

她停下思考，发现自己画了点东西：朦朦胧胧之中，一片绝壁高耸的嶙峋海岸上现出了几个模糊的人影，他们正在把彼此拉出水面。

她敢发誓其中一人是幺伯。

这无非是一厢情愿的幻想。她多么希望他们能活下来。水手的命运究竟如何?她也许一辈子都不会知道。

她翻过一页,直接画起了所思所感:一名女子跪在某人身上,举起锤头和凿子,仿佛要砸穿此人的面庞。那是一个发僵的木头人……甚至有可能是用石头做的?

沙兰放下炭笔,打量着这幅画,不禁摇了摇头。她为什么会画出这样的场景?第一张图讲得通,因为她很担心幺伯和其他水手。而反观这张怪图,她的潜意识究竟想表达什么?

她抬起头,发现太阳正在逐渐沉下地平线,草木的影子也缓缓拉长。她笑了笑,一跃而起,恰好看到有人站在不到十步远的地方。

"缇恩!"沙兰把禁手掴到胸前,"飓风之父啊!你吓到我了。"

那名女子小心翼翼地在树丛中行走,引得树杈枝条纷纷退避。"画得不错嘛,但我觉得你该多花点时间练练假签名。你在这方面很有天分,可以放胆干,且无须担心露馅。"

"我是练过。"沙兰说,"不过画技也要精进。"

"你真是喜欢一头扎进去画,对不对?"

"我的头可没有扎进去。"沙兰说,"入画的都是别人。"

缇恩哈哈大笑,走向沙兰坐的石头。"你的嘴巴总是那么快,深得我心。抵达破碎平原后,我要介绍几个朋友给你,他们很快会把你带坏。"

"听来不是什么好事。"

"没有啊。"缇恩跳上挨着沙兰的岩石,选了一块干燥的地方,"你还是老样子,唯一会变脏的只有你的笑话。"

"好极了。"沙兰的脸红成了一片。

难料缇恩没有笑她害羞,倒是若有所思起来。"**不想法子可不行,你得尝尝现实的滋味,沙兰。**"

"哦?现实的滋味?那么如今真有叫'现实'的万灵药?"

"不是，"缇恩说，"要给乖乖女们来个当头一棒，即便她们捡回一条命，也会哭个半死。"

"想必你会慢慢发现，"沙兰说，"我的人生并非无忧，其中既没有锦簇的花团，也没有吃不完的点心。"

"那是肯定的。"缇恩说，"人人都是如此。沙兰，我很看中你，真心的。我认为你前途无量，可你学的东西……既然要干这一行，就得拿稳那些扭曲人性、撕裂灵魂的棘手活。你会陷入前所未遇的境地。"

"你跟我又不熟，"沙兰说，"怎么能肯定我没干过这种事？"

"你活得好好的，身心都很健康。"缇恩恍惚地说。

"我可能在演戏。"

"孩子，"缇恩说，"你喜欢捧着素描本在花丛中蹦蹦跳跳，还把那些罪犯画成了英雄。只要有人稍稍提起下流的东西，你就害臊。不管你自以为有多少把刷子，都得做好准备。世道会越变越糟，老实说，我不清楚你能否生存下来。"

"为什么告诉我这些？"沙兰问。

"因为我们要不了一天就到破碎平原了。想反悔，这是最后的机会。"

"我……"

到时候她究竟该如何应对缇恩？难道要坦白自己是为了偷师才顺应了缇恩的好意？她在军中的人脉很广，沙兰想，肯定认识不少值得结交的对象。

沙兰该不该把这个局设到底？虽然她很想继续下去，但她心里明白，那是因为她喜欢缇恩这个人，而且她不想给那名女子一个抛弃她这个学生的理由。"我的想法没有变。"沙兰脱口而出，"我要贯彻自己的计划。"

谎言。

缇恩叹了口气，然后点点头。"行，准备好透露你的大计了吗？"

"是关于达力拿·寇林的。"沙兰说，"他儿子和一个雅克维德女人订了婚。"

缇恩冷眉一挑。"这下来劲了。那个女的没把自己送过去？"

"她未能按时抵达。"沙兰说。

"你和她长得很像吧？"

"可以这么说。"

缇恩笑道："很好。听你之前的口气，我还以为你想玩难搞的诈骗。不过你也许真能实现这一计。虽然莽撞，但是可行，了不起。"

"谢谢。"

"那么你到底是怎么打算的？"缇恩问。

"嗯，我会向寇林自报名姓，说明未婚妻的身份，然后请他准我过门。"

"不好。"

"不好？"

缇恩连连摇头。"这样你就欠了寇林太多人情债。你会带着一副穷酸相，不会赢得别人的尊重，连魅力值也会大打折扣。我劝你施一个美人计，把有钱男人的财产骗个精光，这全看你有几分姿色。你要在别的军营里住下，找间小客栈，装得完全能自力更生，还得时刻保持神秘气息，别让那小子一口气得手。对了，那女人的对象是谁？哥哥还是弟弟？"

"是阿多林。"沙兰说。

"嗯……跟雷纳林相比，说不准是好是坏。阿多林·寇林是有名的情场老手，所以他父亲才希望他结婚。不过，要想让他专一，可相当不易。"

"当真？"沙兰的心头闪过一阵焦虑。

"当真。他有十几次都差点跟人订婚了，我想他以前确实订过婚。

还好你遇到了我,我会花点时间研究此人,再定出合适的骗法,**但你绝不能给寇林好眼色**。如果你太容易追到手,阿多林死都不会动心。"

"我们都立了因缘婚,不容易追到手才怪。"

"可关键在于,"缇恩竖起一根手指,"你想骗取他的感情吧?这很难办,但比较保险。我们会想出对策的。"

沙兰点点头,内心却在打鼓。*这桩亲事到底还成得了吗?* 负责牵线的迦熙娜大概是看中了沙兰的飓能术潜质才希望她嫁进来。如今她已不在人世,寇林家族未必会急着迎娶一名无足轻重的雅克维德姑娘。

在缇恩起身的一刻,沙兰藏起了顾虑。如果婚约未果,那就随他去。眼下乌有斯麓和虚渡才是考虑的重中之重。**她必须想办法瞒过缇恩,不能真的去骗寇林家族。她只须再应付一下。**

奇怪的是,她竟为此兴奋起来。在找吃的之前,她决定再画一张图。

31 前之寂静

> 烟幕态适于匿影潜行，
>
> 强如灵体之飓能。
>
> 可敢重回此态？一旦拥有，暗幕明察。
>
> 为诸神所造，吾等畏之惧之。
>
> 经灭者之手，吾等背之负之。
>
> 诅咒源自阴影，亡期将至，讹言生发。
>
> ——选自《听者之歌·隐颂》第五十一节

卡拉丁班师回到第四冲桥队的营房，士兵们个个浑身酸痛、疲累不堪。但在卡拉丁的要求下，他们收获了好一波喝彩和欢呼。

他退到一边，让四十名部下踏步而过。他们不属于第四队，但今晚有所例外。他们把头高高昂起，尽展欢颜，适逢卡拉丁的队友递来一碗碗炖菜，石头还抓住一人询问巡逻进行得如何。卡拉丁听不见士兵的回答，却能闻得石头那中气十足的大笑声。

卡拉丁不禁莞尔，抄着双臂靠上营房的外墙，不自觉地抬头望天。在沉暮之中，太阳还未落山，而群星已经升至高空，簇拥着塔恩之疤。珠泪恰好挂在天边，比团团繁星更为耀眼，传说其名取自莱雅落下的一颗泪珠。一些星辰并未静止在天穹中——星灵不是稀罕之物，不值得惊讶——可是今晚仍有异状。他深吸一口气，天气是不是很闷？

"长官？"

卡拉丁转过身，发现面前站着一名留着黑色短发的冲桥手。此人五官刚毅、表情诚恳，却没有和队友围坐在大锅边。卡拉丁在脑海中搜寻着他的名字……

"你是匹特吧？"卡拉丁问。

"正是在下，长官。"那人答道，"来自第十七队。"

"有何相求？"

"我就想……"匹特瞥了一眼勾人的篝火，第四队的队员就坐在旁边，正和巡逻队的队员有说有笑。不远处，有人在营房的外墙上挂了几套别具一格的盔甲——均是用甲壳做的头盔和胸甲，通常接在冲桥手所穿的皮背心上，如今已被替换成了上好的钢材。卡拉丁好奇究竟是谁挂起了旧装备，他甚至不知道有人把它们带出来了。这些壳甲是雷滕做剩下的，在全队解放之前，还被他们偷藏在深渊底下。

"长官，"匹特说，"我就想说声对不起。"

"为什么？"

"说起在部队里扛桥的日子，"匹特挠了挠脑袋，"风操的，那简直是另一段人生。那时候我的脑子不正常，整个人稀里糊涂的。可我还记得，当您的队伍被派去干活时，*我还乐滋滋的*，心想自己的人不用出勤了。我巴不得您栽跟头，因为您竟敢精神满满地四处招摇……我——"

"没关系，匹特。"卡拉丁说，"这不是你的错，要怪就怪撒迪亚斯。"

"我想也是。"匹特的神情迷离起来，"他把我们彻底毁掉了，您说是不是，长官？"

"是啊。"

"不过，看样子人是能再造的，我之前可没想到。"匹特回头一望，"我也要给第十七队的小伙子们做好榜样，是不是？"

"是，泰夫特会帮你的，不过这只是我单方面的希望。"卡拉丁说，"你觉得自己能胜任吗？"

"再怎么样我都得学着您的样子，长官。"匹特笑了笑，伸手拿上一碗炖菜，加入到队友之中。

这四十人已整装待发，不久后就能以士官的身份领导各自的冲桥队了，这一转变发生得比卡拉丁预想的要快。泰夫特，你的成绩着实突出，他想，你做到了。

话说回来，泰夫特去哪儿了？他原本还和巡逻队共同执勤，现在却不见了影子。卡拉丁回头一望，虽然没看到人——他或许去检查其余队伍的情况了——却瞥到石头正在轰赶一名穿着虔诚者长袍的瘦高男子。

"怎么回事？"卡拉丁拦下路过的吃角族人。

"那人一直捧着素描本四处晃悠。"石头说，"他想画冲桥手。哈！瞧，因为我们出名了。"

卡拉丁眉头一皱。对于虔诚者而言，这般举动绝非平常，不过虔诚者阶层本身在一定程度上就很离奇。他放开手，让石头回去看着炖菜，自己则走离火堆享受一时的安宁。

军营中万物皆静，好似屏住了呼吸。

"巡逻像是出了成果。"西格吉尔不紧不慢地赶上卡拉丁，"这些人改头换面了。"

"这列阵行军才没几天，士兵身上就起了变化，真有意思。"卡拉丁说，"你见过泰夫特吗？"

"没见过，长官。"西格吉尔朝火堆点点头，"去吃点炖菜吧，我们没多少时间夜聊。"

"飓风要来了。"卡拉丁悟道。这一回,前后两次的间隔似乎太短了,但飓风并不总是按时来袭,与他所想的很是不同。读风者必须通过复杂的演算才能加以预测,卡拉丁的父亲就有这个爱好。

他也许注意到了。突然间想起预测飓风,是不是因为今晚似乎太……不对劲?

你在胡思乱想,卡拉丁自责。他赶走长时行军和骑马所留下的劳累,走到锅前盛了炖菜。他得快点吃,待会儿还要和队友在飓风期间守护达力拿和国王。

巡逻队的士兵一见他舀了满满一碗炖菜,都欢呼起来。

※

沙兰坐在颠簸行进的笼车上,伸手盖住座位上的那颗球币,一把抓起后又放下了另一颗。

缇恩抬抬眉毛。"你调包时弄出了声响,我听到了。"

"干网的!"沙兰说,"我以为成了。"

"干网的?"

"这是骂人的话。"沙兰满脸通红,"我从水手那里听来的。"

"沙兰,你到底知不知道那是什么意思?"

"像是……打鱼时用的?"沙兰说,"渔网大概是干的?他们没捕到鱼,所以是坏事?"

缇恩窃笑一声。"小心肝,*我保证会尽力教坏你*。在此之前,我建议你别爆出水手的粗口,算我求你。"

"行。"沙兰又摁住球币进行替换,"听听,这下没声音了!不对,嗯,你没听到吧?一点动静都没有!"

"很出色。"缇恩拿出一撮毛茸茸的苔藓,用指尖来回摩挲着。

沙兰觉得自己看到了从中冒出的烟气。"你一直都在进步，我还在想，我们应该设法利用你的绘图才能。"

关于这件事，沙兰已经有了眉目。在那些走上正道的逃兵之中，来向她讨画像的人越来越多了。

"你还在练口音吧？"缇恩捏揉着苔藓，目光呆滞。

"一直在练，大姐头。"沙兰换上泰勒拿腔。

"很好。等底子殷实一点后，我们就要抽空乔装打扮了。像我就挺好奇，万一你光着两手出现在大众面前，会摆出什么样的脸？感觉会很搞笑。"

沙兰连忙把禁手放到胸前。"什么！"

"我提醒过你会有棘手的状况。"缇恩邪邪地一笑，"在玛拉特以西的地区，绝大多数女人出门时都不会把手遮住。去了这种地方，如果你不想与众不同，就得入乡随俗。"

"下流！"沙兰的脸刷地一下红了。

"不就是只手嘛，沙兰。"缇恩说，"风操的，你们这帮沃林教徒保守过头了。那只手和你的另一只手别无二致。"

"很多女人的胸部不比男人大多少，"沙兰义正词严地反驳，"这不是不穿上衣就出门的正当理由！她们不能像男人那样！"

"其实在雷希群岛和伊里的某些地方，袒胸露乳的女人屡见不鲜。那里天气热，没人介意。我个人挺喜欢这种活法的。"

沙兰用双手捂住脸——一手藏于袖中，一手裸露在外——意图盖住脸上的红晕。"你这么干就是想害我失态。"

"对啊，"缇恩咯咯直笑，"我在干呢。这还是那个诓骗一整个逃兵集团，还把我们的商队承包下来的小姑娘吗？"

"我没必要光着身子做那些事。"

"幸好你没做。"缇恩说，"还以为你老成世故呢？我一说起露禁手你就害羞，这样很难成就任何骗局。你难道没意识到？"

沙兰深吸一口气。"我想我还没这个意识。"

"不管是凭借飓风还是微风的名义，"缇恩神情恍惚地说，"展示纤手并不是你要面对的最大难关。我……"

"什么？"沙兰问。

缇恩摇摇头。"我们稍后再叙。你看得到军营吗？"

夕阳西下，沙兰在车座上站起，用手护在眼前遮挡光线。她在北面看到了一片氤氲的黑影，上千朵火光——不是上百朵——点缀其中，飞入苍穹。她屏息道："我们到了。"

"叫他们停车，我们得扎营过夜。"缇恩依旧悠然自得。

"好像只有几个小时的路了，"沙兰说，"我们可以快马加鞭——"

"然后在夜里抵达目的地，迫不得已只好扎营？"缇恩说，"最好还是选个大清早，相信我。"

沙兰躬身坐下，叫住一名赤脚走在车队边上的青年工人。他脚上的茧子一定厚得吓人，只有职位高的人才能上车。

"你去问问马寇伯商主觉得在这儿过夜如何。"沙兰对年轻人说。

他点点头，快步走向驶在前方的车，路过了缓缓而行的红甲蟹。

"你信不过我的判断？"缇恩被逗乐了。

"马寇伯商主不喜欢受人指使。"沙兰说，"如果停车不无道理，他大概会提出来的。这样领导车队才更好。"

缇恩闭上眼，仰面朝天。她仍旧举着一只手，三心二意地揉搓着苔藓。"今晚，我可能有点消息要给你。"

"什么消息？"

"你老家的消息。"缇恩睁开一只眼。尽管她的动作很慵懒，可那只眸子闪现出好奇。

"太好了。"沙兰就事论事地说。她不想抖出太多有关家族或身世的信息——她也没有把沉船遇险的实情告诉缇恩。沙兰把自己的背景透露得越少，缇恩就越不可能了解新学徒的真实身份。

贸然对我下定论是她自己的失误，沙兰想，再说，教我作假的也是她。对她撒谎，我又何必内疚。她从不对别人吐真言。

这种想法使她发憷。缇恩说得有理，沙兰的确少不更事，只要一说假话就有负罪感，甚至不敢大言不惭地对诈骗老手扯谎！

"我以为你知道得更多。"缇恩闭上眼道，"考虑到目前的情况。"

这句话勾起了沙兰的不安，她不由自主地在座位上扭了几下，终于问："什么情况？"

"原来你不知道啊。"缇恩说，"我想也是。"

"缇恩，很多东西我都不知道。"沙兰愤愤道，"我不懂造车的方法，说不来伊里话，也肯定不清楚该如何叫你别烦人。不过，我不是说我没试着搞明白这三样。"

缇恩闭着眼笑了笑。"你们雅克维德的国王死了。"

"哈纳瓦纳死了？"从小到大，她连本地的轩亲王都没见过，更别提国王了。她发觉远在天边的王族和她搭不上太大关系。"那他儿子会继承王位？"

"如果他儿子没死，那是顺理成章的。不仅是他儿子，晏驾的还有六位贵国的轩亲王。"

沙兰惊得倒吸一口气。

"据说是白衣刺客干的。"缇恩低声道，没有睁眼，"六年前，那个深族人杀了阿勒斯卡的国王。"

沙兰压下疑惑。三位兄长是否安好？"六大轩亲王？都有谁？"这个问题的答案没准能揭示她所在的公国境况如何。

"讲不清。"缇恩说，"亚尔·迈拉和埃文诺必死无疑，阿布里尔八成也去了。有些人死于攻击，有些人先一步殒命，但消息很不准确。最近，要从魏德纳捞取任何可靠的情报都相当困难。"

"瓦拉姆还活着吗？"这是达瓦府所在地的轩亲王。

"谣传他正在争夺王位。我和情报员打过招呼了,说好今晚通笔,他们可能会送来一些对你有用的消息。"

沙兰往椅背上一靠。现任国王升天了?家乡在打王位战?飓风之父!她如何才能探明家族的命运?大片的领地该怎么办?达瓦府远离王都,倘若全国都被战火吞噬,就连闭塞地区也会遭到波及。在"风之愉悦"号沉没时,她自己的对芦一并入海,这下要联系到兄长就难了。

"不管他们送来什么,只要有消息就好。"沙兰说,"不胜感激。"

"凡事等通笔时再说。我会邀你过来。"

沙兰靠到椅背上,琢磨着听到的消息。*她以为我不知道,却没有第一时间告诉我。*沙兰挺待见缇恩,然而该女子是内行,很会保留情报,这点不容遗忘。缇恩究竟还藏着哪些已知的内情?

前方,那名青年工人沿着开动的车队走了回来。一到沙兰的车前,他就回过身,走在了旁边。"马寇伯说您问得及时,还说我们应该能在这里安顿下来。军营外头有守卫,可能不许我们晚上进去,况且他不太确定我们能否在起风前到达那儿。"

坐在一旁的缇恩嘿嘿直笑,眼睛依然闭着。

"那我们扎营吧。"沙兰说。

32 憎恶

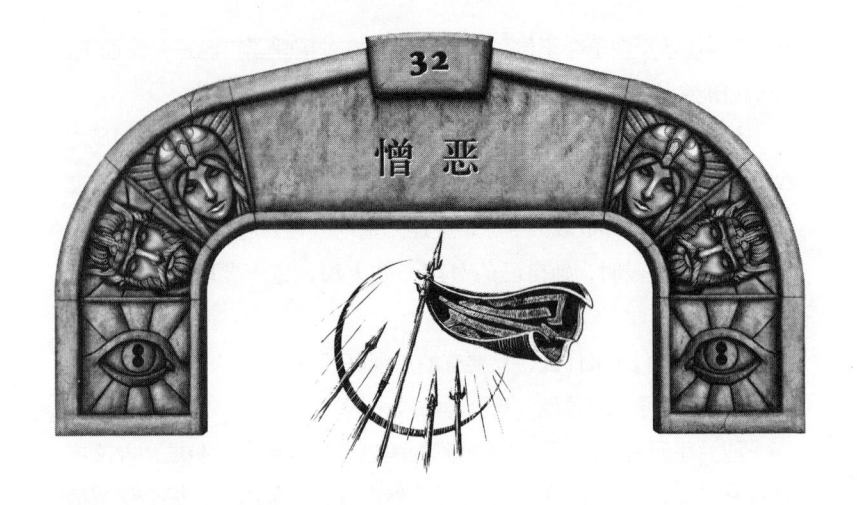

一经背叛,时有感触。

形态之源归因,

吾等之思与灵体之域的近缘。

而至聪灵体所求更多,

吾等无能之处,人类多能。

吾等虽为汤,人类却为肉。

——选自《听者之歌·灵体吟》第九节

卡拉丁在梦中化为了飓风。

他掠过大陆,裹挟着翻涌怒风,所到之处天崩地裂、秽物全消,一切终得净化。他播下黑暗,这片大地重获新生。

风中电闪雷鸣,灵光划过,生机萌发。他凌空翱翔,嗓音如狂风咆哮,心跳如雷霆万钧。他势不可当、战无不胜,所到之处,万物黯然失色——

他有过同样的经历。

卡拉丁顿然醒悟,新的意识就像渗进门缝的水流那般向他涌来。

他的确做过这个梦。

他奋力转身,一张浩瀚无垠的巨脸在他身后延伸开去。狂风的推手飓风之父现出了真容。

荣誉之子。风声狂啸道。

"这是真的!"卡拉丁迎风吼喝。他一如风、一如灵体。"你真的存在!"他设法叫出了声。

她信任你。

"茜尔?"卡拉丁喊道,"对,她信任我。"

她不该如此。

"是你阻挠她与我相见?是你妨碍灵体回归现世?"

你会害了她,那个深沉有力的声音道出懊悔和哀伤,**你会夺去吾女的性命,将她的尸首抛给恶人**。

"我绝不会!"卡拉丁高呼。

你已经动手了。

暴风未息,卡拉丁俯瞰人世,只见:船只驶进避风港,随着怒海狂涛上下起伏;千军万马驻扎于深谷,潜心备战多山之役;在他领风而至之前,一泓大湖自行干涸,水波进洞,退入岩壳。

"怎样才能制止此事?"卡拉丁厉声追问,"怎样才能保护她?"

为人必背信。

"不!我不会!"

你会变。变乃众生常态。

大陆幅员辽阔,众多世人匿于屋舍、洞穴和山谷,口出各种晦涩难解的语言。

呵,飓风之父道,**看来终结时刻将至**。

"什么?"卡拉丁顶风高呼,"什么变了?我感到——"

小叛徒,他为你而来。我很抱歉。

卡拉丁面前腾起另一场气势恢宏、红光耀闪的飓风,在它面前,整座大陆、乃至整个世界都显得微乎其微,人间万物均被风暴的阴影所笼罩。

我很抱歉, 飓风之父道,**他来了。**

卡拉丁清醒过来,心脏咚咚狂跳。

他差点翻下椅子。他在何处?这里是巅宫的王室会议厅。卡拉丁刚坐下没多久……

他脸一红,发现自己打了个瞌睡。

阿多林正站在附近与雷纳林交谈。"我不知道会面出得了什么成果,可父亲答应了,我很高兴。仆族智者的传令兵迟迟未到,我都快放弃希望了。"

"你确定你在高地上碰到的仆族智者是女的?"雷纳林问。几周前,他已与瑛刃达成了磨合,无须走到哪儿都提着剑,自此之后,他似乎放松了不少。"有女碎瑛武士?"

"仆族智者一向很不寻常。"阿多林耸耸肩,瞥了一眼卡拉丁,嘴角扬起一丝揶揄的笑容,"扛桥的小子,站岗时还睡觉啊?"

不远处,那条不结实的窗板还在晃动,雨水渗过木板下的缝隙,泼了进来。纳瓦妮和达力拿正在隔壁房间避风。

国王却没了影踪。

"陛下!"卡拉丁大叫一声,连忙立正。

"陛下正在方便,扛桥的小子。"阿多林朝另一扇门点点头,"你竟能在起飓风时入梦,着实叫人佩服。你打盹时嘴角还狂淌口水,这本事简直更了不得。"

没空和他拌嘴。那场梦……卡拉丁朝阳台转过身,呼吸急促。

他来了……

卡拉丁拉开阳台门,不顾阿多林和雷纳林的喊叫,转而直面飓风。

暴风仍在呼啸,滂沱的大雨浇在阳台的石板上,传出折枝般的脆响。然而此时闪电已消，风势虽劲，却不足以掀墙走石。飓风的极盛期已经过去。

四周漆黑一片，生自空无深渊的狂风对他千锤万击，他感到自己仿佛立于虚空之上，脚下是魔怪滋生的诅咒之地，也就是古曲中所唱的庇雷狱。他犹豫不决地迈开步子，室内的光线透过敞开的大门洒到了湿漉漉的阳台上。他一阵摸索，张开冷冰冰的手指抓住一段仍然稳当的栏杆。雨点打在他的脸上、渗进他的制服，穿透层层布料，直取暖热的皮肤。

"你是彻底疯了吗？"阿多林在门口诘问。风声呼呼，远雷隆隆，卡拉丁听不清他的话。

✦

大雨落在车上，图腾喁喁低鸣。

沙兰买下的奴隶抱成一团，小声叫着苦。她希望自己能管住这只该死的灵体，因而督促图腾噤声，可他毫无反应。至少飓风快平息了，她想尽快脱身，好去阅读情报，缇恩的伙伴讲到了沙兰祖国的状况。

图腾的哼声多半带着不悦，沙兰眉头一皱，俯下身凑近了一点。他在说话？

"糟了……糟了……大事不好了……"

✦

茜尔嗖的一声窜出飓风布下的浓重黑幕，在暗中一闪而过。她绕着卡拉丁不停转体，最终来到他面前，降落在铁栏杆上。她的裙子比以往更长，也更翩然。雨水穿透了她的身体，却没有破坏她的形象。

茜尔望了望天，突然回过头，道："卡拉丁，事情不对劲。"

"我知道。"

茜尔瞪大了小眼，在空中不停翻转。"他要来了。"

"谁？飓风？"

"憎恶满盈的黑心人。"她低语，"卡拉丁，他在看着。要出事了，是坏事。"

仅在片刻的迟疑后，卡拉丁便赶忙掉头，推开阿多林，跑进了亮堂的室内。"叫国王出来，我们马上撤离。**动作快**。"

"什么？"阿多林喝问。

卡拉丁来到达力拿和纳瓦妮的房间前，猛地撞开了门。轩亲王坐在沙发上，表情迷离，纳瓦妮正握着他的手。这一景是卡拉丁没想到的。轩亲王显得若有所思，口中念念有词，并未发疯或担惊受怕。

卡拉丁浑身一震。达力拿在飓风期间看到了幻象。

"干什么？"纳瓦妮斥道，"大胆！"

"可否请您叫醒他？"卡拉丁迈进了房间，"我们得离开这里，从行宫内撤离。"

"荒谬。"国王发话了。艾尔霍卡随后入室，问："你在胡说些什么？"

"陛下，这里不安全。"卡拉丁说，"我们必须把您带离行宫，护送您前往军营。"风杀的，难道这样就安全了么？他该不该找个大家想不到的地方？

室外响雷阵阵，不过雨声逐渐减弱了。飓风行将过去。

"太荒唐了。"站在国王背后的阿多林将两手往上一挥，"这里可是整片营地中最安全的地方。你想让我们离开？把国王拽到风暴之中？"

"我们得唤醒轩亲王。"卡拉丁朝达力拿伸出手。

达力拿抓住了他的胳膊。"轩亲王已醒。"达力拿的目光从远方飞回,变得清晰起来,"发生什么事了?"

"扛桥的小子要我们撤出行宫。"阿多林说。

"士兵,这又是哪一出?"达力拿问。

"这里不安全,长官。"

"此话怎讲?"

"直觉,长官。"

屋内陷入沉寂。屋外,细雨啪嗒啪嗒地轻摇外墙。飓雨已至。

"那我们走。"达力拿起身道。

"什么?"国王叱喝。

"将他封为亲卫队长的人是你,艾尔霍卡。"达力拿说,"如果他觉得情况不妙,我们就该照他说的办。"

他的言下之意实为*我们暂且就照他说的办*,但卡拉丁顾不上那么多了。他挤开国王和阿多林,迅速穿过主厅,来到门口。他的心怦怦跳个不停,全身肌肉瞬时紧绷。只对他显形的茜尔飞过房间,神情慌乱。

卡拉丁甩开大门,走廊上共有六人站岗,多数是冲桥手,还有一人来自国王亲卫队,名为阮林诺。"我们撤,"卡拉丁边说边指示,"贝尔德和胡勃,你们打头阵,探一探出宫的路线,确保厨房那边的后门疏通无阻。如果发现任何不测,就喊一声。莫阿什,你和阮林诺殿后,守着这间屋,等我送走了国王和轩亲王再跟上来。马特和亚斯,你们无论如何都得给我护在国王身边。"

护卫们没有多问,连忙各尽其职。待探路的贝尔德和胡勃跑开,卡拉丁回到屋内,抓起国王的胳膊就往门外拉。艾尔霍卡一脸震惊,未作挣脱。

其余光眼种跟了上来。冲桥手马特和亚斯两兄弟立即就位,站到了国王的左右。莫阿什镇守着门口,紧张兮兮地抓着矛指来指去。

卡拉丁赶快带领国王一家沿着既定路线冲进走廊,没有向左下到大殿的正门,而是向右拐入深宫,直达厨房,最后通过那里的后门步入夜色。

走廊上静默无声,人人都在各自的房内避风。

达力拿来到队伍的前头,和卡拉丁走在一起。"士兵,我很好奇你下此结论是为哪般。"他说,"凡事等我们平安撤离后再详述。"

跟着我的灵体抽风了,卡拉丁想道,看着她在走廊里上蹿下跳,**我就是为这般**。他要如何解释?说他听信风灵大发厥词?

他们逐步深入行宫。风操的,这些空荡荡的走廊真叫人心悸。其实这座宫殿基本上就是一块堆在山顶的空心石头,后来被人凿出了窗户。

卡拉丁忽然愣在了原地。

前方的灯光已熄,楼道愈加昏暗,远处黑得如同矿井。

"等等,"阿多林在原地停步,"这里怎么一片漆黑?润石出了什么故障?"

润石全都褪了光。

诅咒之地的,前面的墙上有个什么东西?那里黑洞洞的一片。卡拉丁六神无主地从口袋里摸出一颗润石,并将其举起。原来是一个窟窿!有人直接在石墙上划了几刀,从外面切出了通往走廊的门户,寒风顺势灌了进来。

卡拉丁手中的润石还照亮了楼道的岔口,正前方的地上躺着一具死尸。那人穿着蓝制服,是卡拉丁派去探路的贝尔德。

众人紧挨着彼此,惶恐地盯着那具尸体。黑灯瞎火的走廊安静得出奇,就连国王也无话可说。

"他来了。"茜尔低语。

一个满脸肃然、手提细长银剑的人影走出了侧廊,在石板上留下一道划痕。他是深族,头顶光洁,肤色胜雪,白衣翩翩,薄裤如纱,每走一步,长衫翻飞似波。

卡拉丁认出了此人，他是名贯阿勒斯卡的白衣刺客，无人不知、无人不晓。卡拉丁曾在某场梦中见过他，一如他刚才做的梦，可他那时没有分辨出来。

刺客身上逸出了飓光。

他是飓能者。

"阿多林，和我一起行动！"达力拿喊道，"雷纳林，保护国王！将他原路带回！"语毕，人称"黑荆棘"的达力拿从卡拉丁的部下手中绰起一根矛，朝刺客狂飙而去。

他在寻死，卡拉丁一边想，一边追着达力拿跑。"撤！紧跟雷纳林王子！"他对部下吼道，"听从他的命令！保护国王！"

他的部下——包括适时赶到的莫阿什和阮林诺——仓皇后撤，带走了纳瓦妮和国王。

"父亲！"雷纳林高呼一声，莫阿什捏住他的肩膀，把他拖了回去，"我能作战！"

"撤！"达力拿咆哮道，"保护国王！"

卡拉丁赶上向前疾冲的达力拿和阿多林，耳中只能闻得艾尔霍卡王的怨声："他来取我的命了，我早就知道。他杀了父王，现在轮到我了……"

卡拉丁鼓足勇气，尽量吸足飓光。白衣刺客通体发光，从容地站在走廊上。他怎么就会飓能术？什么样的灵体会挑中他？

阿多林的碎瑛刃在手中成形。

三人逐渐接近刺客。"站成三线，"达力拿放慢脚步，小声说，"我负责中路。你很熟吧，卡拉丁？"

"是的，长官。"这是一种适于小队作战的简易阵型。

"让我来对付他，父亲。"阿多林道，"他有碎瑛刃，而且我不喜欢那冒着光的——

"不行，"达力拿说，"我们合力迎击。"他眯起眼打量刺客，后者仍旧泰然而立,站在苦命的贝尔德的尸体前。"这次我没有在酒席前呼呼大睡,畜生。你不能再夺走我的至亲!"

三人协同进攻。达力拿占据中路,试图稳住刺客的注意力,卡拉丁和阿多林则从两翼发力。他明智地选择了攻击范围较大的矛,而不是腰间的佩剑。他们赶忙前冲,打算给刺客一个下马威,打乱他的阵脚。

一等他们靠近,刺客起身一跃,腾至空中,划出一道光轨。达力拿狂吼一声,挺矛就刺。

刺客没有下坠,反倒定在了走廊的天花板上,距离地板约摸十二尺。

"果不其然。"阿多林惶惶道。他向后一仰,扬起碎瑛刃,别扭地送出一击。白衣簌簌的刺客却沿墙奔跑,用剑推挡阿多林的碎瑛刃,后又一拳砸向阿多林的胸口。

阿多林旋身而起,仿如被人抛出。他撞向天花板,周身流出飓光。他在顶上翻来滚去,连连呻吟,却没有掉落。

飓风之父啊!卡拉丁血脉偾张,体内的风暴持续呼啸。他和"黑荆棘"并肩而战,两人起矛突刺,意图直抵刺客。

刺客没有屈身躲避。

双矛扎入皮肉,达力拿命中肩膀,卡拉丁刺进侧肋,刺客扭身扫出碎瑛刃,将矛劈成两半,仿佛丝毫不顾伤痛。他一个箭步上前,生生地甩了达力拿一个耳光,打得后者横躺在地,后又挥起碎瑛刃砍向卡拉丁。

卡拉丁堪堪伏身躲过,踉跄退后,他的矛落至达力拿身边,矛尖点地,哐当有声。达力拿哼唧着翻滚在地,一手按住被刺客掌掴的脸颊,开裂的皮肤渗出鲜血。飓能者的攻击得到了飓光的强化,所致的伤害不易恢复。

刺客信心满满地站在走廊中央,神色自若。他的白衣已被撕破,布面血迹斑斑,飓光流转,治愈着他的皮肉伤。

卡拉丁步步后退,手握无头的断矛。此人的法力……他该不会是风行骑士吧?

绝无可能。

"父亲!"阿多林的叫声从上方传来。年轻人已经站直了身子,可是外泄的飓光就快散尽。他试着袭击刺客,不想却从天花板滑落,砰的一声以肩着地。他的碎瑛刃脱了手,旋即消失不见。

刺客跨过阿多林,后者稍作动弹,却没有起身。"抱歉,"刺客口中溢出飓光,"我无意为之。"

"我不会给你可乘之机。"卡拉丁怒喝着奋力前冲。茜尔绕着他不停翻身,他感到风在骚动、体内的风暴在呼啸,他大受鼓舞,继续向前。他迎上刺客,**体味到了风的指引**,手中仅剩一根宛如长棍的矛杆。

精准出击,人矛一体。他忘掉了烦扰、忘掉了失利,甚至忘掉了怒气。此时此刻,卡拉丁心中只有一根矛。

因为世事注定如此。

刺客的肩部和侧肋各吃了一记矛,他无法次次都视而不见——在疗伤过程中,他的飓光会逐渐耗尽。卡拉丁接连发难,刺客向后退去,瞪圆了深族人特有的双目——略略偏大,此刻呈苍蓝色。他张嘴咒骂,又喷出一口飓光。

卡拉丁吸进余下的飓光,存量甚是稀少。在出岗前,他犯了蠢,没有带上新的润石,实为失策。

刺客回过身,高举碎瑛刃准备猛劈。有了,卡拉丁想。**他察觉到接下来的走向**。他会翻身绕开此招,扬起矛尾,击中刺客的头侧,这一式力道强劲,就连飓光也不易弥补。刺客会一时恍惚,良机就此诞生。

他插翅难逃。

就在这个关头,刺客使了个出其不意,转向一边腾跃而去。

他的动作迅猛得出乎卡拉丁的意料,迅猛得如同……卡拉丁自己。卡拉丁的突袭扑了个空,碎瑛刃划过,差点把他横腰截断。

卡拉丁听从本能,放出一系列招数。常年的训练使得他的肌肉形成了独立思维,他会自然而然地用武器格挡下一步挥击。如果他面对的是普通的敌手,这套动作可谓滴水不漏,但是这位刺客拥有碎瑛刃,卡拉丁的直觉——他竭力养成的习惯——出卖了他。

银剑削断了卡拉丁的矛杆,随即没入卡拉丁的右肘,戳穿了手臂。一阵钻心的剧痛将卡拉丁淹没,他倒抽一口气,跪倒在地。

他的意识……一片空白。他失却了痛感,那条不听使唤的胳膊逐渐变灰,没了生气。掌心一开,十指一张,他的断矛从指尖滑落,重重地摔在地上。

刺客把卡拉丁踹向墙壁,卡拉丁哀叫着飞了出去,闷声扑倒在地。

白衣刺客拐上一条走廊,直捣国王撤退的方向,又一次跨过了阿多林。

"卡拉丁!"化为光带的茜尔道。

"我打不过他。"卡拉丁痛苦地唏嘘,挫败的泪水模糊了眼眶,"他和我同属一门,他是光辉骑士。"

"不!"茜尔义正词严,"他不是!他缺少灵体的引导,是更为可怕的存在。卡拉丁,求你了,快站起来。"

达力拿再度起立,挡在刺客身前,守住国王撤退的通道。"黑荆棘"的脸血肉模糊,可他的双眼澄澈无比。"我不会让你如愿!"达力拿怒吼,"不能是艾尔霍卡!你取了我兄长的性命!你不能夺走我身边唯一还属于他的东西!"

刺客在走廊中止步,正好直面达力拿。"轩亲王,我不为他而来。"他压着嗓子呼出大团飓光,"我的目标是你。"刺客猛扑向前,挡下达力拿的攻势，往"黑荆棘"的腿上踹了一脚。

达力拿丢下矛，单膝跪地，口出响彻走廊的哀号。就在一旁，寒风穿堂，刮进墙上的缺口。

卡拉丁粗声呐喊，强行站起，沿着走廊疾跑而去，无用的一只手了无生气。他再也无法使矛了。他无法细思。他必须赶到达力拿身边。

太慢了。

我必败无疑。

刺客将那把可怖的瑛刃高举过头，挥下最后一剑。达力拿没有闪避。

他反而伸手去接瑛刃。

降下的瑛刃只差一寸就要命中，达力拿合上双手，**用手掌根夹住了剑身**。

刺客惊诧地一哼。

就在电光石火的一瞬，卡拉丁拼命前冲，压上全身之力撞向刺客，准备将之逼到墙边，可后方并没有墙壁，他们倒向了那道供刺客入室的切口。

两人一失足，共同跌入了高空。

33 重担

> 欲使其飓能终与吾等之力相融,
> 却不无可能。
> 承诺已定,尚可兑现。
> 吾等是否了然其数?
> 不问能否被拥有,
> 而问是否敢于再度拥有。
> ——选自《听者之歌·灵体吟》第十节

卡拉丁在雨中坠落。

他用没受伤的手紧紧拽着刺客的灰白衣衫,对方的碎瑛刃脱了手,倏地在他们身边归于雾气,两人直冲着距楼顶足有百尺之遥的地面陡然而下。

卡拉丁体内的风暴渐趋平息。飓光告急!

刺客身上骤然爆出强光。

他有润石。

卡拉丁猛吸一口气,系在刺客腰上的口袋中流出飓光,注入了卡拉丁体内。这时,刺客狠命踹了过来,单手抓着他的卡拉丁余力不足,很快被一脚踢飞。

他摔了下去。

在毫无防备的情况下,他重重地跌倒在地,一头撞上了冰冷湿滑的岩石,两眼直冒金星,连脚跟也没站稳。

片刻后,金星散去,细雨泼来,他发现自己躺在一座石坡的脚下,往上走就能抵达国王行宫。他抬起头,望向外墙上那个光亮的窟窿。他活了下来。

一个问题解决了,他想道,挣扎着在湿漉漉的岩地上跪起。飓光已经起效,皮开肉绽的右半身正在愈合,肩上的骨裂也不例外,火燎般的痛感缓缓消退。

飓光从他身上腾起,隐隐照亮了他的右前臂和右手,此处还是一团死灰,犹如万千烛光中的一朵哑火。他没有知觉,甚至不能活动手指。他一捧起右手,无力的十指就垂了下去。

不远处,白衣刺客站直身子,沐浴在雨中。不知为何,他顺利下落,两脚点地,方寸不乱。此人经验丰富,对法力操控有加,相较之下,卡拉丁仿如新手,与他不在同一层级。

刺客转向卡拉丁,一时止步。他喳喳低语,念叨着一门卡拉丁听不懂的语言,不停喘出大量气声,发音神似"什"字。

快行动,卡拉丁想,**要抢在他再度召唤瑛刃之前**。不巧的是,他仍旧无法驱走断手的恐惧。不论是使矛还是行医,都已与他无缘。两门苦心学成的技艺就这么断了后路。

除非……他隐约感到……

"我不是对你施放了风行术?"刺客操着混有口音的阿勒斯卡语问。他的双眼黯淡下来,不再放出宝蓝色的光芒。"虽然方向冲着地面,可你为何没有摔死?不,我肯定把你甩到天上去了。这不合情理。"他步步后退。

一刻惊愕。一线生机。也许……卡拉丁察觉到飓光化为风暴,在他体内横冲直撞。他咬咬牙,费力地爬起身。

他的胳膊、手和手指突然恢复了知觉,血色回涌,飓光从手心手背升腾而起。

"不……"刺客道,"不!"

不论卡拉丁对他的手做了什么,此举已耗去大量飓光。他依然紧咬牙关跪在地上,原先充满全身的光辉逐渐散去,只留微光外溢。他从腰带上拔出匕首,却发现自己体虚力衰,差点失手滑落。

他把匕首送到左手。这样就行了。

他猛地挺身站起,向刺客直冲而去。必须急速出击,才能找对时机。

刺客往后一跳,在夜空中滑行了足有十尺,白衣起伏如波。他落至地面,姿态优雅,步履轻盈,碎瑛刃在手中显形。"你是哪路货色?"他喝问。

"与你雷同,"卡拉丁一阵反胃,却强装决然,"风行骑士。"

"你成不了风行骑士。"

卡拉丁手掂匕首,仅存的稀薄飓光漫出皮肤,雨点打在他身上。

刺客双目圆睁,慌忙后退,仿佛卡拉丁已成深渊恶魔。"他们说我尽会胡诌!"刺客高吼,"他们说我出了错!瓦拉诺之孙泽斯……无真奴。他们唤我为无真奴!"

卡拉丁走上前,竭力摆出唬人的架势,一心企求飓光能长久起效,以留住这道气焰。他呼出一大团飓光,将黑暗微微照亮。

刺客手足无措地踏过水塘,向后退去。"他们统统回归了?"他逼问,"一个都不少?"

"是的。"卡拉丁说。这么回答似乎没错,他起码能借此活命。

刺客又对他凝视片刻,随后转身逃逸。卡拉丁看着那个发光的人影撒开腿射向高天,向东方一闪而去,犹如一道电光。

"风杀千刀的。"卡拉丁吐出最后一缕飓光,瘫倒在地,无力动弹。

※

当他清醒后,茜尔挨着他站在岩地上,两手叉腰。"你倒好,两眼一闭,就不去站岗了?"

卡拉丁满口呻吟地坐起,感到虚弱至极,但他逃过了一死。这样足够了。他抬起手,可是四周一片昏暗,飓光散得差不多了,他实在看不清楚。

他可以活动指头了。手肘以下的部位还很疼,但疼得美妙,他从未经历过此等感觉。

"伤好了。"他嘶哑地说着,咳了几声,"那可是被碎瑛刃割的啊。关于这种本事,你以前为什么不告诉我?"

"因为我以前不知道,后来才见你这么做了,小傻瓜。"从她的话中可以听出,这似乎是世上最显而易见的事实。她放低声音,道:"楼上有人死了。"

卡拉丁点点头。他走得动路吗?他勉强站起,蹒跚地绕过巅宫脚下的山坡,走向一侧的步道。茜尔绕着他飞舞,显得很不安。他踏上阶梯,开始往上爬,稍微恢复了一点力气。途中,他不得不屡次停下喘气,后来他索性扯掉了外衣的袖子,这样别人就看不出缺口是被碎瑛刃划的。

他登上了行宫的顶层,心中有点忐忑,唯恐见到众人的死相。走廊里寂静无声,没有卫兵把守。他继续向前,形单影只;一阵子过后,他的眼前亮起了一束光。

"站住!"第四冲桥队的马特用发颤的嗓音吼道,"是谁?报上名来!"

卡拉丁走向明处，无力回答。马特和莫阿什站在通往国王寝宫的大门边，与几名国王亲卫共同执勤。他们认出了卡拉丁，大喜过望，欢呼了几声后才把他领进了艾尔霍卡的住处。

屋内敞亮温暖，他发现达力拿和阿多林都好端端地坐在长沙发上。料理伤情的人是亚斯，卡拉丁早就为不少第四冲桥队的成员做过战地医护的基础培训了。雷纳林砰咚一声坐到一把放在墙角附近的椅子上，碎瑛刃被他随手丢在脚边，好似一件废品。国王在房间的另一侧踱着步子，和他母亲悄声交谈。

卡拉丁一进门，达力拿就起身叫亚斯退下。"看在全能之主的第十个名字的分上，"达力拿低声说，"你还活着?"

卡拉丁点点头，一下子瘫坐在长绒躺椅上，不顾血水沾湿了椅面。见他们个个平安无事，他不禁大松一口气。出于欣慰和疲惫，他轻吁了一声。

"你是怎么挺过来的?"阿多林追问，"你摔了出去。虽然我半昏不醒，但我就是有印象，我看到你落下去了。"

我是飓能者，卡拉丁想道，正遇达力拿向他投来视线，**我运用了飓光**。话到嘴边，却出不了口。他不能当着艾尔霍卡和阿多林的面透露自己的身份。

风操的，我是个懦夫。

"我抓牢了他。"卡拉丁说，"不知怎么的，我们在空中不停翻腾，掉下来时，我没有死。"

国王点点头。"你不是说他把你黏到了天花板上?"他对阿多林说，"他们可能是一路荡下来的。"

"嗯，"阿多林说，"应该吧。"

"在你们落地后，"国王期待满满，"你有没有杀了他?"

"没有。"卡拉丁道，"但他逃走了。眼见我们全力反击，我想他不免要吃上一惊。"

"全力反击?"阿多林问,"我们就像三个挥着棍子的小毛孩,妄想袭击一头深渊恶魔。飓风之父在上!我这辈子还从未输得这么彻底过。"

"起码我们有心理准备。"国王的口气惊惶不已,"这个冲桥手……他是名称职的护卫。小伙子,你的行为值得褒奖。"

达力拿起身穿过了房间。亚斯已经为他的鼻子止了血,还抹干净了他的脸。他的左颧骨横着一道伤口,鼻梁扭断了,不过鉴于达力拿从军多年,这肯定不是第一次了。他的伤势没有看上去的那么严重。

"你是如何知道的?"达力拿问。

卡拉丁注视着他。在后的阿多林眯起眼匆匆一瞥,低下头打量卡拉丁的手臂,双眉紧皱。

那厮发觉了,卡拉丁想。好像他和阿多林之间的矛盾还不够多似的。

"我看到窗外有道会动的光,"卡拉丁说,"于是听从了直觉。"

不远处,茜尔窜进房间,故意对他拧起了眉头。可他没有说谎,**他的确在夜里看到了她发出的光**。

"多年前,"达力拿说,"我兄长遇刺,我一度信不过目击证人的描述,说什么人可以飞檐走壁,受害者不是往下掉而是往上掉……全能之主在上,他到底是何方妖孽?"

"他是死神。"卡拉丁低语。

达力拿点点头。

"这么多年过去,"纳瓦妮来到达力拿身边,问道,"他为何选择现在回来?"

"他想取我的命。"说话的艾尔霍卡背对他们,卡拉丁发现他握着酒盏。他一口气喝完,又立即斟满,倒酒的手颤抖不已。那壶酒是深紫色的,酒性最烈。

卡拉丁和达力拿交换了一下眼神。轩亲王都听到了,这个泽斯不为国王而来,他的目标是达力拿。

达力拿并未发话纠正国王,因此卡拉丁也和他保持一致。

"要是他杀个回马枪,我们怎么办?"阿多林问。

"我心里没谱。"达力拿坐回到长沙发上,和他儿子靠在一起,"真的没谱啊……"

处理伤势,卡拉丁父亲的话语在他心中回响,那是卡拉丁作为手术师的一面。**缝合脸部伤口,为鼻骨复位。**

他有更重大的使命。卡拉丁硬逼自己起立,却发觉腿如灌铅。他从门卫手中接过一根矛。"走廊里怎么静悄悄的?"他问莫阿什,"你知道侍从都去哪儿了吗?"

"轩亲王,"莫阿什朝达力拿点点头,"光明贵人达力拿派了几个人去侍从的住处疏散人员。他觉得刺客若是再来,可能会滥杀无辜,还说撤离的人越多,伤亡就越少。"

卡拉丁点点头,取下一盏润石灯,迈入了走廊。"你守在这里,我有点事要办。"

※

扛桥的小子一退下,阿多林便一屁股坐到沙发上。卡拉丁自然没有言明实情,临走时也未征得国王的同意。那个该遭风劈的家伙好像自以为比光眼种还了不起。这还不够,他似乎连国王都瞧不上眼。

可他确实和你并肩作战了,一个声音告诉他,不论是光眼种还是暗眼种,如果遇上碎瑛武士,究竟有多少人会如此毅然地与之对抗?

阿多林仰望天花板,百思不得其解。他肯定看错了。当时他从天花板上摔了下来,自此昏迷不醒。**刺客必定没有用碎瑛刃割伤卡拉丁的手臂,毕竟那个部位还好好的。**

可他的袖子为什么不见了?

他和刺客双双坠下楼去，阿多林想，他做了斗争，像是受了伤，到头来却一点事也没有。他是不是耍了什么阴招？

别纠结了，阿多林暗自想道，你会患上艾尔霍卡的疑心病的。他瞥了瞥面露菜色的国王，后者正盯着他的空杯发呆。他当真灌下了一壶酒？艾尔霍卡还想狂饮几巡，于是朝卧房走去，打开了门。

纳瓦妮突然倒抽一口冷气，国王当场就呆住了。他转过身，正对房门的反面，木头上被人划了几刀，参差的线条组成了一串铭文。

阿多林忽地站起。里面有数字，对吗？

"三十八日，"雷纳林读道，"诸国将灭。"

✳

卡拉丁在错综复杂的走廊里屡屡而行，重复刚才的撤退路线。他走向厨房，进入漏风的走廊，经过达力拿溅在地上的血迹，来到下一个岔口。

眼前就是贝尔德的尸体。卡拉丁跪下来，帮他翻了个身。贝尔德的双眼毫无生气，已成一片焦黑，他的额前还留着由卡拉丁设计的"自由"文身。

卡拉丁闭上眼，心想：我对不住你。这个谢顶的方脸汉子熬过了第四冲桥队的诅咒、协助大伙拯救了达力拿军，他经受住了诅咒之地般的考验，到头来却死在了理应不谙法术的刺客手里。

卡拉丁发出一声叹息。

"他是为保护他人而死的。"茜尔道。

"保障大伙的人身安全是我该做的。"卡拉丁说，"他们本可以各走四方，为什么我就是不放过他们？我把他们领进门，差使他们干这份活，还闹出了人命，又是何苦？"

"不管是战斗还是保护，总得有人站出来。"

"他们已经够努力的了!大伙干得都快透支了,我真该解散队伍,达力拿可以找别人来当护卫。"

"他们作出了选择。"茜尔说,"你不能剥夺。"

卡拉丁跪了下来,拼命赶走悲痛。

*儿子,你必须学会什么时候用心、什么时候冷漠,*父亲的叮咛响起,*你的心会慢慢长出茧子。*

他从未达成父亲的期望。风操的,他从未悟得行医之道。正因如此他才成不了高明的手术师。他无法弃伤患于不顾。

而现在呢?现在他重回军营,就可以肆意杀戮了?这怎么说得通?他是如此精于杀戮,对此他实在唾弃。

他深吸一口气,极力恢复常态。"那个刺客有一些我无法企及的本事。"他睁开双眼,望向站在附近空中的茜尔,终于开口说,"是不是因为我还差几句真言没念?"

"确实还有几句。"茜尔说,"不过我觉得你还没有准备好。不管怎么样,只要多加练习,我想你目前就能办到。"

"可他怎么能施出飕能术?你说那个刺客没有灵体做伴。"

"那个妖人的杀人方法不是荣灵给予的。"

"人类看待事物的角度会有不同之处。"卡拉丁试图压抑话语中的情绪,帮着贝尔德翻了个身,使其脸面朝下,这样他就无须目睹那双焦枯的眼睛。"万一有只荣灵认为这位刺客的行为是正确的呢?有你相助,我才能杀仆族智者。"

"你是为了保护生命。"

"在仆族智者的眼中,他们也是在保护同胞。"卡拉丁说,"对他们而言,我才是挑衅的一方。"

茜尔坐下来,用两臂抱住膝盖。"我搞不清楚。大概吧。不过我是荣灵中的先驱,只有我违抗了命令。但是他的碎瑛刃……"

"他的碎瑛刃怎么了?"卡拉丁问。

"和普通的碎瑛刃不一样,差别很大。"

"我看那把剑没什么特别的,就跟普通的碎瑛刃没差。"

"就是不一样。"她重申,"我觉得我应该知道为什么。他吸进去的飓光太多了,不太正常……"

卡拉丁起身拐进侧廊,举起润石灯,里面的蓝宝石将墙壁映成了苍青色。那个窟窿是刺客用碎瑛刃切出来的,他一进走廊就杀死了贝尔德,可是卡拉丁当时派了两人探路。

说风起,风就起。不知死活的胡勃躺倒在前方。在第四冲桥队中,他是卡拉丁救起的第一人,卡拉丁还记得那个时候胡勃刚被众人扔在高地上自生自灭。都是那个风打雷劈的刺客害的!

卡拉丁挨着胡勃跪下,把他的身子翻过来,却发现——

他在哭。

"对……对不……起……"胡勃口齿不清,无法自持,"对不起,卡拉丁。"

"胡勃!"卡拉丁说,"你还活着!"他发现胡勃的裤腿被削去了一大半,半截大腿之下毫无遮拦,发灰的皮肉已经坏死,卡拉丁的那条胳膊也曾是这样。

"我连刺客的影子都没瞅到。"胡勃说,"他先是砍了我一刀,然后一剑捅穿了贝尔德。我听见了打斗声,还以为你们全死了。"

"现在没事了。"卡拉丁说,"你也活得好好的。"

"我的腿没了知觉,"胡勃说,"全残了。我再也当不了兵了,长官。我成了废人,我——"

"别讲没出息的话,"卡拉丁斩钉截铁地说,"你还是第四冲桥队的一员,这点永不会变。"他硬是笑了出来,"不如叫石头教你烧饭吧。你做炖菜的手艺怎么样?"

"不咋样,长官。"胡勃说,"我连汤都能煮烂。"

"那你和多数随军厨子的级别差不多。来,让我带你回去。"卡拉丁铆足了劲，把胳膊伸到胡勃身下，想把他扶起来。

他体力不支，累得嘴里直哼哼，只好把胡勃放下。

"没关系，长官。"胡勃说。

"不行。"卡拉丁吸走了一盏灯里一颗润石的飓光，"哪会没关系。"他又试了一次，拉起胡勃，把他背回了营房。

34 花簇和点心

诸神生而为碎灵，
其主欲求问鼎。
目视所及之处，为恶尽毁。
诸神乃其灵体、恩赐与代价。
而夜影态卜测未来，
斗士遇阻，纷争四起，其主亦需回报。
——选自《听者之歌·隐颂》末节

光明女士缇恩，轩亲王瓦拉姆或已毙命，芦笔写道，消息灵通人士对此持保留意见。该人体况一向欠安，风传其终为病魔所噬。同时，瓦拉姆军却蓄势待发，意图夺取魏德纳。因此，倘若该人已薨，其私生子可能会隐瞒死讯。

沙兰往椅背上一靠，但通笔没有结束。对芦的笔尖来回游移，似乎径自而动，缇恩在塔石科的伙伴有一支与其相配对的同款。飓风平息后，商队一如往常扎起了营地，沙兰和缇恩一同走进后者的华帐。空气中泛着雨后的腥味，帐底的渗水弄湿了缇恩的地毯，沙兰真希望脚上穿的是那双大号靴子,而不是凉鞋。

如果轩亲王真的死了,她的家族该何去何从?在父亲的后半生中,如何对付他是一大主要难题。为了赢得轩亲王的宠信——或是一反其道把他推下高位——她的家族在拉帮结派时欠下了巨债。王位争夺战一旦爆发,压力陡增的债主或许会找上她的兄长逼债,要不然就会因为战时的动荡而忘却这个无关紧要的小家族。至于鬼血会的人呢?对他们来说,这场仗有何意义?魂器被人要回去的可能性是大是小?

飓风之父啊!她需要更多情报。

对芦还在落笔,列出了一串名姓,被点到的均是雅克维德王座的有力竞争者。"你和这些人有过私交吗?"缇恩抄起手,出神地站在写字台边,"要是有,就能提供不少便利。"

"我地位不够,无法高攀这类要人。"沙兰苦笑着说。这是事实。

"无所谓,反正我们一到时候就去雅克维德。"缇恩说,"你熟悉那边的人文风貌,这派得上用场。"

"那边战火连天啊!"

"战火催生绝望,而绝望是我们的衣食父母,孩子。我们跟你去破碎平原,没准半路再拉一两个人入伙,也许就能去你的老家一游。"

沙兰突然感到一阵内疚。缇恩的所言所指传递出明确的信息:她经常把沙兰这类人留在身边,以便照顾和培养。缇恩总喜欢身边有个崇拜者,这起码能解释一部分原因。

她一定过得很孤独,沙兰想,总是四处游浪、不停得手,却从不施予,除非撞上一名值得扶持的小贼……

一片古怪的阴影挪过了帐布,沙兰刻意找寻图腾的身影,这才发现了他。他其实可以随心所欲地隐形,然而不同于某些灵体,他无法完全消失。

芦笔写个不停,向缇恩详细通报了各国的状况。之后,纸上出现了一段匪夷所思的话：

我已向破碎平原的情报商核查过了，芦笔写道，您问起的人确实是通缉犯。以前，他们多为轩亲王撒迪亚斯麾下的士兵，而后者无法容忍叛逃行为。

"这是什么情况？"沙兰站起来，探出身子细看通笔行文。

"我先前给过你信号，这件事我们非得谈谈。"缇恩为对芦换上新纸，"我再三说明，干我们这行的有时要下狠手。"

官方悬赏四颗绿宝石布罗姆捉拿被您称作瓦沙尔的首领，芦笔写道，其余逃兵的人头价均为两颗布罗姆。

"悬赏？"沙兰质问，"我向他们作过保证！"

"轻点声！"缇恩说，"营地里不只有我们，傻孩子。如果你想弄死我们，只管扯开嗓门，让他们听得清清楚楚。"

"万不可交出他们，我们不差这点钱。"沙兰压低音量，"缇恩，我许过诺言。"

"诺言？"缇恩笑道，"孩子，你把我们当成了什么？你许的什么诺言？"

沙兰羞愧难当。两人的注意力都飞走了，只有台子上的芦笔不问外事，仍在疾书。这一段文字讲的是缇恩干过的一份活。

"缇恩，"沙兰说，"瓦沙尔和他的手下能帮上忙。"

缇恩摇摇头，走到帐篷的一端为自己倒了杯酒。"能走到这一步，你真该引以为豪了。你的资历本身就浅薄，更何况那阵子你还囊中羞涩、毫无派头可言，却能接手三支毫不相关的队伍，并说服了里面的人认你做头儿，简直神了奇了！"

"但问题在于，我们编织出来的谎言和梦想都是虚无缥缈的，没有成真的余地。这也许是最残酷的一课，你非上不可。"她转身面对沙兰，板着一张脸，玩世不恭的神情一时全消，"在诈骗行当中，手段高明的女人之所以会死，通常是因为她开始相信自己撒的谎了。她得到了好处，想要继续下去，还想着自己能将就过来。再给我一天，她聊以自慰，只要再撑一天，就能……"

缇恩一松手，酒杯掉落在地，四溅的暗红色琼浆汩汩地流过帐底和地毯。

血染……白毯……

"你的地毯弄脏了。"沙兰说着，全身麻木。

"你以为我会拖着一块破毯子离开破碎平原？"缇恩跨过四溅的酒渍，抓住沙兰的胳膊，小声问，"你以为我们带得走这些行李？都是没用的玩意儿。你骗了那些人，还把自己吹得天花乱坠，一到明天，等我们走进军营，赤裸裸的真相会给你当头一棒。

"你真以为只要有你在，上头就会对逃兵开恩？管事的是轩亲王撒迪亚斯啊！别天真了。到了之后，造假的空间会非常小，就算你把达力拿骗过去了，你真想把这点成果浪费在解救罪犯上面？讲到政治，撒迪亚斯可是达力拿的宿敌。这个谎你准备撒多久？"

沙兰坐回到椅子上，感到心烦意乱，不仅由于缇恩，更由于她自己。不出意外，缇恩打算移交瓦沙尔集团。她知道缇恩的身份，也主动认其为师。事实上，瓦沙尔他们兴许真是罪有应得。

这不是背信弃义的理由。她说过他们可以洗心革面。她保证过。

谎……

学会说谎并不意味着要被谎话套牢。然而，袒护瓦沙尔不免会触怒缇恩，她要怎么做才能避免不和？她还有退路吗？

沙兰确实是达力拿·寇林的未来儿媳，等到这件事水落石出，缇恩会作何反应？

这个谎你准备撒多久……

"哈，来了，"缇恩喜笑颜开，"这下可有好消息。"

沙兰整理好思绪，瞥了一眼通笔。

至于您在亚美拉腾的任务，对方传书，上面的人致信表示满意。

他们很想知道您是否取回了情报，但我认为这是次要的。他们放出口风，表示所需的信息已在别处找到，事关一座他们一直在研究的城市。

谈及您所做的工作，当前尚无消息证实刺杀目标仍然存活。行动成功，您的担心纯属多余。不论船上有何变故，我们都是受惠者。据悉，"风之愉悦"号上无一人生还，迦熙娜·寇林已死。

迦熙娜·寇林已死。

沙兰瞠目结舌，吓得合不拢嘴。这……这不可能……

"这帮蠢货也许真的完事了。"缇恩欣然道，"看来报酬终于要到手啰。"

"你在亚美拉腾的任务是刺杀迦熙娜·寇林。"沙兰小声说。

"至少是幕后推手。"缇恩心不在焉地说，"我本想亲自立功，可我坐不了船，海上太颠，我会吐得一塌糊涂……"

沙兰惊诧难言。缇恩是搞策划的刺客，迦熙娜的遇害少不了她的参与。

芦笔仍在沙沙而写。

……一些有意思的消息。您垂询的是雅克维德的达瓦家族。迦熙娜在离开卡哈巴兰斯之前似乎收了一名新学徒……

沙兰伸手去握对芦。

缇恩抓住她的手，瞪大了眼。芦笔写下最后几句话：

……那个红发白肤的女孩名叫沙兰，其身世无人晓畅，卖消息的人看不上，幸亏我厚着脸皮多问了问。

沙兰和缇恩同时抬头，两人四目相对。

"啊，该死的。"缇恩说。

沙兰想要挣脱，可当她回过神来，缇恩已经把她拽出了椅子。

那女人以迅雷之势把她甩到地上，她根本来不及反应，只能迎面摔了下去。缇恩扬起靴跟，朝她的背部猛踹一脚，她一时无法呼吸，全身袭过刺痛。她大吸一口气，眼前一片模糊。

"下诅咒之地吧！真他妈的活见鬼！"缇恩说，"你就是寇林的学徒？迦熙娜人呢？是死是活？"

"救命啊！"沙兰嘶叫一声，极力爬向边上的帐布，几近失语。

缇恩屈膝顶上沙兰的背，又压得她喘不过气来。"我已经派人清场了，帐篷外头什么人也没有。我就怕你会惊动那些逃兵，我们本想把他们供出去。飓风之父啊！"沙兰挣扎不已，缇恩跪下来，抠住沙兰的肩膀死死一摁，把头凑到沙兰耳边，"问你呢！迦熙娜是死是活？"

"死了。"沙兰轻声道，痛得满眼是泪。

"你大概发觉了，"迦熙娜的声音从后方传来，"我甚为破费，才在这艘船上为我们租到了两间豪华舱。"

缇恩谩骂几句，跳起来转身四顾，想弄清是谁在说话。那声音自然是图腾发出来的。沙兰看都没看他一眼就手忙脚乱地爬向一边的帐布。瓦沙尔他们就在外面，要是她能——

缇恩忽然抱住她的腿，使劲地往后拉。

我逃不掉的，沙兰真心这么想，体内涌起阵阵恐慌，往日的记忆也随之闪过脑海。她深感无能为力。父亲日益狂暴，家庭支离破碎。

做不到。

不能逃，不能逃，不能逃……

我拼了。

沙兰把腿抽出来，一个挺身，扑向缇恩。她不会再软弱下去，*绝不会！*

沙兰使出浑身解数，用手胡乱地抓了好几下，却戳不中要害，只把缇恩惊得一吸气。沙兰几乎不谙格斗技，很快又痛得哇哇直叫，不经意间，缇恩的拳头已经埋进了她的肚腹。

沙兰跪倒在地，泪流满面，想吸气却做不到，头侧蒙受缇恩一击,眼前一片空白。

"那是什么声音?"缇恩问。

沙兰一眨眼,往上望去,视线飘忽不定。她又趴在了地上。缇恩的脖颈被她用指甲划出了道道血痕。缇恩抬手一摸,手上沾了血,她拉长了脸,往桌上一阵摸索,拿住入鞘的剑。

"糟糕透顶!"缇恩猞猞道,"风操的!我要请那个瓦沙尔过来,然后把责任推到他头上。"她拔剑出鞘。

沙兰好不容易才撑起身子,试图站起,怎奈下盘不稳,眼前的帐篷剧烈摇晃,仿如驶在浪头的船只。

"图腾?"她哑声呼唤,"图腾?"

外头传来了不小的动静。是喊声?

"抱歉了。"缇恩冷冷地说,"我得把事情了结干净。有你这样的学生,我挺自豪。你蒙了我,可见你的手艺很精。"

冷静,沙兰自忖,千万冷静!

十下心跳。

然而在非常时刻,肯定要不了十下心跳了,对不对?

不。必须数到第十下。能拖则拖!我得争取时间!

袖子里还有润石,沙兰在缇恩步步紧逼的当口猛地一吸气,飑光流入体内,化为呼啸暴风。她抬起手用力一推,送出一道渐强的闪光。她无法将其塑造成任何形状——做法尚不明确——但就在一念之间,那道光显出沙兰的幻象,傲然伫立的多彩幻影犹如宫廷贵妇降临。

缇恩愣了片刻才挥起剑,直刺前方。光影一阵搅动,散为缕缕轻烟。

"看来我快疯了,"缇恩说,"不仅幻听,还产生了幻觉。我打心底里大概不愿这么干。"她举剑上前,"很遗憾要这样给你上课。有时,我们必须做那些为我们所不齿的事,孩子。哪怕再难,我们也得做。"

沙兰低吼一声，向前伸出手，缭绕的雾气盘旋于掌上，一把银光璀璨的瑛刃应运而生，瞬时刺穿了缇恩的胸脯。那女人受了惊，没等有空喘息，她的双眼就烧成了窟窿。

缇恩的尸体剥离出剑锋，向后瘫倒在地，不再动弹。

"说到难做的事，"沙兰低吼，"我一定告诉过你。我已经学到了，谢谢你。"她挣扎着爬起，站也站不稳。

帐帘猝然被人扯开，沙兰转身高举碎瑛刃，剑尖直冲门口。瓦沙尔、盖兹和另几名士兵狼狈不堪地站在原地，武器沾满了血。他们先看看沙兰，再看看地上那具双目焦黑的尸体，接着又看回沙兰。

她浑身木然，一心想让瑛刃消失，好掩藏证据。*那一剑太骇人了。*

然而，她暗斥自己多虑，深埋起波动的情绪，没有遣走瑛刃。在这个关头，她需要强有力的支柱，这件武器恰好能达到目的，哪怕她再厌恶，也得利用好。

"缇恩的手下怎么样？"*如此冷漠无情的声音真是她发出来的吗？*

"飓风之父啊！"瓦沙尔走进帐篷，看到碎瑛刃后立马用手护在胸口，"那天晚上您来求我们，本来能杀个遍，连那帮土匪也不成问题。您本可以单干——"

"缇恩的人呢！"沙兰喊道。

"都死了，光明女士。"阿红说，"我们听到了……一个声音。那声音叫我们来救您，而他们不让我们过去。接着我们听到您在叫唤，后来——"

"是全能之主的声音吗？"瓦沙尔小声问。

"我有只灵体，声音是他发出来的。"沙兰说，"你们只须知道这么多。都给我去搜帐篷，这女人是别人派来的刺客。"这句话差不多是真的，"里面搞不定有主子的材料，只要找到带字迹的东西，就统统呈给我。"

其余人挤进帐篷,开始搜查。沙兰坐到靠桌的椅子上,只见对芦凌空悬浮,仍然定在页边处。该换纸了。

沙兰遣走碎瑛刃。"别对旁人提起你们的所见。"他对瓦沙尔一行人说。尽管他们很快就站定了阵营,但难说会不会长久。女人也能握有近乎神话般的碎瑛刃?谣言会四起,正合她的意。

你能活下来,全靠那件该死的东西,她暗想,别再抱怨了。

她取下对芦,换了一张纸,把笔放到角落。不一会儿,缇恩的伙伴又开始传书:

负责亚美拉腾行动的上级希望与您见面,芦笔写道,鬼血会似乎对您另有安排。我会在军营中组织一场例会,方便你们交流。您是否同意?

芦笔定在原处,等候回复。上一段通笔讲了什么?缇恩的上级——也就是鬼血会的人——已经找到了所需的信息……事关一座城市。

乌有斯麓。谋杀迦熙娜的黑手就是威胁她家族的人,他们也在寻觅这座城市。沙兰盯着纸上的文字,片刻后,瓦沙尔等人把缇恩的衣物扯出旅行箱,还在边上叩了叩,想知道里面有没有秘藏。

您是否同意……

沙兰拿起对芦,切换法器的模式,随后写下一个字:

是。

(第二部分·完)

插曲

伊舒娜 泽奥 塔恩

I-5 御风者

天色渐暗,飓风逼近,纳拉克市的居民纷纷关上窗户,往门缝里塞好碎布,架起门闩,用方形的大木块固定窗户。

伊舒娜没有参与准备工作,却站在图德住所门外,听他作汇报。他与阿勒斯卡人见了面,并安排了一场和谈,现已返回。她本想早点派人过去,但元老们商议许久,怨声连天,伊舒娜简直想掐死他们。不过他们最后至少达成了一致,同意让她派出传令兵。

"七天后,"图德说,"会晤将在一座中立高地上举行。"

"你见到他了吗?"伊舒娜急忙问,"'黑荆棘'有没有来?"

图德摇摇头。

"另一个人呢?"伊舒娜问,"那个飓能者怎么样了?"

"他也没有现身。"图德望向西方,神情担忧,"你最好快去。等到飓风平息后,我会跟你详说。"

伊舒娜点点头,把手放到朋友的肩头。"谢谢。"

"祝你好运。"图德以毅韵道。

"祝大家好运。"她应道。图德关上门,这座表面上空荡荡的暗黑之城只剩下她一人。伊舒娜检查了一下背上的防风盾,从口袋中拿出润石，调谐至毅韵。温丽捕捉到的灵体就在这颗润石当中。

时机已到。她朝飓风奔去。

毅韵是一种庄严的节奏，其意义和力量稳中有升。伊舒娜走出纳拉克高地，来到第一处悬崖，随即纵身一跃。只有化身战斗态，她才能借力跳过深渊。那些在外围高地上种植粮食的劳动态听者往往使用绳桥通行，在起飓风前，这些桥都能被收走放好。

她迈开大步，两脚点地，和着毅韵的节拍。飓幕出现在远方，在黑暗中几不可见。渐起的大风刮了过来，仿佛要阻挡她的步伐。风灵在空中来回飞舞，预示着风暴来袭。

伊舒娜又跳过两道深渊，然后放慢脚步，登上一座矮坡。现在，宏大的飓幕挂在夜空中，正在急速推进。那一片庞杂的黑暗裹挟着豪雨，形成一面夹杂着水石、灰尘和断木的横幅。伊舒娜解下了背上的大盾。

对听者来说，在飓风期间外出确实富有一定的浪漫色彩。飓风是很恐怖，但听者总要独自在狂风中度过几个夜晚。歌中唱道，寻求新态的听者将受到庇佑。至于歌词是真是虚，她并不确定，但这些歌谣没有阻止多数听者躲进岩缝避开飓幕，在飓幕过境后才爬出来。

伊舒娜更喜欢用盾，这样更有直面御风者的感觉。他是飓风的灵魂，也是人类口中的飓风之父，却没有位列她族人的神谱。事实上，他在歌中是一名叛徒。作为灵体，他选择保护人类，而不是听者。

但她的族人仍旧崇敬他。他会杀死所有对他不敬的人。

她把盾牌拄在地上，底部对着一块凸岩，再扭肩靠上去，低下头，一脚后顶，撑稳自己，又用另一只手攥着内含灵体的宝石。她更愿意穿瑛甲，不过出于某种原因，它会对变形过程造成干扰。

她感到飓风正在逼近，风声阵阵入耳。大地震颤，狂风咆哮，寒风卷起落叶横扫而过，那些落叶仿若斥候，即临的军队冲锋在后，呜呜的风声就是士兵的战号。

她紧紧闭上眼。

飓风剧烈地捶打着她。

尽管她摆好姿势、绷紧肌肉，某物还是撞向盾牌，将其掀翻。风一过，从她手中夺走盾牌，她踉跄后退，伏倒在地，脑袋一缩，肩膀迎风。

一阵惊雷向她袭来，怒风试图将她吹离高地、卷到空中。飓风之中是一片漆黑，只有电光划过，她始终闭着眼，觉得自己似乎未受到庇护。她蜷伏在一座石丘后，肩膀顶着风，飓风似乎在极力摧毁她。附近的高地蒙上了暗色，碎裂的岩石嘎吱嘎吱地响成一片，震颤着地面。她耳中只能听到穿插着雷声的风啸，这是一曲可怕的无韵之歌。

她始终把体内的韵律调谐至毅韵，尽管听不到，但至少感受得到。

雨点犹如箭簇，向她攒射而来，又从颅甲和盔甲上弹开。空气冷冽刺骨，她咬紧牙关，毫不动摇。她以前有过多次相同的经历，不是在变形时，就是在对抗阿勒斯卡人、发起偶然的奇袭时。她能活下来。*她一定要活下来。*

狂风试图将她从高地上掀落，她专注于脑中的韵律，抓紧岩石。温丽的前配偶戴米德曾要求有意变形的族人在飓风期间先在室内等候一阵子，等到最初的猛烈风势过了之后再外出。此举非常冒险，因为听者并不知道变形的节点会在何时出现。

伊舒娜从未尝试过。飓风猛烈而危险，却也值得探索。在飓风中，熟悉的东西会变得伟大而可怕，她不想走进去，但当事情无可推脱时，她总觉得自己的经历相当慑人。

她闭着眼仰起头，面向飓风，感受烈风吹袭、感受身随风动、感受雨水侵肤。不错，御风者是叛徒，然而不成友人，何来背叛？飓风归她的族人所有。*听者属于飓风。*

她脑中的韵律改变了，一时间融汇在一起，成为同一种韵律。不论她怎样调谐，总能听到一成不变的调子，它宛如心跳声，充满单一而稳定的节拍。这一时刻来临了。

飓风无影，风雨和喧嚣……一并消逝。伊舒娜站起来，浑身湿透，肌肉冰凉，皮肤麻木。她晃晃头，雨水四溅。

她抬头望天，那张无限延展的巨脸就挂在空中。人类时常谈起飓风之父，但他们从未像听者那般了解他。他的脸宽阔如苍穹，眼中缀满无数星辰。伊舒娜手中的宝石熠熠生辉。

她想象着其中的力量流过她全身，在激励她的同时为她带来活力。伊舒娜把宝石往地上一扔，把它砸碎，放出里面的灵体。依照温丽的教导，她极力捕捉那种适时产生的感觉。

这真是你想要的吗？ 一个如雷贯耳的声音响起，回荡在她心中。

御风者和她说话了！此景在歌中广为传颂，但……从未发生过……她切换至赏韵，不过现在的韵律自然是同一种：嗒、嗒、嗒。

灵体逃出牢笼，绕着她打转，放射出一道古怪的红光，零星的闪电时有迸落。是怒灵？

不对劲。

我想这势在必行，御风者说，**无可避免。**

"不。"伊舒娜从那只灵体身前退开，一时恐慌，把温丽告诉她的准备事项统统丢到脑后，"不！"

那只灵体化为一束红光，击中她的胸脯，一缕缕红丝蔓延而出。

我无法出手相阻，御风者说，**倘若我拥有那种力量，一定会庇护你，孩子。我很抱歉。**

伊舒娜倒吸一口气，跪了下来，脑中的韵律消失了。形态的转变近在眼前，一种强烈的感受涌过她全身。

我很抱歉。

雨又落下，她的身体起了变化。

I-6 泽奥

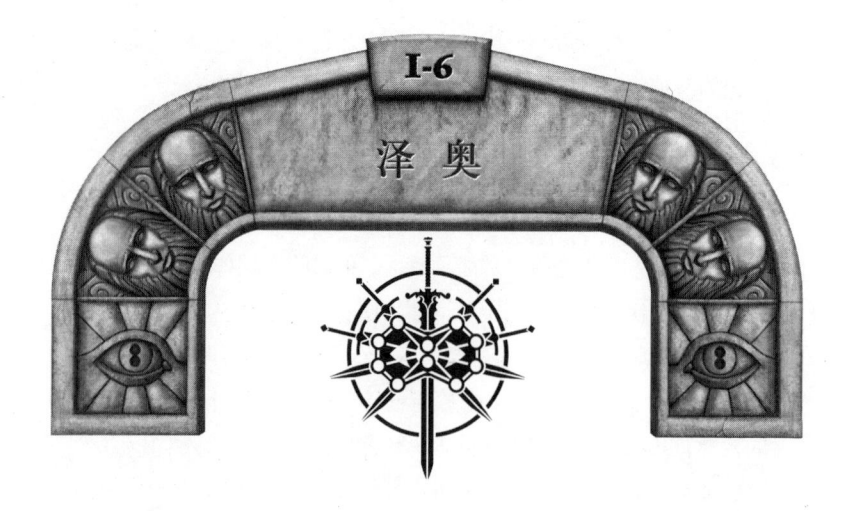

有人来了。

扎赫尔猛地一睁眼,从睡梦中惊醒,霎时便知有人正在靠近他的寒舍。

见鬼!这半夜三更的。假如又是哪个被他一口回绝的光眼种小捣蛋上门哀求……他满腹牢骚地爬下床。*我年事已高,根本经不起瞎折腾。*

他拉开房门,眼前是一片被夜幕笼罩的训练场,四周透着湿气。哦,没错。天上刚刮过一阵该死的飓风,风中盈满神能,就想找个地方肆虐一番。

门外,一位抬手欲叩的年轻人被惊得直往后蹦跶。访客是那个刚从冲桥手升职为护卫的卡拉丁,扎赫尔发觉他身边总有一只灵体在不停转悠。

"你这副模样简直是死神再世。"扎赫尔劈头盖脸地训了那小子一句。卡拉丁的制服血迹斑斑,一侧被扯得七零八落,右臂的袖管不翼而飞。"出啥事了?"

"就在不到两个时辰前,"小伙轻声说,"有人企图刺杀国王。"

"这样啊。"

"你还愿意教我如何使用碎瑛刃作战吗?"

"想都别想。"扎赫尔砰的一声把门关上,转身走回床铺。

那小子当然推开了门。出家人太可恶,自恃为别人的财产,身上不留一物,因而估摸着连门锁都没必要装了。

"拜托了,"小伙道,"我——"

"小鬼头,"扎赫尔边说边向他扭过身,"这屋里住了两个人。"

小伙眉头一皱,打量起那张单人床。

"第一个人呢,"扎赫尔说,"是一位脾气火爆的剑客。不过,要是遇上茫然无措的弟子,他心软都来不及。此人会在白天现身。另一个人则是一位脾气非常非常火爆的剑客,喜好吹毛求疵,看什么都不顺眼。要是哪个蠢货夜半时分找上门来,还把他吵醒,他就会揭开真面目。我劝你还是去求第一个人,别惹后面那个。明白了没?"

"明白。"小伙道,"我还会再来的。"

"很好。"扎赫尔一屁股坐在床上,"送你一句忠告,不要做地上的愣头青。"

小伙在门前停下脚步。"不要做……什么?"

傻不傻啊,扎赫尔爬进床铺,暗自想道,这门语言完全没有说得通的比喻。"你只管抛下成见,好好学。我讨厌揍小辈,总觉得这是在欺负人。"

那小子无奈地哼了哼,带上了门。扎赫尔把毯子盖好——倒霉的出家人只准拥有一条——在床上翻了个身,逐渐进入梦乡。他期待那个声音能在脑海中响起,当然,今夜他依旧寂寞。

这份寂寞已经延续了很多年。

I-7 塔 恩

焚身烈焰已然熄灭。体之焦灼不属他者。口中哀号无人听闻。受难求生是为崇高。

"他只会这么干瞪着眼,陛下。"

真言。

"他似乎没把什么东西放在眼里。他有时会说胡话,有时会叫出声。*不过他通常只是发发呆。*"

恩赐和真言。非他所有。从未拥有。为他所有。

"风操的,这太吓人了,可不是吗?我一路赶车把他运过来,陛下。大半时间我都得听他在车厢后边闹腾;剩下的半段路也有得受的,他只会对着我的后脑勺死瞅个不停。"

"知策呢?你提到过他。"

"刚上路时还跟着我呢,陛下。可到第二天,他就宣称要找一块石头。"

"一块……石头?"

"正是,陛下。他跳下车,找到一块石头,然后,呃,把它往自己的脑门上一砸,陛下。他连砸了三四次,弄完后一脸怪笑地上了车，还说……嗯……"

"什么？"

"嗯，他说他要什么来着，呃，小的特地把他的原话给您记下来了。他说：'我需要一个客观的参考系来界定与你同行的经历。在砸了四次后再砸第五次的空当，我终于想出来了。'我不明白他想表达什么。我觉得他在和我开玩笑。"

"这么猜准不会错。"

何不惨叫？灼热炎炎！死之火。死亦尸亦尸话语不惊临死不嚷除非未死。

"陛下，之后知策只是，嗯，他溜走了，跑进了山里，就和某些欠风操的吃角族人没什么两样。"

"别去尝试搞懂知策，伯丁。你只会自讨苦吃。"

"明白，光明贵人。"

"我倒是很中意这任知策。"

"我们都心知肚明，艾尔霍卡。"

"说句大实话，陛下，比起知策我更愿意和这个疯人为伴。"

"啊，那肯定的。要是人们喜欢与知策为伍，他就不再是个称职的知策了，不是吗？"

起火。火舌肆虐，过墙越地。切不能向何处去之内。何处去？

旅。水？轮？

火。是火。

"你长没长耳朵，疯人？"

"艾尔霍卡，你瞧瞧他那副模样。他大抵神志不清。"

"我是司掌战事的令使塔拉内拉塔艾林。"嗓子出声。话说出口。未经思考。话到嘴边，理所当然。

"你说什么？放大声点。"

"虚渡回归，灭世逼近，备战刻不容缓。循往世灾祸，你们已忘却太多。"

"我听懂了几个词，艾尔霍卡。他在说阿勒斯卡语，操着北方口音。此人长这么黑，想不到也会讲这里的话。"

"快说，你是从哪里搞到碎瑛刃的，疯人？世代以来，多数瑛刃的来源有凭有据，流传史均记录在案，这一把却是完全陌生的。你从谁手上拿来的？"

"若你们已忘却异术，卡拉克将授青铜铸造法。我们亦会直接通过塑魂术变出金属块。但愿我们能授钢艺，但铸造易过锻造，且速成之物不可少，石器将难挡即临之灾。"

"他说到了青铜，还有石头？"

"维德尔可教导医者，杰兹雷恩……会以身作则。灭世轮回，人事尽失……"

"那把碎瑛刃！你从哪里搞来的？"

"你们是如何把剑从他身上拿走的，伯丁？"

"我们什么也没干，光明贵人。他就随手一丢。"

"而它没有消失？那么人与剑的磨合就没有成功。他不可能长期拥有这把瑛刃。你们刚找到他时，他的眼珠是这种颜色吗？"

"是的，长官。区区暗眼种竟持有碎瑛刃，实在离奇。"

"我会养兵，为时不晚。欲制止学识流散于灭世灾祸，艾沙总言尚存一法。你们已窥得意料之外的一隅，我们会加以用之。飓能者担当卫士之职……光辉骑士……"

"这些话他以前全说过，陛下。在他满嘴胡诌时，呃，他只是兀自沉浸其中，一遍又一遍。我看他不见得知道自己在讲什么，而且他在说话时总是板着张脸，搞得神秘兮兮的。"

"他的确操着阿勒斯卡口音。"

"他看上去像是在野外苟活了一阵子，头发这么长，连指甲也裂了。他也许是个乡民，刚刚没了疯掉的老子。"

"那把瑛刃又该怎么说，艾尔霍卡？"

"你不会认为那是他的吧，叔叔。"

"来日艰辛，若训练得法，**人类将存活**。务必引我谒见领袖，众令使待日后支援。"

"近来，我乐意考虑一切可能性。陛下，你应当将其交予虔诚者，他们兴许能治好他的精神病患。"

"那把碎瑛刃又该如何处置？"

"我们一定能找到好的归属。对了，刚刚想起个事，我需要你的协助，伯丁。"

"请尽管吩咐，光明贵人。"

"我想……我想我来晚了一步……这次……"

多久了？

多久了？

多久了？

多久了？

多久了？

多久了？

多久了？

太久了。

I-8 强力形态

当伊舒娜归来时，他们都在等她。

数千名听者聚集在毗邻纳拉克的高地上。他们之中有劳动态、机敏态、战斗态，甚至还有交配态，他们不再贪图享受，因为新鲜事物冒出了头。新形态？而且是强力形态？

伊舒娜大步向他们走去，赞叹着新生的能量。如果她飞快地一挥拳，手上就会迸射出几乎不可见的细小红色闪电。她那大理石般的皮肤没有发生改变，还是基本上呈黑色，生有微量红色条纹，但她褪去了战斗态特有的沉重盔甲，手臂的皮肤上探出分布紧密的细小脊状突起。她已经测试过新盔甲的性能，发现它十分结实。

她又长出了头发。距离上一次拥有这种感受，已经过了多久？形势越来越好，她觉得自己的目标很明确。她胸有成竹，不必再担心她族人的未来。

伊舒娜来到深渊的边缘，恰逢温丽挤到人群前方。她们隔空遥望，伊舒娜读出了姐姐的唇语：*成功了？*

伊舒娜准备往深渊的另一头跳去，但她无须起跑，不像化身战斗态的时候。她蹲下来，纵身跃入半空，风儿似乎在她周围翻腾。她飞过深渊，一个下蹲，在族人中落地，充满力量的红线顺着她的腿往上蔓延，吸收了落地的冲力。

族人纷纷后退。她眼前一亮，一切都是如此明晰。

"我已从飓风中返回。"她道出赞韵，这种韵律可用于表达真心的满足，"我为两大种族的前途带来了希望，本族走向衰亡的时期终于到头了。"

"伊舒娜?"穿着长外套的图德发话了，"伊舒娜，你的眼睛。"

"怎么了?"

"你的眼睛变红了。"

"这展现了我的变化。"

"可是在歌中——"

"姐姐!"伊舒娜以毅韵招呼道，"快来看看你的研究心血!"

温丽走了过来，一开始有点胆怯。"飓风态。"她低声道出敬韵，"那么成功了?你可以平安无事地在飓风中穿行了?"

"不止如此，"伊舒娜说，"飓风还臣服于我。温丽，我感觉……有什么东西正在成形，那是一场风暴。"

"你现在能感受到风暴了?在韵律之内?"

"不，在韵律之外。"伊舒娜说。她怎么能解释?她怎么能向不长嘴巴的人描述味道、向生来就眼盲的人描述风景?"我感到一场超出我们理解的风暴正在生成。这是一场猛烈而狂暴的飓风。只要处于飓风态的族人到了数量，我们就能一同引来该风暴。我们可以让其服从我们的意志，并且将其作用于我们的敌人。"

围观者一个接一个地哼出敬韵。他们是听者，既能感受到韵律，也能听到韵律。他们彼此合拍、相互调和，处于完美状态。

伊舒娜大展双臂，高声道："请诸位抛弃绝望，唱响欢韵!我已看穿御风者眼中的深邃，得知他已背叛我们。我读懂了他的心思，发现他意图协助人类反抗我们。然而我姐姐觅得了解救之道!化为此态，我们可以独立自主地以暴风横扫落叶之势消灭敌人。"

敬韵愈发洪亮，一些听者开口歌唱，伊舒娜引以为荣。

那声充满恐惧的尖叫响彻她的内心深处，她刻意不去理会。

·法器运作原理·

升降弓箭塔

步骤一
步骤二
步骤三
步骤四

念意理示图

将经过切割的紫晶连城一组，即可驱动塔身反向升降。

此法有助于弓弦保持干燥。

纳瓦妮的笔记本·弓箭塔构造

第三部分
绝命风暴

沙兰　卡拉丁　阿多林　纳瓦妮

35

同步注光增压

> 在他们敲定任一纽带的定位时，亦称其为拿赫尔纽带，依据在于其对处于其掌控中的灵魂所产生的效果；由此，任一建立纽带者均与十飓能相关，它们推动柔刹大陆的运作，按次序得以命名，任一骑士团均享有两种飓能；如此看来，任一骑士团必然与相邻的骑士团共享一种飓能。
>
> ——摘自《光辉真言》第八章，第六页

阿多林一把丢下了碎瑛刃。

此等武器材质极轻，使用要诀不仅在于剑姿的操练和打法的适应上，高手更懂得如何将人与剑之间的羁绊与磨合发挥到极致。他已经学会如何在瑛刃离手后命其悬停在原处，以及如何将之从别人手中召回。他知道人与剑在一定程度上是一体的，武器成了灵魂的一部分。

阿多林所学的剑法通常如此。今天，瑛刃几乎一脱手就消散离解了。

这把银质长剑化作白烟，刹那间就定型为烟圈，一团团白气喷涌而出。阿多林郁闷地吼了几声，在高地上来回踱步，横出一只手再度召唤瑛刃。十下心跳的工夫有时堪比永恒。

他穿着瑛甲，未戴的头盔躺在不远处的岩石上，清晨的微风拂动着他的发丝。瑛甲不可或缺，因为他的左肩和侧体上都分布着大面积的瘀伤。他的头部仍是作痛不已，昨晚他被来袭的刺客粘到天花板上，后来硬生生地摔落在地，要是没有这身盔甲，他今天的行动绝不会这么灵活。

况且，**他极其需要瑛甲的助力**。他扭头一望，认为刺客就在此处。昨晚他穿上瑛甲，一宿未睡，只是在父亲的卧房外席地而坐，把交叠的两臂搭在膝盖上，靠着嚼脊皮木保持清醒。

他在身无披挂之时被人下了手。疏忽只许有一次，不许有下次。

你准备怎么过活？ 他在瑛刃重现时想道。*难道要整天穿着这套盔甲？*

那个声音问得有理，可他目前不想讲理。

他晃走瑛刃上的冰露，腾身一跃，把剑掷出，并灌注意念，令其维持原状。脱手后，剑身又一次在片刻间散作雾气，甚至没有刺中远处的岩石，不到预计射程的一半。

他到底是怎么了？ 多年前他就熟练掌握了操控瑛刃的技巧。确实，*他不常练习投剑*——这是决斗中的禁忌，也从不觉得自己有必要使用此法。*他的人生已经翻过了这一页，而当他定在走廊天花板上不得脱身、无力正面迎战刺客之时，一切都改变了*。

阿多林走到高地的边缘，放眼遥望崎岖不平的破碎平原。三个凑在一起的护卫正在附近紧盯着他。这样滑稽透顶。要是白衣刺客重现，*区区三名冲桥手能做什么？*

但在刺客攻来时，卡拉丁是有点本领，阿多林想，*他比你更中用*。那家伙很能打，强得叫人生疑。

雷纳林指出阿多林对冲桥手军尉怀有偏见，*然而那家伙身上确实有奇怪之处*。和人说话时，他总是抱着消极的态度，像是白给面子。

不仅如此，他显然是个悲观而厌世的庸碌之辈，很不讨人喜欢。然而，阿多林见识过许多不受欢迎的人。

相比那些人，卡拉丁还是很奇怪，但阿多林无法解释其中的缘由。

算了，尽管如此，卡拉丁的部下还是干好了本职，去责备他们也没用，于是他一笑而过。

阿多林的碎瑛刃再次落入他指间，剑身轻盈得与其尺寸不符。在紧握瑛刃时，他总能体味到某种力量。阿多林从未在披甲持刃的状态下有过疲软之感，就算遭遇仆族智者的围攻、就算死期将至，他还是**觉得浑身有力**。

而现在呢？那种感觉去哪儿了？

他转身抛下瑛刃，按扎赫尔几年前所教的方法集中意志，**直接向剑输送指令**，将脑中所想的下一步动作传达出去。这回瑛刃并未消解，两端来回晃动，在半空中闪着光，剑身扎入岩地，没至剑柄。一直在屏气的阿多林长吁一声。终于达成了。他解除指令，瑛刃瞬即遁入雾气，像小河那般流转飞升，留下了地上的石洞。

"走吧。"他对护卫说道，抓起放在石块上的头盔，朝临近的军营走去。不出所料，形成军营界墙的山坑位于东面，风化得最厉害。营地的边缘高低不平，好似打碎的龟蛋，经过多年，这种地貌甚至在毗邻的高地上蔓延开了。

在这样的军营之外，现出了一支相当离奇的队伍。一群长袍加身的虔诚者汇聚一地、齐声吟诵，围拢在手执直杆的仆族四周。足有四十尺宽的亮滑丝绸在清风中起伏，将这些形如骑枪的杆子相连，遮蔽了位居中央的秘物。

塑魂者？他们往往不在白天露面。"在这儿等着。"嘱咐好护卫后，他向那群虔诚者小跑而去。

三名冲桥手听从了。如果卡拉丁也在场，他肯定会执意跟上来。

那家伙的过激反应缘于他的特殊职位,父亲为何要置一个暗眼种士兵于指挥体系之外?阿多林完全赞成以礼待人、恪守气节、不分贵贱的训兵之道,然而全能之主早已敲定了领袖和从属的人选,这是万物生来就有的秩序。

执杆的仆族看到他走来,纷纷低下了头。不远处的虔诚者耐住尴尬,为阿多林开了道。阿多林有权会见塑魂者,但让他们邀他来访是不符常规的。

阿多林走进临时围起的丝帐,看到了正在和绛袍虔诚者交谈的卡达什。这名高个男子是达力拿名下的首席虔诚者之一,他当过兵,头顶上的伤疤就是印证。

"塑魂者"一词既可称呼行塑魂术的人,又可称呼他们所用的法器——在后一种情况中,时常简称为"魂器"。塑魂者一律以红袍示人,不属其中的卡达什则穿着常见的灰袍。他把头发剃了个精光,脸上留着方正的胡须。一见阿多林,卡达什先是犹豫了片刻,稍后才垂首致意。名义上而言,卡达什和所有虔诚者都是军中的奴隶。

眼前的五名塑魂者也位列其中。他们一律把右手横在胸前,手背上放着一枚闪耀的法器。一名女虔诚者瞟了一眼阿多林。飓风之父啊,她的目光已然失去了人性。长期使用魂器后,她的眼睛变得就像宝石般闪闪发亮。她的皮肤硬如磐石,光滑的表面覆盖着细致的纹理,好似一座活生生的雕塑。

卡达什急匆匆地向阿多林走来。"光明贵人,"他说,"我没料到您会来视察。"

"我不是来视察的。"阿多林不安地看了看那些塑魂者,"我只是有点意外,你们平时不是都在夜里办事吗?"

"我们已经不堪重负了,光明之子。"卡达什说,"塑魂者在建设、粮饷和排污等方面应接不暇,压力很大。为了满足全部需求,我们须得开展培训,教导大批虔诚者如何运用各种法器,之后再安排他们轮流作法。尊父在周初就批准了这项安排。"

卡达什说罢,几名红袍虔诚者朝他看了看。独门法器的操作秘方被外人学去,他们究竟作何感想?他们的神情近乎非人,难以捉摸透彻。

"我明白了。"阿多林说。*风操的,我们太依赖于此了。*碎瑛刃和碎瑛甲是大众的宠儿,其作战优势时常为人谈起。事实上,维持战争机器运转的根基却是这些不寻常的法器,以及由之而来的食物。

"光明之子,可否容我们继续?"卡达什问。

待阿多林点头同意,卡达什才回身走向五名虔诚者,作了简短的吩咐。他的口气很焦虑,语速也快。卡达什性情温和,平日里总是从容不迫,见他慌成这样着实反常。只要与塑魂者接触,任何人都会受此影响。

那五名塑魂者开始浅吟低唱,与外围的虔诚者配合默契。接着,五人并排上前,举起了手。阿多林发觉自己的脸上冒出了汗,风儿穿帐而过,吹凉了汗珠。

起初帐中空无一物,尔后巨石凭空出现。

阿多林认为自己瞥到了一眼凝聚的雾气——如同碎瑛刃显形时的情景。在同一时刻,一堵巨墙拔地而起,外面的风刮了进来,仿佛被岩石所吸收,丝帐剧烈抖动,在空中拍打翻飞。为什么会有风灌到里面来?当气流变成岩石的时候,就不该相应地送出一些风吗?

那座庞然大物的两端紧贴帐布,丝绸鼓了起来,飘到高空。

"我们下次得用高一点的杆子。"卡达什喃喃自语。

那堵石墙的样貌颇具实用性,和营房很像,但造型有所不同。朝向军营的墙面是平的,而另一面是陂的,整体呈楔形。阿多林果断地判其为父亲考虑了好几个月的工事。

"一堵防风墙!"阿多林道,"了不得,卡达什。"

"承蒙夸奖,尊父似乎很赞赏我们的提议。只要在这里造上几十堵墙，让整片屏障覆盖高地，今后就无须担心飓风了。"

这并不完全符实。面对飓风，不可松懈，巨石会被裹挟而起，强风还会把房屋从地基上整个掀翻。不过，在风暴肆虐之地，一堵精良坚固的防风墙就等同于全能之主的福佑。

塑魂者们退了下去，没有和其余虔诚者说话。仆族七手八脚地跟在后面，那些站在石墙边上的则沿着墙体跑到后方，敞开丝帐，让新造的防风墙见于天日。仆族从阿多林和卡达什身边路过，把无遮无拦的两人留在高地上，矗立的巨石打下一大片阴影，他们就站在下面。

丝帐又立了起来，挡住了塑魂者。在此之前，阿多林正巧瞥到了一人的手。法器已不再发亮，看来至少有一颗内置的宝石碎了。

"过了这么多年，我还是觉得不可思议。"卡达什抬头看着巨型石墙，"倘要证明全能之主的存在，这必然是一大证据。"几只金色的傲灵在他周围显形，不停地转着圈。

"光辉骑士会塑魂术，是不是？"阿多林说。

"书中是这样写的。"卡达什谨慎地说。光辉变节事件——指代光辉骑士团对人类的背叛——时常被视为沃林教走向败落的标志。自此之后的数百年，教会力图夺权，手法之无耻叫人更为难堪。

"骑士们还有什么本领？"阿多林问，"他们具备异能，对吗？"

"我对此涉猎不广，光明之子。"卡达什说，"我也许该多花点时间研究，哪怕只是为了记住自满害处多这一点。光明之子，我肯定会端正治学态度的，只有这样才能坚定信仰、牢记虔诚者的本分。"

"卡达什，"阿多林望着高举亮滑丝帐的队伍离去，"别谦虚，我现在就要答案。白衣刺客重新现身了。"

卡达什倒抽一口凉气。"昨晚宫中的混乱就生发于此？流言不是空穴来风？"

"是的。"

遮遮掩掩没有益处。父亲和国王已经将消息告知了各大轩亲王，还在计议如何公之于众。

阿多林注视着虔诚者的双眼。"那名刺客可以在墙上走动，似乎不受引力的束缚，从百尺高空坠落，却毫发无损。他是虚渡的翻版、是人形的死神。所以我再问一遍，光辉骑士有何能耐？这些本事是与生俱来的吗？"

"除了您说到的，还有很多，光明之子。"卡达什脸色煞白，轻声言道，"在先王遇刺的可怖一夜，有些士兵九死一生，我找他们谈了谈。窃以为他们遭受了心理打击，这才声称自己见到了异状——"

"我得明晰就里。"阿多林说，"请你翻阅文献、做好调查。之后，务必告诉我这个妖孽能来上哪一手。了解相应的打法势在必行，他绝对会杀回来的。"

"遵命。"卡达什大为震惊，"可是……阿多林，如果您所言属实……飓风在上！这便意味着光辉骑士还未绝迹。"

"我知道。"

"全能之主保佑。"卡达什低语道。

✶

纳瓦妮·寇林热爱军营。普通城市的规划太混乱，商家很少有选对店址的，歪歪扭扭的街道总是造不成直线。

然而军中的男男女女重视理性和秩序——至少进取向上者如此，光看看军营里的布局就能明白。营房排列整齐，商贩须在专门的市场里经营，不得随意选取街角旮旯开业。站在瞭望塔上的纳瓦妮极目远眺，达力拿军的大片营地都能看得一清二楚。营内井然有序，整体设计匠心独运。

这就是人类的特质：驯服自然、改造世界，使资源得到合理开发。在万事有条有理、所需条件易于成熟之时，诸多事宜均可迎刃冰解。想创新,此前提不可或缺。

滋润创新之花的雨露正是万全的谋划。

她深吸一口气,转身面向位于达力拿营地东片的施工区。"各就各位!"她喊道,"开始!"这场试验早在刺客来袭之前就定好了日程,她决意依照原计划行事。不然她还能干什么?难道要整天忧心忡忡地闲坐着?

场地上的工兵忙碌起来,传出阵阵喧嚣。她脚下的瞭望台可能高达二十五尺,站在上面可以遍览施工区。十几名各有来头的虔诚者和学者围在她身边,其中甚至包括马太因和另一些读风者。她还是说不清自己对这些人有何想法——他们侦测风势、探讨数字占卜学,总是把过多的心思花在上面。他们称其为一门学科,试图规避沃林教教义中针对预卜未来所下的禁令。

但他们偶尔也会带来一些有益的启发,为此她才特邀他们过来。而且她还想对那些人多长个心眼。

她所关注的焦点以及本次试验的对象是一座置于场地中央的大型木质圆台。这座平台形如截断的攻城塔塔顶,四周安有雉堞,其内竖着士兵在箭术训练时所用的人形靶。紧邻圆台的是一座四面环有格构脚手架的木质高塔,工兵们在塔上奔忙,以保万无一失。

"你真该审阅这份材料,纳瓦妮。"茹舒翻看着手上的报告。这个小姑娘虽然是位虔诚者,但睫毛浓密、长相清秀,这种相貌本该与她无缘。茹舒遁入虔诚会是为了躲避异性的追求,鉴于男虔诚者始终想与其共事,她的选择不得不说是一种失当。幸好她很聪明,纳瓦妮总能为聪明人找到立足之处。

"稍后吧。"纳瓦妮婉言责道,"着眼当下,茹舒。我们有试验要做。"

"……就算他在隔壁,也会产生改变。"茹舒咕哝道,"反复出现,可以度量。目前唯有火灵能做到,不过其余具备潜在价值的利用方式相当多……"

"茹舒，"纳瓦妮这次加重了语气，"你怎么没去参加试验？"

"啊！不好意思，光明女士。"茹舒把叠好的几页纸塞进长袍的口袋，用手摸了摸光洁的头顶，蹙着眉说，"纳瓦妮，你有没有想过，为什么全能之主将胡须赐予男性，而不是女性？由此生发开去，为什么留长发的女性才更具女子气？要知道，许多男子也是如此。多毛体质不该是男性的一大特征吗？"

"专心点，孩子。"纳瓦妮说，"在操作过程中，我希望你能监督他们。"她扭身对其他人说，"刚才那句忠告对诸位也适用。如果这一回平台再度掉落在地，我可不想再耗上一周检查出错的地方！"

其余人士点点头。纳瓦妮的心情不由得兴奋起来，源自夜袭的紧迫感终于散去了。她在脑中过了一遍操作规程：安全转移人员……虔诚者观察员手执纸笔，立于附近的多座平台……为宝石注光……

准备工作业已完成，工兵足足核对了三次。她走到平台的前端，用闲手和戴着手套的禁手紧握护栏。全能之主保佑，这项法器工程进行得非常顺利，她的焦虑也得到了疏解。一开始，她借此来打消对于迦熙娜的担忧，但她最终还是觉得迦熙娜不会有事。港口来报，那艘船上的船员的确全部溺毙，然而这不是纳瓦妮的女儿头一次碰上所谓的灾难了。迦熙娜仿如玩弄瓶中飓虫的孩童，她会用类似的方式去对待危机，且总能渡过难关。

可是白衣刺客已经重出江湖……噢，飓风之父在上。假如他故技重演，把达力拿也带走……

"万事已备，请下达指示。"她对虔诚者们说，"我们已经确认过多次，再查无益。"

虔诚者们点头起笔，通过对芦向下方的工兵传达指示。纳瓦妮看到一个着蓝色碎瑛甲的人逛到了工地上，不免恼得一肚子火。那人把头盔夹在腋下，露出一头金黑交杂的乱发。按规定，闲人不得擅入试验场地,但是该禁令在轩亲王之子身上毫无效用。也罢,但愿明事理的阿多林不会靠得太近。

她回过身,面朝木塔。启动完放于塔顶的法器后,虔诚者们下了侧梯,边爬边解开插销。等他们来到地面,工兵们小心地把带滚轮的木塔主体推走。有这几面挡板在,塔顶才能稳当地躺在原处,要不然它就会倒下来。

木塔的下端被撤走后,塔顶平台却岿然不动,高悬在空中,堪称奇景。纳瓦妮不禁屏息静气。塔顶与地面之间的唯一连接物是各据一侧的绕绳滑轮,但塔顶不受后者的支撑。此时,那座厚实的方形木台完全悬空,无依无靠。

聚拢在她周围的虔诚者悄声表达着振奋之情。真正的试验现在才要开始。纳瓦妮招了招手,下方的工兵转动滑轮上的曲杆,降下浮在空中的木台。不远处的弓箭塔塔垛晃了晃,随后升入空中,运动的方向与木台正相反。

"成功了!"茹舒欢呼。

"平台在起升中有所晃动,不够理想。"年老的工程师法里拉尔抓了抓虔诚者特有的胡须,"应该更稳一些。"

"它并未下落,"纳瓦妮说,"我觉得可以。"

"如果天风作美,我本该上去。"茹舒举起望远镜,"我没看到宝石在闪光,万一碎了怎么办?"

"不论碎不碎,最后会查出来的。"纳瓦妮虽是这么说,可她真心不介意亲自爬到那座缓缓飞升的墙垛上去。要是这种事被达力拿知道,他会犯心脏病的。尽管他是纳瓦妮的爱侣,可他就像风力渐强的飓风,强烈的保护欲略微过了火候。

墙垛在上升过程中摇晃不止,仿如被人擎起,只是下方毫无支撑。最后,它升到了顶点。先前那座定在空中的木台已经降至地面,被牢牢地捆扎在原处。空中的圆台则悬停不落,主体有点不稳。

但它没有坠下。

阿多林重重地爬上观摩平台,来到纳瓦妮身边,穿着碎瑛甲的他,让整座平台都吱嘎吱嘎地摇晃起来。这时,别的学者正在相互交流,并全力以赴地作着笔记,形如暴雨云的论灵在他们身旁腾起。

试验总算成功了。

"嘿,"阿多林说,"那个平台飞起来了?"

"你怎么到现在才发现,亲爱的?"纳瓦妮问。

他挠挠脑袋,显得很疑惑。"我的注意力不太集中,伯母。实话说,这……这真的很怪。"

"哪里怪?"纳瓦妮问他。

"怪在……"

那个刺客。阿多林和达力拿均认为,此人有能力操控引灵。

纳瓦妮转过头,对学者们说:"诸位何不下去命令他们降下平台?你们可以检查宝石是否破损。"

其他人听罢,便兴冲冲地结伴走下阶梯,只有茹舒——亲爱的茹舒——没有离去。"哦!"那个姑娘说,"从上面看效果更好,免得——"

"我想和侄儿单独谈谈。请退下吧。"有时,你得对共事的学者稍微直白点。

茹舒终于红着脸迅速地行了个躬身礼,然后急急忙忙地走开了。阿多林趁机上前几步,来到护栏边。站在着瑛甲的人身旁还不觉得渺小,这很难办到。他伸手抓住护栏,力气之大,连木料都开始呻吟。她认为自己听得到那声响。一个不经意,他就能捏断护栏。

我得想办法制造更多碎瑛甲,她想。尽管她能文不能武,却仍可以用自己的方式来保护家族。她越是精通技术的奥秘、越是了解困于宝石中的灵体有何力量,她就越是容易找到自己的求索之路。

阿多林正盯着她的禁手看。哦,这下他总算注意到了,是不是?

"伯母,"他紧张地问,"您怎么戴起了手套?"

"手套实用多了。"她扬起禁手,转了转五指,"哦,别露出这种表情,暗眼种女人始终如此。"

"您不是暗眼种。"

"我是太后。"纳瓦妮说,"该下诅咒之地的,没人会关心我做了什么。我大可上街裸奔,他们只会摇头感叹这人怎么那么怪。"

阿多林叹着气,带过了话题,转而朝平台点点头。"您是如何做到的?"

"靠的是联动型法器。"纳瓦妮说,"宝石易受同步注光增压损耗和应力的影响,在操作中应设法克服结构上的缺陷。我们……"

一见阿多林一脸茫然,她便打住了后话。在社交场合,他是个机灵能干的小伙子,但他身上没有一丝学者气息。纳瓦妮微微一笑,改用通俗的说法加以解释。

"如果你有办法把嵌在法器里的宝石一切为二,"纳瓦妮说,"就可以连接这两个部分,让它们模拟彼此的运动,对芦就是一例。理解了吗?"

"啊,也对。"阿多林说。

"很好。"纳瓦妮说,"我们还可以使这两个部分朝相异的方向移动。墙垛的底下放满了这种宝石,它们的另一半就装在方形木台中。只要两组装置同时启动——这样它们可以反向模拟彼此的运动——我们就能在拉下一座平台的同时促使另一座平台上升。"

"原来如此。"阿多林道,"您能将其运用到战争中吗?"

这自然是达力拿的风格。她曾向他展示过自己的构想,那时他就表现出了相同的兴趣。"眼下成问题的是如何实现远距离联动。"她说,"该类法器的两部分相距越远,交互程度就越弱,从而增大了宝石碎裂的风险。像对芦那种轻型法器还显不出来,然而谈及重型法器……也好,破碎平原上或许能运作得开。这就是我们当前的目标。

哪天你也可以派人推一个过去，驱动装置后用对芦传话，我们会拉下这边的平台，你方的弓箭手就能借机飞升五十尺，获得最佳的射箭站位。"

看来此言总算提起了阿多林的兴致。"这样的话，敌军根本掀不翻平台，也爬不上去。飓风之父啊，我们会在战术上占优！"

"正是如此。"

"您好像不太热心。"

"亲爱的，我怎么会不热心。"纳瓦妮说，"不过这并不是最宏伟的技术构思，不论是凭借飓风还是微风的名义。"

他冲她皱起眉。

"该技术仍停留在理论研发阶段。"纳瓦妮笑道，"等着瞧吧，当你得悉虔诚者的设想后——"

"不是您的设想？"阿多林问。

"我只算带头人，亲爱的。"纳瓦妮轻拍他的胳膊，"我无法拨冗包办作图和演算，哪怕身有余力也不行。"她低头望着一群正在检视墙垛底面的虔诚者和女科学家，"他们总是迁就我。"

"他们绝不会就这么看您。"

这也许要等到下辈子了。虽然她深信自己是某些人眼中的同事，不过很多人只是将她当作赞助方，新研制的法器拿到她手上无非是宴会上的噱头。没准她就是这种人。地位高贵的光眼种女士总该有几个爱好，是不是？

"你专程前来，难不成要陪我去会场？"刺客夜袭事件在轩亲王之间闹得沸沸扬扬，诸侯一致要求艾尔霍卡于今日召开通气会。

阿多林点点头，忽然闻风而动，猛地回头一看，自发地护到纳瓦妮身前，直面未知的危险。不过，那声响动仅是达力拿军的巨型轮桥发出来的，工兵正在拆卸桥身。这片场地主要用于战桥的建造和养护，她仅是借个地方来做试验。

她向他伸出手臂。"你和你父亲一样没药救。"

"大概吧。"他用覆甲的手挽住了她的胳膊。这只手可能会让某些女子觉得不舒服，但是她与瑛甲打交道的次数要比大部分人多得多。

他们共同走下宽台阶。"伯母，"他说，"您有没有，呃，想办法怂恿我父亲主动点？我指的是您俩的关系。"他花了半辈子和一切霓裙翩翩的尤物调笑献媚，可说出这番话，他还是害臊不已。

"怂恿？"纳瓦妮说，"我做得更进一步，孩子。你父亲的死脑筋确实很难攻克，我简直得勾引他。"

"我倒没发现。"阿多林讽刺道，"您知不知道，随着您的介入，他的工作越来越难做了？他正在逼迫别的轩亲王遵从法典，倡导社会上的道德约束，可他自己呢？还不是对类似的方面不加留意。"

"这种传统本来就伤脑筋。"

"对于那些您觉得伤脑筋的传统，您似乎会心安理得地无视，却希望我们能沿袭下去。"

"那是当然。"纳瓦妮笑道，"你到现在才发觉？"

阿多林沉下脸。

"别闹脾气。"纳瓦妮说，"你暂时无须考虑婚事了，迦熙娜明摆着想去哪里云游逍遥。至少得等她回来我才能择机操办嫁娶，之前先放一放。"依迦熙娜的性情来看，也许她明天就会现身，否则就要等上好几个月。

"我没在闹脾气。"阿多林说。

他们走下了最后一级阶梯。"你当然不会记恨在心。"她温柔地拍拍他的手臂，"先回宫吧。如果我们磨磨蹭蹭的，谁知道你父亲会不会推迟会议。"

36 焕然一新

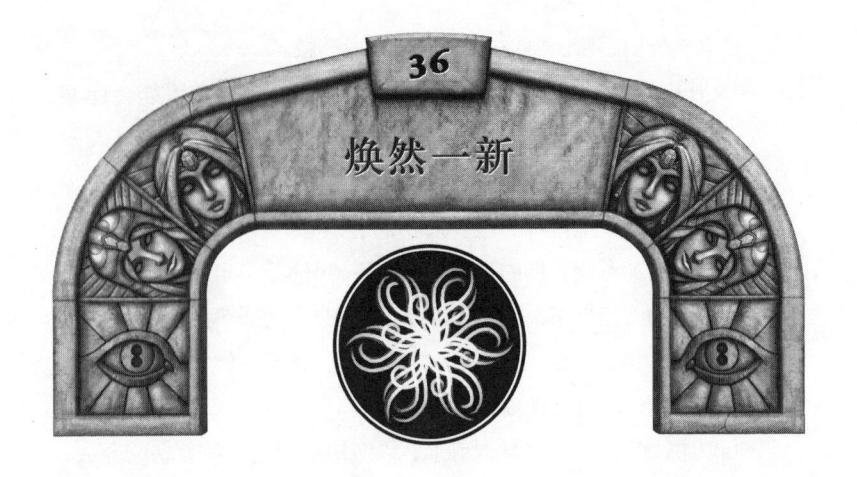

因其术法性恶之故,庶民每谈及释能者必色变,而后者自称为人所误判。该团对外一向坚称众口相传的"归尘骑士"之名尤为有悖情理,乃因"归尘"之"归"近于"虚渡"之"渡"。释能者虽怒对偏见,但唤其别称之辈仍否认两词有差。

——摘自《光辉真言》第十七章,第十一页

沙兰一觉醒来,发现自己变了个人。

她还不能完全确定自己变成了什么人,可她知道自己已经不复以往了。她不再是那个为破裂的家庭所苦、总是一惊一乍的姑娘,也不再是那个试图在迦熙娜身上行窃的天真少女。她已焕然一新,被卡波萨和缇恩接连欺骗的经历不会重现了。

这并不意味着她已经成熟。她仍是喜欢一惊一乍的天真少女,但她累了,不愿再被使唤、被误导、被打发。与图拉科夫同行期间,她假装自己能领队、能管事,现在的她觉得不必再演戏了。

她挨着缇恩的行李箱跪下,早前就忍住冲动,没有让手下撬开箱盖——她想用几个箱子装衣服——但是她在帐篷里搜了一圈,硬是没找到开箱的钥匙。

"图腾,"她说,"你能进到钥匙孔里看看吗?"

"嗯……"图腾移到箱子边上,然后缩成指甲盖的大小,轻松地钻了进去,她听到箱子里响起了声音,"里面是黑的。"

"可恶,"她摸出一颗润石,把它举到钥匙孔旁边,"这样行了吗?"

"我见到了图样。"他说。

"图样?哪种——"

咔嗒。

沙兰吓了一跳,随后打开箱盖。图腾在箱子里欢快地鸣叫着。

"你把锁打开了。"

"有图样。"他开心地说。

"你能撬东西?"

"来回推一推,"他说,"在这边少用点力,嗯……"

箱内放满了衣服和一只装着润石的黑布袋,全都很有用。沙兰翻找了一通,发现了一款华丽时髦的绣花裙。当缇恩扮演上流人士时,当然需要以这种造型登场。沙兰穿上裙子,除了胸口有点松,整体还过得去。她拿起缇恩的粉底和头梳,站到镜子前,为自己梳妆打扮。

那天早晨,当她走出帐篷,她才真正感到自己是光眼种女子,这似乎是长久以来的第一次,也是好预兆。今天她终于抵达了破碎平原,但愿她能在此地找到命运的方向。

她大步迈入晨光。她的手下正和车队里的仆族共同拆除营地。缇恩带来的卫兵死光后,营地里唯一的武装力量就由沙兰掌管。

瓦沙尔走过来,跟在她旁边。"昨晚,我们已经按照您的指示烧掉了尸体,光明女士。今天早上又有一支巡逻队来过,那时您还没出来。那些人明显想让我们知道他们没有恶意。缇恩和她下面的士兵已经化成了灰,如果被在这里扎营的人发现,会出问题。我们可以叫车队工人保密,但我不确定他们愿不愿意。"

"谢谢。"沙兰说,"叫人把骨灰装进麻袋,我会处理的。"

她刚才真的说了这句话?

瓦沙尔稍稍点头,沙兰的回答好像在他的预料之中。"现在离军营这么近,有些人慌了。"

"你还想着我没法给他们一个交代?"

他居然笑了。"不是,我想我完全信得过您,光明女士。"

"那还愣着干什么?"

"我会叫他们放心。"他说。

"好极了。"沙兰说罢去找马寇伯,和瓦沙尔分开了。当她找到那个胡须一把的垂老车主时,他向她鞠了一躬,动作比从前有礼多了。他已经听说了碎瑛刃的事。

"烦请派人跑一趟军营,替我找顶轿子。"沙兰说,"我手下的士兵目前不能动。"她不能冒险暴露他们,一旦被人认出,他们会坐牢的。

"当然可以。"马寇伯生硬地说,"跑腿费要……"

她犀利地瞪了他一眼。

"……从我的钱里出,作为平安抵达的酬谢。"他强调了"平安"二字,有些奇怪,好像话中的内容值得怀疑。

"那你的口风值多少价?"沙兰问。

"我会永远替你守住口风,光明女士。"马寇伯说,"我的嘴巴不是你该烦恼的。"

这倒没错。

他爬上自己的车。"我会派人先跑一趟,然后叫一顶轿子回来,之后就是道别时刻了。光明女士,容我讲一句冒犯的话,但愿我们此生永不再相见。"

"那么我们的观点是一致的。"

他朝她点点头,用芦秆轻抽红甲蟹,货车驶开了。

"我昨晚听了他们的谈话。"图腾贴在她的裙子后面,兴奋地嗡嗡道,"人类真的对'不存在'这个概念这么感兴趣?"

"他们讲起了死人,对不对?"沙兰问。

"他们一直担心你会'找上他们'。我认为'不存在'不是什么值得期待的事,可他们聊个没完,着实有意思。"

"嗯,你就竖起耳朵吧,图腾。我想今天只会越变越有意思。"她走回帐篷。

"可是我不长耳朵。"他说,"哦,对,这是比喻吧?绝妙的谎言。我会记住这个用法的。"

※

阿勒斯卡人的军营比沙兰预想的要大得多,十座密集的城市排成一溜,千万朵火光在每一座军营里燃烧,黑烟袅袅上升,成百上千面旗帜迎风飘扬,彰显高等光眼种的身份。大量车队进进出出,驶过火山岩坑般的营墙。

轿夫走下斜坡,军中的人口相当稠密,**她深感震惊**。飓风之父在上!她曾以为父亲领地上的市集已经算大规模了。他们得养活多少下面的人?起飓风时,又要汲多少水?

轿子晃了几下。她把笼车留在了后头,拉车的红甲蟹是马寇伯的。过一阵子她想卖掉车子,如果它一直都在,她会派人去停车位取车。目前,她坐的是仆族抬的轿子,走在最前面的光眼种是租户,也是仆族的主人,他一直小心地盯着他们。被一群虚渡抬着进军营,着实讽刺,这感觉挥之不去。

轿子后面跟着瓦沙尔和十八名护卫,再后面是五名运箱子的奴隶。他们穿着沙兰从商人手中讨来的鞋子和衣服,可是几个月来的奴隶生涯无法用一袭新装掩盖。那些士兵也好不到哪儿去,他们的制服仅在起飓风时洗过一次,其实就是沾了点水。由于他们时不时地会散发体味,她只好叫他们走在轿子之后。

但愿她的情况不像他们那样狼狈。她洒了缇恩的香水,可是阿勒斯卡贵族偏爱沐浴,他们的卫生工作做得很勤,身上总是飘着清香。这种习惯源自令使传下的古训:**不论是仆人还是光明贵人,都要在即临的飓风中洗浴,以达驱赶腐灵、净化肉体之功效。**

她已竭尽所能,用几桶水洗了身子,却没时间停下来好好准备。她需要轩亲王撑开保护伞,所以得快点。既然到了目的地,她重新意识到了手头那些任务是多么艰巨:在破碎平原上寻找迦熙娜的所求;运用可得的信息说服阿勒斯卡统治阶层针对仆族采取措施;调查与缇恩碰头的那伙人,然后……要做什么?设局骗他们?探查他们对乌有斯麓有何认识?把他们的注意力从她兄长身上移开?想办法报复他们杀害迦熙娜的行径?

要做的事太多了。她需要手段,达力拿·寇林是最大的希望。

"他会接待我吗?"她低声问。

"嗯?"伏在旁边座位上的图腾说。

"我需要他的资助。如果缇恩那边的人知道迦熙娜已经死了,那么达力拿也有可能知道。我不请自来,他会作何反应?他会不会拿走她的书,然后拍拍我的头,送我回雅克维德?我本身地位不高,寇林家族无须与这样的雅克维德人扯上关系。我……我只是在自说自话,对吗?"

"嗯。"图腾的口气困恹恹的,但她不清楚灵体会不会疲劳。

轿子离军营越来越近,她变得愈发焦虑。缇恩坚决认为沙兰不该寻求达力拿的庇护,因为那样会欠人情债。虽说沙兰已经杀了那个女人,可她尊重缇恩的观点。她对达力拿的评价中是否有可取之处?

有人敲了敲轿子的窗户。"我们要叫仆族落轿了,就一会儿。"

瓦沙尔说，"得问问别人轩亲王在哪里。"

"好的。"

她焦急地等待着。他们肯定派了租轿子的人去——瓦沙尔和她一样紧张，不想让自己的人只身前往军营。许久后，她终于听到外面响起了低沉含混的说话声，瓦沙尔回来了，靴底蹭着石地。她拉开帘子，抬头看他。

"达力拿·寇林和国王在一起。"瓦沙尔说，"全体轩亲王也在场。"他转身面朝军营，神色慌张，"风有点不对劲，光明女士。"他眯起眼，"士兵大批出动，巡逻的人也太多了。租轿子的人不肯说，可是听那边传出的动静，像是出了什么不得了的大事。"

"那就带我去见国王。"沙兰说。

瓦沙尔冲她抬抬眉毛。阿勒斯卡的国王可谓是世上最有权势的人。"您不会想杀了他吧？"他躬身低问。

"什么？"

"我觉得女人拿着那东西要有个理由……不用说您也知道。"他不敢看她，"接近目标，召来那东西，接着神不知鬼不觉地刺穿男人的心脏。"

"我没打算杀你们的国王。"她乐不可支。

"杀了也没关系。"瓦沙尔小声说，"我都希望您能杀了他。那个人就是个毛头小子，一直在吃父辈的老本。在他登上王位后，阿勒斯卡的境况就越变越差了。不过，假如您真的干出那种事，我的人想逃跑就难了，实在是难。"

"我会守信用的。"

他点点头，她拉好帘子，盖住轿子的窗户。飓风之父啊，交给女人一把碎瑛刀，叫她接近目标……有没有人这么试过？想必有人试过，但是一想到这点她就直犯恶心。

轿子转向了北边。穿越偌大的军营很费时间，她把头探出窗外，终于见到左边耸起了一座高坡,顶上连着一栋凿石而建的楼宇,是宫殿?

如果她说服光明贵人达力拿接纳她,并同意让她接手迦熙娜的研究,会是何种光景?在达力拿的家族中,她会占据怎样的席位?难道要成为一名在底层工作的文书员,被人晾在一边?她的大半人生就是这样度过的,忽然间,她不禁产生了强烈的欲望,**决定不再让这种事发生**。她不仅需要自由,还需要调查乌有斯麓和迦熙娜之死的经费。别的沙兰一概不要,**她不能乱收东西**。

那就让计划成真,她想。

但愿事态的发展能像她想的那么简单。轿子上到通往宫殿的之字形道路,她从缇恩的遗物中找出的小包摇了摇,撞到了她的脚。她捡起新小包,翻了翻装在里面的纸卷,找出了一张皱巴巴的素描,画中人是她想象中的布鲁斯,那是一位英雄,而非奴隶贩子。

"嗯……"伏在旁边座位上的图腾说。

"这张画是假的。"沙兰说。

"对。"

"既对又不对,图上画的有点像他最后的样子。"

"对。"

"那么什么是真,什么是假?"

图腾暗自低哼,就像趴在壁炉前的斧狐犬一般惬意。沙兰把画纸揉平,取出素描本和炭笔,开始作画。肩舆如此晃荡,笔触很难把握,这张图成不了得意之作,可她仍旧全神贯注,手指在纸面上不停游移,这种热情已有几周不见。

以粗线起笔,在脑中定稿,这回不再复刻曾有的印象。她在寻求写意的框架,如果构图到位,假象就有望成真。

她俯下身,在纸上大展狂草笔锋,全然忘却了轿夫的步拍。她眼中只有这张绘作,她心中只有倾注进画纸的情感。迦熙娜的决心。缇恩的自信。一种无法描述的正义感。第三种特质源自她的大哥赫拉兰，就她所知，他是世上最好的人。

一切的一切都从笔尖流入图稿，打上明暗、勾勒图形，一根根线条化作人像和面庞，虽是快笔速涂，却活泼传神。画中的沙兰变身为意气风发的年轻女子，站在假想中的达力拿·寇林身前。她为其穿上碎瑛甲，此时，他和周围的人正以敏锐而惊愕的目光审视她，她傲然挺立，朝他们扬起手，果敢地发表出强有力的言论，她不再颤抖、不再害怕对质。

如果我的成长氛围未被恐惧笼罩，沙兰想，我就会成为这样的人。所以，今天的我要将之付诸现实。

这不是假象，而是不平常的真相。

有人敲了敲轿门，她才发现轿夫已经停步。她点点头，折好素描塞进袖子里的禁袋，然后精神焕发地下了轿，踩在冰凉的石地上。她意识到自己已在不经意间吸入了一点飓光。

那座宫殿的豪华程度和平凡程度双双超出了她的预料。这里是军营，王宫的恢弘程度自然无法与哈巴兰斯的王室领地相比。与此同时，这里远离阿勒斯卡，文化单一、资源稀缺，此般建筑竟能就地打造，实乃惊人。冲天的堡垒高达数层，矗立于山巅，由天然岩石雕凿而成。

"瓦沙尔和盖兹，"她说，"你们俩陪我去，其余的人全部原位站好，稍后我会传话。"

他们纷纷向她行礼，她不确定这是否合适。她大步向前，欢乐地发现自己挑选的随从是逃兵中的凹凸组合，有他们护驾在两旁，便形成了均匀的身高差：瓦沙尔最高、沙兰居中、盖兹最矮。在指派护卫的时候，她当真是求个好看吗？

行宫的前门面朝西边，只见一大群士兵正站在敞开的大门边，里面的洞穴直通山体内部。十六名门卫？艾尔霍卡王的疑心病确实很重，她曾在书中读到过，可这也太夸张了。

他们走上前去。"你要向门卫通报我的身份，瓦沙尔。"沙兰小声说。

"怎么通报？"

"来宾为光明女士沙兰·达瓦，迦熙娜·寇林的学徒，阿多林·寇林的准未婚妻。等我叫你说时，你再说。"

那个头发花白的男人点点头，握住了斧子。沙兰不像他那么不安，要说有什么感觉，*那就是兴奋*。她昂首走过门卫，佯装自己是宫廷人士。

沙兰获准通行。

她路过十几名门卫，险些绊了一跤，但没有受阻。透过眼角的余光，她察觉几个抬手欲问的人归于了沉默。她走进门，踏上幽邃的长廊，陪在她身边的瓦沙尔轻轻地哼着鼻子。

门卫的交谈声传了过来，在隧道里回荡。终于，有人问起了她："呃，光明女士？"

她停下脚步，转头冲他们扬起眉毛。

"光明女士，冒昧一问，"门卫喊道，"您是哪位？"

她朝瓦沙尔点头示意。

"你没认出光明女士达瓦？"他叱咤道，"*夫人可是光明贵人阿多林·寇林的准未婚妻！*"

守卫一时没了声音，沙兰转身便走，背后议论又起，几乎瞬间爆发，音量够大，若干语词清晰可闻："……从来就没弄清他搞过哪些女人……"

他们走到一个岔口，沙兰左看右看，然后说："估计在楼上。"

"当国王的确实喜欢居高临下。"瓦沙尔说，"光明女士，您故作姿态也许是能进门，可这样是见不到寇林的。"

"您真是他的未婚妻？"盖兹抓抓眼罩，不安地问。

"我上次查证时还是。"沙兰走在前头,"当然,那时船还没沉。"她不担心见寇林,至少机会还是有的。

他们继续上楼,向侍从打听路线。这些佣人成群结队地四处奔忙,一有人和他们说话就吓一跳。沙兰认出了那种低声下气的态度,她父亲曾是差强人意的当家,这里的国王是不是和他差不多?

他们来到上层,整座建筑越来越像宫殿,堡垒的观感愈发减弱。墙上挂着浮雕,地上铺着拼花砖,窗户的数量逐渐增多,上面一律安着精雕细琢的窗板。到达接近顶层的王室会议厅时,雕花上爬满金枝银叶,灯盏里的蓝宝石颗颗饱满,尺寸大过市面上流通的同类球币,放射出璀璨夺目的蓝光。至少飓光是不缺了,万一要用的话。

通往会议厅的走道上挤满了人,士兵们穿着十来种款式不一的制服。

"真要命,"盖兹说,"那里有撒迪亚斯的颜色。"

"还有萨纳达尔、亚拉达和鲁特哈……"瓦沙尔说,"他在和全体轩亲王开会,我讲得没错。"

要分辨不同的阵营很容易,这多亏了迦熙娜那本论述十大轩亲王名姓和家族纹章的书。撒迪亚斯麾下的士兵在和轩亲王鲁特哈及轩亲王亚拉达麾下的士兵交谈,达力拿军茕茕孑立,没有融入走廊上的其余人群,沙兰可以感受到剑拔弩张的氛围。

达力拿手下的护卫没几个光眼种,这极不寻常。那个靠在门边的人是不是有点眼熟?就是那个穿着及膝蓝外套的高个暗眼种,微微打卷的黑发披在肩头……他正在和另一名门卫低声交谈。

"他们好像比我们先到一步。"瓦沙尔轻声说。

那人转过身,恰好遇上她的目光。他低头瞥了一眼她的脚。

完了。

那人迈开长腿,径直朝她走来。看制服的款式,他应该是军官。其余阵营的士兵纷纷对他投以不怀好意的眼神,可他未加留意,而是一个箭步冲到沙兰面前,并毫不客气地指出:"阿多林王子的订婚对象是吃角族人?"

她差点忘了两天前他们在军营外围有过一面之交。*我要掐死那个*——她突然打住了,感到一阵沮丧。*弄到最后,她还是杀了缇恩。*

"明显没有这回事。"沙兰昂首放言,未用吃角族口音,"当时我独自游历在外,不宜亮出真实身份。"

那人嘟哝道:"我的靴子呢?"

"你怎么这样和人讲话?你眼前的光眼种女士可是有名分的。"

"和贼讲话,我才犯得着这样。"那人说,"那双靴子我还没穿热呢。"

"我会叫人送一打新靴子给你。"沙兰说,"在此之前,我得和轩亲王达力拿打个照面。"

"你以为我会放你走?"

"你以为自己有得选?"

"大小姐,我是他钦点的卫队长。"

*真该死,*她想。*这下难办了,好在她起码没有发抖。她果真克服了这一点,总算过关了。*

"那好吧,*队长大人,*"她说,"可问你的名字?"

"卡拉丁。"怪了,听起来像是光眼种的名字。

"很好,有了这名字,向轩亲王谈起你时就不愁了。儿子的未婚妻受此待遇,他老人家肯定看不下去。"

卡拉丁向几名着蓝衣的部下挥挥手,他们靠前来,围住了她和瓦沙尔,还有……

盖兹去哪儿了?

她转过身,发现他灰溜溜地退到了走廊深处。卡拉丁瞅见他,大惊失色。

"盖兹?"卡拉丁喝问,"这是怎么回事?"

"呃……"独眼汉一时半会接不上话,"大贵……嗯,卡拉丁,你怎么,啊,你当官了?小日子过得不错嘛……"

"你认识他?"沙兰问卡拉丁。

"他以前想灭了我,"卡拉丁不慌不忙地说,"好几次都动手动脚。我见过很多恶劣的小人,他算是其中之最了。"

这倒好。

"你不是阿多林的未婚妻。"卡拉丁迎上她的视线,他的几名部下趁此当口,快活地逮住了盖兹,后者刚刚撞上从楼下走上来的其他卫兵,"阿多林的未婚妻已经淹死了。你这是见缝插针,还挑错了时机。我觉得达力拿·寇林要是发现有人仗着他侄女的惨死招摇撞骗,一定不会高兴。"

她终于紧张起来了。瓦沙尔瞥了她一眼,显然在担忧这个卡拉丁的推测是否属实。沙兰稳住情绪,把手伸到禁袋里,抽出一张发现于迦熙娜笔记的纸片。"轩贵女纳瓦妮在不在场?"

卡拉丁不予作答。

"请把这件东西交给她过目。"沙兰说。

卡拉丁愣了一会儿才收下纸片翻看一阵,但明显不知道自己拿反了。这是一份通笔记录,迦熙娜和她的母亲写下了定亲的安排,经由对芦传书,文案共有两份——一份在迦熙娜手上、另一份在光明女士纳瓦妮手上。

"再说吧。"卡拉丁道。

"再说……"沙兰不由得语无伦次。倘若她无法进场接触达力拿,那么……那么……让风活活吹死这个人吧!卡拉丁扭身向部下发令,她见状扬起闲手拉住他的胳膊,压低嗓门质问:"说实在的,你这么对我,全是因为我骗了你?"

他回头望着她。"我得尽好本职。"

"尽好本职?用得着如此蛮横吗?你傻不傻啊?"

"什么话,我私底下也这样。我的本职就是防止你这类人找上达力拿·寇林。"

"我跟你打包票,他会见我的。"

"那好,恕我不信吃角族王女的话。等着我的人把你押进地牢吧,想不想来点壳子塞塞牙?"

瞧这口气,真是够了。

"地牢妙不可言!"她说,"至少关在里面,就不用和你斗,笨蛋!"

"好景不长,我马上会来审你。"

"还有这一说?我就不能选个更痛快的方式?连掉脑袋都不行?"

"那我就得找个愿意听你唠叨的处刑人了,他的耐性一定要足,不然套不好绞索。"

"哼,若想杀我,你只须吹口臭气就能搞定。"

他涨红了脸,站在附近的几个护卫窃笑起来。卡拉丁队长朝他们看去,那些人才试着收敛自己。

"那我倒羡慕你了,"他回身直面她,"只有靠得近,我吹口臭气才有杀伤力;然而只要你的臭脸摆在那儿,就能远距离干掉所有男人。"

"所有男人?"她问,"你怎么就活着?我想这证明你不是什么男人。"

"我刚刚口误了。我指的不是'所有男人',只是你们这号物种里的雄性。不过别担心,我会留个神不让我们的红甲蟹凑过来。"

"哦?那你父母在现场喽?"

他怒目圆睁,好像首次被她戳中痛处。"我父母与之毫无干系。"

"是啊,有道理。我就料到他们要和你划清界限。"

"至少我的祖上有自觉,不会和一只海绵配种!"他勃然变色,攻击的对象可能是她的红发。

"至少我知道自己的出身!"她厉声回敬。

他们死瞪着对方,沙兰一方面很得意,因为她惹得他发了脾气,不过从她那滚烫的脸颊来看,她也丢掉了矜持。迦熙娜肯定会失望的。为了让沙兰管好口舌,她到底试过多少次?谨言慎行才是大智慧,人的思想不该尽情流露,反之就比乱射一气的箭矢好不到哪儿去。

沙兰头一次意识到宽敞的走廊已经静了下来。一大群士兵和随从都在眼睁睁地望着她和那名军官。

"罢了!"卡拉丁甩开她的手臂——在吸引到他的注意力后,她一直没有放手——"说起对你的认识,我改还不行吗?你显然是个出身显赫的光眼种,只有他们才能这么讨人嫌。"他满腔怒火地绕开她,走向会场的大门。

站在附近的瓦沙尔大松一口气。"跟轩亲王达力拿的卫队长比谁喊得响?"他对她耳语,"是不是欠点考虑?"

"我们合演了一出即兴戏。"她冷静下来,"再怎么样达力拿·寇林也会听到我过来的消息,那个护卫绝对藏不住。"

瓦沙尔推敲了片刻。"原来一切尽在掌握之中。"

"算不上。"沙兰说,"我远没有那么机灵,但应该行得通。"她看了看走到他们俩身边的盖兹,他刚被卡拉丁的部下放回来,不过沙兰一行人仍处在严密的监控下。

"就算当个逃兵,"瓦沙尔轻声说,"你也当得窝囊,盖兹。"

盖兹只是低头看地。

"你们是怎么认识的?"沙兰问。

"他那时还是奴隶,"盖兹说,"被发配到我干活的堆木场。这家伙太欠风操,是个危险分子,光明女士。他人很凶,尽会惹是生非,不料一晃眼的工夫,竟爬上了这么高的位置,谁知道他用了什么方法。"

卡拉丁没有走进会场。但片刻后，大门打开了一道缝，会议似乎结束了。如果不然，至少是中场休息。护卫们开始聊天，几位轩亲王的左右手立即窜入会场，以视其主是否有需求。卡拉丁队长瞟了她一眼，随后极不情愿地带着她给的纸片走进了场内。

沙兰强行把两手交握在身前——一手藏于袖中、一手裸露在外——以免显出慌乱的姿态。良久后，恼怒不已的卡拉丁总算走了出来，脸上挂着无可奈何的表情。他抬手指指她，再用大拇指往背后一送，表示她可以进入。他手下的卫兵准她通过，却拦住了想要跟上来的瓦沙尔。

她挥手示意瓦沙尔退下，然后深吸一口气，大步穿过来来往往的士兵和轩亲王助理，踏进了王室会议厅。

37 事关角度

鉴于任一骑士团在禀性与气质上均与对应的主保圣人——称为令使——相契合,最为典型的一例非护地骑士团莫属。骑士追随司掌战事的令使"石筋"塔拉内拉塔艾林:他们认为,以身作则地展现决心、力量和可靠,是一种美德。然而,他们惯于固执己见,举动轻率,就算面临证伪,也较少予以关注,实为哀哉。
——摘自《光辉真言》第十三章,第一页

会议终于告一段落,虽然仍未散会——飓风之父在上,这场会议似乎没完没了——但是纠纷暂时平息了。大厅里一片嘈杂,阿多林站起身,告别正在小声交谈的父亲和伯母,他的腿部和侧体抱怨个不停。

父亲怎么受得了这种环境?阿多林瞧了一眼墙上那只由纳瓦妮研制的法器钟,整整两小时过去了,在此期间,轩亲王和轩亲王夫人大肆抱怨白衣刺客,没有得出统一的解决议案。

他们全都无视了扑面而来的真相。这种事无从补救,除非阿多林警醒不怠、刻苦训练,在那头妖魔重现时直冲而上。

他可以飞檐走壁,连自然界中的灵体也得屈服,你以为自己能击败他？

一想到这个问题阿多林就很惆怅。在父亲的建议下，他无奈地卸下瑛甲，换上了更为得体的装束。我们要在会议上展露自信，达力拿曾说，不能害怕。

考尔将军倒是披盔戴甲，和一支突击队隐匿在一旁的房间内。父亲好像认为刺客闯入会场的可能性很小。假如刺客想杀轩亲王，他可以在夜间单独击破，这样会方便许多。而将他们一举击破，又要面对诸侯的贴身护卫和数十名碎瑛武士，似乎是个鲁莽的决定。确实，出现在会场上的碎瑛武器不胜枚举，三位轩亲王穿着瑛甲，其余人士则由碎瑛武士陪同。阿布罗巴达、雅卡马夫、雷思、瑞里斯……阿多林很少见到这么多人同时会聚一堂。

防得这么严有意思吗？几周以来，来自世界各地的消息如雪片般飞入军营：大批君王遇刺，全柔刹的政要惨遭斩首。据悉，刺客在雅克维德杀死了几十名手持半瑛盾、有能力格挡瑛刃的士兵，还有包括国王在内的三位碎瑛武士，整个大陆因此陷入大范围的恐慌。引发这一切的仅有一人，如果他还能算作人的话。

阿多林走到墙角，为自己取了一杯甜酒，斟酒的是一名殷勤周到、身穿蓝金制服的侍从。这酒是橙色的，充其量就是果汁。尽管如此，阿多林还是一饮而尽，杯盏见底后便去找瑞里斯。除了坐听旁人发牢骚，他也得干点别的事。

所幸他在端坐之时想到了一个主意。

鲁特哈之子瑞里斯是一名王牌碎瑛武士，他那张大饼脸又平又宽，塌塌的鼻梁像是被人砸出来的。他身穿一袭黄绿相间、镶着褶边的服装，叫人根本提不起品评的兴致。什么不好，唯独挑中这一款？对于衣着，他也是有选择权的。

瑞里斯是甲刃俱全的碎瑛武士，这在军中十分罕有。他还盘踞着决斗冠军的宝座——这一点和他的出身让阿多林特别感兴趣。他久站未坐，正与他的表亲艾立特和三位结伴而来的女子交流。那些女子身裹传统的沃林式修身裙，均是撒迪亚斯的随从。其中一人叫梅拉莉，她的美貌始终不改，一头云鬟结成复杂的发辫，以簪子定型。她直勾勾地瞪了阿多林一眼。他做了什么得罪她的事情来着？他们交往的日子犹如隔世。

"瑞里斯，"阿多林举杯道，"我只想告诉你个事。你早前主动提出迎战刺客的方案，勇气实在可嘉。你愿意为王室抛头颅洒热血，军士必会大受鼓舞。"

瑞里斯冲阿多林皱起眉。一个人怎么能长出这么像门板的大脸？他小时候是不是摔过一跤？"你在暗讽我会失败？"

"嗯，那是当然的。"阿多林呵呵直笑，"瑞里斯，我们实话实说吧，你占着自己的名头都快半年了，在击败以皮拿之后就没有赢过任何搬得上台面的决斗。"

"你自己还不是隐退了好几年，都没和别人打过几场？"梅拉莉对阿多林上看下看，"你爹竟敢放你出来混社交圈，真是奇了。他就不怕宝贝儿子会伤着自己？"

"梅拉莉，能见着你真好。"阿多林说，"令妹近况如何？"

"由不得你管。"

哦，也对。他犯过无心之错。"瑞里斯，"阿多林说，"你号称要和刺客面对面较量，*却不敢和我决斗？*"

瑞里斯摊开两掌，一手握着一杯剔透的红酒。"这是君子之道，阿多林！是否决斗，要等你打个一两年，一级级地爬上来再说。我可不能随随便便地和一名过气的对手比拼，更不能把家族所持的装备也押上！"

"过气？"阿多林道，"瑞里斯，我可是最强的决斗手之一。"

"是吗？"瑞里斯讥笑道，"和艾拉尼夫的那场戏还没演够？"

"识相点，阿多林。"瑞里斯的矮个谢顶表亲艾立特说，"最近你没有参与过多少次重要的决斗。你啊,头一回算是作弊,后一场能赢纯粹靠运气。"

瑞里斯颔首道:"如果我打破戒律、接受你的战书,坚挺的飓幕要不了多久就会坍塌,一大群不入流的决斗手也会一下子对我穷追猛打。"

"这是空妄之谈。"阿多林说,"你会输给我,从而丢掉碎瑛武士的名分。"

"你也太自以为是了。"瑞里斯不屑地暗笑几声,转身对艾立特和在场的女士说,"各位都听听他的痴言。这几个月来他疏于晋级,现在倒飞上枝头,幻想着能打败我。"

"我会赌上自己的甲刃,"阿多林说,"以及舍弟的甲刃,还有从艾拉尼夫处赢得的瑛甲,赌注五对二。"

艾立特浑身一凛。此人是有甲无刃的碎瑛武士,那套瑛甲还是他表亲送的。他回头看了看瑞里斯,脸上写满渴望。

瑞里斯一时无话可说。他闭上嘴,缓缓侧过头,直视着阿多林的双眼。"你真是愚不可及,寇林。"

"这话我可是在诸位看客面前讲的。"阿多林说,"只要你赢得下这场比试,寇林家族所持的装备就任你拿。你难道没这个欲念?抑或是怕了?哪个更占上风?"

"做人要讲尊严。"瑞里斯说,"我拒绝出战,阿多林。"

阿多林愤恨地咬紧了牙关。计划没有成功,他曾预想只要拿下艾拉尼夫,自己的实力就会遭到低估,别人前来过招的可能性也会增大。瑞里斯开怀大笑,伸手搂住梅拉莉,还拽了她一把,两人相伴而去,身后跟着一队随从。

唯有艾立特踌躇不前。

不错,这小子的反应有机可趁,总比没有好,阿多林想着,心生一计,于是问那表亲:"换成你如何?"

艾立特盯着他看了好一会儿，两人彼此都不认识。据说艾立特的决斗技术还过关，但他的光芒时常会被表亲所掩盖。

然而那种渴望不容忽视——艾立特想要晋升为甲刃俱全的碎瑛武士。

"艾立特？"瑞里斯问。

"你愿意维持先前的赌注吗？"艾立特与阿多林四目胶着，"换成我就是五对一。你说，成还是不成？"

真是如履薄冰。

"成。"阿多林道。

"行，我跟你打。"艾立特道。

站在后方的鲁特哈之子连连惨叫，伴随着一声低吼，他捏住艾立特的肩膀，把表亲拉到一边。

"既然你告诫我要一级级地往上爬，"阿多林对瑞里斯说，"我就做给你看。"

"别把我表亲扯进去。"

"来不及了。"阿多林说，"一言既出，驷马难追。不仅是你，诸位女士也听到了。我们何时开打，艾立特？"

"七天后，"艾立特说，"也就是下周三。"

对于这种比试，等上七天太漫长了。看来他想抽空训练，是不是？"提至明天怎样？"

瑞里斯听罢大发雷霆，对阿多林吼了几句，还把表亲一把推开，阿勒斯卡式的自持全然不见。"我倒看不懂了，你有什么好着急，阿多林？你不是该专心地保护你那位老父亲吗？一个当兵的，熬了这么多年，到头来却直愣愣地看着自己变成痴呆，终究是件感伤的事。他有没有当众尿过裤子？"

稳住，阿多林自度。瑞里斯想挑衅，搞不定还想诱逼阿多林干出傻事。只要阿多林冲动起来，瑞里斯便能向国王请愿伤害赔偿，并且撤销家族所负的全部契约——艾立特接下的战书也不例外。不过那几句辱骂实在是越界，他的同伴含蓄地倒抽一口气，刚从一反阿勒斯卡国民性的耿直之举中舒缓过来。

面对瑞里斯那不留情面的煽动，阿多林没有妥协。他已经斩获了心中的所想。他还不明确自己能拿刺客怎么办，但是走到这一步并非无用。虽说艾立特的排名不高，可他效忠于鲁特哈，后者是撒迪亚斯的得力下属，且势力渐长。只要战胜艾立特，阿多林就会朝着他的真正目标迈进一步，那就是和撒迪亚斯本人决斗。

他转身欲走，却略作停留。有人站到了他身后。此人体格敦实，长着一头乌黑的卷发，脸庞滚圆，鼻子通红，面色红润，脸颊上的毛细血管清晰可见。他生有军人的臂膀，但衣装奢华轻薄，腿上的黑色宽松长裤镶有森绿色的丝线，敞襟短外套内搭配挺括的衬衣，脖子上打着领巾，阿多林只得违心地承认这种打扮很时髦。

轩亲王兼碎瑛武士托洛尔·撒迪亚斯正是阿多林一直在考量的对象，也是他在世上最痛恨的人。

"年轻的阿多林，你又要决斗了？"撒迪亚斯抿了口酒，"你真要狠下心在大众面前卖丑？你父亲竟然撤销了决斗禁令，我至今还很讶异。说实话，我一贯认为他以此为荣。"

阿多林用力挤过撒迪亚斯，不想和这个老奸巨猾的家伙多废话。一看到此人，那些凄惨的记忆就会回涌。那时，他亲眼看着撒迪亚斯携军后撤，撇下阿多林和他父亲四面受敌。

挚友兼强兵哈拔、佩雷特霍姆和伊拉马死于当日，六千大军也一同陷落。

撒迪亚斯抓住阿多林的胳膊，将他半路截下。"孩子，我不管你怎么想，"撒迪亚斯悄声说，"可我的做法是为了你父亲好，对待老盟友，自然要来上一刀。"

"放开。"

"等到你老来疯的时候，就去求求全能之主吧，希望这世上还能有人像我一样赐你酣畅一死，这种人足够用心，不会一笑置之，会趁你自杀时替你举剑。"

"我会亲手扼住你的咽喉，撒迪亚斯。"阿多林深恶痛绝地说，"我会越掐越紧，然后用刀捅穿你的肚肠。光刺进去没用，还得反手搅一搅，不能让你死得太痛快。"

"啧啧，"撒迪亚斯笑道，"嘴下留情。这间屋子里全是人，胁迫轩亲王的话要是传出去，又该如何是好？"

这才是阿勒斯卡民族特有的行事之道。你可以抛弃战时的盟友，别人心里也都有数，但人身攻击万万行不通，这会激起大众的不满。纳兰出手！父亲对国人的看法恰如其分。

阿多林一个急转，挣脱撒迪亚斯的支配，本能地攥起拳头，准备上前揍向那张自鸣得意的笑脸。

一只手摆到阿多林的肩上，他因此缓了缓。

"那样只怕不太稳当，光明贵人阿多林。"一个和蔼的声音严正相告。阿多林不由得想起了父亲，不过那声线不太对头。他瞥向刚刚来到他身边的亚马兰。

体型高大、脸若琢石的光明贵人梅里达斯·亚马兰穿着妥帖的制服，这在场内的光眼种男士中很少见。阿多林也希望自己能打扮得更潮流一些，可他逐渐意识到，制服的象征意义也很重要。

阿多林深吸一口气，放低拳头。亚马兰向撒迪亚斯颔首，随即扭过阿多林的肩膀，领着他走离轩亲王。

"你不能听任他的摆布，殿下。"亚马兰轻声说，"为了羞辱令尊，他会竭尽所能地利用你。"

他们在场内穿行，周围满是喋喋不休的随从。饮品和小吃已是人手一份，会议期间的短歇已经演化成了盛宴。不出意料，只要光眼种群贤毕集，人们就愿意纵情享乐、你来我往。

"你为什么还跟着他,亚马兰?"阿多林问。

"我是他的臣子。"

"凭你的身份,改换阵营绰绰有余。你可以效忠别的王侯。飓风之父!你现在是碎瑛武士,论谁都不敢质疑你的选择。来吧,加入达力拿军,站到吾父的帐下。"

"若是如此,不免会造成分歧。"亚马兰轻言道,"只要我还是撒迪亚斯的下属,便能消除隔阂。他对我信赖有加,一如令尊。我与他俩的情谊是一统王国的铺路石。"

"撒迪亚斯会背叛你。"

"不会的,我和轩亲王撒迪亚斯早已达成了共识。"

"想当初我们也有过共识,结果被他算了一计。"

亚马兰的表情变得淡漠起来。他挺直腰背,向许多过路者点头致敬。他是完美无缺的光眼种统帅,才华横溢,却不自傲,就连走路的方式都是如此持重得当。他是轩亲王手中的利剑,将大部分战时精力倾注而出,辛勤地训导新兵,将精英输送给撒迪亚斯,同时不忘维护阿勒斯卡的地域稳定。撒迪亚斯能在破碎平原上大获功绩,亚马兰的功劳要占据半席。

"令尊耐受得了风雨,不会轻易屈从。"亚马兰说,"对此我并无怨言,阿多林,然而时过境迁,如今的他已经无法再和轩亲王撒迪亚斯站成一排了。"

"你不也一样?"

"不一样。"

阿多林嗤之以鼻。在王国境内,亚马兰是人中豪杰,声名卓著。"我看不见得。"

"我和撒迪亚斯所见相同,倘要达到高尚的目标,可以采用无情的方式。我和令尊看法一致的则是:我们要追求一个更强盛的阿勒斯卡,那里容不得现有的倾轧纷争。这事关看问题的角度……"

他还在发表伟论,可是阿多林的心思已经飞到了别处。他父亲经常讲这种话,他已经听腻了,如果亚马兰开始对他引据《王者之路》的原文,他可能会放声号叫。起码——

那是谁?

那是一位姑娘。她身量苗条,与拥有丰腴曲线的阿勒斯卡女性大不相同,那头亮丽的红发未掺一缕青丝,肌肤雪白,近乎有种深族的质感,与浅蓝色的明眸相得益彰,眼角下方又点缀着稀疏的雀斑,极富异域气息,还有那身柔滑的蓝裙,简约却不失优雅。

伊人款步姗姗地在会场内穿梭,仿佛凌波而渡。阿多林转身四顾,看着她走过。这姑娘太与众不同了。

"阿什的眼睛要瞎喽!"亚马兰窃笑道,"又来了,是不是?"

阿多林收回目光。"又来什么?"

"孩子,你的视线总是离不开万木丛中的朵朵飘花,你要尽快办好人生大事,挑选一个中意的。如果你迟迟未娶,令堂会伤透心的。"

"迦熙娜也没嫁人,她比我大整整十岁。"此话的前提是她还活着,纳瓦妮伯母总是坚持己见。

"在这方面,你堂姐向来不是楷模。"亚马兰的言下之意更耐人寻味,他暗指的还囊括任何方面。

"瞧啊,亚马兰。"阿多林伸长了脖子,眼巴巴地望着那个姑娘走向他的父亲,"快看她的头发。你见过这么浓艳的红发吗?"

"准保是雅克维德和吃角族混血,"亚马兰说,"世上还有家族以此为豪呢。"

雅克维德。难道说……这可能吗?

"失陪了。"阿多林告别亚马兰,不失风度地挤过人群,走向那个正在与他父亲和伯母交谈的姑娘。

"光明贵女迦熙娜恐怕随沉船而去了。"那个姑娘说,"对于您俩的丧亲之苦,我深感痛心……"

38

风暴无声

风行骑士因而卷入是非，触发了先前提及的事件。变节之始乃是该团察觉军中存有崇高之恶。祸根究竟出自光辉骑士的内乱还是某种外因，雅雯娜不予置评。

——摘自《光辉真言》第三十八章，第六页

"……深感痛心。"沙兰说，"迦熙娜的遗物我已尽力找回。东西都带来了，我的手下正在外面看着。"

出人意料的是，她发觉自己很难用心平气和的语调说话。在山间赶路时，她已经为迦熙娜难过了好几个星期，然而一讲起她的死讯、一想起那个恐怖的夜晚，千万种情绪还是如潮水般涌来，险些将她冲垮。

那张自画像成了救星。今天，她可以成为画中人——绝非无情，却能克服失落。她把注意力集中至当下，以及手头的任务上——尤其是面前的两人：达力拿和纳瓦妮·寇林。

轩亲王的形象正好符合她的预期：那张脸被岁月磨平了棱角，黑色的短发在两鬓冒出银丝，一身笔挺的制服在场内的人潮中显得特立独行,将他划入勇武善战者的行列。她怀疑他脸上的青肿出自与仆族智者的交战。纳瓦妮看上去就像年老二十岁的迦熙娜,风韵犹存,却散发出母性光辉。沙兰向来想象不出迦熙娜为人母的模样。

纳瓦妮一直笑盈盈的,待沙兰走近,那份浮夸却消失了。她原先还对女儿的命运持乐观态度,沙兰趁着纳瓦妮在附近入席时想,我的到访击碎了这点希望。

"衷心感谢。"光明贵人达力拿说,"你能捎信过来,是件好事,我们终于能定下心了。"

这感觉糟糕透顶,迦熙娜的惨死又被谈及,别人也有了心理压力。"我有消息要呈给您。"沙兰试图慎言,"事关迦熙娜正在做的研究。"

"又是那些仆族?"纳瓦妮呵斥,"邪风啊,在这方面,她太疯魔了。自从迦维拉尔过世后,她老是自责,之后就对这个玩意儿念念不忘了。"

她的话是什么意思?沙兰从未听说迦熙娜还有这一面。

"她的研究先放一边去。"纳瓦妮气得两眼直冒火,"你自称看到她死了,我想知道确切的经过。小姑娘,把你能想到的全说出来,一个字都不准漏。"

"能不能等到会议结束……"达力拿把手搭上纳瓦妮的肩膀,动作温柔得出奇。这个女人不是他哥哥的遗孀吗?他看待嫂子的神色究竟是饱含亲情,还是另有意味?

"不行,达力拿。"纳瓦妮道,"立刻让她说,我现在就要听。"

沙兰深吸一口气,强压下情绪波动,准备开口,惊觉自己镇定自若。当她还在集中思想时,一个早就对她目不转睛的金发小伙子映入了眼帘。此人很可能是阿多林。他就像传说中的那般英俊,身上的蓝制服与其父所穿的制服是同一款。但不知为何,阿多林就是更加……有型?是这样形容吧?那一头不听话的乱发与挺括的装束形成鲜明对比，她很喜欢。这样的他显得更真实，少了份飘渺的画意。

她重又面对纳瓦妮，道："当时外面很吵，我在半夜醒来，闻到了烟味。我打开舱门，见到几个不认识的人挤在迦熙娜的门前。他们把她放在过道过面的地上，然后……光明女士，我亲眼看着他们拿刀刺穿了她的胸口。很抱歉，尚请节哀。"

纳瓦妮浑身一紧，把头缩到一边，仿佛被人抽了一记耳光。

沙兰接上前言，尽可能地把真相告知纳瓦妮，不过她做出的那些怪事——织光术、在船上施放的塑魂术——不便透露，至少现在不能提起。她换上早就准备好的托辞，说她一直把自己关在船舱里。

"我听到从甲板上传来的喊叫，那些人正在一个接一个地处决船员。"沙兰说，"我意识到，若要为他们创造逃生机会，只能给匪徒好看，于是我取下一支火把，把船给烧了。"

"烧了？"纳瓦妮惊恐万状地问，"吾女昏迷不醒之时，你胆敢放火？"

"纳瓦妮——"达力拿捏了一下她的肩膀。

"她的死都是因为你。"纳瓦妮死瞪着沙兰，"迦熙娜不会像别人那样游泳。她——"

"纳瓦妮，"达力拿又叫了一声，语气更狠，"这孩子的选择是明智的。你难道以为她能赤手空拳地干掉一伙匪徒？她所看到的……迦熙娜并没有昏迷不醒，纳瓦妮。在那个时候，无论做什么都来不及了。"

纳瓦妮深吸一口气，显然在拼命压抑自己的情感。"先前如此失礼，我……我得道个歉。"她对沙兰说，"刚才有点措手不及，头脑不是很清晰。感……感谢你送来消息。"她起身道，"我先失陪了。"

达力拿点头同意，松开了手，这样纳瓦妮便可得体地离去。沙兰目送着她的背影，后退一步，将两手交握于身前，感到浑身乏力，心中惭愧得出奇。她之前就料到事情不会顺利，而结果确是如此。

她趁机看了看图腾,他始终贴在她的裙子上,几不可见。只要他能听话,并且一动不动地保持沉默,就算有人瞥到了,他们也会以为那是衣料上的奇异纹饰。

"此行想必很艰苦。"达力拿扭身对沙兰说,"船是在霜冻之地沉的?"

"对。后来我幸运地碰上了一支车队,一路上都是和他们过来的。遗憾的是,我们遇到过土匪,多亏一些士兵及时赶到,我们才得救。"

"士兵?"达力拿一惊,"从何而来?"

"他们没说。"沙兰回答,"我猜,他们曾在破碎平原服役。"

"是逃兵?"

"我没有细问,光明贵人。"沙兰说,"但是,为了报答他们的义举,我允诺过要为他们洗刷前科。他们英勇地救了几十条人命,我加入的车队里人人都能作证。估计他们是想将功补过、找机会重新做人。"

"我会监督国王签发赦令。"达力拿说,"列一份名单给我。给士兵上刑总觉得是种浪费。"

沙兰心中的石头落了地。一件事料理好了。

"我们还有一件棘手的事要探讨,光明贵人。"沙兰说。他们两人齐齐转向在不远处徘徊的阿多林。他笑了笑。

那笑容的确很阳光。

当迦熙娜头一次说媒时,沙兰的兴趣点完全是抽象的。嫁入阿勒斯卡的望族?为兄长争取盟友?能够以名正言顺的方式与迦熙娜共同拯救世界?似乎都很美好。

可是,见到阿多林的灿烂笑容后,这些好处全都飞出了脑海。虽然提及迦熙娜的苦痛还未全消,但她发觉只要能看着他,就更易对烦恼视而不见。她不禁羞红了脸。

这样,她想,可有点危险。

阿多林来到他们身边,周围人头攒动,细密的谈话声为他们营造出了些许私人空间。他递给她一杯不知从何处端来的橙酒,问:"贵夫人是沙兰·达瓦?"

"嗯……"她是吗?没得说。她接过酒盏,道:"正是。请问你是哪一位?"

"阿多林·寇林。"他说,"听闻你受了不少苦,我备感遗憾。我们得告诉国王他姐姐出了事。你不必烦神,我可以替你转告。"

"你的好意我领了。"沙兰说,"不过我更想亲自见他。"

"当然可以。"阿多林说,"至于我们的……关系,如果你还是迦熙娜的学生,那就好办多了,是不是?"

"大概吧。"

"无所谓,既然你已经来了,我们或许该出去走走,彼此找找感觉。"

"十分乐意。"沙兰说。傻姑娘!快说点俏皮话。"那个,你的头发很帅。"

她的一部分自我——受过缇恩调教的自我——怨声满满。

"我的头发?"阿多林抬手一摸。

"是的。"沙兰试图重振糊涂脑筋,"在雅克维德,金发不常见。"

"有些人认为这是血统不纯的标志。"

"奇了,就因为我的头发,有些人也这么说。"她朝他莞尔一笑,这么做似乎没错,因为他也笑了笑。她说得不算最好,但只要他还在笑,就不至于太糟糕。

达力拿清了清嗓子。沙兰眨眨眼,她刚才完全忘了轩亲王也在场。

"阿多林,"他说,"替我拿点酒来。"

"什么,父亲?"阿多林回头看他,"哦,明白了,稍等。"说罢他走开了。阿什有眼!真是个美男子。她朝达力拿转过身。虽然他赫赫有名,但样貌比儿子逊色多了,他的鼻梁曾断过,整张脸有点不容乐观,那几块淤青更是无所增色。

他的外表着实令人胆寒不已。

"我想多了解你,"他小声说,"关于你的确切家世,以及为何如此急于和我儿子确立关系。"

"我家里很穷,欠了很多债。"沙兰说,"家父已经过世,但是债主还蒙在鼓里。谈及与阿多林成婚,在迦熙娜说媒前,我不曾想到。不过,假如可行,我会力争。一旦嫁入您的家族,寒门便能得到充分的庇护。"

至于该拿兄长的魂器怎么办,她还是愁眉不展。慢慢来,先把眼前这件事处理好。

达力拿暗自嘀咕了几句。他绝没料到她会如此直接。"看来你没有资本。"他说。

"迦熙娜提过您的意见,"沙兰说,"有闻后,我并不认为本人的财力和政治影响力是您要优先考虑的。倘若联姻的目的在此,几年前您就会让阿多林王子成婚了。"她一皱眉,为自己的无礼之言而羞愧,"恕我冒昧了,光明贵人。"

"不介意。"达力拿说,"我欣赏心直口快的人。我给我儿子预留选择的余地并不意味着我不想看到他结成一门好亲事。如今,一位身出异乡寒户、自称家底单薄的女子站了出来,而且无法为婚姻带来任何好处,这说得过去吗?"

"我不是说我什么资本都没有。"沙兰回应,"光明贵人,近十年来,迦熙娜收过几个学徒?"

"据我所知,没有。"他坦承。

"您是否清楚她拒多少人于门外?"

"略知一二。"

"尽管如此,她却收我为徒。这难道不是佐证?我是有备而来的。"

达力拿徐徐颔首。"我们姑且维持因缘婚。"他说,"我当初之所以会同意,是有理由的,而且这个前提仍然成立——我希望阿多林能与那些意图以其之便牟取政治果实的人撇清关系。如果你能通过一定的方式讨得本人、光明女士纳瓦妮——自然还有那孩子——的欢心,我们可以把这份临时婚约修得圆满。与此同时,我会安排你去文书部工作,先从底层干起。你可以借此发挥才能。"

达力拿开出的条件尽管优厚,却有如勒紧的绳索。小文员的薪酬足以安身立命,却没有值得称道的地方,而且达力拿肯定会盯着她。他目力敏锐,令人生畏,不打报告就行动绝对通不过。

他的好心会禁锢她的自由。

"承蒙厚意,光明贵人。"她不假思索地说,"其实我已经——"

"达力拿!"在场的一人喊道,"今天这会还开不开了?否则我要叫人上好菜了啊!"

达力拿回过身,面朝一名体态饱满、胡须一把的男子。该人身穿传统服装,一袭敞襟长袍披在上身的宽衣和下身的武士袍之外。轩亲王塞巴里尔,沙兰想。迦熙娜在笔记中将其贬为惹人反感的无用之辈,就连轩亲王撒迪亚斯也没有收到过此般评价。迦熙娜把后者描述成不值得信赖的人物,却没有吝啬美言。

"行了,别激动,塞巴里尔。"达力拿中止了和沙兰的对话,转而走向大厅中央的一排椅子,随后倚桌入席。一个鼻梁高挺的人挨着他落座,八成是艾尔霍卡王。他比沙兰想象的要年轻。为什么塞巴里尔会叫达力拿重启议程,而不是国王?

片刻后,那些出身高贵的男女在奢华的椅子上落座,判断沙兰是否做过功课的考验也开始了。每张椅子均在一侧配有一张小桌,后面站着侍从大师,以备不时之需。一些仆族端来了酒水、果仁、新鲜干果和水果,每有一人经过,沙兰就直发抖。

她默默地点数在场的轩亲王，很容易就认出了撒迪亚斯。此人面色红润，映出显眼的毛细血管，很像她父亲喝完酒的样子。其余的人对他颔首，让他最先入席。他似乎广受尊敬，与达力拿平起平坐。他的太太雅莱长着宽嘴厚唇，脖颈纤长，胸部丰满，迦熙娜指出她的精明程度不输给丈夫。

撒迪亚斯夫妇身边各坐着一位轩亲王。一者是远近闻名的决斗好手亚拉达，在迦熙娜的记录中，这个矮墩墩的男子极富权势，酷爱冒险，且敢于涉足为虔诚会所禁止的投机活动，从而传出了名声。他和撒迪亚斯的关系似乎很融洽。他们不是敌手吗？她曾读到，这两人经常挑起领土争议。不过，这显然只是小摩擦，因为他们对待达力拿的态度十分一致。

稍后入座的是轩亲王鲁特哈夫妇。迦熙娜认为他们无非是贼子，却也敲响了警钟，指出这对伉俪素喜见风使舵，是危险之辈。

会议的局面似乎有了风向标，所有眼球都被两大派别所吸引：国王与达力拿强强联手，共同对抗由撒迪亚斯、鲁特哈和亚拉达组成的小团体。很显然，政界的敌我关系在迦熙娜完成记录后就发生了转变。

大厅内清静下来，沙兰的在场无人留意。阿多林挨着他父亲坐下，身旁是一个年纪更轻的四眼小伙，再过去的一个座位可能是留给纳瓦妮的。沙兰小心翼翼地绕着大厅走了几步——会场四周站满了卫兵和随从，甚至还有几个穿碎瑛甲的人——来到达力拿的视线之外，以防被他看见，落得驱逐出场的命运。

光明贵女叶拉·鲁特哈扣着双手俯身向前，最先发言："陛下，今日的议程恐怕在兜圈子，难出任何成果。当然，您的安全才是我们最关切的。"

这时，塞巴里尔响亮地哼了一声。他坐在围成一圈的轩亲王对面，嘴里还嚼着瓜果条。其余人似乎故意不把这个招人厌的大胡子男人放在眼里。

"确实。"亚拉达说,"白衣刺客再现于世,我们必须采取行动。我可不会在自己的宅子里坐以待毙!"

"他正在世界各地屠杀君王和诸侯!"罗伊翁接上一句。此人谢顶驼背,在沙兰看来,像极了乌龟。迦熙娜是怎么评述的来着……

她视其为懦夫,沙兰想,*他总是拘谨行事。*

"我们必须展现一个统一的阿勒斯卡。"哈萨姆道。他生着长脖颈,善言辞,她一下子就认了出来,"我们绝不能挨个受死,纷争不得再起。"

"正因如此,诸位才要服从本王的命令。"国王冲着几位轩亲王皱起眉头。

"不然。"鲁特哈说,"陛下,您推出那些荒唐的规定,强加到我们头上,我们谋求统一是被迫的啊!在这个关头,我们不能在世人面前献丑。"

"诸位都听听鲁特哈的豪言。"塞巴里尔靠在椅背上,语中带刺地说,"他最会献丑了。"

争论还在继续,沙兰对场内的气氛有了更深的体会。实际上,与会者分成三大派,一派由达力拿和国王组成,一派是撒迪亚斯的小团体,还有一派态度中立,被她称作"和事佬"。中立派以哈萨姆为首,目标是调停两大敌对派的不和。哈萨姆一旦开了口,就是场内最为天才的政客。

所以这场会议的议题没有流于表面,她一边想,一边听取鲁特哈*辩驳国王和阿多林·寇林的观点,他们其实个个都想拉动那些中立派轩亲王加入各自的阵营。*

达力拿寡言少语,撒迪亚斯与其相仿,后者好像情愿让轩亲王鲁特哈夫妇代言。两人对上眼,达力拿不动声色,撒迪亚斯面露微笑,他们彼此注视,很少眨眼,气氛相当胶着。如果不看眼神,一切似乎风平浪静。

场内暗流涌动，一场无声的风暴正在肆虐。

各路轩亲王似乎都归顺一派，只有塞巴里尔是例外。此人始终以白眼相看，偶尔才发表几句近乎粗鄙的言论，其余倨傲自恃的阿勒斯卡人明显大受其扰。

沙兰缓缓理出三方激辩的潜台词。论及国王推行的禁律和规章……御令自身似乎无关紧要，重点在于背后的权力争夺。十位轩亲王对于君威的臣服度有几何？他们能够争取到多少实权？这些课题惹人遐思。

忖量到一半，有人提到了她。

"慢着，"中立派轩亲王瓦马尔说，"那个小姑娘是谁？有人带了雅克维德随从吗？"

"她之前和达力拿讲过话。"罗伊翁说，"你还藏着哪些有关雅克维德的情报，达力拿？"

"有请这位小姑娘。"雅莱·撒迪亚斯说，"事关祖国的继位之战，你有何评论？你是否了解刺客的底细？为仆族智者奔命的杀手为何会撼动贵国的统治？"

所有人齐刷刷地朝沙兰看去。刹那间，她感到一阵排山倒海的恐惧。世上最具地位的人们正在盘问她，他们的眼神渗入她的骨髓……

她马上记起了那张自画像。画中人才是她的真实自我。

"诸位光明贵人和光明女士，"沙兰说，"非常抱歉，我无法提供多少有用的信息。那些悲剧性的谋杀发生时，我正远游他乡，无从洞悉事件的起因。"

"那么你来这里做什么？"哈萨姆问了一句，语气客套但坚决。

"她明摆着是来参观百兽园的。"塞巴里尔说，"你们尽会丢人现眼，这块荒地天寒地冻，再也找不到更好的免费午餐了。"

也许无视那个人才是明智的。"我是迦熙娜·寇林的学徒。"沙兰注视着哈萨姆的双眼,"我来到此地,是出于私人原因。"

"啊,"亚拉达说,"为的是那份有名无实的婚约?我听过一些谣传。"

"没错。"鲁特哈说。此人长得油滑,一头顺溜的乌发、结实的胳膊、唇边留有一圈胡须。不过,最让人耐受不了的还属他的笑容——似乎太损了。"孩子,何不来我帐下一游?你可以与书记员相谈,我需要知悉雅克维德的事态。试问,怎样才能请到你?"

"我不会停留在这种级别。"罗伊翁说,"小姑娘,你准备住哪儿?可否邀你光临敝府?我也想听听你家乡的消息。"

可是……她刚说过自己一无所知……

沙兰想起了迦熙娜的教导。这些人根本不关心雅克维德是生是灭,他们怀疑婚约背后有隐情,这才萌发刺探之意。

依据迦熙娜的评价,接连向她示好的两人最为缺乏政治头脑。其余人士——例如亚拉达和哈萨姆——会在私下里邀她入营,在此之前,他们会坐观其变,因而不愿对外表露心声。

"罗伊翁,这轮不到你操心。"达力拿说,"她进驻我军担任文书员,天经地义。"

"说实在的,"沙兰说,"我还没来得及回复您的邀请,光明贵人寇林。能够有机会为您效劳是我的荣幸,然而不巧的是,我已经在别处安身了。"

全场一片沉寂。

她知道自己接下来想说什么。这么做极为冒险,迦熙娜绝不会赞成。不管怎样,她还是相信直觉,把流到嘴边的话倒了出来,这毕竟能在画图时受用。

"挑明意向的是光明贵人塞巴里尔。"沙兰向迦熙娜甚为不屑的大胡子男人望去,"他抢先邀我入住,并且提供了职位。"

塞巴里尔差点呛了一口酒。他抬起头,眯缝着眼看她,视线越过了酒杯。

她笑着耸耸肩，希望自己的动作显得无辜。拜托了……

"哦，确有其事。"塞巴里尔往椅背上一靠，"她是我的远房亲眷，要是不给她安排住处，我会于心不安。"

"他相当大方，"沙兰说，"乐意每周支付整整三颗布罗姆。"

塞巴里尔听罢大跌眼镜。

"我并不知情。"达力拿的视线扫过塞巴里尔，落在了她身上。

"不好意思，光明贵人。"沙兰说，"我应该提前告知。和交往中的恋人住在同一屋檐下，我觉得不太妥当。您肯定明白其中的道理。"

他蹙眉道："有一点我不明白，为什么会有人自愿投进塞巴里尔的怀抱？要不是迫不得已，一般人不会破例。"

"哪里，塞巴里尔伯伯的度量可大了，习惯了就好。"沙兰说，"他就像一波强劲的烦恼音，多听几遍，自然变成耳旁风。"

多数人似乎被她的话吓坏了，但亚拉达乐得欢。一如所愿，塞巴里尔也哈哈大笑。

"看样子这事定了。"鲁特哈心有不甘地说，"我倒希望你至少能来见我一面，我们可以简单聊聊。"

"别做梦了，鲁特哈。"塞巴里尔说，"这么嫩的姑娘不是给你玩的。不过，只要换你上，*过程肯定简单*。"

鲁特哈火冒三丈："我不是说……你这个老不死的……不跟你计较了！"

塞巴里尔说的最后一句话令沙兰极为羞赧，还好话题的焦点立即回到了正轨，没有再绕着她转。塞巴里尔的确口无遮拦，不过他好像在极力远离那些政治议题，这似乎是沙兰愿意采取的态度。站在这种立场上，自由度是最大的。她依然很想找达力拿和纳瓦妮一同研究迦熙娜的笔记，但她不愿赖着他们。

难道赖着这个人就不一样了？谁说得准？沙兰沿着会场的边缘转

到塞巴里尔的坐席附近。他并未携妻带口,想是没有成家。

"小妮子,刚才我差点没把你撵出去。"塞巴里尔目不斜视地啜了口酒,悄声道,"你竟敢蹦到我的手掌心里,这步棋走得太没脑子了。是人都明白,我喜欢放一把火,然后看着它烧起来,你这是自跳火坑。"

"你还不是没有撵我出去?"她说,"所以这步棋走得有脑子,顶多是一次有偿的冒险。"

"我没准还是会丢下你不管。要付三颗布罗姆,门都没有。我给我女人的包养费基本上就这么多,至少那么做,我还能有回报。"

"这由不得你,"沙兰说,"水已经泼出去了。不过别担心,我会养活自己。"

"你有寇林的消息?"塞巴里尔一边问一边端详酒盏。

原来他并非无知无觉。

"有啊,"沙兰说,"一小部分讲的是寇林,更多的内容和世界的存亡有关。相信我,塞巴里尔,邀我入了营,你就捞到了巨大的好处。"

她必须想办法兑现这个"巨大的好处"。

会议的争论热点又落到了白衣刺客身上,她在旁听中得知,刺客虽然攻了进来,却被击退了。稍后,亚拉达引开话题,开始抱怨自己的琼心石被王室没收——沙兰不知道其中的原因。这时,达力拿·寇林缓缓起身,就像滚下山的巨石般势不可当。

亚拉达越说越没底气,便闭上了嘴。

"我在大道上走着,路过一摞不寻常的石头,觉得它们奇妙无比。"达力拿说,"经受飓风的洗礼后,页岩斑驳开裂,石头历久弥坚。这堆薄薄的石片层层叠叠,仿如人造。"

其余人看着达力拿,仿佛他已经疯了。这些话牵动着沙兰的记忆,它们均是引语,她读过的某本书中就有原文。

达力拿朝大厅的背风面转过身，向那排敞开的窗户走去。"然而这摞石头不是人码起来的。尽管石堆显得摇摇欲坠，实际上却异常稳固，它们曾经埋藏在岩层中，如今才见到天日。我很好奇，当呼啸的怒风迎面刮来，它们怎样才能保持如此缜密奇巧的结构？

"后来，我弄清了它们的本质。我发现，来自某个方向的力量把它们推向后方的岩石，又使各层石片紧密结合。我照着样子往上压了压，不论使出多大力气，都没能摇动石堆。可是，当我抽走底下的石片——是往外拉，而非往里塞——这一整座小山就塌了。"

与会者直盯着他，塞巴里尔不甘寂寞，终于代表所有人发了言。"达力拿，"那个胖乎乎的男人道，"看在诅咒之地的第十一个名字的分上，你到底在絮叨些什么鬼话？"

"我们的做法没有起效。"达力拿回望诸侯，"经过连年征战，我们依旧在原地踏步。在我兄长遇刺的当晚，我们没能敌过这名刺客；事到如今，我们还是打不过他。为了对付那妖孽，雅克维德的国王派出三位碎瑛武士，又压上了半支军队，结果却遭瑛刃穿心致死。之后，为他所有的碎瑛武器均被好事者掠夺一空。"

"假如我们无法战胜刺客，那就得拔掉祸根。我们可以俘获其主，或将之剿灭。这样的话，无论刺客以何为契，他所受的约束都会失效。从最近的情报来看，他受雇于仆族智者。"

"甚好。"鲁特哈话里有话地说，"只要打赢战争，什么都解决了，而我们只用了五年的时间来尝试。"

"我们根本没有在尝试，"达力拿说，"所做的努力还是不够。我原本想和仆族智者言和，如果他们不接受我们的条件，那我就要率领本军和任何有志之士冲上破碎平原。高地上的那场戏该收场了，围绕着琼心石而展开的你争我夺不会再有后续。我会直捅仆族智者的老巢、找到其所在地，并一举击溃他们。"

国王发出一声轻叹，靠回到椅背上。沙兰怀疑他早就料到了。

"上破碎平原?"撒迪亚斯问,"这等好事一听就很适合你,值得一试。"

"达力拿,"哈萨姆的措辞明显很慎重,"我没觉得局势改变了。破碎平原上仍有大片未知地带,可以毫不夸张地说,**到处都有可能是仆族智者的老巢**,他们的营地藏在绵延数里的高地上,要是不花上大力气,军队是无法穿过的。我们一致同意,只要他们还愿意前来交战,无端攻其营地就是下策。"

"哈萨姆,这本身就成问题,"达力拿说,"因为他们借此占据了主动。局势是没有改变,动摇的唯有我们的决心。这场仗已经打了太久,不论如何我都想为之画上句点。"

"听上去相当不错。"撒迪亚斯重申,"你准备什么时候出发?明天,还是再等一天?"

达力拿轻蔑地瞪了他一眼。

"我只是想探一探何时会有空营地。"撒迪亚斯故作天真地说,"我自己的快要满员了,等仆族智者杀光你们,我不会介意把人弄进第二座营地。想想看,你曾在那里遭到围剿,尝过这种教训,你不会要再来吧?"

阿多林听罢马上在父亲身后站了起来,气得面红耳赤,怒灵在他脚边涌出,仿如一摊摊鲜血。他弟弟连忙劝他坐回去。这其中明显有沙兰不知道的故事。

我意外地卷入了风暴的中心,却对背景不够了解,她想,*风杀的,没被吞掉算我走运*。突然间,一想起今天取得的成就,她便骄傲不起来了。

"昨晚,"达力拿说,"我们在起风前迎接了一名仆族智者传令兵,此人有心对话,开了长久以来的先河。他表示,该族的首领有意商讨媾和的可能性。"

轩亲王们大为震惊。*媾和?*沙兰的心跳加快了。双方一旦停战,外出寻找乌有斯麓肯定会方便不少。

"然而就在同一晚,"达力拿轻声说,"刺客侵袭,重施故伎。他上一次出现时,我们刚和仆族智者签署了和平协议。这一次,他又在缔约之日前来。"

"那些混账妖怪,"亚拉达小声斥道,"这算是他们的邪门风俗?"

"或许是巧合。"达力拿说,"那刺客早就满世界地跑了。仆族智者绝不可能和所有受害者有过来往,不过事情既然发生了,还是提防着为好。我在考虑一种可能性,仆族智者是不是被冤枉了?说不定有人在暗处利用这个刺客,以保阿勒斯卡永无宁日。不过话说回来,仆族智者确实声称他们雇凶杀死了我兄长……"

"他们大概是急得没处去了。"罗伊翁在椅子上坐好,"一拨人想和解,而另一拨人只想不择手段地消灭我们。"

"不管怎样,我想做好最坏打算。"达力拿看着撒迪亚斯,"我决意前往破碎平原的腹地——要么打败仆族智者一了百了,要么接受他们的投降——然而筹备这样的远征很花时间,我得训练士兵、让他们适应长期的行军,还要派遣斥候进一步勘察平原中部的地形;此外,新的碎瑛武士也要甄选起来。"

"新的碎瑛武士?"罗伊翁好奇地探出乌龟脑袋。

"我名下的碎瑛武器很快就会增多。"达力拿说。

"可否透露这些奇珍异宝的来源?"亚拉达问。

"还用问?阿多林会把你们的装备全赢走。"达力拿说。

有人吃吃地笑了出来,好像那是戏言似的。达力拿似乎不以为然,很快坐了回去,众人将他的反应认作散会的信号——达力拿又一次主导了会议,真正的领袖似乎是他,而不是国王。

宫廷中的权力比重已经产生了变化,沙兰想,战争的性质也一改前貌。迦熙娜的这部分笔记必然过时了。

"唷,都这个点了,你也该陪我回营了。"塞巴里尔起身对她说,

"平时那帮爱吹爱闹的总是背地里凶来凶去,这次会议不仅浪费时间,为此我竟然还破了财。"

"这可能还没完。"沙兰见长者的腿脚不太稳,便搀扶他起立。站好后,他抽开手,先前的身体反应不见了。

"没完?怎么个没完法?"

"要带上我,不仅昂贵,而且无聊。"

他看看她,笑道:"我想是的。好吧,那我们走。"

"稍等,我去去就来。"沙兰说,"你先走,我会去马车那里找你。"

她去见了国王,把迦熙娜的死讯亲口告诉了他。他坦然接受,浑身透着王者的威严。达力拿可能提前通知过了。

送完消息后,她找上了国王名下的文书。不久后,她走出会议厅,发现瓦沙尔和盖兹正焦急地等在外面,便把一张纸递给前者。

"这是啥?"瓦沙尔把纸转来转去。

"赦令。"她说,"上面盖有玺印,你和你的人先用这个。我们过一阵子就会收到写有特定人名的版本,但是可以先用这张状纸,你们不会被抓的。"

"你真的搞定了?"瓦沙尔粗粗扫了一眼赦令,可他显然看不懂上面的文字,"风操的,你真的没说瞎话?"

"那是当然。"沙兰说,"注意,赦令只抹消了过去的罪孽,所以劝劝你的人,叫他们把持自己。好了,大伙上路吧,我已经安排好住处了。"

39 异色

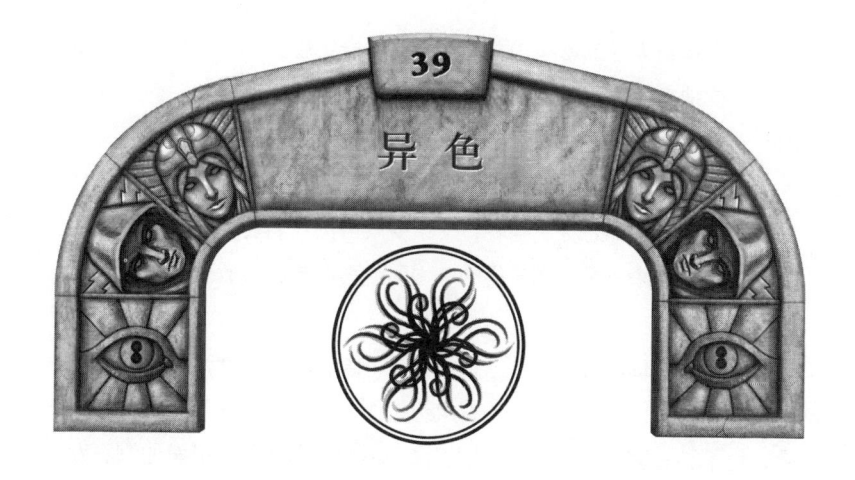

四年前

父亲大摆筵席，为的是营造万事无忧的假象。他邀请邻乡的光明贵人前来啖食痛饮，同时炫耀自家的女儿。

众人散席后的翌日，他会坐在桌边，聆听文书清算家族每况愈下的财力。沙兰偶尔会见到父亲，他每每都是抬手扶额，直愣愣的目光遁入虚无。

然而在今晚，他们仍然要借着酒菜之名掩饰家族的窘境。

"想必诸位已经见过本人的千金了。"父亲待宾客入席，指向沙兰道，"达瓦家族的明珠，我们至高无上的骄傲。"

来宾们均为翻越两座山谷而来的光眼种，他们趁着父亲手下的仆族送酒之时礼貌地点了点头。美酒和奴隶都是炫富的渠道，可父亲实际上并不拥有殷实的家底。沙兰已经开始帮他记账，履行女儿的义务。她对家中的财政状况心知肚明。

壁炉中噼啪作响的柴火驱走了夜晚的寒意；家的温暖也许属于别处，但不属于这间屋子。

仆人为沙兰倒上一杯温和的黄酒，而父亲喝的是后劲十足的紫酒。他在横贯大厅的主桌边落座——这里恰是赫拉兰一年半前威胁要杀了他的地方。家里人曾于六个月前收到过赫拉兰的一封短简,其中附有一本书籍以飨沙兰,作者是大名鼎鼎的迦熙娜·寇林。

沙兰小声地把信读给父亲听,顿感不寒而栗。其中内容不多,却写满了拐弯抹角的恐吓。当晚,父亲就气得把一名女仆打到半死,现在伊桑走起路来还是一瘸一拐的。之后就再没有仆人敢议论父亲杀妻的事了。

没人敢跟他对着干,沙兰瞅了父亲一眼,**我们全都怕得不行。**

沙兰的三位兄长在他们的餐桌边挤作一团。他们从不往父亲那儿看,也不和宾客交流。餐桌上摆着许多小型高脚灯盏,里面的润石发着光,却无法照亮整个房间。无论是润石还是壁炉中的火光都不足以驱走室内的黑暗,可她觉得父亲喜欢这样。

来访的光眼种名为塔维纳,他是一名仪表堂堂的精瘦男子,身上套着一件绛色丝质外衣。他紧挨着妻子坐在主桌边,正处花季的女儿夹在他们当中。沙兰还不知道她的名字。

宴会途中父亲屡次欲与这家人攀谈,可他们只是敷衍了事。这本该是宴饮的场合,然而似乎无人面露享乐之色。来宾似乎后悔接受了邀请,不过父亲在政治地位上比他们更高,因而与他搞好关系可谓至关重要。

沙兰听着父亲夸耀他新养的斧狐犬,没了食欲。他提到了犬种旺盛的繁殖力,全是不实之言。

她不想给他泼冷水。他向来待她不薄。可是,应该有人做点什么。

赫拉兰也许尝试过,结果离他们而去。

事态变得愈发不可收拾了。必须有人拿出实际行动、说些劝诫的话好让父亲醒悟。酗酒豪饮、殴打暗眼种……这些都不是他该有的举动。

上完第一道菜后，沙兰觉察到了不寻常的一景。巴拉特——父亲已经开始唤他为长子，好像他真的成了兄妹中的老大——总是在往来宾的坐席暗送秋波。沙兰一惊。巴拉特平时不会在意他们。

塔维纳的女儿迎上他的目光，莞尔一笑，接着又把视线拉回到她的饭菜上。沙兰眨了眨眼。巴拉特……喜欢上了一个女孩？想想就觉得稀奇。

父亲看来没有注意到这一幕。他缓缓起身，向众宾举杯道："今晚，我们欢聚一堂，这一杯烈酒，敬友邻之情。"

塔维纳夫妇犹豫地扬起酒盏。虽然沙兰最近才开始学习社交礼仪——过程步履维艰，因为导师总是来了又去——她也明白一名得体的沃林贵族不应为酗酒大唱赞歌。他们并非不愿一醉方休，沃林教的做法就是不会明说。父亲并不擅长处理这些细枝末节。

"这是一个意义重大的夜晚，"父亲抿了口酒，而后说，"我刚刚得到光明贵人吉维尔马的口信，我想你应该认识他吧，塔维纳。内人过世已久，光明贵人吉维玛尔已经应许他最小的女儿与我结为连理，并有婚约为证。本月底，本人名下的虔诚者就会办理婚仪，我又将成为有妻之人了。"

沙兰感到一阵寒意，她紧了紧披肩。方才被父亲提及的虔诚者正围坐在他们的餐桌边安静地进食。三人同样年迈，长期服侍达瓦家族，年轻时就认识沙兰的祖父。他们待她十分和蔼，在这个几近奔溃的家中，跟着他们学习是她唯一的乐趣。

"怎么没有人美言几句？"父亲质问道，向房内扫视，"我刚才宣布了婚讯！你们和那群欠风操的阿勒斯卡人简直是一个鼻孔出气。我们可是雅克维德人啊！好歹给我出个声，你们这群傻瓜。"

来宾客气地鼓起掌来，尴尬的脸色比之前更甚。巴拉特和另外两名兄长互相对望，轻轻地捶起桌子。

"真该叫虚渡把你们都吃了。"父亲猛地坐回到椅子上，正遇几位仆族向较低的宴会桌走来,每个人都捧着一个盒子,"谨为铭记此刻,本人有礼呈送给孩儿。"父亲边说边挥手,"实在搞不懂我凭什么要费这样的劳什子,真是的!"他把杯中所剩的酒一饮而尽。

父亲送予儿子三把上好的匕首,其精雕细刻的剑身不输碎瑛刃。沙兰的礼物则是一根缀有粗厚银环的项链,她沉默地将之捧于手心。父亲不喜欢她在宴会上多嘴。尽管如此,他还是一直把她的餐桌安排在主桌附近。

他从不对她发火,至少不会把气直接撒在她身上。有时,她真希望他能够发作一次。兴许尤术就不会这么不待见她——

宴会厅的大门轰然打开。黯淡的光线勾勒出来人的身影,一名高大的黑衣男子正立于门槛边上。

"怎么回事!"父亲喝问,起身猛捶餐桌,"是谁闯进了我的宴会?"

那个人阔步进门。他身着一袭袖口带花边的褐红色上衣,一张消瘦的马脸仿佛被人狠狠掐过。他不屑地皱起嘴唇,仿佛看到了一处被雨水冲得满是污秽的厕所。

他的双瞳有一只是湛蓝色的,另一只却是深棕色。他既是光眼种,又是暗眼种。一阵恶寒扼住了沙兰。

一名达瓦家仆向主桌飞奔而去,向父亲耳语着什么,沙兰没听清他们的话。父亲听罢,脸上的惊雷之色立马褪去。他秉持站姿,却惊讶得张口结舌。

几名身着褐红色制服的侍从跟着黑衣男子鱼贯而入。他一本正经地迈开步子,谨慎地选择前进路线,生怕踩到什么不如意的东西。"鄙人奉公国之主轩亲王瓦拉姆殿下之命前来办事。公国内四散的流言引起了殿下的高度注意,这些谣传事关一名光眼种女子之死。"他与父亲四目相对。

"内人是被其相好所杀,"父亲说,"那人随即自刎了。"

"有人给我讲了另一个故事,光明贵人林·达瓦。"对方说,"这番话……听来有些难堪,殿下对此深感不满。在他的统治下,假如一位光明贵人有胆谋杀贵族光眼种女子,他不会放任不管。"

父亲没有像沙兰所期的那般勃然大怒,反倒向女儿和众宾挥了挥手。"请诸位回避,"他说,"给我留一点空间。使者,我们私下交流,没必要弄脏了门厅。"

塔维纳一家迫不及待地站起身,正欲离席。小女儿朝巴拉特送去一瞥,柔声地传着话。

父亲望向沙兰。她坐在自己的桌子边,前面就是主桌。听闻来人提起母亲,她发现自己又打了一个寒战。

"孩子,"父亲悄声说,"快坐到兄长那边去。"

她离席时与那位使者擦身而过,此时他已经走到了主桌旁。他的眼睛……他叫雷丁,是轩亲王的私生子,据说他父亲经常让他担当剑子手及刺客的角色。

沙兰的兄长并未被父亲赶出大厅,因此他们围着壁炉坐成一圈,远离父亲的桌子,以免打扰到他。他们为沙兰腾出一个空位,她坐了下来。她精致的丝裙碍了坐姿微微皱起,这种蓬松的晚装让她有种不真实之感,似乎除了这条裙子,一切都不再重要。轩亲王的私生子与父亲共同落座。终于有人和他展开了正面交锋。话说回来,要是他一口咬定父亲有罪该怎么办?之后呢?审讯?沙兰不希望父亲被抓;她意欲阻止那片黑暗之影继续威胁全家。母亲一死,希望之光恐怕就已熄灭。

当母亲……

"沙兰?"巴拉特发问,"你没事吧?"

她摇摇头。"我能瞧瞧那几把匕首吗?从我的桌子看去,感觉很漂亮。"

维吉姆无动于衷地盯着炉火,但巴拉特把自己的匕首丢给了沙兰。她笨拙地接过,将其抽出刀鞘。层叠的金属反射出火光,令人着迷。

三兄弟不再交谈,他们的目光直追在烈焰上飞舞的火灵。

巴拉特朝着主桌扭头回望。"要是能听到他们在讲些什么就好了,"他咕哝道,"他们大概会把他拖走吧,他真是自找的。"

"他没有杀掉母亲。"沙兰悄声回应。

"哦?"巴拉特不屑地哼了一声,"那到底发生了什么?"

"我……"

她不知道。她无法思考。那一日、那一刻,着实不堪回首。父亲真的那么干了吗?她全然不顾炉火带来的温暖,又开始浑身发冷。

寂静再临。

有人……必须有人做点什么。

"他们在谈论植物。"沙兰说。

巴拉特和尤术向她望去,维吉姆依然注视着火光。

"植物。"巴拉特干巴巴地说。

"没错,我能隐约听到他们讲的话。"

"我什么都听不到。"

纵使身着层层包裹的裙子,沙兰还是耸了耸肩。"我的耳朵比你的要灵光。没错,就是植物。父亲正在抱怨花园里的大树从不听他的话。'它们一得病就开始掉叶子,'他说,'还不情愿长出新的'。

"'您试过揍它们吗,好让它们安生点?'使者问。

"'无时无刻不在尝试,'父亲回答,'我甚至扯掉了它们的枝丫,但它们还是不从!简直是一团糟。它们最起码该收拾一下残局。'

"'真麻烦,'传令官说,'大树掉光了叶子,也就养不下去了,好在我有个解决方法。我亲戚种的树也犯过这副德行,不过他发现只要对着它们唱支歌,叶子就会慢慢长回来。'

"'啊,好主意,'父亲说,'我会马上一试。'

"'希望能对您有用。'"

"'是啊,要是有用,漫漫长夜里我便能睡个安稳觉了。'"

兄长们打量着沙兰,百思不解。

终于,尤术歪了歪头。他是三兄弟中年纪最小的,只比沙兰大一点点。"慢慢……长……叶……"

巴拉特爆发出一阵大笑——笑声响彻厅堂,引得父亲干瞪了他一眼。"噢,多蹩脚的笑话,"巴拉特说,"蹩脚到家了,沙兰,你该自惭形秽。"

沙兰蜷成一团躲在裙子里,嬉笑不已。甚至连年纪稍长的维吉姆也咧嘴一笑,她已经有一段时间没见过他的笑颜了。

巴拉特抹了抹眼睛。"刚才我差点就以为你真的听到他们在讲什么了,你这个小虚渡。"他大呼一口气,"风操的,但我感觉好多了。"

"我们应该多笑笑。"沙兰说。

"这里可不是供我们欢笑的场所。"尤术抿了口酒。

"就因为父亲?"沙兰反问,"他只有一个人,而我们有四个人,我们要乐观一点。"

"变得乐观也无法改变现状,"巴拉特说,"我真希望赫拉兰还没走。"他一拳捶在椅子边上。

"别舍不得他,次子巴拉特,让他上路吧。"沙兰轻声说,"这世上有太多地方了,有些地方我们一辈子可能都去不了,要是我们之中能有一人前去见识一番也不是坏事。想想他会带给我们什么样的故事,大千世界是如此丰富多彩。"

巴拉特举目四望,室内只有一片黑洞洞的岩石,燃烧的壁炉透出黯淡的橙红色光芒。"说到丰富多彩,我觉得这间房里才应该多来点颜色。"

尤术忍俊不禁:"什么都要好过父亲的脸色。"

"嘿,别抱怨父亲的脸色,"沙兰说,"它完美地履行了自己的职责。"

"什么职责?"

"他的脸色提醒我们,比起他身上的异味,还有更糟的东西。这真可谓是一项高尚的感召啊。"

"沙兰!"维吉姆道。他的外貌和尤术截然不同,他身形瘦长,眼窝凹陷,头发剃得很短,俨然是个虔诚者。"不要乱说这种话,父亲会听到的。"

"他正忙于和别人会谈呢,"沙兰说,"但你说得对,我不该开自己家族的玩笑。达瓦家族,无与伦比、万年不朽。"

尤术举起酒杯,维吉姆则迅速点点头。

"当然,"她补充道,"这句话也可以用来形容树上的大瘤子。"

尤术听罢差点把酒给喷出来,巴拉特又发出一阵洪亮的笑声。

"少给我大吵大闹!"父亲向他们吼道。

"这可是宴会啊!"巴拉特回嘴,"你不是号召我们要变得更像雅克维德人吗!"

父亲怒目圆睁,之后重又回到与使者的交涉中。两人在主桌边促膝密谈,父亲态度恳切,轩亲王的私生子则后仰而坐,面容平静,一边眉毛略微挑起。

"风操的,沙兰,"巴拉特说,"你什么时候变得这么机智了?"

机智?她没觉得自己机智。须臾间,先前的直言快语让她后怕不已,她不由得缩回到椅子上。这些话自然而然地就从她的口中倾泻出来。"那只是……只是我从书里读来的。"

"挺好的,你真该多读点这方面的书,小不点。"巴拉特道,"说点笑话,让这儿的气氛变得明快一些。"

父亲一个重拳砸在桌子上,震得杯盘四晃,叮当作响。沙兰向他看去,唯恐他会对着使者指指点点,然后说出些不可收拾的话。哪怕距离再遥远、说话声音再低,她还是辨认出了父亲眼中的神色。她见过好几次这样的眼神,那是在他准备掏出手杖——或是壁炉边上的火钳——挥向他的仆人之时。

使者稳稳地站起身,他精准优雅的身姿直冲着父亲的怒气而来,就像一面盾牌。

沙兰对他艳羡不已。

"看来这场谈话没什么实质性成果。"使者高声道。他的目光停留在父亲身上,但是听他的口气,这番发言其实针对所有在场的人。"我有备而来,对这类突发状况自有处理之道。轩亲王赐予我职权,我就会对这座宅子里出的事一查到底,**直到真相大白**。如果哪位光眼种人士能够提供目击证明,那就再好不过了。"

"他们需要光眼种的证词。"尤术对着兄妹低语,"父亲身处高位,他们没法随便撵走他。"

"曾经有人站了出来,"使者声如洪钟,"表示愿意向我们言明真相,可他自此便销声匿迹了。你们之中的任何一人有他的勇气吗?有没有人敢于跟我走一遭,对轩亲王说出这起本地罪案的实情?"

他的视线直指四兄妹。沙兰蜷缩在椅子上,设法让自己不那么显眼。维吉姆的目光没有离开火焰。尤术貌似要站起,但他很快转向自己的酒杯,咒骂着,脸色泛红。

巴拉特。巴拉特按住椅子的边缘试图起身,但他还是瞥了父亲一眼。父亲目中的愤慨犹存。当他正在气头上时,他会大吼,也会往仆人身上砸东西。

当怒火逐渐冷却,他才会成为真正的危险人物。这种情形总是发生在父亲不动声色之时,或者在吼叫平息之后。

至少是在他的吼叫平息之后。

"他会宰了我,"巴拉特压低了声音,"只要我说出一个字,他就会把我灭了。"他适才的鲁莽举动没有了下文。此时的他仿佛不再是个成年人,而是个少年——他吓坏了。

"你可以站出来,沙兰,"维吉姆哑声建议,"父亲绝不敢伤害你。再说,你目睹了事情的经过。"

"我没有。"她呢喃道。

"可你就在现场!"

"我不知道发生了什么,我不记得了。"

那件事没有发生过。根本没有。

壁炉里的一根木柴翻了个身。巴拉特呆视着地面,没有起立。没有人敢起立。一群花瓣状的半透明物体渐渐出现,在他们身边盘旋。那是愧灵。

"我明白了。"使者说,"如果你们之中的任何人……在今后记起了事情的来龙去脉,敬请光临魏德纳,我们会洗耳恭听。"

"我绝不允许你拆散这个家族,野种。"父亲起身斥道,"我们会齐心协力地站成一排。"

"我想,这要排除某些连站都站不起来的人。"

"给我滚!"

使者瞟了父亲一眼,面露嫌恶之色,口中发出屈尊般的冷笑声。言下之意为:你这般卑劣,我这个野种都自愧不如。他穿过大堂愤然离去,与门外的侍从会合,随即下达扼要的指令。尽管时辰已晚,他仍希望能离开沙兰父亲的领地尽快上路,好去执行另一项任务。

他走后,父亲把双手搭在桌面上,深深呼出一口气。"你们都回房吧。"他垂下头,对四个孩子说。

他们不知该作何反应。

"快走!"父亲吼道。

他们悄然退出大堂,沙兰跌跌撞撞地跟在兄长们身后。她瞥了父亲最后一眼,只见他瘫坐在椅子上,双手抱头。他送给她的礼物,那根她忘了取走的贵重项链,正躺在他身前那只打开的盒子里。

40 帕萝娜

这些骑士最先背弃誓言,所以他们深为震惊,立即作出回应,这无可争辩。"光辉变节"一词在那时还未得以运用,自此之后,却成了命名该事件的惯用语。

——摘自《光辉真言》第三十八章,第六页

沙兰和塞巴里尔离开国王行宫,共乘一辆马车前往后者的军营。藏在群褶里的图腾发出微弱的震响,她只得叫他安静。

坐在她对面的轩亲王歪着头靠在加了衬垫的厢壁上,正轻声打着呼噜。马车仍在前行,地上的石壳木都被刮掉了,路中央铺了一道分出左右行道的石板。

她手下的士兵一切平安,稍后会赶上来。她有了安身之所和固定收入,可以放心做事了。刚才那场会议气氛紧张,纳瓦妮又中途离场,所以寇林家族还未要求沙兰交还迦熙娜的遗物。虽然她还是得找纳瓦妮商量研究事宜,但是截至目前,这一天其实过得很顺当。

现在沙兰只须拯救世界了。

没一会儿,塞巴里尔打完盹,哼着鼻子醒了过来。他连忙坐正,用手抹了抹脸。"你变了。"

"抱歉,我没听明白。什么变了?"

"你看上去更小了。那时我觉得你有二十,说不准有二十五,可现在的你绝对上不了十四。"

"我今年十七了。"沙兰冷冰冰地说。

"没差别。"塞巴里尔嘟哝道,"我敢说你的裙子没有那时鲜艳,五官也没有那时精致立体……想必是灯光的效果。"

"你是不是平时就爱嘲弄年轻女士的外貌?"沙兰问,"要不然就是你当着她们的面流完口水后的习惯?"

他咧嘴笑道:"你一看就没学过宫廷礼教,我觉得这样很好。不过呢,我还是劝你不要太张扬——在这块地盘,如果欺侮的对象弄错了人,很快会遭报应的。"

透过车窗,沙兰发现他们总算快到了。塞巴里尔的军营就在前方,飘扬在半空的旗帜以黑色为底,深金色的花体对铭"sebes 与 la-ial"① 衬于其上,形如飞鳗。

驻守营门的卫兵依次敬礼,塞巴里尔命令一人在沙兰的手下到达后立即送其入府。马车继续前行,塞巴里尔坐回来打量她,若有所期。

她读不懂他的表情,说不定还弄错了。她转而望向窗外,很快就断定这里只是一座挂名的军营。沿途的街道比城市中某些天然的道路要整齐,可沙兰见到的平民比士兵更多。

他们驶过了商店、酒馆、露天市场和必能容下十几户人家的高楼,许多街道上人来人往。论面貌,这里虽不及卡哈巴兰斯丰富多彩,但房屋均采用坚固的木料和石材集中搭建,彼此能有照应。

"房子都是圆顶的。"沙兰说。

---

①塞巴里尔的原名是 sebarial。

"依照工程师的讲法,圆顶的抗风性能更好。"塞巴里尔豪迈地说,"不仅是房顶,整栋楼从边到角都是弧形。"

"人可真多!"

"基本是常住户。我雇了裁缝、工匠和厨师,体制的完备程度堪称全军之最。截至目前,本人旗下共开设十二家厂商,生产项目涵盖织物、鞋履和陶瓷,还有几家磨坊,玻璃制造也归我管。"

沙兰朝他回过身。塞巴里尔语中的自豪和迦熙娜对其的评价毫不相称。她对轩亲王的认识和笔记中的内容大多来自破碎平原上的所见所闻,而她为数不多的几次到访都不是最近的事了。

"我听说,"沙兰道,"一和仆族智者打仗,你的部队是成果最少的。"

塞巴里尔两眼放光地说:"别人抢了琼心石,赚得是挺快,不过他们能把钱花到哪儿去?军用纺织厂能生产制服,成本比对外调货更低廉。农民种出的粮食品类丰富,是塑魂术远远比不上的。营内还辟出了谷瓜田和渴娄米地,养猪场更是不用说。"

"你这条滑溜溜的老泥鳅,"沙兰说,"其他人都在打仗,你却在办实业。"

"我一直很小心。"他凑过来吐露,"我一开始就不想让他们知道我在捣鼓什么。"

"真绝。"沙兰说,"可为什么告诉我?"

"反正你总会知道,你不是要做我的文员吗?再说,这些事没必要再保密了。产业已经投入了运营,我的部队一个月里几乎不用跑高地战。为此我得交罚款给达力拿,搞得他只好派别人去,虽然破费不少,但很值。反正聪明的轩亲王已经明白了,不懂的人只会把我看作不学无术的懒汉。"

"这么说你不是这种人?"

"我当然是啊!"他大声道,"打仗太费事,而且士兵一死,我还得给家属付抚恤金,完全没意义。"他望向窗外,"三年前我就看透了。琼心石的价值是保证,阿勒斯卡人总想占着这块地,大家都迁了过来,却不想长久待下去。"他笑了笑。

马车终于停在了一幢普通的住宅前,四周矗立着高出多层的公寓楼。宅院里铺着石板路,栽满了观赏型页岩皮木,甚至还种着好几棵树。这座宅子遵循高品质的传统设计,富丽堂皇,却不显偌大,正面廊柱林立,一排位于后方的高耸石楼起到防风作用,不失为理想的屏障。

"我们大概能为你腾出房间,"塞巴里尔说,"地窖可能有位子。宅子里的空间似乎从来就不够,那些我不想要却非得要的东西根本放不下,光是餐桌餐椅就有整整三套。哎哟哟!搞得我想请人做客似的。"

"你果真不太看重别的轩亲王,是不是?"沙兰问。

"我讨厌他们。"塞巴里尔说,"不过什么人我都想讨厌,这样没风险,特别讨人厌的人一个不漏,都会被我讨厌到。好了,到都到了,别以为我会扶你下车。"

她不需要他帮忙,因为在她踏上路边的石阶时,正好有一个仆人火速赶到,另一个仆人前去搀扶塞巴里尔,后者虽然冲着他骂了几句,却由着他服侍。

一名打扮华美的矮个女子站在大宅的台阶上,两手叉着腰。她长着黑色的卷发,照这么看是北阿勒斯卡人?

"嗨,"塞巴里尔说着,和沙兰一起走向那名女子,"我的大克星,在我俩分别前,千万要忍住笑。你若嘲笑我一句,我那脆弱而老迈的自尊心可无法承受。"

沙兰不解地看了看他。

那女子说:"千万别告诉我她是你拐来的,图里。"

不,这根本不是阿勒斯卡人的腔调,沙兰想着,试图分辨她的口音,**她是赫达孜人**。那女子正好生着石片般的指甲,证明了这一点。虽然她是暗眼种,可那身浮华的衣装表明她不是仆人。

不用问也知道,她是塞巴里尔的情妇。

"她执意要跟来,帕萝娜。"塞巴里尔登上台阶,"我说不动她。我们得收拾一下,给她弄个房间什么的。"

"她究竟是谁?"

"一位异乡来客。"塞巴里尔说,"她一说要跟着我,老达力拿似乎恼羞成怒,所以我才没反对。"他顿了顿,转身问沙兰,"你叫什么名字?"

"沙兰·达瓦。"沙兰向帕萝娜行了一个礼。虽说是暗眼种,但她明显是持家的女主人。

赫达孜女人挑起一根秀眉。"嗯,挺懂礼貌,这样不好,可能融不进来。说实话,我不敢相信你随随便便带了个姑娘回来,为的只是惹怒别的轩亲王。"

"哼!"塞巴里尔说,"贱骨头,就因为你,全阿勒斯卡还没有人比我更怕老婆——"

"**我们又不在阿勒斯卡**。"

"——而且我风操的还没老婆!"

"我不会当你的老婆,别多嘴了。"帕萝娜抄起手,饶有意味地打量着沙兰,"她年纪这么轻,你玩得起吗?"

塞巴里尔大笑道:"类似的话我也对鲁特哈讲过,效果奇佳——他气得七窍生烟,都快成飓风了。"

帕萝娜乐了,招呼他进门。"酒温过了,正放在书斋里。"

他大摇大摆地走向门口。"下酒菜呢?"

"厨子被你赶走了,你忘了吗?"

"哦,是有这回事。说起来,你应该顶上去。"

"你还不是能烧饭。"

"少来，你这女人不是省油的灯，只会花我的钱！我干吗要一直忍着你？你说啊！"

"因为你爱我。"

"爱个屁。"塞巴里尔在大门前留步，"我爱不起，因为我脾气太差。也罢，给我安顿好那个小姑娘。"他走进了屋。

帕萝娜招招手，示意沙兰跟上她。"孩子，这到底是怎么回事？"

"他的话没有假。"沙兰发觉自己脸红了，"但他确实少说了几句。我怀揣着一份婚约而来，对象是阿多林·寇林。想来住在寇林家可能会有诸多条框，我才另求他人。"

"嗯，感觉图里那家伙——"

"别那么叫！"屋内响起一个声音。

"——那个死胖子的确有点政治嗅觉。"

"其实，"沙兰说，"为了让他同意，我算是逼了一下，当着众人的面说他会给大钱。"

"太大了！"屋里又飘来声音。

"他……他难道在门后偷听？"沙兰问。

"他是个鬼精灵。"帕萝娜说，"行了，快跟上，你得找地方住下。务必说清楚他愿意给多少钱，口头上承诺过的、还有被他忽悠过去的，*全部上报给我*。我会操办好，保证一颗球币都不少。"

几个仆人把沙兰的行李从马车上卸下来。她手下的士兵还未抵达，但愿他们不要碰到麻烦。她跟着帕萝娜进了屋，发现室内的装潢和室外的布置一样传统，随处可见大理石摆设和水晶陈列，雕像全是镶金的，宽大的旋梯通向俯视门厅的二楼楼台。沙兰往四周望望，不管轩亲王躲藏与否，她都没有见着他。

帕萝娜领着沙兰走到东厢，那里的高档套房漆得雪白，陈设豪华，墙面和地板均由岩石打造，坚不可摧，为绵软的真丝壁挂和厚地毯所覆盖，沙兰可配不上这么富丽的装潢。

帕萝娜打开收纳毛巾和被单的柜子，做着清点。*我想我不该有那种感觉*，沙兰趁机想道，*我已经和王子订婚了*。

可是眼见这般铺张，她还是想起了父亲。他送上珠宝罗绮，只为让她忘记……平时……

沙兰眨眨眼，面朝嘀嘀咕咕的帕萝娜。

"不好意思，你在说什么？"沙兰问。

"我在讲仆人的事。"帕萝娜说，"你有贴身女侍吗？"

"没有。"沙兰说，"我雇了十八个士兵和五个奴隶。"

"你准备叫他们帮你更衣？"

沙兰面露羞涩。"我是说，如果你应付得过来，我希望他们也能住下。"

"行啊。"帕萝娜随口道，"我还可以为他们找点活干。我想，你得用你拿到的钱付他们的工资——别忘了女侍，我会安排的。三餐分别在第二声钟响、晌午和第十声钟响时供应。要是还没开饭你就饿肚子，就去厨房问问吧。如果我这回能把那厨子请回来，他可能会骂死的。宅子上头安了个水箱，所以一直有自来水。假如想洗热水澡，要等上一个多时辰，仆人们得温水。"

"自来水？"沙兰忙不迭地问。她头一次见到自来水还是在卡哈巴兰斯。

"我说过有水箱。"帕萝娜朝上一指，"飓风一起，里面就满水了。池子的构造可以滤掉飓砂。等大风消停后，不要在上午用，否则水会发黄。你怎么这么迫不及待？"

"不好意思，"沙兰说，"我们雅克维德没有这样的条件。"

"欢迎踏入文明世界，我相信你已经把野蛮人的腰布和大锤子扔到外头了。容我去找一个女侍来。"矮个女子准备告辞。

"帕萝娜？"沙兰问。

"还有什么事，孩子？"

"谢谢你。"

帕萝娜笑道:"风都明白,你不是他带回家的第一个迷途之人了。我们之中还有人就这么留了下来。"说罢她走开了。

沙兰坐到洁白舒适的床上,差点陷到脖子那么深。这是拿什么做的?空气和愿望?感觉很奢侈。

仆人们把她的行李送进了起居室——**她有间起居室**——传出了砰砰咚咚的声响。还没过几秒钟,他们就关门退下了。长久以来,沙兰头一次发现自己无须再为生存而斗争,也不用担心被旅伴杀害。

所以她安心地睡下了。

41

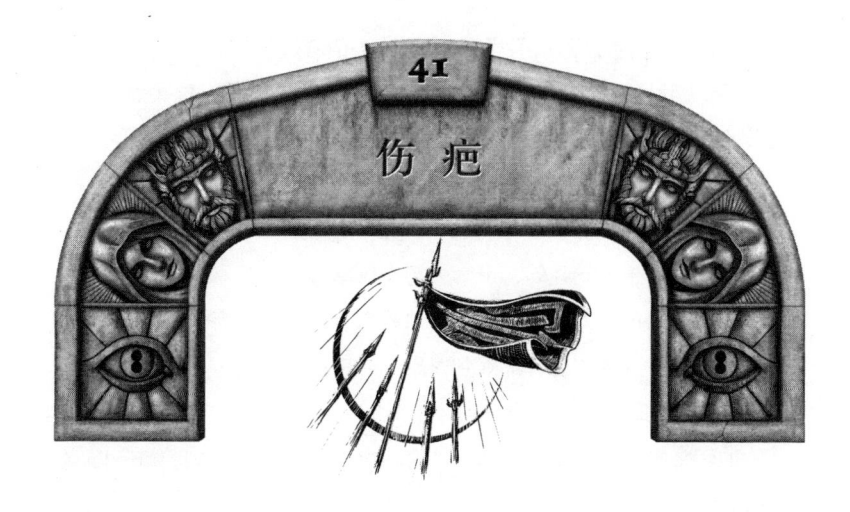

伤疤

> 众骑士团一向具备莽撞之处，这一深重的恶行却超出了限度；由于当时战斗尤其激烈，许多人将此举归咎于固有的背叛感；约有两千名士卒在他们撤退后发起袭击，消灭了多数成员；但十支骑士团中仅有九支如此，剩下的一支表示不会弃军溃逃，反倒齐齐销声匿迹，将罪责推给其余九支骑士团。
>
> ——摘自《光辉真言》第三十八章，第二十页

卡拉丁把手摁到崖壁上。这时，第十七冲桥队在他身后列好了队形。

初次下沟时，他还很怕深渊，唯恐大伙在搜集物资时遇上暴雨引发的山洪。这种感觉他仍记得。在起飓风的日子里，盖兹既没有派他们出任务，也没有想办法制造"突发状况"，这让卡拉丁有点惊讶。

第四冲桥队欣然受罚，将深渊化为己有。卡拉丁诧异地认识到，沟底仿若家园，即使他回赫斯通省亲，也不会产生如此强烈的归属感。深渊是他的天地。

"小伙们已经准备就绪，长官。"泰夫特走到他身边。

"那天晚上你去哪儿了?"卡拉丁抬头望着崖顶的一线天。

"那天我休息,长官。"泰夫特说,"我去了市场,想买点东西。我做的每件屁大点的事都要汇报吗?"

"那时飓风刮得正猛,"卡拉丁说,"你还去市场?"

"我可能忘了时间……"泰夫特移开了视线。

卡拉丁还想多问几句,可泰夫特有权享有个人隐私。**他们不再是冲桥手了,无须成天共同行动,他们的人生即将翻开新一页。**

他想推广这种态度,却感到惶恐。如果他不知道大伙的去向,又怎能保证他们的安全?

他转身打量组成第十七队的乌合之众:一些是被卖到冲桥队的奴隶,另一些是罪犯。不过,在撒迪亚斯军中,谁要是犯了错,无论是斗殴、欠债还是侮辱军官,都有可能被罚出桥务。

"你们是第十七冲桥队,"卡拉丁对第十七队的队员说,"领队的是匹特士官。你们不是士兵,这套制服也许穿在你们身上,但要说合适还太早。你们只是来瞎混的,我们要改变这一点。"

队员们蹬着脚东张西望。和别的队伍一样,他们已经在泰夫特手下训练了几周,却依旧没有士兵的自觉。只要习惯不改,他们就会在队列中乱动,连矛都握不正;每逢听讲,又是左顾右盼、纪律松弛。

"深渊归我管,"卡拉丁说,"我准许你们在这里训练。匹特士官!"

"到!"匹特赶紧立正站好。

"你要收拾的,是一堆烂摊子,但我见过更坏的情况。"

"不敢相信,长官!"

"是真的,"卡拉丁审视着第十七队,"我在第四队待过。泰夫特副尉,你来带他们,上硬的,别手软。"

"遵命,长官。"泰夫特一说完便开始高声下令。卡拉丁捡起自己的矛,往深渊深处走去。要为二十支队伍整顿风纪,进度会很缓慢,但泰夫特起码已经带出了训练有素的士官。令使保佑同样的方式也能在普通士兵身上起效。

在协助这些队员做准备时,他为什么会焦虑?卡拉丁想解释出原因,哪怕是给自己一个交代也好。他觉得自己在赶时间,却不知道前路在何方。墙上的铭文……风操的,这让他坐立不安。还有三十七天。

崖壁上开着一株褶花,茜尔就坐在上面。他走了过去,那朵花一等他靠近就收起了花瓣。茜尔没有注意,而是一直坐在空中。

"卡拉丁,你有什么愿望?"她问。

"保住部下的性命。"他当机立断地说。

"不对,"茜尔说,"这是你以前的愿望。"

"我难道不能希望他们平平安安的?"

她轻盈地落在他的肩头,像是被大风吹过来的。她交叉两腿,学起淑女坐姿,他一迈步,她的裙子就跟着翻飞起伏。

"在第四冲桥队,你付出了一切,只为拯救他们。"茜尔说,"好吧,后来他们确实获救了。你不能总是忙着保护别人,那样就像……嗯……就像……"

"看蛋的壳蝶爸爸?"

"就是这个!"她顿了顿,"什么是壳蝶?"

"一种甲壳动物。"卡拉丁说,"长得和小斧狐犬差不多大,有点像螃蟹和乌龟的结合体。"

"哇哦……"茜尔说,"我想看看!"

"这里不产壳蝶。"

卡拉丁旁若无人地走着,她只好戳了一下他的脖颈,叫他回头看她。之后,她夸张地翻了翻眼皮,说:"所以你承认自己的部下还比较安全,这表示你没有回答好我的问题。你有什么愿望?"

他绕过一堆堆长满苔藓的骸骨和断木,朽败的弃物中生出藤蔓,腐灵和生灵盘旋其上,形似红绿相间的光点。

"我想打倒那个刺客。"卡拉丁说着,讶于这种渴望的激烈。

"为什么?"

"因为我的职责是保护达力拿。"

茜尔摇摇头。"不对。"

"什么?你以为你就那么擅长解读人心?"

"我只能看透你,别人不行。"

卡拉丁哼了哼,小心地绕过一个脏水塘。他不想穿一天的湿靴子,这双新靴子的防水性不太好。

"可能是这样的,"他说,"因为错都出在那个刺客身上。要不是他杀了迦维拉尔,提安就不会入伍,我也不会跟着去。提安原本不会死。"

"你以为荣寿不会另起炉灶来报复你爸?"

荣寿是阿勒斯卡的城主,统治着卡拉丁的故乡。送提安参军是他单方面的小人主意,为的是报复卡拉丁的父亲,因为后者的医术没有挽回荣寿儿子的生命。

"他也许会使出别招。"卡拉丁坦言,"不过那个刺客还是罪该万死。"

空旷的崖底回荡着说话声,其余队友已经先于他到达。

"我想说明的是,"一人道,"似乎没有人问到点子上。"那是西格吉尔的话音,带着亚泽许腔,声线上扬,"我们称仆族智者为蛮子,据说在碰到阿勒斯卡人的探险队之前,他们从未与外界有过交流。如果传言属实,那么这名深族刺客又是哪儿吹来的风?更何况他还会飓能术。"

队友的润石在崖壁上洒下光影,西格吉尔、石头和偻朋正坐在石块上等他。卡拉丁走到明处,发现脚边很干净。自从上次前来,此地的污秽就被清理一空了。

"你在暗示白衣刺客其实不是仆族智者的手下?"卡拉丁问,"抑或仆族智者并不像他们所说的那般遗世独立?他们从头到尾都在撒谎?"

"我没在暗示。"西格吉尔转身面向卡拉丁,"老师说要质疑,我就质疑一下。这一整桩事有点说不通。深族是一个极端排外的民族,族人鲜少离乡,佣兵无处可寻。现在居然冒出一个挥着碎瑛刃四处弑君的刺客?他还在为仆族智者办事吗?要真是这样,他们为什么等了这么久?为什么现在才放他出来和我们作对?"

"他为谁办事要紧吗?"卡拉丁问道,吸入飓光。

"当然要紧。"西格吉尔说。

"为什么?"

"*因为我在质疑*。"他好像生气了,"再说,发现这个'谁'的真实身份后,我们才能找到线索。了解了他们的目的,我们指不定就能打败他。"

卡拉丁笑了笑,试着跑上崖壁。

结果他仰面八叉地摔到地上,不禁叹出一口气。

石头把脸凑到卡拉丁身上。"看着很有趣。"他说,"可是你确定能行?"

"那个刺客可以在天花板上行走。"卡拉丁说。

"你能肯定他的做法不一样吗?"西格吉尔半信半疑地问,"我们的做法是用飓光束缚物品。他大概往天花板上洒了点飓光,只要一跳就能定住。"

"不是的。"卡拉丁说着,口中逸出飓光,"那时,他先是往上一蹦,接着'落'在了天花板上。后来,他沿墙奔跑,*送阿多林上了天花板*,谁知道用的是什么方法。王子没有定在那里,而是往那里'掉'。"卡拉丁看着升起的飓光渐渐消散,"最后,那刺客……他飞走了。"

"哈!"坐在石头上的偻朋说,"我就知道。等到哪天我们把这玩意儿搞明白了,赫达孜的大王一定会对我说:'偻朋,你在发光,佩服佩服,可你还会飞。就凭这点,我也要把小女儿许配给你。'"

"赫达孜之王膝下无女。"西格吉尔说。

"没有?我被骗到现在!"

"你连自己国家的王室成员都搞不清?"卡拉丁坐了起来。

"哥,我刚生出来没多久就出家门了,之后没回过赫达孜。如今阿勒斯卡和雅克维德的赫达孜人那叫一个多,多得能赶上我老家了。看好了,别被亮瞎!我也算个阿勒斯卡人了!只是长得不够高、脾气不够差。"

石头把卡拉丁扶正。茜尔坐到了崖壁上。

"你知道方法吗?"卡拉丁问她。

她摇摇头。

"那个刺客可是风行骑士。" 卡拉丁说。

"你问我怎么想?"茜尔耸耸肩,"也许和你差不多吧?"

西格吉尔望向卡拉丁所视的方位。"真想看到它。"他自言自语,"这样会——哎呀!"他往后一跳,伸手指着茜尔,"这个小东西像人一样!"

卡拉丁冲茜尔扬起眉毛。

"我喜欢他。"她说,"西格吉尔,提醒一句,我是女的,不是'东西',多谢。"

"灵体还分男女?"西格吉尔惊讶地问。

"当然啰。"她说,"不过,从名义上讲,是男是女还得看人们如何理解。用专业的话说,就是自然力的人格化,或是诸如此类的胡七八扯。"

"你就不在意?"卡拉丁问,"你可能是人类感知的结晶。"

"你是你爸妈的结晶。谁在意出生的方式?我能思考,这就够了。"她淘气地咧嘴笑笑,化为光带飞向坐在石头上的西格吉尔,后者满脸愕然。她正好悬停在他面前,重回少女形态,随后探出身子,把脸变成他的模样。

"啊!"西格吉尔又叫了一声,惊惶地往后挪动身子。她咯咯直笑,把脸变了回来。

西格吉尔朝卡拉丁看去。"她讲话的时候……像个实在的人。"他摸了摸脑袋,"传说夜妖能那样做……这类灵体是巨型灵体,力量强大。"

"他说我是巨型的?"茜尔把头歪到一边,"不知该作何评价。"

"西格吉尔,"卡拉丁说,"风行骑士会飞吗?"

西格吉尔战战兢兢地坐定,还在盯着茜尔。"故事和传说不是我的长项。"他说,"我讲述各地的见闻,为的是缩小人与人之间的距离、帮助世人互相理解。我听说过云端舞者的传奇,可那些故事的年代太久远,谁又能讲明白什么是真实、什么是幻想?"

"我们要弄清楚。"卡拉丁说,"刺客会回来的。"

"那就多往崖上跳跳,"石头说,"我不会笑得太猛。"他坐到一块大石头上,从脚边抓起一只小壳蟹仔细看了看,接着往嘴里一塞,嚼了起来。

"恶心死了。"西格吉尔说。

"可好吃了。"满嘴都是蟹壳的石头说,"不过浇油撒盐后风味更佳。"

卡拉丁观察着崖壁,然后闭眼吸入飓光。他感到飓光流入体内,冲击着经络血脉,意图突破肉体防线,同时催他前进、催他跳跃、催他行动。

"那我们有结论了?"西格吉尔问众人,"破坏围栏的就是白衣刺客?"

"得了,"石头说,"他干吗这么做? 要杀人还不简单。"

"是啊，"偻朋附和道，"说不准是别的轩亲王干的。"

卡拉丁睁开眼看着自己的手臂，他已经横出一掌按住了湿滑的岩壁。飓光从皮肤上腾起，一缕缕缠绕的光雾消失在半空。

石头颔首道："全体轩亲王都想让国王死，不过他们嘴上不会说。一定有个人派出了搞破坏的。"

"那么这个搞破坏的是怎么上到阳台的？"西格吉尔问，"要切穿围栏得花点时间，那是用金属做的。除非……切面有多平，卡拉丁？"

卡拉丁眯缝着眼看着升腾而起的飓光，那是一种原始的力量。不，"力量"一说并不到位。飓光更像统御天地万物的飓能，推动火烧、石落、光耀，是飓能的基本形式。

他可以把飓光运用到……

"卡尔？"西格吉尔的问话似乎很遥远，仿如微不足道的鸣响，"栏杆的切面有多平？有没有可能是碎瑛刃割的？"

西格吉尔的声音淡去了。卡拉丁觉得自己见到了某个异界的影子，那里的天边挂着远日，仿佛被云做的长廊包围。

变了。

崖壁的方向急转为下。

一时间，他的手臂是仅有的支撑。他喘着粗气往前一跌，对周遭环境的意识倏然而归，只是视角甚为异常。他爬起来，发觉自己站到了崖壁上。

他后退几步，沿着深渊的边缘行走。在他看来，崖壁为地，崖底似墙。实际上，另外三名冲桥手才是立地而站。

这样下去，卡拉丁想，我会头晕的。

"哇，"偻朋兴奋地站起，"果然越来越有劲了。在上面跑一跑，黑发哥！"

卡拉丁犹豫片刻，随后转身开跑。他仿佛置身于洞穴，原先分立两侧的山崖化为洞顶和地面，他奔向苍天，前方的地势愈加逼仄。

卡拉丁咧嘴笑了,感受着体内的飓光横行无忌,茜尔欢笑着飞在他身边。他们越往崖顶前进,深渊就变得越窄。卡拉丁放慢速度,最后停下。

茜尔嗖嗖地飞到他面前,打着弯窜出深渊,仿佛跳出了洞穴的洞口。她化作光绶,转过身来。

"快来!"她对他喊道,"上高地!冲到日头下!"

"外面有斥候,"他说,"他们在留意琼心石。"

"别管,别躲。**冲出去,卡拉丁!**"

站在崖底的偻朋和石头高声欢呼,欣喜若狂。卡拉丁眺望蓝天,喃喃低语:"我非要知道。"

"知道什么?"

"茜尔,你问我保护达力拿的缘由,若要回答,我就得知道他是不是一个表里如一、名副其实的人。这会告诉我——"

"告诉你?"她变身为真人大小的少女,几乎和他一样高。她走上崖壁,站到他面前,裙摆没入雾气。"告诉你什么?"

"荣誉死了没有。"卡拉丁低声道。

"他死了。"茜尔说,"可他活在人们心中,也活在我的身体里。"

卡拉丁皱起眉。

"达力拿·寇林是个好人。"茜尔说。

"他是亚马兰的朋友,这两个人在骨子里可能沆瀣一气。"

"别这么想。"

"*我得知道,茜尔。*"他欺身上前,像对待常人那样拉住她的手臂,可她没有实体,他的手穿了过去,"我不能光是相信。我需要知道。你问我有什么愿望,好吧,愿望在此:我想知道达力拿值不值得信任。如果我做得到……"

他朝深渊外的日光点点头。

"如果我做得到,我会以自己的本事相告。我会去相信,世上至少有一个光眼种不想夺去我的一切。这种事荣寿做过、亚马兰做过、撒迪亚斯做过。"

"你非要这样吗？"她问。

"茜尔，我提醒过你，我的意志已经瓦解。"

"不，你的意志已经再生了，这不是没有可能。"

"对别人来说是这样。"卡拉丁抬手摸了摸额前的伤疤。飓光为何没有弥合它们？"落到我头上，我还不确定。但我会倾己所有来保护达力拿·寇林。我会了解他的真面目，然后，也许……我们会以光辉骑士的身份出现在他眼前。"

"那亚马兰呢？在你心目中，他是什么人？"

他想到提安，一阵心痛。"他是我要杀的人。"

"卡拉丁，"她把两手交握于身前，"不要被他引入歧途。"

"不会了。"他说，"亚马兰已经干出了好事。"飓光即将耗尽，他的制服外套和头发逐渐垂向崖底。

视角倒转，崖底又成了下方。卡拉丁仰面坠落，离茜尔越来越远。他吸入飓光，在半空翻腾，血管中生机迸发。在飓光的助力下，他双脚着地。

他站直后，另外三人沉默片刻。

"那样下来好快。"石头说，"哈！但是没有头着地，不然就好玩了。所以，我只能轻轻地鼓掌。"他拍起手来，声音确实很轻。偻朋倒是在一边欢呼，西格吉尔则大笑着点点头。

卡拉丁嗯了几声，抓起水袋。"栏杆的确被碎瑛刃割过，西格吉尔。"他喝了口水，"不过那不是白衣刺客干的。刺杀艾尔霍卡的行动太马虎了。"

西格吉尔点点头。

"不光如此，"卡拉丁说，"栏杆的切口肯定是那晚的飓风刮完后才留下的，否则狂风会把栏杆吹变形。所以这个搞破坏的是个碎瑛武士,他在飓风消停后才设法上到了阳台。"

倭朋摇摇头,接住了卡拉丁抛回来的水袋。"哥,我们真要相信某个军中的碎瑛武士会溜进行宫、爬上阳台,还没被人看到?"

"还有谁做得到?"石头指了指崖壁,"有人能走上去吗?"

"我觉得没人能。"卡拉丁说。

"用绳子。"西格吉尔说。

众人向他看去。

"如果让我派碎瑛武士摸进去,我会买通侍从,叫他放一根绳子下来。"西格吉尔耸耸肩,"这样的话,要偷袭就简单了。侍从可以把绳子绕在身上,用衣服挡住。搞破坏的说不定有同伙,他们可以沿着绳子爬上去,切断围栏、捣走灰泥,之后再爬下来。那个帮凶割断绳子后就能回到房间里。"

卡拉丁缓缓点头。

"那么,"石头说,"我们就去找那些在飓风后上阳台的人,还有那个帮凶。多简单!哈,西格吉尔,你的空气或许没吸多。不,大概多吸了一点点。"

卡拉丁感到惴惴不安。飓风平息后,莫阿什就在阳台上,那时国王还未命悬一线。

"我会四处打听的。"西格吉尔起身道。

"别,"卡拉丁马上说,"这事由我来查,不要对外走漏口风。我想看看能查出什么。"

"好吧。"西格吉尔朝崖壁点点头,"你还能来一下吗?"

"又要做测试?"卡拉丁叹着气问。

"时间多的是,"西格吉尔说,"况且石头想看你迎面摔下来的样子。"

"哈!"

"好吧。"卡拉丁说,"可是我得耗掉几颗用来打光的润石。"他望了望成堆的润石,四周的地面整洁得过了头,"对了,你们干吗把乱石打扫干净?"

"打扫?"西格吉尔问。

"对啊。"卡拉丁说,"周围的垃圾何必弄走,就算是骨头,也……"

他压下了后话。西格吉尔捡起一颗润石,把它举到山崖前,照亮了一片被卡拉丁忽视的地方,上面现出几道深深的沟壑,苔藓脱落,岩石开裂。

这是深渊恶魔留下的痕迹。有一头巨壳生物曾经穿过这片区域,它的体型硕大无朋,将碎石残骸刮擦一空。

"我以为它们不会爬到离军营这么近的地方。"卡拉丁说,"我们也许不该带那些小伙子下来了,先停一阵子,以免出事。"

其他人点点头。

"现在没影了。"石头说,"否则我们早被吞了。这很明显。回去训练吧。"

卡拉丁点点头,但在练习时,那几道沟壑始终缠绕在他心头。

※

几小时后,他们领着一队疲惫不堪的前冲桥手回到营房。第十七队的队员尽管看上去很累,却比下沟前更有生气,一到营房,眼见石头的厨师学徒给他们烧了一大锅炖菜,他们甚至愈加活跃。

当卡拉丁和泰夫特回到第四队的营房时,天色已沉。石头的另一名学徒正在做炖菜,当老师的石头比卡拉丁略略早到,他试吃几口,做着评价。在他身后,申忙着把碗码放整齐。

营地上有点异常。

卡拉丁走向火光,恰好在火堆前止步。站在他身旁的泰夫特浑身一僵,说:"哪里有问题。"

"是啊。"卡拉丁表示赞同,详察着队友。他们扎堆在篝火的一侧,或坐、或成群而站,笑得勉强、动作拘谨。在训练士兵作战时,只要感到不适,他们随时都会使出战斗姿势,篝火的另一侧是威胁。

卡拉丁走到明处,看到那边坐着一个穿着精良制服的男子,此人低着头,两手垂在身侧。他是雷纳林·寇林。出奇的是,他正盯着地面,身体微微地前后摇晃。

卡拉丁放下心,向他走去。"光明贵人,你有何吩咐?"

雷纳林慌忙立正行礼。"我希望在您麾下服役,长官。"

卡拉丁暗暗叫苦。"光明贵人,我们退一步说话,火边不方便。"他抓住雷纳林的胳膊,把瘦削的王子领到一边,以防别人听到他们的交谈。

"长官,"雷纳林细声说,"我希望——"

"你不该叫我'长官',"卡拉丁低语,"你是光眼种。风操的,你父亲是东部柔刹最有势力的人。"

"我想加入第四冲桥队。"雷纳林说。

卡拉丁揉了揉额头。当他还是奴隶时,有更大的麻烦要应付,他都忘了和出身高贵的光眼种交往会有多么头疼。他们时常提出荒谬可笑的要求,他一度以为自己听过最为稀奇的,看来不是这样。

"你不能加入,我们保护的是你的家族。你准备做什么?自己保护自己?"

"我不会拖后腿,长官。我会努力的。"

"雷纳林,我相信你不会拖后腿。我问你,**你为什么想加入第四冲桥队?**"

"因为父亲和哥哥。"雷纳林柔声道,脸庞隐在暗中,"他们是武将和战士,而我不是。不知您有没有注意到?"

"注意到了,那是因为……"

"因为我身上有病。"雷纳林说,"我气血弱。"

"这是民间的讲法,太笼统了。"卡拉丁说,"你究竟得的什么病?"

"我患的是癫痫,"雷纳林说,"也就是——"

"我知道,是原发性癫痫还是继发性癫痫?"

雷纳林呆立在暗中。"这个……"

"病因是不是脑损伤?"卡拉丁问,"要不然就是无缘无故地发病?"

"我从小就有病。"

"发作起来厉不厉害?"

"不是很厉害,"雷纳林一笔带过,"不像大家传的那么严重。别人以为我会昏倒在地或口吐白沫,其实没有。我的胳膊会跳几次,其余的时候身体会不由自主地抽上一阵子。"

"你没有失去意识吧?"

"嗯。"

"可能是肌阵挛发作。"卡拉丁说,"他们是不是开了苦叶给你嚼?"

"我……对,不确定有没有效。抽搐不是唯一的症状,很多次发病的时候,我的身子会变得特别虚弱,尤其是体侧。"

"明白了。"卡拉丁说,"我想这符合发作的症状。有时候,你的肌肉会不会很松弛?比方说,你的侧脸会不会笑不动?"

"没有这种情况。您怎么这么懂?您不是来从军的吗?"

"我懂一点战地医疗。"

"战地医疗……用得上治癫痫?"

卡拉丁往手心里干咳了几声。"嗯,我知道他们为什么不让你去前线了。我曾见识过,有些士兵受的伤会引起类似的症状,手术师一般不许他们上战场。没到资格并不丢人,光明贵人。不是人人都要去打仗。"

"这是当然，"雷纳林愤愤不平道，"大家的说法都一样，他们劝完我之后，还是回去打仗了。而虔诚者呢，他们声称感召不分轻重，可对于来生，他们又搬出了哪一套教诲？说什么我们要投身大战，把宁静园夺回来，还说最勇猛的战士死后也能得到荣耀。"

"如果死后真要打一场大战，"卡拉丁说，"那我宁愿下诅咒之地，至少在那里我可以打个小盹。不扯这些了，反正你不是当兵的料。"

"我想当兵。"

"光明贵人——"

"您不用使唤我做什么要紧的事。"雷纳林说，"我之所以没有去别的队伍，而是来求您，那是因为您的部下大多在巡逻。如果我也加入，就不会碰上太多危险，发作的时候也不会伤到任何人。但是，我起码可以见见世面、*感受一下*。"

"我——"

他口若悬河，未作停顿。这个小伙子平时总是沉默寡言，卡拉丁从未听他讲过这么多话。

"我会听您指挥。"雷纳林说，"请把我当成新兵。在这个队伍里，我既不是王子，也不是光眼种，我只是一名普通的士兵。我想加入进来，求您批准。在阿多林还小的时候，父亲就把他送到矛兵队，让他待了两个月。"

"有这回事？"卡拉丁真心吃了一惊。

"父亲说过，每一位军官都该与部下同甘共苦。"雷纳林说，"我现在有了一套碎瑛武器，以后难免要领兵，但我从来没有体验，不知道当个真军人是什么样的。有了这个机会，我与理想的距离就会拉得更近，我只能争取到这里。*求您了*。"

卡拉丁抱起两臂，审视着面前的年轻人。雷纳林显得很紧张，而且紧张得不是一点点。他把两手握成了拳头,不过卡拉丁没瞥见雷纳林时常会在焦虑时摆弄的小盒子。他的呼吸变得沉重起来,但他咬紧了牙关,两目始终望着前方。

出于某种原因,这个小伙子很害怕来见卡拉丁,也不太敢提出请求。不论如何,他还是做到了。新兵能有此般信念,还求什么?

我当真在考虑?似乎很荒唐。然而卡拉丁的一大职责便是保护雷纳林,刺客一旦来袭,他要帮助王子存活。如果他能把一些实在的自卫技巧传授出去,就是迈出了一大步,必然会有所增益。

"我或许该指出,"雷纳林说,"如果我能和您的部下一同受训,要保护我就会容易很多。您的人力物力资源很紧张,长官,少一个保护对象肯定是好事。有几天我得在扎赫尔剑师的指导下操练碎瑛武器,只有到了这个时段我才会离队。"

卡拉丁叹道:"你真想当兵?"

"想,长官!"

"去,把吃剩的脏碗洗干净。"卡拉丁用手一指,"弄完后,先帮石头擦锅子,再把炊具放回原位。"

"遵命,长官!"雷纳林热情满满地说。被卡拉丁布置去刷碗的大有人在,他从未听过这等语气。雷纳林小跑而去,快活地收起了饭碗。

卡拉丁抄起双臂,倚在营房的外墙上。大伙不知道该如何对待雷纳林。他们把吃剩下的碗递给他,好让他高兴,而当他走得太近,他们便闭上嘴,不再闲谈。但是他们一开始对申也很防备,到头来还是接纳了他。这在光眼种身上能不能适用?

莫阿什没把碗递给雷纳林,而是依照惯例亲自动手。碗洗好后,他朝卡拉丁走去。"你当真要让他加入?"

"我明天会跟他父亲讲,"卡拉丁说,"听听轩亲王的意见。"

"我看不行。我们是第四冲桥队,晚上聊的东西……那些内容不能被他们听去,明白吗?"

"明白,"卡拉丁说,"但他是个好小伙。我在想,如果哪个光眼种能在这里找到位置,那就是他。"

莫阿什转过头,冲他抬起眉毛。

"看来你不同意?"卡拉丁问。

"他的表现很不对头,卡尔,你瞧瞧他是怎么说话和看人的,他不正常。不过这不重要,他是光眼种,有了这点就够了。我们不能相信他。"

"没这个必要。"卡拉丁说,"我们只要盯着他就行,趁便教教他怎么自卫。"

莫阿什点点头,哼了一声。准许雷纳林入队的充分理由就在于此,他好像认可了。

这里就我和莫阿什,卡拉丁想,大伙离得远,没人听得见。我该问问……

可他该如何组织语句?难道要问:莫阿什,你是否参与了弑君密谋?

"我们接下来怎么办?你想过没有?"莫阿什问,"我是说亚马兰的事。"

"亚马兰是我的事。"

"你在第四冲桥队,"莫阿什拉住卡拉丁的手臂,"你的事由我们来分担。就因为他,你才成了奴隶。"

"不仅如此,"卡拉丁低吼道,无视挥手叫停的茜尔,"他还杀了我的伙伴,莫阿什。一切就发生在我眼前,他是个杀人犯。"

"那么你得做点什么。"

"必须的。"卡拉丁问,"可是要做什么?你以为我要找有关部门?"

莫阿什讥笑道:"有关部门能做什么?卡拉丁,你得把那家伙拖进决斗场,一对一地解决他。你要是不这么做,就会深感不安。"

"说得好像你很懂这种感觉。"

"我懂啊。"莫阿什微笑道,"我的过去也住着几只虚渡。大概就因为这样,我才能理解你的心情,反过来,你也能借此理解我的心情。"

"那么是什么——"

"我真的不想谈。"莫阿什说。

"你说过我们是第四冲桥队,"卡拉丁说,"你的事由我来分担。国王对你的家人做了什么,莫阿什?

"我想也是。"莫阿什背过身,"我只是……今晚不行。今晚,我只想歇一歇。"

"莫阿什!"坐得离火堆更近的泰夫特喊道,"你来吗?"

"来的!"莫阿什回喊,"你呢,偻朋?准备好了吗?"

偻朋咧嘴一笑,在火边站起,舒展着四肢。"我是偻无双,有求必应、随时恭迎。你们早该知道了。"

不远处的德雷赫哼了哼,把一大块清炖长根薯抛给偻朋,只听得啪嗒一声,赫达孜人的脸中了招。

偻朋还在喋喋不休:"你们瞧,我是准备万全了,看我的姿势就知道,这手势可粗鲁得紧。"

泰夫特偷笑着,与皮特和西格吉尔一起走到偻朋身边。想要同行的莫阿什没走几步就停在了半路。"卡尔,你来吗?"

"去哪儿?"卡拉丁问。

"出去。"莫阿什耸肩道,"进几家馆子玩玩套圈,再喝点酒。"

出去。在撒迪亚斯的军营里,冲桥手很少有这样的机会,至少不能和朋友结伴外出。起初,他们被榨了个精光,除了沉湎于酒精,从不关心任何事。之后,因为没几个钱,军中又盛行成见,所以冲桥手们就喜欢一个人待着。

这种事不会再出现了。卡拉丁不知不觉地支吾起来:"我……或许该留下……呃,去别的队伍看看,站到火边……"

"来吧,卡尔。"莫阿什说,"你不能总在忙活。"

"我下次和你们去。"

"行。"莫阿什追上了别人。

一直在和火灵曼舞的茜尔飞离火焰,嗖的一声窜向卡拉丁。她悬浮在空中,看着大伙成群结队地走入夜色。

"你干吗不去?"她问他。

"我无法再过那样的生活了,茜尔。"卡拉丁说,"我不知道该拿自己怎么办。"

"可是——"

卡拉丁转身就走,给自己盛了一碗炖菜。

42
烟 云

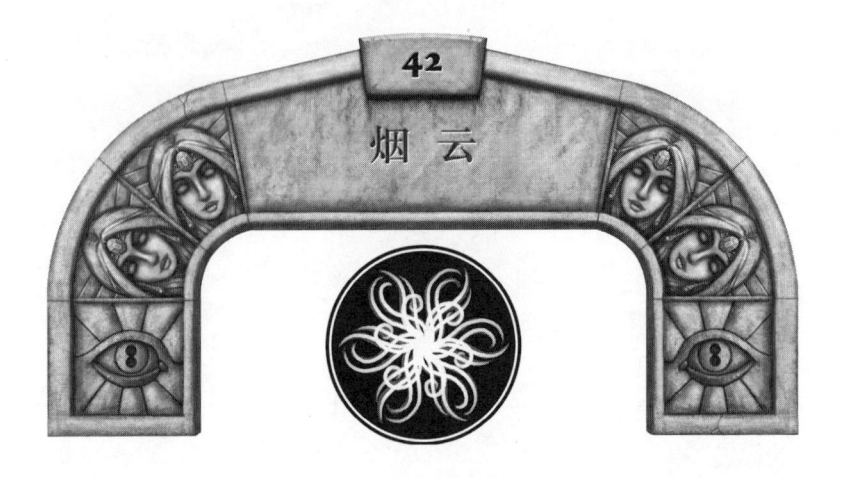

至于艾什艾林，他在光辉骑士团诞生伊始就是主心骨。他明白赋予人类飓能的后果，因而迫使他们形成组织。由于拥有巨大力量，他当众表示自己会摧毁任何不接受戒律约束的飓能者。

——摘自《光辉真言》第二章，第四页

沙兰从梦中醒来，闻得一阵嘈杂。她睁开眼，发觉自己蜷缩在一张舒适豪华的大床上。这里是塞巴里尔府，她先前和衣而睡。

那阵嘈杂是图腾发出来的，他紧挨着她贴在被子上，像极了蕾丝花边。窗帘被人拉上了——她不记得自己做过此事——室外的天色已暗。初到平原的日子迎来了夜晚。

"有人进来过吗？"她坐起来问图腾，拨开眼前的几根红发。

"嗯。有几个人。已经走了。"

沙兰起身走入起居室。阿什的瞎眼，她不太敢踏上簇新的白毯。要是她留下脚印、踩坏地毯，该怎么办？

图腾口中的"几个人"在桌上留下了食物。沙兰坐到沙发上，突然饿坏了。她掀开餐盖，发现盘子里装着夹了甜心的烤饼，还配有蘸酱。

"明早记得提醒我。"她说,"我要跟帕萝娜道个谢,她考虑得太周到了。"

"嗯。不见得。我觉得她……啊……太过了?"

"你学得很快。"沙兰说。这时,图腾变作线条交错的球体,来到她身边,悬浮在沙发的上方。

"不,"他说,"我学得太慢了。你们喜欢食物,却不要别的。为什么?"

"因为食物有味道。"沙兰说。

"我本该理解'味道'这个词。"图腾说,"可是不行,我不能理解全。"

风杀的,"味道"的概念如何描述?"味道就像色彩……你用你的嘴巴来看。"她蹙着眉说,"这个比喻太蹩脚了,对不起。肚子里没油水的时候我的大脑转不起来。"

"你说你的肚子里'没油水',"图腾说,"可我明白这不是你想表达的。分析完语境我才推导出你的真意。这种讲法有几分像谎话。"

"不对,"沙兰说,"如果这种讲法尽人皆知,就不是谎话。"

"嗯。这是最棒的谎话。"

"图腾,"沙兰掰下一片烤饼,"你有时很好猜,就像个想要引据沃林古体诗的巴甫兰德人。"

餐盘旁边摆着一张便条,上面说瓦沙尔和佣兵团已抵达,并已入住附近的公寓;奴隶则被暂时安置为家仆。

沙兰嚼着烤饼——吃起来很美味——走向行李,想要开箱。她打开第一只,却被闪动的红光震住了。缇恩的对芦起了反应。

沙兰直瞅着芦笔。对方是帮缇恩带信的人,沙兰预计是名女子,不过中转站地处塔石科,情报员甚至不一定信奉沃林教,没准还是男的。

她所知甚少，必须万分小心……风杀的，就算小心了，她还是有可能走上死路。可是沙兰不想再任人欺负，她早就厌倦了。

不管是否危险，这些人对乌有斯麓的情况有所了解，是最有力的信息来源。她取出对芦，把纸夹到写字板上，立好芦笔，拧了拧宝石，表示架设步骤已经完成。芦笔悬空未动，却没有立即书写。另一方的联系人暂且走开了，芦笔可能已经亮了几个小时。在对方返回前，她必须耐心等待。

"真不方便。"说罢她暗自嗤笑。就等上几分钟她都要抱怨？这可是即时通讯工具，传书可要飞越半块大陆。

我得想办法联系兄长，她想。缺了对芦，过程会很慢，她一想就灰心。她能不能通过塔石科的中转站另找一位情报员来送信？

她坐回到沙发上，把写字板和芦笔推到餐盘的一侧，查了查缇恩的远程通笔记录。这叠纸不算厚，缇恩大概会定期销毁，所剩无几的内容涉及迦熙娜、达瓦家族和鬼血会。

其中一点有疑。从话语方式分析，缇恩和该组织的主从关系不像是一次性的，她常常和鬼血会的人提起"搞好关系"和"升迁"之类的字眼。

"图样。"图腾说。

"什么？"沙兰朝他看去。

"图样。"他回答，"词里有图样。嗯。"

"在这张纸里？"沙兰举起通笔记录。

"对，还有别的纸。"图腾说，"看到打头的几个词了吗？"

沙兰皱着眉检查纸上的文字。在所有记录中，起始语都是对方传来的，一般会询问缇恩的体况或现状。缇恩每次均回以简讯。

"我弄不懂。"沙兰说。

"五个字母为一组。"图腾说，"嗯。每一条消息的图样都一样。前三个单词的首字母是那一组里的三个字母。缇恩的回复里要写对剩下的两个。"

沙兰对着那张纸左看右看,却摸不透图腾的意思。他又解释了一遍,她自觉能理会了,但个中的规律很深奥。

"里面有暗号。"沙兰说。这很合理。你总归需要一种方式来确认对芦那一头的用户正是你想找的人。她意识到自己差点毁掉了这个机会,不禁羞愧难当。假如图腾没有识破玄机、假如芦笔立刻开始书写,沙兰就会暴露自己。

她做不到。这个组织运作成熟、势力浩大,足以放倒迦熙娜本人,她无法渗透进去。她就是没有这种能力。

可她必须做到。

她拿出素描本,随性落笔。她的年龄需要大一些,不过不能太老,瞳色得变暗,看到陌生的光眼种穿行于军营,别人会品头论足。化身暗眼种比较不引人注目。但是,面对合适的人,她可以说明自己滴了眼药水。

画中人的黑发很长,和她的头发类似,但并非红色。此人的身高和体型和她保持一致,不过脸型不同,下巴上还横着一道疤。画中人的面部棱角分明,有如缇恩般沧桑,虽不及沙兰靓丽,却也不丑,只是显得更……坦率。

她从身边的灯盏中吸取飓光,补充到能量后,她越画越快,心中并不激动,而是产生了提速的欲望。

她挥笔定稿,发现纸上的那张脸正在回望她,简直惟妙惟肖。沙兰呼出飓光,感到翻滚的光雾将她包围。她的视线模糊了一阵,逐渐淡去的光芒是唯一的所见。

随后光雾皆散,毫无别样的感受。她戳了戳脸颊,觉得没什么变化。她究竟有没有——

沙兰盯着自己的肩膀,察觉披下来的头发是黑的。她又急又怯地站起,穿过起居室,来到盥洗室的镜子前,看到了一张长着褐肤暗眼的新脸。画中的面庞被赋予了形色和生命。

"起作用了……"她喃喃道。相比从前,她再接再厉、一变到底,达成的不只是除损或增龄。"我们能拿这个干什么?"

"没有我们想不到的,"待在附近墙上的图腾道,"或者说,没有你想不到的。我不太擅长应付不存在的东西。可我很喜欢。我喜欢……它的……味道。"讲完这句话,他好像颇为自鸣得意。

有地方不对劲。沙兰拧起眉头,举起画纸,意识到画中人的鼻翼处有一块地方并未完稿,织光术的幻象没有彻底覆盖她的鼻子,边上有一道失真的小裂纹。别人也许只会视其为奇怪的伤疤,可对她来说,这个失误却极为扎眼,与艺术家特有的完美主义背道而驰。

她的假鼻尺寸略大,她碰了碰其余部位,竟能穿透幻象、触摸自己的鼻梁。这层面具缺乏实感。事实上,当她快速地拨弄假鼻的鼻尖,幻象就会糊成一团、化为飓光,就像被狂风刮走的烟雾。

她移开手,幻象瞬间凝聚为原状,只是那道裂纹犹在,全是由于她画图时太过大意。

"幻象能持续多久?"她问。

"要靠飓光。"图腾说。

沙兰从禁袋里掏出润石,它们一律散尽了华彩。在会议上,她与轩亲王进行了对话,飓光的储量或许就耗掉了。她从壁灯里取下一颗润石放进手心,又摆上了一颗同等面值的无光润石。

沙兰走回起居室。她自然要换装,因为暗眼种女子不会——

此时,芦笔动了。

沙兰赶忙跑到沙发边上,屏息查看对方传来的消息:我想我今天拿到的几点情报会有用处。单单一句起笔,却蕴藏暗号。

"嗯。"图腾说。

在回复时,头两个词的首字母要符合规定。可你上次说过了,但愿她对上了暗号。

放心,传信人写道,你会喜欢的,就是时间可能有点紧。他们愿意接头。

好的,沙兰回复道,松了一口气——还好缇恩抽空加过压,她很快就练成了伪造技巧,这无非是变相的绘画。不过在缇恩的建议下,沙兰正在用娴熟的手法模仿此人的潦草笔迹。

他们晚上就想见你,缇恩,芦笔写道。

晚上?现在都什么时候了?壁钟显示,夜间的第一声钟已经过半,初月刚刚升起,天色恰好全暗。她拿起芦笔,准备写上"我不确定有没有准备好",却未落笔。缇恩不会这样说话。

我没做准备,她改而写道。

他们很坚持,传信人回复道,所以我才想着要早点联系你。迦熙娜的学徒显然是今天到的。怎么了?

不关你的事,沙兰回复道,使自己的笔锋吻合缇恩通笔时的语气。对方只是个跑腿的,并不是缇恩的同伙。

那是当然,芦笔写道,但他们晚上就想见你。如果你推掉,你们的关系可能就掰了。

飓风之父啊!晚上?沙兰挠了挠头发,盯着那张纸。晚上她行不行?

干等着真有用吗?

她忐忑地写道:我自以为抓住了迦熙娜的学徒,可那姑娘骗了我。我现在身体不舒服,但会送学徒来。

又收了一个,缇恩?芦笔写道,你还没受够阿汐?不管怎么说,我觉得他们的本意不是和你的学徒见面。

他们别无选择,沙兰写道。

她说不定可以施一次织光术,把缇恩的形象套上身,可她怀疑自己还没准备好。扮成一个无中生有的人已经很难了,可要冒充某个真人?肯定会露出马脚。

我去问问，传信人写道。

沙兰顺势候着。远在塔石科的传信人会取出另一支对芦与鬼血会联系。在等待过程中，她端详着从盥洗室拿来的润石。

润石内的飓光褪得只剩星点。为了维持织光术的效力，她得随身携带大量注过光的润石。

芦笔又写了起来：他们同意了。你可否尽快赶到塞巴里尔的军营？

应该可以，沙兰写道，为什么选在那里？

因为那里有一扇通宵开放的营门，不可多得，传信人写道，你的主子会在一幢公寓里和你的学徒碰面，我会画一张地图给你。吩咐你的学徒在萨拉斯升到天顶时入场。祝好运。

对方随后传来一张简明的路线图。要等到萨拉斯升到天顶？她还有二十五分钟，可她对军营一点不熟。沙兰一跃而起，随即定在原地。她不能穿成光眼种的样子出门，于是她急忙跑向缇恩的箱子，在那堆衣服里翻找起来。

几分钟后，她穿着系扣白衬衣和宽松棕裤站到镜子前，禁手上戴了一副薄手套。像这样展露手部，她感到毫无防备。那条裤子还不错，暗眼种女子在沙兰家的农场干活时就会穿，可她从未见过以裤装示人的光眼种女士。然而那副手套……

她浑身颤抖，发觉那张假脸涨得通红。她皱皱鼻子，那个假鼻也跟着运动。这样挺好，但她还是想掩饰自己的羞赧。

她披上缇恩那件质感挺括的白风衣，下摆一直垂到靴沿。她学着缇恩的样，系上一根黑色的猪皮厚腰带，尽量让风衣包住全身。最后，她从房里的灯盏内取出注过光的润石，把它们装入内袋，换下了旧的。

鼻翼上的破绽还是让她心烦。要把脸遮一遮，她想着，匆匆赶回箱子边，掏出布鲁斯的翻边白帽。但愿这东西戴到她头上能漂亮一些。

她把帽子扣到头上,走回到镜子前。见到脸被挡去了一部分,她很满意。那顶帽子看上去确实有点傻,可她很快便感到整套行头没有一样是不傻的。戴手套?穿裤子?那件风衣披在缇恩身上很是有范儿,能凸显出个人风格和久经沙场的老练,可被沙兰穿上身,就很假。她一眼就看穿了,镜中人不过是一个喜欢怕这怕那的雅克维德乡下女孩。

我的权并不实在,迦熙娜的话语再度响起,只是幻景般的烟云罢了。我可以为他们编织出假象……你也可以。

沙兰把背挺直,正了正帽檐,接着走到卧室,往衣兜里塞了点东西,包括那张路线图。她来到窗边,推开窗户,还好她住在底层。

"我们走吧。"她对图腾耳语,随后翻出窗户,遁入夜色。

43 鬼血会

待他们停止内乱,纳兰艾林终于接纳了称其为大师的破天骑士团,始于雷孚邦的骚动就此平息。起初,他拒绝他们的示好,本着为自身着想的原则,拒绝支持他认为无价值的恼人追求;他是最后一位承认主保圣人身份的令使。

——摘自《光辉真言》第五章,第十七页

不出意外,纵使天色已晚,军营依旧喧嚣。在卡哈巴兰斯逗留期间,沙兰学到了一点:不是所有人都把入夜时分当作停工休憩的理由。街上还是人头攒动,不比她初次坐马车经过时冷清多少。

没有人注意到她。

仅此一次,她才不觉得自己很显眼。就算在卡哈巴兰斯,她也会博得旁人的目光——他们打量她、权衡她,有人想行窃,其余人则思虑着如何利用她。无人保驾的年轻光眼种异乎寻常,很可能会成为下手目标。不过,现在的她留着黑色直发、长着深棕色眼眸,就和隐形人无二。这样真好。

沙兰笑了笑,把两手插进衣袋。尽管无人瞩目,往禁手上戴手套还是让她羞愧。

她来到一个岔口前。一边的军营被火把和油灯照亮,那里有座繁忙的市场,众人都不敢把润石装进灯盏。沙兰朝这个方向走去,因为人气旺的街道更为安全。她不停地揉着衣袋里的纸片,随后把它掏了出来。她停下脚步,等着前面那群叽叽喳喳的行人走开。

这张路线图很好认,她只须找对方位。她候了许久,**最终意识到堵在前面的人不会散开**。她还在期待他们能像服从光眼种那般为她让道。她为自己的迟钝摇头,绕开了那群人。

事情还没完,她只得挤过推推搡搡的人潮,在狭窄的空间内穿行。市场里涌动着两股汇流的河川,小贩在路中央卖吃的,商铺则分布在街道两旁,某些地方甚至安着连到对面房屋的凉篷。

或许再走十步就是熙攘喧闹的密集商区,沙兰流连不已,不禁想要停下画一画大半的过路人。他们或是砍价、或是嚼着小吃和朋友同行,似乎生气勃勃。为什么她在卡哈巴兰斯时就没有多出去走走?

她止住脚步,笑看一名街头艺人表演盒子木偶戏。在道路的前方,一个赫达孜人用上火镰和某种不知名的油,在空中制造出了好几道烈焰。如果她能就这么停留片刻,然后把他画下来……

不行,她有事要办。很显然,她隐约不想继续下去,思维也在极力脱缰。她愈发意识到这是一种自卫心态,**她需要以之过活**,可是她的人生不能受其左右。

不过,她还是来到一个蜜饯摊前。女摊主正在贩卖一车的糖葫芦,鲜红多汁的水果被一根根小棍串起,外面蘸着透明的糖稀。沙兰从兜里掏出一颗球币,顺手递了出去。

女摊主盯着球币发愣,旁人纷纷停下围观。怎么了?不就是一颗绿宝石马克,她还没拿出布罗姆呢。

她看了看铭文价目表,一串糖葫芦卖一颗清齐普。她不常考虑球币的面值,但是如果没记错的话……

一颗绿宝石马克值得上二百五十颗清齐普。就算她家里的财政状况再紧张，这笔钱对他们来说也不算多。然而那是深宅大院的标准，不是街头小贩和工薪阶层暗眼种能攀得上的。

"嘿哟，我想我找不出钱。"女摊主说，"呃……公民。"这个称呼指代处于前二等的富裕暗眼种。

沙兰满脸通红。她的阅历太浅了，这种情况还要发生几回？"我想买一串，还想请你帮个忙。我在这里人生地不熟的，总能问问路吧？"

"您这样太慷慨了，小姐。"女摊主虽是这么说，却麻利地收下了球币。

"我要找衲袄街。"

"哦，小姐，您风杀的走错路了。要去衲袄街，先沿着市场往后跑，再往右转，嗯，要过六个街区吧？很容易找的。轩亲王叫大家把房子造成方方正正的，就像标准的城市那样。找到那条酒馆街就行。可是小姐，我觉得那种地方不是您该去的。咳，瞧我这话说的，您别介意。"

就算变身为暗眼种，别人也还是认为她无法自立。"多谢。"沙兰抓起一串糖葫芦，赶忙穿过人流，走到相反的方向上。

"图腾？"她低唤。

"嗯。"他贴在大衣外，靠近她的膝盖。

"落在我后面，看看有没有人跟踪。"沙兰说，"行吗？"

"要是有人来，他们会留下印记。"他从大衣上掉落，一时悬空，形成一团错综复杂的黑线，最后没入岩地，好似滴水进河。

沙兰顺着人流匆匆前行，禁手紧紧地抓着衣兜里的润石袋，那串糖葫芦则拿在闲手上。她犹记得迦熙娜在卡哈巴兰斯的刻意显摆，只要亮出很多钱，窃贼就会像雨后的藤条那般被吸引过来。

沙兰跟随着女摊主的指示，心中的解脱感已经消失，取而代之的是焦虑感。她拐了个弯,离开了市场,前面的街上行人骤减。那个卖蜜饯的小贩是不是指错方向了?她莫非布下了圈套?如果真是这样,沙兰遭劫的机会就大了。她低下头,快步上路。她不能学着迦熙娜的样施塑魂术自卫。风操的!沙兰就连木柴都劝不动,它根本烧不起来。她觉得自己无法大变活人。

她会织光术,可她已经用上了。她能不能同时制造出第二层幻象?她的伪装到底怎么样了?这会消耗润石里的飓光,她差点就要把它们掏出来看看了,后来却停了手。傻瓜。刚才还担心被偷,现在倒想标榜自己有钱了?

经过两个街区,她停下脚步。这条街上是有一些行人,几个穿工装的男子正准备回家休息。这里确实没有前几处地方繁华,屋子都比较破旧。

"没人跟踪。"图腾的声音从她脚边传来。

沙兰惊得一蹦,险些撞到屋檐。她把闲手护到胸前,深深吐纳。她当真以为自己能混入刺客团伙?

缇恩说过,亲身经历是最好的老师,沙兰想,我只须应付好打头的几次,但愿在丢掉性命前就能习以为常。

"一直走,别停。"沙兰说,"时间紧得很。"她向前走去,咬了口糖葫芦。水果相当美味,可她神经紧绷,无法全身心地享受。

要去那条酒馆街,其实只要走过五个街区,而不是六个。路线图被沙兰揉得越来越皱,上面标明了碰头地点,有一间酒馆的窗口会泻出蓝光,那幢公寓就在它的正对面。

沙兰来到公寓前面,把糖葫芦的棍子扔开。这幢楼似乎年久失修,石墙斑驳、窗板歪斜,却未被飓风刮倒,真叫人称奇。纵然如此,它也不可能是老建筑,因为随军设施的使用期不过只有五六年。

她走到门前抬手一叩,完全清楚里面可能是白脊穴,而自己正要闯进去讨食。一个体壮如山的暗眼种男子开了门,他留着吃角族人的胡须,似乎长了几根红发。

那个人上上下下地打量她,她只得忍住跺脚的冲动。最后,他把门开到最大,竖起粗手指,示意她进去。一把巨斧就靠在一边的墙上,她没有视而不见。室内装了一盏不太牢的壁灯,里面似乎只有一颗齐普,幽幽的飓光从中放射出来。

沙兰深吸一口气,走进公寓。

楼里飘着一股霉味,走廊深处传来不绝于耳的滴水声。楼顶必然漏雨,飓风一来,雨水就渗进裂缝,一路落至底层。那个守卫一言不发地领着她穿过门厅。地板是用木头做的,不知为何,在上面走动总让人有种要陷进去的感觉。她每踩一步,地板就吱嘎吱嘎地呻吟,上好的石材向来不会如此。

守卫朝墙上的一个洞点点头,沙兰顺势望去,那里黑魆魆的,连着朝下的楼梯。

风操的,我在搞什么?

别怕。这才是她要做的。沙兰扬起眉头,望了望那个面容狰狞的守卫,强迫自己用淡定的口气说:"对待室内装潢,你们还真卖力啊。楼里怎么就有个暗道?在破碎平原上,为了找到这种窝点,你们花了多久?"

守卫居然笑了,其凶相不见丝毫缓和。

"我一走上去,楼梯不会塌吧?"沙兰问。

"没事。"守卫发话了,声调高得出奇,"我今天吃了两顿早饭,它都没塌。"他拍拍肚皮,"快下去,他们在等你。"

她取出一颗润石照明,迈步下楼。这里的石墙是凿出来的。什么人会在一幢破败的公寓底下挖出地窖?用得着这么费事吗?眼见墙上残留着好几道长长的飓砂渍,她便有了答案。这些飓砂在很久以前就凝固了,有点像蜡烛上的蜡融化之后的样子。

这个地洞早就存在了,阿勒斯卡人是后来者,她想道。建造军营期间，塞巴里尔把这幢楼布置到此处，盖住了已有的地下室。承载军营的大岩坑肯定住过人，不然没有别的解释。曾经的居民是谁？难道是古纳坦人？

她拾级而下，来到一间空荡荡的小室。这种危楼里也有地窖，着实奇怪。一般只有富有人家才有此般配置，因为他们需要做足防洪准备。沙兰不解地抄起手，一阵子过后，地上的一角开出个小口，室内变得光亮起来。沙兰不禁屏息后退。石地上有一片区域是假的，安着活板门。

地窖之下还有天地。她走到墙边，看到了一架通往下层的梯子。那里铺着红地毯，灯火通明。鉴于她一直处在暗中，所以楼下的光亮近乎耀眼。飓风过后，这块地方肯定会被大水淹没。

她摇摇晃晃地上了梯子，往下爬去，并且庆幸自己穿了裤子。这时，头顶的活板门关上了——这东西似乎由某种滑轮装置操控。

她跳到地毯上，然后转过身，发现这里富丽堂皇，和楼上的景致很不协调。厅室的中央放着一张长餐桌，摆在那儿的玻璃高脚杯内嵌闪亮的宝石，室内盈满华彩。墙上安着一排排整洁的架子，上面放满了书籍和陈设，大多装在小玻璃箱内，算是纪念品？

在场者有五六位，其中一人最吸引她的眼球。此人身板挺直，满头乌发，一身白衣，正站在噼啪作响的壁炉前。看到他以后，她回忆起了童年。那时来过一位神秘的信使，他长着含笑的眼眸，学识极其广博。这是一个时代的终结，两位盲人一边等待，一边思考什么是美……

那名男子回过身，现出浅紫色的眼珠和满是旧伤的脸，一道横跨脸颊的疤痕延伸至上唇，扭曲了嘴形。他穿着高档套装，用左手端着酒杯。尽管他打扮得很精致，那张脸和那双手还是揭开了另一面。他打过仗、杀过人，也造过反。

此人不是那位沙兰有缘一见的信使。他扬起右手，将一根长芦管举到嘴边,像是在用武器瞄准,而沙兰恰好成了目标。

她僵立在原地,无法动弹,只好盯着远在房间另一端的武器。终于,她回头看了看。墙上挂着绘有各色生物的壁毯,正是对面的男子想要命中的靶心。沙兰尖叫一声,抢在那人吹气前蹦到一边。紧接着,一支小镖从芦管中射出,在空中飞过一程,最后扎进了壁毯上的某个生物,只差几寸就要刺中她。

沙兰扬起禁手护到胸前,深吸一口气。*稳住*,她心想,*稳住*。

那人放低吹箭筒,瓮声瓮气地问:"缇恩身体不好?"沙兰打了个冷战,听不出他的口音。

"是。"沙兰挤出一句话。

那人把高脚酒杯放到身旁的壁炉架上,然后从衬衣口袋里抽出另一支吹镖,小心地将其塞进吹箭筒。"不像她的风格。本次接头意义重大,那种小事挡不了她。"

装好吹镖后,他抬头望了望沙兰。那张脸布满伤疤,不带一丝表情,紫瞳宛若玻璃。全场似乎都屏住了呼吸。

他已经识破了她的谎言。沙兰冒出一身冷汗。

"您说得对。"沙兰道,"缇恩身体无恙,不过计划出了岔子。迦熙娜·寇林已死,可刺杀行动相当敷衍,缇恩觉得眼下还是小心为妙,因而才通过中间人办事。"

那人眯着眼,托起芦管用力一吹,把沙兰吓了一跳,但吹镖命中壁毯,没有冲着她来。

"此举表明她太过患得患失。"他说,"你明知我可能会因她的过错而杀掉你,还愿意亲自前来?"

"女人总要自寻出路,光明贵人。"沙兰的嗓音不由自主地发颤,"如果不涉险,怎能一步步上位。假若您不动杀心,我就有机会拓展社交圈,有些人根本不是缇恩能介绍的。"

"有胆色。"那人竖起两根指头打了个手势,坐在壁炉边的一人——一名生有龅牙的光眼种，或许混有鼠类血统——急急上前，往沙兰身旁的长桌上随手放了一袋东西。

袋里装着润石，肯定满是布罗姆。口袋虽然呈棕色，却透着亮光。

"只要告诉我她的去向，这些钱就全归你。"顶着一张伤疤脸的男子又为芦管装上了一支吹镖，"我很欣赏你的野心。我不单会破财买她的情报，还会吩咐组织让出一个位置给你。"

"失礼了，光明贵人。"沙兰说，"您知道我不会出卖她。"她的汗水沾湿了帽子的里衬，顺着太阳穴直往下淌。他一定能读出她的恐惧，从地里钻出的惧灵正围着她爬，表明了她的心理，不过他的视线可能被桌子挡住了。"如果我见钱眼开，供出了缇恩的藏身之处，那么您招我进来又有何用？如果有一份重赏摆在面前，我也会如法炮制，往您背上插刀。"

"跟我谈荣誉感，嗯？"那人问道，将吹镖夹在两指间，仍旧一脸漠然，"一个贼哪儿来的荣誉感？"

"再度失礼，光明贵人。"沙兰说，"可我不只是个贼。"

"想不想尝尝严刑拷打的滋味？我告诉你，为了撬开你的嘴，手段不是问题。"

"我相信您有这个魄力，光明贵人。"沙兰说，"但您真的认为缇恩会向我透露她的所在？上刑怎么能达到目的？"

"好吧。"那人垂下眼，把吹镖塞进芦管，"一句丑话放前头，这么做可是乐趣无穷。"

*深呼吸，沙兰为自己打气，慢慢来，做回平常的自己。*她快撑不住了。"我想您不会下手，光明贵人。"

他举起芦管迅速一吹，*吹镖闷声扎进墙壁*。"道理何在？"

"因为您不像是那种见好不收的人。"她朝玻璃箱里的标本点点头。

"你以为我能从你身上捡到好处?"

沙兰昂首与他对视。"没错。"

他目不转睛地盯着她。炉火噼啪作响。

"那行。"他终于转向壁炉,以后背示人,同时再次举杯,一手端盏饮酒,一手仍托着芦管。

沙兰感到自己仿佛成了断线的木偶。她松了一口气,跟跟跄跄地坐到桌边的椅子上。她把帽子往后推了推,用发颤的手掏出手帕,拭了拭额头和两颊。

擦完汗后,她收起手帕,意识到身边坐了个人。沙兰根本没有见到来者的影子,他的突然出现把她震得一愣一愣的。此人生着褐肤,长得不高,脸上戴了一副卡得很紧的甲壳面具,看上去就像……面具周围长出了皮肤。

那副橙红色的甲壳面具就像一张镶嵌画,勾勒出眉线、显示出盛怒。面具之后的黑眼一眨不眨,直直地打量着她,暴露在外的嘴唇和下颌不露感情。这名男子……不,此人是女性。沙兰留意到了微凸的胸部的纤巧的体形,不加遮掩的禁让她甚为惊异。

沙兰忍住羞意。这个女人身穿式样简约的深棕色衣裳,系着一根做工繁复、镶有更多甲壳饰物的腰带。另外四人秉承阿勒斯卡式的传统装扮,正在火边小声交谈。那个向她追究过几个问题的高个男子没有再说话。

"光明贵人,请问?"沙兰向他看去。

"我正在思量呢。"男人说,"我本来打算先杀了你,再把缇恩揪出来。你可以跟她说,就算她没有从迦熙娜那里取回研究成果,也不必躲着我,我的气头并不在此。我雇上可信的猎手出征,也明白其中的风险。缇恩应当不计一切代价力保寇林死绝,或许我不该夸她做得有多好,不过我还是满足了。

"然而,她并未亲自前来作出解释——如此畏畏缩缩,真倒人胃口。她东躲西藏，和猎物没什么两样。"他品了口酒，"而你正相反。她知道我会大发慈悲，于是便送了个人过来。她老爱耍小聪明。"

哼，说得倒好。这对沙兰意味着什么？她犹豫地站起，想要远离那个决眦而视的矮个怪女郎，但她没有立马走开，而是趁机观察起房间的细部。壁炉里的烟气要排到哪儿去？他们是否挖过直通到地下的烟囱？

右边的墙壁上摆放着大量纪念品，包括几颗巨大的琼心石。它们若合计在一起，说不定比她父亲的领地还值钱。幸好这些石头没有注入飓光，就算未经切割，它们也有散发耀目强光的可能。架子上还有一些沙兰不太熟悉的贝壳。那根獠牙或许取自白脊，那个可怕的眼窝看上去很接近龟壳水母的头骨结构。

另一些奇珍异宝令她大惑不解：一瓶白沙、几根粗发簪、一绺金丝、一把银刀、一根写有陌生文字的树枝、一朵浸泡在溶液中的仙葩。这些藏品均未匹配铭牌。那一大块淡粉色的晶体颇似宝石，仿佛单是轻放也会将其碾碎，一粒粒剥落的晶屑躺在底座里。它为何如此易损？

她蹑手蹑脚地走近厅室的后方。从炉火里升起的烟气飘到壁炉的顶端，正绕着某个东西袅袅打转。是宝石？不，是一种功能类似线轴、可以收集烟气的法器，她还是头一次见到。

"你认识一个名为亚马兰的人吗？"满脸伤疤的白衣男子问。

"不认识，光明贵人。"

"我叫穆里兹，"他说，"你可以直呼此名。你叫什么？"

"我叫浣纱。"沙兰随口报上一个名字。

"好极了。亚马兰是轩亲王撒迪亚斯帐下的碎瑛武士，也是我们当前的猎物。"

一听此言，沙兰浑身战栗。"您对我有何期许，穆里兹？"这个称呼的构词法不属于沃林教国家的语言范畴，她试着念了念，却发不准音。

"他的住处就建在撒迪亚斯的宫邸附近。"穆里兹说,"亚马兰在家中留了一手,我想知道他都藏着哪些不可告人的秘密。通知你的主子弄完调查就来向我汇报情况,时间定在下周三。她明白我求的是什么,如果她能把事情做好,我对她的失望之情就一笔勾销。"

穆里兹要她摸进碎瑛武士的大宅?风吹雨打的!沙兰全然不知该怎样办到。她真该抛下伪装望风而逃,要是能捡回一条小命,就是运道。

穆里兹放下空酒杯。她发觉他的右手伤痕累累,畸形的手指似乎断过,而且接得很草率。穆里兹的中指上戴着一枚金光灿灿的纹章戒指,上面的符号就是迦熙娜画过的那款。沙兰的管家有一个具有相同符号的项链坠,卡波萨也在身上文过这个图案。

已经没有回头路了。为了探查这些人所了解的内幕——事关家族、迦熙娜和世界末日——沙兰会不惜一切。

"保证完成任务。"沙兰对穆里兹说。

"不谈谈报酬?"穆里兹忍俊不禁,从衣袋里取出一支吹镖,"你的主子每次都不免俗。"

"光明贵人,"沙兰说,"高档酒庄里没有讲价的余地,您无论给多少报酬,我都会接受。"

下了梯子后,她还是第一次看到穆里兹露出笑容,可他没有正眼瞧她。"亚马兰动不得,刀儿。"他提醒道,"他的命不归我们管。切莫惹是生非、惊动他人,叫缇恩调查完了就回来。我要说的就这么多。"

他扭身往墙上吹了一镖。沙兰瞥了一眼火边的四人,眨眼四次,将他们依次印入脑海。之后,她察觉是时候离场了,便走向梯子。

穆里兹托起吹箭,瞄准最后一次。她感到他的视线移到了她背上。顶部的活板门打开了,沙兰爬上梯子,觉得那人的目光一直在追随她。

一支吹镖从她脚下擦过,穿越横杠间的空隙,刺中了墙壁。沙兰爬出密室,又上到了地窖,呼吸急促。活板门关了起来,把她留在黑暗中。

她顾不上脸面,手忙脚乱地跑上楼梯,逃出了公寓楼。她站在室外,大口大口地呼吸。酒馆街的人气没有下降,反倒吸引了大批酒客,*变得愈发喧闹*。沙兰急忙上路。

她现在才意识到,对于和鬼血会的人见面沟通,自己胸无大略。接下来她要做什么?从他们那边挖取情报?这需要获得他们的信任。穆里兹不像是那种会交出真心的人。她要如何打探他对乌有斯麓的了解?怎样才能把这些人的注意力从她兄长身上转移开?她要如何——

"跟踪。"图腾说。

沙兰骤然停步。"什么?"

"有人跟在后面。"图腾愉悦地发话,殊不知于沙兰而言,这一整桩事有多么紧迫,"你叫我盯着,我就盯着了。"

穆里兹自然会派人尾随。沙兰又冒起冷汗,硬逼自己头也不回地快走。图腾已经爬到了她的大衣上,于是她问他:"几个人?"

"一个。"图腾说,"就是那个戴面具的,可她现在披上了黑斗篷。我们要去和她寒暄几句吗?你们称得上朋友了,对不对?"

"不,不尽然。"

"嗯……"图腾说。她认为他在试着理解人际交往的性质。祝他好运。

怎么办?沙兰觉得自己难以甩掉盯梢者。那名女子肯定有过这方面的经验,然而沙兰……她的经验都是从阅读和绘画里得来的。

*织光术,她想,我能用上吗?*她的伪装还未失效——那头披肩黑发就是证据。她能否将穿在身上的幻象变个样子?

她吸入飓光,脚步不由得加快。前方的两幢公寓间夹着一条小巷，沙兰快步拐了进去，故意埋藏起卡哈巴兰斯的记忆，那儿也有类似的胡同。随后，她猛地呼出飕光，力图塑形，也许可以变出大块头男子的幻象，好遮住她的大衣，并且……

飕光只是涌到她身前，没有任何作为。她慌了神，却强迫自己马不停蹄地往巷子深处走。

这么做毫无反应，为什么？她在住的地方就成功过！

跃进她脑海的理由仅和图画有关。她在自己的房间里能画上详图，现在她缺少这种条件。

她把手伸进衣兜，拿出那张正面有路线图、背面全白的纸片。她又在另一只口袋里摸了摸，想找出炭笔。她带上这支笔是本能所趋，以便边走边画。萨拉斯将要落下，夜色太浓，不可绘图。况且她一路不停，手头还没有坚实的垫板，如果止步作画，会不会引起怀疑？风杀的，她心慌意乱，连笔都握不正。

她需要一个藏身之处、一个可以蹲下来把图画扎实的地方，就像巷子里的房门边角，她已然经过了好几个。

她画起了一堵墙。

这可以在途中办到。她拐进一条胡同，旁边的露天酒馆溢出光线，洒到她身上。她在纸上画了一堵石墙，没有理会酒客的嬉笑与吆喝，但有些人好像在冲着她喊。

她不知道这样有没有用，但不妨一试。她转入另一条小巷——差点绊到一个没穿鞋的打呼醉汉——然后开跑。没过多少距离，她便躲进一个深达几尺的门洞，呼出剩余的飕光，随即发挥想象，让纸上的那堵墙挡住门口。

四周变得一片漆黑。

虽说巷子里本就昏暝，**可她现在什么也看不见**。幽暗的月辉渐而隐去，火光洋溢的巷尾酒馆也消失了。这是否表明她施出了织光术？她紧靠背后的房门，摘下帽子，想要确认身上的各部位没有伸出幻象。外面传来了靴底刮擦石地的轻微响动,以及衣袍摩擦前面那堵墙的窸窣声。此后,一切归于宁静。

沙兰木然僵立,敛神谛听,只可闻得剧烈的心跳声。终于,她悄悄发问:"图腾,你在吗?"

"在。"他说。

"去外面看看那女的是不是还在附近。"

他无声无息地去了又回。"她走了。"

沙兰喘出那口憋闷已久的大气,随后壮起胆,穿过那堵假墙。她的眼前霎时灿亮无比,犹如飓光一闪。接着,她跨进小巷,站在路上,身后的幻象如烟般略作搅动,即刻复原。

织光术的效果其实相当逼真。假如挨近细看,假墙与真墙不算无缝连接,不过这在夜里很难发现。可惜那层幻象没过几秒就变回了缠绕的飓光,然后消散殆尽。她没有多余的飓光来维持它的形态。

"你的伪装没了。"图腾突然提起。

红发重现。沙兰倒抽一口凉气,马上把禁手插进衣兜。那个缇恩教出来的暗眼种女骗子可以半裸出场,但是沙兰不行。这样就是不成体统,而且荒唐无稽。

她虽然明白,却无法转变心意。她稍作迟疑,随后脱下大衣。在变脸换发、除去衣帽后,她成了另一个人。她走出小巷,背朝面具女的大致行进方向。

沙兰在原地顿了顿,辨认着方位。宅邸在哪儿?她试着回想来时的路线,却很难咬定自己所在的位置,所以要借助可视的媒介。她取出揉皱的纸片,速涂了一张已经走遍的地图。

"我能领你回宅子。"图腾说。

"我没问题的。"沙兰举起地图,并点点头。

"嗯,里面有图样。你看得懂?"

"对啊。"

"可你看不懂通笔里的图样。"

她能怎么解释?"通笔里全是字词。"沙兰说,"军营是地方,我可以画出来。"有了地图,回程该怎么走就很清晰了。

"哦……"图腾说。

她有惊无险地回到了塞巴里尔府,却不能判定自己有未甩开跟踪者。在爬窗入室前,她穿过了庭院,是否有仆人看到她还是个谜。偷溜出去就会产生这种问题。如果表面上安然无事,你很难弄明白是真的没出乱子,还是某个明察之人还未动手。

沙兰关上窗板、拉好窗帘,然后横躺到长绒床上,一边深呼吸,一边发抖。

我干了件史上最蠢的事,她想道。

但她还是喜不自禁,兴奋得两颊泛红。风操的!那种惊心动魄、那种冷汗涔涔、那种仅靠如簧的巧舌就从兽口脱险的畅快,她乐在其中,就连最终的那场追逐也算不了什么。她是怎么了?在她图谋行窃迦熙娜时可是步步惊心。

我不再是那个女孩了,沙兰笑着望向天花板,几个星期前就不是了。

她一定会设法调查那个光明贵人亚马兰,也会争取穆里兹的信任,以便打听他的所知。*我仍需与寇林家族联姻*,她想,*此中的渠道就是阿多林王子*。为了与他再度交流,她必须尽快找出门道,但不能显得急不可耐。

在她的艰巨任务当中,涉及他的部分很可能是最惬意的。她一下子下了床,走去察看餐盘里还有没有吃剩的食物,嘴上笑个不停。

44 一种正义

论及铸契骑士团,其成员数目往往固定,唯有三人。他们无意大增兵力,于玛达萨时代,仅派一人常驻乌有斯麓效忠御座。该骑士团灵体性质特殊,劝其扩张至其余骑士团之规模,无异煽风点火。

——摘自《光辉真言》第十六章,第十四页

达力拿的训练场专为光眼种开辟,出身显赫的官兵随处可见,卡拉丁每次前来,总会觉得自己很惹眼,这让他焦虑难安。

达力拿规定士卒必须整装执勤,无人不从。穿着蓝制服的卡拉丁不该感到格格不入,可事实正相反。光眼种的制服更奢华,外套质量上乘,闪亮的双排扣镶有宝石,有些款式还配有刺绣,彩色围领日益流行。

卡拉丁携部下入场,对上光眼种的检视。尽管普通士兵奉他的部下为英雄、尽管这些军官尊重达力拿和他的决定,他们还是秉持敌对姿态。

这里不欢迎你们,他们的瞪视言明,人要各得其所,你们跑错了地方,就像闯进了餐厅的红甲蟹。

"长官,今天要训练,我可以离队吗?"雷纳林问卡拉丁。这个年轻人穿着第四冲桥队的制服。

卡拉丁点头同意。雷纳林一走,其余冲桥手就放下了戒心。卡拉丁指向三处站位,三名部下立即跑去值岗,莫阿什、泰夫特和幺克则跟在他身边。

卡拉丁领着他们走向站在沙地后方的扎赫尔。其余虔诚者都在忙着为决斗中的光眼种运送饮用水、毛巾和武器,只有扎赫尔在扔彩色的小石子。他已经在沙中画了一个圈,石子就要掷到里面去。

"我接受你的提议。"卡拉丁上前几步,对他说,"我带了三名部下,他们得和我一起学。"

"我可没讲过要教四个人。"扎赫尔说。

"我知道。"

扎赫尔哼唧道:"绕着这栋房子慢跑四十圈。等我玩腻了,再回来报告。"

卡拉丁横手一指,四人瞬即开跑。

"等一下。"扎赫尔喊道。

卡拉丁中途停步,靴底刮擦着沙地。

"我只是想考量你们有多愿意听我的话。"扎赫尔把一颗石子扔进圈内,嘴里念念有词,好像自得其乐。终于,他回过头说:"我想我没必要打压你们。可是小子,你的耳朵早红成一片了,真是前所未见。"

"我——耳朵红?"卡拉丁问。

"这门破语言好下诅咒之地了。我是说,你想逞英雄,急着找打,看人看事全是一肚子的火。"

"你怪得了我们吗?"莫阿什问。

"大概不行,但是要给你们这群小伙上课,可不能让红耳朵搅了我的兴致。你们要听话、要照我说的做。"

"是,扎赫尔老师。"卡拉丁说。

"别叫我老师。"扎赫尔竖起拇指往后一送,指了指正在虔诚者的协助下穿戴碎瑛甲的雷纳林,"我是他的老师。给你们这群小伙上课只是自发行为,因为我想保住朋友的命。等在这里,我过一会儿就回来。"

他转身走向雷纳林。幺克拾起一颗被扎赫尔掷开的彩石,扎赫尔看也不看就说:"咄!别碰我的石头!"

幺克一惊,扔下石子。

卡拉丁倚靠到一根支撑着屋檐的立柱上,看着扎赫尔给雷纳林授课。茜尔窜至下方,观察起石子,面露好奇,想要弄清它们有什么特别之处。

不久后,扎赫尔领着雷纳林路过,解说着今日的训练内容,显然想让年轻人去吃午饭。一些虔诚者急忙搬来餐桌和餐具,还有一把结实到可供碎瑛武士落座的椅子,他们甚至连桌布也不缺。卡拉丁看着就想笑。扎赫尔走到一边,茫然无措的雷纳林独自坐到桌前,打量着丰盛的午餐,笨拙地拿起餐叉。他还穿着重型碎瑛甲,面罩已抬起。

"你在教他如何小心运用新增的助力。"卡拉丁对着往回走的扎赫尔说。

"碎瑛甲效力强,难于支配。"扎赫尔没有斜眼看卡拉丁,"你要练的不单是砸墙和跳楼。"

"那我们什么时候——"

"给我乖乖等着。"扎赫尔溜达开了。

卡拉丁瞟了泰夫特一眼,后者耸肩道:"我挺喜欢他。"

幺克窃笑不已。"那是因为你脾气太臭,和他有得一拼,泰夫特。"

"我脾气哪里臭了,"泰夫特正色道,"我只是难以忍受蠢人蠢事。"

经过一番等待后，扎赫尔提着一把碎瑛刃跑了回来。众人精神一振，瞪大了双眼。

他们一直在盼着举剑的一刻，卡拉丁告诉过他们这可能是训练的一部分。他们目不转睛地看着瑛刃，就像在看女人脱手套。

扎赫尔一步走到他们面前，将瑛刃猛地插进沙地，然后从剑柄上移开手，招呼道："好了，都来试试。"

他们出神地看着瑛刃。"克勒克的臭嘴，"泰夫特终于说，"你给我们来真的？不会吧？"

不远处的茜尔不再观察石子，而是直盯着瑛刃。

"你们的小队长有天半夜里来烦我，真是找死。"扎赫尔说，"跟他扯了几句后，第二天早上我就去见光明贵人达力拿和国王了。我问了问教剑姿的事，他们批准了。你们不必佩剑、不必干多余的事。不过，假如你们想迎击耍弄碎瑛刃的刺客，就得了解他的战斗姿势和应对招式。"

他低下头，把手放到碎瑛刃上。"光明贵人达力拿提议让你们操持御用碎瑛刃，很有想法。"

扎赫尔挪开手，示意众人上前。泰夫特伸手摸了摸碎瑛刃，可莫阿什抢先握住剑柄，将剑拔出了地面，力道极大。他摇摇晃晃地退后，泰夫特赶紧避开。

"嘿，长点眼睛！"泰夫特大喊，"别干傻事，不然你那条风操的胳膊会被切掉。"

"我又不傻。"莫阿什举剑朝外一送，一只傲灵在他脑边转瞬即逝，"这把剑比我预想的要重一点。"

"真的？"幺克道，"大家都说很轻！"

"那些人用惯了普通的剑。"扎赫尔说，"如果你一辈子都在精进长剑剑术，只要握住这种在级别上翻了两三番的钢刃，就会加强预判。你只会以为它更重，而不是更轻。"

莫阿什咕哝着，谨慎地砍出一剑。"看传说里的描述，我还以为它轻如鸿毛，根本连重量都没有。"他迟疑地把剑插回地面，"出剑的阻力也超出了我的所料。"

"估计又是期待值的问题。"泰夫特抓抓胡子，招呼壮实的幺克拔剑，后者的动作比莫阿什更稳。

"飓风之父啊，剑的手感好奇怪。"幺克说。

"记住，瑛刃就是工具，"扎赫尔说，"虽然宝贵，但就是个工具。"

"这不仅仅是工具。"幺克挥着剑说，"对不起，它怎会是工具？你要这么说普通的剑，我可以相信，但是瑛刃……瑛刃是艺术品。"

扎赫尔恼火地摇摇头。

幺克不情不愿地把碎瑛刃递给泰夫特，卡拉丁趁机便问："什么？"

"因为出身卑下，有些人不得用剑。"扎赫尔说，"就算多年过去，我还是觉得这样荒谬至极。剑不是什么神器，有时派用场，有时尽坏事。"

"你是虔诚者。"卡拉丁说，"你应该拥护沃林教的传统和技艺，难道不是吗？"

"唔，"扎赫尔说，"不知你有没有注意到，我这虔诚者当得不太好，只是碰巧精通剑术罢了。"他朝剑点点头，"你上不上？"

茜尔突然看向卡拉丁。

"除非有要求，不然我不上。"卡拉丁对扎赫尔说。

"你就一点都不好奇剑的手感？"

"这玩意儿杀了太多我的伙伴，如果你觉得无所谓，我宁可不碰它。"

"随你的便。"扎赫尔说，"光明贵人达力拿建议你们适应这种武器，以打消一点畏惧心理。在半数情况下，谁要是只管看不管躲，结果就是死路一条。"

"没错，"卡拉丁低声说，"我见过。把剑亮出来，我要实践一次，好好地面对它。"

"行，我去拿护套。"

"别，"卡拉丁说，"不要加护套，扎赫尔。我得尝尝胆寒的滋味。"

扎赫尔对着卡拉丁端详片刻，然后点着头走到一旁，接过莫阿什手中的剑，后者已经开始挥舞第二轮了。

茜尔急速飞过，绕着众人的脑袋打转，除了卡拉丁，没人看得到她。"谢谢。"她坐到卡拉丁的肩头。

扎赫尔回步摆出光眼种的决斗式，卡拉丁认了出来，却无从分类。扎赫尔上前扫出一剑。

恐惧骤起。

卡拉丁无法自制，一念之间，他看到了戴立特被碎瑛刃劈穿脑髓的死相，瑛刃的表面寒光粼粼，映出焦枯的眼窝。

瑛刃在他身前划过，差点命中。扎赫尔跨步挥砍，再度运剑如流，眼见此招必中，卡拉丁只得退后。

风操的，这等邪物竟是如此精美绝伦。

扎赫尔连出一击，逼得卡拉丁跳至一旁闪避。扎赫尔，你玩得有点过火，他想道，再次躲让，眼角的余光里现出一个人影。他一侧身，迎面撞上了阿多林·寇林。

他们互相凝视，卡拉丁等着对方说风凉话。阿多林的眼神掠过扎赫尔和碎瑛刃，接着回到卡拉丁身上。最后，王子略略点头，转身走向雷纳林。

他的身势语表意明确：白衣刺客完胜他俩，时值备战，无可取笑。

但他依然是个娇生惯养的跋扈公子，卡拉丁想道，转身面对扎赫尔。此人已经唤来了一名虔诚者，正在把碎瑛刃交给他。

"我得去教雷纳林王子了。"扎赫尔说，"我不能撇下他，更不能在你们这群蠢货身上耗掉一整天。伊维斯会过来指导，你们得复习那几个动作，每个人都要像卡拉丁那样直面碎瑛刃的攻击。尽快习惯，以免到时候蒙掉。"

卡拉丁和大伙点点头。等到扎赫尔快步走开后，卡拉丁才发现新来的伊维斯是女虔诚者。尽管如此，她还是戴着手套。就算虔诚者的飘逸长袍和光头会掩盖一些明显的生理特征，伊维斯的性别依旧可辨。

女性用剑很不平常。当然，这又比暗眼种用碎瑛刃平常多少？

伊维斯发给每人一截木棍，其在重量和平衡上都与碎瑛刃极为接近，就如孩童的粉笔涂鸦可以描摹人像。之后，她带领他们练习套路，并演示十种碎瑛刃剑姿。

卡拉丁在初拾长矛时就巴望着屠杀光眼种，过了几年便身手傲人，那时他还未沦为下奴。可是他在战场上遭遇的光眼种并非功夫了得之辈，真正邃晓剑术的士兵大多去了破碎平原，所以这些剑姿令他耳目一新。

他开眼看、用脑记，领会剑姿后就能预测剑客的下一手招式，却无须亲自使剑——他仍认为这种武器欠缺灵活度。

约摸一小时后，卡拉丁搁下练习剑，走向水桶。他和部下喝不到饮料，虔诚者和仆从从不奉送。他不是什么非得受人宠的富家子弟，所以没意见。他扶住桶边，舀了一勺水，感到肌肉酸痛、体力不支，这表示他付出的努力是值得的。

他举目四望，在场上搜寻阿多林和雷纳林。他并未出勤看护两人——阿多林由马特和亚斯陪同、雷纳林由卡拉丁先前指派的三人守卫。可他还是不由自主地察看起他们的状况。如果在这里出了意外——

训练场上有个女人,她不是虔诚者,而是实打实的光眼种,那头红发顺滑亮丽。她刚刚进场,正在打量四周。

对于靴子事件,他并不怄气。那个女人就是光眼种的典型,会把卡拉丁这类人视作玩物。光眼种耍弄暗眼种、抢走自身所需,也不会关心这会给对方造成多大的困扰。

荣寿和撒迪亚斯都是这么做的。这个女人也是。她只是什么都不在乎,其实品行不坏。

她或许和大公子很般配,他趁着幺克和泰夫特跑来喝水时想道。莫阿什还在全神贯注地练习剑姿。

"不错嘛。"幺克顺着卡拉丁的视线看过去。

"什么不错?"卡拉丁问道,想要弄明白那个女人在干什么。

"眼光不错,军尉。"幺克扑哧一笑,"恶风啊!大伙还以为你心里只装着执勤的事。"

茜尔在一旁使劲点头。

"她可是光眼种。"卡拉丁说。

"怎么?"幺克在他肩上甩了一巴掌,"光眼种就不出美女?"

"对。"答案就是这么简单。

"长官,你的口味太奇特了。"幺克道。

终于,伊维斯大声招呼闲着没事干的幺克和泰夫特重回训练,却没叫住卡拉丁。他好像吓到了很多虔诚者。

幺克跑了回去,泰夫特则停留了一会儿,对那个叫沙兰的女孩扬起头。"你说我们要不要盯牢她?这女的从外乡来,我们摸不清情况。她突然入了营,变身阿多林的未婚妻,想行刺,机会一定多。"

"该死的,"卡拉丁说,"我怎么没发现。泰夫特,好眼力。"

泰夫特谦虚地耸耸肩,跑回去训练了。

他认为这个女人只是来投机倒把的,可她会不会真是刺客?卡拉丁捡起练习剑,慢悠悠地朝她走去,经过了正在操练剑姿的雷纳林,卡拉丁的部下也在熟悉这几式。

就在此时，穿着碎瑛甲的阿多林铿锵铿锵地来到他身边。

"她在这儿做什么？"卡拉丁问。

"很可能是来看我和人对打的。"阿多林说，"我通常得把她们轰走。"

"她们？"

"要知道，有些小姑娘喜欢看我打，那叫一个两眼发直。我是不介意，可这种事如果不加禁止，必将造成全场围堵。我一出现，她们就一哄而上，还有谁能完成比试？"

卡拉丁朝他抬起一侧眉毛。

"你挑什么眉？"阿多林问，"扛桥的小子，你跟人对打时难道没有女人围观？总该有几个暗眼种小妞吧，缺了七颗牙，不敢洗澡……"

卡拉丁抿紧嘴唇，别过脸去。**下次**，他想，**让刺客干掉这货。**

阿多林呵呵偷乐，却在不久后尴尬地止住了笑。"反正她光顾的理由或许比别人更充分，"他接上前言，"我们毕竟在交往。但是不赶她不行，坏先例开不得。"

"你没说不？"卡拉丁问，"你真想和未曾谋面的女人订婚？"

阿多林耸耸肩。"一开始总是挺顺利的，然后……我这边一直搞砸。我从来就没弄明白哪里出了错。我想，如果能来点正式的……"

他一蹙额，似乎想起了自己在和谁说话，于是疾步远离卡拉丁，来到暗自哼歌的沙兰身旁，后者与他擦身而过，毫不侧目。阿多林抬起手，开口欲言，却只能转身看着她走到场地的远处。沙兰望向萘尔，庄重地向场上的虔诚者教长鞠躬。

阿多林皱皱眉，扭身追赶沙兰。卡拉丁在他经过时坏笑了一声。

"我懂了，"卡拉丁说，"她的确是来看你的，明显被迷得神魂颠倒。"

"闭上你的臭风嘴。"阿多林吼道。

卡拉丁信步跟在阿多林身后,走近相谈甚欢的沙兰和萘尔。

"……这几套瑛甲的图像资料质量不济,**十分堪忧,萘尔嬷嬷**。"沙兰递给萘尔一本对开的皮封图册,"我们要新画一些。在破碎平原逗留期间,虽说我常任光明贵人塞巴里尔名下的文书,却希望能画点自己的东西。有了您的支持,我想做下去。"

"你的才华相当过人,"萘尔翻阅着图册,"你的感召是艺术?"

"是自然史,萘尔嬷嬷,不过素描也是首要的研究方式。"

"那是当然。"虔诚者翻至下一页,"我支持你,好孩子。告诉我,你加入了哪一个虔诚会?"

"这个问题……让我有点为难。"沙兰拿回图册,"噢,阿多林!我刚才没注意到你来了。哎哟,**你穿着那身盔甲真是魁梧过头了**,对不对?"

"您允许她留下?"阿多林问萘尔。

"她想为军中的碎瑛甲和碎瑛刃作新图,以增订王室记载。"萘尔说,"这个想法挺好的。目前,御用碎瑛武器图鉴包含大量草稿,但详图少之又少。"

"那么我要给你摆姿势吗?"阿多林回头问沙兰。

"其实你的瑛甲已经收入了图鉴,且信息极其完备。"沙兰说,"多亏了令堂。一开始,我会集中绘制陛下的甲刃,当前还没有人画过明细版本。"

"只要别靠近对打的官兵就行,孩子。"萘尔说完就走了,因为有人在喊她。

"喂,"阿多林转身对沙兰说,"我知道你想搞什么。"

"我'像'五尺六'高'。"沙兰说,"可惜我只能长到这儿了。"

"五尺……"阿多林蹙眉道。

"是的。"沙兰扫视全场,"我觉得自己算高了,一来这里才发现你们阿勒斯卡人简直高得出奇。我没说错吧?估计全民的身高都比雅克维德人的平均身高要足足往上拔两寸。"

"不,不对……"阿多林皱着眉说,"认了吧,你过来是想看我和人对打,画图只是表面活。"

"嗯,某人还真自恋啊。我想这是王族与生俱来的特质,他们会戴滑稽的帽子,还喜欢砍别人的头。唷,我们的卫队长也来了,你的靴子还在半路上,就快送到营房了。"

卡拉丁察觉她正在跟他说话,惊得浑身一颤。"是这样吗?"

"我把鞋底换了,"沙兰说,"穿起来难受得要命。"

"我喜欢!穿起来正好!"

"那你的脚肯定是用石头做的。"她往下一瞄,扬起了眉毛。

"等等,"阿多林的眉头锁得更紧了,"你穿过那个混小子的靴子?怎么会发生这种事?"

"可别扭了,"沙兰回答,"还要穿三双袜子。"她温柔地拍了拍阿多林的臂甲,"阿多林,如果你真想让我画你,我肯定会画的,没必要吃醋。不过呢,我还是很想和你一起散步,你保证过的。噢!我得过去一下,先失陪了。"

她阔步走向雷纳林所在之处。扎赫尔挥剑前刺,屡次命中雷纳林的盔甲,虔诚者大概想让王子以披甲之态习惯击打。沙兰的红发绿裙是场地上的两抹亮色,卡拉丁观察着她,很是疑惑。她是否值得信任?他也许不该宽心。

"受不了这女人。"阿多林抱怨了一句,瞥向卡拉丁,"别再偷看她的屁股了,扛桥仔。"

"鬼才要偷看。关你什么事?你刚刚还说受不了。"

"这倒没错。"阿多林满面笑容地回头看她,"她就是不把我放在眼里,你说是不是?"

"我想是的。"

"受不了啊。"阿多林说得好像另有意味。他越笑越欢,连忙追上她,动作灵动优雅,与碎瑛甲的笨重外形很不协调。

卡拉丁晃晃头。这无非是光眼种的嬉戏。他怎么就不知不觉地插了进来,还和他们相处了这么久?他走回桶边喝水。不久后,一把练习剑嘎吱一声入了沙地,莫阿什随之前来。

卡拉丁递过杓子,莫阿什感激地点点头。接下来轮到泰夫特和幺克轮番面对碎瑛刃的打击。

"她放过你了?"卡拉丁朝他们的导师点点头。

莫阿什耸耸肩,大口喝着水。"我又没逃。"

卡拉丁颔首称道。

"很好,我们在这儿的作为事关重大。"莫阿什说,"经过你在深渊里的训练,我就觉得没什么要学的了,可这才展现出我的无知。"

卡拉丁点点头,抄起手。阿多林为雷纳林示范了几种决斗剑姿,扎赫尔连连点头赞许。已经就位的沙兰描画着他们的身姿,她是不是想借此接近阿多林,从而伺机拔刀刺穿他的肚肠?

卡拉丁兴许多虑了,但是责任不可推卸,所以他一直留意着阿多林。此人已经转身与扎赫尔开打,好让雷纳林观摩剑姿的实际运用。

阿多林的剑术真可谓高超,卡拉丁承认。就此而言,扎赫尔也不赖。

"坏事是国王干的。"莫阿什说,"我的亲人被他处决了。"

卡拉丁愣了一会儿才意识到莫阿什在说什么。那个莫阿什想杀的人、那个他怀恨在心的人,正是国王。

卡拉丁大感惊愕,仿佛挨了揍。他看着莫阿什。

"我们是第四冲桥队。"莫阿什接上话头,侧头凝望虚无,又喝了口水,"我们团结一心。你应该体会一下……我变成这样的原因。打小我就没了父母,祖父母是我唯一的家人,阿婆和阿公亲手把我养大。杀掉他们的……就是国王。"

"怎么会?"卡拉丁低声问,确保没有虔诚者听到。

"当年我离开家,"莫阿什说,"进了车队当帮工,后来才驶到这片荒地。阿婆和阿公是二等暗民,要知道这地位算高了。他们有间银铺,可我没有学成这门手艺。我喜欢去别处走走。

"话说塔冠城里有个光眼种,他开着两三间银铺,其中一间就和我祖父母那间是正对门。他一向不喜欢行业竞争。那时离先王崩殂还有一两年,迦维拉尔在平原上征战,治国大任就落到了艾尔霍卡肩上。总之,那个和我祖父母抢生意的光眼种是艾尔霍卡的好友。

"所以,艾尔霍卡帮了朋友一个忙,把阿婆和阿公拖进了某场官司。他们的身份让他们有权当着法官的面公开受审。我觉得艾尔霍卡吃惊不小,因为他无法漠视法律。他以时间紧迫为由押走了阿婆和阿公,说什么安排审讯要花上一阵子,让他们先在牢里候着。"莫阿什把杓子浸回水里,"几个月后,他们去世了,临死前还在苦等艾尔霍卡批准诉状。"

"这和杀人的性质不完全吻合。"

莫阿什和卡拉丁对上眼。"把一对年届七十五的两口子关进王宫的地牢,难道不算判死刑?"

"我想……嗯,我想你说得没错。"

莫阿什狠命点头,把杓子丢回水桶。"艾尔霍卡很清楚他们会死在牢里,这样听证程序就不会堂而皇之地进行、他的腐败行径就不会暴白于天下。那个混蛋杀了他们,他精心策划,只为保住自己的秘密。后来,我离队返乡,眼前只剩一幢空宅,街坊邻居告诉我,我的亲人两个月前就不在了。"

"那么你现在的打算就是刺杀艾尔霍卡王。"卡拉丁低语,感到一阵恶寒。比武场上充斥着呐喊声和武器击打声,附近的人听不到他在讲什么,但是那句话犹然在耳,就和冲锋号一般洪亮。

莫阿什僵立在原地,直视着他。

"那一晚，"卡拉丁说，"是不是你在阳台上搞了破坏，把栏杆弄成被碎瑛刃割过的样子？"

莫阿什抓紧他的胳膊，四处观望。"这里不是说话的地方。"

"飓风之父在上，莫阿什！"卡拉丁领悟到了深意，"我们是被雇来保护他的！"

"我们的职责是让达力拿活着。"莫阿什说，"这点我认同。作为光眼种，他看上去不坏。风杀千刀的，如果他能称王，这个王国会强上好多。别告诉我你另有高见。"

"可是弑君——"

"别在这儿说。"莫阿什咬牙切齿道。

"我不能坐视不管。纳兰的黑手啊！我得告诉——"

"你狠得下心吗？"莫阿什质问，"你要出卖队友？"

他们怒目相视。

卡拉丁背过身去。"不，我死都不会出卖队友，只要你许诺停手，这是最起码的。你或许和国王有过节，但你不能就这么……你该明白……"

"那我还能干什么？"莫阿什轻声问，正好追上卡拉丁，"面对一位国王，像我这种人能有什么门路诉诸正义？告诉我，卡拉丁。"

这绝不能发生。

"我姑且不行动，"莫阿什说，"可你要答应和几个人碰面。"

"谁？"卡拉丁回头看他。

"弑君计划不是我的主意，后边还有人在操纵。我办的事只有给他们放绳子。我希望你能听听他们的想法。"

"莫阿什……"

"去听听他们怎么说，"莫阿什把卡拉丁的胳膊捏得更紧了，"你只管听，卡尔，这就够了。听完后你要是不同意，我就退出。求求你。"

"在和那些人见面之前,你要保证不和国王作对,行吗?"

"行,我以祖父母的名誉起誓。"

卡拉丁叹了口气,但点点头。"那好吧。"

莫阿什点点头,大为释怀。他一下子捡起代用剑,跑回去做碎瑛刃练习了。卡拉丁叹了口气,回身抓起自己的剑,正巧遇上悬浮在他面前的茜尔。她的小眼睛睁得老大,放在身侧的两手攥成了拳头。

"你们刚才在干吗?"她提问,"我只听到了最后一段。"

"莫阿什果然蹚了浑水。"卡拉丁小声说,"对于这件事,我要跟进到底,茜尔。假如有人图谋弑君,我该调查清楚。"

"哦。"她蹙起眉,"我有种别样的预感。"她摇摇头,"卡拉丁,这很危险,我们应该去找达力拿。"

"我给了莫阿什一个承诺。"他跪下来解开靴带、脱掉袜子,"在做进一步的了解之前,我不能去找达力拿。"

他拿起代用碎瑛刃,赤着脚踏上决斗场。他想感受一下冰凉的沙地。茜尔化作光缎,一直跟着他。

他架起风姿剑,以伊维斯教过的动作挥舞剑身。不远处,一群光眼种互相推搡,朝他扬起头。一人轻言几句,旁人笑作一团,不过仍有几人紧皱着眉。暗眼种以假碎瑛刃代练都不至于逗乐他们。

这是我的权利,卡拉丁继续横扫,无视围观者,*我打败过碎瑛武士,这里有我的位置。*

为什么暗眼种就不能以这种方式操练?为什么无人鼓舞他们?史上那些赢得碎瑛刃的暗眼种在歌谣和传说中广为传颂。画符枪伊沃德、拉纳辛、乡人蛮阮尼诺……这些勇士深受崇敬。但如今的暗眼种却被告知:不得产生超越本分的想法,否则后果自担。

可沃林教会有何目的?虔诚者、感召和两性技艺的存在是为了什么?教义云:提升自我、不懈追求。既然如此,为什么他的同胞就不该怀揣远大理想?这些教诲全是生搬硬套。宗教和社会相互抵触,内部矛盾不可调和。

士兵死后将在宁静园获得荣耀，却无法在农夫缺位时保证饮食，所以成为草木之人或许也不差。

用一生的感召改进自我，*切莫野心勃勃*，否则下场就是坐牢。

国王下令杀害你祖辈，切莫报仇；仆族智者下令杀害与你素不相识之人，切记报仇。

卡拉丁收手停歇，大汗淋漓，却不感满足。在战斗或训练时，他不该如此。卡拉丁该与武器合体，这些问题不该鱼跃于脑中。

"茜尔，"他试图突刺，"你是荣灵，这表明你能告诉我什么才是正确的事，对吗？"

"当然。"她飘浮在附近，化为少女形态，在一个隐形的平台上晃荡双腿，没有像往常那样以光带的模样到处翻飞。

"莫阿什想杀国王，这有错吗？"

"当然有错。"

"为什么？"

"因为杀人是不对的。"

"那我杀掉的仆族智者呢？"

"我们早就谈过了，这是必须的。"

"要是里面有飓能者，"卡拉丁说，"他身边还跟着荣灵呢？"

"仆族智者做不了飓能——"

"就假设一下。"卡拉丁又试了一击，嘴里咕哝不停，动作很不到位，"我想，目前所有仆族智者都想活下来。风操的，那些卷入迦维拉尔之死的人说不定连命都没了，毕竟他们的首领在阿勒斯卡就被处死了。那么你跟我说说，如果一介平凡的仆族智者在保护族人时遇到我，他的荣灵会说什么？难道会说他在做正确的事？"

"我……"茜尔缩起身子，她讨厌这种问题，"这不要紧。你说过不会再杀仆族智者了。"

"亚马兰呢？我能杀他吗？"

"那样算正义？"茜尔问。

"算一种。"

"有区别。"

"什么？"卡拉丁诘问，举剑就刺。风操的！为什么他就是掌控不了这把破剑？

"亚马兰对你有影响，"茜尔小声说，"你一想起他，不仅人变了，连心理也扭曲了。你应该保护别人，卡拉丁。你不能杀人。"

"你必须靠杀戮来保护。"他怒喝，"风操的，你怎么也开始像我爸那样说瞎话了。"

他又试着摆了几次剑姿，却仍未握对瑛刃。随后伊维斯终于走来纠正他，见他灰心丧气，她笑问："你想一天入门？"

他有点想。他懂矛术，学得刻苦、持之以恒。至于剑术，他自以为能体悟其道。

可事实有出入。不论如何，他还是贯彻始终，舞出套路、扬起冰凉的沙粒，来往于相互对战、各自操练的光眼种之间。最后，扎赫尔晃了过来。

"坚持练，别泄劲。"他说话时连卡拉丁的表现都没细看。

"我还以为你会单独给我上课。"卡拉丁追喊。

"太费事了。"扎赫尔回喊，来到一根立柱旁，从布包里掏出水壶。另一名虔诚者把他的彩石堆在那儿，扎赫尔看罢当即蹙眉。

卡拉丁小跑着赶上他。"我看到达力拿·寇林在没有武装的情况下还能用手掌凌空接住碎瑛刃。"

扎赫尔嘟哝道："老达力拿又上演了一出绝杀，嗯？真有一手。"

"你能教我吗？"

"那样傻透了。"扎赫尔说，"要是能成，也只是因为瑛刃不像普通的剑，多数碎瑛武士不会使上太大力气。这招也不是次次都行，很多时候走不通，一用就死。你最好把时间花在该花的地方，练练那些切实有效的东西。"

卡拉丁点点头。

"不准备逼我教你?"扎赫尔问。

"你的话很有分量，"卡拉丁说，"完全遵循军人的思维模式，实实在在，头头是道。"

"哈，你小子也许还是有希望的。"扎赫尔捧起水壶痛饮一口，"现在给我回去训练。"

飓焰
·
迦维拉尔王
的瑛刃

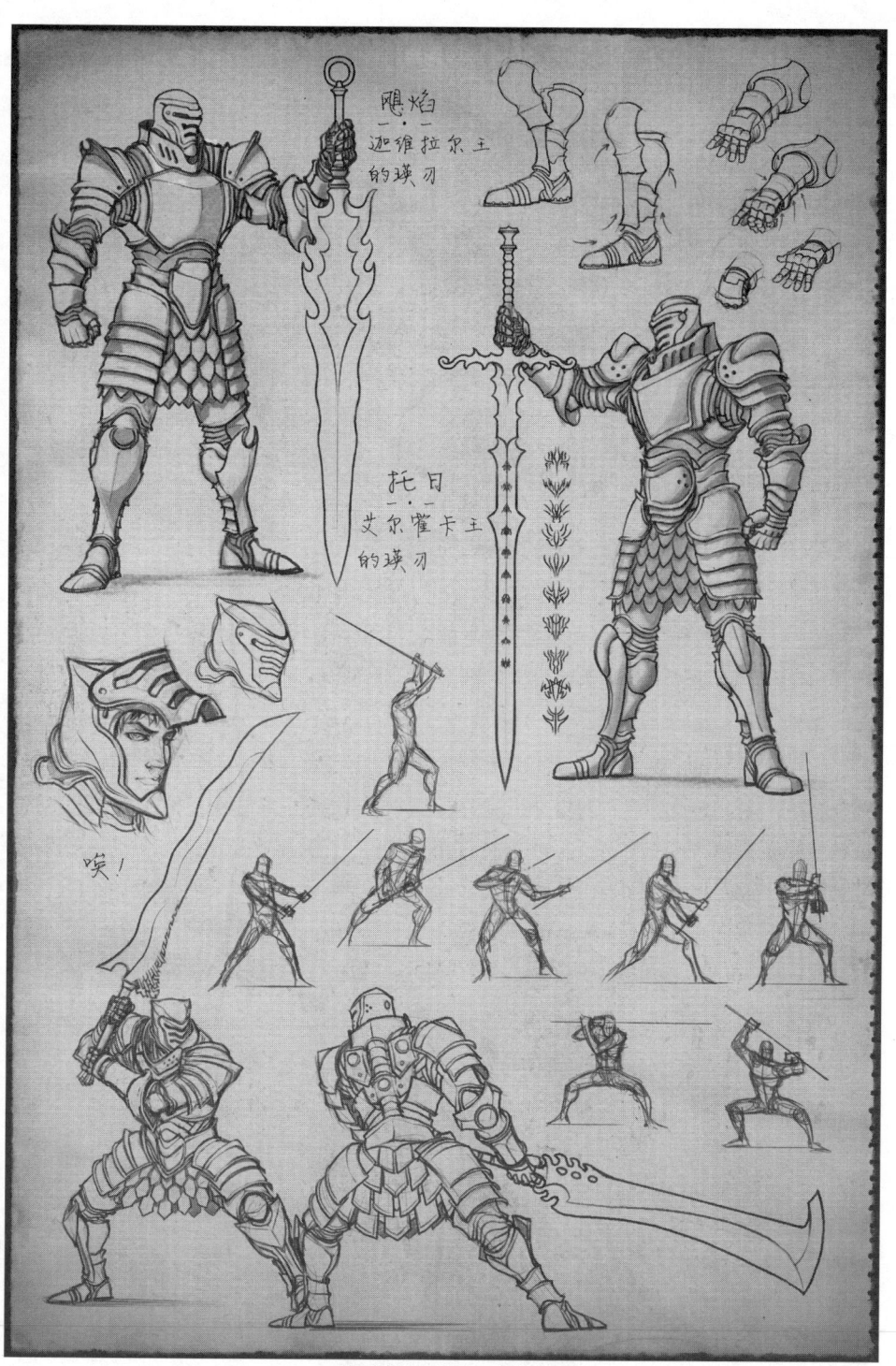

托日
·
艾尔霍卡王
的瑛刃

唉！

沙兰的素描·碎瑛甲

45 风息日

三年半前

沙兰戳戳笼子，里面那只色彩艳丽的生物在栖木上动了几下，对着她歪过头来。

这是她见识过的最古怪的东西。哪怕脚掌上长着爪子，它还是像人一般双腿直立，仅有两只拳头叠起来那么高。然而，它转头看她的样子竟透出了点灵气，这一点绝不会出错。

小动物身上只披有少许甲壳——覆盖着鼻部和喙部——不过最离奇的一景还属它通体遍布的鲜绿毛发，服帖得仿佛经过了修剪。在她的注目之下，小生灵转了个方向，开始啄咬皮毛——一大撮毛立了起来，她发现它们均生自一根中心脊骨。

"这位小姐觉着我的鸡卖相如何？"商贩自豪地问。他秉持站姿，紧扣的两手背于身后，浑圆的肚皮宛如船头向前突出。在他的后方，赶集客如潮水般涌动，汇聚于同一地，估摸有五百多人。

"鸡，"沙兰说着，怯生生地伸出手指触碰笼子，"我以前吃过。"

"这个种不是用来吃的！"泰勒拿人连说带笑，"食用鸡傻透了，我卖的鸡很聪明，和人有得一拼！它会讲话，听好。无门杰克！报上你的名字!"

"无门杰克。"家畜亮嗓。

沙兰惊得往后一跳。这只鸡口齿不清,声线非人,然而四字依稀可辨。"虚渡啊!"她低声嗔怪,禁手捂在胸前,"能说会道的动物!你会为我们招来灭者的恶眼!"

商贩笑了。"这群小东西在大深国到处跑呢,小姐。要是它们一张嘴就会惹恼灭者,整个国家早该遭诅咒啦!"

"沙兰!"父亲正站在道路对面与另一名商贩交谈,由贴身护卫护驾在旁。她急忙向他跑去,不忘扭头瞅瞅那只怪兮兮的动物。尽管长相反常,它毕竟会讲话,如今却困于笼中,她不免为之难过起来。

风息日集市是一场年度盛典,择日于风息季期间——这段时节飓风遁形,没有连绵不绝的愁雨,与泣雨季截然不同——村民乡农纷纷慕名而来。不少赶集之人来自父亲名下的领地,包括一些低等光眼种,他们的家族管辖着一成不变的村庄已有几个世纪。

暗眼种当然也会前来,其中就有在暗民阶层中高居一二等的生意人。她父亲对此少有评论,可她知道,他认为他们不配拥有财富和地位。全能之主选中光眼种当权统治,并未垂青这些做买卖的人。

"快点。"父亲对她说。

沙兰跟着父亲及其贴身护卫穿过熙熙攘攘的市集,它位于父亲的领地,距离大宅有将近半天的路程。这片低洼的避风地带非常安全,附近的山坡长满蓟树,其粗壮的枝干生出细长的针叶,或粉、或黄、或橙,整片林子五彩斑斓。沙兰曾在父亲的一本书中读到,此树性喜吸附飓砂,并用之硬化躯干,木质随即坚若磐石。

而在低地之内,大部分树木均已被人砍去,只有少数依然挺立,用来支撑几十码宽的遮阳篷,打结固定的位置放得很高。他们路遇一名骂骂咧咧的商贩,一只风灵窜过他的摊位,搞得货品全粘在了一起。沙兰浅浅一笑,掏出夹在腋下的小包。可是眼下并非画素描的时机,因为父亲正在快马加鞭地赶往决斗场。要是遵循往年的惯例,她将在那里度过节日的大部分时间。

"沙兰。"他督促她加快步伐,跟上队伍。她芳龄十四,不免会觉得身材太过细瘦,活脱脱就是一个假小子。在女性特质初露端倪之前,她就咬定自己的红发和雀斑脸会叫人蒙羞,因为它们是血统不纯的标志。泛红的发色是雅克维德人的传统,不过这种体貌特征的形成得回溯到过去,当时他们的祖先曾与吃角族山民有过通婚。

一些人为此感到自豪,她父亲不在其中,所以沙兰也不这么想。

"你年岁渐长,应该更有淑女的样子。"父亲发话了。他一走来,暗眼种们便让开道,空出一条大路,忙不迭地弯下腰。两位父亲名下的虔诚者慢吞吞地为他们殿后,若有所思,双手背于腰板。"不得老是这么无礼,为你招亲的日子不远了。"

"明白,父亲。"她说。

"我或许不能再带你来这种场合了。"他说,"你只会到处乱跑,举止就如孩童般幼稚。你需要一位新导师,这是最起码的。"

上一任导师是被他吓走的。那名女子精通语言,沙兰的亚泽尔文进步神速。然而为父亲的一次……发作所震,她很快便拍屁股走人。沙兰的继母于隔天现身,脸上布满淤青。落跑的导师名叫光明女士哈莎,她收拾完东西便走了,事前没有通知任何人。

沙兰对父亲的话表示赞同,可她暗地里却盼望自己能择机开溜,找到兄长。今天她要行大计。她和父亲走近一块围着绳子的场地,上面已经由仆族倾倒了足以盖满半片海滩的沙子。若把此处称作"决斗场",着实有夸大之嫌。华盖覆顶的桌子早已安置好,就等光眼种落座、就餐以及攀谈。

沙兰的继母玛丽瑟年纪轻轻,不比沙兰大十岁。她挺胸而坐,矮小的身材珠圆玉润,黑发之中透出几缕金丝。父亲在包间内入席,挨着她坐定;前来赶集的四等光民共有四位,父亲是其中一员。决斗好手清一色都是低等光眼种，他们来自边远地区，许多人没有地产，参加比武是一种发家致富的渠道，他们的选择屈指可数。

沙兰在预留给她的位子上落座，仆人见状为她递来一杯冰水。她还没来得及喝上一口，就有人光临包间。

光明贵人里维拉尔早在青年时代就被一场决斗弄没了鼻子，要不然他兴许面相英俊。他戴着一副涂黑的木质义鼻，既借以遮瑕，又换来人群瞩目，效果令人称奇。他满头银发，身穿剪裁时髦的套装，一举一动流露出漫不经心，就像某些徒留家中的壁炉恣意燃烧的家伙。其人与父亲拥有相邻的领地；他们俩同属为轩亲王效力的十大要人之列，这些权贵的等级十分接近。

里维拉尔派了不止一名侍从大师，他亲携两人而来。他们的黑白制服是身份的彰显，普通的仆人无法企及。父亲看待他们的目光充斥着觊觎，他曾想过雇佣侍从大师，但碍于他的"名声"，每一位人选都婉拒了。

"光明贵人达瓦。"里维拉尔不由分说地登上阶梯，跨进包间。父亲和他在地位上平起平坐，可是父亲经受的指控街巷皆知，就连轩亲王也相信他有罪。

"里维拉尔。"父亲目不斜视地说。

"可否落座？"他在父亲身边坐下，占据了家族继承人赫拉兰本来的位置。里维拉尔的两名侍从护在他身后，他们一句话也没说，却设法表示了不满。

"令郎准备参加今日的决斗？"父亲询问。

"正是如此。"

"但愿他安然无恙，四肢俱全。我们可不企盼你的遭遇演变成一项传统。"

"啧啧，老林，"里维拉尔道，"此话怎可抛向业务伙伴。"

"业务伙伴？恕我消息不畅，你我之间难道还有未尽的买卖？"

里维拉尔的女侍把一小叠纸张放到父亲身前的桌上。沙兰的继母迟疑地接过文件，放声朗读。合同中的内容事关货品交易，父亲拿叛木棉和生黍麻作抵，以期换来小笔收入。到货后，里维拉尔会上市兜售。

玛丽瑟读到四分之三处，父亲便示意停止。"你脑子没被风吹坏吧？一袋要价一个清马克？黍麻的价值可是它的十倍！算上道路巡逻和作物收割，还得付给村子保养费，这趟买卖榨取了我多少球币啊。"

"咳，情况可没那么糟糕。"里维拉尔说，"我寻思你会相当认可这些条件。"

"你简直不可理喻。"

"我自有靠山。"

父亲眉头紧锁，满脸通红。沙兰忆起了往昔，那时她极少见到他发火，这些日子早已逝去。"靠山？"父亲追问，"什么意思——"

"你有所不知，"里维拉尔道，"近日轩亲王莅临敝宅，想来他对我在公国纺织业上的贡献很是赞赏；本人的才干与犬子的卓绝武艺珠联璧合，已经为家族揽来不少青眼。我获邀赴魏德纳觐见轩亲王，自下月起每十周成行一次，访期持续一周。"

父亲有时称不上聪明绝顶之人，然而他的确拥有政治头脑。至少沙兰是这么认为的，虽然她真的很想相信父亲是最优秀的。无论如何，他瞬间就抓到了对方的言下之意。

"卑鄙小人。"父亲暗骂一句。

"你的退路所剩无几了，老林。"里维拉尔朝他凑近道，"家族日渐式微，族长身败名裂。你需要盟友，而我需要成为轩亲王身边的财政一把手，我们可以通力协作。"

父亲丧气地低下头。包间之外，首批决斗者的身份揭晓，看来是一轮无关紧要的比试。

"我每每跨步，便处处碰壁。"父亲低叹，"长年累月，我被桎梏所困。"

里维拉尔将文件再一次推给沙兰的继母。"可否请尊夫人再诵读一遍？我看那位当家的刚才没有听进去。"他瞅瞅沙兰，"小孩子有必要待在这里吗？"

沙兰一言不发地走开了。万事正合她意，尽管远离父亲让她不太舒服。他不常和她说话，更不会问她的见解，不过只要有她在场，他的底气总会更足一些。

父亲当下阵脚大乱，甚至没有差使护卫跟随沙兰。她蹑手蹑脚地走出包间，用手臂夹住小包，经过了不少正为父亲准备膳食的达瓦家仆。

自由了。

对沙兰而言，自由既像绿宝石布罗姆那般珍贵，又像飓甲蜂那般稀罕。她加快脚步，唯恐父亲发觉他没有下令派人与她同行。站在周围的护卫中却有一个叫吉克斯的向她走来，不过他很快回头朝包间望了望。他改变了主意，径直往那边走去，或许是想询问自己需不需要作陪。

在他回来时，最好不要被他随便找到。沙兰向着集市迈进一步，那里到处都是异国商人，琳琅满目的摊位叫人眼花缭乱。人们可以玩猜谜游戏，没准还能碰上某位吟游歌者，听他讲述遥远国度的奇闻轶事。观看决斗的光眼种在她身后礼貌地鼓着掌，她还听见了暗眼种庶民的手鼓声，以及他们的歌声与欢笑。

要紧事放前头。笼罩在家族头上的阴霾好比飓风投下的暗影，她一定会拨云见日。**她势在必得**。

这意味着她得暂时返回决斗场。她绕过贵宾包厢的后方，朝仆人挥手，仆族纷纷鞠躬，暗眼种则依据等级或点头或弯腰。她终于找到了一个包间，那儿的阴凉之下聚集着好几家光眼种。

光明贵人塔维纳之女艾丽塔坐在角落，刚好可以躲避透出包间外缘的日光。她百无聊赖地呆望着场上的决斗者，头部微微晃到一边，脸上浮现出怀春般的笑容。她的长发已是一片乌黑。

沙兰来到包间边上，低声呼唤着她。稍微年长些的艾丽塔转过头，眉头一皱，紧接着扬起手捂住嘴巴。她迅速地查看了一下父母的情况，随后俯身道："沙兰！"

"我都说了，叫你等着我。"沙兰小声回应，"关于我写给你的信，你考虑过没有？"

艾丽塔把手伸进裙子的口袋，抽出一封小小的传书。她淘气地咧嘴一笑，颔首示意。

沙兰接过传书。"你走得开吗？"

"我必须带上贴身侍女，满足了这点，去哪儿都不成问题。"

那种生活是什么样的？

沙兰很快便选择回避。从严格意义上讲，她的等级高过艾丽塔的双亲，不过谈论光眼种的年龄是件很奇怪的事情。有时，处在高位的孩童和较为低等的成人说起话来，似乎一点都不威风，衬不起高阶光民的身份。况且，塔维纳夫妇当场见证了轩亲王私生子的来访，他们看不惯沙兰的父亲，也不喜欢他的孩子。

沙兰把贵宾包厢远远地抛在身后，转而前往集市。抵达之后，她不安地立在原地。风息日集市仿如一幅包罗万象的市井拼图，汇聚各色人等，令人望而生畏。不远处，一众十等光民倚着长桌痛饮，为赌局下注。他们是最低等的光眼种，并不比暗眼种高贵几分。他们不仅需要依靠工作维持生计，就连商人和手工艺师傅这类名号也和他们沾不上边。他们仅仅是平凡人罢了。赫拉兰曾说城里游荡着好多这样的居民，数量和暗眼种旗鼓相当。在她眼中，这一切都太不寻常了。

说不寻常，同时也很吸引人。她迫于找到一个无人注意的角落，以便观察市井百态。她取出素描本，灵感爆棚。然而，她不得不忍痛割爱，转身朝着集市的外沿前行。她兄长提起过的那顶帐篷会建在场子的外缘,没错吧?

暗眼种赶集客对她避而远之,她不由得感到害怕。父亲告诫过她,光眼种少女可能会成为低等暴民的眼中钉。在众目睽睽之下,虽然没人会伤害她,可她还是将小包紧紧地护在胸前,一边走,一边瑟瑟发抖。

如果她能做到像赫拉兰这么勇敢,事态又会如何发展?就如同母亲那样。

她母亲……

"光明女士?"

沙兰回过神来。她在路上干站了多久?太阳已经移动了位置。她畏畏缩缩地回过身,发现护卫吉克斯恰好站在她身后。他胆子很大,而且几乎从来不梳头,但他蛮力十足,红甲蟹的挽具一旦断裂,他可以独自将车拉到一边,沙兰曾经见识过。在她能记事之时起,吉克斯就是她父亲的护卫了。

"啊,"她努力掩饰自己的紧张,"你来这儿陪我?"

"其实,我正要把您领回去……"

"是我父亲差你来的吗?"

吉克斯大口嚼着人称诅咒草的崖麻根,道:"他太忙了。"

"那你会陪我喽?"她越说越慌乱,浑身直发抖。

"应该吧。"

她长舒一口气,扭身走到石子路上,脚下不见石壳木和页岩皮木,它们全被刮干净了。她转向一边,再是另一边,道:"嗯……我们要找赌场。"

"那里待不得,"吉克斯对她使了个眼色,"尤其不适合像您这般年纪的姑娘,光明女士。"

"好吧,我想你可以向父亲禀报我的所作所为。"她的两脚来回抖动着。

"而您便可趁机一个人去找,是不是?"吉克斯问,"然后孤身上阵?"

她耸耸肩,脸颊泛红。她确实想这么做。

"那我最好扔下您不管,随您在那种地方瞎转悠。"他低声抱怨,"为什么要跟他对着干,光明女士?您会坏了他的心情。"

"我觉得……我觉得论谁干出点事都会害父亲生气,包括我在内。"她说,"阳光闪耀,飓风呼啸,父亲咆哮,生活就是这样。"她咬咬嘴唇,"赌场算得了什么?我保证速战速决。"

"这边走。"吉克斯道。他领路时步伐并不快,而且还屡次瞪着途经的暗眼种赶集客。吉克斯是光眼种,只不过处在第八等。

所谓"赌场"其实只是人们在集市边缘撑起的破破烂烂的帆布帐篷而已,用上这个称呼太抬举它了。她早晚会靠自己找到目的地。帐篷的帆布相当厚实,侧面垂下来好几尺,使得内部昏暗无比。

帐篷里挤满了人。沙兰看见为数不多的几位女性在禁手的手套上割出了口子,好露出手指,真是不知害臊。她发觉自己涨红了脸。她停在门口,打量着眼前攒动的黑影。赌场里的闲人粗声大叫,沃林教所倡导的礼节早已被抛到了九霄云外。这里的确不适合她这类人,她不敢相信竟然会有人过来。

"要不要让我代劳?"吉克斯说,"您要赌的是——"

沙兰挤到人群中,无视自己的恐惧与窘迫,奋力冲进黑暗。要是她不这么做,就意味着家中无人站起反抗,情况也不会有所改观。

吉克斯与她站在同一战线,他四处推搡,为她腾出空间。她感到呼吸困难,赌场内的空气被汗味浸透,粗话脏字此起彼伏。赌客们转身向她看去,后知后觉地开始点头哈腰,弄得像是有人求他们那么干似的。这些人传达的信号非常明了,如果她选择置身事外,不去遵守社交圈子里的约定,他们也不必墨守成规来顺着她。

"您想找哪个项目?"吉克斯问,"打牌?猜谜游戏?"

"斗斧狐犬。"

吉克斯叫苦不迭。"您会被人捅刀,而我会被人架起来烤,太荒唐了……"

她一转身,注意到一群雀跃不已的赌客。从他们的喊声判断,她要找的地方很可能就在那里。她的双手颤抖得愈发厉害,但她无心去管。好几个醉汉围成一圈,在地上扎堆而坐,盯着某种形似呕吐物的东西,她尽量不去看他们。

欢呼的人们坐在简陋的长凳上,四周堵着围观群众,沙兰的视线在人墙里捕捉到两只小斧狐犬的身影。四周没有任何灵体,一遇到这般聚众场合,哪怕人们显得正在兴头上,它们也非常少见。

有一排长凳还挺空,巴拉特坐在那里,倚在身前的柱子,两臂交叠,外套没有扣起。他驼着背,头发蓬乱不堪,显出一副漠不关心的样子,可他的眼神……他的眼神满是欲望。他全神贯注地直视着那些可怜的小动物,好似读小说读到入迷的女子,眼前的相互厮杀就如同书中紧凑的剧情一般大起大落。

沙兰向巴拉特走去,吉克斯仍旧跟在她身后,与她保持一小段距离。既然她已经见到了兄长,护卫不免松了口气。

"巴拉特?"沙兰羞怯地喊,"巴拉特!"

他向她一瞄,差点没从长凳上跌下去。他手足无措地站起身。

"这到底是……沙兰!快出去。你在干什么?"他靠上前来,朝她伸出手。

她不由自主地退缩避让。他说起话来和父亲如出一辙。他的手碰到了她的肩膀,她立即举起艾丽塔的传书。这张淡紫色的信纸撒着香粉,看上去闪闪发亮。

巴拉特一时不知如何是好。在他身边,一只斧狐犬狠命咬向对手的下肢,酱紫色的血迹洒得遍地都是。

"什么东西?"巴拉特发问,"上面有塔维纳家族的对铭。"

"是艾丽塔送来的。"

"艾丽塔？他们家的女儿？这是哪儿跟哪儿……"

沙兰撕去封印，展开信纸为他朗读。"她希望与你一同沿着集市的小河散步。她说如果你愿意前去，她就会携贴身侍女在那里等候。"

巴拉特扬手伸进他的卷发。"艾丽塔？也对，所有人都来了，她自然会现身。你和她交流过了？可是，为什么——"

"你看她的眼神，我懂。"沙兰说，"那几次你们俩在一起，不停地眉目传情。"

"你去找她了？"巴拉特迫不及待地问，"却不征求我的意见？你说我难道会对——"他接过传书，"——对这档子事儿有兴趣？"

沙兰点点头，两臂抱胸。

巴拉特转头看了看斗作一团的斧狐犬。他涉水赌博是被人带出来的，可他不为钱而来——这一点与尤术的做法大不相同。

巴拉特又摸起了头发，然后才把眼神调回信纸。他绝非残忍之徒。她很明白这样想有点说不通，因为他的坏性子有时会发作。可沙兰了解巴拉特的脾气，他既体贴，心中又暗藏力量。自从母亲走后，他不再着迷于死亡。他可以变回来，摈弃那些陋习。他可以的。

"我要……"巴拉特朝帐篷外张望着，"我要走了！她在等我，我不能让她等得太久。"他扣好外套。

沙兰迫切地点点头，跟着他走出赌场。吉克斯尾随同行，没去管那些对着他卖力吆喝的人。他肯定在场子里小有名气。

巴拉特来到阳光下，气象一新。

"巴拉特？"沙兰问，"我没在这里见着尤术。"

"他没进过场子。"

"什么？我还以为——"

"天晓得他在哪里。"巴拉特说，"我们刚到的时候他就跟人会面去了。"他望向远处的小溪，它从山上淌下，汇入流经集市的河道。

"我该跟她说点什么?"

"我怎么知道?"

"你也是女的。"

"我才十四岁!"不管怎么说,她都不会花时间谈恋爱。父亲会为她挑选一位夫君,他视独生女为掌上明珠,绝不允许她干靠不住的事,比如自己做决定。

"我琢磨着……只要和她聊上就行。"巴拉特说罢,一言不发地小跑而去。

沙兰看着他离开,接着抱着两臂坐到一块石头上,浑身发颤。那个地方……那顶帐篷……太吓人了。

她休息良久,愧于自己的胆怯,却也十分自豪。她做到了。尽管是件小事,但她出了力。

她好不容易才站起来,向吉克斯点点头,让他指引返回包间的路。父亲应该已经结束了那场交谈。

最终的情况却是一波未平,一波又起。某位她不认识的男子坐在父亲旁边,一手端着冰水。他长得高挑细瘦,双目湛蓝,乌黑的头发不掺杂色,那身衣服也是同样的色调。他的目光停留在了步入包间的沙兰身上。

男子打了个激灵,水杯滑落在桌上。他迅捷地稳住杯子,不让它翻倒,随后转身看着她,惊得合不拢嘴。

这份讶异只维持了一秒钟,他很快便换上一副老练的淡漠神情。

"无可救药的蠢货!"父亲说。

来人不再盯着沙兰,而是转身与父亲交谈。沙兰的继母和家里的厨子齐刷刷地站在一侧。沙兰偷偷走到她身边,问:"他是谁?"

"无名之辈。"玛丽瑟道,"他说他带来了你兄长的消息,可是由于身份过于卑微,他无法提供世系证明。"

"我兄长?赫拉兰?"

玛丽瑟点点头。

沙兰回身观察陌生人。他悄悄地从外套口袋里摸出了什么，然后将其举到杯上。沙兰大吃一惊，扬起一只手。他在下毒——

陌生人居心叵测地把那包东西抖进了自己的饮品，接着举杯送到唇边大口喝下。到底是什么东西？

沙兰垂下手。那人在片刻之后站起，辞别时没有向父亲鞠躬。他朝沙兰绽放笑颜，随后拾级而下，离开了包间。

赫拉兰的消息。他送来了什么信？沙兰小心翼翼地往桌边靠近。"父亲？"

父亲的双眼直盯着决斗场中央的角力。两名男子持剑劈砍，使出古典招式，没有用盾牌。他们那种大肆横扫的打法据传是对碎瑛刃比武的效仿。

"消息是长子赫拉兰捎来的吗？"沙兰试探着问。

"不准说出他的名字。"父亲发话。

"我——"

"**不准说出那个名字。**"父亲望向她的神情流露出惊雷之色，"今日，我宣布他不再拥有继承权。次子巴拉特正式升为长子巴拉特，维吉姆为次子，尤术为三子。我只有三个儿子。"

此刻他心情不佳，她不会糊涂到去激怒他。可她又该如何探明信使的传话？她陷进座椅，又一次发起抖来。

"你的兄长疏远我，"父亲在观看决斗时说，"没人想和老子一起吃饭，太不像话。"

沙兰把交叠的两手贴在腿上。

"尤术大概在什么地方喝酒，"父亲说，"只有飓风之父才知道巴拉特跑哪儿去了，维吉姆不肯下车。"他喝下杯里的酒，"你愿意和他说说话吗？今天不是个好日子。如果要我去找他，我……我真担心我会做出什么。"

沙兰站起来,把手放到父亲肩上。他一时失控,躯体前倾,单手扶着空酒壶。他抬起另一只手,拍拍她放在他肩上的小手,眼神迷离。*他确实试过了*。他们全都试过了。

沙兰找到了自家的车,它和不少别家的车一起停靠在集市的西坡旁。这儿蓟树擎天,壮实的树干被密布的飓砂蒙上了一层浅棕色,针状的叶片在根根枝条上盛放,犹如千条火舌。她一走来,离她最近的针叶便收缩回去。

她惊讶地发现一只貂正在树荫下活动;她原先以为这类生物早就被当地人抓光了。车夫们在附近结伙打牌,有些人必须留下来看车。不过沙兰曾听瑞恩讲过,车夫会轮流看车,这样一来人人都能在集市上走一遭。事实上,当前瑞恩并不在场,可是其他车夫在她路过时仍旧点头哈腰个不停。

维吉姆坐在车里。这位苍白瘦削的少年只比沙兰大十五个月,他和自己的双胞胎弟弟有些相像,不过没什么人会把他们认错。尤术的模样更为老成,维吉姆则过于羸弱,显出病态。

沙兰上了车,坐到维吉姆对面,把小包置于身侧的空座上。

"你是父亲打发来的吧?"维吉姆问,"要不然又想做什么好事?"

"兼而有之?"

维吉姆转开身,规避她的目光。他望向车窗外的树木,不把集市放在眼里。"你治不好我们,沙兰。尤术的行为是自取灭亡,他迟早会尝到苦果;巴拉特正在一步步地变成父亲。玛丽瑟两个晚上就要哭一次,父亲早晚就会杀了她,重演他对母亲的暴行。"

"那你呢?"沙兰回问。话音刚落,她便意识到自己说错了话。

"我?我肯定早就没命了,等不到任何好戏开场。"

沙兰把双臂环绕在胸前,缩起两腿。这样的姿势太不雅观,光明女士哈莎一定会数落她。

她能做什么?她能说什么?他是对的,她想,*我救不了场。赫拉*

兰可以，但我不行。

他们都在渐渐崩溃。

"你到底在打什么主意？"维吉姆说，"我好奇得不得了，你想用什么方式来'救'我？我猜你有意撮合巴拉特和那个小姑娘。"

她点点头。

"这也太明显了，"维吉姆说，"你一直给她送信，我一看就懂。尤术呢？你要怎么治他？"

"我有一份当日决斗的赛程。"沙兰小声道，"他想决斗都快想疯了。如果我把这些比试的信息给他瞧瞧，他搞不定就会萌生观战的念头。"

"你得先找到他才行。"维吉姆轻蔑地一哼，"对于我，你有何打算？你可要明白，刀剑和美人都挑不起我的兴趣。"

沙兰把手伸进小包，掏出一叠纸张，顿觉自己愚蠢至极。

"图册？"

"是算术题。"

维吉姆蹙着眉，从她手中接过题集，他一边浏览，一边漫不经心地挠挠脸颊。"我不是虔诚者。我不会固步自封，也不会强迫自己过这种日子。我的生活不是规劝人们皈依全能之主——他自己估计也无话可说。"

"这不代表你不能学习。"沙兰说，"我从父亲的书册中搜集了一些公式，用来计算飓风周期。我把内容转换成了简单的铭文，这样你就能读懂了。我想你可以试着预测一下飓风来袭的时间……"

他随意翻阅着题集。"你把它们全抄下来了，还作了翻译，连图解都没放过。风操的，沙兰，你在上面花了多久时间？"

她双肩一耸。这项工作耗上了好几周的工夫，但她有的是时间，白天端坐花园，夜晚待在房间，时不时地再去拜访虔诚者，聆听他们气定神闲地做出有关全能之主的教导。有事可干毕竟不乏好处。

"傻死了。"维吉姆放下题集道,"你自以为能收获什么?我不敢相信你居然为了这种事浪费大好光阴。"

沙兰垂头眨眼,赶走泪花,匆匆下了车。刚才的经历可怖至极——不单是因为维吉姆放出狠话,她的感情更是过于外露。她根本把持不住。

她赶忙离开车子,不希望被车夫瞧见自己正用禁手抹眼。她跌坐在一块石头上,试图冷静下来,可她做不到,泪还是不停地流。几名仆族小跑而过,追逐着主人的斧狐犬,她马上扭过头。每逢节庆,人们总会来上几场狩猎。

"斧狐犬。"她背后传来一个声音。

沙兰吓了一跳,将禁手捂在胸前,转身四顾。

说话的人栖于一根树枝之上,一身黑衣打扮。见她投来目光,他活动起筋骨,身边红橙相间的针叶一波波地藏匿消隐。来者正是先前向父亲传话的信使。

"我搞不明白,"信使说,"难道没有人觉得这个叫法很诡异吗?你们都知道什么是'斧',可是'狐犬'怎么定义?"

"讨论这个有意义吗?"沙兰问。

"因为这是一个词,"信使应答,"简简单单,却自有天地,就像待放的蓓蕾。"他打量着她,"我没想到会在这里和你邂逅。"

"我……"她的本能催她远离这个怪人,然而他有赫拉兰的消息——她父亲绝不会走漏的风声,"你想在哪里和我邂逅?决斗场吗?"

那人翻下树枝,蹦到地上。

沙兰不禁后退。

"别这样,"那人在一块石头上落座,"你不需要怕我。我在伤人这方面很是差劲,我的家教看来很成问题。"

"你有我大哥赫拉兰的消息。"

信使颔首道:"他是个决心满满的年轻人。"

"他在哪儿?"

"他在干着一些自认为很重要的活儿。如果硬要叫我吹毛求疵,像他这类有志成大事的人才是最恐怖的存在。至少放宽眼光来看,要是人们成天不务正业,世上就不会滋生这么多歪门邪道。"

"他过得还好吧?"她提问。

"好着呢。他要我传信说附近安有眼线,你父亲的一举一动都在监视之中。"

难怪父亲会大动肝火。"他在哪儿?"沙兰怯怯地上前道,"是他吩咐你来找我的吗?"

"很抱歉,孩子。"信使的神情舒展下来,"他只拜托我将那份短讯送给你父亲。我说起过会来此地旅行,于是他就找上了门。"

"哦!我还以为是他派你到这里执行任务,为我们传信。"

"事情就是这样的。孩子,告诉我,灵体有没有和你说过话?"

光芒俱熄,生气从中流失。

秘符交错,不应为人所视。

母亲的灵魂藏身柜底。

"我……"她说,"没有。为什么灵体要和我说话?"

"没有吗?"信使向前探了探身子,"当润石就摆在你身边,它们会不会变暗?"

"对不起,"沙兰说,"我该回去见父亲了,他会着急的。"

"你父亲正在渐渐毁掉你的家庭。"信使说,"这一点被你大哥言中了,可他却看错了其余的一切。"

"比方说?"

"快看。"信使朝沙兰父亲的车驾点点头。她所在的角度正好可以看到,她对着窗户眯起眼。

维吉姆在车里俯身做着她留下的算术题,手握炭笔写写画画——

这是从她放在那儿的小包里出拿出来的。

他笑得正欢。

多么温馨的场景。她感到一束邃光送来暖意,多年前才有的欢愉浮上心头。那时事态还未恶化,那时母亲的惨剧还未上演。

信使悄声发话:"这是一个时代的终结,两位盲人一边等待,一边思考什么是美。他们坐在世界之巅俯瞰大地,却不见一物。"

"嗯?"她向他看去。

"'人对美的感知可以被夺走吗?第一个人问第二个人。

"'我对美的感知就被夺走了,'第二个人回答,'因为我根本记不得了。'这个人自小就因事故而致盲。'我夜夜向彼界之神祈祷,希望自己的视力可以恢复,这样我也许便能找回美了。'

"'美难道是一样必须被人看见的东西吗?'第一个人问。

"'当然了,这是美的本性。如果不看,你怎么能欣赏一件艺术品?'

"'我能听音乐。'第一个人说。

"'言之有理。你可以听到某种意义上的美——但是你不可能在眼不见的情况下探知美的全貌,你只会汲取美的一小部分。'

"'以雕塑为例,'第一个人说,'我能感受到凹凸有致的曲线,也能触摸到化腐朽为神奇的凿子。这难道不算吗?'

"'我觉得你只能体会到雕塑之美。'第二个人说。

"'那么何谓美食?大厨烹煮出一道好菜来满足食客的食欲,这般珍馐难道不是一件艺术品吗?'

"'我觉得你只能体会到大厨的手艺之美。'第二个人说。

"'那么何谓红颜?'第一个人说,'伊人双手轻抚,为我诵读哲学,她的温柔姿态、体贴之言以及真挚情思都不算吗?我难道感受不到这种美吗?如果我不用眼睛看,就真的会失去对多数美的概念吗?'

"'言之有理。'第二个人说,'可是当你少了双耳,彻底失聪时,你会做何辩白？要是有人把你的舌头拔掉，逼你闭上嘴，就连嗅觉也一并消失了呢？要是你的皮肤被烈火焚烧，再也没有知觉了呢？假如你身上只剩下痛苦，你会怎么办？你根本无从知道什么叫美。所以，人对美的感知是可以被夺走的。'"

信使打住话题，对着沙兰把头一侧。

"干什么？"她问。

"你怎么看？人对美的感知可以被夺走吗？如果一个人的触觉、味觉、嗅觉、听觉及视觉都失灵了……如果他只能活在痛苦之中，该如何是好？他对美的感知还存在吗？"

"我……"回答这样的问题意义何在？"痛苦的程度每天都会变化吗？"

"就假设它会吧。"信使道。

"那么那个人的痛苦减轻之时就是美闪耀的一刻。你为什么要给我讲这个故事？"

信使面露笑意。"沙兰啊，为人孰不求美？不要绝望，不要因为荆棘遍地就终结探索。动动你的小脑筋，告诉我，什么东西才是最美的？"

"父亲可能在担心我的去向了……"

"给点面子，"信使说，"我会透露你兄长在哪里。"

"一幅杰出的画作吧。那是最美的东西。"

"违心之言。"信使说，"跟我讲真话。在你眼里，到底什么才是美，孩子？"

"我……"到底是什么？"母亲还活着。"她发现自己口吐轻言，目光与他相遇。

"还有呢？"

"还有我们都在花园里。"沙兰继续说，"母亲正和父亲谈天，他笑起来，将她拥入怀中。全家人聚在一起，连赫拉兰也在，他从未离家出走。我母亲的熟人……德雷德……他根本没有来过家里。母亲爱我,她教我哲学、教我画画。"

"说得挺好,"信使道,"不过你还可以更上一层楼。那个地方长什么样?给你什么感觉?"

"春天来了,"沙兰给出回复,变得愈加气恼,"苔蔓绽放出鲜红的花朵,味道芬芳馥郁,空气中弥漫着晨间飓风所降下的水雾。母亲的低吟富有音韵,父亲的笑声未作回响,而是飞至高空,将我们一并笼罩其中。

"赫拉兰正在教尤术剑法,两人就在近旁对战。赫拉兰的腿侧中了一招,引得维吉姆开怀大笑。他不负母亲的期望,一直在努力学习、争做虔诚者。我把他们都收入画中,手中的炭笔在纸上沙沙作响。气候尽管微凉,却不乏暖意。我举起身边那杯热乎乎的苹果酒稍作啜饮,嘴中充满甜蜜。*这场景太美了,因为它本可以发生。我的生活应该如此。我……*"

她眨眨眼,挤去泪水。她看到了。飓风之父啊,她目睹了这一切。她听到了母亲的话音,看到了尤术输掉决斗后含笑交给巴拉特球币,却不为破财所伤的景象。她能触到空气、嗅到花香,灌木丛中的歌灵贝啁啾欢鸣,声声入耳。这一切差一点就要成真了。

几束光芒在她身前涌起。信使掏出润石捧在手心,朝她送来,同时凝望着她的双眼。迷蒙的飓光在两人之间缓缓飘升。沙兰抬起手,关于理想生活的遐思就像棉被一般将她紧紧裹住。

不。

她畏缩后退。光雾逐渐淡去。

"我明白了。"信使柔声道,"你还不谙谎言的真谛。我许久之前也有过这般困惑,这个星系的神瑛要求极为苛刻。孩子,你一定要洞悉真相,那是利用它的前提,这道理就好比人要先懂法才能违法。"

来自过去的阴影在深渊之中翻腾易形,微微朝向光明转变。"你能帮忙吗?"

"不能,我现在帮不上忙。首先,你没有做好准备,而且我还有些杂活要处理。改天吧。孩子,坚强点,你要不懈地披荆斩棘,为光明开辟出一条道路。你所要抗争的对手可不是完全合情合理的东西。"他站起身,向她鞠了一躬。

"我大哥呢?"她问。

"他在阿勒斯卡。"

阿勒斯卡?"怎么会?"

"那当然是因为他觉得那里有求于他。如果我能和他再见上面,我会把你的话捎给他的。"信使走开了,步履轻盈、身姿飘然,仿若舞者。

沙兰目送着他离去,心底深处的波澜重归平静,潜回被记忆遗忘的角落。她发现自己还没有问过他的名字。

46 仁人志士

> 适逢西摩耳闻缘舞骑士之莅临,遂觉无影惊慑袭身,此情甚为平常。该骑士团虽非苛求至严,其灵动雅态却暗匿杀机、名噪一时;他们口齿伶俐、礼数俱全,贵为光辉骑士之最。
>
> ——摘自《光辉真言》第二十章,第十二页

卡拉丁来到矛兵队的末尾。士兵保持立正姿势,将矛搁到肩头,双目平视前方。他们已经发生了翻天覆地的变化。卡拉丁在苍茫的暮色之下点了点头。

"了不得,"他对第十七冲桥队的匹特士官说,"这么精神的矛兵队很少见。"

在这种时候,指挥官们都懂得说点好话。部分冲桥手的站姿不稳,结阵推进时马马虎虎,卡拉丁都没有指出。他们尽力了。他能从他们诚挚的目光中看出来,也能从他们的改变中察觉一二。他们开始为这套制服而骄傲、开始认同自己的身份。他们已能胜任巡逻工作,起码守得住营地的周边区域。他在心里盘算着要让泰夫特带领他们和另外两支够格的队伍轮流出勤。

卡拉丁以他们为豪。时日拉长，夜色渐浓，他将自己的想法告知众人，随后宣布解散，允许他们吃晚饭。第十七队把晚间的豆咖喱看作集体的一大特色，其中的食材散发出别样的气味，与石头的吃角族炖菜迥异。卡拉丁觉得很来劲，他们的个性体现在了伙食的选择上。他把矛扛到肩头，动身没入夜色，准备视察最后三支队伍。

下一支是出过问题的第十八队。该队士官尽管踏实肯干，却缺乏领袖气质。其实这种风度不是冲桥手与生俱来的，而他的行动尤为低效，喜欢求人、害怕下令，在公众场合放不开。

然而这不全是魏特的过错，他手下的集体也像一盘散沙。卡拉丁看见第十八队的士兵在晚餐时三三两两而坐，人与人之间没有欢声笑语，更别谈战友情谊了。他们不像冲桥手时期那样独处，反倒拉帮结派、互不理睬。

魏特士官向部下发令，他们慢吞吞地起身，懒得站齐或敬礼。卡拉丁在他们眼中捕捉到了真相。他能拿他们怎么办？反正当冲桥手的日子坏得不能再坏了，所以做出努力有何用场？

卡拉丁向他们大谈要积极、要心齐。我需要再下几趟沟，给这帮人上上训练课，他想。假如那样也行不通……那么他就得拆散这支队伍，将队员发配到其余的队伍中去。

他摇摇头，总算告别了第十八队。他们明摆着不想当兵，那又为何不走人，而是甘愿在达力拿麾下服役？

因为他们不想再做出选择，他想，有时做选择是件难事。

他明白这种感受。风操的，他明白。他还记得自己曾干坐着面对一堵空墙发呆，心情极度郁闷，不想起身，甚至连自杀都做不到。

他抖了几抖。那些日子不是他愿意回忆的。

正当他走向第十九队时，茜尔乘着一缕清风而来，化为一团迷雾，很快凝聚成一条光带。她在卡拉丁身边来回盘旋，最后落到他肩上。

"其他人都在吃饭。"茜尔说。

"很好。"卡拉丁说。

"那不是情况汇报,卡拉丁,"她说,"我在提醒你注意问题。"

"问题?"他在暗处停下脚步,手边就是第十九队的营房。队员们很守纪律,正集体围着篝火进食。

"你忙啊忙,"茜尔说,"停不下来。"

"我必须让这些士兵做好准备。"他扭头望着她,"你知道日后会出事。那些墙上的倒计时……你有没有见到更多的红色灵体?"

"见到了。"她坦言,"至少我是这么想的。透过眼角的余光,我发现它们在看我。它们不太出现,但是确实存在。"

"马上要出事了,"卡拉丁说,"倒计时直指泣雨季。不管到时发生什么,我都会带领冲桥手做好抗击的准备。"

"好吧,你要是先累死的话,就什么也做不了了!"茜尔顿了顿,"人类真能这么亏待自己,对吗?我总听泰夫特说他快累死了。"

"泰夫特喜欢添油加醋,"卡拉丁道,"这是检验士官是否过硬的一大标准。"

茜尔拧起了眉头。"后半句……是玩笑?"

"对。"

"哦。"她看着他的眼眸,"卡拉丁,无论你有多忙,都要休息。拜托了。"

卡拉丁望了望第四冲桥队的营房。尽管营房位于远处,且有一排排士兵挡着,可他依然听到了石头那响彻夜空的笑声。

他终于叹了口气,发觉自己快累趴下了。最后两支队伍可以放到明天再查。他握着矛,转身返回。夜幕的降临表明距离士兵陆续就寝还有两个小时。卡拉丁回到队友中间,石头的炖菜散发出熟悉的味道,不过负责分饭的是胡勃。大伙为他找来了一截高高的树墩,他就坐在上面,往发灰的伤腿上盖了条毯子。石头环抱着双臂站在一旁,表情很是得意。

雷纳林正在回收和清洗别人吃过的饭碗,这是他每晚的惯例。他穿着冲桥手制服,安静地跪在脸盆边。这个小伙的确很认真,从不像他兄长那样爱耍脾气。他先前执意入队,却经常在晚上坐于最靠里的角落,不太和冲桥手们亲近。他这样可真奇怪。

卡拉丁走过胡勃,捏了一下对方的肩膀。他紧盯着胡勃,先点点头,再扬起一只拳头。坚持住。卡拉丁伸手去取炖菜,然后惊呆了。

坐在附近那根木头上的不是一个人,而是三个膀大腰圆的赫达孜人。他们一律穿着第四冲桥队的制服,卡拉丁只在其中认出了普尼奥。

卡拉丁发现偻朋也在不远处。偻朋把握成拳的手举到身前,死死地注视着它。卡拉丁不知道这人想干什么,他早就放弃了读懂偻朋的希望。

"你带来了三个?"卡拉丁责问。

"亲戚!"偻朋抬头接应。

"你家的人丁太兴旺了。"卡拉丁说。

"没有的事!罗德,胡伊奥,问声好!"

"第四冲桥队。"两人捧起饭碗。

卡拉丁摇摇头,接过自己那份炖菜,然后绕过大锅,走到营房边上的暗处。他朝储藏室张望了一眼,发现申正在堆放一袋又一袋的漯娄米,屋内唯一的照明来自一颗钻石齐普。

"申?"卡拉丁道。

仆族仍在整理米袋。

"集合!立正!"卡拉丁高声发令。

申一怔,随即起身立正,把腰板挺得笔直。

"稍息,士兵。"卡拉丁小声道,走到他身边,"我白天找达力拿·寇林谈话,咨询可不可以给你配备武器。他问我是否信赖你,我跟他讲了实话。"卡拉丁把矛递给仆族,"真的,我信得过你。"

申先看看矛,再看看卡拉丁,黑瞳中闪现出怯意。

"第四冲桥队里没有奴隶。"卡拉丁说,"我从前很怕你,对不起。"他催促仆族收下矛,申终于照办了,"雷腾和纳塔姆会带人晨练,他们乐意教你,这样你就不用跟着新兵受训了。"

申举起矛,态度恭敬。卡拉丁转过身,正要离开储藏室。

"长官。"申说。

卡拉丁停下脚步。

"你是个——"申以他惯有的慢腔慢调说,"——好人。"

"因为这双眸子,我一辈子都被人另眼相待。申,我不会见你生有这样的皮肤就作出类似的评判。"

"长官,我——"仆族似乎被烦心事困扰着。

"卡拉丁!"莫阿什的声音从屋外传来。

"你有话要讲?"卡拉丁问申。

"再说吧。"仆族道,"再说吧。"

卡拉丁点点头,走到室外查看出了什么事。他发现莫阿什正在大锅附近找他。

"卡拉丁!"莫阿什看到了他,"快来。我们要出去溜达,缺了你可不行,就连石头也敲定今晚露面。"

"哈!既然炖菜有人顾着,"石头说,"我就去一次。不用闻到小个子冲桥手的气味真好。"

"喂!"德雷赫说。

"啊,也闻不到大个子冲桥手的气味。"

"来呀,"莫阿什朝卡拉丁挥手,"你答应过的。"

他从没说过要去。他只想在火边好好地坐着,边吃炖菜边观察火灵。可是大伙都直勾勾地看着他,就连今晚不跟莫阿什同行的人也是如此。

"我……"卡拉丁说,"好吧,我们走。"

他们一阵喝彩,鼓起掌来。一群欠风操的傻瓜。眼见自己的指挥官出去喝酒,竟能欢呼成一片?卡拉丁啧啧有声地吞下几口炖菜,随后把碗递给胡勃。他硬着头皮走到莫阿什身边,与偻朋、皮特和西格吉尔会合。

"你知道的,"卡拉丁对茜尔耳语,"这要是在我当年的矛兵队里,我就会以为,他们把我拐出营地,是想趁我不在时搞点小动作。"

"现在不见得是这样。"茜尔皱起了眉头。

"确实不是,"卡拉丁说,"现在这些弟兄只想把我当作普通人。"就为了这个原因,*他也要去*。他和部下的差别已经很大了,他不希望他们用看待光眼种的方式来看待他。

"哈!"石头一溜小跑追上了他们,"这些家伙自称喝得过吃角族人。吸多空气的低地人。怎么可能。"

"你们要比酒量?"卡阿拉丁暗暗埋怨。他到底是跟来干什么的?

"明天,大伙到中午才有任务。"西格吉尔耸了耸肩。泰夫特本人和雷滕的队伍将负责寇林家族的守夜工作。

"今晚,"偻朋一指朝天,"我才是赢家。若要比酒量,据说绝对不能赌独臂赫达孜人输!"

"当真?"莫阿什问。

"*以后会有人这么讲的*,"偻朋接着说,"总之,别赌独臂赫达孜人输!"

"你这身子骨不比饿扁的斧狐犬壮实多少,偻朋。"莫阿什语带怀疑。

"哦,但在吃喝方面,*我这身子骨是有重点的*。"

他们继续前行,转上一条通往市场的道路。在营地中,隶属光眼种的屋舍较为靠近中心区域,外部建有营房区,形成一圈大环;市场位于士兵驻地的外围,那里是随军人员的生活区。在直抵市场的路上,他们经过了大量住有普通士兵的营房——这些人正忙着磨砺矛尖、为胸甲上油,借此度过开伙前的时光,卡拉丁很少在撒迪亚斯军中见到这番情景。

不过决定今晚出行的人不只有卡拉丁的部下。来自其他队伍的士兵吃完了晚饭,也有说有笑地往市场晃荡而去。早前发生的屠杀伤透了达力拿军的元气,他们正在慢慢地恢复过来。

市场焕发着勃勃生机,多数房屋上都悬着火把、点着油灯。卡拉丁不感意外。常规军的随员已经算多了,更何况这是支移动部队。生意人在此展销商品,传令员则兜售着新闻,号称此中内容事关世界格局,都是通过对芦获得的。那条有关雅克维德在打仗的消息说了什么?亚泽尔的新皇帝登基了?卡拉丁对该国的地理位置只有含糊的概念。

西格吉尔向传令员跑去,用一颗球币换来了不少消息。与此同时,偻朋和石头正为晚上去哪家酒馆好闹得不可开交。卡拉丁观望着人来人往的市场,夜巡的士兵在他眼前穿行而过,若干相谈甚欢的暗眼种女性走过一家家香料铺,还有个光眼种通讯员正往公示板上张贴写有日期和时间的飓风预报,她丈夫在一边百无聊赖地打着哈欠,仿佛是被迫来作陪的。泣雨季即将来临,这段时期会有持续降雨,不会起风,只有到了中间的出光日,雨水才会止息。在长达一千日的两年飓风周期中,今年恰是小年,这意味着本次泣雨季将会平稳地度过。

"别再争了,"莫阿什对石头、偻朋和皮特说,"我们待会儿去'犟甲蟹'。"

"嘀!"石头说,"可他们家不卖吃角族啤酒!"

"那是因为吃角族啤酒会泡酥你的牙齿。"莫阿什说,"你们都得投降,今晚我做主。"皮特连忙点头称是,那家酒馆也是他点的名。

西格吉尔听完了消息,似乎在返回的半途中停了停,拿上了一份热气腾腾的纸包小吃。

"想不到你也开动了。"卡拉丁叫苦不迭。

"味道不错。"西格吉尔辩解道,咬了口荞鞡卷。

"你根本不知道这是什么玩意儿。"

"我当然知道。"西格吉尔一时答不上来,"喂,偻朋,里面包着什么?"

"弗朗哥利亚。"偻朋乐在其中。这时,石头跑向街头小贩,也买了份荞鞡卷。

"什么意思?"卡拉丁问。

"肉。"

"什么肉?"

"肉乎乎的肉。"

"塑魂术变的。"卡拉丁看了看西格吉尔。

"在冲桥手时期,你每天晚上都吃塑魂术造出来的食物。"西格吉尔耸耸肩,咬下一口卷饼。

"我那会儿是迫不得已。快看,*他在煎那块大饼。*"

"弗朗哥利亚也要过油,"偻朋说,"把肉搓成小丸子,撒点地谷进去。裹上面粉,再炸一炸,然后把它们塞进煎饼,浇上肉汁。"他幸福地咂巴着嘴,伸出舌头舔了舔。

"*这饼比白水还廉价。*"皮特刚一开口,石头就跑回来了。

"那大概是因为塑魂术包办了整块饼,就连谷子也逃不过,"卡拉丁说,"怎么吃都像发了霉。石头,我对你大失所望。"

吃角族人显得很不好意思,可还是尝了尝。他的荞鞡卷滋滋作响。

"加了壳?"卡拉丁问。

"是油爆飓虫爪,"石头哈哈大笑,"可脆了。"

卡拉丁叹了口气,他们终于重又穿过了人群,向着一座建在某栋大石楼下风面的木屋走去。这里的建筑自然均会考虑防风设计,门面尽可能背对飓源,街道则沿袭由东往西的顺风走向。

酒馆里淌出橘色的暖热火光。没有哪个老板会选用润石照明,就算给灯盏上锁,润石的耀眼光芒也太具诱惑力,可能会被某些醉醺醺的酒客盯上。冲桥手们铆足了劲挤入酒馆,撞见了一派充溢着大呼小叫和说唱逗趣的景象。

"我们找不到位子的。"卡拉丁说。酒馆里人声鼎沸,尽管达力拿军损失了大量人员,这里也算得上拥挤。

"我们当然找得到位子。"石头喜笑颜开,"我们有秘密武器。"他指了指长着鹅蛋脸、平时话不多的皮特,后者费力地绕过桌椅,向吧台走去。一个漂亮的暗眼种女子正站在那里擦玻璃杯,她一看到皮特,就爽朗地笑笑。

"我说,"西格吉尔对卡拉丁道,"第四冲桥队里已经有人结婚了,你有没有想过怎么安置他们?"

结婚?皮特靠在吧台上,和那个女子聊着天,光看他的表情就知道喜事将近。卡拉丁从未考虑过这类情况,他老早该想到了。他清楚石头已经结婚——吃角族人已经给亲属写了信,但是群峰与此地相隔甚远,回信仍未抵达。泰夫特结过婚,然而他的妻子和大部分家眷均已离开了人世。

其他队员可能另有家室。在冲桥手时期,他们不太谈起过去,可是卡拉丁问出了不少零碎的细节。他们的生活即将慢慢回到正轨,正因为住在军营很安稳,所以养家也成了一大必须。

"风操的!"卡拉丁一敲脑袋,"我得问问营房扩容的事。"

"很多营房都隔出了小间,可供亲属入住,"西格吉尔道,"还有些已婚士兵在市场里租房子。携家带口的人可以择其一。"

"这么做,第四冲桥队会垮掉!"石头说,"绝不允许。"

其实结过婚的人更能当个好兵。他须得想办法使之成为可能。目前达力拿的营地里尚有大量空置营房,他或许该向上级多加争取。

卡拉丁朝吧台边上的女子扬了扬头。"我觉得她不是老板。"

"嗯，阿卡只是女招待。"石头说，"皮特被她迷得不行。"

"我们得瞧瞧她识不识字。"卡拉丁退开几步，好让一个半醉半醒的酒客推门拥抱黑夜，"风操的，要是周围有人能舞弄点文墨，那才好呢。"在一般场合，卡拉丁的身份等同于军中的光眼种，他的妻子或姐妹会担当大队的文书员。

皮特向他们挥了挥手。阿卡领着他们穿过人群，来到一张靠边的桌子旁。卡拉丁选择倚墙而坐，离一扇窗子很近，却避开了背光处，这样他便能随意往外看。石头一坐下，卡拉丁就同情起吃角族人的凳子来了。石头是队里唯一一个比卡拉丁还高几寸的人，而他的腰身足可抵上两个并排站着的卡拉丁。

"有没有吃角族啤酒？"石头眼巴巴地看着阿卡。

"倒上这种酒，我们的杯子会化掉。"她说，"谷啤好吗？"

"谷啤是给女人喝的，"石头叹了口气，"配不上吃角族大汉。还好不是瓜果酿出来的酒。"

卡拉丁叫她随便上酒，心思已经飞向了别处。**这家酒馆的确缺少宾至如归的感觉**，整间屋子烟雾弥漫，又吵又臭，一点不讨人喜欢，却也热闹非凡，笑声纷飞。酒客一边吃喝，一边碰杯。这……这就是某些人的生活——白天干点踏实的苦工，晚上到酒馆和朋友小聚。

这种生活真不赖。

"今晚吵得很。"西格吉尔道。

"什么时候不吵了。"石头回应，"今晚他们或许更爱吼。"

"我军和贝特哈夫军联手赢了场高地战。"皮特说。

他们这一仗打得酣畅。达力拿并未出面，不过阿多林上了前线，与之同行的还有三名第四冲桥队的队员。然而他们本来无须动武——只要高地战威胁不到卡拉丁部下的生命，就是好事。

"人多好，"石头说，"馆子里暖和点。外头可冷了。"

"还讲冷?"莫阿什说,"你是从风杀的吃角族群峰下来的!"

"这又怎样?"石头蹙着眉问。

"那里全是山,上面一定比下面冷。"

石头听罢哭笑不得。他既生气又惊讶,吃角族人的浅色皮肤上泛出了红晕,看起来十分逗趣。"你们的空气太多了!所以脑子会生锈。冷?吃角族群峰很暖和!暖和得不得了。"

"真的吗?"卡拉丁发出了疑问。石头可能在说笑。其他人有时理解不了这些话。

"是真的。"西格吉尔说,"峰巅上有温泉,因而气温偏高。"

"啊,可那不是温泉,"石头冲着西格吉尔晃晃手指,"低地人才这么说。吃角族海是生命之源。"

"海?"皮特皱了皱眉。

"很小的海。"石头说,"每座山上都有一个。"

"每座山的山顶都会生成一个凹坑,"西格吉尔解释说,"里面储满了热水,演化为大湖。尽管海拔很高,但是湖水的热量足以保障人们辟出小片的栖息地。不过,一旦远离吃角族城镇,人就会冻死。外面是极寒之境,到处是飓风留下的冰原。"

"你在瞎编故事。"石头说。

"我在按事实说话,没有瞎编。"

"无论讲什么都是故事,"石头说,"听好了。很久以前,恩卡拉基人——也就是我的同胞,你们口中的吃角族人——并不住在群峰之巅。他们的家园建在空气稠密的低地,那里难于思考。然而我们备受排挤。"

"谁会排挤吃角族人?"皮特道。

"没有人不排挤。"石头回答着,恰好碰上送酒的阿卡。她又给了他们一次特别关照,绝大多数人都得自己上吧台取酒。石头对她笑笑,握住了大杯。"第一轮上来了。倭朋,你想把我比下去?"

"随时奉陪，老兄。"倭朋举起了略小的酒杯。

大块头吃角族人喝了口酒，嘴上沾满泡沫。"人人都想杀死吃角族人。"他捶了捶桌子，"他们害怕我们。传说我们骁勇善战，所以他们快把我们赶尽杀绝了。"

"假如你们真的那么骁勇善战，"莫阿什伸手一指，"又为何几近灭族？"

"我们人少，"石头自豪地拍了拍胸脯，"而你们人太多。你们统统生活在低地，谁要是走一步路，怎么着都会在靴底发现阿勒斯卡人的足迹。因此我们恩卡拉基人的末日就快来了。但是我们的塔纳凯——既是国王，又不单是国王——前去向诸神乞求帮助。"

"诸神，"卡拉丁说，"你指的是灵体吧。"他发现茜尔正坐在房梁上，看着几只小虫爬上椽子。

"神是有的。"石头也朝着卡拉丁所视的方向望去，"不过有些神比其他神更强大。塔纳凯找上了主神。他首先拜见树神，问：'你们能掩护我们吗？'可是树神说不行：'人类也觊觎我们。如果你们藏在这里，终会被他们发现。他们会用对待我们的方式把你们砍成木柴。'"

"把吃角族人砍成木柴。"西格吉尔无动于衷地说。

"别插话。"石头回了一句，"接着，塔纳凯拜见了水神。'我们能住在大洋深处吗？'他恳求道，'请赐予我们在水下呼吸的能力，让我们如游鱼般自在，我们必定会在海中侍奉你们。'可惜，水神爱莫能助：'人类撒下鱼钩，直穿我们的心脏，捕捞我们守护的生灵。如果你们住在这里，终会成为他们的盘中餐。'所以我们不能住在这里。

"最后，塔纳凯走投无路，只得拜见至上主神——山神。'我的子民危在旦夕，'他恳求道，'请让我们住在高岗，把你们敬拜。请用冰雪守护我们。'

"山神思考良久。'你们不能住在高岗。'他们说,'因为这里没有生命。这里是灵界,不是人界。然而,如果你们有办法使人灵共处,我们就会守护你们。'因此,塔纳凯回访水神,道:'请赐予我们水源,解我们的渴,让我们在群山中安居。'水神答应了他。塔纳凯回访树神,道:'请赐予我们累累果实,填饱我们的肚子,让我们在群山中安居。'树神答应了他。塔纳凯回访山神,道:'请把你们心中的炽热赐予我们,让我们在峰巅安居。'

"塔纳凯说服了山神。恩卡拉基人没有成为诸神的负担,而是靠自己解决了问题。他们的不懈努力被山神看中。因此,山神将峰巅收回,形成承载生命之源的凹口。水神造出了海洋,树神如约播下了草木瓜果,山上自此萌发了生机。从群山之心涌出的炽热为我们的安居提供了条件。"

他往后一靠,对着酒杯就是一阵豪饮。喝完后,他把杯子哐当一声放到桌上,满面笑容。

"那么这些神,"莫阿什慢慢地啜了口酒,"看中的是你们靠自己解决了问题?而你们的办法却是向其他神求助?"

"多嘴,"石头说,"这是个好故事,没有假。"

"可你讲过山上的湖里有水,"西格吉尔道,"所以它们就是温泉,和我的说法一样。"

"不一样。"石头回敬道。他朝阿卡挥挥手,意味深长地一笑,并且摇了摇他的酒杯,渴求再上一轮。

"哪里不一样?"

"不只是水,"石头说,"是生命之源。那里是人神沟通之处。有时,恩卡拉基人只要下水游泳,便能瞧见神域。"

一听这话,卡拉丁立马凑近了点。他刚才光想着该如何改进第十八冲桥队的风纪问题。石头的说法引起了他的兴趣。"神域?"

"对。"石头说,"那里是神的居所。你可以透过生命之源一察究竟。你要是走运，就能在水下和神交流。"

"这便是你们看得见灵体的原因？"卡拉丁问，"你们在那里游泳，然后水在你们身上产生了某种效果？"

"题外话。"刚等石头说完，第二杯酒就上来了。面对阿卡，他露出了殷勤的笑容。"你是个大美女。你若来群峰之巅，我会把你认作亲人。"

"石头，你只管付账就行。"阿卡转了转眼珠。她前去收回空酒杯，皮特见状一跃而上，帮她从别桌端走了几只杯子，惊到了她。

"你们之所以看得见灵体，"卡拉丁一再追问，"是因为你们在水中获得了什么本事？"

"题外话。"石头瞟了他一眼，"有……关系吧。我不想多说。"

"我要去那儿，"偻朋说，"好想跳进去游一游。"

"哈！外人会死的。"石头说，"假使你今晚喝过了我，我也不能让你游。"他冲偻朋的酒杯抬起眉毛。

"外人在绿宝潭里游泳无异于送死，"西格吉尔说，"因为你们会处决那些摸过池子的外人。"

"不，这不是真的。仔细听故事，别自讨没趣。"

"那就是温泉啊。"西格吉尔嘀咕了几句，转而喝起酒来。

石头翻了个白眼。"顶上是水，底下是别的。那里是神域、是生命之源。这没错。我还碰到过一个神。"

"和茜尔一样的神？"卡拉丁问，"抑或是河灵？"河灵比较少见，但它们应该能像风灵那样说几句简单的话。

"不对。"石头往前挪了挪身子，似乎在道破某个天机，"我见到了鲁努阿纳基。"

"噢，太好了。"莫阿什说，"真精彩。"

"鲁努阿纳基是行神和恶作剧神，法力无边。"石头说，"他来自群峰之巅的大洋深处、来自神界。"

"他长什么样?"偻朋问道,瞪大了眼睛。

"像人,"石头说,"可能是阿勒斯卡人,但没那么黑。五官很立体,算帅吧,还长着白头发。"

西格吉尔突然仰起头。"白头发?"

"没错,"石头说,"不是老人的灰色,而是白色,但他很年轻。他在岸边和我聊天。哈!先是笑我的胡子,又问我今年在吃角族历中是哪一年,还觉得我的名字很滑稽。法力无边啊。"

"你怕不怕?"偻朋问。

"当然不怕。鲁努阿纳基伤不了人,其他神不同意。人人都知道。"石头将剩下的第二杯酒一饮而尽,然后一边笑,一边把杯子高高举起,又对着路过的阿卡晃了几下。

偻朋连忙灌下了第一杯酒。西格吉尔满脸愁容,碰了碰喝到一半的酒,盯着杯子出神。莫阿什问他有何不快,西格吉尔只是推说自己累了。

卡拉丁终于抿了一口酒。谷啤泛着泡沫,带有一丝甜味。酒水下肚,他不由得想家了,然而他在军中才开始喝这种酒。

其余人的话题转移到了高地战。撒迪亚斯显然没有听从联合作战的命令,他早些时候独自携军出征,最先夺下了琼心石,之后将其当作废物一丢了之。然而就在几天前,撒迪亚斯还和轩亲王鲁特哈合力上阵,打了一场违反常规的仗。他们宣称未收获琼心石,实际上却已得手,后又将之私藏,这一点已成不争的事实。

上述举动是对达力拿的反抗,军中众说纷纭。撒迪亚斯意欲派遣调查员前往达力拿的营地搜索牵涉国王安危的所谓"重点实情",却碰了壁,他由此生发出诸多不满情绪,引发了局势的进一步升级。对他来说,这些动作不过是玩玩而已。

得有人废了撒迪亚斯,卡拉丁一边想,一边嗞嗞有声地呷了口酒,他和亚马兰一样坏心,屡次试图将我和我身边的人杀害。我难道就没理由——乃至权利——施行报复?

卡拉丁正在学习刺客飞檐走壁的本领,爬进常人无法接近的窗户不无可能。他可以趁着夜色潜入撒迪亚斯的营地,运用飓光进行打击……

卡拉丁可以替世人伸张正义。

他的本能告诉他这道理存有纰漏,可他很难把它想出个所以然。他喝了点酒,随后把周围扫视了一通,又一次发觉大家是多么放松。这就是他们的人生——先忙活再寻乐,不再央求更多。

而他过着另一种生活,有更高的追求。他掏出一颗发光的润石——仅是钻石齐普——随手碰了碰,让它在桌上打转。

冲桥手们继续谈天,卡拉丁只是偶尔插上几句。将近一小时过后,莫阿什用手肘推了推他的肋下,悄声问:"你准备好了吗?"

"准备?"卡拉丁皱了皱眉。

"对啊,会面安排在里屋,我刚才看到他们进去等着了。"

"是谁……"他渐渐止住话头,识破了莫阿什的打算。卡拉丁先前答应与莫阿什认识的弑君团伙碰头。他的皮肤阵阵发冷,空气似乎骤然冻结。"今晚你就因为这个把我喊来了?"

"嗯,"莫阿什说,"我以为你看出来了。我们走。"

卡拉丁低头瞅了瞅自己那杯棕黄色的酒,终于将其一饮而尽,而后站起身。他得搞清楚这些人是谁。他有责任这么做。

莫阿什找着借口,向旁人说他有个老朋友要介绍给卡拉丁认识。石头大笑着摆摆手,示意他们可以离场,丝毫不露醉态。他已经喝到……第六杯了?还是第七杯?偻朋在喝完第三杯后就有了醉意。西格吉尔连第二杯也没喝完,似乎无意继续较劲。

比拼到此为止,卡拉丁想道,跟在领路的莫阿什身后。室内热闹依旧,却不如早前那么摩肩接踵。酒馆深处藏着一条走廊,两边都是供富商进餐的私人包厢,不为大堂里的粗鄙酒客所扰。一个皮肤黝黑的男子靠在一间包厢门外,他可能带有亚泽尔血统,也可能只是个肤色偏深的阿勒斯卡人。他往腰带上挂了几把长刀,却在莫阿什推门时一声不吭。

"卡拉丁……"那是茜尔的声音。她在哪里?看来她不见了,甚至逃出了他的视野范围。她以前有没有这样过?"多加小心。"

他和莫阿什一同走进包厢。屋内正有三男一女围着餐桌饮酒。另有一名护卫站在后方,他身披斗篷,腰间佩剑,脑袋垂得很低,注意力似乎不太集中。

坐在桌边的四人中有两人是光眼种,包括那名女子。卡拉丁本该料想到,因为这些人拥有一把碎瑛刃,但他仍旧在原地顿了顿。

光眼种男子马上起立。他留有一头整洁油亮的阿勒斯卡式黑发,喉口打着领巾,估计比阿多林年长几岁。他的外套在胸前敞开,内搭高档黑衬衫,上有穿行于纽扣间的白色藤蔓纹饰。

"原来这就是大名鼎鼎的卡拉丁啊!"他呼喊道,上前与卡拉丁握手,"飓风在上,与你相逢是我的荣幸。据说你不仅救起了'黑荆棘',还让撒迪亚斯颜面尽失?干得好,伙计。好样的。"

"你是?"卡拉丁问。

"一位仁人志士。"男子道,"叫我格雷夫斯好了。"

"你是那名碎瑛武士?"

"一上来就直奔主题?"格雷夫斯招呼卡拉丁在桌边落座。

莫阿什迅速就座,向桌边的另一人点了点头——他是暗眼种,一头短发,眼窝凹陷,穿着厚重的皮衣,身旁摆着斧子。是佣兵,卡拉丁推测。格雷夫斯还在招手,但卡拉丁呆立了一会,打量起桌边的年轻女子。她拘谨地端坐,用双手捧起酒盏——其中一只手藏在扣死的袖子里——小啜了一口。她的面容姣好,红唇微翘,头发高高盘起,由各色金属饰品固定。

"我见过你。"卡拉丁说,"你是达力拿手下的文书。"

她谨慎地向他投去一瞥,却力图保持悠闲的模样。

"丹岚是轩亲王的随员。"格雷夫斯说,"来,卡拉丁,坐下来喝点小酒。"

卡拉丁照做了,但没有倒酒。"你们有意弑君。"

"他可真直接,你说是不是?"格雷夫斯问莫阿什。

"还很能干。"莫阿什道,"所以我们才喜欢他。"

格雷夫斯面朝卡拉丁道:"一如陈言,我们是仁人志士。我们热爱的阿勒斯卡是我们应该开创的阿勒斯卡。"

"说是仁人志士,却想谋杀王国的统治者?"

格雷夫斯欠起身子,把紧扣的双手摆在桌上,收敛了一点笑意。也罢,他刚才也太勉强了。"这样吧,让我们开诚相待。艾尔霍卡是一位昏君。你想必已经有所察觉。"

"我无权对国王说长道短。"

"嗳,算了吧,"格雷夫斯说,"你难道没看见他是如何待人接物的吗?他任性、暴躁、多疑,遇事不找人商量,只会吵吵闹闹。他起不了带头作用,却不忘提出孩子气的要求。他就像一股邪风,吹得王国摇摇欲坠。"

"在达力拿出面管教之前,你知不知道他都推行了什么样的政策?"丹岚问,"前三年我一直在塔冠城协助那里的文书整理被他弄得乌烟瘴气的王室法典。有一阵子他几乎来者不拒,只要被哄得开心,什么法令他都会签署通过。"

"他很无能,"那名暗眼种佣兵说道,卡拉丁尚不知其名,"尽会杀些好人,还给了那个混蛋撒迪亚斯便宜,帮他开脱了叛乱之罪。"

"因此你们打算杀了他?"卡拉丁问。

格雷夫斯与卡拉丁目光相接。"是。"

"如果国王一手毁掉了国家,"佣兵道,"把他赶下王位不是人民的权利和义务吗?"

"卡拉丁，请你扪心自问，"莫阿什说，"要是他丢了王位，会发生什么？"

"达力拿也许会登基。"卡拉丁说。艾尔霍卡在塔冠城留有一子，其人尚处孩提之年。即使达力拿宣布摄政，也能统御国事。

"由他掌权，王国会更繁荣。"格雷夫斯说。

"反正实权握在他手里。"卡拉丁说。

"非也，"丹岚说，"达力拿一直在忍气吞声。他明知自己该夺下王位，却出于对亡兄的爱迟疑不前。其余轩亲王一律将此理解为软弱之举。"

"我们需要'黑荆棘'，"格雷夫斯一拳砸向桌面，"不然王国必将灭亡。艾尔霍卡的死会激发达力拿的行动力，二十年前的他即将重回我们的视线，当初就是他把轩亲王们团结到了一起。"

"假使他早年的峥嵘没有毕露，"佣兵补充道，"我们的处境也绝不会比现在差。"

"千真万确，"格雷夫斯对卡拉丁说，"我们是刺客和杀手，不得已才出此下策。我们不想谋反，也不想屠杀无辜卫兵。我们只想除掉国王。行动要无声无息，最好能伪造成意外。"

丹岚脸色一沉，品了口酒。"只可惜我们目前收效甚少。"

"因此我才想见你一面。"格雷夫斯道。

"你指望我帮你们？"卡拉丁问。

格雷夫斯摊开双手。"请你考虑一下我们谈到的事，这是我唯一的请求。想想国王的行为，检视他的统治方式，自问一句：'由这种人当权的王国还能走多远？'"

"'黑荆棘'必须登上王位。"丹岚轻声道，"*一切定会水到渠成。我们希望助他称霸、为他排除疑难，全是为他好。*"

"我说不定会出卖你们。"卡拉丁与格雷夫斯四目相对。靠在墙边的男子隐藏在斗篷中，一直在留心聆听。他动了动双脚，站得更直了。"邀我入伙有风险。"

"莫阿什说你学过医。"格雷夫斯似乎一点也不担心。

"是有这回事。"

"如果手部化脓导致全身感染,你会怎么做?你是干等着希望它自愈,还是马上切除?"

卡拉丁没有搭腔。

"你眼下掌控着国王亲卫队,卡拉丁。"格雷夫斯道,"而我们需要一个伤不到任何卫兵的出手时机。我们希望刺杀行动以事故的形式展开,不能让国王的血脏了我们的手,然而我明白这是懦弱的表现。我会亲自作一了结,如今万事只欠东风,阿勒斯卡的苦日子快到头了。"

"这样对国王更有利。"丹岚说,"即便占着王位,他也是慢慢等死,好比远离堤岸的人终会溺亡在海中。我们最好立即下手。"

卡拉丁立身一站。莫阿什迟疑不决地起身。

格雷夫斯望向卡拉丁。

"我会考虑的。"卡拉丁说。

"很好,这才像话。"格雷夫斯说,"想和我们联系,靠莫阿什就行。你要做一个迎合王国之须的医者。"

"走吧。"卡拉丁对莫阿什说,"大伙肯定在猜疑我们的去向了。"

他走出了包厢,莫阿什在匆匆告别同伴后也跟了上来。卡拉丁诚心希望那个小团体中能有一人拒绝他。他已经威胁说自己或许会叛变,他们难道不后怕?

他们放过了他,让他回到了那间吵闹不休的大堂。

风操的,他想,*没料到他们的理由如此充分。*"你是怎么和他们搭上的?"卡拉丁询问一路飞跑而来的莫阿什。

"那个坐在桌边的人叫瑞尔。成为冲桥手之前,我曾在几个车队打工,他是那边的佣兵。当我们被解除奴役后,他来见过我。"莫阿什抓住卡拉丁的胳膊,示意他暂时不要回桌。"他们说得对,你一定懂,卡尔。我看得出。"

"他们是卖国贼,"卡拉丁说,"我不想和他们搅和在一起。"

"你说过你会考虑的!"

"我那么说,"卡拉丁悄声道,"是想从他们手中脱身。我们有使命,莫阿什。"

"这份使命比救国还重要?"

"你并不关心国家。"卡拉丁严厉斥责,"你只顾着报私仇。"

"唉,好吧。可是卡拉丁,你注意到了吗?格雷夫斯无论对谁都一视同仁,从来不管瞳色。他不反感我们是暗眼种,又娶了暗眼种女人。"

"真的?"卡拉丁曾听说富有的暗眼种会和低等的光眼种成婚,不过在上流阶层中,还没有哪个碎瑛武士挑中过暗眼种。

"真的。"莫阿什说,"他有个儿子甚至是独眼。别人怎么看他,格雷夫斯一概风杀地不过问。他只做正确的事。在对待国王的态度上——"莫阿什望了望四周,他们已被人群包围,"他的意思就是这样。必须有人站出来。"

"别再跟我提起这个。"卡拉丁甩开莫阿什的手,走向原先的酒桌,"不要再和他们见面了。"

他坐回到凳子上,莫阿什也灰溜溜地归位,神情苦恼。卡拉丁尝试重新融入石头和偻朋的对话,却心有余而力不足。

四周语笑喧阗。

你要做一个迎合王国之须的医者……

风操的,事情全乱套了。

47

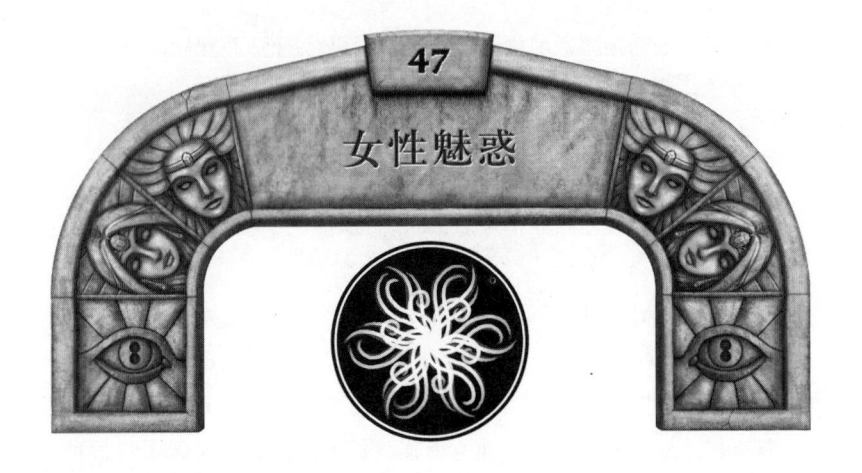

女性魅惑

> 而众骑士团不为大败所伤,归因织光骑士出面提振士气。他们造出壮丽之景,将士皆受鼓舞,遂有勇再战。
>
> ——摘自《光辉真言》第二十一章,第十页

"讲不通啊。"沙兰说,"图腾,这些地图真是莫名其妙。"

那个以立体态呈现的灵体盘旋在附近,身上充满纵横交错的线条和复杂扭曲的棱角。要把他画下来十分艰难,不论她看得再认真,他身上的各部分还是极为精细,她无法用笔头捕捉到位。

"嗯?"图腾问道,发出嗡嗡声。

她爬下床,把书本抛到漆得雪白的写字台上。她跪在迦熙娜的箱子边,搜出一张柔刹地图。这张地图年代久远,不很精确。制图者把阿勒斯卡的幅员画得过于辽阔,还重点标出了商路,图中的整座大陆都变了形。很显然,这张地图的成稿时期要回溯到现代测绘技术普及之前。尽管如此,其重要性犹在,因为它显示了白银十王国的地理位置,据说这些古国早在光辉骑士时代就已存在。

"乌有斯麓。"沙兰指向那座位于地图正中央的闪耀之城。当时,

舆论认为其处在阿勒斯卡——或称阿勒瑟拉——境内，实则不然。在这张地图中，乌有斯麓被群山环绕，靠近可能是现代雅克维德的区域。然而，迦熙娜在注释中写道，另一些出自同一时期的地图却将其放到了别处。"他们怎么就不知道首府的确切方位？那里可是骑士团总部。为什么地图与地图之间都对不上号？"

"嗯……嗯……"图腾沉思道，"也许是这样：很多人听说过这座城市，却从没去过。"

"测绘师也从没去过？"沙兰问，"还有委托别人制图的国王呢？他们之中肯定有人去过那个地方。乌有斯麓有这么难定位吗？否则究竟是为什么？"

"他们大概想保密吧！"

沙兰把地图贴到墙上，所用的象甲蜡取自迦熙娜的日常物品。她抄着外露的两手退后，尚未换下晨衣。

"要真是这样，"沙兰说，"他们的保密工作堪称完美。"她抽出另一些由他国绘于同一时期的地图，发现在各国的版本中，本国的国境面积均远超实际。她把这些地图也往墙上一贴。

"在每一张地图中，乌有斯麓的位置都不一样。"沙兰说，"该市明显靠近制图国国境，却不在其版图内。"

"上面的语言各不相同。"图腾说，"嗯……有图样。"他试着念出了声。

沙兰笑了。迦熙娜告诉过她，学术界公认其中有不少是以晨颂文写就。这是一门死语言，学者已苦心多年——

"卑哈丹王……看不懂……也许是骑士团……"图腾说，"地图？对，可能是地图。下一个大概是画……画……看不懂……"

"你会读？"

"里面有图样。"

"你会读晨颂文。"

"不敢当。"

沙兰欢呼:"你会读晨颂文!"说罢赶紧冲到一张地图前,图腾盘旋在旁。她用手轻触写于地图底部的文字,道:"你说的是卑哈丹?可能是巴耶登……就是诺哈东。"

"巴耶登?诺哈东?人类一定要有这么多名字?"

"有一个是尊称。"沙兰说,"人们觉得他的原名不够对称,嗯,估计那名字根本对称不起来,所以几百年前的虔诚者才为他取了一个新名字。"

"可是……新名字也不对称。"

"'h'可替换任何字母,起对称作用。"沙兰无心解说,"我们把'h'写在单词中,以保持拼写的匀整,但要加上变音符号,表明它发近似于'h'的音,以简化单词的念法。"

"那样——单词本身不对称它就是不对称!不能自欺欺人!"

沙兰没有理会他的异议,反而打量起人称晨颂文的陌生文字。假如我们找到了那座迦熙娜苦苦追寻的城市,沙兰想,假如我们能在那里发现文献记载,那么里面的内容也许就是用这门语言写就的。"我们得知道你能译出多少晨颂文。"

"我不会读。"图腾气恼地说,"有几个词的发音是我根据上面的城市名推测出来的。"

"可那些词不是用晨颂文写的!"

"地图上的文字都是互相借鉴的。"图腾说,"这很明显。"

"明显到没有人类学者释读出来?"

"你们不擅长处理模式化的东西。"他洋洋得意地说,"你们太深奥了。你们满脑谎言、不说实话。这很有意思,却不利于理解万物运行的规律。"

你们太深奥了……沙兰绕过床铺,从书山里抽出深国学者哈斯维斯之女艾黎的作品。在评价外族上,深国学者直言不讳,与他国学者拥有迥然不同的见解，阅读他们的书籍是颇有兴味的经历。"

她查到了想找的段落。迦熙娜在笔记中画了重点，沙兰已经派人去买全本文献了。塞巴里尔果真在发津贴，这些钱派上了大用场。瓦沙尔和盖兹依照她的要求，最近几天都在向书商打听《光辉真言》的芳踪——此书是迦熙娜在临死前交予她的。两人的努力迄今没有收效，不过一名书商表示，他也许能从塔冠城调货。

"他山自有襄渎石。"她朗读着深国作家的著述，"乌有斯麓连通诸国，于本族而言，间或为唯一的涉外渠道。"她抬头看看图腾，"在你看来，这意味着什么？"

"意味着字表含义。"图腾答道，仍悬于地图边，"乌有斯麓与诸国联系紧密。也许有路能通到那里？"

"我总是将其解读为带有象征意义的论述，指的是目标、思想及学术上的联系。"

"啊，谎。"

"如果这段文字不带象征意义、如果事实如你所言，又会如何？"她起身走到房间的另一端，抚摸着地图，轻点位于中心的乌有斯麓，"连通……却无路可走。有些地图上并未标出指向乌有斯麓的通衢。就算他们没有置其于山脉中，最少也会置其于丘陵中……"

"嗯。"

"不经由道路，怎能到访一座城市？"沙兰问，"诺哈东自称可以走到那里，但别人未曾提及以骑行或步行的方式抵达乌有斯麓。"在文献资料中，有关乌有斯麓之行的记载确实寥若晨星。这是一个传奇，多数现代学者都视其为谬谈。

她需要更多信息。于是她匆忙跑到迦熙娜的箱子边，掏出一本笔记。"她说乌有斯麓不在破碎平原上。"沙兰道，"然而，**如果去往该处的通道就在这里，又该如何？**不过，这个通道肯定不平凡。乌有斯麓是汇集飓能者的城市，遍地都是仿如碎瑛刃的古代奇迹。"

"嗯……"图腾轻声说,"碎瑛刃可不是奇迹……"

沙兰找到了所需的参考段落,可她感兴趣的不是这段引文,而是迦熙娜的注释:另一篇民间传说,收录于卡里南所著《暗眼之中》,第 102 页。这些故事中有大量关于瞬间转移和誓约之门的描写。

瞬间转移。誓约之门。

"她就是为此而来。"沙兰低声说,"她觉得能在平原上找到通道。可那里是一片飓风肆虐的荒地,只有岩石、飓砂和巨壳生物。"她抬头望着图腾,"我们真得走出去,上破碎平原看看。"

话音未落,钟表敲响。这并非好事,现在为时已晚,大大超出了她的预计。风杀的!她中午就要去见阿多林了。若想不迟到,她得在半小时内出发。

沙兰叫了一声,奔入洗手间,拧开龙头为浴缸放满水。龙头先喷出掺有飓砂的浑水,片刻后才淌下洁净的温水。她塞好浴缸塞,把手浸到水下,再次感叹温热流水的舒适。依据塞巴里尔的说法,法器师曾于近期到访,准备为屋顶的水箱安装长久加热型法器,与卡哈巴兰斯的技术接轨。

她褪下晨衣,道:"我得让自己习惯这样洗澡。"

她爬进浴缸,图腾趁机沿着上方的墙壁挪动。有他在身边,她已决定丢掉羞怯。他的确操着男声,但他不是真正的男人。况且,灵体无处不在。浴缸里说不定就住着一只,墙壁里也有可能。就她的亲身体验而言,她认为万物皆有灵,这个"灵"要不是灵魂,就是灵体,反正怎么说都行。墙壁会不会偷看她洗澡?她在乎吗?答案是否定的。既然如此,她为何要担心图腾?

每当他看她宽衣,她总要反复地往这个方面想。**他对任何事物都感兴趣,这一点很讨厌。**事实若非如此,她会好过一些。

"两性的体征差异既细微又巨大。"图腾自言自语道,"你们将之放大了。有人留着长发,还有人会脸红。我昨晚去看塞巴里尔洗澡了——"

"别告诉我你真去了。"沙兰满脸通红,从放在铁浴缸旁的罐子里掏出一点白皂。

"可是……我刚才说去了……不管怎样,没人看到我。如果你能通融一点,我就没必要这么做了。"

"我才不会给你画裸体画。"

她以前昏了头,提到许多大画家曾用这种方法来磨炼画技。那时她还住在家里,经过百般恳求,终于说动几名女仆为她做模特。这不是没有条件,她允诺事后会销毁画稿,并且说到做到。她绝对不会画男体。风操的,她会难为情的!

她没有洗太久。一刻钟后,她起身穿衣,在镜子前梳理湿发。

她还能回到雅克维德重过平静的田园生活吗?答案一目了然。她或许永远都回不去了。以前的她会为此而恐惧,现在的她则备感振奋。不过,她决心把兄长们接到破碎平原来,这里远比父亲的领地安全。他们能抛弃什么?他们几乎什么都带不走。她不禁认为这样的解决方式是上上策,多少可以回避丢失魂器所引出的事端。

她去过一家与塔石科连通的情报站——各大军营均配有该设施——付款后,她寄出一封信,同时捎上了对芦。这些物品将经由瓦拉瑟的信使送至她兄长手中,如果能送到,也得耗时几周。她和情报站里的商人谈了谈,对方提醒她,如今继位战争打得火热,雅克维德的物流业举步维艰。为小心起见,她把信件的副本寄到了北爪城,那里远离战场,战事很难蔓延过去。但愿两封信中至少能有一封安然送达。

等到联系恢复,她会向兄长说明一点:放弃达瓦家族的领地,携迦熙娜资助的款项至破碎平原避难。目前,她已经尽了所能。

她奔到房间的另一头,单脚跳着穿凉鞋,把地图留在身后。*稍后再研究。*

是时候了。她要设法俘获未婚夫的心。她读过的小说把这一切描述得很简单,女孩只须眨眨眼,并适时脸红。好吧,对于后一点,她还是得心应手的;至于是否能做到"适时",有待商榷。她扣起左袖、遮住禁手,站在门口回望,发现素描本和炭笔还搁在桌上。

她再也不想在出行前落下画具,于是便把纸笔塞进小包,旋即冲出房门。这座宅邸由白色大理石建成,她在走廊里穿行,路过了一个俯瞰庭院、朝向背风的房间。房内开着大玻璃窗,帕萝娜趴伏在床,享受着按摩,背部全裸。与此同时,塞巴里尔吃着甜点,斜倚在一边。一名年轻女子站在屋角的经台旁,正在为他们朗诵诗歌。

沙兰很难对这两人作出评判。先看看塞巴里尔:他究竟是开明的城市设计师,还是好逸恶劳的老饕?抑或是两者的结合体?再看看帕萝娜:她无疑求奢爱富,却不显任何傲气。沙兰前三天都在潜心整理塞巴里尔家族的账目,发现里面的数据乱成了一锅粥。在某些领域,他似乎精明强干;而放眼开支情况,他怎能容许如此乌七八糟的局面出现?

对于算术,沙兰并不十分在行;相比之下,绘画才是她的特长。不过,她有时是很喜欢钻研数学,也决心修正这些账目。

盖兹和瓦沙尔正在大门外等她。他们跟着她走向塞巴里尔的马车。这驾马车候在原地,专供她使用,她手下的奴隶中有一人担任男仆。安恩说他以前干过这活。见她走近,他对她笑了笑。这样很好。在外旅行时,哪怕她把那五个人从笼子里放出来,他们之中也没有谁笑过。她不记得有相反的情况。

"安恩,他们待你还好吧?"她在安恩为她打开车门时说。

"是的,小姐。"

"如果吃了亏,要跟我说,好不好?"

"唔,好的,小姐。"

"那你呢,瓦沙尔?"她转身问他,"你觉得住宿条件如何?"

他哼了一声。

"我想这表示条件很好?"她问。

盖兹窃笑起来。这个小矮个很会理解文字游戏。

"你遵守了约定,"瓦沙尔说,"这点我承认。我的人可乐呵了。"

"那你呢?"

"没劲。每天就干坐着,数数你给的钱,再喝喝酒。"

"大多数人都奉此为理想职业。"她对安恩笑了笑,上了马车。

瓦沙尔替她关上车门,又往车窗里望了望。"大多数人都是白痴。"

"瞎说。"沙兰笑道,"依据平均律,他们之中只有一半人是白痴。"

他嗤之以鼻。她正在学着解读这种哼哼唧唧的声音。要想像瓦沙尔那样说话,此招很有必要。这一回,他大致想表达的是:"我不想认可那个玩笑,因为它会坏了我的名声。我其实是个十足的大混球。"

"我想,"他说,"我们得坐到车顶上去。"

"承蒙效劳。"沙兰拉下窗帘。站在外面的盖兹又笑了。那两人爬到车顶尾部,坐到护卫的位置上,安恩来到车头,和车夫坐在一起。这是一辆货真价实的马车。沙兰一开始还不好意思开口,但帕萝娜一笑而过:"随时都可以用!我自己也有一辆。如果图里的马车开走了,他就有借口不去赴约。他可喜欢这样了。"

车夫开始赶车,沙兰拉上另一侧的窗帘,取出素描本。等候已久的图腾贴在第一张空白页上。"我们要弄明白我们的能耐。"

"好激动!"图腾说。

她掏出润石袋,吸入少许飓光后再呼出去,想要使其凝聚成形。毫无见效。

接下来,她试着想象一个特定的画面——她脑中现出了一个改变不大的自己:发色由红转黑。她呼出飓光。这次,飓光在她身边涌动,盘桓片刻后还是消失了。

"这样太傻了。"沙兰轻声道,飓光从口中溢出。她速涂了一张黑发版的自己。"一开始画不画图有关系吗?炭笔根本显不出其他颜色。"

"应该没关系。"图腾说,"可这对你有关系。我不知道为什么。"

她画完了素描。这张图很潦草,只描绘了头发,其余细节并不明晰,没有展示出她的面部特征。然而,这次她一用上飓光,幻象就生成了。她的头发由红转黑。

沙兰叹了口气,飓光从唇边流走。"那么,如何才能让幻象消失?"

"不要再补充飓光了。"

"这该怎么做?"

"我怎么知道?"图腾问,"在这方面,你才是专家。"

沙兰收拢所有润石——不少现已无光——把它们放到对面的座位上,不让自己触到。这样的距离还不够远,因为她在飓光将尽时下意识地吸入了飓光。飓光从车厢的另一端淌出,进入她的体内。

"我的功力还不错。"沙兰酸溜溜地说,"看在我练了没多久的分上。"

"没多久?"图腾道,"可是我们第一次……"

在他说完之前,她一个字也没听进去。

"我真得另寻一本《光辉真言》。"沙兰开始画下一张图,"里面或许会探讨如何令幻象消失。"

她画起了塞巴里尔的肖像。昨晚,她去亚马兰的宅邸侦查了一番,之后是就餐时间,她趁机把塞巴里尔的形象印入了脑海。她想把这幅收藏的细节画到位,所以花了一些时间。还好路很平,马车颠得不厉害。这样的作画条件虽然不理想,可是近些天来,她的空闲似乎越来越少。除了作研究,她也得为塞巴里尔工作。她非但要打入鬼血会内部，还要和阿多林·寇林见面。在她还小的时候，她可以支配更多的时间。现在，她不禁觉得儿时的自己荒废了许多大好光阴。

她尽情沉浸在画中，专注于创作。炭笔刮擦纸面，传来耳熟能详的沙沙声。美就在身边，美无处不在。创造美不是捕捉美，**而是体验美**。

完稿后，她往窗外投去一瞥，只见他们正在驶近巅宫。她举起素描仔细评鉴，然后满意地点点头。

接着，她用飓光再创幻景。她呼出一大团飓光，光雾瞬即化为塞巴里尔的形象。他坐在车厢里，和她面对面，保持着画中的姿势，只有手撕食物的动作例外。

沙兰笑了。在细节的处理上，**这次的尝试堪称完美**，假人体表的毛发和皮肤上的褶皱都被表现得淋漓尽致。那些部位不是她画出来的——单纯的手绘无法将发丝和毛孔一一捕捉下来。她所创造出的幻象不缺这类要素，所以说，画作只是起点，就像一尊模型；在此基础上所形成的幻象无法精确传达出画意。

"嗯。"图腾心满意足地说，"太棒了。你编织过众多假象，这是最为真实的之一。"

"他不能动。"沙兰说，"没人会把这个塞巴里尔误认成活物。他双眼无神，姿势造作，胸脯没有跟着呼吸而起伏，肌肉也不能运动。我确实做得细致入微，但眼前的人形就像雕塑，可以被细化，却还是死的。"

"就是用光做的雕塑。"

"我的意思不是指它无可称道。"沙兰说，"然而，如果我不能赋予这些幻象以生命，要运用它们就是难上加难。"真奇怪，她觉得自己的画活灵活现，而这个幻象尽管更写实，却是死的。

她把手伸入幻象，如果慢慢抚弄，就不会造成大影响。她轻挥手掌，幻象如烟气般搅动。她注意到了别的什么，当她的手还放在幻象里的时候……

对，就是这样。她吸了一口气，幻象消解为光雾，钻入她的肌肤。她学会了从幻象中回收飓光。一个难题已被攻克，她想着，靠到椅背上，把这次经历记录在笔记本的背面。

马车抵达外围市场，她把画具收进小包。阿多林会在这里等她。昨天，他们依照原计划去散了步，她感觉两人的进展还不错。但她也知道，她必须给他留下好印象。为了与轩贵女纳瓦妮搞好关系，她做了努力，却收效不多，而她确实需要与寇林家族联姻。

为此她还考虑了一下。她的头发已经干了，但她想把长发披到背后。这种造型的加分项只有自然卷。相反地，阿勒斯卡女性偏爱繁复的发辫。

她的皮肤很白，还长着稀疏的雀斑；她的身材远不够凹凸有致，无法招来艳羡。若要解决一切问题，她只须另外营造一层幻象。阿多林已经见过她的真面目，所以她不能有大动作，但她可以美化自己，就像化了妆那般。

想到这点，她犹豫了。如果阿多林最终同意结婚，那么他究竟是被她自身所吸引，还是被假象所吸引？

傻姑娘，沙兰想，为了让瓦沙尔追随你、为了能在塞巴里尔的军营里立足，你宁愿改变外貌，可现在呢？你怎么犹豫了？

然而用幻象抓住阿多林的注意力会让她陷入难堪的境地。在婚姻生活中，她总不能永远戴着虚假的面具吧？最好检验一下素面朝天的她能取得什么成果。她抱着这样的想法下了马车。既然在外表上不易发挥，她就得施展女性特有的魅惑本领。

她真想知道自己有没有那种能耐。